Фёдор Михайлович Достоевский
Братья Карамазовы
·

까라마조프 형제들 2

창 비 세 계 문 학

86

·

까라마조프 형제들 2

·

표도르 미하일로비치 도스또옙스끼

홍대화 옮김

창비

차례

.

일러두기

1. 이 책은 Ф. М. Достоевский, *Собрание сочинений в 12-томах*. Т, 11, Т, 12 (Москва: Правда 1982)을 번역 저본으로 삼았다.

2. 각주에서 저자의 주는 '―원주'로 표시했다. 그밖의 주는 옮긴이의 것이다.

3. 원문에 일부 외국어로 표기된 부분은 뜻을 적고 괄호 안에 원문의 외국어를 밝혔다.

4. 외국어는 가급적 현지 발음에 준하여 표기하되, 일부 우리말로 굳어진 것은 관용을 따랐다.

5. 이 책에 인용된 성경 구절은 공동번역성서(대한성서공회 1977; 1999)를 따랐다.

제6편
러시아의 수도사

1. 조시마 장상과 그의 손님들

불안과 가슴속의 고통을 안고 장상의 처소로 들어섰을 때, 알료샤는 놀라움에 가까운 감정을 느끼며 멈춰섰다. 거의 목숨이 다한, 어쩌면 이미 의식을 잃은 환자를 보게 될까봐 두려웠는데, 몹시 쇠약해져 완전히 지치긴 했어도 밝고 기쁜 얼굴로 안락의자에 앉아 있는 장상을 볼 수 있었던 것이다. 장상은 손님들에게 둘러싸여 조용히 즐거운 대화를 이어가고 있었다. 하지만 그가 자리에서 일어난 것은 알료샤가 오기 십오분 전의 일에 불과했다. 손님들은 장상의 방에 일찍부터 모여서 그가 깨어나기를 기다렸다. 빠이시 신부가 "스승님께서는 아침에 스스로 말씀하시고 약속하신 대로 사랑하는 이들과 다시 한번 이야기하기 위해 틀림없이 일어나실 것"이라고 확언했던 것이다. 빠이시 신부는 숨이 다해가는 장상의 약속과 모든 말을 어쩌나 확고히 믿었던지, 설사 장상이 완전히 의식을 잃고 숨도 쉬지 않는 것을 보았더라도 그런 약속의 말이 있었으니 죽어가던 사람이 정신이 돌아와 약속을 이행하리라고 여전히 기대하며 죽음 자체를 믿지 않았을 것이다. 아침녘에 조시마 장상은 잠에 빠져들면서 그에게 "내 마음 깊이 사랑하는 여러분과 다시 한번 이야기를 나누고, 여러분의 얼굴을 마주 보며 내 마음을 다시 한번 토로하기 전에는 죽지 않을 거라네"라고 분명히 말했다. 아마도 마지막이 될 장상과의 이 담소 자리에 모인 사람들은 오래전부터 그에게 가장 충실한 친구들이었다. 그들은 수도사제 이오시프 신부, 빠이시 신부, 소수도원의 주임 사제 미하일 신부 등 네명이었다. 미하일 신부는 소시민 출신으로 아직 나이가 많지 않고 학식도 높지 않았지만 영혼이 확고하여 꺾을 수 없는 소박한 믿음을 지녔고, 겉으로 준엄해 보이지만 마음속으로는 깊은 감격을 품고 있었는데, 어쩐지 그 감격을 부끄러워할 정도로 숨기고 있었다. 네번째 손님은 아주 나이 많은 평수도사로 가난한 농부 출신의 안핌 형제인데, 글을 거의 읽을 줄 모르고 말이 없이 조용해서 다른 사람과 이야기를 나누는 경우도 드물었다. 그는 가장 겸손한 사람들 중에서도 가장 겸손했고, 자신의 머리로는 도저히 이해할 수 없는 어떤 위대하고 무서운 것에 영원히 놀라버린 모습을 하고 있었다. 두려워 떨고 있는 것 같은 이 사람을 조시마 장상은 무척 사랑했고, 평생에 걸쳐 그를 특별한 존경심을 품고 대했다. 한때 거룩한 루시 전역을 그와 단둘이 순례하며 수많은 세월을 함께 보내기도 했는데, 그럼에도 장상의 전생애를 통해 그보다 적게 이야기를 나눈 사람은 없었을 것이다. 아주 오래전, 사십년쯤 전에 어느 가난하고 이름 없는 수도원 꼬스뜨로마에서 조시마 장상이 처음으로 수도사 생활을 시작한 뒤 곧 안씸 신부가 가난한 꼬스뜨로마 수도원을 위해 헌금을 모으려 순례길에 오르자, 조시마 장상이 그와 동행하면서 두 사람의 순례가 이루어졌던 것이다. 주인도 손님들도 모두 장상의 침대가 있는 두번째 방에 자리를 잡고 앉았다. 앞서 말했다시피 이 방은 아주 좁아서 (서 있는 수련수사 뽀르피리 말고는) 네명 모두가 장상을 둘러싸고 첫번째 방에서 가져온 의자에 겨우 자리를 잡았다. 이미 해가 지기 시작해서 성상 앞의 양초와 램프가 방을 밝히고 있었다. 들어와서 당황한 나머지 문 앞에 멈춰선 알료샤를 보고 장상은 기쁘게 미소 지으며 그에게 손을 내밀었다.

"잘 있었느냐, 조용한 아이야, 잘 있었어, 사랑스런 아이야. 너로구나, 자, 네가 올 줄 알았다."

알료샤는 그에게 다가가 땅에 닿도록 그의 앞에 절하고 울음을 터뜨렸다. 무언가가 그의 가슴속에서 터져나와 그의 영혼이 떨렸고, 그는 통곡하고 싶었다.

"왜 그러느냐, 우는 건 좀더 기다려야지." 장상이 오른손을 그의 머리에 얹고 미소를 지었다. "보아라, 앉아서 담소를 나누고 있단다. 어제 비셰고리예에서 리자베따를 품에 안고 온 그 선량하고 사랑스런 여인이 소망했듯이 이십년은 더 살 수 있겠구나. 주여, 그 어머니도, 소녀 리자베따도 기억해주소서!(그는 성호를 그었다.) 뽀르피리, 그분의 헌금을 내가 말한 곳으로 보냈는가?"

장상은 어제 그 신도가 '나보다 더 가난한 여인에게' 주기를 부탁하며 기부한 6그리브나[1]에 대해 말한 것이었다. 그런 헌금은 어떤 이유에서든 사람들이 스스로에게 부과한 징벌로서, 반드시 노

---

1 화폐 단위로 1그리브나는 10꼬뻬이까 은화에 해당한다.

동으로 번 돈이어야 했다. 장상은 그 돈을 얼마 전에 화재로 재산을 잃고 구걸을 다니는 우리 마을의 아이 딸린 소시민 과부에게 전하게 했다. 뽀르피리는 일이 벌써 처리되었고, 명하신 대로 '익명의 자선가' 이름으로 전했다고 얼른 알렸다.

"일어나거라, 사랑하는 아이야." 장상이 알료샤에게 이어 말했다. "네 얼굴을 보여다오. 집에 가서 형을 만났느냐?"

알료샤는 그가 형제 중 한명에 대해서만 그렇게 분명하고 정확하게 묻는 것이 이상하게 여겨졌다. 그런데 어떤 형을 말하는 것일까. 이 말은 어제도 오늘도 장상이 그 형을 위해 그를 보냈다는 뜻이니 말이다.

"형제 중 한명을 보았습니다." 알료샤가 대답했다.

"내가 땅에 닿게 숙여 절했던 형을 말하는 것이다."

"그 형은 어제만 보았고 오늘은 도무지 찾을 수 없었습니다." 알료샤가 말했다.

"서둘러 찾아보렴. 내일 다시 가서 서둘러라. 다른 건 다 제쳐두고 서둘러야 한다. 어쩌면 뭔가 무서운 일을 예방할 수 있을지 모르겠구나. 나는 어제 그가 앞으로 겪을 위대한 수난에 대해 절한 것이란다."

그는 문득 입을 다물고 생각에 잠기는 것 같았다. 이상한 말이었다. 어제 장상이 땅에 닿도록 굽혀 절하던 것을 목격한 이오시프 신부가 빠이시 신부와 눈짓을 주고받았다. 알료샤는 참을 수가 없었다.

"장상님, 스승님," 그는 몹시 흥분해서 말했다. "스승님 말씀은 분명치 않습니다…… 어떤 수난이 형을 기다리고 있나요?"

"궁금해할 것 없단다. 어제 내게 무섭게 여겨지는 무언가가 있었어…… 어제 그 형의 시선은 자신의 모든 운명을 표현하는 것 같더구나. 그 사람의 시선에서 보였다. 그래서 그 사람이 자신을 위해 준비한 일을 보고 순간적으로 내 마음이 두려움에 찼던 거야. 내 평생 그런 표정을 본 것은 몇 안 되는 사람의 얼굴에서 한두번 정도뿐이다…… 그들의 운명 전체를 드러내는 표정 말이야. 그리고 그 운명은 안타깝게도 모두 실현되었단다. 나는 너를 그 형에게 보낸 거란다, 알렉세이, 형제로서 네 얼굴이 형을 도울 수 있을 거라고 생각했거든. 그러나 모든 것은, 우리의 모든 운명은 하느님께 달려 있지. '밀알 하나가 땅에 떨어져 죽지 않으면 한알 그대로 남아 있고 죽으면 많은 열매를 맺는다.'[2] 이 말을 기억해라, 알렉세이. 나는 살면서 네 얼굴을 보며 너를 마음속으로 여러번 축복했단다." 장상이 조용히 미소를 지으며 말했다. "너에 대해 나는 이렇게 생각한단다. 너는 이 담 너머로 나가더라도 세상에서 수도사처럼 지낼 게다. 많은 적수를 갖게 되겠지만, 너의 적들마저 너를 사랑하게 될 것이다. 삶이 네게 많은 불행을 가져다주겠지만, 그로 인해 너는 행복해질 것이고 삶을 축복하게 될 게다. 그리고 다른 사람들도 자신의 삶을 축복하도록 만들겠지. 그게 무엇보다 중요한 일이야. 바로 네가 그런 사람이란다. 신부님들, 나의 스승님들," 그는 손님들을 향해 인자하게 미소를 지었다. "저는 오늘까지도 이 소년의 얼굴이 제 영혼에 왜 이토록 사랑스러운지 이 아이에게조차 말한 적이 없습니다. 이제 말해보지요. 이 아이의 얼굴은 제게 연상이자 예언 같았습니다. 제 인생의 새벽녘, 아직 어린아이였을 때 제게는 형님이 한분 계셨는데, 고작 열일곱살밖에 되지 않은 나이에 제 눈앞

---

2 요한의 복음서 12:24. 이 작품의 제사(題詞)이기도 하다.

에서 돌아가셨습니다. 나중에 세월이 흐르면서 저는 그 형님이 제 운명에 있어서 저 높은 곳에서 내린 지침이자 숙명이었다고 점차 확신하게 되었습니다. 왜냐하면 제 삶에 그 형님이 나타나지 않았 다면, 형님이 아예 안 계셨다면 저는 수사 서품을 받고 이 귀한 길 에 접어들 생각을 하지 못했을 테니까요. 이 첫 현현顯現은 아직 제 가 어릴 때 있었지만, 이제 제 인생의 저물녘에 그것이 눈앞에서 다시금 재현된 겁니다. 이건 기적 같은 일이지요, 신부님들, 스승님 들. 얼굴은 그다지 닮지 않았고 닮았다 해도 아주 조금뿐이지만 알 렉세이는 정신적으로 그 형님을 아주 닮아서, 저는 여러번 이 소년 이 제 인생 말미에 어떤 회상과 통찰을 주기 위해 신비스럽게 찾아 든 제 형님으로 여겨집니다. 그래서 스스로 이런 이상한 몽상에 놀 라기까지 하지요. 듣고 있는가, 뽀르피리?" 그는 자신의 시중을 드 는 수련수사에게 물었다. "나는 내가 너보다 알렉세이를 더 사랑한 다고 여기고 고민하는 네 얼굴을 여러번 본 것 같구나. 이제 그 이 유를 알겠느냐. 하지만 나는 너도 사랑한단다, 그걸 알아다오. 네가 고민하는 것을 보고 여러번 슬펐단다. 사랑하는 손님들, 여러분께 그 젊은이, 제 형님에 대해 얘기해드리고 싶군요. 왜냐하면 제 인생 에 있어 그보다 더 귀하고 더 예언적이고 감동적인 일은 없었기 때 문입니다. 제 마음이 감동에 젖어 지금 이 순간 삶을 다시 살아내 듯 제 전생애를 돌아보려 합니다……"

여기서 나는 장상이 그의 생애 마지막날에 자신을 방문한 손님 들과 나눈 마지막 대화의 일부가 기록의 형태로 보존되었다는 점 을 밝혀둔다. 장상이 죽고 얼마 뒤 그를 추모해서 기록한 사람은 알렉세이 표도로비치 까라마조프였다. 그러나 그것이 전적으로 그때의 대화였는지, 아니면 스승과 예전에 나눈 대화에서 들은 것까지 그 기록에 포함시킨 것인지는 단언할 수 없다. 더구나 이 기록에서 장상의 말은 끊이지 않고 진행되며 마치 그가 자신의 생애를 친구들에게 소설 형식으로 이야기하는 것 같지만, 이어지는 이야기를 통해 알 수 있듯이 실제로는 약간 다르게 진행되었을 것이 틀림없다. 그날 밤의 대화는 모두가 참여하는 형태였으므로 비록 손님들이 주인의 말을 가로막는 경우는 적었다 해도 그들 또한 대화에 끼어들었을 것이고, 어쩌면 그들도 뭔가를 밝히고 얘기했을 것이기 때문이다. 더구나 장상은 때로 숨을 헐떡이고 목소리가 약해졌으며 쉬기 위해 침대에 눕기도 했기 때문에 이야기가 끊이지 않기는 불가능했다. 하지만 장상이 잠이 들거나 손님들이 자리를 뜬 것은 아니었다. 대화는 빠이시 신부가 복음서를 낭독하느라고도 한두번 끊겼다. 그러나 또한 주목할 것은 그들 중 아무도 그날 바로 장상이 죽음을 맞으리라고는 예상치 못했다는 점이다. 낮잠을 푹 자고 난 장상은 자신의 생애 마지막날 밤에 친구들과의 긴 대화를 이끌 만한 새로운 힘을 얻은 것 같았다. 그의 생이 갑자기 중단되었기 때문에, 이것은 아주 짧은 순간이나마 그의 내면에 믿을 수 없을 만한 생기를 유지해준 마지막 감동이었을 것이다…… 그러나 이 이야기 또한 나중에 하련다. 지금은 모든 대화를 세세하게 기술하기보다 알렉세이 표도로비치 까라마조프의 원고에 나온 장상의 이야기에 한정하겠다는 것을 알려드린다. 거듭 말하는데, 물론 알료샤는 많은 부분을 이전의 대화에서 발췌해 한데 종합했겠지만, 이편이 더 간결하고 덜 지루할 것이다.

2. 주 안에서 안식하신 계율 수도사제[3] 조시마 장상이 살아생전에 하신 말씀을 바탕으로 알렉세이 표도로비치가 작성하다

전기적 사항

1) 조시마 장상의 젊은 형에 관해

사랑하는 신부님들, 스승님들, 저는 먼 북쪽의 현 V시에서 명망도 관등도 별로 높지 않은 귀족 집안에서 태어났습니다. 아버지는 제가 채 두돌도 되지 않았을 때 돌아가셔서 저는 그분을 전혀 기억하지 못합니다. 아버지는 어머니에게 크지 않은 목조 가옥과 많지 않지만 아이들과 함께 궁하지 않게 살기에는 충분한 약간의 재산을 남겨주셨지요. 어머니 슬하에 자식이라고는 저 지노비와 형님 마르껠 둘뿐이었습니다. 형님은 저보다 여덟살이 많았고 다혈질에 곧잘 흥분하는 성격이었지만 선량하고 조롱기 없는 사람으로 이상할 만큼 과묵했는데, 집에서 저와 어머니, 하인들과 있을 때는 특히 그랬습니다. 그는 중학교 때 공부를 잘했는데, 어머니가 기억하는 한 적어도 친구들과 다투지는 않아도 그렇다고 잘 어울리지도 않았습니다. 그는 죽기 여섯달 반쯤 전, 열일곱살이 되었을 무렵에 우리 도시에서 고립된 생활을 하고 있던 어떤 사람의 집에 자주 찾아갔습니다. 그는 자유사상 때문에 모스끄바에서 우리 도시

로 유형 온 정치범인 것 같았습니다. 그 유형수는 대단한 학자에 대학에서 명망 높은 철학자였지요. 그는 어째서인지 마르껠을 사랑하여 기꺼이 맞아주었습니다. 소년은 저녁 내내 그의 집에 앉아 있곤 했는데, 그런 일은 후원자들을 가진 그 유형수의 청원에 따라 그가 뻬쩨르부르그의 공직에 복귀할 때까지 겨우내 지속되었습니다. 그러던 중 대재 기간이 시작되었는데, 마르껠은 정진하기는커녕 욕을 퍼부으며 비웃었습니다. "전부 헛소리야. 하느님은 없어"라고 말하는 바람에 어머니와 하인들, 어린 저까지도 깜짝 놀랐지요. 당시 저는 아홉살밖에 되지 않았지만 그 말을 듣고 큰 충격을 받았습니다. 우리 집 하인들은 모두 네명으로 전부 농노였는데, 우리가 알고 지내던 지주의 명의로 사들인 이들이었습니다. 또 기억하기로 어머니는 이 네명의 농노 중에서 여자 한명, 다리를 저는 중년의 요리사 아피미야를 60루블에 팔고 그 대신 자유민을 고용했습니다. 그런데 그 대재 기간의 여섯번째 주에 형님의 건강이 갑자기 나빠졌습니다. 형님은 워낙 건강이 좋지 않았고 가슴이 약한데다 체구도 작아서 폐병에 걸리기 쉬운 체질이었지요. 키는 작지 않았지만 마르고 허약했고, 얼굴은 아주 단아한 편이었습니다. 형님이 감기에 걸렸는가 싶었는데, 곧 의사가 와서 어머니에게 급성 결핵이니 봄을 넘기지 못할 것이라고 속삭였습니다. 어머니는 울면서 형님에게 몸과 마음을 절제하고 성체성혈성사를 모시라고 조심스럽게(그를 놀라게 하지 않으려고 더욱이) 부탁했습니다. 형님은 그때까지는 아직 걸어다닐 수 있었거든요. 그 말을 듣고 형님은 화를 내며 하느님의 성전을 욕했지만, 그럼에도 깊은 생각에 잠겼습니다. 자신이 위중하기 때문에 어머니가 아직 힘이 있을 때 정진하고 성사를 받으라고 설득한다는 것을 곧 깨달았던 것이죠. 하지만 형님은 이미 오래전부터 자신의 건강이 좋지 않다는 것을 알고 있었고, 일년쯤 전에는 식탁 앞에서 저와 어머니에게 냉정하게 "저는 이 세상에서 두 사람과 함께 살 사람이 아니에요. 일년도 살지 못할 거예요" 하고 내뱉은 적도 있었습니다. 마치 예언을 하는 것 같았지요. 사흘이 지나 수난주간이 찾아왔습니다. 그런데 형님이 화요일 아침부터 정진하며 교회에 다니는 것이었습니다. "어머니, 저는 이걸 어머니를 위해서, 어머니를 기쁘게 하고 안심시켜드리려고 하는 거예요." 형님이 어머니에게 말했습니다. 어머니는 기뻐하시면서도 한편 슬퍼 울음을 터뜨리셨습니다. "저애가 죽을 때가 가까웠나보다, 저렇게 갑자기 변한 걸 보니." 그러나 형님은 교회에 오래 다니지 못하고 곧 몸져누워서 집에서 고해성사를 하고 성체성혈성사에 참여했습니다. 환하고 청명하고 향기로운 날들이 찾아왔고 늦은 부활절이 되었지요. 제가 기억하기로 형님은 밤새 기침을 해서 잠을 잘 자지 못했지만 아침이 되면 언제나 옷을 갈아입고 부드러운 안락의자에 앉아보려 애쓰곤 했습니다. 저는 그런 형님을 잘 기억하고 있습니다. 형님은 조용하고 온유한 모습으로 앉아서 미소를 지었고, 몸이 아픈데도 얼굴에는 명랑하고 기쁜 기색이 역력했습니다. 형님의 영혼은 완전히 변해 있었습니다. 그렇게 갑작스럽게 그토록 놀라운 변화가 일어나다니! 늙은 유모가 형님의 방으로 들어와 "자, 아가, 네 방 성상 앞에 등불을 켜두마" 하면 예전에 형님은 허락지 않고 심지어 불을 꺼버리게까지 했습니다. "그래주세요, 사랑하는 유모. 전에는 불도 못 켜게 했으니 저는 짐승 같은 녀석이었어요. 유모가 등불을 켜고 하느님께 기도해주시면 저도 유모로 인해 기뻐하며 기도할게요. 그러니 우리는 함께 한분이신 하느님께 기도하는 거예요." 우리에게는 이런 말이 이상하게 느껴졌고 어머니는 당신 방에 들어가면 내내 우셨지만, 형님의 방에 들어서기만 하면 눈물을 닦고 명랑한 표정을 지으셨습니다. "어머니, 울지 마세요, 사랑하는 어머니." 형님은 말하곤 했습니다. "저는 아직 살날이 많아요. 어머니와 즐거워할 일이 많아요. 삶은, 삶은 즐겁고 기쁜 거잖아요!" "아, 사랑하는 아들아, 밤에는 열이 펄펄 끓고 기침을 해서 네 가슴이 터질 것 같은데 무슨 기쁨이 있다는 거냐." "어머니," 형님이 대답했습니다. "울지 마세요. 삶은 천국이고 우리는 모두 천국에 있는데 우리가 그걸 알고 싶어하지 않을 뿐이에요. 알려고만 한다면 내일 온 세상이 천국이 될 텐데요." 형님의 이 말에 모두가 놀랐지만 형님은 이상하고도 단호하게 이렇게 말했고, 모두가 감동을 받아 눈물을 흘렸습니다. 지인이 우리를 찾아오면 형님은 "사랑스러운 분, 귀한 분, 제가 무얼 했다고 저를 사랑해주십니까? 어째서 이렇게 저를 사랑해주세요? 전에는 왜 제가 이걸 몰랐을까요? 왜 대단히 생각지 못했을까요?"라고 말했지요. 밤에 드나드는 하인에게도 늘 말했습니다. "사랑스럽고 귀한 이여, 왜 저를 섬기십니까? 제가 그런 섬김을 받을 자격이 있나요? 하느님이 저를 불쌍히 여겨 살아남게 해주신다면 제가 스스로 여러분을 섬기겠습니다. 모든 이는 서로에게 봉사해야 하니까요." 어머니는 이 말을 들으며 고개를 저으셨습니다. "사랑하는 아들아, 네가 병 때문에 그런 말을 하는구나." "어머니, 제 기쁨이신 어머니, 주인과 하인이 사라지지야 않겠지만, 하인들이 제게 해주듯이 저도 제 하인들의 하인이 되게 해주세요. 또 이런 말씀도 드리고 싶어요. 어머니, 우리 모두는 모두의 앞에서 모든 것에 죄인이에요. 저는 어느 누구보다 더 큰 죄인이에요." 어머니는 그때 가볍게 웃으셨지만 울면서 웃고 계셨습니다. "네가 어째서 다른 사람 앞에서 다른 사람보다 더 죄인이라는 거냐, 세상에는 살인자도 있고 강도도 있는데 네가 무슨 죄를 지을 시간이 있었다고, 뭣 때문에 누구보다 자신을 더 비난하는 거냐?" "어머니, 제 혈육이신 어머니,(형님은 그때 이렇게 뜻밖에 다정한 말을 썼습니다) 제 혈육이며 사랑이자 기쁨이신 어머니, 참으로 모든 이가 모든 이 앞에서 모든 것에 대해 죄인이라는 걸 알아주세요. 이걸 어떻게 설명해야 좋을지 모르겠지만, 저는 고통스러울 정도로 그렇다고 느끼고 있어요. 우리가 그때는 어떻게 아무것도 모르고 분노를 터뜨리며 살았을까요?" 형님은 매일 잠에서 깨어날 때마다 점점 더 감격하고 기뻐하고 온통 사랑으로 몸을 떨었습니다. 때로 의사가 오면, 우리 집에는 나이 많은 독일인 의사 아이젠슈미트가 왕진했는데, "의사 선생님, 이제 이 세상에 하루 정도는 더 살 수 있을까요?"라고 농담을 주고받기도 했지요. 의사는 "하루는 무슨, 여러 날을 더 살 겁니다"라고 대꾸했습니다. "여러 달, 여러 해를 더 살 거예요." "여러 달, 여러 해라니요!" 형님은 소리쳤습니다. "날 수를 셀 필요가 뭐 있습니까. 모든 행복을 아는 데는 사람에게 하루면 충분합니다. 사랑하는 여러분, 왜 서로 싸우고 서로의 앞에서 자랑하며 서로에게서 받은 모욕을 기억하나요? 당장 정원으로 나가서 산책하고 장난치며 서로를 사랑하고 칭찬하고 입맞추고 우리의 삶을 축복하자고요." "아드님은 이 세상에 사는 사람이 아닙니다." 어머니가 현관까지 배웅할 때 의사가 말했습니다. "병 때문에 정신이 이상해졌어요." 형님 방의 창은 정원으로 나 있었는데, 작은 우리 집 정원에는 오래된 나무들이 서 있었고 나무에는 봄의 새순이 나기 시작해 철 이른 새들이 날아들어 짹짹거리며 형님의 창을 향해 노래했습니다. 형님은 새들을 바라보며 감상하다가 문득 그들에게도 용서를 구했습니다. "하느님의 새들, 기쁜 새들아, 나를 용서해다오. 내가 너희에게 지은 죄를 용서해다오." 당시에는 우리 가운데 아무도 이 말을 이해하지 못했지만, 형님은 기쁨에 차서 눈물을 흘렸습니다. "내 주변에 이런 하느님의 영광이 있었다니, 새, 나무, 초원, 하늘. 나 혼자 치욕 속에 살며 모든 걸 욕보이고 이 아름다움과 영광을 전혀 알아채지 못했다니." "너는 스스로에게 너무 많은 짐을 지우는구나." 어머니는 이렇게 말하며 우시곤 했습니다. "제 기쁨이신 어머니, 저는 슬퍼서가 아니라 기뻐서 우는 거예요. 저 자신이 저들 앞에 죄인이고자 해요. 어머니께 설명할 수 없지만, 그건 제가 저들을 어떻게 사랑해야 할지 모르기 때문이지요. 제가 모든 것 앞에 죄인이라도 모두가 저를 용서한다면 그게 바로 천국이지요. 그러니 저는 지금 천국에 있는 게 아닐까요?"

이런 일이 너무 많아 다 기억하고 기록할 수조차 없을 정도입니다. 제 기억에 한번은 아무도 없을 때 혼자 형님의 방에 들어간 적이 있습니다. 맑은 날 저녁 무렵으로 해가 기울면서 방 전체를 비스듬한 빛으로 밝히고 있었지요. 형님은 제가 다가오는 것을 보고 손짓했고, 제 어깨를 두 손으로 잡고 감동한 듯 정답게 제 얼굴을 바라보았습니다. 아무 말도 하지 않고 일분 정도 바라보기만 했어요. "이제 가서 놀아라. 나 대신 살아다오!" 그때 저는 그 방을 나와서 놀러 갔습니다. 이후 저는 살면서 여러번 형님이 자기 대신 살아달라고 했던 일을 떠올리며 눈물지었습니다. 당시 형님은 경이롭고 멋진 말을 많이 했지만 우리는 이해하지 못했지요. 형님은 부활절 뒤 삼주 만에 돌아가셨는데, 더이상 말은 할 수 없어도 의식은 또렷했고 마지막 순간까지 그런 모습은 변함이 없었습니다. 기쁨에 차서 주위를 둘러보고 눈으로 우리를 찾으며 우리에게 미소

짓고 우리를 불렀습니다. 심지어 시내에서도 형님의 죽음에 대해 많은 이야기를 했지요. 당시 제게는 이 모든 일이 충격이었고, 장례를 치를 때는 아주 많이는 아니더라도 꽤나 눈물을 흘렸습니다. 저는 아직 어렸지만 마음속에 지울 수 없는 인상이 남았고, 어떤 감정이 제 속을 파고들었습니다. 그건 때가 되면 다시 일어나 반향을 불러일으킬 것이었지요. 그리고 그렇게 되었습니다.

2) 조시마 신부의 삶에 있어 성경에 관해

당시 저는 어머니와 둘이 남게 되었습니다. 선량한 지인들은 어머니에게, 당신에게는 아들 하나만 남았는데 당신은 가난하지 않고 재산도 있으니 왜 다른 사람들 하듯이 아들을 뻬쩨르부르그로 보내지 않느냐고, 여기 남겨두었다가는 아들의 귀한 앞날을 잃을 수도 있다고 조언했습니다. 사람들은 나중에 황제 근위대에 들어갈 수 있도록 저를 뻬쩨르부르그의 육군유년학교⁴에 보내라고 어머니를 설득했지요. 어머니는 마지막 남은 아들과 어떻게 헤어질 수 있을까 오랫동안 망설이셨습니다. 그렇지만 많은 눈물을 흘리면서도 저의 행복에 도움을 주기 위해 결단을 내리셨지요. 어머니는 저를 뻬쩨르부르그로 데려가 자리를 잡게 해주셨고, 이후로 저는 어머니를 뵌 적이 없습니다. 어머니는 내내 우리 두 아들로 인해 슬퍼하고 걱정하시다가 삼년 후에 돌아가셨거든요. 저는 부모님 댁에서 귀한 추억들을 가져올 수 있었는데, 사람에게 부모 슬하에서 보낸 어린 시절의 처음 기억보다 더 귀중한 것은 없기 때문입니다. 가정에 사랑과 유대가 조금이라도 있다면 언제나 그렇지요. 가

---

4 19세기의 장교 양성을 위한 중등교육기관.

장 형편없는 가정에서조차 당신의 영혼이 귀한 것을 찾을 능력만 있다면 귀한 추억들을 간직할 수 있을 겁니다. 집안의 추억에 저는 성경 이야기에 대한 추억을 더하렵니다. 부모님 댁에 있을 때 저는 어린아이에 불과했지만 성경 이야기를 몹시 알고 싶어했습니다. 당시 제게는 『구약과 신약에 나오는 104편의 성스러운 이야기』[5]라는 멋진 그림이 그려진 성경 이야기책이 있었는데, 저는 그 책을 보고 글을 깨쳤습니다. 지금도 그 책은 제 책꽂이에 꽂혀 있고, 저는 그것을 귀한 기념물로 간직하고 있습니다. 그런데 저는 글을 다 배우기 전, 아직 여덟살 때 일종의 영적 계시가 처음 찾아왔다고 기억합니다. 어머니가 수난주간 월요일 오전예배에 저만 혼자(그때 형님은 어디 있었는지 기억나지 않습니다) 주님의 성전으로 데려가셨습니다. 맑은 날이었고, 생각하면 향로에서 향이 타올라 위로 조용히 퍼지던 것이 지금도 보이는 것만 같습니다. 위쪽 둥근 지붕의 작은 창을 통해 하느님의 빛이 교회 안 우리에게로 파도처럼 밀려들어 흘러넘쳤고 그 속에서 향이 녹고 있는 것만 같았습니다. 저는 감동하여 그것을 바라보며 난생처음으로 하느님 말씀의 첫 씨앗을 의미 깊게 받아들였습니다. 소년 복사服事가 아주 커다란 책, 간신히 들고 있다는 느낌을 주는 큰 책을 성당 중앙으로 들고나와서 강대 위에 펼쳐놓고 읽기 시작했습니다. 그때 문득 저는 처음으로 무언가를 이해했고, 난생처음 하느님의 성전에서 성경을 읽고 있다는 것을 깨달았습니다. 우스 땅에 욥이라는 의롭고 신실한 사람이 살았는데, 그에게는 엄청난 부와 수많은 낙타와 양과 나귀가 있었고 그의 아이들은 즐겁게 지내고 있었습니다.[6] 그는 아이들을 매우 사

---

5 도스또옙스끼가 이 책을 읽으며 글을 깨쳤다고 한다.
6 구약성서에 나오는 욥기 첫장의 내용을 전하고 있다. 도스또옙스끼는 1875년 6월

랑하여 그들을 위해 하느님께 기도드렸습니다. 혹시라도 그들이 즐겁게 지내다가 죄를 지었을지도 모르니 말입니다. 그런데 악마가 하느님의 천사들과 함께 하느님께로 올라가 주님께 온 땅과 땅 밑을 돌아보았다고 말합니다. '내 종 욥을 보았느냐?' 하느님이 그에게 물으십니다. 하느님은 자신의 위대하고 거룩한 종을 가리키며 악마에게 자랑하시지요. 악마는 하느님의 말을 비웃습니다. '그를 내게 주시오. 그러면 당신의 종이 불평하고 당신의 이름을 저주하는 소리를 들을 것입니다.' 하느님은 그토록 사랑하는 자신의 의인을 악마에게 내어주시고, 악마는 갑자기 그의 아이들을 치고 가축들을 칩니다. 그리고 그의 부와 모든 것을 벼락으로 내리치듯 쓸어버리지요. 그러자 욥은 자신의 옷을 찢으며 땅에 엎드려 탄식합니다. '벌거벗고 세상에 태어난 몸, 알몸으로 돌아가리라. 야훼께서 주셨던 것, 야훼께서 도로 가져가시니 다만 야훼의 이름을 찬양할지라.'[7] 신부님들, 스승님들이여, 지금 제 눈물을 용서하십시오. 왜냐하면 제 어린 시절이 눈앞에 다시 떠오르는 것 같고, 저는 여덟 살짜리 어린아이의 가슴으로 숨 쉬고 있는 것 같고, 그때와 같은 놀라움과 당황과 기쁨을 느끼기 때문입니다. 낙타들이 당시 제 상상력을 얼마나 사로잡았던지요. 하느님과 이야기를 나누는 사탄과 자신의 종을 파멸로 내몬 하느님과 탄식하는 그의 종도 그러했습니다. '나를 징계하시지만, 당신의 이름이 영광을 받을지어다.' 그 다음에는 성당 안에 「나의 기도가 이루어지도다」라는 조용하고 감미로운 노랫소리가 울려퍼졌습니다. 또다시 사제의 향로에서 향이

10일 아내에게 보낸 편지에서 욥기가 그의 인생에 강력한 인상을 남긴 최초의 책들 중 하나라고 밝히고 있다.

7 욥기 1:21.

24

피어오르고 무릎 꿇은 성도들의 기도 소리가 울려나왔습니다. 어제도 욥의 이야기를 읽었습니다만, 그뒤로 저는 이 거룩하디거룩한 이야기를 눈물 없이는 읽을 수 없습니다. 그 속에 얼마나 위대하고 신비스럽고 상상할 수 없는 수많은 일들이 들어 있습니까! 저는 나중에 조롱하는 자, 비방하는 자, 오만한 자의 말을 들었습니다. '어떻게 하느님은 자신의 성자들 중에서 가장 사랑하는 이를 사탄의 노리개가 되도록 내어주실 수 있을까요. 어떻게 그에게서 자식들을 빼앗고 그 자신 병들고 종기가 나서 상처에 흐르는 고름을 사금파리로 긁게 하실 수 있을까요, 무슨 이유로요. 오직 사탄 앞에서 '나를 위해 나의 성인이 어떤 일을 참아낼 수 있는지!' 자랑하기 위해 그러신 겁니다.' 하지만 바로 여기에 비밀이 있다는 점이 위대한 것입니다. 지상의 스쳐지나는 인간의 얼굴과 영원한 진리가 여기에 맞닿아 있습니다. 지상의 진리 앞에서 영원한 진리의 행위가 완성되고 있습니다. 여기서 창조주는 창조의 처음 날들에 '만드신 것을 보시니 참 좋았다'라는 찬사로 마감하시던 것과 같이 욥을 바라보며 또다시 자신의 피조물을 자랑하시는 것입니다. 그런데 욥은 하느님을 찬양하며 그분만 아니라 그분의 모든 피조물을 한 세대에서 다음 세대에 걸쳐 영원히 섬길 것입니다. 그는 그것에 부름을 받았기 때문입니다. 주여, 이 얼마나 대단한 책이며, 얼마나 위대한 가르침입니까! 이 거룩한 성경은 얼마나 위대한 책이며, 이 책과 함께 인간에게 주어진 기적과 힘은 얼마나 대단하단 말입니까! 거기에는 마치 세상과 사람, 사람의 성품을 조각한 듯 그 안에 모든 것이 영원토록 명명되고 지시되어 있습니다. 또한 해결되고 계시된 비밀이 얼마나 많습니까. 하느님은 다시 욥을 회복시키시고 그에게 다시 부를 주시며 그의 수명을 연장해주시고 다시 새로운 아이들, 다른 아이들을 주셨습니다. 그리고 그는 그들을 사랑합니다. 주여, '이전의 아이들이 없고 그애들을 잃었는데 어떻게 새 아이들을 사랑할 수 있을까요? 이전 아이들을 떠올리면 아무리 새 아이들이 사랑스럽다 할지라도 그들과 함께 이전처럼 온전히 행복할 수 있을까요?' 그러나 그럴 수 있습니다, 그럴 수 있지요. 묵은 슬픔은 삶의 위대한 신비로 인해 점차 고요하고 감동적인 기쁨으로 변해갑니다. 젊은이의 끓는 피 대신에 온유하고 맑은 노년이 찾아오지요. 매일 떠오르는 태양을 축복하고 내 마음은 이전처럼 태양을 노래하지만 이미 저녁노을을, 지는 태양의 길고 비스듬한 빛을, 그와 더불어 축복받은 오랜 삶에서 얻은 조용하고 온유하고 감동적인 추억, 사랑스런 형상을 더 사랑하니, 모든 사람에게 감동을 주고 모두를 화해시키고 모든 것을 용서하는 데는 하느님의 진실이 필요합니다! 제 삶은 끝나가고 있고 저는 그걸 알고 그런 말을 듣고 있습니다만, 남아 있는 날들에 제 지상에서의 삶이 매일 이미 새롭고 무한한 삶, 알 수 없지만 가까이 다가온 삶과 만나는 것을 느낍니다. 제 영혼은 그 삶을 예감하며 떨리고, 지성은 빛을 내며, 심장은 기쁘게 울고 있습니다…… 친구들, 스승들이여, 저는 우리나라에서 하느님의 사제들이, 다른 누구보다 시골의 신부들이 눈물을 머금고 한목소리로 봉급이 적다고, 그래서 많이 비참하다고 불평하고 심지어 이를 지면에 공표한다는 얘기를 들은 적이 한두 번이 아니고, 최근에도 그런 얘기를 계속해서 듣고 있습니다. 저 자신도 읽었는데, 그분들은 봉급이 적어서 민중에게 성경을 가르칠 수 없다는 듯이 말합니다. 루터파 사람이나 이단이 와서 양떼를 강탈해간다 해도 우리는 봉급이 적어서 빼앗길 수밖에 없다고 합니다. 주여! 저는 그들에게 소중한 재물을 좀더 주소서 하고 생각합니다.(왜냐하면 그들의 불평도 정당하니까요.) 하지만 진실로 말하건대, 누구든 이 일에 죄가 있다면 절반은 우리의 죄입니다! 시간이 없다고 칩시다. 줄곧 노동과 성례에 치인다는 말이 정당하다고 칩시다. 하지만 아무리 그래도 내내 그런 것은 아니지요. 일주일에 한시간이라도 하느님을 기억할 시간은 있습니다. 일년 내내 일만하는 것은 아니니까요. 일주일에 한번이라도 저녁 시간에 자기 집에, 우선은 아이들만이라도 불러모으세요. 그러면 그 아버지들도 소문을 듣고 찾아올 겁니다. 그 일을 하기 위해 큰 저택을 지을 필요도 없고, 그냥 자기 오두막으로 오게 하면 됩니다. 그들이 오두막을 망가뜨리지 않을까 두려워하지 마세요. 기껏해야 한시간 정도 모이는 거니까요. 그들에게 이 책을 펼쳐 어려운 말을 늘어놓거나 잘난 척하는 일 없이, 그들 위에 군림하는 일 없이 감동 속에서 온유하게 읽어준다는 것에, 그들이 당신의 말을 듣고 이해한다는 것에 기뻐하며 당신 스스로 그 말씀들을 사랑하며 읽어주세요. 가끔씩 멈춰 소시민들이 이해하지 못하는 말을 설명해주십시오. 걱정하지 마세요, 그들은 모든 것을 이해할 겁니다. 정교를 믿는 마음은 모든 것을 이해하니까요! 그들에게 아브라함과 사라에 대해, 이삭과 리브가에 대해, 야곱이 라반에게 간 것과 꿈에 하느님과 겨루고[8] '이 얼마나 두려운 곳인가'[9]라고 말한 이야기를 읽어주십시오. 순박한 민중들의 경건한 이성을 일깨우게 될 겁니다. 그들에게, 특히 아이들에게 형제들이 친동생을, 꿈을 푸는 자이자 위대한 선지자인 사랑스런 소년 요셉을 노예로 판 다음 아버지에게 그의 피 묻은 옷을 보여주며 짐승이 그의 아들을 찢어 죽였다고 한 이야기를 읽

8 창세기 11, 20장, 24-32장에 나오는 내용이다.
9 창세기 28:17.

어주십시오. 나중에 형제들이 먹을 것을 찾아 이집트로 왔을 때, 이미 형제들이 못 알아볼 만큼 높은 총리가 된 요셉이 그들을 괴롭히고 죄를 씌워서 동생 베냐민을 붙잡아두지만 '여러분을 사랑합니다. 사랑하므로 괴롭히는 것입니다'라고 하며 여전히 그들을 사랑하는 얘기를 읽어주십시오. 그는 뜨거운 사막 저쪽 어느 우물가에서 형들이 자신을 상인들에게 판 것을, 자신이 손이 닳도록 빌고 울면서 다른 나라의 노예로 팔지 말아달라고 애원했던 것을 평생 잊지 않았지만, 수년 후에 그들을 보고 다시 무한히 사랑하게 되었고, 여전히 사랑함에도 불구하고 그들을 박해하고 괴롭힙니다. 마침내 그는 마음의 고통을 참지 못해 그들 곁을 떠나 자신의 침상에 몸을 던지고 통곡하지요. 그후 그는 얼굴을 닦고 환하고 밝은 모습으로 나가 그들에게 "형님들, 제가 형님들의 동생 요셉입니다!" 하고 알립니다. 늙은 야곱이 아직 그의 어린 소년이 살아 있다는 것을 알고 한없이 기뻐했다는 것을, 그래서 고향도 버리고 이집트로 달려간 일을, 그가 평생토록 온유하고 소심한 마음속에 은밀하게 간직했던 가장 위대한 말, 그의 후세, 유다의 자손 중에서 세상의 위대한 희망이자 중재자인 구세주가 나올 것임을 연년세세 유언으로 남긴 채 타지에서 죽었다는 얘기를 읽어주십시오![10] 신부님들이자 스승님들, 여러분이 이미 알고 있고 백배나 더 능숙하고 훌륭하게 제게 가르치신 것을 제가 어린아이처럼 설명하는 걸 용서하시고 나무라지 마십시오. 저는 감격에 젖어 이 이야기를 드리는 것이며 이 책을 사랑해서 이러는 것이니, 제 눈물을 용서하십시오. 하느님의 사제 또한 울어도 좋습니다. 그 응답으로 그의 말을 듣는 사람들의 심장

---

10 창세기 37-50장에 나오는 내용이다.

이 큰 감동에 젖는 것을 볼 테니까요! 오직 작은 씨앗, 아주 작은 씨앗만이 필요할 뿐입니다. 그것을 순박한 민중의 영혼에 뿌리면 그 씨앗은 죽지 않고 그의 영혼 속에 평생 살게 될 것이고 어둠 가운데, 악취 나는 죄악 가운데 한점 빛처럼, 위대한 기억처럼 숨어 있을 겁니다. 많이 해설하고 가르칠 필요는 없습니다. 그럴 필요는 없어요. 그들은 모든 것을 그저 이해할 겁니다. 여러분은 순박한 민중이 이해하지 못할 거라고 생각하십니까? 또한 그들에게 훌륭한 에스델과 오만한 와스디의 감명 깊고 감동적인 이야기를 읽어주십시오. 아니면 고래 뱃속의 예언자 요나에 대한 기적적인 이야기를[11] 읽어주세요. 주님의 잠언을 읽는 것을 잊지 마시고, 특히 루가의 복음서 다음에는(저는 그렇게 했습니다) 사도행전에서 사울의 회개와(이건 반드시 읽어야 합니다, 반드시!) 마지막으로 『성인전 대전집』에서 하느님의 사람 알렉세이 성인전과 위대한 이들 중의 위대한 이이자 기쁨에 찬 수난자, 하느님을 뵙고 그리스도를 품은 이집트의 마리아[12]에 대해서 읽는 것을 잊지 마십시오. 이 단순한 이야기들은 민중의 심장을 꿰뚫을 것이니, 적은 봉급에 집착하지 말고 일주일에 한시간, 단 한시간만이라도 읽어주세요. 그러면 우리 민중이 자비롭고 감사할 줄 아는 이들임을 알게 될 것이고, 도리어 백배나 감사를 받을 것입니다. 그들은 신부의 열의와 자신을 감동시킨 말씀을 기억하여 자발적으로 밭일을 도울 것이고 또한 집안일도 도와서 이전보다 더 큰 존경으로 보답할 것이며 그의 봉급을 올려줄 겁니다. 이건 아주 단순한 이치인데도 우리는 때로 조롱당할

---

11 구약성서 에스델서와 요나서에 나오는 이야기이다.
12 4세기 중반~5세기 초에 활동한 성녀로 창녀 생활을 하다 개심하여 광야에서 47년간 엄격한 수도생활을 했다고 전한다.

까 하는 생각에 말하기조차 두려워하지만, 정말로 분명한 일입니다! 하느님을 믿지 않는 사람은 하느님의 백성을 믿지 못할 테지요. 하느님의 백성을 믿는 사람은 스스로 그전까지 믿지 않았다 할지라도 민중의 귀한 점을 보게 될 것입니다. 민중과 장차 도래할 그들의 영적인 힘만이 고향땅에서 유리된 우리의 무신론자들을 변화시킬 수 있습니다. 본보기 없는 그리스도의 말씀이 무슨 의미가 있습니까? 민중의 영혼은 말씀과 온갖 아름다운 것의 인식을 갈망하기에 하느님의 말씀이 없는 민중에게는 파멸이 있을 뿐입니다. 저는 오래전 젊은 시절, 거의 사십년 전에 안픰 신부님과 함께 수도원을 위한 헌금을 모으려 러시아 전역을 돌아다니다가 한번은 배가 다닐 수 있는 큰 강의 강변에서 어부들과 밤을 보낸 적이 있습니다. 우리와 함께 그 자리에 열여덟살 정도 되어 보이는 잘생긴 농부 소년이 있었습니다. 소년은 다음날 예인망曵引網으로 상인의 짐배를 끌려고 서둘러 가는 길이었습니다. 저는 그가 감동에 빠진 맑은 눈길로 앞을 응시하는 것을 보았습니다. 6월의 밤은 밝고 조용하고 따뜻했습니다. 넓은 강에서 피어오르는 연무가 우리를 상쾌하게 해주었고, 물고기는 가볍게 몸을 뒤채고 새들은 잠잠했습니다. 모든 것이 고요하고 장엄하며 모든 것이 하느님께 기도드리는 듯했습니다. 나와 소년, 둘만이 잠을 이루지 못하고 하느님의 아름다운 세상에 대해, 그 위대한 신비에 대해 이야기를 나누었습니다. 온갖 종류의 풀, 작은 곤충, 개미, 황금빛 벌이 모두 이성이 없는데도 놀라울 정도로 자신의 길을 잘 알고, 그것으로 하느님의 신비를 증거하며 끊임없이 그 신비를 완성해가고 있다는 얘기였습니다. 저는 그 사랑스러운 소년의 마음이 불타오르는 것을 보았습니다. 그는 숲과 숲의 새들을 사랑한다고 제게 말해주었습니다. 그는 새

잡이로 갖가지 새소리를 알아듣고 갖가지 새를 유인할 수 있었지요. 숲에 있는 것보다 더 좋은 일이 뭔지 자신은 모르겠다고, 모든 게 좋다고 그가 말하더군요. "정말로 모든 것이 훌륭하고 위대하지. 모든 것이 진리이기 때문이란다. 보아라," 제가 그에게 대답했죠. "사람 가까이 서 있는 위대한 동물 말을, 사람을 먹이고 사람을 위해 일하는, 고개를 숙이고 생각에 잠긴 황소를, 그들의 얼굴을 보아라. 얼마나 온유한지, 걸핏하면 무자비하게 매질하는 인간에게 얼마나 큰 애착을 갖는지, 그 얼굴에 얼마나 큰 온순함과 신뢰, 아름다움이 깃들어 있는지. 그들에게 아무 죄가 없다는 것을 아는 것만도 감동적이다. 사람을 제외한 모든 것이 완벽하고 죄가 없으며, 그리스도는 우리보다 먼저 그들과 함께하셨으니 말이야." "아니, 그리스도가 그들과도 함께하신단 말씀인가요?" 그가 물었습니다. "그렇지 않을 리 없지." 제가 대답했지요. "말씀은 모두를 위한 것이기 때문이야. 창조된 모든 것, 모든 피조물, 이파리 하나까지도 말씀을 향해 나아가고, 하느님의 영광을 노래하고 그리스도를 위해 울면서 자신도 모르게 죄 없는 자기 삶의 신비를 통해 말씀을 수행하는 거란다." 저는 또 말했습니다. "저기 숲속에 무서운 곰, 위험하고 난폭한 곰이 어슬렁거리고 있다. 하지만 그 곰도 아무 죄를 지은 게 없지." 저는 숲속 작은 암자에서 수행하던 위대한 성인에게 곰이 나타났을 때 위대한 성인이 곰을 불쌍히 여겨 두려움도 없이 다가가 빵 한조각을 건넨 이야기를 해주었습니다. 성인이 "가거라, 그리스도께서 너와 함께하시니라"라고 말하자 그 난폭한 짐승은 얌전하게, 아무 해도 끼치지 않고 순순히 떠났지요.[13] 소년은

....
13 성 라도네시스끼(Сергий Радонежский, 1314~92)의 성인전에 나오는 내용이다.

곰이 아무 해도 끼치지 않고 떠났고 그리스도가 곰과도 함께한다는 이야기에 감동했습니다. "아, 정말 좋아요. 하느님의 모든 것이 얼마나 좋고 멋진지!"라고 하더군요. 그는 생각에 잠겨 조용하고 즐겁게 앉아 있었습니다. 저는 그가 제 말을 알아들은 것을 알았습니다. 그러고서 그는 제 곁에서 가벼운 마음으로 천진하게 잠에 빠져들었지요. 주여, 이 소년을 축복하소서! 저는 잠에 들며 그를 위해 기도했습니다. 주여, 당신의 사람들에게 평화와 빛을 주소서!

3) 아직 속세에 있을 때 조시마 장상의 소년 시절과 청년 시절 회상. 결투

뻬쩨르부르그의 육군유년학교에서 저는 오랜 기간, 팔년 가까이 머물렀고 새로운 교육을 통해 어린 시절의 추억 중 많은 것을 억눌러야 했습니다. 비록 아무것도 잊지는 않았지만요. 그 추억들 대신 얼마나 많은 새로운 버릇과 의견들까지 받아들였던지 저는 거의 야만적이고 잔혹하고 어리석은 존재로 변해버렸습니다. 프랑스어와 사교계에서 예의 바른 척 세련되게 사람을 대하는 법을 배웠지만, 우리는 학교에서 시중드는 사람들을 모두 완전히 짐승처럼 취급했고 저 또한 그랬습니다. 어쩌면 누구보다 제가 더 그랬는지도 모릅니다. 모든 면에서 누구보다 쉽게 친구들의 영향을 받았으니까요. 장교로서 학교를 졸업했을 때 우리는 우리 연대의 명예가 훼손된다면 피 흘릴 준비가 되어 있었습니다. 그러나 우리 중에 진정한 명예가 어떤 것인지 아는 사람은 아무도 없었고, 설사 알았더라도 당장 그가 먼저 비웃고 말았을 겁니다. 우리는 만취, 난동, 기세등등한 만용을 자랑하기까지 했습니다. 우리가 추악했다고는 말하지 않겠습니다. 그 젊은이들은 모두 좋은 사람이었지만 행실이 추악했던 것이고, 누구보다 제가 더욱 그랬습니다. 무엇보다 제게 돈이 생겼기 때문에 젊은 혈기에 자기만족을 위해 무절제하게 살기 시작했습니다. 배에 돛을 단 듯 내달렸던 거지요. 그런데 놀라운 것은 저는 그때도 책을 읽었고 큰 만족을 얻었다는 점입니다. 하지만 성경만은 한번도 들여다보지 않았는데, 그래도 몸에서 떼어놓은 적은 없고 어디를 가든 지니고 다녔지요. 자신도 모르는 사이에 그 책을 '한해만, 한달만, 하루만, 한시간만'[14] 하는 식으로 정말 아꼈던 겁니다. 그렇게 사년 동안 복무한 뒤 저는 마침내 당시 우리 연대가 주둔하고 있던 K시로 오게 되었습니다. 도시의 사교계는 다양했고 사람도 많고 활기차고 부유했습니다. 어디서나 저를 좋게 받아주었습니다. 제가 타고나기를 명랑한 성격인데다 가난뱅이도 아니라고 알려졌으니, 사교계에서는 그것이 적지 않은 의미를 가졌던 거지요. 그러던 중에 모든 것의 시발점이 된 사건이 일어났습니다. 저는 한 젊고 아름답고 똑똑하며 훌륭한 아가씨에게 마음을 빼앗겼습니다. 밝고 고결한 성품에 존경받는 집안의 딸이었지요. 부모님은 상당한 지위에 부와 영향력, 권세가 있는 분들로 저를 친절하고 반갑게 맞아주었습니다. 그 아가씨가 저를 진심으로 대한다는 느낌이 들자, 저는 꿈을 꾸며 심장이 달아올랐습니다. 훗날 스스로 알아차리고 완전히 깨달은 것은, 아마도 제가 그 아가씨를 그렇게 열렬히 사랑한 것은 아니고 그녀의 지성과 고상한 성격을 높이 샀을 뿐이며, 또 충분히 그럴 만했다는 점입니다. 하지만 저는 그때 이기주의 때문에 청혼을 하지는 않았습니다. 젊은 나이에 더구나 재산도 있는데 방탕하고 자유로운 생활이라는 유혹과 작별하기가 힘들고 두렵게 여겨졌

---

14 요한의 묵시록 9:15 "그 천사들은 정해진 연 월 일 시에"에서 나온 구절이다.

던 거지요. 그러나 저는 어쨌든 그런 암시를 던졌습니다. 그럼에도 결정적인 한걸음을 내딛는 것은 잠시 미뤘지요. 그러다가 저는 갑자기 다른 군으로 두달간 출장을 가게 되었습니다. 두달 후에 돌아와보니 그녀는 이미 근교의 부유한 지주와 결혼해버린 뒤였습니다. 남편은 저보다 몇살 위였지만 아직 젊고, 저보다 수도의 상류사회에 더 좋은 연줄도 있고, 상당히 예의 바르고 훨씬 교육도 잘 받은 사람이었습니다. 이 예기치 못한 사건에 저는 너무 놀라 머릿속이 까매지는 것만 같았습니다. 중요한 것은, 당시 알게 된 바에 따르면 그 젊은 지주는 이미 오래전부터 그녀의 약혼자였고 제가 그 사람들의 집에서 그를 여러번 보기까지 했는데 제 잘난 척에 취한 나머지 아무것도 알아채지 못했다는 점이었습니다. 바로 그 점이 제 기분을 상하게 했습니다. 어떻게 그럴 수 있나? 거의 모두가 알고 있었는데 나 혼자만 아무것도 몰랐다고? 저는 갑자기 견딜 수 없는 악의를 느꼈습니다. 제가 얼마나 여러번 그녀에게 사랑을 고백하다시피 했는지를 떠올리자 얼굴이 화끈거렸습니다. 그녀는 저를 제지하지도, 미리 알려주지도 않았으니 저를 갖고 놀았던 거라는 결론이 나더군요. 물론 훗날 생각해보니 저를 비웃은 것이 아니며 오히려 그녀가 먼저 그런 대화를 농담으로 끊고 다른 얘기로 화제를 돌렸던 것이 기억났습니다. 하지만 당시에는 그런 것을 생각할 겨를조차 없었고 오직 복수심에 불타올랐지요. 그 복수심과 분노가 저 자신에게도 얼마나 힘겹고 역겨웠는지를 생각하면 지금도 놀랄 따름입니다. 저는 성격이 가벼워서 누구에게도 오랫동안 화를 낼 줄 모르는데 스스로를 억지로 부추겨서 마침내 추악하고 어리석은 꼴이 돼버렸으니까요. 저는 때를 기다렸다가 큰 모임에서 마침내 제 '경쟁자'를 전혀 엉뚱한 이유로 모욕하는 데 성공했습니다. 그때가 1826년이었는데, 당시 중요했던 어떤 사건[15]에 대한 그의 의견을 조롱했지요. 사람들 말로 아주 예리하고 교묘하게 조롱했다고 하더군요. 그후 저는 그에게 해명을 강요했고 해명할 때 아주 무례하게 굴어서, 우리 사이의 큰 격차에도 불구하고(왜냐하면 저는 그보다 젊고 지위도 보잘 것없으며 관등도 낮았으니까요) 그가 제 결투 신청을 받아들이게끔 몰아갔습니다. 나중에 확실히 알게 된 바에 따르면, 그가 제 결투 신청을 받아들인 것은 그 역시 저를 질투했기 때문이었습니다. 예전부터 그는 당시 아직 약혼녀였던 아내 때문에 저를 약간 질투하고 있었던 겁니다. 그는 제게 모욕을 당했음에도 결투를 결심하지 않은 것을 알면 아내가 무의식중에 자신을 경멸하지 않을까, 그녀의 사랑이 흔들리지 않을까 걱정했겠지요. 저는 곧 우리 연대의 중위인 친구를 입회인으로 구했습니다. 당시에는 결투를 아주 엄격하게 처벌했지만 군인들 사이에서는 마치 유행 같은 것이었습니다. 야만적 편견이 가끔은 그 정도로 널리 퍼지고 굳어질 수도 있는 겁니다. 때는 6월 말이었고, 우리는 다음날 아침 7시에 근교에서 만나기로 되어 있었습니다. 그때 제게 정말로 숙명적인 어떤 일이 일어났습니다. 저녁 때 분기탱천하여 추잡한 모습으로 집에 돌아온 저는 당번병 아파나시에게 화를 퍼부으며 그의 얼굴을 있는 힘껏 두번이나 후려쳐 피투성이로 만들고 말았습니다. 그 병사는 제 밑에서 일한 지 아직 얼마 되지 않았는데, 예전에도 그를 때린 적이 있었지만 그렇게 짐승처럼 잔인하게 때린 적은 한번도 없었습니다. 사랑하는 여러분, 사십년이라는 세월이 지났는데도 저는 그

---

15 1825년 12월 14일에 있었던 제까브리스뜨의 난을 의미하는 듯하다. 일단의 자유주의자 귀족, 장교들이 농노제와 전제정에 반대해 일으킨 난으로 러시아 최초의 근대적 혁명이다.

일을 수치와 고통 없이 회상할 수 없습니다. 자리에 누운 저는 세 시간 정도 자고 눈을 떴습니다. 벌써 새날이 시작되고 있었지요. 문득 자리에서 일어난 저는 더이상 자고 싶지 않아 창으로 다가가 창문을 열었고 — 제 창은 정원 쪽으로 나 있었습니다 — 바라보니 태양이 떠올라 따스하고 아름다웠고 새들이 지저귀고 있었습니다. 저는 생각했습니다. 이게 뭔가? 내 영혼 속에 치욕적이고 저열한 것이 느껴지다니 무슨 일인가? 내가 피를 흘리러 가기 때문이 아닐까? 아니다, 그것 때문은 아닌 것 같다는 생각이 들더군요. 죽음이 두려워서, 죽임을 당할까 두려워서인가? 아니다, 전혀 아니야, 전혀 그런 게 아니다…… 그런데 그 순간 갑자기 무엇이 문제인지가 떠올랐습니다. 어제 아파나시를 때린 게 문제였던 겁니다! 별안간 모든 것이 다시 떠올라 생생히 되풀이되었습니다. 그가 제 앞에 서 있고, 저는 팔을 크게 휘둘러 그의 얼굴을 후려쳤지요. 그는 차렷 자세로 고개를 똑바로 들고 눈을 부릅뜨고는 맞을 때마다 몸을 떨면서도 감히 막으려고 팔을 들지도 못합니다. 사람이 그렇게까지 되다니, 사람이 사람을 그렇게 때리다니! 그건 범죄입니다! 마치 날카로운 바늘이 제 영혼 전체를 찌르는 것 같았습니다. 저는 미치광이처럼 서 있었고, 태양은 빛을 발하고 이파리들은 기뻐하며 반짝이고 새들은, 새들은 하느님을 찬미했습니다…… 저는 두 손에 얼굴을 묻고 침대에 주저앉아 목 놓아 울었습니다. 그때 마르껠 형님이 죽기 전에 하인들에게 했던 말이 생각났습니다. "사랑스럽고 귀한 이여, 왜 저를 섬기십니까? 왜 저를 사랑하십니까? 제가 그런 섬김을 받을 자격이 있나요?" '그래, 내가 그럴 자격이 있을까?' 문득 제 머릿속에 이런 질문이 솟구쳤습니다. 정말로 제게 저와 마찬가지로 하느님의 형상과 닮은 다른 사람의 섬김을 받을 자격이 있단 말입니까? 이런 질문이 난생처음으로 제 머릿속에 떠올랐습니다. '어머니, 제 핏줄이신 분, 참으로 모든 이가 모든 이 앞에서 모든 것에 대해 죄인인데, 사람들은 이것을 몰라요. 만일 알기만 하면 지금이 천국일 텐데요!' '주여, 참으로 이것이 진실이 아닙니까?' 저는 울면서 생각했습니다. '진실로 저는 모든 사람에 대해 어쩌면 어느 누구보다 더 많은 죄를 지었고, 세상에 있는 어느 누구보다 더 나쁜 사람입니다!' 갑자기 모든 진실이 자신을 비추며 제 앞에 적나라하게 드러났습니다. 나는 무엇을 하려 하는가? 선량하고 현명하고 고결하며 내 앞에 아무 잘못도 저지르지 않은 사람을 죽이려 한다. 그럼으로써 그의 아내에게서 영원히 행복을 빼앗고 그녀를 괴롭히고 죽이려는 것이다. 저는 그렇게 침대에 엎드려 얼굴을 베개에 파묻은 채로 시간이 얼마나 흘렀는지도 알지 못했습니다. 별안간 제 친구 중위가 저를 위해 권총을 들고 들어와 말했습니다. "벌써 일어나 있다니 잘됐네. 시간이 다 됐으니 가세." 그때 저는 완전히 당황해 어쩔 줄 몰랐지만, 우리는 마차를 타기 위해 밖으로 나왔습니다. "여기서 잠깐 기다려주게." 제가 말했습니다. "잠시 다녀올게. 지갑을 가져오는 걸 잊었네." 그러고는 혼자 집으로 돌아가 곧바로 아파나시가 있는 작은 방으로 들어갔습니다. "아파나시, 내가 어제 자네 얼굴을 두번이나 때렸지. 나를 용서해주게"라고 말했습니다. 그는 몸을 부르르 떨며 깜짝 놀란 듯이 저를 쳐다보았습니다. 그를 보니 그것만으로는 부족하고 또 부족하다는 생각에 저는 갑자기 견장을 단 채로 무릎을 꿇고 머리가 땅에 닿도록 그의 앞에 엎드렸습니다. 그리고 "나를 용서해주게!"라고 말했습니다. 그러자 그는 완전히 얼이 빠져버렸습니다. "나리, 주인나리, 이게 무슨…… 제가 뭐라고……" 그러면서 그는 조금 전에 제가 그랬던 것처럼 울음을 터뜨렸고 두 손에 얼굴을 묻고 창 쪽으로 몸을 돌리고는 눈물에 젖어 온몸을 떨었습니다. 저는 친구에게로 뛰어나가 마차에 올라 "가세"라고 소리쳤습니다. "자네는 승리자를 보고 있는 거야." 저는 그에게 외쳤습니다. "바로 자네 앞에 있네!" 제 속의 환희가 얼마나 컸는지 저는 가는 내내 웃으면서 말을 하고 또 했습니다만 무슨 말을 했는지는 기억나지 않네요. 친구가 저를 쳐다보더군요. "그래, 친구, 자네는 대단해. 군복의 명예를 지킬 걸세." 그렇게 우리는 목적지에 도착했고, 저쪽 편은 이미 그곳에서 우리를 기다리고 있었습니다. 우리는 열두발자국 떨어진 자리에 마주 섰고 상대방이 먼저 총을 쏘게 되었습니다. 저는 그의 앞에 즐거운 모습으로 서서 눈 한번 깜박이지 않고 그의 얼굴을 친근하게 바라보았습니다. 제가 할 일을 알고 있었거든요. 그가 총을 쏘았고, 총알은 제 뺨을 살짝 스치고 귀를 할퀴었을 뿐입니다. "다행입니다." 제가 소리쳤습니다. "사람을 죽이지 않으셨군요!" 그러고는 제 권총을 집어들고 돌아서서 팔을 크게 휘둘러 숲을 향해 던졌습니다. "저곳이 네가 갈 곳이다!"라고 외치고는 제 적수에게 몸을 돌렸지요. "선생, 이 어리석은 젊은이를 용서해주십시오. 제 잘못으로 선생을 모욕하고 지금은 저를 쏘도록 강요했습니다. 저 자신 당신보다 열배나, 아니, 그보다 훨씬 더 나쁜 사람입니다. 이 말을 당신이 세상에서 무엇보다 소중히 여기는 그 귀한 분께 전해주십시오." 제가 이렇게 말하자마자 그들 세 사람은 하나같이 고함을 질러댔습니다. "대체 무슨 짓이오." 저의 적이 화를 내면서 말했습니다. "싸우고 싶지 않았다면 왜 괴롭힌 겁니까?" 저는 그에게 "어제는 어리석었지만 오늘은 조금 지혜로워졌습니다" 하고 명랑하게 대답했습니다. "어제 그랬다는 말은 믿겠지만 오늘 그렇다는 것은 당신의 의견에 동의하기 어렵군요." "브라보!" 저는 소리치며 손뼉을 쳤습니다. "당신의 말씀에 동의합니다. 그러실 만하지요!" "선생, 총을 쏠 겁니까, 말 겁니까?" 저는 대답했습니다. "쏘지 않겠습니다. 원한다면 당신은 다시 한번 쏘십시오. 하지만 당신도 쏘시지 않는 편이 낫겠지요." 입회인들이 소리를 질렀고, 특히 나의 입회인이 더했습니다. "이렇게 연대를 모욕할 수가 있나, 결투선에 서서 용서를 구하다니. 자네가 이럴 줄 몰랐네!" 저는 그들 모두 앞에 섰지만 더이상 웃지 않았습니다. "여러분, 참으로 오늘날은 자신의 어리석은 행동을 뉘우치고 자기 죄를 공개적으로 사죄하는 사람을 보는 게 이렇게 놀랍단 말입니까?"라고 물었지요. "그래도 결투선에서 그래선 안 되지." 다시 제 입회인이 소리를 질렀습니다. "바로 그렇게 했어야 했습니다." 제가 그들에게 대답했습니다. "바로 그것이 놀라운 점이지요. 저는 이곳에 도착하자마자, 저분이 아직 총을 쏘기 전에 사죄해서 살인의 큰 죄를 저지르지 않도록 했어야 하지요. 하지만 우리 스스로가 그렇게 행동할 수 없도록 사교계에서 자신을 그렇게 추악하게 만든 겁니다. 열두걸음 떨어져 저분의 총격을 감수한 뒤라면 제 말이 사람들에게 어떤 의미를 가지겠지만, 만일 여기 와서 총격을 받기 전에 그랬다면 겁쟁이, 총을 보고 놀랐구먼, 그의 말은 들을 필요도 없어, 하고 말았을 테니까요. 여러분," 저는 온 마음을 다해 소리쳤습니다. "주위로 하느님의 선물을 둘러보십시오. 하늘은 맑고, 공기는 깨끗하고, 풀은 부드럽고, 새와 자연은 아름답고 순결합니다. 그런데 오직 우리만이 하느님을 모르고 어리석으며, 삶이 천국임을 알지 못합니다. 우리가 알고자 하기만 하면 그 즉시 천국은 자신의 아름다움을 드러내며 도래할 것이고 우리는 서로를 안고 눈물 흘릴 텐데 말입니다……" 저는 계속해서 더 말하고 싶었지만 그럴 수 없었습니다. 젊은이다운 감미로움에 젖어 숨이 막혔고 제 가슴은 평생 한번도 느껴보지 못한 행복으로 가득 찼습니다. "그 모든 말씀이 사려 깊고 경건하군요." 제 적수가 말했습니다. "아무튼 당신은 독특한 분입니다." "비웃으셔도 좋습니다." 저는 그에게 미소 지었습니다. "하지만 선생도 나중에는 칭찬하실 겁니다." "나는 당장이라도 칭찬할 용의가 있습니다. 선생에게 손을 내밀지요. 당신은 정말로 진실한 분인 것 같군요." "아니, 지금은 아닙니다. 나중에 제가 더 나은 사람이 되면, 선생의 존경을 받을 만해지면 그때 손을 내밀어주십시오. 그러면 좋겠습니다." 우리는 집으로 돌아왔고, 제 입회인은 오는 길 내내 욕을 했지만 저는 그에게 입맞춰주었습니다. 금세 모든 친구가 제 얘기를 듣고 그날로 저를 심판하러 모였습니다. "군복에 먹칠을 했어. 제대시켜야 해." 옹호자들도 나타났습니다. "그래도 어쨌든 총격을 감수했잖아." "그래, 하지만 다른 총격이 두려워 결투선에서 용서를 구했지." "총격이 두려웠다면," 옹호자들이 반박했지요. "용서를 구하기 전에 먼저 자기 총으로 쐈겠지만 그는 장전된 총을 숲으로 던져버렸잖아. 아니야, 여기엔 뭔가 다른 게, 특별한 구석이 있어." 저는 그런 이야기를 들으며 즐겁게 그들을 바라보았습니다. "사랑하는 나의 친구들," 제가 말했습니다. "친구이자 동료 여러분, 나의 퇴역에 대해서는 걱정하지 말게. 나는 이미 퇴역하기로 했네. 오늘 아침 부대 사무실에 신청서를 냈고 허가를 받는 대로 즉시 수도원으로 들어갈 거야. 그러려고 퇴역하는 거니까." 제가 이 말을 마치자마자 모두들 하나같이 웃음을 터뜨렸습니다. "처음부터 그렇게 말하지 그랬나. 이제야 모든 게 이해가 되네. 수도사를 심판할 수는 없지." 모두 웃음을 그치지 않았지만 전혀 조롱기는 없었습니다.

모두가 아주 다정하고 유쾌하게 웃으며 갑자기 저를 사랑하게 되었고 심지어 제일 격렬하게 비난하던 사람들조차 그랬으며, 그뒤로 제가 퇴역하기 전 한달 동안은 "아아, 수도사로군" 하며 모두가 저를 안고 다니듯이 했습니다. 갖가지 다정한 말을 하면서 수도사가 되지 말라고 설득하고, 저를 불쌍히 여기기도 했지요. "자네 자신한테 무슨 짓을 하는 건지 아나?" 하지만 "아니야, 그는 우리 부대에서 아주 용감한 사람이야. 총격을 감수하면서도 자기 총은 쏘지 않았잖아. 그는 그 전날 꿈에 수도사가 되라는 계시를 본 거야. 바로 그래서 그랬던 거라고" 하기도 했지요. 도시의 사교계에서도 이런 일이 일어났습니다. 전에는 저를 별로 알아주지 않았고 그저 반갑게 맞아줄 뿐이었지만, 이제는 모두가 나서서 저를 알은체하고 자기 집으로 초대하게 되었습니다. 저를 비웃으면서도 한편 좋아했지요. 여기서 밝혀둘 것은 모두가 우리의 결투에 대해 소리 높여 떠들어댔지만 상부에서는 이 일을 그냥 덮었다는 것인데, 저의 상대가 우리 장군의 가까운 친척이었고 이 사건이 피를 흘리지 않고 장난처럼 끝난데다 제가 결국 퇴역하는 바람에 정말로 장난으로 바뀌고 말았기 때문입니다. 사람들이 아무리 웃어대도 모두 악의 없는 선량한 웃음이었기 때문에 저는 거리낌 없이 큰 소리로 이야기하고 다녔습니다. 부인들 모임에서 저녁마다 화제가 되면 될수록 여인들은 제 얘기가 더 듣고 싶다고 남편들을 졸랐지요. "내가 모든 이에게 죄를 짓고 있다니, 어떻게 그렇게 말할 수 있죠?" 모두들 제 눈을 보며 웃었습니다. "예를 들면 내가 당신에게 죄인이란 말인가요?" 저는 대답했습니다. "전세계가 이미 오래전에 다른 길로 나아갔고, 완전한 거짓을 진리로 간주하면서 다른 사람에게도 거짓을 요구하는 이때에, 부인이 그걸 어떻게 인식할 수 있겠습니까? 저는 제 인생에서 이제 딱 한번 제대로 진실하게 행동했습니다. 그랬더니 여러분 모두에게 유로지비처럼 되어버렸네요. 저를 좋아하시면서도 여전히 저를 비웃고 계시니까요.""당신 같은 분을 어떻게 사랑하지 않을 수 있겠어요?" 안주인이 소리 내어 제게 웃었지요. 그 부인의 모임에는 손님이 많았습니다. 그런데 문득 보니 사람들 사이에서 저를 결투하게끔 만든 장본인, 얼마 전까지만 해도 제 약혼녀라고 생각했던 그녀가 일어나는 것이었습니다. 저는 그녀가 온 것도 알아채지 못했었지요. 그녀는 자리에서 일어나 제게 다가오더니 손을 내밀었습니다. "제가 당신을 비웃지 않는다는 것을 당신께 제일 먼저 밝히고 싶습니다. 오히려 저는 당신께 감사하고 그때 당신의 행동에 큰 존경을 바칩니다." 그때 그녀의 남편이 다가왔고, 이어 갑자기 모든 이가 제게 다가와 입을 맞추다시피 했습니다. 저는 아주 기뻤는데, 그때 제게 다가온 이들 중에 누구보다 중년의 신사 한 사람이 눈에 띄었습니다. 예전부터 이름은 알았지만 한번도 인사를 나눈 적도, 그날 저녁까지는 말 한마디도 나눈 적이 없는 신사였습니다.

4) 신비한 방문객

그는 (오래전부터) 우리 도시에서 공직에 있던 사람으로, 높은 지위에 있었고 모든 이의 존경을 받는데다 자선활동을 많이 하는 부자로 유명했습니다. 그는 양로원과 고아원에 상당한 금액을 기부할 뿐 아니라 많은 선행을 베풀었는데, 남몰래 익명으로 하는 바람에 훗날 사후에야 모든 일이 사람들에게 알려졌지요. 나이는 쉰 살가량으로 엄격해 보이는 외모에 말수가 적었습니다. 그는 젊은 부인과 결혼한 지 채 십년이 되지 않았고, 부인과의 슬하에 세명의 어린 자식들을 두었습니다. 그런데 다음날 저녁 제가 집에 앉아 있는데 갑자기 제 방문이 열리면서 바로 이 신사가 들어오는 겁니다.

저는 그때 이미 예전 아파트에 살고 있지 않았는데, 퇴역하자마자 다른 집으로 옮겨와 죽은 관리의 아내인 어느 노파의 집에 방을 빌려 그 집 하녀의 시중을 받고 있었습니다. 그 집으로 이사한 것은 오로지 아파나시에게 그런 짓을 한 뒤로 그의 얼굴을 보기가 너무 민망해서 결투에서 돌아온 바로 그날 그를 부대로 돌려보냈기 때문입니다. 준비되지 않은 세속적 인간은 그렇듯 가장 고결한 자신의 행동조차 부끄러워하게 마련이지요.

"저는," 제 방에 들어온 신사가 말했습니다. "벌써 며칠 동안이나 여러 댁에서 큰 호기심을 품고 선생에 대한 이야기를 듣다가 마침내 조금 더 자세한 이야기를 듣고 싶어 개인적으로 인사를 드리고자 합니다. 제게 그런 큰 친절을 베풀어주시겠습니까, 선생?" "물론 기꺼이 그러고 말고요. 영광입니다." 그에게 이렇게 말하면서 저 자신이 놀라다시피 했는데, 그 정도로 그는 처음부터 제게 충격을 던졌습니다. 많은 사람이 제 이야기를 듣고 호기심을 품었지만 그렇게 진지하고 내적으로 엄숙한 태도로 다가온 사람은 없었으니까요. 게다가 이 사람은 직접 제 아파트에 찾아오기까지 했습니다. 그는 자리에 앉았습니다. "저는 선생에게서," 그가 말을 이었습니다. "대단한 정신력을 발견합니다. 선생은 모든 이에게 경멸받을 위험을 무릅쓰고 자신의 진실을 위해 진리에 봉사하기를 두려워하지 않았습니다." "저를 지나치게 칭찬하시는 것 같습니다." 제가 말했습니다. "아니요, 과찬이 아닙니다." 그가 제게 대답했습니다. "그런 행동을 하는 것은 생각보다 훨씬 어려운 일입니다. 저는 바로 그 점에," 그가 말을 이었습니다. "놀랐고 그 때문에 선생을 찾아온 겁니다. 지나치게 무례할 수도 있는 제 호기심이 불쾌하지 않으시다면, 만일 기억하신다면, 결투에서 용서를 구하겠다고 결심한 순간에 무엇을 느꼈는지 말씀해주십시오. 제 질문이 경박하다고는 생각지 말아주세요. 그와 반대로 이런 질문을 드리는 데는 비밀스런 목적이 있습니다. 하느님이 우리가 더 가까워지길 원하신다면 그건 나중에 선생께 설명드리리다."

그가 이런 말을 하는 내내 저는 그의 얼굴을 똑바로 바라보았고 그러다가 그에게 아주 강한 신뢰와 나아가서 제 편에서도 특별한 호기심을 느끼게 되었습니다. 그의 영혼에 뭔가 특별한 비밀이 있다고 느꼈거든요.

"제가 적에게 용서를 구하는 순간 무엇을 느꼈느냐고 물으시는 건가요?" 저는 그에게 대답했습니다. "다른 사람들에게는 아직 이야기하지 않은 것부터, 처음부터 얘기해드리는 게 낫겠군요." 그러고서 그에게 아파나시와 있었던 일과 제가 그의 앞에 무릎을 꿇었던 일을 모조리 이야기했습니다. "여기서 보시다시피," 저는 그에게 결론을 지어주었습니다. "저는 이미 집에서부터 시작했기 때문에, 그 길에 발을 들여놓았기 때문에 결투를 할 때는 훨씬 쉬웠습니다. 그후로는 어렵지 않았을 뿐더러 심지어 기쁘고 즐거웠지요."

그는 그 이야기를 듣고 저를 아주 따뜻한 시선으로 바라보았습니다. "정말 모두 지극히 흥미로운 이야기군요. 또 뵈러 오겠습니다." 그후 그는 매일 밤 저를 찾아왔습니다. 그가 자기 얘기를 했더라면 우리는 더 친해졌을 겁니다. 하지만 그는 자신에 대해서는 거의 한마디도 하지 않고 줄곧 저에 대해서만 물었습니다. 그럼에도 저는 그를 무척 좋아했고, 그를 신뢰하여 제 모든 감정을 토로했습니다. 그의 비밀이 내게 무슨 상관인가, 아무튼 그는 진실한 사람인 것이 확연히 보이는데, 하고 생각했던 거지요. 더구나 그는 아주 진지했고, 또 나이가 저보다 한참 많은데도 젊은 저를 찾아오는 것을 꺼리지 않았으니까요. 그는 대단히 현명한 사람이어서 저는 그로부터 많은 것을 배울 수 있었습니다. "삶이 천국이라고," 그가 갑자기 말을 꺼냈습니다. "생각한 지 오래되었습니다." 그러고는 덧붙였습니다. "저는 오로지 이 생각만 하고 있습니다." 그는 저를 보며 미소 지었습니다. "저는 당신보다 훨씬 더 확신하고 있습니다. 왜 그런지는 차차 알려드리지요." 저는 그 얘기를 들으며 혼자 '아마도 저분이 내게 뭔가를 털어놓으려나보다' 하고 생각했습니다. "천국은 우리 각자 안에 숨어 있고 그것은 내 안에도 존재하니, 이제 소망하기만 하면 진실로 내일이라도 내게 나타나 평생에 걸쳐 자리할 것입니다." 그를 보니, 그는 감격에 겨워 이렇게 말하며 마치 제게 묻는 듯 신비로운 눈길로 저를 바라보더군요. 그가 말을 이었습니다. "모든 사람이 자신의 죄 말고도 모든 이에게 죄인이라는 당신의 말은 전적으로 옳습니다. 당신이 어떻게 그렇게 갑자기 그 생각을 온전히 이해하게 되었는지 놀랍군요. 사람들이 정말로 이 생각을 이해한다면 천국이 환상이 아닌 실제로 도래할 겁니다." 저는 그 말에 슬퍼하며 소리쳤습니다. "그 일이 언제 실현될까요? 아니, 언제든 실현되기는 할까요? 그저 환상만은 아닐까요?" "선생은 믿지 않으시는군요. 그렇다고 말하면서도 자신은 믿고 있지 않아요. 하지만 선생이 말했다시피 이 꿈은 의심할 여지 없이 실현될 겁니다. 그걸 믿으세요. 그러나 지금은 아니지요, 모든 일에는 그 나름의 법칙이라는 게 있으니까. 이 문제는 정신적이고 심리적인 것입니다. 세계를 새롭게 개조하려면 사람들 자신이 정신적으로 다른 길로 나서야 합니다. 진정으로 각자가 서로에게 형제가 되어주기 전에는 형제애가 깃들 수 없지요. 어떤 학문, 어떤 이익도 결코 사람들이 자신의 재산과 권리를 온전히 나누도록 만들지 못할 겁니다. 저마다 모두 부족하다 여길 것이고, 계속 불평하고 질투하면서 서로를 죽일 겁니다. 당신은 그 일이 언제 실현되겠느냐고 물으시는군요. 실현될 겁니다. 하지만 우선은 인간의 고립의 시기가 끝나야 하지요."" 어떤 고립 말인가요?" 제가 그에게 물었습니다. "특히 지금 우리 시대에는 어디나 지배하고 있는 고립 말입니다. 그러나 아직은 모든 게 끝나지 않았고, 아직 그때가 도래하지 않았습니다. 왜냐하면 지금은 모든 이가 자기 얼굴을 가장 많이 드러내려 애쓰고 자기 내면에서 삶의 충만함을 경험하고 싶어하지만, 사람의 능력에서 나오는 것이라곤 삶의 충만함이 아니라 완전한 자살뿐이며, 자기 존재를 충만하게 규정하기보다 완벽한 고립에 빠지기 때문입니다. 우리 시대에는 모든 것이 개별 단위로 나뉘고 모두가 자신의 동굴에 고립되어 서로의 곁에서 멀어지고 자신이 가진 것을 숨기므로 자기 스스로 사람들로부터 멀어지고 사람을 밀쳐내는 결과를 낳는단 말입니다. 고독하게 부를 축적하고서 나는 지금 얼마나 강하고 얼마나 안전한가 하고 생각하지만, 어리석은 사람은 부를 축적하면 할수록 더욱더 스스로를 파멸시키는 무기력에 빠져든다는 것을 모릅니다. 자기 한 사람에게만 기대는 데 익숙해져서 전체로부터 하나의 단위로 떨어져나와 사람의 도움도, 사람과 인류 자체도 믿지 못하게 자신의 영혼을 가르치고는 돈과 자신이 얻은 특권을 잃지 않을까 두려워 떨 뿐이기 때문입니다. 최근에 인간의 지성은 어디서나 개성의 진정한 보장은 개인의 고립된 노력이 아니라 사람들이 공유하는 전일성에 있다는 것을 비웃으며 이해하지 않게 되었죠. 하지만 이 무서운 고립에도 반드시

때가 도래할 것이고, 그러면 모두가 서로 고립되어 있는 것이 얼마나 부자연스러운 일인지를 단번에 이해하게 될 겁니다. 시대의 풍조가 이미 그렇게 되어서, 사람들은 그토록 오랫동안 어둠 속에 앉아 빛을 보지 못했다는 데 놀라겠지요. 그때에 하늘에 사람의 아들의 표징이 보일 것입니다……[16] 그러나 그때까지는 어쨌든 깃발을 고수하고, 나아가서 설사 유로비지의 모습으로라도 한 사람이라도 본을 보여 형제애적 소통의 위업을 위해 고립에서 영혼을 끌어내야 합니다. 위대한 사상이 죽지 않도록요……"

우리의 저녁은 하루하루 이렇게 열정적이고 감격에 찬 대화를 나누는 가운데 지나갔습니다. 저는 심지어 사교계 모임도 그만두었고 남의 집에 방문하는 일도 훨씬 드물어졌습니다. 더구나 저를 찾는 유행도 수그러들기 시작했으니까요. 그래도 사람들은 여전히 저를 사랑하고 반갑게 대해주었기 때문에 비난의 뜻으로 이런 말을 하는 것은 아닙니다. 다만 사교계에서 유행이 참으로 작지 않은 비중을 차지한다는 것만큼은 인정해야겠지요. 저는 마침내 이 신비스러운 방문객으로 인해 환희에 빠졌는데, 그의 지성을 향유하는 것 말고도 그가 어떤 계획을 품고 있고 어쩌면 대단한 위업을 준비하고 있는지도 모르겠다고 예감했기 때문입니다. 제가 대놓고 그의 비밀에 호기심을 보이지 않는 것이, 직접적으로든 암시로든 캐묻지 않는 것이 그의 마음에 들었는지도 모르겠습니다. 그러나 마침내 저는 그 자신도 제게 뭔가 털어놓고픈 갈망에 괴로워한

---

16 마테오의 복음서 24:30 "그러면 하늘에는 사람의 아들의 표징이 나타날 것이고 땅에서는 모든 민족이 가슴을 치며 울부짖을 것이다. 그때에 사람들은 사람의 아들이 하늘에서 구름을 타고 권능을 떨치며 영광에 싸여 오는 것을 보게 될 것이다"에서 나온 구절이다.

다는 것을 알아챌 수 있었습니다. 적어도 그가 저를 방문한 지 한 달이 지나자 분명히 눈에 띄기 시작했지요. 어느날 그가 물었습니다. "도시에서 우리 두 사람에 대해 굉장한 호기심을 품고 있고, 제가 선생을 이렇게 자주 방문하는 데 놀라고 있다는 것을 아십니까? 하지만 그러라지요 뭐, 곧 모든 게 해명될 테니까요."

이따금 극도의 흥분이 그를 덮칠 때가 있었고, 그럴 때면 언제나 그는 일어나 자리를 떴습니다. 때로는 저를 한참씩 뚫어져라 바라보기도 했고요. 그러면 저는 '이제 무슨 얘기를 하려나보다' 하고 생각했지만 그는 갑자기 화제를 돌려 잘 알려진 익숙한 일에 대해 이야기를 꺼냈지요. 그리고 자주 두통을 호소하기 시작했습니다. 그런데 어느날 한참 열변을 토하던 그가 갑자기 얼굴이 창백해지며 잔뜩 일그러져서는 저를 똑바로 보는 것이었습니다.

"무슨 일이신지요?" 제가 물었지요. "몸이 불편하신가요?"

그는 두통을 호소했습니다.

"저는…… 아시겠습니까…… 저는…… 사람을 죽였습니다."

그는 이렇게 말하고 미소를 지었지만, 얼굴은 백지장처럼 새하앴습니다. 무슨 생각이 떠오르기도 전에 저 사람은 어째서 미소를 짓는 것일까 하는 생각이 제 심장을 꿰뚫었습니다. 저 자신도 얼굴이 창백해졌습니다.

"그게 무슨 말씀이시죠?" 제가 그에게 소리쳤습니다.

"아시겠습니까," 그는 창백하게 일그러진 미소를 지으며 대답했습니다. "이 첫마디를 떼는 게 얼마나 힘들었는지. 이제 말을 꺼냈으니 제대로 된 길에 들어선 것 같군요. 한번 가보지요."

저는 한동안 그의 말을 믿을 수 없었고 결코 믿지 않았습니다. 그가 사흘 동안 제게 찾아와 전말을 자세히 얘기해준 뒤에야 믿을 수 있었지요. 처음에 저는 그를 미치광이라 생각했지만 결국 크나큰 슬픔과 놀라움을 안고 그의 말이 사실임을 확인하게 되었습니다. 십사년 전에 그는 어느 젊고 부유하고 아름다운 부인에게 엄청나고 무서운 죄를 저질렀던 것입니다. 그 부인은 우리 도시에 집을 가지고 있어 방문할 때마다 그곳에 머물던 과부 지주였습니다. 그 여인에게 큰 사랑을 느낀 그는 사랑을 고백하고 결혼해달라고 조르기 시작했습니다. 그러나 그녀는 계급 높고 명망 있는 다른 남자에게 이미 마음을 주어버렸던 겁니다. 그 사람은 당시 출정 중이었고 여인은 그가 어서 돌아오기만을 기다리고 있었습니다. 여인은 그의 청혼을 거절하고 다시는 찾아오지 말아달라고 부탁했습니다. 발길을 끊은 그는 여인의 집 구조를 알고 있었기에 발각될 위험을 무릅쓰고 밤중에 정원에서 지붕을 통해 여인의 방에 몰래 숨어들었습니다. 그러나 아주 흔히 그렇듯 비상할 만큼 대담하게 저질러진 범죄는 다른 어떤 경우보다 더 자주 성공으로 끝나게 마련이지요. 지붕창을 통해 그 집의 다락으로 들어간 그는 계단을 타고 그녀가 기거하는 층으로 내려갔습니다. 그 집 하인이 부주의하여 계단 끝의 문이 항상 잠겨 있지는 않다는 것을 알았고 그 부주의를 기대했던 것인데, 마침 그날 맞아떨어졌던 겁니다. 주거 공간에 숨어든 그는 어둠 속에서 램프가 켜져 있는 여인의 침실로 들어갔습니다. 마치 일부러 그러기라도 한 듯 두명의 하녀는 허락도 받지 않고 그 거리의 이웃집에서 열린 영명축일 잔치에 몰래 놀러 나간 상태였습니다. 나머지 하인과 하녀는 아래층의 하인방과 부엌에서 자고 있었고요. 잠든 여인의 모습을 본 그는 마음속에서 정욕이 불타올랐고, 다음 순간 복수심과 질투 가득한 악의에 사로잡혔습니다. 취한 사람처럼 자기도 모르게 여인에게 다가간 그는 그녀가 비명을 지를 새도 없이 그 가슴에 칼을 똑바로 내리꽂았습니다. 그런 다음 가장 악랄한 범죄자의 계산속으로 모든 현장을 하인들을 의심하게끔 꾸몄습니다. 거리낌 없이 여인의 지갑을 취했고 베개 밑에서 꺼낸 열쇠들로 장롱을 열어 몇가지 물건을 훔쳤습니다. 무식한 하인의 소행처럼 보이도록 채권은 남겨두고 돈만 가졌고, 열배나 더 값나가지만 크기가 작은 물건들은 무시한 채 커다란 금붙이만 훔쳤습니다. 또한 자신에게 기념이 될 만한 무언가를 가져왔는데, 이에 대해서는 나중에 얘기하지요. 이렇게 끔찍한 일을 저지른 뒤 그는 들어온 길을 따라 밖으로 나왔습니다. 한바탕 소란이 벌어진 다음날도, 이후 살아가는 동안에도, 이 진짜 흉악범을 의심할 생각은 그 누구도 결코 해본 적이 없었습니다! 더구나 그는 언제나 과묵하고 사교성 없는 사람으로 마음을 털어놓을 친구가 없었기 때문에 그가 여인에게 품었던 사랑을 아는 사람도 없었습니다. 사람들은 그를 그저 피살된 여인의 지인일 뿐 그다지 친하지 않은 사람으로 생각했습니다. 그 마지막 이주 동안 그는 여인을 방문하지도 않았으니까요. 사람들은 곧장 여인의 농노 출신 하인 뾰뜨르를 의심했는데, 마침 모든 정황이 그 의심을 확증해주게끔 맞아떨어졌습니다. 뾰뜨르는 홀몸인데다 무엇보다 행실이 나빴기 때문에 고인이 된 여인이 농노들 중에서 선발해야 할 신병으로 그를 보낼 작정이었다는 것은 그 자신도 알고 있었고, 그녀도 그 사실을 숨기지 않았던 것입니다. 잔뜩 앙심을 품은 뾰뜨르가 어느 술집에서 취해서 지주를 죽여버리겠다고 말하는 걸 들은 사람도 있었습니다. 여인이 피살되기 이틀 전 그는 도망쳐서 도시의 어딘가 알려지지 않은 장소에서 지내고 있었습니다. 살인이 있은 다음날 그는 도시를 벗어나는 길목의 거리에서 엉망으로 취한 채 발견되었는데, 주머니에는 칼이 들어 있었던데다 웬일인지 오른손바닥은 피범벅이 되어 있었습니다. 그는 코피가 난 거라고 주장했지만 사람들은 믿지 않았습니다. 하녀들은 잔치에 가 있었으며 자신들이 돌아올 때까지 현관문이 열려 있었다고 진술했습니다. 그밖에도 그 비슷한 많은 증거가 발견되었고 그 죄 없는 하인은 체포되었습니다. 그는 체포되어 재판을 받았지만 마침 체포된 지 일주일 만에 열병에 걸려 의식을 잃고 병원에서 사망했습니다. 그것으로 사건은 종결되어 하느님의 뜻에 맡겨졌고, 판사도, 관계 당국도, 사교계도 모두 그 범죄를 저지른 사람은 다름 아닌 죽은 하인이라고 확신하고 말았습니다. 그런데 여기서부터 징벌이 시작되었습니다.

그 신비한 방문객, 이제는 이미 제 친구가 된 그 사람은 처음에는 전혀 양심의 가책으로 괴롭지도 않았다고 합니다. 오랫동안 괴롭긴 했지만 양심의 가책 때문이 아니라 사랑하는 여인을 죽였고 그녀가 더이상 세상에 없다는 것, 여인을 죽임으로써 자신의 사랑까지 죽였다는 안타까움 때문에 괴로웠을 뿐이지요. 아직 그의 핏속에는 정욕의 불길이 남아 있었던 겁니다. 그러나 자신이 흘린 죄 없는 피에 대해서는, 사람을 죽였다는 데 대해서는 당시 거의 생각도 하지 않았다고 합니다. 자신의 희생양이 다른 남자의 아내가 될 수 있다는 생각 자체가 그에게는 용납할 수 없는 것으로 여겨졌고, 그래서 오랫동안 그는 달리 행동할 수는 없었다고 양심 깊은 곳에서부터 확신했다는 겁니다. 하인이 체포된 것이 처음에는 괴로웠지만 나중에는 체포된 이의 빠른 발병과 죽음이 그의 마음을 편하게 해주었습니다. 왜냐하면 모든 것으로 미루어보아 그 하인은 체포나 경악 때문이 아니라 도망다니는 동안 죽도록 취해서 밤새 축축한 땅에 쓰러져 있다가 걸린 감기 때문에 죽은 게 확실했기 때문이지요.(당시 그는 그렇게 판단했습니다.) 훔친 물건과 돈에 대해서는 별로 당혹스럽지 않았는데, 도둑질한 이유가 탐욕 때문이 아니라 혐의를 다른 쪽으로 돌리기 위해서였기 때문입니다.(그는 그런 식으로 판단했지요.) 훔친 돈의 액수도 많지 않았고, 그는 곧 그 돈 전부와 심지어 그보다 더 많은 액수를 우리 도시에 설립된 양로원에 기부했습니다. 도둑질과 관련해서는 양심을 편하게 하려고 일부러 그렇게 한 것인데, 흥미롭게도 한동안, 그것도 꽤 오랫동안 정말로 마음이 편했습니다. 그가 직접 제게 그렇게 말하더군요. 당시 그는 활발한 공직 활동을 시작했고, 이년 동안 그를 옭아맨 성가시고 어려운 임무에 스스로 나서서 매달린데다 강한 성격의 소유자였으므로 지난 일은 거의 잊었습니다. 기억이 되살아날 때면 그 일을 생각지 않으려 애썼고요. 그는 자선사업에도 열중하여 여러 기관을 설립하고, 우리 도시에 많은 기부를 하고, 수도에도 이름이 알려져 모스끄바와 뻬쩨르부르그에서는 자선모임의 회원으로 선출되기도 했습니다. 그러나 그럼에도 결국에는 고통스러운 생각에 사로잡히기 시작해 억누를 길이 없게 되었습니다. 그 무렵 그는 어느 아름답고 지혜로운 아가씨에게 마음을 빼앗겼고 곧 그녀와 결혼하게 되었습니다. 그는 결혼으로 자신의 고립된 애수를 날려버리고 새로운 길에 들어서서 아내와 아이들에 대한 의무를 열정적으로 수행함으로써 오랜 기억에서 멀어지기를 꿈꾸었습니다. 그러나 그런 기대와는 정반대의 일이 벌어졌습니다. 결혼한 지 한 달이 채 지나지 않아 '자, 아내는 나를 사랑한다. 그런데 아내가 그 일을 알게 되면 어쩌지?'라는 생각이 끊임없이 그를 괴롭히기 시

작한 겁니다. 아내가 첫아이를 임신하여 그에게 알리자 그는 별안
간 혼란에 빠졌습니다. '내가 한 생명을 주었지만, 나 자신은 다른
생명을 빼앗았다.' 아이들이 태어났습니다. '내가 어떻게 감히 아
이들을 사랑하고 가르치고 양육할 수 있을까? 어떻게 그들에게 선
행에 대해 말할 수 있을까? 나는 남의 피를 흘렸는데.' 아이들은 아
름답게 자라났고 그들을 안아주고 싶었습니다. '하지만 나는 이 아
이들의 순수하고 맑은 얼굴을 볼 수가 없다. 그럴 자격이 없다.' 마
침내 살해당한 희생자의 피가 그의 뇌리에 위협적으로 고통스럽게
어른거리기 시작했습니다. 죽임을 당한 그녀의 젊은 생명, 복수를
호소하며 울부짖는 피가 말입니다. 그는 무서운 꿈을 꾸기 시작했
습니다. 그러나 강심장이던 그는 그 고통을 오랫동안 견뎠습니다.
'나의 이 비밀스런 고통으로 모든 것을 속죄하리라.' 그러나 그런
희망은 헛된 것이었습니다. 시간이 흐를수록 고통은 더욱 커졌습
니다. 사회에서는 엄격하고 음울한 성격의 그를 모두 두려워하면
서도 한편으로 자선활동 덕분에 존경했습니다. 하지만 그는 존경
을 받으면 받을수록 더욱 견딜 수 없어졌습니다. 제게 고백하기로
그는 자살을 생각하기도 했다고 합니다. 그런데 그 대신 다른 꿈이,
처음에는 불가능하고 미친 짓으로 여겨졌지만 심장에 착 달라붙어
떨어지지 않는 꿈이 어른거리기 시작했습니다. 그 꿈은, 떨치고 일
어나 사람들 앞에 나아가서 모두에게 자신이 사람을 죽였다고 알
리자는 것이었습니다. 그 꿈을 품고 삼년을 보냈습니다. 꿈은 그에
게 다양한 모습으로 어른거렸습니다. 마침내 그는 범죄 사실을 고
백하면 자신의 영혼이 틀림없이 치유되고 영원히 안식을 찾으리라
고 온 마음을 다해 믿게 되었습니다. 그러나 그렇게 믿게 되었어도
과연 그걸 어떻게 실행할 것인가, 마음속으로는 공포를 느꼈습니

다. 그런데 돌연 저의 결투에서 그런 일이 일어났던 것입니다.

"선생을 보고 저는 이제 결심했습니다." 저는 그를 바라보았습니다.

"정말로," 저는 손뼉을 치며 그에게 소리쳤습니다. "그렇게 사소한 일이 그런 결심을 불러일으켰단 말입니까?"

"제 결심은 삼년 동안 이루어진 것입니다." 그가 대답했습니다. "선생의 사건이 그 결심을 재촉한 거지요. 선생을 보면서 저는 제 자신을 꾸짖고 선생을 질투했습니다." 그는 엄숙하기까지 한 표정을 짓고 제게 말했습니다.

"사람들은 선생의 말을 믿지 않을 겁니다." 제가 지적했습니다. "십사년이나 지났는걸요."

"아주 확실한 증거가 있습니다. 그것을 제시할 겁니다."

저는 그때 울음을 터뜨리며 그에게 입을 맞추었습니다.

"한가지만 해결해주십시오, 딱 한가지만!" 그가 (마치 이제는 모든 게 제게 달린 것처럼) 제게 말했습니다. "제 아내와 아이들 말입니다! 아내는 슬픔에 빠져 죽을지도 모르고, 아이들은 귀족 신분과 영지는 잃지 않겠지만 영원히 유형수의 자식이 되겠지요. 그들의 마음속에 저에 대해 그런, 그런 기억을 남기다니!"

저는 침묵했습니다.

"가족과 헤어지고, 아이들을 영원히 버려야 합니까? 영원히, 영원히 말이오!"

저는 속으로 기도를 속삭이며 앉아 있었습니다. 마침내 저는 자리에서 일어났고, 두려워졌습니다.

"어떡하지요?" 그가 저를 쳐다보았습니다.

"가십시오." 제가 말했습니다. "사람들에게 밝히세요. 모든 것이 끝나면 오로지 진실만이 남을 겁니다. 아이들도 자라면 이해할 겁니다, 선생의 위대한 결심이 얼마나 대단한 것이었는지."

그때 그는 정말로 확고하게 결심이 선 듯이 제게서 떠났습니다. 그러나 그후로도 마음의 준비는 했지만 결단을 내리지 못했는지 이주가 넘도록 저녁마다 제게 찾아왔습니다. 그는 제 마음을 무척이나 괴롭게 했습니다. 그는 확고한 태도로 찾아와 감격에 젖어 말하기도 했지요.

"제게 천국이 도래할 것을 알고 있습니다. 제가 공표하는 즉시 도래하겠지요. 십사년 동안 지옥에서 지냈습니다. 고통받고 싶습니다. 고통을 받아들이며 살고 싶습니다. 거짓으로 세상을 살다보면 돌이킬 수 없지요. 이제는 제 이웃뿐 아니라 아이들마저 사랑할 수 없게 되었습니다. 주여, 제 고통이 제게 어떤 대가를 치르게 했는지 아이들이 이해하게 하소서. 저를 비난하지 않게 하소서! 주는 힘이 아니라 진리 안에 계십니다."

"선생의 대단한 업적을 이해할 겁니다." 제가 그에게 말했습니다. "지금이 아니더라도 나중에는 이해할 겁니다. 진실을 위해, 보다 높은 진실, 지상의 것이 아닌 진실을 위해 헌신하셨으니까요……"

그는 제게서 위로를 받은 듯 떠났다가 다음날이면 다시 갑자기 험악하고 창백한 얼굴로 찾아와 비웃듯이 말했습니다.

"제가 들어설 때마다 선생은 호기심 어린 눈길로 보는군요. '또 말하지 않은 거야' 하면서요. 기다려주십시오, 너무 경멸하진 마시고요. 선생이 생각하듯 그렇게 쉽게 되는 게 아닙니다. 저는 어쩌면 아예 그 일을 하지 않을지도 모릅니다. 그런다고 저를 고발하러 가는 건 아니겠지요, 그렇죠?"

저는 어리석은 호기심을 품고 그를 보기는커녕 그를 바라보는 것조차 두려웠습니다. 저는 병이 날 정도로 괴로웠고, 제 영혼은 눈물로 가득했습니다. 밤에는 잠도 이룰 수 없었습니다.

"저는 지금," 그가 말을 이었습니다. "아내에게서 오는 길입니다. 아내가 어떤 존재인지 아십니까? 제가 집을 나설 때 아이들은 소리쳤지요. '아빠, 안녕히 다녀오세요. 얼른 돌아와 우리와 함께 『어린이 독본』[17]을 읽어요.' 아니, 선생은 이해 못 해요! 다른 사람이 겪는 불행은 머리로 이해할 수 없지요."

그의 눈이 번득였고 입술은 부들거렸습니다. 그가 별안간 주먹으로 탁자를 내리치는 바람에 탁자 위의 물건들이 튀어올랐습니다. 몹시도 부드러운 사람이었는데, 이런 일은 처음이었습니다.

"그래야 할까요?" 그가 외쳤습니다. "꼭 그럴 필요가 있을까요? 누가 형벌을 받은 것도 아닌데, 나 때문에 감방에 간 사람도 없는데, 그 하인은 병으로 죽은 건데, 나로 인해 흘린 피에 대해서는 고통으로 징벌을 받았고, 내 말을 믿어주지 않을 테고 내 증거도 전혀 믿지 않을 텐데 말입니다. 꼭 밝힐 필요가 있을까요? 그럴까요? 아내와 아이들에게 충격을 주지 않을 수만 있다면 나는 흘린 피에 대해 평생 고통받을 준비가 되어 있습니다. 가족들을 나 자신과 함께 파멸시키는 것이 정당한 일일까요? 우리가 잘못 생각하고 있는 건 아닐까요? 여기에 무슨 진실이 있습니까? 사람들이 이 진실을 알아주기나 할까요? 제대로 평가하고 존경할까요?"

'주여!' 저는 속으로 생각했습니다. '이런 순간에도 사람들의 존경을 생각하다니!' 그때 저는 그의 짐을 가볍게 해줄 수만 있다면

---

17 노비꼬프(Николай И. Новиков, 1744~1818)가 1785~89년 발간한 잡지 『마음과 이성을 위한 어린이 독본』을 가리키는 듯하다.

저 자신이 그의 운명을 나누어갖고 싶다고 생각할 만큼 그가 불쌍하게 여겨졌습니다. 보아하니 그는 극도로 흥분해 제정신이 아닌 것 같았지요. 저는 그 결단이 어떤 대가를 요구하는지 머리만이 아니라 살아 있는 영혼으로 이해하고는 두려운 마음이 들었습니다.

"운명을 결정해주십시오!" 그가 다시 소리쳤습니다.

"가서 밝히십시오." 제가 그에게 속삭였습니다. 차마 목소리가 나오지 않았지만 그래도 단호하게 속삭였습니다. 저는 책상에서 러시아어판 성서[18]를 집어들고 그에게 요한의 복음서 12장 24절을 보여주었습니다.

"정말 잘 들어두어라. 밀알 하나가 땅에 떨어져 죽지 않으면 한 알 그대로 남아 있고 죽으면 많은 열매를 맺는다." 저는 그 구절을 그가 들어오기 바로 직전에 읽었던 것입니다.

그가 읽었습니다.

"사실입니다." 그는 이렇게 말하고 쓴웃음을 지었습니다. "그렇습니다, 이 책에서는" 그가 잠시 입을 다물었다가 말했습니다. "이렇게 끔찍한 구절과 마주치게 되지요. 이것을 사람들 코앞에 불쑥 들이밀기는 쉽습니다. 그런데 이걸 쓴 건 누군가요? 정말로 사람이 쓴 건가요?"

"성령께서 쓰셨지요." 제가 말했습니다.

"당신은 쉽게 말씀하시는군요." 그는 또다시 미소를 지었지만 이제는 증오에 찬 미소였습니다. 저는 다시 책을 들고 다른 곳을 펼쳐 그에게 히브리인들에게 보낸 편지 10장 31절을 보여주었습니다. 그가 읽었습니다. "살아 계신 하느님의 심판의 손에 빠져드는

---

18 1860년 고대 교회의 슬라브어 성경이 러시아어로 번역되었다.

것은 얼마나 무서운 일입니까?"

그는 그 구절을 읽자 책을 던져버렸습니다. 심지어 온몸을 떨기까지 하더군요.

"무서운 구절입니다." 그가 말했습니다. "할 말이 없네요, 제대로 고르셨습니다." 그는 자리에서 일어났습니다. "그럼," 그가 말했습니다. "안녕히 계십시오. 아마도 더이상 찾아오지 않을 것 같습니다…… 천국에서나 뵙지요. 그러니까 제가 '살아 계신 하느님의 손에 빠져든 지' 벌써 십사년이 되었다는 거로군요. 그 십사년의 세월을 그렇게 부를 수 있겠지요. 내일은 저를 놓아달라고 그 손에 부탁드릴 겁니다……"

저는 그를 안고 입맞추고 싶었지만 감히 그러지 못했습니다. 그의 얼굴이 몹시 일그러져 무겁게 저를 보고 있었기 때문입니다. 그는 나갔습니다. '주여,' 저는 생각했습니다. '저분은 어디로 가는 걸가요!' 저는 성상 앞에 무릎을 꿇고 신속한 중보자이자 조력자이신 성모마리아께 그를 위해 울며 기도했습니다. 제가 눈물로 기도한 지 삼십분쯤 지나 자정 무렵의 늦은 밤이었습니다. 갑자기 문이 열리는 게 보이고 그가 다시 들어오는 것이었습니다. 저는 깜짝 놀랐습니다.

"어디를 갔다 오십니까?" 제가 물었습니다.

"제가," 그가 말했습니다. "뭔가를 잊은 것 같아서…… 손수건인 듯한데…… 아니, 아무것도 잊은 게 없더라도 잠시 앉았다 가겠습니다……"

그가 의자에 앉았습니다. 저는 그의 앞에 서 있었습니다. "당신도 앉으시지요"라고 하더군요. 저도 앉았습니다. 우리는 이분 정도 앉아 있었고, 그는 저를 뚫어져라 보더니 문득 미소를 짓고는 일어나 저를 꼭 안고 입을 맞추는 것이었습니다. 지금도 생생히 기억합니다……

"기억해두게나." 그가 말했습니다. "내가 자네에게 한번 더 찾아왔다는 것을. 알겠나, 이걸 잘 기억해두게!"

그는 처음으로 제게 '자네'라고 불렀습니다. 그러고는 떠났지요. '내일이군' 하고 저는 생각했습니다.

그리고 그 생각대로 되었습니다. 그날 저녁만 해도 저는 다음날이 그의 생일이라는 것을 몰랐습니다. 며칠 동안 아무데도 나가지 않았기 때문에 누구에게서도 그런 얘기를 듣지 못했던 것입니다. 해마다 생일이면 그의 집에서 큰 모임이 열렸습니다. 온 도시의 사람들이 모였지요. 이번에도 사람들이 모였습니다. 점심식사가 끝난 후 그가 한가운데로 나왔습니다. 그의 손에는 문서, 당국에 제출할 정식 고발장이 들려 있었습니다. 그의 상관도 그 자리에 함께했기에 그는 거기 모인 모든 사람 앞에서 그 문서를 큰 소리로 읽어내려갔습니다. 거기에는 그가 저지른 범죄 전부가 상세히 기록되어 있었습니다.

"저는 짐승 같은 저 자신을 사회로부터 추방하고자 합니다. 하느님께서 저를 찾아오셨으니," 문서는 이렇게 끝을 맺었습니다. "고난을 달게 받겠습니다!"

그러고는 즉시 자신의 범죄를 입증한다고 생각되는 것들, 십사년 동안 간직해온 것들을 모조리 꺼내와 탁자 위에 펼쳐놓았습니다. 자신에게서 혐의를 거둘 생각으로 훔친 피살된 여인의 금붙이, 목에서 떼어낸 십자가와 약혼자의 초상화를 끼운 펜던트, 수첩, 그리고 두통의 편지였습니다. 곧 도착한다는 것을 알리는 약혼자의 편지와 다 쓰지 못한 채 다음날 우체국에 보내려고 책상

위에 둔 그녀의 답신이었지요. 그는 그 두통의 편지를 가지고 나왔습니다. 대체 왜 그랬을까요? 무엇을 위해 그것들을 없애지 않고 십사년간 증거품으로 간직했던 것일까요? 그러자 어떤 일이 일어났겠습니까? 모두들 경악하며 두려움에 사로잡혔고 엄청난 호기심을 품고 그의 얘기를 들었음에도, 아무도 그의 말을 믿으려 하지 않았습니다. 며칠이 지나자 모든 집에서 그 불쌍한 사람은 미친 것이라는 결론이 내려지고 그런 얘기가 나돌았습니다. 당국과 법원은 사건을 수사하지 않을 수 없었지만 그들도 곧 일손을 놓았습니다. 비록 제시된 물건과 편지를 보면 재검토하지 않을 수 없었지만, 이들 증거품이 확실한 것으로 판명된다 할지라도 그 증거품만을 토대로 유죄를 확정할 수는 없다는 결론이 났습니다. 그 물건 모두 그녀 자신의 지인으로서 그가 위임받아 가지고 있었을 수도 있다는 것이었죠. 하지만 그 물건들이 진짜로 그녀의 것임은 나중에 피살된 여인의 여러 지인과 친척을 통해 확인되었고 의심할 여지가 없다는 얘기를 들었습니다. 그러나 이 사건은 또다시 완결될 운명이 아니었습니다. 닷새쯤 지나 그 수난자가 병이 들어 위독한 상태라는 것을 모두가 알게 되었으니까요. 그가 어떤 병에 걸렸는지는 정확히 알 수 없지만 심장병이라고들 했고, 부인의 간청에 따라 의사가 그의 정신 상태를 진단했는데 이미 정신이상이라는 결론을 내렸다는 사실도 모두에게 알려졌습니다. 사람들이 이것저것 캐물으려고 제게 달려왔지만 저는 한마디도 흘리지 않았습니다. 그러나 제가 그를 만나려 하자 오랫동안 저를 오지 못하도록 막았고 특히 그의 부인이 그랬습니다.

"그이를 흔들어놓은 것은," 그녀가 제게 말했습니다. "당신이에요. 그이는 이전에도 침울하긴 했지만 최근 일년 동안에는 모두가 느낄 만큼 특히 신경질적이고 이상하게 행동했는데, 당신이 때맞추어 그이를 파멸시킨 거예요. 당신이 도가 지나치게 설교를 했고, 그이는 당신의 집을 꼬박 한달이나 출입했으니까요." 그런데 어찌된 일인지 그 부인만이 아니라 온 도시의 사람들이 달려들어 저를 비난했습니다. "이 모든 게 당신 탓이야"라고 말이지요. 저는 침묵했지만 속으로는 기뻤습니다. 왜냐하면 자기 자신에게 맞서 스스로를 벌한 사람에 대한 하느님의 의심할 여지 없는 은총을 볼 수 있었기 때문입니다. 저는 그가 정신이상이라는 것을 믿을 수 없었습니다. 그러다 마침내 그를 만나는 것이 허락되었는데, 그가 저와 작별인사를 하고 싶다고 강력하게 요구했던 것입니다. 안으로 들어갔을 때 저는 그의 생명이 시간을 다투고 있다는 것을 알 수 있었습니다. 그는 쇠약해져 얼굴이 누렸고 손을 떨며 숨도 간신히 쉬고 있었습니다. 그러나 감동하고 기쁜 눈길로 저를 바라보았습니다.

"마침내 해냈습니다!" 그가 제게 말했습니다. "오래전부터 선생을 보고 싶었는데, 오시지 않더군요."

저는 사람들이 그를 만나는 것을 허락지 않았다는 말은 하지 않았습니다.

"하느님께서 저를 불쌍히 여겨 부르고 계십니다. 제가 죽어가고 있다는 것을 알지만 십수년 만에 처음으로 기쁨과 평화를 느낍니다. 마땅히 해야 했던 일을 행하자마자 곧바로 제 영혼에 천국을 느꼈습니다. 이제는 감히 제 아이들을 사랑하고 입맞출 수 있습니다. 사람들은 저를 믿지 않았습니다. 아내도, 저의 재판관들도 아무도 믿지 않았어요. 아이들도 결코 믿지 않겠지요. 여기에서 제 아이들에게 내리시는 하느님의 은총을 봅니다. 저는 죽지만 그들에게 제 이름은 더럽혀지지 않고 남을 겁니다. 이제 저는 하느님을 예감하고 있고 제 마음은 천국에 있는 것처럼 즐겁습니다…… 의무를 다했으니까요……"

그는 말도 제대로 할 수 없어 숨을 헐떡이면서도 뜨겁게 제 손을 잡고 열렬히 저를 바라보았습니다. 우리는 오랫동안 이야기를 나눌 수는 없었는데, 그의 부인이 끊임없이 우리를 지켜보고 있었던 것입니다. 그러나 어쨌든 그는 제게 속삭이는 데 성공했습니다.

"기억하나, 내가 그날 자정에 다시 한번 자네를 찾아갔던 일 말일세. 자네에게 잘 기억해두라고 했었지? 내가 무슨 목적으로 들어갔었는지 아나? 나는 자네를 죽이러 갔던 거라네!"

저는 몸을 부르르 떨었습니다.

"그때 나는 자네 집에서 나와 어둠 속에서 거리를 헤매며 나 자신과 싸웠네. 갑자기 견딜 수 없이 자네가 증오스러워졌어. '이제 그만이 나를 구속하고 있고 나의 재판관이다. 그가 모든 것을 알고 있으니 나는 이미 내일의 징벌을 피할 수 없다.' 그때 내가 두려워했던 건 자네가 고발하리라는 것이 아니었어(그런 건 생각도 하지 않았네). '만일 내가 스스로 고발하지 않으면 그를 어떻게 본단 말인가?' 하고 생각했지. 설사 자네가 아주 먼 나라에 가 있다 할지라도 살아 있다면, 여전히 자네가 살아서 모든 걸 알고 나를 심판하리라는 그 생각 자체가 견딜 수 없었네. 마치 자네가 모든 것의 원인이고 모든 잘못을 저지른 양 자네가 증오스러웠어. 그때 자네 책상 위에 단검이 놓여 있던 것이 기억났고 나는 자네에게 되돌아갔네. 나는 자리에 앉았고, 자네에게도 앉으라고 권했지. 그리고 일분 내내 생각했네. 만일 내가 자네를 죽인다면 이전의 범죄를 밝히지 않아도 이 살인 때문에 어쨌든 파멸하게 될 테지. 그러나 그 순간에는 그런 생각은 전혀 하지 않았고 또 생각하고 싶지도 않았네.

다만 자네가 증오스러워서 모든 것에 대해 온 힘을 다해 복수하고 싶었을 뿐이야. 하지만 나의 주님이 내 마음속에 있는 악마를 무찌르셨네. 그러나 자네가 그때보다 더 죽음에 가까이 간 적은 없었다는 것만큼은 알아두게."

일주일 후에 그는 세상을 떠났습니다. 온 도시가 그의 관을 무덤까지 배웅했지요. 사제장이 감동적인 말씀을 전했습니다. 사람들은 그의 삶을 마감케 한 무서운 병마에 슬퍼했습니다. 그러나 그의 장례를 치르자마자 온 도시가 제게 적대적으로 변해서 저를 손님으로 맞아주지도 않았습니다. 사실 처음에는 많지 않은 몇사람뿐이었지만 나중에는 점점 더 많은 사람이 그의 증언이 진실이라는 것을 믿게 되어 저를 찾아와 엄청난 호기심과 기쁨을 품고 캐묻기 시작했습니다. 사람이란 의로운 사람의 몰락과 그의 치욕을 좋아하게 마련이니까요. 그러나 저는 침묵을 지켰고, 곧 그 도시를 완전히 떠났습니다. 다섯달 후에는 너무도 분명하게 길을 지시하신 보이지 않는 손을 축복하며 하느님의 손에 이끌려 확고하고 아름다운 이 길에 들어서는 영광을 입었습니다. 그리고 저는 많은 고통을 당한 하느님의 종 미하일을 지금까지도 매일 제 기도 속에서 잊지 않고 있습니다.

3. 조시마 장상의 담화와 가르침 중에서

5) 러시아의 수도사와 그가 가질 수 있는 의미에 관해

신부님들, 스승님들, 수도사란 무엇입니까? 오늘날의 계몽된 세계에서 어떤 이는 이 단어를 조롱하듯이, 또 어떤 이는 욕설처럼 사용하지요. 시간이 흐를수록 더욱 그렇습니다. 사실입니다, 오, 사실 수도사들 가운데는 무위도식하는 사람, 색을 밝히는 사람, 음탕한 사람, 뻔뻔한 뜨내기들이 많습니다. 교육받은 세속의 사람들은 이를 가리켜 "당신들은 게으름뱅이요 사회에 불필요한 사람들로, 다른 사람의 노동 덕분에 살아가는 염치를 모르는 거지들이오"라고 손가락질하지요. 하지만 수도생활을 하는 이들 중에는 고독과 침묵 속에서 열정적인 기도를 갈망하는 온유하고 겸손한 사람도 아주 많습니다. 사람들은 그런 사람들을 보지 않고 심지어 침묵으로 완전히 비껴가니, 이 고독한 기도를 갈망하는 온유한 사람들로부터 다시 한번 러시아땅의 구원이 이루어질 것이라고 제가 말하면 깜짝 놀랄지도 모릅니다! 진실로 이들은 '정해진 연, 월, 일, 시'[19]를 위해 고요히 준비하고 있습니다. 그들은 고독 속에서 하느님 진리의 순수성 안에 거하며 고대의 교부와 사도, 순교자들로부터 전해진 그리스도의 형상을 아름답고 왜곡되지 않은 모습 그대로 간직하고 있다가 필요한 때가 되면 갈팡질팡하는 세상의 진실 앞에 드러내 보일 것입니다. 이 생각은 위대한 것입니다. 동방으로부터 그 별이 빛날지어다.

저는 수도사에 대해 이렇게 생각하는데, 이 생각이 진정으로 거짓되고 교만한 것일까요? 하나님의 백성 위에 거만하게 군림하는 세속의 사람들을 보면 그들 속에는 하느님의 얼굴과 진리가 왜곡되어 있지 않습니까? 그들에게는 과학이 있는데 과학에는 감각에 종속된 것만이 존재할 뿐입니다. 인간 존재의 드높은 반쪽인 영적

---

19 요한의 묵시록 9:15 "그래서 네 천사는 풀려났습니다. 그 천사들은 정해진 연 월 일 시에 사람들의 삼분의 일을 죽이려고 준비를 갖추고 있었습니다"에서 나온 구절이다.

세계는 완전히 의기양양하게, 심지어 증오심까지 곁들여 거부당하고 있습니다. 세상은 자유를 선포했지요. 특히 최근에는 더욱 그렇습니다. 하지만 그들의 자유에서 우리는 무엇을 봅니까? 오직 노예 상태와 자멸뿐입니다! 세상은 '욕구가 있으면 그걸 충족해라. 누구나 가장 명망 있는 사람과 가장 부자인 사람과 마찬가지로 그럴 권리가 있다. 욕망을 충족하는 걸 두려워하지 말고 오히려 더 증대하라'라고 말하기 때문입니다. 이것이 요즘 세상의 가르침입니다. 이것을 자유라고 보지요. 이 욕구 증대를 보장하는 권리에서 나오는 결과가 무엇입니까? 부자에게는 **고립**과 정신적 자살이고, 가난한 사람에게는 시기와 살인입니다. 권리는 주었는데 욕구를 충족할 방법을 미처 가르쳐주지 않았으니까요. 사람들은 세상이 갈수록 더 하나가 되고 거리가 줄어들고 사상이 공중으로 전파되면서 점점 더 형제애적 소통 속에서 성숙해질 것이라고 단언합니다. 맙소사, 사람들의 그런 결합을 믿지 마십시오. 자유를 욕구의 증대와 그것의 빠른 충족으로 이해함으로써 사람들은 자신 속에 수많은 무의미하고 어리석은 욕망, 습관, 터무니없는 공상을 낳고 이로써 자신의 본성을 왜곡합니다. 사람들은 서로에게 느끼는 질투심만을 위해, 육신의 만족만을 위해, 자랑만을 위해 살고 있습니다. 좋은 음식과 나들이, 마차와 높은 지위, 노예와 하인을 소유하는 것이 이제는 생명과 명예, 인간애마저 희생할 수 있는 욕구로 간주되고, 그래서 그것을 채울 수 없으면 자신을 죽이기까지 하지요. 부자가 아닌 사람에게서도 똑같은 것을 볼 수 있습니다. 가난한 사람들은 취기로 잠재워지지 않는 한 욕구불만과 시기심을 드러내지요. 그러나 그들은 곧 술 대신 피에 취하게 될 것이고, 그렇게 되게끔 되어 있습니다. 저는 여러분에게 묻습니다. 그런 사람이 자유로울까요?

제가 아는 어떤 '이념의 투사'가 제게 말해주더군요. 감방에서 담배를 빼앗기자 그것을 잃은 것이 얼마나 고통스럽던지 담배만 준다면 당장 가서 자신의 '이념'마저 팔아먹었을 거라고요. 그런 사람이 한때는 '인류를 위해 싸우러 간다!'라고 말했던 것입니다. 그런 사람이 어디로 가서 무슨 일을 할 수 있겠습니까? 즉각적으로 행동할 수는 있어도 오래 계속하지는 못할 것입니다. 그러니 청년 시절의 저의 신비한 방문객이자 스승이 말했듯이 자유 대신 노예 상태, 형제애와 인류의 연합을 위한 헌신 대신 그와 반대로 파편화와 고립에 빠지는 것이 놀랄 일도 아니지요. 그렇기 때문에 세상에서 인류를 위한 봉사, 사람들의 우애와 합일을 바라는 생각은 점점 더 스러져 심지어 비웃음마저 사고 있습니다. 스스로 만들어낸 수많은 욕구를 충족하는 데 그토록 익숙해졌으니 그 버릇을 어찌 고칠 것이며, 그 자유롭지 못한 사람들이 어디로 가겠습니까? 고립되어 있는 그가 전체에 무슨 관심이 있겠습니까? 물질을 더 많이 축적하는 것은 달성했지만 기쁨은 더 적어진 것이지요.

수도사의 길은 다릅니다. 순종과 금욕, 기도를 비웃지만 오직 그것들 속에만 진정하고 참된 자유로 가는 길이 놓여 있습니다. 자신으로부터 쓸데없고 불필요한 욕구를 끊어내고 자기애로 오만한 나의 의지를 복종시키고 순종으로 채찍질하면 하느님의 도움으로 영혼의 자유를 얻게 됩니다. 그와 더불어 영적 즐거움도요! 그들 중 누가 더 위대한 사상을 드높이고 그에 봉사할 수 있을까요? 고립된 부자일까요, 아니면 물질과 습관의 전횡에서 해방된 이 사람일까요? 사람들은 수도사들이 고립된 삶을 산다고 비난합니다. '수도원 담장 안에서 자신을 구원하기 위해 은거하면서 인류를 위한 헌신을 잊었다'라고 하지요. 하지만 보십시다, 누가 더 형제애에 열심인가요? 고립은 우리가 아니라 그들에게 있지만 그들은 그것을 보지 못해 그러는 겁니다. 아주 오래전부터 우리에게서 민중을 위한 일꾼들이 나왔는데, 지금이라고 어째서 나올 수 없단 말입니까? 겸손하고 온유하게 정진하는 사람들, 묵언수행을 하는 사람들이 일어나 위대한 일을 하러 나설 것입니다. 루시의 구원은 민중 속에 있습니다. 러시아 수도원은 예로부터 민중과 함께해왔습니다. 민중이 고립 속에 있다면 우리도 고립 속에 있는 것입니다. 민중은 우리와 같은 식으로 믿지만, 믿음이 없는 일꾼은 그 마음이 아무리 진실하고 지성이 독창적일지라도 우리 러시아에서 아무 일도 행하지 못할 것입니다. 이 점을 명심하십시오. 민중은 무신론자를 만나면 그를 무찌를 것이고 단일한 정교 루시가 도래할 것입니다. 민중을 소중히 여기고 그들의 마음을 보호하십시오. 고요한 가운데 그들을 교육하십시오. 민중은 하느님을 품은 이들이므로, 이것이 수도사 여러분이 해야 할 수행입니다.

6) 주인과 하인에 관해, 그리고 주인과 하인이 서로 영적 형제가 될 수 있는지에 관해

오, 누군가는 민중 속에도 죄가 있다고 말합니다. 타락의 불길은 심지어 눈에 띄게 증가하고 있고 시시각각 상류층으로부터 내려오고 있습니다. 민중 속에도 고립이 도래하고 있습니다. 부농과 착취자가 나타나기 시작했지요. 이미 상인은 점점 더 존경받기를 갈망해서 교육이라곤 전혀 받지 못했으면서도 교육받은 사람처럼 보이려 애쓰고 이를 위해 가증스럽게도 오랜 풍습을 무시하고 아버지의 신앙마저 수치스러워합니다. 그리고 세상의 권세 있는 자들을 찾아다니지만 그들 자신은 타락한 농민에 불과합니다. 민중은 음주로 곪아버렸지만 이미 거기서 벗어날 수 없습니다. 가족과 아내, 아이들에게까지 하는 짓은 얼마나 잔혹합니까. 모든 것이 음주 때문입니다. 저는 공장에 열살배기 아이들이 있는 것도 보았습니다. 비쩍 마르고 제대로 자라지 못해 등이 굽고 벌써 타락해버린 아이들 말입니다. 숨 막히는 커다란 건물과 쿵쿵대는 기계, 온종일의 노동, 타락한 말들과 술, 또 술. 과연 이런 것이 아직 어린 아이들에게 필요하단 말입니까? 그들에게 필요한 것은 태양과 놀이이고 가는 곳마다 보이는 밝은 모범과 단 한방울이라 할지라도 그들을 품어주는 사랑입니다. 수도사님들, 이런 일이 일어나지 않도록, 아이들을 괴롭히는 학대가 일어나지 않도록 떨쳐일어나 어서어서 설교하십시오. 그러나 평범한 민중이 타락해서 추악한 죄를 이미 거절할 수 없다 할지라도, 그들은 자신의 추악한 죄로 인해 하느님의 저주를 받았고 자신이 죄를 범하며 나쁜 짓을 저질렀음을 알고 있으므로 하느님은 여전히 러시아를 구원하실 것입니다. 그러므로 우리 민중은 아직 지치지 않고 진실을 믿으며 하느님을 인정하고 감동하여 통곡하는 것입니다. 그러나 상류층 사람들은 그렇지 않습니다. 그들은 과학을 좇아 자신들의 지성만으로 이전처럼 예수 없이 공정한 세상을 만들어가고자 원하며, 그렇기 때문에 이미 범죄도 없고 죄악도 없다고 선언했습니다. 이건 그들 딴에는 맞는 말입니다. 하느님이 없다면 범죄가 무엇이란 말입니까? 유럽에서는 민중이 이미 힘으로써 부유한 자들에 대항해 일어났고, 민중의 우두머리가 도처에서 그들을 피로 인도하며 그들의 분노가 옳다고 가르칩니다. 그러나 '잔인하기에 그들의 분노는 저주받으리라!'[20]인

20 창세기 49:7 "저주받으리라. 화가 나면 모질게 굴고, 골이 나면 잔인해지는 것들! 내가 그들을 야곱의 자손 가운데서 분산시키고 이스라엘 백성 가운데서 흩

것입니다. 하느님께서는 이미 여러번 그리하셨듯이 러시아를 구하실 것입니다. 신부님들, 스승님들, 민중의 꿈을 귀하게 여기십시오. 이것은 꿈이 아닙니다. 위대한 민중 속에 있는 훌륭하고 참된 품성에 저는 평생 놀라워했고, 그것을 직접 보았으므로 증언할 수 있습니다. 그들의 악취 나는 죄악과 빈궁한 모습에도 불구하고 제 눈으로 그것을 보고 놀라워했으니까요. 민중은 비굴하지 않습니다. 두세기 동안 이어진 압제[21]에도 불구하고 말입니다. 그들은 겉모습과 태도가 자유롭고 아무 원망도 품지 않습니다. 복수심도 시기심도 없습니다. '당신은 명망 있고 부자에다 똑똑하고 재능 있습니다. 좋습니다, 하느님이 당신을 축복하시길. 나는 당신을 존경합니다. 하지만 나 역시 사람이란 걸 안단 말입니다. 시기심 없이 당신을 존경하는 것, 그것으로 당신 앞에 내 인간적 존엄성을 드러내는 거지요.' 민중이 실제로 이렇게 말하지는 않더라도(왜냐하면 아직 이렇게 말할 줄 모르니까요) 그렇게 **행동**하고 있다는 **것**을 저 자신이 보고 체험했습니다. 우리 러시아인은 가난할수록, 지위가 낮을수록 그들 속에서 이 숭고한 진실이 더 두드러지게 드러난다는 것을 믿으시겠습니까? 왜냐하면 그들 중에서 수많은 부농과 착취자 들이 이미 너무도 타락했기 때문인데, 이는 많은 부분, 아주 많은 부분이 우리의 태만과 부주의 탓입니다! 하지만 러시아는 겸손함으로 인해 위대하기에 하느님은 자신의 사람들을 구원하실 것입니다. 저는 그것을 보리라 꿈꾸고 있고 우리의 미래를 벌써 분명히 보는 듯합니다. 왜냐하면 가장 타락한 우리의 부자조차 종국에는 가난한 이 앞에서 자신의 부를 수치스러워하게 될 것이고, 가난한 이는

뜨리리라"에서 나온 구절이다.

21 1243~1480년 몽골족의 러시아 지배를 뜻한다.

그 겸손함을 보고서 모든 것을 이해하며 기쁨과 사랑으로 그에게 양보하고 그의 숭고한 수치심에 응답하게 될 것이기 때문입니다. 끝내 그렇게 되리라는 것을 믿으십시오. 그렇게 되어가고 있습니다. 평등은 인간의 영적 존엄성을 누리는 가운데서만 존재하며, 이것은 우리나라 사람만이 이해할 수 있는 것입니다. 형제들이 있으면 형제애가 따라올 것이고, 형제애가 생기기 전에 나눔이란 결코 이루어질 수 없는 것입니다. 우리는 그리스도의 형상을 간직하고 있으니 온 세상에 귀중한 다이아몬드처럼 빛날 것입니다…… 그리될지어다, 그리될지어다!

신부님들, 스승님들, 한번은 제게 감격적인 일이 일어났습니다. 순례 중이던 어느날 K현의 도시에서 예전에 저의 당번병이던 아파나시를 만났습니다. 그와 헤어진 지 벌써 팔년이 지났을 때였지요. 그는 우연히 시장에서 저를 마주쳐 알아보고는 제게 달려왔습니다. 맙소사, 그는 얼마나 기뻤던지 제 몸을 덮칠 듯했습니다. "신부님, 나리, 나리가 맞으시죠? 제가 나리를 보고 있는 게 맞지요?" 그는 저를 자기 집으로 데려갔습니다. 벌써 제대해서 결혼하여 아이가 둘 있었지요. 아내와 함께 시장에 매대를 놓고 소규모 장사로 먹고살고 있었습니다. 그의 방은 가난했지만 깨끗하고 기쁨이 가득했습니다. 저를 앉히고는 사모바르를 올려놓고 아내를 부르러 사람을 보냈습니다. 제가 그의 앞에 나타난 것이 그에게는 마치 무슨 축제나 되는 것 같았습니다. 제게 아이들을 데려왔지요. "신부님, 축복해주세요." "내가 무슨 축복을 해주겠나." 제가 대답했습니다. "나는 평범하고 보잘것없는 수도사일 뿐이니 하느님께 아이들을 위해 기도를 바치겠네. 자네를 위해서는, 아파나시 빠블로비치, 그날 이후로 언제나, 평생 하느님께 기도한다네. 모든 게 자네로부터 비롯되었으니까." 그러고서 저는 그에게 할 수 있는 대로 모든 것을 설명해주었습니다. 그런데 그 사람이 어쨌는지 아십니까? 저를 바라보더니 자신의 예전 상관이자 장교인 제가 지금 자기 앞에서 이런 모습, 이런 옷을 입고 있다는 것을 믿지 못하겠다는 듯 울기까지 하더군요. "왜 우나." 제가 그에게 말했습니다. "자네는 잊을 수 없는 사람이야. 오히려 나를 위해 마음으로 기뻐해주게, 사랑스런 사람아. 나의 길은 기쁘고 밝다네." 많은 말을 하지는 않았지만 그는 내내 감탄하고 감동하며 저를 보면서 고개를 끄덕였습니다. "나리의 재산은 어쩌셨습니까?" 하고 묻더군요. "수도원에 바쳤네. 우리는 공동생활을 한다네"라고 대답했습니다. 차를 마신 뒤 저는 그와 작별인사를 나누었습니다. 그런데 갑자기 그가 제게 수도원에 헌금해달라며 50꼬뻬이까를 내어주고는 또 50꼬뻬이까를 제 손에 쥐여주며 얼른 말하는 것이었습니다. "이건 나리께, 이상한 여행자께 드리는 겁니다. 도움이 될지도 모르잖아요, 신부님." 저는 그 50꼬뻬이까를 받아들고 그와 그의 아내에게 절하고 기쁜 마음으로 나왔습니다. 그리고 길을 가며 생각했습니다. '이제 우리 둘 다, 그는 자기 집에서, 그리고 나는 걸어가면서 하느님께서 우리의 만남을 어떻게 인도하셨는지 회상하며 틀림없이 즐거운 마음으로 고개를 끄덕이고 탄성을 지르며 기쁨의 미소를 짓겠지.' 그후로 저는 더이상 그를 보지 못했습니다. 저는 그의 주인이었고 그는 제 하인이었지만, 이제 우리가 영적 감동 가운데서 사랑하는 마음으로 서로에게 입맞추었을 때 우리 사이에는 위대한 인간적 합일이 일어났던 것이지요. 저는 이 일에 대해 많이 생각했고 지금도 생각하곤 합니다. 이 위대하고 소박한 합일이 때가 되면 도처에서 우리 러시아인들 사이에 일어날 수 있으리라는 생각을 납득하기가 정말로 그렇게 어렵단 말입니까? 저는 그런 일이 일어나리라는 것을, 그때가 가까웠음을 믿습니다.

하인에 관해 다음의 얘기도 덧붙이겠습니다. 저는 예전에 젊었을 때 제 하인들에게 화를 내곤 했습니다. '요리사가 너무 뜨거운 음식을 내왔어, 하인은 옷을 빨아놓지 않았어' 하면서요. 그런데 그때, 제가 어릴 적 들었던 사랑하는 형님의 생각이 제 마음을 비추었습니다. '다른 사람의 봉사를 받을 정도로, 그들이 가난하고 무식하다는 이유로 그들을 학대할 정도로 내가 가치 있는 사람인가?' 그때 저는 이 가장 단순하고 명료한 생각이 그렇게 늦게야 머릿속에 떠오른 데 놀랐습니다. 세상에 하인이 없는 것은 불가능하다. 그러니 하인이 아니었을 상황보다 네 집 하인이 정신적으로 더 자유롭게 만들라. 어째서 하인이 깨닫게끔 제가 하인에게 하인이 되어주며, 제 쪽에는 어떤 오만도 없고 그의 쪽에는 어떤 불신도 없이 할 수 없겠습니까? 어째서 하인이 제게 친척같이 되어 마침내 제가 그를 가족으로 맞이해 기뻐할 수 없겠습니까? 이것은 지금이라도 실현 가능합니다. 지금처럼 사람이 하인을 찾지 않고 자신과 같은 사람이 내 하인이 되는 것을 원치 않으며 오히려 온 힘을 다해 성서의 가르침대로 모든 사람의 종이 되기를 자청할 때,[22] 장차 사람들 간의 위대한 연합의 기초가 마련될 것입니다. 마침내 사람들이 지금처럼 폭식, 음란, 허영, 교만, 한 사람이 다른 사람을 억압하려는 게걸스런 시기심 같은 잔혹한 기쁨에서가 아

---

22 마르코의 복음서 10:43-44 "너희 사이에서 누구든지 높은 사람이 되고자 하는 사람은 남을 섬기는 사람이 되어야 하고/으뜸이 되고자 하는 사람은 모든 사람의 종이 되어야 한다" 외에 마테오의 복음서 20:27, 23:11, 마르코의 복음서 9:35 등에도 관련 구절이 있다.

니라 오로지 계몽과 자비의 위업 속에서만 기쁨을 발견하리라는 것은 참으로 몽상에 불과할까요? 저는 아니라고, 이미 때가 가까웠다고 굳게 믿고 있습니다. 사람들은 비웃으며 묻습니다. 언제 그때가 도래하느냐고, 도래할 것 같기는 하냐고요. 저는 우리가 그리스도와 함께 이 위대한 일을 달성할 것이라고 생각합니다. 최근 십년 동안 이 땅에 인류 역사상 도무지 생각지도 못했던 사상들이 얼마나 많이 나타났습니까? 신비한 때가 도래하자 그 사상들은 갑자기 나타나 온 세상에 퍼졌습니다. 우리에게도 그런 일이 일어날 것이고, 우리 민족이 세계에 빛을 발하여 모든 사람이 '집 짓는 사람들이 버린 돌이 모퉁이의 머릿돌이 되었다'[23]라고 말하게 될 것입니다. 조롱하는 사람들에게 만일 우리의 생각이 몽상일 뿐이라면 당신들은 언제쯤이나 당신들의 건물을 세울 것이며 그리스도 없이 당신들의 이성만으로 공정한 세상을 만들 수 있겠느냐고 물어보십시오. 만일 그들이 오히려 자신들이야말로 연합을 향해 가고 있다고 주장한다면, 진실로 그것을 믿는 사람들은 그들 중에서 가장 단순한 사람들일 뿐이며 그 단순함이야말로 놀라울 따름이지요. 진실로 그들의 몽상에 가까운 환상은 우리의 것보다 더합니다. 공정한 세상을 만들겠다지만, 그리스도를 거부하고서는 세상을 피로 물들이는 것으로 끝날 뿐입니다. 피는 피를 부르고 칼을 쓰는 사람은 칼로 망할 것이기 때문이지요.[24] 그리스도의 언약이 없다면 지구상에 최후의 두 사람만 남을 때까지 서로를 죽일 겁니

---

23 마테오의 복음서 21:42 "너희는 성서에서, '집 짓는 사람들이 버린 돌이 모퉁이의 머릿돌이 되었다. 주께서 하시는 일이라, 우리에게는 놀랍게만 보인다.' 한 말을 읽어본 일이 없느냐?"에서 나온 구절이다.
24 마테오의 복음서 26:52 "그것을 보시고 예수께서는 그에게 '칼을 도로 칼집에 꽂아라. 칼을 쓰는 사람은 칼로 망하는 법이다'"에서 나온 구절이다.

다. 나아가서 그 마지막 두 사람도 오만함 때문에 서로를 견디지 못해 마지막 사람이 다른 사람을 죽일 것이고 자기 자신마저 죽일 것입니다. 겸손하고 온유한 이들을 위해 그 기간을 줄여주시겠다는 그리스도의 약속이 없다면[25] 실제로 그렇게 될지도 모릅니다. 그때의 결투 뒤에 제가 아직 장교복을 입고 있을 때 사교계에서 하인에 관해 이야기하자 사람들이 제 이야기에 놀라던 것을 기억합니다. '당신은 우리더러 하인을 소파에 앉히고 그에게 차를 갖다바치라는 거요?' 하고 말이죠. 그때 저는 그들에게 대답했습니다. '가끔이라도 그렇게 하면 왜 안 되겠습까?' 그러자 모든 이가 비웃었지요. 그들의 질문은 경박했고 제 대답도 모호했지만, 그 대답 속에는 일종의 진리가 존재한다고 생각합니다.

7) 기도에 관해, 사랑에 관해, 다른 세상과의 접촉에 관해

청년들이여, 기도를 잊지 마십시오. 기도할 때마다 그 기도가 진실하다면 새로운 감정이 싹틀 것입니다. 그 속에서 당신이 이전에는 몰랐지만 또다시 당신을 북돋아줄 새로운 생각이 떠오를 것입니다. 기도는 곧 교육임을 깨달을 것입니다. 또한 기억할 것은, 매일 할 수 있을 때마다 속으로 '주여, 오늘 아버지 앞에 선 모든 이를 불쌍히 여기소서' 하고 되뇌는 것입니다. 매시간, 매순간 수천명의 사람들이 이 땅에서 자신의 생명을 버리고 그들의 영혼이 하느님 앞에 서기 때문입니다. 그중 얼마나 많은 사람이 아무도 모르는 슬픔과 비통 속에서, 아무도 그들을 불쌍히 여기지 않고 또 그들에

---

25 마테오의 복음서 24:22 "하느님께서 그 고생의 기간을 줄여주시지 않는다면 살아남을 사람은 하나도 없다. 그러나 뽑힌 사람들을 위하여 그 기간을 줄여주실 것이다"에서 나온 구절이다.

대해 살았는지 죽었는지도 알지 못하는 가운데 외롭게 이 땅과 헤어졌겠습니까. 그러니 설사 당신이 그를 전혀 모르고 그도 당신을 전혀 모른다 할지라도 그의 명복을 위한 당신의 기도는 이 땅의 다른 끝에서부터 하느님께 올라갈 것입니다. 두려움을 느끼며 주 앞에 섰을 때 그 순간 자신을 위해서도 기도해주는 사람이 있고 지상에 자신을 사랑해주는 인간 존재가 남아 있다는 것을 느끼면 그의 영혼이 얼마나 감동하겠습니까. 더구나 하느님께서는 그대들 두 사람을 더욱 자비롭게 보실 겁니다. 당신이 그를 그렇게 불쌍히 여겼다면 당신에 비해 무한히 자비롭고 사랑 많으신 그분은 그를 훨씬 더 가엾게 여기실 것이기 때문입니다. 그러므로 당신을 위해 그를 용서하실 것입니다.

형제들이여, 사람들의 죄를 두려워하지 말고 그가 죄 속에 있더라도 사람을 사랑하십시오. 하느님의 사랑을 닮은 이것이 지상에 있는 어떤 사랑보다 높기 때문입니다. 하느님의 피조물 전체를, 모래알 하나까지 사랑하십시오. 이파리 하나, 하느님의 빛줄기 하나를 사랑하십시오. 동물을 사랑하고, 식물을 사랑하고, 모든 사물을 사랑하십시오. 온갖 사물을 사랑하면 사물 속에 있는 하느님의 비밀을 깨닫게 될 것입니다. 일단 깨닫게 되면 앞으로 평생 동안 날이 갈수록 더욱 많이, 끊임없이 그것을 깨닫게 될 것입니다. 마침내 온 세상을 온전하고 세계적인 사랑으로 사랑하게 될 것입니다. 동물을 사랑하십시오. 하느님께서 그들에게 생각의 단초와 평온한 기쁨을 주셨습니다. 그 기쁨을 흔들어놓지 말고, 그들을 괴롭히지 말고, 그들에게서 기쁨을 빼앗지 마십시오. 하느님의 생각에 대적하지 마십시오. 사람이여, 동물 앞에서 우쭐대지 마십시오. 동물은 죄가 없지만 우리는 자신의 위대함을 가지고 이 땅에 등장해 땅을 썩게 만들고, 사후에 자신의 곪은 흔적을 남겨놓습니다. 오오, 우리들 거의 대부분이 그렇습니다! 특별히 어린아이들을 사랑하십시오.[26] 어린아이들 역시 천사들처럼 죄가 없습니다. 아이들은 우리의 감동을 위해, 우리 마음의 정화를 위해, 우리를 향한 어떤 지침처럼 살아갑니다. 어린이를 모욕하는 자에게 슬픔이 있을지어다. 안 핌 신부는 제게 아이들을 사랑하라고 가르쳤습니다. 다정하고 말이 없던 그는 우리의 순례 중에 아이들을 위해 과자와 알사탕을 사서 나누어주곤 했지요. 마음의 감동 없이는 아이들 곁을 지나치지 못했습니다. 그런 분이셨지요.

어떤 생각 앞에서 의혹을 품고 서 있을 때가 있습니다. 특히 사람들의 죄를 보면 자문하게 되지요. '힘으로 붙들 것인가, 겸손한 사랑으로 붙들 것인가?' 언제나 '겸손한 사랑으로 붙잡으리라' 하고 결단하십시오. 일단 그렇게 결단하면 전세계를 굴복시킬 수도 있을 것입니다. 겸손한 사랑은 무서운 힘이고 가장 강력한 것 중에 강력한 것이며 그와 비슷한 것은 아무것도 없습니다. 매일, 매시간, 매순간 여러분의 형상이 훌륭할 수 있도록 주변을 살피고 자신을 살피십시오. 당신이 작은 아이 옆을 지나갑니다. 추악한 말과 성난 영혼을 지닌 악의 가득한 모습으로요. 어쩌면 당신은 그 아이를 알아채지 못할지도 모릅니다. 그러나 그 아이는 당신을 보지요. 꼴사납고 죄 많은 당신의 형상이 아이의 무방비한 가슴에 남게 될지도 모릅니다. 당신은 몰랐겠지만 그로써 당신은 아이에게 나쁜 씨앗을 심은 것이며 그 씨앗은 그렇게 자라날 것입니다. 모든 것

---

26 마테오의 복음서 19:14 "예수께서는 '어린이들이 나에게 오는 것을 막지 말고 그대로 두어라. 하늘나라는 이런 어린이와 같은 사람들의 것이다' 하고 말씀하셨다." 이밖에도 복음서에는 어린이와 관련한 구절이 많다.

은 당신이 아이 앞에서 부주의했기 때문이고, 자기 안에 조심스럽고 적극적인 사랑을 기르지 않았기 때문입니다. 형제들이여, 사랑은 스승이지만 그것을 습득할 수 있어야 합니다. 왜냐하면 사랑은 어렵게 습득되는 것이고, 비싼 대가를 치르며 오랜 노력과 긴 시간을 통해 얻어지는 것이기 때문입니다. 그저 우연한 한순간이 아니라 모든 시간에 걸쳐 사랑해야 하기 때문입니다. 어쩌다 사랑하는 것은 누구나 할 수 있습니다. 악인도 그런 사랑은 할 수 있지요. 젊은 시절 제 형님은 새들에게도 용서를 구했습니다. 그건 터무니없는 짓 같지만 실은 진실입니다. 만사는 대양과 같아서 흐르다가 만나며, 이곳에서 건드린 것이 세계의 다른 끝에서 메아리처럼 울리니까요. 새들에게 용서를 구하는 것이 미친 짓이라 할지라도 새들한테만큼은 좋은 일일 것이며, 당신이 지금의 모습보다 조금만 더, 비록 한방울이라도 더 훌륭해진다면 아이들에게도, 모든 동물에게도 좋을 것입니다. 여러분에게 말하니, 만사는 대양과 같습니다. 그때에 여러분은 전적인 사랑으로 인해 괴로워하며 새들에게 여러분의 죄를 용서해달라고 환희에 빠져 기도하게 될 것입니다. 그 환희가 다른 사람들에게는 아무리 터무니없어 보일지라도 그것을 소중히 여기십시오.

친구들이여, 하느님께 즐거움을 구하십시오. 어린이들처럼, 공중의 새들처럼 즐거워하십시오.[27] 그러면 당신의 행보에서 사람들의 죄가 당신을 당혹스럽게 하지 않을 것이니, 그것이 당신의 일을 더럽히고 성취하지 못하게 만들까봐 두려워하지 마십시오. '죄가 강력하며, 신성모독이 강력하며, 추악한 환경이 강력하다. 그리고

---

27 마테오의 복음서 18:2-3, 6:26 등 여러군데에 나오는 표현이다.

우리는 외롭고 힘이 없다. 추악한 환경이 우리를 더럽혀 선한 일을 이루지 못하게 할 것이다'라고 말하지 마십시오. 자녀들이여, 그런 절망에서 피하십시오! 여기 한가지 구원의 길이 있으니, 자신을 붙들어 사람들의 모든 죄의 피고가 되십시오. 친구여, 실로 모든 것의, 모든 사람의 피고로 자신을 내어주기만 하면 즉시 당신은 그것이 참으로 그렇다는 것과 당신이 모든 사람에게, 모든 것에서 죄인이라는 것을 알게 될 것입니다. 자신의 게으름과 무기력을 다른 사람의 탓으로 돌리면 사탄의 교만함과 통하게 되고 하느님께 불평하는 것으로 끝나게 됩니다. 사탄의 교만함에 대해 저는 이렇게 생각합니다. 이 땅에서 그것을 이해하기란 어려운 일이어서 어떤 위대하고 아름다운 일을 행한다고 생각하면서도 실수에 빠져 그것과 통하기 쉽습니다. 더구나 우리는 아직 이 지상에 있는 동안에는 우리 본성의 가장 강렬한 감정과 작용에 대해 많은 것을 깨달을 수 없습니다. 그러므로 그것에 미혹되지 마시고 그것이 당신에게 어떤 변명이 될 수 있으리라고 생각지 마십시오. 왜냐하면 영원한 심판자는 당신이 깨달을 수 없었던 것이 아니라 깨달을 수 있었던 것을 물을 것이기 때문이니, 그때에 당신은 모든 것을 정확히 보고 더이상 논쟁할 수 없으리라는 것을 확신하게 될 것입니다. 이 지상에서 우리는 참으로 방황하고 있고, 우리 앞에 소중한 그리스도의 형상이 없다면 우리는 마치 대홍수 앞에 선 인류처럼 완전히 파멸하여 길을 잃을지도 모릅니다. 지상의 많은 것이 우리에게 감추어져 있지만 그 대신 우리에게는 다른 세상, 저 위의 드높은 세상과 우리 사이의 살아 있는 관계에 대한 비밀스럽고 신비한 감각이 주어져 있습니다. 또한 우리 생각과 감정의 근원도 이곳이 아니라 다른 세상에 있습니다. 바로 그런 이유로 인해 철학자들은 사물의 본질을 지상에서는 깨달을 수 없다고 말하는 것입니다. 하느님은 다른 세상으로부터 씨앗을 취해 이 땅에 뿌려 자신의 정원을 가꾸셨습니다. 자랄 수 있는 모든 것이 싹을 틔웠지만, 자라는 모든 것은 신비한 다른 세상과 이어져 있다는 감각에 의해서만 생생하게 살아갈 수 있습니다. 당신 안에서 그 감각이 약해지거나 파괴된다면 당신 안에서 자라던 것도 죽을 것입니다. 그때 당신은 삶에 무관심해지고 심지어 증오하게 될 것입니다. 저는 그렇게 생각합니다.

8) 자신과 다르지 않은 사람들의 심판자가 될 수 있는가? 끝까지 신앙을 지키는 것에 관해

그 누구의 심판자도 될 수 없다는 것을[28] 특별히 기억하십시오. 왜냐하면 심판자 자신이 자기 앞에 있는 사람과 똑같은 죄인이고 또한 자기 앞에 서 있는 사람의 죄에 대해 어느 누구보다 죄가 있다는 사실을 깨닫지 못하는 한 지상에서 아무도 죄인의 심판자가 될 수 없기 때문입니다. 이것을 깨달을 때에야 심판자가 될 수 있는 것입니다. 듣기에 어리석은 소리 같아도 이 말은 진리입니다. 나 자신이 의로웠다면 내 앞에 서 있는 죄인 또한 존재할 수 없었을 것이기 때문입니다. 만일 내 앞에 서서 내 마음의 심판을 받는 죄인의 죄를 자신의 것으로 받아들일 수 있다면, 즉각 그것을 받아들여 그를 대신해 스스로 고난을 받고 비난하지 말고 그를 보내주십시오. 설사 법률이 당신을 그의 심판자로 세웠다 할지라도, 할 수 있는 한 당신은 그런 마음으로 행동하십시오. 그러면 그 자신이 나가서 당신보다 더 엄격하게 자신을 심판할 것입니다. 만일 그가 당

---

28 마테오의 복음서 7:1-5에 나오는 내용이다.

신의 입맞춤을 받고도 무감각한 상태로 나가서 당신을 비웃는다 해도 그것에 미혹되지 마십시오. 그것은 그의 때가 아직 오지 않았을 뿐 언젠가 그때가 오리라는 것을 의미하니까요. 오지 않는다 해도 마찬가지입니다. 그가 아니면 그 대신 다른 사람이 깨닫고 괴로워하며 스스로를 심판하고 단죄할 테니까요. 그러므로 진리는 충족될 것입니다. 이것을 믿으십시오, 의심하지 말고 믿으십시오. 바로 여기에 성인들의 모든 희망과 믿음이 놓여 있습니다.

끊임없이 행동하십시오. 만일 밤에 잠을 자려다가 '했어야만 하는 일을 행하지 않았구나' 하는 생각이 들면 즉시 일어나 행하십시오. 만일 당신 주변의 사악하고 무감한 사람이 당신의 말을 들으려 하지 않는다면 그 앞에 엎드려 용서를 구하십시오. 그가 당신의 말을 듣고 싶어하지 않는 것은 당신의 탓이기 때문입니다. 만일 그가 이미 악에 받쳐 이야기를 나눌 수 없다 해도 절대로 희망을 잃지 말고 말없이 자신을 낮추어 그를 섬기십시오. 만일 모두가 당신을 버리고 힘으로 당신을 내쫓는다면 홀로 남아 대지에 엎드려 입맞추고 눈물로 대지를 적시십시오. 고독 속에 있는 당신을 아무도 듣지도 보지도 못한다 할지라도 대지는 당신의 눈물에서 열매를 낼 것입니다. 설사 지상의 모든 것이 타락하고 당신만이 유일하게 믿음을 간직한 상황이 벌어진다 할지라도 마지막까지 믿으십시오. 그때에도 홀로 남은 당신은 헌물을 바치고 하느님을 찬양하십시오. 만일 당신과 같은 이 둘이 마주친다면 그것은 곧 온 세계, 살아 있는 사랑의 세계이니 감격 속에 서로를 안고 주님께 감사하십시오. 비록 두 사람뿐이라도 하느님의 진리가 충족된 것입니다.

만일 당신이 죄를 범하여 죽을 때까지 자신의 죄들이나 급작스럽게 지은 죄로 인해 슬퍼하게 된다 해도 다른 사람으로 인해 기뻐하십시오. 의로운 사람으로 인해 기뻐하며, 당신은 죄를 지었으나 그는 의롭고 죄를 짓지 않았다는 것에 기뻐하십시오.

만일 사람들의 악행이 분노와 억제할 수 없는 비애로, 심지어 악행에 복수하고 싶은 마음으로 당신을 당혹스럽게 한다면 다른 무엇보다 그 감정을 두려워하십시오. 즉시 가서 사람들의 악행에 당신 자신이 죄가 있는 듯이 스스로를 위한 고통을 찾으십시오. 그 고통을 수용하고 견디면 당신의 마음이 가벼워질 것입니다. 유일하게 죄 없는 이로서 악행에 빛을 비출 수 있었음에도 그러지 못했기 때문에 당신 자신도 죄가 있다는 것을 이해하게 될 것입니다. 당신이 빛을 비추었다면 그 빛으로 다른 이에게 길을 밝혀주었을 것이며, 악행을 저지른 사람도 당신의 빛으로 인해 죄를 범하지 않았을 수도 있습니다. 당신이 빛을 비추었지만 그 빛을 보고도 사람들이 구원받지 못하는 것을 본다 해도 마음을 굳게 하고 천상의 빛의 힘을 의심하지 마십시오. 지금 구원받지 못한다 해도 나중에는 구원받을 것을 믿으십시오. 만일 나중에 구원받지 못한다 해도 그들의 자식들이라도 구원받을 것입니다. 당신이 이미 죽었더라도 당신의 빛은 사라지지 않을 것이기 때문입니다. 의인은 왔다 가지만 그의 빛은 남아 있습니다. 구원하는 자가 죽은 뒤에야 사람들이 구원받는 법입니다. 인류는 자신들의 선지자를 받아들이지 못하고 그들을 죽이지만 자신들의 수난자를 사랑하고 자신들이 괴롭힌 사람을 존경합니다. 당신은 전체를 위해 일하고 미래를 위해 행하십시오. 결단코 보상을 바라지 마십시오. 그러지 않아도 이 땅에서 당신에게 내릴 보상이 크기 때문입니다. 의인들만이 누리는 당신의 영적 기쁨이 그것입니다. 가문 좋은 사람도, 힘 있는 사람도 두려워하지 마십시오. 언제나 현명하고, 위엄을 지키십시오. 적정한 한도를 알고 때를 알며 그것을 자각하십시오. 고독 가운데 남아 기도하십시오. 대지에 엎드려 입맞추십시오. 대지에 쉼없이 입맞추고 끝없이 사랑하십시오. 모든 이를 사랑하고 모든 것을 사랑하며 그 환희와 열광을 추구하십시오. 대지를 당신의 기쁨의 눈물로 적시고 당신의 눈물을 사랑하십시오. 그 열광을 부끄러워하지 말고 귀하게 생각하십시오. 그것은 하느님의 선물, 위대한 선물이며 많은 이가 아닌 선택받은 이에게만 주어지는 것이기 때문입니다.

9) 지옥과 지옥불에 관해, 신비주의적 고찰

신부님들, 스승님들, 저는 생각합니다. '지옥이란 무엇인가?' 저는 이렇게 해석합니다. '더이상 사랑할 수 없는 고통'이라고요. 시간도 공간도 측량할 수 없는 무한한 존재 속에서 어떤 영적 존재가 지상에 등장하여 스스로에게 '나는 존재한다, 고로 사랑한다'라고 말할 수 있는 능력이 단 한번 주어졌습니다. 한번, 꼭 한번 적극적이고 생생한 사랑의 순간이 그에게 주어졌고 그것을 위해 지상의 삶이 주어졌습니다. 그와 동시에 시간과 기한이 정해졌지요. 그런데 어떻게 되었을까요? 이 행복한 존재는 이 헤아릴 수 없이 값진 선물을 거절했습니다. 참된 가치를 알지 못하고 그것을 사랑하지 않고 비웃음으로 바라보며 무관심했습니다. 그런 사람도 지상을 떠난 뒤 부자와 라자로의 우화에서 얘기된 대로[29] 아브라함의 품을 보고 그와 대화도 나누며 천국을 관조하고 주님께로 올라갈 수 있지만, 바로 그 이유로 인해 그는 괴로워할 것입니다. 사랑하지 않았던 그가 주님께 올라가면 그가 경멸했던 사랑을 실행했던 사람과

---

29 루가의 복음서 16:19-31에 나오는 우화이다.

만나게 될 것이기 때문입니다. 그때야 그는 모든 것을 명확히 보고 스스로 이야기하게 될 것입니다. '이제야 알게 되어 사랑하기를 갈망하지만 이미 내 사랑은 아무런 영적 성취도 될 수 없고 희생도 있을 수 없다. 지상의 삶은 끝났고, 아브라함은 내가 지상에서 무시했지만 지금은 목마르게 갈망하는 영적 사랑의 타는 갈증을 식혀 줄 (이전의 적극적인 지상의 삶의 선물인) 한방울의 생명수도 주지 않을 것이기 때문이다. 이미 생명은 없고 시간도 더이상 없을 것이다! 설사 다른 사람을 위해 기꺼이 자신의 목숨을 내어주고 싶어도 사랑의 희생물로 내어줄 수 있는 생명이 이미 사라졌으니 그럴 수 없다. 이제 그 생명과 이 존재 사이에는 심연만이 놓여 있구나.' 사람들은 지옥의 물질적인 불에 대해 얘기합니다. 저는 그 신비에 대해 탐구하지 않으며 그것을 두려워하지만, 만일 물질적 불이 있다면 참으로 기뻐할 것이라 생각합니다. 왜냐하면 바라건대 그들이 육체적 고통 속에서 혹여 한순간이라도 가장 끔찍한 정신적 고통을 잊을 수 있을 것이기 때문입니다. 더욱이 그 정신적 고통은 외적인 것이 아니라 그들 내면에 있는 것이므로 그것을 제거하기는 불가능합니다. 만일 제거할 수 있다 해도 그들은 그로 인해 더 고통스럽고 불행할 것이라 생각합니다. 설사 천국에서 그들의 고통을 보고 의인들이 그들을 용서한다 할지라도, 그들을 무한히 사랑하여 자신들에게로 부른다 할지라도, 그로 인해 그들의 고통은 더할 것입니다. 응답하고자 하지만 이미 불가능한 적극적이고 감사 넘치는 사랑에 대한 뜨거운 갈증을 그들 속에 더 강하게 불러 일으킬 것이기 때문입니다. 그럼에도 그 불가능하다는 인식 자체가 결국에는 그들의 마음을 편안히 해줄 거라고 저는 조심스럽게 생각해봅니다. 왜냐하면 의인들의 보답할 수 없는 사랑을 수용함으로써 순종과 겸손의 작용을 통해 마침내 그들은 자신들이 지상에서 경멸했던 적극적인 사랑의 형상 같은 것을, 그와 유사한 어떤 작용을 발견할 테니까요…… 형제들이여, 친구들이여, 저는 이것을 명료하게 말할 수 없어 안타깝습니다. 그러나 지상에서 스스로 목숨을 끊은 자, 자살자들은 불행합니다! 제 생각에 그들보다 더 불행한 사람은 없습니다. 교회는 그들을 위해 하느님께 기도하는 것은 죄라고 말하며 내놓고 그들을 거절하는 것 같습니다.[30] 그러나 제 은밀한 마음으로는 그들을 위해서도 기도할 수 있지 않을까 생각합니다. 그리스도께서는 사랑한다고 화를 내시지는 않으니까요. 저는 평생 그런 분들을 위해 마음속으로 기도해왔으며 지금도 매일 기도하고 있음을 신부님들, 스승님들 여러분께 고백합니다.

오, 지옥에는 이론의 여지 없고 반박할 수 없는 진실을 알고 또 보았음에도 불구하고 오만하고 흉포한 모습으로 지내는 사람들이 있습니다. 사탄과 그의 교만한 영과 완전히 합류한 무서운 이들이 있습니다. 지옥은 그들에게 이미 자발적인 것이고 만족을 모르는 곳입니다. 그들은 이미 자발적으로 고통받는 자들입니다. 그들 스스로 하느님과 생명을 저주함으로써 자신을 저주했기 때문이지요. 광야에서 굶주린 자가 자기 몸에서 자신의 피를 빨아먹듯이 자신의 사악한 오만을 먹고사는 것입니다. 그러나 그들은 영원히 배부름을, 용서를 모르고 자신들을 부르시는 하느님을 거부하고 저주합니다. 그들은 증오 없이는 살아 계신 하느님을 바라볼 수 없고 생명의 하느님이 부재하기를, 하느님이 자신과 자신의 모든 피조

---

30 러시아정교를 비롯한 그리스도교에서 자살은 가장 큰 죄 가운데 하나이다. 러시아정교는 자살자를 이교도 내지 이단과 동일시하여 성당 안에 묻거나 정교의 예식에 따라 매장하지 못하도록 하고 있다.

물을 파괴하기를 요구합니다. 그들은 자신들의 분노의 불길 속에서 영원히 타오르며 죽음과 무를 갈망하나 죽음을 얻지 못할 것입니다……

여기서 알렉세이 표도로비치 까라마조프의 기록은 끝난다. 거듭 말하지만 이 수기는 온전하지 않고 단편적이다. 예를 들어, 전기적 정보는 장상의 초기 청년 시절만을 포함하고 있다. 그의 가르침과 견해 중 분명 여러 시기에 걸쳐 여러 사람의 요청으로 발언했을 것이 여기에는 종합된 하나로 엮여 있다. 인생의 말미에 장상 자신이 한 말이 어떤 것이었는지는 명확히 규정할 수 없지만, 이전의 가르침 중에서 알렉세이 표도로비치의 수기에 들어온 것과 비교해보면 이 담화의 정신과 성격의 대강을 이해할 수 있을 것이다. 장상의 임종은 참으로 예기치 못하게 찾아왔다. 그날 저녁 그의 방에 모였던 모든 이가 그의 임종이 가까웠다는 것을 익히 알고 있었지만 그럼에도 여전히 그렇게 급작스럽게 찾아오리라고는 꿈에도 생각지 못했던 것이다. 오히려 그의 친구들은, 이미 앞에서 지적했듯이 그날 밤 장상이 아주 생기 넘쳐 보이고 말이 많았던 까닭에 아주 잠시나마 그의 건강이 눈에 띄게 좋아졌다고 확신하기까지 했다. 나중에 놀란 가슴으로 사람들이 전한 바에 따르면, 죽기 오분 전까지만 해도 그의 죽음을 전혀 예상할 수 없었다고 한다. 그는 갑자기 가슴에 강한 통증을 느낀 듯 얼굴이 창백해지며 손으로 가슴을 움켜쥐었다. 그러자 모두가 자리에서 일어나 그에게 달려들었다. 그러나 그는 괴로워하면서도 여전히 미소를 짓고 그들을 바라보면서 조용히 안락의자에서 마룻바닥으로 내려앉았고, 무릎을 꿇고 얼굴을 바닥에 대고는 팔을 활짝 펼쳐 기쁜 감격에 빠진 듯이 바닥에 입맞추고 기도하면서(자신이 가르친 대로였다) 조용히, 기쁘게 하느님께 영혼을 맡겼다. 그의 임종 소식은 즉시 소수도원에 퍼져 수도원에까지 이르렀다. 방금 숨을 거둔 이와 가장 가까웠던 사람들과 직위상 마땅히 일을 맡아야 할 사람들이 오래 전해온 예식에 따라 그의 시신을 수습하기 시작했다. 모든 형제가 수도원 본당으로 모여들었다. 나중에 소문으로 전해진 바에 따르면 아직 해도 뜨기 전에 부음이 도시까지 전해졌다고 한다. 아침 무렵에는 거의 온 도시가 이 소식을 알게 되었고 많은 시민이 수도원으로 몰려왔다. 그러나 이에 대해서는 다음 편에서 이야기하련다. 지금은 다만 채 하루가 지나기 전에 아무도 예기치 못한 일이 일어났다는 것과, 수도원 주변과 도시에 불러일으킨 인상으로 보면 그 일은 어쩐지 아주 이상하고 뒤숭숭하고 앞뒤가 맞지 않아서 우리 도시의 많은 사람이 여러 해가 지난 지금까지도 그 뒤숭숭한 날을 생생하게 기억하고 있다는 것 정도만 덧붙이겠다.

제3부

제7편
알료샤

1. 썩는 냄새[1]

고인이 된 계율 수도사제 조시마 장상의 시신은 정해진 절차에 따라 장례 준비를 마쳤다. 모두 알다시피 죽은 수도사와 계율수도사의 시신은 씻기지 않는다. '수도사들 중 누군가가 주님에게로 떠나면(각종 대예식서[2]에 이렇게 쓰여 있다), 지명된(즉, 그 일에 임명된) 수도사가 먼저 해면(즉, 그리스산 스펀지)으로 안식한 이의 이마, 가슴, 손, 발, 무릎에 성호를 그으면서 따뜻한 물로 그의 몸을 닦고, 그외에는 아무것도 하지 않는다.' 이 모든 것을 빼이시 신부

---

1 이 장의 제목과 이 장 전체를 아우르는, 하늘이 '지상의 일에는' 관심이 없는 것 같다는 내용은 쮸쩨프의 시「관도 이미 무덤에 내려지고……」를 상기시킨다.
2 러시아정교회의 각종 대예식서(большой требник)란 성례와 각종 예배에 사용되는 기도문과 예배, 예식 절차를 정리한 책이다.

가 안식한 이에게 손수 행했다. 시신을 따뜻한 물로 닦아낸 후 수도 복을 입히고 망또로 감싼 뒤 규정에 따라 십자가 모양으로 감기 위해 망또를 약간 잘라냈다. 머리에는 여덟개의 십자가가 달린 계율 수도사의 모자를 씌웠다. 모자는 열린 채 두었고, 안식한 이의 얼굴 에는 검은 천을 덮었다. 손에는 구세주의 성상을 쥐어주었다. 아침 무렵에는 그런 모습으로 시신을 관에 안치했다.(관은 이미 오래전 에 준비되어 있었다.) 관은 독수방(고인이 된 장상이 형제들과 세 속의 사람들을 맞이했던 첫번째 큰방)에 하루 종일 모셔둘 예정이 었다. 안식한 이가 교회 직제상 계율 수도사제였으므로, 수도사제 와 수도보제는 그를 위해 「시편」이 아니라 복음서를 읽어야 했다. 장례미사[3] 후 이오시쁘 신부가 성경 낭독을 시작했다. 빠이시 신부 도 밤낮으로 복음서를 낭독하고 싶었지만, 소수도원의 주임사제와 그는 아직 너무 바쁜데다 마음 쓸 일이 많았다. 가면 갈수록 수도원 의 형제들, 수도원의 손님방과 시내에서 무리지어 몰려온 속세의 사람들이 뭔가 범상치 않은, 이제껏 듣도 보도 못한 '온당치 않은' 흥분과 초조한 기대감에 빠져들었기 때문이다. 주임사제도 빠이 시 신부도 가능한 한 이 수선스럽고 흥분한 사람들을 진정하려고 안간힘을 썼다. 날이 훤히 밝아오자 이제는 시내에서 아픈 식구들, 특히 아이들을 데리고 오는 사람들이 속속 도착하기 시작했다. 이 들은 자신들의 믿음에 따라 치유의 능력이 곧 나타날 거라고 기대 하며 마치 특별히 그들을 위해 이 순간을 꼭 기다려온 것처럼 보였 다. 이는 안식한 장상이 살아 있을 때 우리 도시의 모든 사람이 그 를 의심할 여지 없이 위대한 성인으로 생각하는 데 익숙했다는 것

----

3 장례미사는 죽은 사람의 집 또는 성당에서 사망한 첫날, 셋째날, 아흐레째날, 40 일째날에 드린다.

을 분명히 보여주었다. 수도원에 온 사람들 중에는 소시민 출신만 있는 것이 아니었다. 너무도 조급하고 적나라하게, 심지어 조바심을 치며 거의 요구하다시피 드러내는 믿는 자들의 이 엄청난 기대감은 빠이시 신부에게는 의심할 여지 없이 미혹으로 여겨졌다. 그는 이미 오래전부터 이런 일이 일어나리라는 것을 예감하고 있었지만, 현실은 그의 기대를 훨씬 뛰어넘는 수준이었다. 수도사들 가운데 흥분한 사람과 만날 때마다 빠이시 신부는 그들을 질책하기까지 했다. "당장이라도 뭔가 위대한 일이 일어날 거라고 지나치게 기대하는 것은 우리에게는 합당하지 않은 일이고, 세속의 사람에게나 어울리는 경거망동이야." 그러나 그의 말에 귀를 기울이는 사람이 적었기 때문에 빠이시 신부는 걱정이었다. 하지만 지나치게 조바심 섞인 기대감에 당황하며 그것이 경박하고 허망한 일이라고 생각했음에도 불구하고 그 자신도 속으로는, 즉 영혼의 깊은 곳에서는 남몰래 이 흥분한 무리가 기대하는 것과 거의 똑같은 것을 기대하고 있다는 것을 의식하지 않을 수 없었다. 그래도 어떤 만남은 그의 마음에 예감처럼 큰 의혹을 불러일으키며 특히나 불편하게 느껴지곤 했다. 예를 들면 빠이시 신부는 안식한 이의 독수방에 몰려든 군중 사이에서 라끼찐과 멀리서 온 손님, 즉 아직까지 수도원에 머물고 있는 옵도르스끄의 수도사를 발견했는데, 어째서인지 그는 갑자기 이 두 사람이 의심스럽게 여겨졌다. 그런 의미에서라면 이 두 사람만 눈에 띌 수 있는 상황이 아니었는데도 불구하고 말이다. 옵도르스끄의 수도사는 흥분한 사람들 가운데서도 제일 수선을 피워 눈에 띄었다. 어디를 가든 어느 곳에서나 그를 볼 수 있었다. 그는 여기저기 기웃거리며 질문을 해댔고, 여기저기에 귀를 대고 사람들의 말을 엿들으며 특히나 비밀스러운 태도로 여기저기서 속닥거렸다. 얼굴은 아주 조바심을 내다 못해 이제는 기대하던 일이 너무 한참 동안 일어나지 않자 화가 난 듯한 표정이었다. 라끼찐의 경우는 (나중에 알려진 사실이지만) 호흘라꼬바 부인의 특별한 위임을 받아 아주 일찍 소수도원에 도착한 것이었다. 선량하지만 우유부단한 이 여인은 (자신이 소수도원에 들어오는 게 허용되지 않은 터라) 잠에서 깨어 장상의 죽음에 대해 알게 되자마자, 맹렬한 호기심으로 즉시 자기 대신 라끼찐을 소수도원으로 보내어 모든 걸 살펴본 뒤 일어나는 **일을 모조리**, 약 삼십분마다 쪽지로 알려 달라고 부탁했던 것이다. 그녀는 라끼찐을 가장 경건하고 믿음이 깊은 청년이라고 생각했다. 그 정도로 그는 모든 사람과 잘 지냈고, 자신에게 조금이라도 이득이 된다고 판단하면 모든 상대방 각자의 바람에 맞추어 처신할 수 있는 사람이었다. 날은 맑고 화창했으며, 도착한 수많은 순례자들은 소수도원의 무덤 주변에 모여 있었다. 무덤은 소수도원 경내 곳곳에 널리 펴져 있었지만, 성당 주변에 가장 많이 몰려 있었다. 빠이시 신부는 소수도원 주변을 돌다가 문득 알료샤를 떠올렸다. 거의 밤부터 한참 동안 그를 보지 못했던 것이다. 그에 대한 생각이 머리에 떠오르자마자 신부는 곧바로 소수도원의 제일 후미진 구석 울타리 옆에 서 있는, 아주 오래전에 안식한, 고행과 헌신으로 유명한 수도사의 무덤 비석 위에 앉은 그를 발견할 수 있었다. 그는 소수도원에 등을 돌리고 울타리 쪽으로 얼굴을 둔 채 앉아 있어서 마치 묘비 뒤에 숨은 것 같았다. 가까이 다가갔을 때, 빠이시 신부는 양손으로 얼굴을 가리고 소리 없이 통곡하느라 온몸을 떨면서 가슴 아프게 울고 있는 그를 볼 수 있었다. 빠이시 신부는 그런 그를 보고 잠시 서 있었다.

"이제 그만해라, 얘야. 그만해, 친구." 마침내 그는 절절한 심정으로 말했다. "왜 그러느냐? 기뻐해야지, 울면 안 되지. 아니, 오늘 이 그분의 날 중 가장 위대한 날이라는 걸 모르느냐? 이 순간 그분이 어디에 계실지 그것만 생각하려무나!"

알료샤는 어린아이처럼 울어서 부은 얼굴에서 손을 떼고 그를 보려고 했지만, 곧 한마디도 하지 못하고 얼굴을 돌려 다시 양손으로 가렸다.

"그럼 그렇게 하렴." 빠이시 신부가 생각에 잠겨 말했다. "그렇게 우는 게 나을지 몰라. 그리스도께서 네게 눈물을 주셨겠지. 네가 흘리는 슬픔의 눈물은 정신의 휴식이니 네 사랑스런 마음에 기쁨을 돌려주는 데 보탬이 될 거다." 그는 알료샤를 떠나면서 그를 사랑스럽게 생각하며 혼잣말을 했다. 그러나 그를 바라보다 자신도 눈물을 흘릴 것 같아 자리를 떴다고 하는 게 맞겠다. 그사이 시간은 흘러 수도원에서는 안식한 이를 위한 예배와 추도식이 절차에 따라 이어졌다. 빠이시 신부는 관을 지키고 있던 이오시쁘 신부와 교대했고, 그를 뒤이어 복음서를 낭독했다. 그런데 오후 3시가 채 지나기 전에 전편 말미에서 내가 언급한 어떤 일이, 그러니까 우리 중 아무도 예기치 못했고 모두의 희망에 어긋나는 일이 일어나고야 말았다. 그래서, 거듭 말하지만 아직까지도 우리 도시와 근교에서 이 사건에 대한 세세하고 수선스러운 얘기들이 사람들의 기억 속에 극도로 생생하게 남아 있는 것이다. 개인적으로 또 덧붙여 말하자면, 이 어수선하고 점잖지 못한데다 본질적으로는 가장 공허하고 자연스러운 사건에 대해 돌이켜 생각하는 것이 나에게는 역겨울 뿐이다. 이 사건이 내 이야기의, 비록 미래의 일이긴 하지만 주인공인 알료샤의 영혼과 마음에 가장 강렬하고 뚜렷한 영향을 미치지 않았다면 나는 물론 내 이야기에서 이것을 언급하지 않고 지나갔을 것이다. 이 사건은 그의 영혼에 대단히 충격을 주었고, 앞으로 남은 생에서 정해진 목표를 향해 그의 이성을 확고하게 돌려놓는 분기점이자 대전환점이 되었다.

자, 하던 이야기로 돌아가자. 아직 동이 트기 전 사람들이 매장 준비를 마친 장상의 시신을 관에 눕혀 첫번째 방인 이전의 접견실로 내왔을 때, 관 주변에 있던 사람들 사이에서는 방의 창문을 열어야 할까 하는 질문이 제기되었다. 누군가가 지나가듯 살짝 던진 이 질문은 아무 응답을 받지 못하고 거의 아무도 눈치채지 못한 채 스러졌다. 만일 누군가 이 질문을 눈치챘다 해도 그 자리에 있던 몇사람만이 속에 담아둔 것인데, 성스러운 고인의 시신이 부패해서 냄새를 풍길 거라고 예상하는 것은 황당한 일이며, 심지어 그런 질문을 입밖에 낸 사람의 얕은 믿음과 경박함은 (비웃음이 아니라면) 동정을 받아 마땅하다는 의미에서 그런 것이었다. 왜냐하면 그들은 완전히 정반대의 것을 기대하고 있었기 때문이다. 그런데 정오가 지나자 곧 뭔가 일이 벌어졌는데, 처음에는 그 방에 들어왔다가 나가는 사람들이 속으로 말없이 의식하다가 분명 두려워하는 기색으로 누군가에게 자기 생각을 알리는 것으로 시작되었다. 그러나 오후 3시 정도가 되자 썩는 냄새가 아주 분명하고 부정할 수 없을 정도가 되었고, 이 소식은 순식간에 소수도원 전체와 순례자들, 소수도원의 방문자들 모두에게 퍼졌으며, 곧바로 수도원을 파고들어 수도원 내의 모든 사람들을 놀라게 했고, 마침내는 가장 짧은 시간에 도시에까지 이르러 도시의 모든 이, 믿는 자와 믿지 않는 자 모두를 동요시켰다. 믿지 않는 자는 기뻐했고 믿는 자로 말할 것 같으면, 그들 가운데는 믿지 않는 자보다 더 기뻐하는 자도 있었다. 왜냐하면 돌아가신 장상 자신이 자신의 설교 어느 부분에서 언급했다시피 '사람은 의인의 몰락과 그의 치욕을 좋아하기 때문'이다. 문제는 관에서 조금씩 스며나오는 썩는 냄새가 시간이 흐를수록 더 심해지고, 오후 3시경에는 이미 지나칠 정도로 분명하고 더 강해졌다는 데 있었다. 우리 수도원 과거 전체의 역사를 통틀어 미혹이 이렇게 무례할 정도로 고삐 풀린 듯이 퍼진 적은 오랫동안 없었고 또 그런 적은 기억할 수조차 없었다. 그런데 다른 경우에는 가능치 않았던 그런 미혹이 이 일에 뒤이어 곧바로 수도사들 사이에서마저 모습을 드러냈던 것이다. 훗날 몇년이 지나서도 우리의 이성적인 몇몇 수도사들은 그날 하루를 자세히 회상하면서 그 당시 미혹이 어쩌다가 그 정도에 이를 수 있었는지 놀라며 끔찍해했다. 이전에도 매우 의로운 삶을 살고 그 의로움이 모든 사람 앞에 드러났던 수도사들이 죽었고 그들의 소박한 관에서는 모든 죽은 이에게서 자연스럽게 풍기는 썩는 냄새가 났지만, 그것은 조금의 미혹과 약간의 동요조차 불러일으키지 않았기 때문이다. 물론 우리 수도원에서 오래전에 돌아가신 분들 중 어떤 이들에 대한 기억은 아직도 수도원에 생생하게 남아 있다. 전설에 따르면 그 분들의 시신은 부패하지 않아 수도원 형제들에게 감동적이고 신비한 영향을 미쳤고, 그들의 기억 속에 뭔가 대단하고 기적적인 일로서 장차 하느님의 뜻에 따라 때가 되면 그 무덤들로부터 큰 영광이 드러나리라는 약속으로 여겨지고 있었다. 그런 분 중에는 백다섯살까지 살았다는 장상, 유명한 고행자에 위대한 금욕수행자이자 묵언수행자인 이오쁘가 있었다. 그는 이미 오래전 금세기의 10년대에 돌아가셨는데, 수도사들은 이곳에 처음 온 순례자에게 이분의 무덤을 특별하고 대단한 존경심을 품고 보여주면서 어떤 위대한 희망에 대해 비밀스럽게 언급하곤 했다(그것은 빠이시 장상이 아침에 알료샤가 앉아 있는 것을 본 바로 그 무덤이었다). 오래전에 안식한 이 장상뿐 아니라 상대적으로 얼마 전에 돌아가신 신부, 계율 수도사제 바르소노피 장상에 대해서도 그같은 기억이 생생했다. 조시마 장상은 바로 이 장상으로부터 장상 자리를 이어받았고, 생전에 수도원에 오는 모든 순례자가 이 장상을 유로지비라고 생각했었다. 그들에 대한 기억은 그들이 마치 살아 있는 사람처럼 관에 누워 있었고, 전혀 썩지 않은 채로 매장되었으며, 그들의 얼굴은 심지어 관에서 빛나는 것 같았다는 전설 속에 간직되어 있다. 심지어 어떤 사람들은 그들의 몸에서 분명 좋은 향기가 났다고 고집스레 회상하곤 했다. 이렇게 감명 깊은 기억에도 불구하고 그토록 경박하고 허무맹랑하며 악의적인 현상이 조시마 장상의 관 옆에서 일어나게 된 직접적인 원인을 모두 설명하기란 어려운 일일 것이다. 내 개인적인 의견을 말하자면, 서로 다른 많은 것들이, 한꺼번에 영향을 미친 여러 다른 이유들이 동시에 작용했으리라고 여겨진다. 그런 이유들 중에는 예를 들면 장상제도를 해로운 새 제도라고 보는, 장상제도에 느끼는 뿌리 깊은 적대감도 있었는데, 이는 수도원에 있는 많은 수도사의 머릿속에 여전히 깊이 숨어 있었다. 물론 중요하게는 안식한 이에 대해 생전에 굳게 확립된, 그에 대해 반박하는 것조차 금지되다시피 한 장상의 성스러움에 대한 시기심도 한몫했다. 고인이 된 장상은 기적보다는 사랑으로 많은 사람을 매료했고 그의 주변은 그를 사랑하는 일련의 무리에 둘러싸이는 모양새가 되었는데, 그래서, 아니 오히려 그 때문에 더욱 그를 시기하는 사람들이 생겨났고, 뒤이어 공공연하든 은밀하든 아주 악에 받친 적들이 수도원뿐 아니라 세속의 사람들 사이에서도 나타났던 것이다. 예를 들어 그는 어느 누구에게도 해를 끼치지 않았지만, 사람들은 말했다. "어째서 그를 그렇게 성스럽다고 여기는 거지?" 이 질문 하나가 끊임없이 되풀이되면서 마침내는 결코 해소되지 않는 증오심의 깊고 깊은 심연을 낳았던 것이다. 나는 이것이, 그의 시신에서 그렇게도 빨리, 그러니까 죽은 지 하루도 채 지나지 않아 썩는 냄새가 난다는 소리를 들은 많은 이가 그렇게나 기뻐한 이유라고 생각한다. 아울러 장상에게 충성스러웠고 이제껏 그를 존경했던 사람들 가운데서는 곧 이 사건으로 인해 거의 개인적인 모욕감과 곤혹스러움을 느끼는 사람들도 나타났다. 일은 차츰 다음과 같은 방식으로 전개되었다.

부패가 드러나자마자, 이미 안식한 이의 처소에 들어오는 수도사의 얼굴만 보고도 그들이 왜 들어왔는지 알 수 있었다. 그들은 들어와서 잠시 서 있다가 무리지어 밖에서 기다리고 있는 다른 사람들에게 소문을 확인해주러 서둘러 나갔다. 그들 중 어떤 이는 비통해하며 고개를 흔들었지만, 다른 이는 악의에 찬 시선에서 이미 또렷이 빛나는 기쁨을 감추려 들지 않았다. 아무도 그들을 더이상 나무라지 않았고 아무도 고인을 위해 호의적인 목소리를 내지 않았는데, 수도원에는 안식한 장상에게 충성스러웠던 사람들이 대다수였기 때문에 그런 일은 정말 신기하기까지 했다. 아마도 하느님께서 허락하신 때문인지 이번에는 소수가 일시적으로 승리를 거두었던 것이다. 곧 속세의 사람들도 그렇게 몰래 독수방을 엿보기 시작했고, 그런 사람은 교육받은 계층의 방문객 중에 더 많았다. 소시민들은 소수도원의 문 옆에 많이 몰려 있었지만 독수방에 들어오는 사람은 적었다. 바로 3시 이후, 즉 그 미혹적인 소식이 전해진 이후 속세의 조문객들이 더 많이 밀려들어온 것만큼은 의심할 여지가 없었다. 그날 결코 올 것 같지 않고 올 생각도 전혀 없었을 듯한 사람들도 이제는 일부러 찾아왔는데, 그들 중에는 상당히 지체 높은 사람도 몇명 있었다. 그러나 겉으로는 아직 예의범절이 지켜지고 있었기 때문에, 빠이시 신부는 이미 한참 전부터 뭔가 심상치 않다고 느꼈음에도 일어나고 있는 일을 알아채지 못한 척 엄숙한 표정을 하고 복음서를 분명한 목소리로 또박또박 계속 읽어내려갔다. 그런데 처음에는 아주 나지막했지만 점차 용기를 얻어 확고해진 목소리가 그에게도 들리기 시작했다. "하느님의 판단은 사람의 판단과는 다르다는 것을 알아야 해요!" 빠이시 신부의 귀에 문득 이런 소리가 들렸다. 제일 먼저 이런 소리를 내뱉은 것은 도시의 관리, 속세의 한 중년 신사였다. 그는 대단히 신앙심 깊은 사람이라고 알려져 있었는데, 사실 그는 소리 내어 이 말을 함으로써 수도사들이 이미 한참 전부터 귓속말로 주고받던 말을 되풀이한 것에 지나지 않았다. 수도사들은 이 절망적인 말을 내뱉은 지 이미 오래되었고, 무엇보다 나쁜 것은 거의 매순간이 지날 때마다 이 말 속에 일종의 승리감이 확연히 드러나며 점점 커져갔다는 점이다. 그런데 곧 겉보기의 예의범절 자체도 무너져서 마치 모두가 그걸 깰 권리라도 있는 양 느끼는 듯했다. "어떻게 이런 일이 일어날 수 있을까요." 처음에는 마치 안타깝게 생각하기라도 하는 듯이 몇몇 수도사들이 말했다. "체구도 크지 않고 뼈만 앙상하게 바싹 마르셨는데, 어디서 이런 냄새가 나는 걸까요?" "하느님께서 일부러 보여주시고 싶었던 거죠." 다른 사람이 얼른 덧붙였고, 그들의 의견은 의심의 여지 없이 그대로 받아들여졌다. 모든 죄 많은 죽은 이와 마찬가지로 냄새가 나는 것까지는 자연스러운 일일 수 있는데, 그래도 어쨌든 더 늦게, 이렇게까지 뚜렷하게 빨리 날 것까지는 없는 일 아닐까, 최소한 하루는 지났어야 하는 게 아닐까, '자연현상이 그러할진대' 이런 일이 일어나니 다름 아닌 하느님과 그분의 뜻하신 손길이 역사하신 것이 분명하다고 그들이 지적했기 때문이다. 하느님이 보여주고 싶어하셨다는 것이다. 이런 판단은 사람들에게 돌이킬 수 없이 충격을 주었다. 도서관 사서이자 고인이 사랑했던 온유한 수도사제 이오시쁘 신부는 비방하는 몇몇 사람들에게 반박하려고 했다. '어디서나 다 그런 건 아니고,' 정교에서 의인들의 육신이 썩지 않아야 한다는 것은 교리가 아닌 의견에 불과하며, 가장 정교적인 나라들, 예를 들면 아토스산 같은 곳에서는 부패한 냄새에 사람들이 그다지 당황하지도 않는다고, 정교에서 구원받은 자의 가장 중요한 징후는 시신이 부패하지 않는 것이 아니라 그들이 몇년 동안 땅에 묻혀 그 속에서 완전히 썩었을 때 그 뼈의 빛깔이라고, '만일 뼈들이 밀랍처럼 노란색으로 변했다면 하느님께서 고인을 의인으로 영화롭게 하셨다는 가장 중요한 징후이며, 만일 노랗지 않고 검게 변했다면 그가 하느님의 영광에 이르지 못했다는 것을 의미한다고, 이는 예로부터 정교가 훼손되지 않고 가장 순수하게 빛나며 간직된 위대한 장소인 아토스산에서 그렇다고' 이오시쁘 신부는 말을 맺었다. 그러나 겸손한 신부의 말은 어떤 공감도 불러일으키지 못했고 오히려 빈정거리는 저항을 불러일으켰다. "그건 그냥 지식이자 새로운 생각에 불과하고 들을 만한 소리가 아니다"라고 수도사들은 자기들끼리 결론을 내렸다. "우리에게는 옛날 방식이 있다. 요즘 새로운 풍조가 한두가지냐? 그걸 다 어떻게 따르느냐?" 어떤 사람은 덧붙여 말했다. "우리에게도 그들 못지않게 성인聖人이 많다. 그들은 터키 치하에 있으면서 다 잊었다. 그쪽에서는 정교가 흐려진 지 오래고 그네들에게는 교회에 종鐘도 없지 않느냐." 가장 비웃기 좋아하는 사람들이 거들었다. 이오시쁘 신부는 슬픔을 머금고 자리를 떴는데, 더구나 자기 의견조차 아주 분명히 밝히지 않아서 그 자신도 그걸 별로 믿지 않는 것 같아 보였다. 그러나 그는 뭔가 아주 볼썽사나운 일이 시작되었고 심지어 불복종 자체가 고개를 들었다고 생각했다. 이오시쁘 신부의 뒤를 이어 분별 있는 사람들의 목소리가 점차 잠잠해졌다. 그래서 고인이 된 장상을 사랑하고 감격에 찬 순종으로 장상제도가 확립되는 것을 받아들였던 모든 이가 돌연 뭔가에 무섭도록 놀란 듯 서로를 마주칠 때면 상대의 얼굴을 흘끔거리게 되는 지경에 이르게 되었다. 새 제도인 장상제도에 적대적이던 사람들이 오만하게 고개를 쳐들었다. "돌아가신 바르소노피 장상님에게서는 냄새는커녕 향기가 났었지." 그들은 고소하다는 듯이 상기했다. "그분이 장상제도를 위해 무엇을 해서가 아니라 의로우셨기 때문이야." 그의 자리를 물려받은 새 장상을 향해서는 비판과 심지어는 비방의 소리들마저 쏟아졌다. "가르침도 올바르지 않았어. 삶이 눈물 어린 겸손이 아니라 위대한 기쁨이라고 가르쳤으니." 가장 어리석은 이들 중 하나가 말했다. "유행에 따라 믿었던 거야, 지옥에서 불타는 육신을 인정하지 않다니." 그들보다 더 어리석은 다른 이가 동조했다. "금식에도 엄격하지 않았고, 단것을 드셨고, 체리 잼을 차와 드셨는데, 아주 좋아하셨지. 부인들이 장상에게 보내주었는데, 계율 수도사제가 차를 그렇게 많이 마셔도 되는 걸까?" 시기하는 다른 사람은 이런 소리까지 했다. "오만한 모습으로 앉아 있었지." 가장 고소해하는 사람은 잔혹하게 말했다. "자신을 성인으로 생각해서 사람들이 자기 앞에 무릎을 꿇으면 마치 마땅히 그래야만 하는 것처럼 받아들였어." "고해성사를 악용했어." 장상제도의 가장 격렬한 반대자들이 악의 어린 속삭임으로 이렇게 덧붙였고, 순례 중에 있는 가장 나이 많고 엄격한 수도사, 진실한 금욕주의자, 묵언수행자 중에도 안식한 장상이 살았을 때는 입을 다물고 있다가 이제 와서 갑자기 입을 연 사람들이 있었는데, 그들의 말은 아직 동요가 많은 젊은 수도사들에게 크나큰 영향을 미쳤다. 옵도르스끄의 손님, 성 실베스르뜨에서 온 수도사도 깊은 한숨을 쉬고 머리를 끄덕이며 이런 말에 꽤나 귀를 기울였다. '맞아, 확실히 페라뽄뜨 신부님이 어제 올바로 판단하신 거야.' 그는 속으로 이런 생각을 했는데, 바로 그때 마침 페라뽄뜨 신부가 나타났다. 마치 그런 동요를 부추기려 나온 것 같았다.

내가 이미 전에 말한 적이 있는데, 그는 양봉장에 있는 자신의 목조 독수방에서 나오는 경우가 드물고 심지어 교회에도 오랫동안 나타나지 않았으며 모든 이에게 공통적인 규율에 얽매이지 않았는데, 사람들은 마치 그가 유로지비인 듯 그런 점을 묵과해주었다. 그러나 사실대로 말하자면 그의 모든 것을 묵과해준 것은 어쩔 수 없기 때문이었다. 밤낮으로 기도하는(심지어는 잠도 무릎을 꿇은 채 잤다) 위대한 금욕주의자에 묵언수행인 그 스스로가 따르기를 원치 않는데 공통 규례로 집요하게 부담을 지우는 것이 어쩐지 부끄러웠던 것이다. "그는 우리보다 더 거룩하고, 규율보다 훨씬 어려운 것을 수행하고 있다." 그러면 또 수도사들이 말했을 것이다. "예배당에 나오지 않는 것은 언제 가야 하는지 그분 스스로 알아서이며 그분에겐 그분 나름의 규율이 있다." 이런 수군거림과 미혹이 있을 수 있기 때문에 페라뽄뜨 신부를 내버려두었던 것이다. 이미 모든 이가 알다시피 페라뽄뜨 신부는 조시마 장상을 극도로 싫어했다. 그런데 갑자기 독수방에 있는 그에게 "하느님의 심판이 사람의 심판과는 다르고 자연마저 경고를 내리고 있다"는 소식이 전해졌다. 제일 먼저 달려가 그에게 소식을 전한 사람은 어제 그를 방문했다가 두려움에 떨며 그의 처소에서 나온 옵도르스끄의 손님이었다고 할 수 있다. 역시 앞에서 언급했다시피 관 옆에 서서 꼿꼿하게 흔들림 없이 성경을 읽고 있던 빠이시 신부는 독수방 바깥에서 일어나는 일들을 보고 들을 수는 없었지만, 주변에서 일어나는 일을 꿰뚫어 알고 있었기 때문에 중요한 일들을 마음속으로 정확히 알아차리고 있었다. 그는 당황하지 않았고, 이성적인 눈으로 이미 상상 가능한 이 동요의 결말을 날카롭게 주시하며 일어날 수 있는 모든 일을 두려움 없이 기다리고 있었다. 그때 갑자기 현관방에서 명백하게 법도를 깨뜨리는 심상찮은 소음이 그의 귀를 놀라게 했다. 문이 활짝 열리더니 문지방에 페라뽄뜨 신부가 나타났다. 그의 등 뒤로 현관 계단 아래에 그를 따라온 수많은 수도사들과 그들 사이로 속세의 사람들이 모여든 것이 느껴졌는데, 이제는 독수방에서조차도 그것이 또렷이 보였다. 그러나 동행한 사람들은 안으로 들어오지 않고 계단도 오르지 않은 채 그 자리에 남아 페라뽄뜨 신부가 무슨 말을 하고 어떤 행동을 할지 기다렸다. 왜냐하면 그들은 자신들의 뻔뻔함에도 불구하고, 그가 그냥 온 것이 아니라는 걸 어떤 두려움을 품고 예감했기 때문이다. 문지방에 서서 페라뽄뜨 신부는 팔을 쳐들었다. 그의 오른팔 밑으로 옵도르스끄에서 온 손님의 날카롭고 호기심 가득한 눈동자가 번뜩였다. 그는 호기심이 북받친 나머지 참다못해 페라뽄뜨 사제의 뒤를 따라 계단을 올랐던 것이다. 그를 제외한 나머지 사람들은 이제 막 문이 요란한 소리를 내며 활짝 열리자, 그와는 반대로 급작스러운 두려움 때문에 훨씬 뒤로 물러났다. 페라뽄뜨 신부는 하늘 높이 팔을 쳐들고 느닷없이 울부짖었다.

"사탄아, 물러가라, 물러가라!" 그는 곧장 사방을 향해 번갈아가며 독수방의 벽과 네 귀퉁이 모두에 성호를 긋기 시작했다. 그와 동행한 사람들은 페라뽄뜨 신부의 이 행동을 즉시 이해했다. 그는 어디를 들어가든 늘 그렇게 했고, 부정한 힘을 내쫓기 전에는 앉지도 말하지도 않는다는 것을 알았기 때문이다.

"사탄아, 물러가라. 사탄아, 물러가라!" 그는 성호를 그을 때마다 반복해서 말했다. "물러갈지어다. 물러갈지어다!" 그는 허리띠를 동여맨 거친 신부복을 입고 있었다. 대마로 만든 셔츠 밑으로 회색 털이 수북한 벗은 가슴팍이 드러났다. 발은 완전히 맨발이었다. 그가 팔을 흔들자마자 랴사 밑에 걸치고 다니는 무자비한 고행의 쇠사슬이 흔들리면서 쩔렁거리기 시작했다. 빠이시 신부는 낭독을 멈추고 앞으로 나와 그의 앞에 기다리고 섰다.

"무슨 일로 오셨소, 정직하신 신부님? 무슨 일로 정숙함을 깨시는 거요? 무슨 일로 온순한 무리를 동요시키는 겁니까?" 마침내 그가 페라뽄뜨 신부를 엄중하게 바라보며 말했다.

"무엇 때문에 여기 왔느냐고? 무슨 일로 왔느냐고? 너는 무엇을 믿느냐?" 페라뽄뜨가 유로지비 행세를 하면서 외쳤다. "여기 네 손님들, 추악한 마귀들을 내쫓으러 왔다. 보니, 내가 없는 사이 많이도 꼬여 있군. 자작나무 빗자루로 쓸어내고 싶구먼."

"부정한 것을 내쫓는다고 하는데, 신부님 자신이 그것을 섬기고 있을 수도 있소." 빠이시 신부가 두려움 없이 말을 이었다. "누가 자신에 대해 '나는 거룩하다'고 말할 수 있겠소? 당신은 그러오, 신부?"

"나는 추악해. 거룩하지 않아. 나는 의자에 앉아 우상에게 절하듯 나한테 하는 걸 원치 않아." 페라뽄뜨 신부가 으르렁거렸다. "요즘 사람들이 성스런 믿음을 죽이고 있어. 당신의 성인인 고인은," 그는 손가락으로 관을 가리키며 군중을 향해 돌아섰다. "마귀를 부정했지. 마귀들을 내쫓는 데 설사약을 처방했어. 저기 구석의 거미들처럼 너희 방에 마귀들이 여기저기 널려 있군. 이제 오늘은 그스스로도 냄새를 풍기는구나. 여기에 하느님의 위대한 가르침이 보인다."

그것은 조시마 신부 살아생전에 실제로 한번 있었던 일이다. 한 수도사가 꿈에 부정한 영을 보았고, 깼을 때도 보게 되었다. 몹시 두려운 마음에 그 사실을 장상에게 알리자, 장상은 그에게 끊임없이 기도하고 더 열심히 금식하라고 조언했다. 그러나 그게 도움이 되지 않자 장상은 그에게 금식과 기도를 계속하면서 약 한가지를 먹도록 했다. 당시 많은 사람이 이를 의아하게 생각하고 서로 고개를 저으며 이야기했다. 당시 몇몇 비방자들이 즉각 이렇게 특별한 경우에 장상이 '특이한' 처방을 내렸다는 얘기를 폐라쁜뜨 신부에게 전해주었고, 그는 다른 누구보다도 더 구시렁거렸다.

"나가시오, 신부!" 빠이시 신부가 명령조로 말했다. "사람이 판단할 일이 아니라 하느님이 하시는 거요. 어쩌면 당신도, 나도, 아무도 이해할 수 없는 그런 '가르침'을 볼 수도 있는 거요. 나가시오, 신부, 양떼를 흔들지 마시오!" 그는 고집스럽게 되풀이했다.

"자신의 직위에 맞는 금식의 계율을 지키지 않아서 이런 가르침이 나온 거야. 그게 분명한데, 죄를 가리려 하다니!" 이성을 잃은 광신자는 열정적으로 왔다 갔다 하면서 진정할 줄 몰랐다. "지주 부인들이 주머니에 넣어 갖다주는 사탕에 홀렸지. 차를 좋아하고 배를 달콤한 것들로 채워 배를 섬기고 머리는 교만한 생각으로 채웠어…… 그래서 이런 치욕을 당하는 거야……"

"당신의 말은 경박하오, 신부!" 빠이시 신부도 목소리를 높였다. "당신의 금식과 고행이 놀랍지만 당신의 말은 변덕스럽고 지혜 얕은 속세의 젊은이가 하듯 경박하오. 나가시오, 신부, 명령이오." 빠이시 신부가 마지막으로 크게 소리를 질렀다.

"나갈 거요!" 약간 당황한 듯했지만 페라뽄뜨 신부는 여전히 분노한 채 말했다. "당신들 학식 있다는 자들! 배운 게 많다고 나처럼 미천한 사람들 위에서 우쭐거렸지. 나는 배운 것 없이 여기 흘러들어왔고 이곳에서 알고 있던 것도 다 잊어버렸어. 하느님 당신께서 이 작은 나를 당신들의 지혜에서 보호하셨다고……"

빠이시 신부는 서서 완강하게 기다렸다. 페라뽄뜨 신부는 잠시 입을 다물었다가 갑자기 비탄에 빠진 듯 오른손을 뺨에 대고 안식한 장상의 관을 바라보며 노래하듯 말했다.

"저 사람을 위해 내일 「도움이자 수호자시여」를 부르겠지. 멋진 찬송가야. 하지만 내가 죽으면 기껏해야 짧은 시 「이생의 달콤함이여」나 읊겠지.⁴ 너희는 오만해지고 우쭐거리게 되었어. 이곳은 그렇게나 헛된 거야!" 그는 갑자기 미친 듯이 이렇게 울부짖더니 팔을 휘젓고는 재빨리 몸을 돌려 현관 계단 아래로 빠르게 내려갔다. 아래서 기다리고 있던 군중이 흩어졌다. 어떤 이는 즉시 그의 뒤를 따랐고, 다른 이는 독수방이 여전히 열려 있고 빠이시 신부가 페라뽄뜨 신부의 뒤를 따라나와 서서 살피는 것을 보고 미적거렸다. 그러나 종잡을 수 없이 분노하던 노인은 아직 그것으로 끝난 게 아니었다. 스무걸음 정도 걸어간 그는 갑자기 지는 태양 쪽으로 몸을

---

4 수도사나 계율수도사의 시신이 독수방에서 교회로, 추도예배 후 교회에서 무덤으로 나갈 때는 「이생의 달콤함이여……」라는 노래만 불린다. 사망한 이가 계율수도사제일 경우에는 찬송가 「도움이자 수호자시여……」가 불린다.—원주

돌리더니 양팔을 하늘로 치켜들었고, 마치 누군가가 그를 치기라도 한 듯이 엄청난 비명을 지르며 땅에 고꾸라졌다.

"나의 주께서 이기셨도다! 그리스도께서 지는 태양을 이기셨도다!" 그는 태양을 향해 두 팔을 쳐들었고, 땅에 얼굴을 대고는 작은 어린아이처럼 울며 온몸을 떨면서 땅에 팔을 활짝 펼치더니 목소리를 높여 울부짖었다. 그러자 모든 사람이 그에게로 달려가 울부짖으며 그에 응답하는 통곡을 내뿜었다…… 일종의 광기가 모든 사람을 사로잡았던 것이다.

"자, 누가 거룩한가! 누가 의로운지 보란 말이다!" 이제 이런 환호성이 거리낌도 없이 널리 퍼졌다. "누가 장상의 자리에 앉았어야 하는가." 또다른 사람들은 이미 분개해서 이런 말을 덧붙였다.

"저분은 장상 자리에 앉지 않으실 거야…… 스스로 거부하실 걸…… 저주스런 새 제도에 한몫하지 않으실 거야…… 저들의 바보 같은 짓을 따르지 않으실 거야." 즉각 다른 목소리가 이렇게 말을 받았고 이 상황이 어디까지 갈지 상상하기조차 어려웠다. 그런데 마침 그 순간 미사의 종소리가 울렸다. 모두들 갑자기 성호를 그었다. 페라뽄뜨 신부도 일어나 자신의 몸에 성호를 그으며 뒤도 돌아보지 않고 자신의 독수방으로 갔다. 여전히 계속해서 소리를 질렀지만 이미 전혀 알아들을 수 없는 말만 해댔다. 몇사람이 그의 뒤를 따랐지만 소수였고, 대부분은 서둘러 미사를 드리러 흩어졌다. 빠이시 신부는 이오시쁘 신부에게 성경 낭독을 맡기고 아래로 내려갔다. 광신자의 광적인 외침에 흔들릴 리 없었지만, 그는 갑자기 어떤 특별한 일로 해서 슬픔과 답답함이 밀려오는 것을 느꼈다. 그는 멈춰서서 문득 스스로에게 물었다. '나는 어째서 슬프다 못해 의기소침해지기까지 하는 걸까?' 그러고는 곧 이 갑작스러운 슬픔이 분명 아주 작고 특별한 이유 때문에 일어났다는 것을 깨닫고 놀랐다. 방금 독수방 입구에 몰려든 흥분한 군중 사이에 알료샤가 있는 것을 보았고, 그를 보자 마음이 저려오는 것을 느낀 것이 생각났던 것이다. '그 작은 아이가 내 마음에 그 정도로 큰 의미를 차지한단 말인가?' 그는 문득 놀라서 스스로에게 물었다. 그 순간 때마침 알료샤가 어딘가 성당이 아닌 다른 쪽으로 서둘러 가다가 그의 곁을 지났다. 그들의 시선이 마주쳤다. 알료샤는 얼른 자신의 시선을 거두어 땅에 떨구었고, 소년의 표정만 보고도 빠이시 신부는 그 순간 그의 마음에 격심한 변화가 일어났다는 것을 알아챌 수 있었다.

"혹시 너도 미혹당한 게냐?" 빠이시 신부가 갑자기 외쳤다. "너도 믿음이 부족한 자의 편에 서 있는 게로구나!" 그가 슬프게 덧붙였다.

알료샤는 멈춰서서 마치 결정을 내리지 못한 듯 빠이시 신부를 보고는 다시 재빨리 시선을 거두어 땅으로 떨구었다. 그는 몸을 틀어 묻는 이에게 얼굴을 돌리지 않았다. 빠이시 신부는 주의 깊게 그를 살폈다.

"어딜 그리 서둘러 가는 게냐? 미사 시작종이 울리는데." 그가 다시 물었지만 알료샤는 또다시 대답하지 않았다.

"아니면 소수도원을 떠나려는 게냐? 어째서 허락도 청하지 않고, 축복도 받지 않고?"

알료샤는 갑자기 일그러진 미소를 짓고는 질문하는 신부에게, 그러니까 그의 예전 지도자, 예전에 그의 마음과 이성을 쥐고 있던 사람, 그가 온 마음으로 사랑한 장상이 죽으면서 그를 의탁한 사람에게 아주 이상한 시선을 던지고는 아까처럼 여전히 아무 대답도 하지 않고 예의조차 차릴 생각이 없다는 듯이 갑자기 빠른 걸음으로 소수도원의 출구를 향해 걷기 시작했다.

"다시 돌아오겠지!" 빠이시 신부는 놀라고 슬픈 마음으로 그의 뒤를 시선으로 좇으며 중얼거렸다.

2. 그런 짧은 순간

그의 '사랑스런 소년'이 다시 돌아올 거라고 결론을 내린 빠이시 신부는 물론 잘못 본 것이 아니라, 어쩌면 (완전히는 아니라 할지라도 여전히 명철하게) 알료샤의 정신이 진정 어떠한 상태였는지 꿰뚫어본 것인지 모른다. 그럼에도 솔직히 시인하건대, 나 자신도 내가 이렇듯 사랑하고 아직 이렇듯 젊은 내 이야기의 주인공의 삶에서 이 이상하고 불확실한 순간의 정확한 의미를 명확하게 전달하기는 아주 힘들 것 같다. 알료샤를 향한 빠이시 신부의 슬픈 질문 "아니면 너도 믿음이 부족한 자들 편이냐?"에 물론 나는 알료샤를 위해 "아니다, 그는 믿음이 부족한 자의 편이 아니다"라고 확실히 대답해줄 수 있다. 더구나 여기에는 전혀 상반되는 면조차 존재한다. 즉, 그의 당혹감은 전부 그가 너무도 믿음이 두터운 데서 생긴 것이기 때문이다. 그러나 당혹감은 여전히 존재했고 또 어쨌든 생겨났는데, 그게 너무 고통스러워서 알료샤는 시간이 지난 후 나중에도 그 슬픈 날을 자신의 생에서 가장 괴롭고 숙명적인 날 중 하나로 생각할 정도였다. 만일 "그 내면의 모든 괴로움과 불안이 과연 장상의 몸이 즉각적인 치유를 일으키는 대신 그와 정반대로 너무 일찍 부패했다는 이유만으로 일어났단 말인가"라고 단도직

입적으로 묻는다면, 그 질문에 나는 주저함 없이 "그렇다, 정말로 그랬다"라고 대답할 것이다. 다만 나는 나의 소년의 순수한 마음을 너무 서둘러 지나치게 비웃지는 말아달라고 독자들에게 부탁하고플 따름이다. 나 자신은 그를 위해 용서와 양해를 구하거나 그의 순박한 믿음을, 예를 들어 젊은 나이나 혹은 예전에 그가 배움에서 성과가 미진했다는 등의 이유로 정당화할 마음이 없을뿐더러, 오히려 그의 천성에 진정한 존경심을 느낀다고 확고하게 선언하고자 한다. 마음의 인상들을 조심스럽게 받아들이고 이미 믿을 만하다 못해 심지어 나이에 비해 지나칠 정도로 계산적인 (그러므로 값싼) 이성으로 뜨뜻미지근하게만 사랑할 줄 아는 청년이라면, 내가 말하건대 나의 소년에게 일어난 일을 피할 수 있었을지 모른다. 그러나 사실 어떤 경우에는 벌어진 일을 무진장 사랑해서 비이성적이라 할지라도 어떤 열정에 몰두하는 편이 아예 몰두하지 않는 편보다 더 존중할 만한 일이다. 젊은 시절에는 더구나 특히 그렇다. 끊임없이 계산적이기만 한 청년은 전혀 믿을 만하지 못하고 그 사람의 값어치가 낮다는 것이 내 의견이다! "하지만!" 이 말에 현명하다는 사람들은 외칠 것이다. "모든 청년이 그런 편견을 믿어야 하는 것은 아니고, 당신의 청년이 나머지 청년들의 모범인 것도 아니다"라고. 이 말에 나는 다시 이렇게 답하련다. 그렇다. 나의 청년은 믿었고, 믿되 거룩하고 확고부동하게 믿었지만, 그래도 나는 그를 용서해달라고 하지는 않겠다.

아시겠는가, 내가 설사 내 주인공에 대해 설명하고 양해를 구하고 정당화하는 일은 하지 않겠다고 앞서 말했더라도, 앞으로의 이야기를 이해시키기 위해서는 여전히 뭔가 설명이 필요하겠다는 생각이 든다. 여기서 문제는 기적이 아니다. 그는 경박하기 때문에 조바심을 내며 기적을 기다린 것이 아니었다. 알료샤에게 기적이 필요했던 것은 어떤 신념의 승리를 위해서가 아니었다.(전혀 아니었다). 예전의 치우친 어떤 사상이 다른 사상에 어서 승리를 거두기를 바라서도 아니었다. 오, 아니었다. 전혀 그런 게 아니었다. 이 모든 것에서 그의 앞에는 무엇보다 먼저 제일 윗자리에 한 얼굴, 다만 한 얼굴, 그가 숭배할 정도로 존경한 의인의 얼굴, 즉 사랑하는 장상의 얼굴이 놓여 있었다. '모든 것과 모든 이를 향한' 그의 젊고 순수한 마음에 숨겨진 사랑이자 동시에 지난 일년 동안 그가 품은 사랑이, 어쩌면 잘못된 일일 수도 있지만 온통 한 존재, 그러니까 적어도 심장이 가장 격정적으로 사랑했지만 지금은 안식하신 장상에게만 주로 집중되어 있었다는 게 문제였다. 사실 이 존재는 아주 오랫동안 확고부동의 이상으로 그의 앞에 서 있었기 때문에 그의 모든 젊은 힘과 그 힘의 갈망은 때로 '모든 것과 모든 이'를 잊을 정도로 예외적으로 이 이상에게만 향하지 않을 수 없었다.(나중에 그는 그 힘들었던 날에 자신이 전날 밤에는 그렇게도 걱정하고 애태웠던 형 드미뜨리조차 까맣게 잊었다는 게 기억났다. 그는 전날 밤에 역시 그렇게도 열정적으로 행하기로 마음먹었던 일, 즉 일류셰치까의 아버지에게 200루블을 전하겠다던 것도 잊고 있었다.) 그러나 다시 말하지만 그에게 필요한 것은 기적이 아니라, 다만 '더 높은 공의公義'였던 것이다. 그의 믿음에 따르면 그것이 훼손되었고, 그로 인해 그의 마음이 그렇게도 잔혹하고 갑작스럽게 상처를 입었던 것이다. 알료샤가 그 공의가 자신이 숭배한 이전 지도자의 유해에서 시간이 흐름에 따라 자연스레 나타나게 될 기적의 형태를 띨 것이라고 기대한 것이 어떻단 말인가? 수도원에 있는 모든 사람도 그렇게 생각하고 그걸 기대하고 있었는데 말이다. 심지어는 알료샤가 그 지성 앞에 고개 숙인 사람들, 예를 들면 빠이시 신부조차 그러했으니, 알료샤도 전혀 의심하지 않고 불안해하지 않으며 모두가 표현하는 것과 같은 형태로 자신의 꿈을 품었던 것이다. 게다가 그 꿈은 이미 오래전에, 그러니까 수도원 생활을 한 일년 동안 그의 마음에 자리 잡아 이미 그의 마음은 그것을 기다리는 게 버릇이 되어 있었다. 그는 그냥 기적만이 아니라 공의를 갈구했다. 공의를! 그의 희망대로라면 이 세상천지에서 누구보다 더 높이 공경받아야 할 분이, 바로 그런 분이 자신에게 합당한 영광 대신 갑자기 굴러떨어져 치욕을 당하다니! 무엇 때문인가? 누가 그런 판결을 내렸는가? 누가 그런 결정을 내릴 수 있단 말인가? 바로 이것이 그의 미숙하고 순진한 마음을 괴롭히는 질문들이었다. 의로운 이들 중에서 가장 의로운 분이 그렇게도 경박하고 그보다 훨씬 저열한 군중으로부터 비웃음과 악의에 찬 조롱을 받아야 한다는 사실에 그는 견딜 수 없는 모욕감과 분노를 느꼈다. 기적은 없어도 된다. 기적적인 것은 아무것도 선포되지 않아도 된다. 기대했던 것이 즉각 실현되지 않아도 좋다. 그런데 왜 이런 불명예가 공포되고, 치욕이 시작되었단 말인가? 악의에 찬 수도사들이 말한 대로 '자연을 앞지른' 때 이른 부패가 웬 말인가? 지금 페라뽄뜨 신부와 함께 그들이 그렇게도 승리감에 차서 제기하는 그 '징표'라는 건 무엇이고, 또 그들은 왜 그렇게 결론지을 권리를 얻었다고 믿는가? 하느님의 섭리와 손길은 어디 있단 말인가? 어째서 섭리는 (알료샤가 생각하기에) '가장 필요한 순간에' 자신의 손을 감추고 마치 맹목적이고 말없는 자연의 잔혹한 법칙에 스스로를 내주고 싶은 듯하단 말인가?

바로 이런 이유 때문에 알료샤의 마음은 피 흘리고 있었다. 물론 앞서 말했듯이 그가 세상에서 그 누구보다 사랑한 얼굴, '치욕을 당하고' '명예를 훼손당한' 그 얼굴이 무엇보다 그의 눈앞에 선했다! 내 젊은이의 불평이 경박하고 분별없는 것이라 치자. 그래도 다시 세번째로 거듭 말하는데(이번에도 경박한 얘기일지 모른다는 점을 미리 인정하겠다), 나는 내 젊은이가 그 순간 그렇게 분별을 잃었다는 게 기쁘다. 어리석지 않은 사람은 언제든 분별의 시간이 찾아올 테지만 만일 이렇게 예외적인 순간에 젊은이의 마음에 사랑이 보이지 않는다면 그 사랑은 도대체 언제 오겠는가? 그러나 이 경우, 어쨌든 알료샤에게 숙명적이고 모순에 찼던 이 순간에, 비록 한순간이나마 그의 머리에 떠오른 어떤 이상한 현상에 대해 입을 다물고 싶지는 않다. 이 새롭게 드러나 어른거린 무엇인가는 어제 이반과의 대화에서 받은 어떤 고통스런 인상에서 만들어진 것으로, 바로 지금 끊임없이 알료샤에게 떠오르는 것이었다. 오, 그렇다고 어떤 근본적이고 원초적인 믿음의 뭔가가 그의 영혼에서 흔들렸다는 말은 아니다. 그는 느닷없이 하느님에게 불평할 뻔했지만, 그래도 자신의 하느님을 사랑했고 흔들림 없이 믿었다. 그러나 어제 이반과 나눈 대화를 떠올리자니 뭔가 어렴풋하지만 고통스럽고 사악한 인상이 갑작스레 그의 영혼에서 꿈틀거리며 점점 더 표면으로 뛰쳐나오려고 발악을 해댔다. 이미 매우 어두워졌을 즈음, 소수도원에서 수도원 쪽으로 가던 라끼찐이 문득 나무 아래에서 얼굴을 땅에 대고 자는 듯 꼼짝 않고 누워 있는 알료샤를 발견했다. 그는 다가가 알료샤를 불렀다.

"여기 있었니, 알료샤? 아니, 너 정말……" 그는 놀라서 말하려 했지만 다 마치지 못하고 그쳤다. 그는 말하고 싶었다, '너 정말 이 지경까지 이른 거야?'라고. 알료샤는 그를 바라보지 않았지만 몇가지 몸짓으로 미루어 라끼찐은 그가 자기 말을 듣고 이해한다는 것을 알아차렸다.

"무슨 일이야?" 그는 여전히 놀란 채였지만 그 놀라움은 이미 그의 얼굴에서 점점 더 빈정거리는 미소로 바뀌고 있었다.

"들어봐, 너를 찾은 지 벌써 두시간도 넘었어. 갑자기 온데간데없이 사라졌으니. 여기서 뭐 하고 있는 거야? 이게 무슨 어리석은 짓이야? 나를 좀 쳐다보는 시늉이라도 해봐라……"

알료샤는 고개를 들고 앉아 나무에 등을 기댔다. 그는 울고 있지 않았지만 얼굴은 고통스런 표정이었고 시선에는 분노가 엿보였다. 그러나 그가 보고 있는 것은 라끼찐이 아니라 어딘가 다른 데였다.

"아니, 너 얼굴이 완전히 변했구나. 악명 높던 예전의 네 온유함이 온데간데없네. 누구한테 화가 난 거야? 사람들이 너를 모욕했니?"

"저리 가!" 알료샤는 아까처럼 그를 쳐다보지도 않은 채 문득 말을 내뱉으며 지친 듯이 팔을 내저었다.

"아하, 우리도 별수 없네! 다른 유한자有限者들처럼 이렇게 소리를 지르게 되다니. 천사 중 하나가 말이야! 자, 알료시까, 너 때문에 내가 많이 놀랐다, 알겠니? 진심으로 하는 말이야. 나는 여기서 아무것에도 놀라지 않은 지 이미 오래되었어. 그래도 나는 네가 교양 있는 사람이라고 생각했는데……"

알료샤가 마침내 그를 쳐다보았지만, 아직 그의 말을 잘 이해하지 못하는 듯 어쩐지 멍해 보였다.

"너 정말 너의 노인이 냄새를 피운다는 이유로 이러는 거야? 그 노인이 기적 같은 걸 일으킬 거라고 진지하게 믿었던 거야?" 라끼찐이 또 한번 진심으로 놀라며 외쳤다.

"믿었고, 믿고 있고, 믿고 싶고, 믿을 거야. 뭐가 더 필요해?" 알료샤가 화가 나서 소리를 질렀다.

"아니, 아무것도 필요 없어, 친구. 후, 제길, 그런 건 열세살짜리 초등학생도 안 믿는 거야. 하지만, 제길…… 너는 지금 네 하느님께 화가 나서 반항하고 있구나. 그러니까 성직 직위도 안 올려주고, 축일에 훈장도 주지 않았다, 뭐 그런 거지! 에이, 참 나!"

알료샤는 어째서인지 눈을 가늘게 뜨고 라끼찐을 보았는데, 그의 눈동자에서 갑자기 뭔가가 번뜩였다…… 그러나 그건 라끼찐을 향한 분노는 아니었다.

"나는 내 하느님께 맞서 반항하는 게 아니라, 다만 '그의 세계를 받아들이지 않는 거야.'" 알료샤가 문득 일그러진 미소를 지었다.

"세계를 받아들이지 않는다니, 무슨 소리야?" 라끼찐은 그의 대답을 아주 잠깐 생각해보았다. "그게 무슨 헛소리야?"

알료샤는 대답하지 않았다.

"쓸데없는 말은 그만하고 이제 본론으로 들어가서, 오늘 밥은 먹었니?"

"기억 안 나…… 먹은 것 같아."

"얼굴을 보니 몸 생각 좀 해야겠다. 너를 보니 불쌍해질 지경이야. 밤에도 못 잤다면서. 듣자 하니 너희 집에 모임이 있었다던데. 그후에 이런 야단법석 소란이 일어났으니…… 성체[5] 한조각이라도 씹어야겠는걸. 내 주머니에 소시지가 한개 있어. 아까 시내에서 오면서 만일을 대비해 가져왔지. 그런데 너는 소시지를 안 먹을 테지……"

---

5 예배 시간에 기도하는 사람들에게 나누어주는 특별한 빵으로 예수 그리스도의 몸을 상징한다.

"소시지 줘."

"맙소사! 네가 이렇게 된 거야? 이거 완전히 봉기에 바리케이드까지 쳤단 거네. 자, 친구, 이건 전혀 무시할 문제가 아니야. 내 숙소로 가자…… 나라면 보드까를 마셨을걸. 죽도록 피곤하니까. 하지만 보드까까지는 감히 용기를 못 내겠지…… 아니면, 마실래?"

"보드까도 줘."

"이것 봐라! 대단한데, 친구!" 라끼쪤이 깜짝 놀라서 바라보았다. "그래, 이러나저러나 보드까나 소시지나, 용감한 일이고 좋은 일이니 그걸 놓칠 수는 없지. 가자!"

알료샤는 말없이 땅바닥에서 일어나 라끼쪤의 뒤를 따랐다.

"이걸 바네츠까형이 봤어야 하는 건데. 아주 놀랐을 텐데! 참, 네 형 이반 표도로비치가 오늘 아침에 모스끄바로 떠났는데, 너 알아?"

"알아." 알료샤는 무심히 대답했지만 문득 그의 머릿속에 형 드미뜨리의 형상이 어른거렸다. 한번 어른거렸을 뿐인데도 그것은 더이상 단 일분도 미룰 수 없는 어떤 일, 어떤 의무, 무서운 책임을 상기시켰다. 그러나 이런 상기는 그에게 아무런 인상도 불러일으키기 못하고 그의 마음속에 도달하지 못한 채 곧바로 기억에서 날아가 잊혀졌다. 그러나 알료샤는 나중에 이 순간을 떠올리곤 했다.

"네 형 바네츠까가 한번은 내게 '재능 없는 자유주의자 나부랭이'라고 한 적이 있어. 너 역시 한번은 참다못해 내게 '수치를 모르는 녀석'이라고 암시한 적이 있지…… 그러라지! 이제 너희가 얼마나 재능 있고 명예로운지 두고 보자고.(라끼쪤은 이미 혼잣말로 중얼거리며 말을 맺었다.) 췌, 들어봐!" 그는 다시 큰 소리로 말문을 열었다. "수도원을 지나 오솔길을 따라 시내로 곧장 가자…… 음,

마침 나는 호흘라꼬바 부인 댁에 들러야 해. 생각해봐, 내가 여기서 일어난 모든 일을 써서 부인에게 보내면, 생각해봐, 부인은 내게 순식간에 연필로 쓴 쪽지로 답을 해온다니까(그 부인은 쪽지 쓰는 걸 끔찍하게 좋아해). '조시마 신부처럼 그렇게 존경받는 장상에게서 **그런 행동**은 정말 기대하지 못했다!'라고 하더라고. 그렇게 썼다니까. '행동'이라고! 역시 화가 났던 거야! 에이, 너희는 모두 정말! 잠깐만!" 그는 다시 갑자기 이렇게 외치고는 멈춰서서 알료샤의 어깨를 잡아 세웠다.

"아니, 알료시까," 그는 문득 자신을 환하게 비춘 갑작스럽고 새로운 생각이 만들어낸 인상에 취해 시험하듯 알료샤의 눈을 들여다보았다. 그 자신 겉으로는 웃었지만 이 새롭고 갑작스러운 생각을 소리 내어 발설하기가 아마도 두려운 듯했는데, 그 정도로 그는 지금 알료샤가 보이는, 그에게는 신기하고 결코 예기치 못했던 기분을 아직 믿을 수 없었다. "알료시까, 어디로 가는 게 더 좋을지 알겠어?" 마침내 그는 조심스럽게 탐색하듯 말을 뱉었다.

"상관없어…… 어디로 가든."

"그루셴까에게 가자, 응? 갈래?" 조심스러운 기대감으로 심지어 온몸을 떨기까지 하면서 마침내 라끼찐이 말했다.

"그루셴까에게 가자." 알료샤는 곧바로 차분하게 대답했는데, 그것이, 그러니까 그렇게 빠르고 차분하게 동의하는 것이 어찌나 놀랍던지 라끼찐은 하마터면 뒤로 물러설 뻔했다.

"이런, 이런! 그렇단 말이지!" 그는 놀라 소리를 지르고는 갑자기 알료샤의 팔을 꽉 잡고서 그 결심이 사라질까봐 몹시 두려운지 재빨리 그를 오솔길로 끌고 갔다. 그들은 말없이 걸었고, 라끼찐은 심지어 말을 꺼내기조차 두려워했다.

"그 여자가 기뻐할 거야. 얼마나 기뻐할지……" 그는 이렇게 중얼거리다가 다시 입을 다물었다. 그는 그루셴까를 기쁘게 해주려고 알료샤를 데려가는 게 아니었다. 신중한 사람으로서 그는 자신에게 이익이 되는 목표 없이는 어떤 일도 하지 않았다. 지금 그의 목표는 두가지였다. 첫째는 복수로, 그가 이미 심취해 있던 '의인의 수치'와 '성인에서 죄인으로' 알료샤가 십중팔구 '타락'하는 모습을 보는 것이었고, 둘째는 그에게 상당히 이익이 되는 어떤 물질적인 목표가 있었던 것이다. 이에 대해서는 나중에 얘기하겠다.

'이런 기회가 왔단 말이지.' 그는 속으로 사악한 기쁨을 느끼며 생각했다. '그러니까 이건 절호의 기회니까 이 순간을, 그 뒷덜미를 꽉 붙잡아야지.'

3. 파 한 뿌리

그루셴까는 시내에서 가장 번화한 곳인 소보르나야광장 근처, 상인 남편과 사별한 모로조바의 집에 살고 있었는데, 그 집 뜰에 있는 크지 않은 목조 곁채를 빌려 쓰고 있었다. 모로조바의 집은 이층으로 된 큰 석조 가옥으로 낡아서 보기 흉했다. 그 집에는 나이 든 노파인 주인이 역시 상당히 나이가 든 두 노처녀 조카와 함께 외롭게 살고 있었다. 그녀는 뜰에 있는 곁채를 임대로 내놓을 필요가 없었지만, 그루셴까의 공개적 후원자이자 자신의 친척인 상인 삼소노프의 마음에 들고 싶은 이유 하나 때문에 (벌써 한 사년 전에) 그루셴까를 세입자로 들였다는 것을 모두가 알고 있었다. 사람들 말로는 질투심 많은 노인이 자신의 '애첩'을 모로조바의 집에 들여앉히면서 노파가 밝은 눈으로 새 세입자의 행동거지를 살펴줄 것을 제일 먼저 염두에 두었다고 한다. 그러나 민첩한 눈길은 곧 불필요한 것으로 드러났고, 모로조바마저 그루셴까와 만나는 일이 드물어지면서 결국에는 그녀를 지겹게 하는 어떤 감시도 없어지고 말았다. 사실 노인이 열여덟살짜리 소심하고 수줍음 많고 가냘프고 빼빼 마른데다 수심 어린 슬픈 소녀를 주청 소재 도시에서 이 집으로 데려온 지 벌써 사년이 흘렀으니 그후로도 시간이 많이도 지난 것이다. 이 소녀의 이력에 대해서는 우리 도시에 알려진 것이 적고 그조차도 확실하지 않았다. 아그라페나 알렉산드로브나는 이 사년 동안 대단한 미녀로 변신했는데, 벌써부터 아주 많은 사람이 이 '절세의 미녀'에게 관심을 갖기 시작했음에도 최근에 더 많은 것을 알아내지는 못했다. 아직 열일곱살 소녀였을 때, 아마도 장교였던 것 같은 누군가에게 속은 뒤 곧바로 버림받았다는 소문만 있었다. 그 장교는 떠난 뒤 나중에 어딘가에서 결혼했지만, 그루셴까는 수치와 가난 속에 남겨졌다. 가난 때문에 노인이 그루셴까를 거두었지만 그녀의 집안은 남부끄럽지 않았다고, 그러니까 어떤 사제 집안 출신으로 시골 부제나 그 비슷한 집안의 딸이라고 했다. 이 사년 사이에 감수성 예민하고 상처 입은 가련한 고아 소녀에서 얼굴에 홍조를 띤 포동포동한 러시아 미인, 용감하고 결단력 있는 성격에 오만하고 뻔뻔스런 여인, 돈 문제를 잘 다루는 인색하고 신중한 여자 사업가, 사람들 말로 수단과 방법을 가리지 않고 이미 자기 재산을 모으는 데 성공한 여인이 만들어진 것이다. 한가지에 대해서만큼은 모두가 확신하고 있었다. 즉, 그 사년 동안 그루셴까에게 접근하기는 어려웠고, 그녀의 후원자인 노인 말고 그녀의 호의를 입었다고 자랑할 만한 사람은 단 한명도 없었다는 점이다. 이건 분명한 사실이었는데, 특히 최근 이년 사이에 그 호의를 얻으려 뛰어다닌 사람이 적지 않았기 때문이다. 그러나 모든 시도는 수포로 돌아갔고, 구혼자들 중 어떤 이는 성깔 있는 젊은 미인의 단호하고 조롱 섞인 반격 탓에 우스꽝스럽고 치욕스러운 결말을 보고 물러나지 않을 수 없었다고 한다. 이 젊은 미녀는 특히 최근에 이른바 '투기'라는 것에 뛰어들었고, 그쪽으로 어마어마한 능력을 발휘해 결국에는 많은 이가 그녀에게 진짜 유대 여자라는 별명을 붙여주었다는 것도 사람들은 알고 있었다. 그녀는 돈을 빌려주고 이자놀이를 하지는 않았지만, 이를테면 그녀가 표도르 빠블로비치 까라마조프와 함께 잠깐 동안 1루블짜리 어음을 10꼬뻬이까로, 그러니까 정말 아주 헐값에 사재기했다가 나중에 그 어음들 중 10꼬뻬이까짜리 어음을 1루블짜리로 만들어낸 일은 유명하다. 최근에 부은 다리를 쓰지 못해 병자가 된 삼소노프는 홀아비에, 다 자란 아들들의 압제자이자 엄청난 백만장자이며 인색하고 완고한 사람이었지만, 당시 비웃기 좋아하던 사람들의 말처럼 처음에는 손아귀에 꽉 붙잡고 구박하던 자신의 피후원자의 영향력에 나중에는 그 자신이 꼼짝없이 걸려들었다. 그루셴까는 그가 자신의 충성심을 무한히 신뢰하게 만듦으로써 해방되는 데 성공했다. 그루셴까가 그를 기쁘게 해줘서 그는 그녀 없이는 살 수 없을 지경이 되었지만(예를 들어 마지막 이년 동안은 정말 그랬다), 큰 사업가였던 이 노인(지금은 이미 오래전에 고인이 된) 역시 대단한 성격의 소유자로 대체로 부싯돌처럼 강경하고 인색했기 때문에 아무리 그래도 큰 재산을 그녀에게 나누어주지는 않았다. 설사 그녀가 그를 완전히 버리겠다고 위협했다 해도 그는 여전히 완강한 채로 남았을 것이다. 하지만 작으나마 재산을 떼어주었으므로 그 사실이 알려졌을 때는 그것만으로도 모두가 놀라워했다. "너는 영리한 여자니," 그는 그녀에게 8천 루블을 떼어주면서 말했다. "스스로 관리해라. 그렇지만 이전처럼 매년 받는 생활비를 빼고는 나 죽을 때까지 더이상은 내게서 아무것도 받지 못할 것이고, 유산으로는 네게 아무것도 떼어줄 생각이 없다는 것을 알아둬라." 그리고 그는 자신이 한 말을 지켰다. 그는 죽으면서 평생 하인처럼 자기 손아귀에 쥐고 살았던 아들들과 며느리, 손자들에게 전재산을 물려주었고, 유언장에는 그루셴까를 언급조차 하지 않았다. 이 모든 것은 나중에야 알려졌다. 그는 '자기 소유 재산'을 어떻게 관리할지 조언해주는 것으로 그루셴까를 적지 않게 도왔고, 그녀에게 '사업'을 지시해주었다. 어떤 우연한 '투기'건으로 그루셴까와 처음 알게 된 표도르 빠블로비치 까라마조프가 자신도 전혀 예기치 못하게 미칠 정도로, 이성을 잃을 정도로 그녀에게 쏙 빠지게 되자, 당시 이미 숨이 넘어가기 일보직전이었던 삼소노프 노인은 그 상황을 몹시도 조롱했다. 노인과 알고 지낸 기간 내내 그루셴까가 심지어 아주 진심인 듯 그에게 솔직하게 굴었고, 그가 이 세상에서 그녀가 그렇게 대할 수 있는 유일한 사람이었던 듯하다는 점은 특이하다. 드미뜨리 표도로비치마저 돌연 자신의 사랑을 내세우며 나타난 순간에는 노인마저 웃기를 멈추었다. 오히려 언젠가 그는 진지하고 엄격하게 그루셴까에게 조언했다. "만일 둘 중에서, 그러니까 아버지와 아들 중에서 하나를 고른다면 노인을 골라라. 하지만 늙은 비열한이 반드시 너와 결혼하도록 만들고, 또 미리 조금이라도 돈을 떼어주게끔 만들어라. 대위하고는 사귀지 마라, 앞길이 없는 놈이니까." 바로 이것이 당시 자신에게 다가온 죽음을 예감한 늙은 호색한이 그루셴까에게 한 말이었고, 그렇게 조언한 지 다섯달이 지나 그는 사망했다. 지나는 말로 언급하자면, 당시 우리 도시의 많은 사람이 그루셴까를 두고 벌어진 까라마조프네 사람들, 그러니까 아버지와 아들 간의 어리석고 기괴한 경쟁에 대해 알고 있었지만, 당시 그들 두 사람, 노인과 아들을 대하는 그녀의 태도에 담긴 진정한 의미를 이해하는 사람은 드물었다. 심지어 그루셴까의 두 하녀마저 (앞으로 이야기할 그 파국을 맞은 뒤) 나중에 법정에서 아그라페나 알렉산드로브나가 드미뜨리 표도로비치를 맞아들인 것은 오직 두려움 때문이었고, 그가 '죽이겠다고 협박한 것' 같았다고 증언했다. 그녀에게는 두명의 하녀가 있었는데, 한명은 그녀의 부모 집안에서 데려온 아주 나이 많은 요리사로 병이 들어 거의 귀가 먹었고, 다른 한명은 그녀의 손녀인 젊고 몸이 잰 스무살짜리 아가씨로, 그루셴까의 시중을 들었다. 그루셴까는 부자가 아니었고 상당히 검소하게 살았다. 그녀의 곁채에는 방이 모두 합해 세개였는데, 거기에는 집주인 소유의 1820년대풍 구식 마호가니 가구가 딸려 있었다.

라끼찐과 알료샤가 그녀의 집에 들어갔을 때는 이미 완전히 땅거미가 진 상태였지만, 방에는 아직 불이 밝혀져 있지 않았다. 그루셴까는 거실에서 마호가니 등받이를 댄 커다랗고 보기 흉한 가죽 소파 위에 누워 있었는데, 가죽은 이미 오래전에 낡아 구멍투성이였다. 그녀의 머리 아래로는 침대에서 가져온 흰 솜털 베개 두개가 놓여 있었다. 그녀는 두 손을 머리에 대고 몸을 쭉 뻗은 채 꼼짝도 않고 똑바로 누워 있었다. 그녀는 마치 누군가를 기다리는 듯 검은색 비단옷을 입고 여기에 잘 어울리는 가벼운 레이스 장식을 머리에 꽂고 있었다. 어깨에는 레이스 숄을 걸치고 커다란 금브로치를 꽂고 있었다. 실제로 그녀는 누군가를 기다리던 참으로, 약간 창백한 얼굴에 뜨거운 입술과 눈동자를 하고 소파 팔걸이를 오른발 끝으로 초조하게 건드리며 우울한 듯이 조바심을 내며 누워 있었다. 라끼찐과 알료샤가 들어가자마자, 작은 소동이 일어났다. 현관에서 소리가 들리자 그루셴까는 소파에서 재빨리 일어나 갑자기 놀란 듯이 "누구세요?" 하고 소리를 질렀다. 그러나 손님을 맞이한 사람은 젊은 하녀였고, 그녀는 곧바로 주인아씨에게 대답했다.

"그분이 아니라 다른 분들이세요. 이분들은 상관없는 분들이세요."

"이 집에 무슨 일이 있는 거야?" 라끼찐은 알료샤의 손을 잡아 거실로 이끌며 중얼거렸다. 그루셴까는 아직 놀란 듯이 소파 옆에 서 있었다. 그녀의 숱 많고 짙은 갈색 머리채가 레이스 사이로 삐져나와 오른쪽 어깨에 흘러내렸지만, 그녀는 손님들을 찬찬히 보고 누군지 알아보기까지 그것을 알아차리지도 못하고 바로잡지도 않았다.

"아, 너였구나, 라끼뜨까.[6] 정말 깜짝 놀랐잖아. 누구와 함께 온 거야? 누가 너하고 온 거지? 주여, 누구를 데려온 거야!" 알료샤를 보고 그녀는 탄성을 질렀다.

"초를 가져오라고 해!" 라끼찐이 그 집에서 제멋대로 굴 권리가 있는 가까운 지인처럼 거리낌 없는 태도로 말했다.

"초…… 물론 초를 내야지…… 페냐, 이 사람에게 초를 가져와…… 그래, 저이를 데려올 쯤을 다 내다니!" 그녀는 다시 알료샤에게 고개를 끄덕이고는 거울로 몸을 돌려 재빨리 두 손으로 머리채를 바로잡았다. 그녀는 불만스러운 듯했다.

---

6 라끼찐의 애칭.

"아니면 내가 시간을 잘못 택한 건가?" 라끼찐은 한순간 거의 기분이 상한 듯 물었다.

"나를 너무 놀라게 했어, 라끼뜨까. 그뿐이야." 그루셴까가 미소를 지으며 알료샤 쪽으로 몸을 돌렸다. "나를 두려워하지 마요, 귀여운 알료샤. 내가 얼마나 기쁜지. 당신은 예기치 못한 손님이에요. 라끼뜨까, 네가 나를 놀라게 했어. 나는 미쨔가 쳐들어온다고 생각했지. 알아? 내가 조금 전에 그이를 속여서 나를 믿는다는 약속을 받아냈지만, 나는 거짓말을 했거든. 내 영감 꾸지마 꾸지미치에게 가서 저녁 내내, 밤까지 함께 앉아 돈을 셀 거라고 말했지. 나는 매주 저녁 내내 결산을 하러 가곤 하니까. 문을 잠그고 앉아서 노인은 주판알을 튀기고, 나는 앉아서 장부에 기록하지. 노인은 나만 믿으니까. 미쨔는 내가 거기 있다고 믿고 있지만, 나는 여기 집에 문을 잠그고 앉아 소식 하나를 기다리고 있어. 페냐가 너희를 어떻게 들여보냈을까! 페냐, 페냐! 얼른 뛰어가서 문을 열고 주변을 둘러봐라, 대위가 있나 없나. 어쩌면 숨어서 엿보고 있을지도 몰라. 정말 무서워 죽겠어!"

"아무도 없어요, 아그라페나 알렉산드로브나, 방금 주변을 살펴보았고 문틈으로 끊임없이 내다보고 있어요. 저도 무서워 떨고 있다고요."

"덧문은 닫았니, 페냐? 커튼이라도 내릴 것이지, 이렇게 말이야!" 그녀가 직접 무거운 커튼을 내렸다. "그 사람은 불나방처럼 날아들 거야. 알료샤, 나는 당신 형 미쨔가 무서워." 그루셴까는 불안 가운데 있었지만 그러면서도 어쩐지 환희에 찬 듯이 큰 소리로 말했다.

"왜 오늘따라 미쩬까가 두려워?" 라끼찐이 물었다. "그 사람하고 있어도 너는 무서워하지 않고, 그 사람도 네 장단에 춤을 추던데."

"네게 말했잖아, 소식을, 금쪽같은 소식 하나를 기다리고 있다고. 그래서 미쩬까는 지금 전혀 필요하지 않다고. 더구나 내 느낌에 그 사람은 내가 꾸지마 꾸지미치에게 갔다는 말을 안 믿는 것 같아. 틀림없이 그 사람은 지금 저쪽 자기 집 옆에, 표도르 빠블로비치의 뒷마당에 앉아서 내가 오나 지키고 있을 거야. 하긴, 거기 앉아 있는 한 여기는 오지 않겠지. 그럼 더 좋고! 나는 실제로 꾸지마 꾸지미치에게 뛰어갔다 왔어. 미쨔가 나를 바래다주었고, 나는 자정까지 거기 있을 거니까 자정에 나를 데려다주러 꼭 오라고 했지. 그 사람이 간 뒤 나는 십분 정도 노인 옆에 앉아 있다가 다시 이곳으로 왔지. 정말 무서웠어. 그 사람을 만나지 않으려고 뛰어왔다니까."

"어딜 가려고 단장한 거야? 그 희한한 머리장식은 다 뭐야?"

"정말 호기심도 많구나, 라끼쩬! 내가 말했잖아, 소식 하나를 기다리고 있다고. 소식만 오면 난 일어나 흔적도 없이 날아갈 거야. 다 준비하고 앉아 있으려고 옷을 차려입었어."

"어디로 갈 건데?"

"너무 많이 알면 빨리 늙어."

"너를 좀 봐, 온통 기쁨에 차 있잖아…… 나는 네가 이러는 건 처음 봐. 무도회에 가는 것처럼 잘 차려입었네." 라끼쩬이 그녀를 유심히 바라보았다.

"네가 무도회를 잘도 알겠다."

"너는 알아?"

"무도회를 본 적 있어. 3년 전에 꾸지마 꾸지미치가 아들을 결혼시킬 때 위층에 있으면서 구경했지. 그런데 여기 이런 공작님이 서 계신데 내가 지금 라끼뜨까, 너와 얘기할 새가 있겠니. 이런 손님이 오시다니! 알료샤, 귀여운 사람, 보고 있어도 믿지를 못하겠네. 세상에 어떻게 내게 온 거예요! 사실대로 말하면 나는 당신을 기다리지도 않았고, 상상해본 적도 없고, 전에도 당신이 올 수 있으리라는 걸 한번도 믿어본 적이 없어요. 지금은 때가 좋지 않지만 그래도 나는 당신이 와서 너무 기뻐요. 소파, 여기 앉아요. 자, 그렇게. 당신은 달처럼 참 잘생겼어. 정말 난 아직 정신을 못 차린 것 같아······ 아이, 라끼뜨까, 어제나 그제 저이를 데려왔으면 좋았을 걸! 그래도 기뻐요. 이런 순간에, 그제가 아니라 지금 온 게 어쩌면 더 나은지도 모르겠네요······"

그녀는 재빨리 알료샤 쪽으로 와서 소파에 그와 나란히 앉아 진심으로 감격한 표정으로 그를 바라보았다. 그녀는 참으로 기뻐했고, 기쁘다는 말이 거짓은 아니었다. 그녀의 눈동자는 불타고 있었고, 입술은 웃되 선량하고 명랑하게 웃고 있었다. 알료샤는 그녀의 얼굴에서 그렇게 선한 표정을 볼 수 있으리라고는 기대하지 못했었다······ 어제[7]까지만 해도 그는 그녀를 만난 적이 별로 없어서 그녀에 대해 무서운 생각만 갖고 있었다. 그리고 어제 그녀가 까쩨리나 이바노브나에게 행한 악하고 교활한 행동에 무섭도록 충격을 받았는데, 지금 갑자기 그녀의 전혀 다른 듯 예기치 못한 모습을 보게 되다니 무척 놀라운 일이었다. 그가 아무리 자신의 슬픔에 짓눌려 있다 할지라도 그의 눈은 자기도 모르는 사이 그녀에게 주의 깊게 머물렀다. 그녀의 행동거지 역시 어제와는 달리 좋은 쪽으로

---

7 알료샤가 그루셴까를 만난 것은 그저께인데, 이곳에는 어제로 되어 있다. 숫자, 이름, 날짜 등의 착오는 도스또옙스끼의 작품에서 자주 발견되는 현상이다.

변한 것 같았다. 어제 말할 때 내던 꾸민 듯한 목소리도 사라지고 나른하고 부자연스런 동작도 전혀 없이…… 모든 게 단순하고 소박했다. 그녀의 움직임은 날렵하고 꾸밈없고 신뢰할 만했지만, 그녀 자신은 몹시 흥분해 있었다.

"맙소사, 이런 일이 생기다니 정말," 그녀는 더듬거렸다. "내가 당신 때문에 왜 이렇게 기쁜지 나도 잘 모르겠어요, 알료샤. 물어본다고 해도 모르겠어요."

"뭐가 기쁜지 모르겠다는 거야?" 라끼찐이 미소를 지었다. "전에는 뭣 때문인지 계속 나에게 졸랐잖아. 데려와라, 데려와라 하고. 무슨 목적이 있었겠지."

"전에는 다른 이유가 있었지만 지금은 사라졌어. 그럴 때가 아니야. 하지만 당신들한테 뭘 좀 대접할게. 자, 난 지금 여유가 생겼거든, 라끼뜨까. 너도 앉아, 라끼뜨까. 어째서 서 있는 거야? 아니, 벌써 앉았나? 하긴 라끼찐은 두말할 것 없이 자기 잇속을 차리니까. 그런데 알료샤, 저애는 지금 저쪽 우리 반대편에 앉아서 기분 나빠하고 있네요. 어째서 내가 당신보다 먼저 자기한테 앉으라고 권하지 않았느냐는 거죠. 우리 라끼뜨까는 얼마나 노여움을 잘 타는지. 성을 잘 낸다니까!" 그루셴까가 웃기 시작했다. "화내지 마, 라끼뜨까, 나는 지금 마음이 좋은 상태니까. 알료셰치까,[8] 어째서 슬픈 모습으로 앉아 있어요? 내가 무서운 거예요?" 명랑하게 놀리면서 그녀가 그의 눈을 들여다보았다.

"슬픈 일이 있어. 불명예스러운 일이 있었거든." 라끼찐이 낮은 목소리로 말했다.

---

[8] 알료샤의 애칭.

"무슨 불명예?"

"저 아이의 장상님이 썩는 냄새를 피우셨어."

"무슨 썩는 냄새? 또 무슨 헛소리를 하고 있구나. 뭔가 추악한 말을 하고 싶은 거야. 입 다물어, 바보야. 알료샤, 내가 당신 무릎에 앉게 해줘요, 이렇게!" 그녀는 눈 깜빡할 사이에 일어나 그의 어깨를 오른팔로 부드럽게 감싸며 애교를 떠는 고양이처럼 그의 무릎에 웃으며 올라앉았다. "당신을 즐겁게 해줄게요, 내 신앙심 깊은 꼬마 양반! 아니, 그런데 정말 당신은 무릎에 앉는 걸 허락하는 거예요? 화 안 내는 거죠? 명령만 하면 내려갈게요."

알료샤는 입을 다물었다. 그는 꼼짝하는 것조차 두려워하며 앉아서 그녀가 "명령만 하면 내려갈게요"라고 하는 소리를 들었으면서도 마치 얼어붙은 듯이 아무 대답도 하지 않았다. 그러나 그건 예를 들어 자기 자리에서 음탕한 마음으로 지켜보고 있는 라끼찐 같은 사람이 기대하고 상상하는 그런 것이 그에게 있기 때문이 아니었다. 그의 영혼이 품은 크나큰 슬픔이 그의 마음에 생겨날 만한 모든 감각을 삼켜버렸고, 만일 이 순간 그가 명확히 판단할 수 있었다면 그 스스로 지금 자신이 온갖 꼬임과 유혹에 저항할 가장 강력한 투구를 쓰고 있다는 걸 알아챌 수 있었을 것이다. 그렇기는 해도 그는 자신의 정신 상태가 모호하고 불명확한데다 온갖 슬픔이 자신을 짓누르고 있는데도 불구하고 그의 마음에 일어난 새롭고 이상한 감각에 자신도 모르게 놀라고 있었다. 이 여인, 이 '이상한' 여인은 이전 같은 두려움으로, 그러니까 그의 마음에 여인에 대한 상상이 어른거리면 그게 어떤 상상이든 일어나곤 하던 두려움으로 지금 그를 놀라게 하지 않았을뿐더러, 그와는 정반대로 그가 누구보다도 두려워했지만 지금은 그의 무릎에 앉아 그를 안고 있는 이 여인이 그의 안에 문득 전혀 다른 예기치 못한 특별한 감정, 어떤 평범치 않은, 대단히 크고 순수한 호기심을 불러일으켰던 것이다. 그리고 이 모든 것이 이미 아무 두려움 없이, 이전에 느낀 두려움의 흔적도 없이 벌어졌다는 것이 중요했고, 그것이 그를 무의식중에 놀라게 했다.

"쓸데없는 얘기는 그만두고," 라끼찐이 외쳤다. "샴페인이나 내오는 게 좋겠어. 그러기로 했잖아. 당신도 알잖아!"

"사실 그러기로 했지. 나는 알료샤, 당신을 데려오면 그 대가로 무엇보다 샴페인을 내겠다고 약속했거든요. 샴페인을 해치우자, 나도 마실 거야! 페냐, 페냐, 샴페인을 가져와. 미쨔가 두고 간 병을 가져와. 어서 뛰어가. 나는 구두쇠지만 한병 내놓을게. 하지만 너한테는 아니야, 라끼뜨까, 너는 놈팡이지만 알료샤는 귀공자니까! 내가 지금 그럴 기분은 아니지만, 괜찮아, 마시지 뭐. 당신들과 한바탕 법석을 떨고 싶어!"

"지금 무슨 일이 있는 거야? 무슨 '소식'이 온다는 거지? 물어봐도 돼, 아니면 비밀이야?" 라끼찐은 자신을 향해 끊임없이 날아드는 모욕의 말에 애써 무관심한 척하면서 호기심을 참지 못하고 물었다.

"아이, 비밀은 아니야. 너도 아는 일이야." 그루셴까는 여전히 알료샤의 무릎에 앉아 있었지만 라끼찐에게 고개를 돌리느라 알료샤에게서 몸을 약간 떼면서 걱정스러운 투로 말했다. "장교가 와, 라끼찐, 나의 장교가 온다고!"

"온다는 소리는 들었지만, 그렇게 가까이 있는 거야?"

"지금 모끄로예에 있고, 거기서 급송우편을 이리로 보낼 거야. 그 사람이 그렇게 쓴 편지를 조금 전에 받았어. 그래서 여기 앉아서 속달우편을 기다리는 중이야."

"그렇군! 어째서 모끄로예에 있지?"

"말하려면 길어. 너하고는 그만 얘기할래."

"그럼 이제 미쩬까는, 어이구! 그 사람은 아는 거야, 모르는 거야?"

"뭘 알아! 전혀 몰라! 알았다면 날 죽였을 거야. 하지만 난 이제 그게 전혀 두렵지 않아. 그 사람의 칼이 지금은 두렵지 않아. 조용히 해, 라끼뜨까. 드미뜨리 표도로비치 얘기는 내게 하지 말라고. 그 사람은 내 마음을 상하게 했어. 나는 이 순간은 아무것도 생각하고 싶지 않아. 나는 지금 알료셰치까 생각은 할 수 있어. 나는 지금 알료셰치까를 보고 있고…… 나를 보고 웃어봐요, 귀여운 사람, 즐거워하라고요. 내 어리석음을 보고, 내 기뻐하는 모습을 보고 웃으라고요…… 웃었다, 웃었다! 얼마나 상냥한지 좀 봐! 알아요, 알료샤. 나는 당신이 그저께 일 때문에, 그 아가씨 때문에 나한테 화가 났다고 생각했어요…… 나는 개 같았죠, 그때…… 그래도 어쨌든 그런 일이 일어난 건 잘된 일이에요. 나쁘기도 하고 좋기도 하지." 그루셴까가 갑자기 생각에 잠긴 미소를 지었는데, 그 미소 속에는 뭔가 잔혹한 빛이 서려 있었다. "미쨔는 그 여자가 소리를 지른다고 말하곤 했어. '채찍으로 때려야 해!'라고. 난 그때 그 여자를 굉장히 화나게 했지. 나를 불러서는 이기고 싶었던 거야. 당근으로 꼬드기고 싶었던 거야…… 아니, 그런 일이 일어난 건 잘된 일이야." 그녀는 다시 미소를 지었다. "지금 내가 두려운 건, 당신이 나한테 화났으면 어쩌나 하는 것뿐이에요……"

"정말 대단하네." 라끼찐이 갑자기 진정으로 놀란 기색으로 끼어들었다. "저 여자는 너를, 알료샤, 너 같은 병아리를 정말로 무서

위하는구나."

"라끼뜨까, 너한테나 이 사람이 병아리지…… 왜냐하면 너한테
는 양심이 없으니까! 아니, 나는, 나는 이 사람을 마음 깊이 사랑해.
알료샤, 내가 자기를 마음을 다해 사랑한다는 걸 믿어요?"

"에이, 너는 염치도 없구나! 알렉세이, 저 여자가 너에게 사랑을
고백하고 있어!"

"사랑하면 어때서."

"장교는? 모끄로예에서 올 금쪽같은 소식은?"

"그건 그거고 이건 이거지."

"참, 여자들이란 이렇다니까!"

"나한테 화내지 마, 라끼뜨까." 그루셴까가 화를 내며 말을 가로
챘다. "그건 그거고 이건 이거야. 나는 알료샤를 다른 식으로 사랑
해. 사실, 알료샤, 전에 나는 자기한테 교활한 마음을 품었었죠. 나
는 비천하고 또 거친 여자니까. 하지만 알료샤, 나는 때로 자기를
내 양심을 보듯 봐요. 그리고 계속 생각하죠. '저런 사람은 나같이
추악한 여자를 이제 경멸해야 마땅해'라고. 사흘 전 그 아가씨 집
에서 돌아왔을 때도 그렇게 생각했어요. 나는 오래전부터 자기를
눈여겨보고 있었고, 알료샤, 미쨔도 그걸 알아요. 내가 말했거든.
미쨔도 그렇게 이해하고 있어요. 믿을지 모르지만 사실, 알료샤, 당
신을 보면서 나는 나 자신을 부끄러워하고 있어, 계속 부끄러워하
고 있어요…… 어쩌다 내가 자기를 그렇게 생각하게 되었는지, 또
언제부터 그랬는지 나는 알지도 못하고 이해도 못 하겠어요……"

페냐가 들어와서 마개를 연 샴페인병과 술을 가득 채운 잔 세개
가 놓인 쟁반을 탁자 위에 올려놓았다.

"샴페인이 왔군!" 라끼찐이 소리쳤다. "아그라페나 알렉산드로

브나, 당신 흥분해서 제정신이 아니야. 한잔 마시고 춤이나 춰보지. 에이, 이것도 제대로 할 줄 모르다니." 그는 샴페인을 보며 덧붙였다. "부엌에서 노파가 잔을 따르고는 병마개도 하지 않고 가져왔네, 미지근해졌잖아. 하지만 그거라도 줘."

그는 탁자로 다가와 잔을 들어 단번에 마시고는 또 한잔을 따랐다.

"샴페인은 자주 볼 수 있는 게 아니니까." 그가 입술을 핥으면서 말했다. "자, 알료샤, 잔을 들어. 네 실력을 보여주라고. 그런데 무얼 위해 마시지? 천국 문을 위해? 그루샤, 잔을 들어, 너도 천국 문을 위해 마시라고."

"천국 문이라는 게 뭐야?"

그녀가 잔을 들었고, 알료샤도 자기 잔을 들어 한모금 마시고는 다시 내려놓았다.

"아니, 안 마시는 게 좋겠어!" 그가 조용히 미소를 지었다.

"잘난 척은!" 라끼찐이 외쳤다.

"그럼 나도 안 마실 거야." 그루셴까가 말을 잡아챘다. "그리고 마시고 싶지도 않아. 라끼뜨까, 너 혼자 한병 다 마셔. 알료샤가 마시면, 그러면 나도 마실래."

"애정이 지나치네!" 라끼찐이 놀렸다. "게다가 너는 저 친구 무릎 위에 앉아 있잖아! 저애는 슬퍼서 그런다고 쳐도, 너는 뭐야? 저 친구는 자기 하느님한테 반항하느라 소시지도 먹으려 했다고……"

"어쩌다 그렇게 됐어?"

"저 친구의 장상이 오늘 돌아가셨어. 조시마 장상, 그 성인."

"조시마 장상님께서 돌아가셨구나!" 그루셴까가 소리를 질렀다.

"맙소사, 나는 그것도 몰랐네!" 그녀는 경건하게 성호를 그었다. "맙소사, 그런데 나는, 나는 지금 이 사람 무릎에 앉아 있다니!" 그녀는 갑자기 놀란 듯 소리치고는 순식간에 무릎에서 내려와 소파로 옮겨앉았다. 알료샤는 놀라서 한참 그녀를 바라보았고, 어쩐지 그의 얼굴이 환해진 듯했다.

"라끼찐," 그가 갑자기 큰 소리로 단호하게 말했다. "내가 내 하느님께 반항하려 했다느니 하면서 나를 놀리지 마. 너한테 나쁜 감정을 가지고 싶지 않아. 그러니 좀더 선하게 대해줬으면 좋겠어. 난 네가 한번도 가져보지 못한 그런 보물을 잃었어. 그러니 너는 나를 지금 심판할 수 없어. 이분을 좀 봐. 이분이 나를 불쌍히 여기는 걸 봤지? 나는 악한 영혼을 보러 이곳에 왔는데, 내가 비열하고 악했기 때문에 내 마음이 이곳으로 이끌렸던 건데, 진실한 누이, 사랑하는 보배 같은 영혼을 만났어…… 이분이 지금 나를 불쌍히 여겼다고…… 아그라페나 알렉산드로브나, 저는 당신 얘기를 하고 있어요. 당신이 지금 제 영혼을 바로 세워줬어요."

알료샤는 입술을 떨었고, 호흡이 가빠졌다. 그는 말을 멈추었다.

"마치 저 여자가 네 영혼을 구하기라도 한 것 같구나!" 라끼찐이 못되게 말했다. "저 여자는 너를 잡아먹으려고 했어, 알아?"

"그만, 라끼뜨까!" 그루셴까가 갑자기 자리에서 일어났다. "둘 다 입 다물어요. 이제 내가 다 말할게. 당신도, 알료샤, 당신의 말은 나를 부끄럽게 하니까 그만해요. 왜냐하면 나는 못된 여자니까요. 선한 여자가 아니라고요. 나는 그런 여자예요. 너, 라끼뜨까, 너는 지금 거짓말을 하고 있으니까 그 입 다물어. 이 사람을 잡아먹고 싶다는 그런 비열한 생각을 했었지만, 지금 너는 거짓말을 하고 있어. 지금은 전혀 그런 게 아니니까…… 더이상 네 목소리는 듣지

않았으면 좋겠다, 라끼뜨까!" 그루센까는 꽤나 흥분해서 이 말을
토해냈다.

"둘 다 미쳤군!" 라끼찐이 놀라서 두 사람을 바라보며 씩씩거렸
다. "미친 사람들 같아. 내가 정신병원에 온 것 같아. 둘 다 넋을 놓
고, 이제 울음을 터뜨리겠네!"

"울 거야, 울 거야!" 그루센까가 말했다. "이 사람은 나를 누이라
고 불렀어. 나는 앞으로 이걸 절대로 잊지 않을 거야. 다만 이건 알
아둬, 라끼뜨까, 내가 아무리 악한 년이라 해도 그래도 어쨌든 나는
파 한 뿌리를 내준 적이 있어."

"무슨 파? 휴, 제길, 정말로 미쳤군!"

라끼찐은 일생에서 드물게 영혼에 충격을 줄 만한 일이 이 순간
두 사람에게 벌어졌다는 것을 이해할 수 있었지만, 그럼에도 불구
하고 그들이 감격한 데 놀란 나머지 기분이 상하고 화가 치밀었다.
라끼찐은 자신과 관련된 모든 것을 아주 예민하게 이해할 줄 알았
지만 가까운 사람의 감정과 느낌을 이해하는 데는 아주 둔했다. 그
것은 어느정도는 젊어서 경험이 없기 때문이기도 했고, 한편으로
는 그가 몹시 이기주의자이기 때문이기도 했다.

"봐요, 알료세치까," 그루센까가 갑자기 그를 향해 신경질적으
로 웃음을 터뜨렸다. "파 한 뿌리를 준 적이 있다고 자랑한 건 라
끼뜨까한테 한 거지, 당신한테 한 게 아니에요. 당신한테는 자랑하
지 않아. 당신한테는 다른 목적으로 이 말을 할래요. 이건 그저 우
화일 뿐이지만 아주 훌륭한 우화로,[9] 내가 아직 어릴 때 지금은 우

---

9 파에 대한 우화는 어떤 시골 여인에게서 도스또옙스끼가 직접 듣고 기록한 것이
다. 비슷한 내용의 우화가 1859년 출간된 A. H. 아파나시예프의 『아파나시예프
가 모은 러시아 민화』(*Народные Русские Сказки*)에 나와 있다.

리 집에서 요리사로 일하는 마뜨료나로부터 들은 거예요. 어떤 얘기인지 들어봐요. '아주 못되고 악한 한 아낙이 살다가 죽었어. 마귀들이 노파를 잡아다가 불구덩이에 던져넣었지. 아낙의 수호천사가 서서 생각했어. 하느님께 말씀드릴 만한 아낙의 선행을 기억해내야 하는데, 하고 말이야. 드디어 기억해내고는 하느님께 말씀드렸지, 저 아낙은 채소밭에서 파 한 뿌리를 캐서 거지에게 준 적이 있다고. 하느님이 천사에게 대답하셨어. 그분 말씀이, 그 파를 가져다 아낙이 있는 불구덩이에 내밀어라. 그걸 잡고 끌어당겨 아낙이 불구덩이에서 나오면 천국으로 가고, 파가 끊어지면 아낙은 지금 있는 곳에 남아야 한다고. 천사는 아낙에게 가서 파를 내밀었어. 자, 아낙, 잡아당겨, 하고 말했지. 천사는 파를 조심스럽게 당겼고, 아낙을 거의 끄집어낼 찰나였어. 그런데 불구덩이에 있던 다른 죄인들이 파를 당기는 걸 보자 아낙과 함께 꺼내달라고 모두들 아낙을 붙잡았어. 아낙은 너무 악하고 못된 사람이라 뒷발질로 그 사람들을 걷어차기 시작했어. 나를 끄집어내는 거지, 너희가 아니야. 내 파야, 너희 게 아니라고. 아낙이 이렇게 말하자마자, 파가 끊어졌어. 아낙은 불구덩이에 떨어져 오늘날까지도 거기서 타고 있지. 천사는 울면서 자리를 떠났대.' 바로 이런 우화예요, 알료샤. 나 자신이 바로 그 못된 아낙이기 때문에 처음부터 끝까지 기억하고 있죠. 나는 파를 준 적이 있다고 라끼뜨까에게 자랑했지만 당신한테는 달리 말할게요. 나는 내 평생 다 합해봐야 파 한 뿌리밖에 내준 적이 없다고, 내가 한 선행이라고는 고작 그게 전부라고요. 그러니 이후로는 나를 칭찬하지 말아요, 알료샤. 나를 선하다고 생각하지 말아요. 나는 악하고 못되고, 정말 나쁜 여자예요. 당신이 나를 칭찬하면 나를 부끄럽게 하는 거야. 에이, 내친김에 완전히 고해성사를 해야겠네. 들어봐요, 알료샤. 나는 당신을 우리 집으로 끌어들이고 싶어서 당신을 데려오면 25루블을 주겠다고 라끼뜨까에게 졸랐어요. 잠깐, 라끼뜨까, 기다려!" 그녀는 빠른 걸음으로 탁자에 다가가 서랍을 열고 지갑을 꺼내 25루블짜리 지폐를 내밀었다.

"무슨 헛소리람! 대체 무슨 헛소리를 하는 거야!" 라끼쩐이 몹시 당황해서 거듭 외쳤다.

"받아, 라끼뜨까, 빚이야. 설마 거절하지 않겠지. 네가 달라고 한 거잖아." 그녀는 지폐를 그에게 던졌다.

"거절하긴." 라끼쩐은 당황한 듯하면서도 부끄러움을 감추고 씩씩하게 굵은 목소리로 말했다. "이건 우리 수준에 딱 맞아. 바보들은 똑똑한 사람들에게 이익을 주라고 있는 거니까."

"이제 입 다물어, 라끼뜨까. 이제 내가 하려는 모든 말은 너 들으라고 하는 소리가 아니야. 거기 구석에 앉아 입을 다물고 있어. 너는 우리를 좋아하지 않잖아. 그러니 입 다물어."

"왜 내가 너희 둘을 좋아해야 하지?" 라끼쩐은 이미 불쾌함을 감추려고도 하지 않고 무뚝뚝하게 대꾸했다. 25루블짜리 지폐를 주머니에 넣긴 했지만, 그는 알료샤 앞에서 너무 부끄러웠다. 그는 알료샤 모르게 나중에 대가를 받을 속셈이었기에 이렇게 수치스럽게 되자 화가 났던 것이다. 그녀가 자신에 대해 일종의 권력을 가지고 있는 것이 분명했기 때문에 이 순간까지 그는 그루셴까가 아무리 그를 모욕해도 그녀에게 거슬리는 행동을 하지 않는 게 좋은 처신이라고 생각하고 있었다. 그러나 지금은 그도 화가 났다.

"뭐가 있어야 좋아하지. 너희 둘 다 나에게 뭘 해줬는데?"

"너도 알료샤가 사랑하는 것처럼 아무 대가 없이 좀 사랑해봐."

"알료샤가 무엇 때문에 너를 좋아하지? 또 알료샤는 네가 정신

팔릴 만한 무얼 보여줬는데?"

그루셴까는 방 한가운데 서서 열을 내면서 말했고, 그녀의 목소리와 어조에는 히스테리가 섞여 있었다.

"그만해, 라끼뜨까, 너는 우리를 조금도 이해하지 못해. 나를 감히 '너'라고 부르지 마, 너한테 그걸 허락하고 싶지 않으니까. 어디서 그런 뻔뻔함이 나오는지, 내 참! 구석에 앉아 내 하인처럼 입을 다물고 있으라고. 이제, 알료샤, 내가 어떤 존재인지 당신 한 사람에게만 순수한 진실을 말할게요! 라끼뜨까는 말고, 당신에게만. 나는 당신을 파멸시키고 싶었어요, 알료샤. 이건 진짜 사실이에요. 정말 마음을 먹었다니까. 어느 정도로 원했느냐 하면 당신을 데려오라고 라끼뜨까를 돈으로 매수했으니까요. 내가 무엇 때문에 당신을 그렇게 하고 싶었을까요? 알료샤, 당신은 아무것도 모르고 지나가면서 내게 등을 돌려 눈을 아래로 내리깔았지만, 나는 당신을 백 번은 보았고 모든 사람에게 당신에 대해 물어봤어요. 당신 얼굴이 내 마음에 남았던 거죠. '나를 경멸하는구나. 나를 쳐다보고 싶어하지도 않는구나.' 결국 그 감정에 나 스스로도 놀랄 지경이 되었죠. 왜 내가 저런 꼬마를 두려워하는 거지? 저 녀석을 완전히 집어삼키고 비웃어줄 거야. 완전히 울화통이 터졌던 거예요. 이 말을 믿을지 모르겠지만, 이곳에는 감히 아그라페나 알렉산드로브나에게 나쁜 짓을 저지르려고 왔다는 말을 꺼내기는커녕 그런 마음을 먹을 수 있는 사람조차 없어요. 오직 그 노인만이 그럴 수 있지요. 나는 그 노인한테 묶였고, 팔렸어요. 사탄이 우리를 결혼시켰지만, 다른 남자는 어림도 없어. 그런데 당신을 보면서 생각했던 거예요. 저 사람을 삼켜야겠다고. 집어삼킨 뒤 비웃어주겠다고. 내가 얼마나 개같이 사악한 여자인지 알겠어요? 그런데 당신은 나를 누이라고 불렀죠! 그런데 이제 나를 모욕했던 그 사람이 왔고, 나는 앉아서 소식을 기다리고 있어요. 나를 모욕했던 그 사람이 내게 어떤 존재였는지 알아요? 꾸지마가 나를 여기로 데려왔던 오년 전에 나는 이렇게 앉아서 아무도 나를 보지도 듣지도 못하게 숨어 있곤 했어요. 약하고 어리석은 모습으로 앉아 흐느껴 울며 밤새도록 잠도 이루지 못하며 생각했죠. '그 사람은 지금 어디 있을까, 나를 모욕한 그 사람은? 틀림없이 다른 여자와 함께 나를 비웃고 있겠지. 그 사람을 볼 수만 있다면, 만나기만 하면 복수할 거야, 꼭 복수하고 말 거야'라고요. 어두운 밤에 베개에 얼굴을 묻고 생각을 하고 또 하면서 일부러 가슴을 찢으며 증오심으로 마음을 달래곤 했지요. '그 사람에게 복수할 거야, 반드시 복수할 거야!' 때로는 이렇게 어둠 속에서 외쳤어요. 그러다 문득 내가 그 사람에게 아무 짓도 하지 못할 거라는 생각이 들면, 그 사람이 지금 나를 비웃고 있다는 생각이 들면, 어쩌면 나를 완전히 잊고 기억도 못 할 거라는 생각이 들면, 나는 침대에서 바닥으로 몸을 던지고 힘없이 눈물 흘리며 새벽이 될 때까지 몸부림을 치고 또 쳤어요. 아침이면 개보다 더 사악한 마음으로 일어나 온 세상을 집어삼켜도 시원치 않을 것 같았지요. 당신은 어떻게 생각하나요? 그뒤로 내가 돈을 모아서 무자비한 사람이 되고 살도 찌고 영리해졌다고 생각하겠지요, 그렇죠? 그런데 전혀 아니에요. 아무도, 이 전우주에서 보는 이 없고 아는 이 아무도 없지만, 나는 밤의 어둠이 내리면 어떤 때는 오년 전의 소녀 모습 그대로 누워 이를 갈면서 밤새도록 울어요. '꼭 갚아줄 거야, 꼭 갚아주고 말 테다!'라고 생각하지요. 내 얘기 다 들었어요? 이제 나를 이해하게 되었겠죠. 그런데 한달 전에 갑자기 편지가 온 거예요. 그 사람이 홀아비가 되었고 와서 나와 만나고 싶다고. 그때 나는 숨이 막히는 줄 알았어요, 세상에. 그리고 생각해봤죠. 그 사람이 와서 휘파람을 불며 나를 부르면 나는 매 맞고 죄 지은 개처럼 그 사람에게 기어가겠구나! 이런 생각을 하면서도 나 자신을 믿을 수가 없었어요. '나는 비굴한 여자일까, 비굴하지 않은 여자일까? 그 사람에게 달려갈까, 가지 않을까?' 나 자신에 대한 이런 분노가 이번 달 내내 나를 사로잡았는데, 더 나쁜 건 오년 전보다 더하다는 거죠. 알료샤, 내가 얼마나 광포하고 얼마나 격렬한 여자인지 알겠지요? 이런 내가 당신에게 모든 것을 말했어요! 미쨔는 내가 그 사람에게 달려가지 않으려고 데리고 논 사람이에요. 입 다물어, 라끼뜨까, 너는 나를 심판할 수 없어. 이건 너에게 한 얘기도 아니야. 방금 두 사람이 오기 전에 여기 누워 기다리며 생각하면서 나는 내 운명의 문제를 해결했고, 두 사람은 내 마음에 뭐가 있는지 절대로 알 수 없어. 아니, 알료샤, 그저께 일로 화내지 말라고 당신 아가씨에게 말해줘요! 내가 지금 어떤지 아는 사람은 이 세상에 아무도 없고, 또 알 수도 없어요…… 그러니 어쩌면 오늘 나는 그곳으로 칼을 품고 갈지도 몰라요. 하지만 그것도 아직 결정하지 못했어요……"

이런 '가련한' 말을 내뱉은 뒤 그루셴까는 문득 참지 못하고 말을 마치기도 전에 두 손으로 얼굴을 가리고는 소파의 쿠션에 몸을 던져 어린아이처럼 흐느껴 울었다. 알료샤는 자리에서 일어나 라끼쩐에게 다가갔다.

"미샤," 그는 말했다. "화내지 마. 저분 때문에 기분이 나쁘겠지만 화는 내지 마. 방금 저분 이야기 들었잖아? 사람의 영혼에 너무 많은 걸 요구해서는 안 돼. 그냥 더 불쌍히 여겨줘야지……"

알료샤는 참을 수 없이 북받치는 심정으로 말했다. 그는 자신의 감정을 내보이지 않고는 못 견딜 것 같아서 라끼찐에게 말을 건넸던 것이다. 만일 라끼찐이 없었다면 혼자 소리라도 질렀을 것이다. 그러나 라끼찐은 비웃듯 그를 보았고, 알료샤는 말을 멈추었다.

"너는 네 장상 생각으로 꽉 차서 이제 그걸 나한테까지 퍼뜨리려는 거지. 알료셴까, 신앙심 깊은 청년." 라끼찐이 증오에 찬 미소를 짓고 말했다.

"웃지 마, 라끼찐. 비웃지 말고, 고인에 대해서는 말하지 마. 그분은 이 세상에 살았던 그 누구보다 높으신 분이야!" 알료샤가 울먹이는 목소리로 말했다. "내가 심판자로서 일어나 네게 말하는 건 아니야. 나 자신이 심판받을 사람 중에 가장 형편없는 사람인데. 저분 앞에서 내가 어떤 사람이었지? 나는 파멸하기 위해 여기 왔어. 그래서 말했지. '그러라지 뭐, 그러라고!' 나는 소심해서 그랬던 거야. 그런데 저분은 오년 동안이나 고통당한 후에도 그 고통을 준 이가 와서 처음으로 진심 어린 말을 하자, 모든 것을 용서하고 모든 것을 잊고 울고 있잖아! 저분을 모욕한 사람이 돌아와서 부르니까, 그 사람의 모든 것을 용서하고 기쁜 마음으로 얼른 그 사람에게 가려 하잖아. 당연히 칼을 품고 가지는 않을 거야. 안 가져갈 거야! 아니, 나 같으면 그렇게 못해. 네가 그럴 수 있을지 아닐지는 나도 모르지. 하지만 적어도 나는 그런 사람이 아니야! 나는 지금, 지금 그걸 배웠어…… 저분은 우리보다 사랑에서는 한수 위야. 너는 저분이 지금 한 얘기를 전에 들은 적 있니? 아니, 듣지 못했겠지. 만일 들었다면 오래전에 모든 걸 이해했을 테니. 다른 분, 사흘 전에 모욕을 당한 그분도 저분을 용서하면 좋을 텐데! 사정을 알게 되면 용서할 거야…… 알게 되면…… 저분의 영혼은 아직 평화를 얻지 못했으니 저분을 용서해야 해…… 저분의 영혼에는 보물이 숨겨져 있을 거야……"

알료샤는 숨이 가빠 입을 다물었다. 라끼찐은 여전히 분노를 품었으면서도 놀라서 그를 쳐다보았다. 조용한 알료샤가 그런 장광설을 내뱉으리라고는 생각해본 적이 없었던 것이다.

"이런, 변호사가 납셨군! 사랑에 빠지기라도 한 거야? 아그라페나 알렉산드로브나, 우리 금식수도사가 당신한테 푹 빠진 것 같아. 당신이 이겼어!" 그는 능글맞게 웃으며 소리쳤다.

그루셴까가 쿠션에서 고개를 들어 감격에 찬 미소를 지으며 알료샤를 바라보았다. 그 미소로 방금 흘린 눈물 때문에 부은 얼굴이 환히 빛나는 듯했다.

"저애는 내버려둬요. 알료샤, 내 천사, 저애가 어떤 사람인지 보았죠. 당신이 말상대할 인간이 못돼요. 나는, 미하일 오시쁘비치,[10]" 그녀가 라끼찐에게 말했다. "너를 욕한 것에 용서를 빌고 싶었는데 이젠 아니야. 알료샤, 내게 와서 여기 앉아요." 그녀는 기쁨에 찬 미소를 지으며 그에게 손짓했다. "자, 이렇게, 여기 앉아서 내게 말해봐요. (그녀는 그의 손을 붙잡고 미소를 지으며 그의 얼굴을 들여다보았다.) 나한테 말해봐요. 내가 그 사람을 사랑하는 걸까, 아닐까? 나를 모욕한 남자, 그 사람을 사랑하는 걸까, 아닐까? 당신이 오기 전까지 여기 어둠 속에 누워서 내내 내 마음에 대고 물었어요. 내가 그 사람을 사랑하는 걸까, 아닐까? 당신이 결정해줘요, 알료샤. 때가 되었어요. 당신이 결정하는 대로 따를 거예요. 그 사람을 용서할까요, 하지 말까요?"

"벌써 용서하셨잖아요." 알료샤가 미소를 지으며 말했다.

---

10 라끼찐의 이름과 부칭.

"참말로 그래요." 그루셴까가 생각에 잠겨 말했다. "이 얼마나 비굴한 마음이람! 내 비굴한 마음을 위해!" 그녀는 갑자기 탁자에서 잔을 낚아채 단번에 잔을 비우고는 그것을 들어올리더니 팔을 휘둘러 바닥에 내던졌다. 잔은 깨지는 소리를 내며 산산조각이 났다. 어떤 냉혹한 표정이 그녀의 미소에 어른거렸다.

"어쩌면 아직 용서하지 않았는지도 몰라요." 그녀는 눈을 아래로 내리깔고 혼잣말하듯이 어쩐지 위협적으로 말했다. "어쩌면 그냥 용서하려는 생각만 하는 건지도 몰라. 나는 아직 마음과 싸우고 있고. 알료샤, 알아요? 나는 오년간의 내 눈물을 끔찍하게 사랑했어요…… 어쩌면 나는 내 상처만 사랑했을 뿐 그 사람을 전혀 사랑하지 않았는지도 몰라요!"

"나도 그 사람처럼 될까 걱정이네!" 라끼찐이 속삭였다.

"그러지 않을 거야, 라끼뜨까. 절대로 그 사람처럼 되지 않을 거야. 너는 내 신발이나 만들게 될걸, 라끼뜨까. 그 일에나 너를 쓸 테니까. 너는 나 같은 여자는 절대 못 만날 거야…… 그리고 어쩌면 그 사람도 그럴지 모르지……"

"그 사람도? 그러면 옷은 왜 차려입은 거야?" 라끼찐이 독살스럽게 빈정거렸다.

"내가 꽃단장을 했다고 욕하지 마, 라끼뜨까. 너는 아직 내 마음을 다 몰라! 마음이 내키기만 하면 이 옷 같은 건 찢어버릴 거야. 당장 찢어버릴 거야, 지금 이 순간이라도 말이야." 그녀가 짜랑 울리도록 소리를 질렀다. "너는 이 꽃단장이 무엇을 위한 건지 몰라, 라끼뜨까! 어쩌면 내가 그 사람에게 가서 물을지도 모르지. '당신은 이런 내 모습을 본 적 있어? 아직 없지?' 그 사람은 가냘프게 잔기침을 해대는 열일곱살짜리 울보인 나를 버리고 갔으니까. 나는 그 사람 옆에 앉아 유혹해서 그 사람을 태워버릴 거야. '이제 내가 어떤지 보았으니, 그대로 있어, 친애하는 양반. 떡 줄 생각은 없으니까'라고 말해줄 거야. 바로 그러려고 꽃단장을 한 거야, 라끼뜨까." 그루셴까가 독살스럽게 웃으며 말을 마쳤다. "나는 미쳤어요, 알료샤. 완전히 난폭하죠. 나는 내 옷을 찢고, 나 자신을, 내 아름다움을 엉망으로 만들고 내 얼굴을 불로 지지고 칼로 그은 뒤 구걸하러 다닐 거예요. 마음만 내키면 이제 아무데도 가지 않고, 아무에게도 가지 않을 거예요. 그럴 마음만 생기면 내일 꾸지마가 내게 선물한 모든 것을, 그 사람의 돈 전부를 돌려주고 평생 날품팔이로 살아갈 거예요! 내가 그러지 못할 거라고, 감히 그러지 못할 거라고 생각하겠지, 라끼뜨까? 나는 그럴 거야. 그렇게 할 거야. 지금도 그렇게 할 수 있어. 나를 자극하지만 말아줘…… 그 사람을 내쫓아 모독하고는 다시는 내 앞에 얼씬도 못 하게 할 거야!"

그녀는 마지막 말을 할 때 히스테리에 사로잡혀 소리를 질렀지만, 또다시 참지 못하고 얼굴을 두 손으로 가린 채 쿠션에 몸을 던지고는 흐느끼며 몸을 떨었다. 라끼쩐이 자리에서 일어났다.

"갈 시간이야." 그가 말했다. "늦었어. 수도원 문이 닫힐지도 몰라."

그루셴까도 자리에서 일어났다.

"알료샤, 정말로 가려는 거군요!" 그녀는 슬픔과 놀라움에 젖어 소리를 질렀다. "지금 나에게 무슨 짓을 하는 거예요? 온통 흥분시키고 괴롭히고는 또다시 이 밤에 나를 혼자 남겨두겠다니!"

"네 집에서 자게 할 수는 없잖아? 알료샤가 원한다면야 뭐, 그러라지! 나는 혼자라도 갈 테니까!" 라끼쩐이 심술궂게 빈정거렸다.

"입 다물어, 사악한 자식." 그루셴까가 머리끝까지 화를 내며 소리쳤다. "너는 이 사람이 와서 해준 말들 같은 건 내게 해준 적이 없어."

"알료샤가 너한테 무슨 말을 했는데?"라끼찐이 화가 나서 으르렁거렸다.

"몰라, 모르겠어. 무슨 말을 했는지 모르겠어. 이 사람이 마음을 울렸어. 내 마음을 뒤집어놓았어…… 이 사람은 나를 처음으로 불쌍히 여긴 유일한 사람이야. 그거야! 천사, 당신은 왜 내게 더 빨리 오지 않은 거예요." 그녀는 갑자기 미친 듯이 그의 앞에 무릎을 꿇었다. "나는 평생 당신 같은 사람을 기다렸어요. 누군가 당신 같은 사람이 와서 나를 용서해줄 거라는 걸 알았어요. 그 치욕스런 욕망과 무관하게 나처럼 추악한 여자를 누군가는 사랑해줄 거라고 믿었어요!"

"제가 무얼 했다고요?" 알료샤가 그녀에게 몸을 굽혀 부드럽게 그녀의 손을 잡으며 감격한 듯 미소를 지었다. "저는 파 한 뿌리, 가장 작은 파 한 뿌리를 건넨 것에 불과해요. 그것뿐이에요, 그것뿐!"

이렇게 말하고 그는 울음을 터뜨렸다. 그 순간 현관에서 갑자기 소란이 일면서 누군가가 문간방으로 들어왔다. 그루셴까는 무섭게 놀란 듯이 자리에서 벌떡 일어났다. 페냐가 소란을 떨고 비명을 지르며 방으로 들어왔다.

"아가씨, 아가씨, 아가씨, 소식이 왔어요!" 그녀는 숨을 헐떡이며 신이 나서 소리쳤다. "아가씨를 모시러 모끄로예에서 사륜마차가 왔어요. 마부 찌모페이가 삼두마차에 앉아 있어요. 지금 새 말로 바꿔 매고 있어요…… 편지요, 편지. 아가씨, 여기 편지요!"

그녀는 편지를 손에 쥐고 소리를 지르는 내내 공중에서 휘두르고 있었다. 그루셴까는 그녀의 손에서 편지를 낚아채 촛불로 가져갔다. 그것은 단 몇줄짜리 메모였기에 그녀는 순식간에 읽어내려 갔다.

"나를 부르고 있어!" 그녀는 완전히 창백해져서는 병적인 미소로 얼굴을 일그러뜨리며 외쳤다. "휘파람을 불었어! 기어와라, 강아지야 하고!"

그러나 그녀는 결정을 내리지 못한 듯이 아주 잠시 멈춰섰다. 문득 그녀의 얼굴에 피가 몰리면서 두 뺨이 불타올랐다.

"갈 거야!" 그녀가 갑자기 외쳤다. "내 오년! 잘 가라! 안녕! 알료샤, 운명은 결정되었어요…… 가요, 가세요, 가. 내가 당신을 보지 못하도록 이제 내 집에서 나가요! 그루셴까는 새로운 삶을 향해 날아간다…… 너도 나에 대해 함부로 말하지 마, 라끼뜨까. 어쩌면 나는 죽으러 가는 건지도 몰라! 아! 꼭 취한 것 같아!"

그녀는 갑자기 그들을 버리고 자기 침실로 뛰어들어갔다.

"자, 저 여자는 우리한테 신경 쓸 새 없어!" 라끼찐이 말했다. "가자. 안 그러면 또다시 저 여자 비명을 들을 거야. 나는 저 눈물 젖은 비명이 지긋지긋해……"

알료샤는 자신을 기계적으로 끌어내는데도 그냥 내버려두었다. 그 사륜마차가 서 있는 마당에서는 마차에서 말들을 푸는 중이었다. 사람들이 등불을 들고 다니며 분주하게 움직이고 있었다. 열린 문으로 생기 넘치는 말 세 마리를 데리고 들어왔다. 그러나 알료샤와 라끼찐이 현관 계단에 내려서자마자 돌연 그루셴까의 침실 창문 하나가 열렸고, 그녀는 알료샤의 뒤에 대고 울리는 목소리로 외쳤다.

"알료셰치까, 형님 미쩬까에게 인사 전해줘요. 나를 나쁘게 기억하지 말라고 말해줘요. 그 사람에게 내 말도 전해줘요. '그루셴까는 비열한 사람에게나 돌아갈 여자지, 형처럼 고결한 사람에게 돌아갈 사람이 아니에요!'라고. 그리고 또 그 사람에게 말해줘요. 그루셴까는 미쩬까를 사랑했지만 딱 한시간, 고작 딱 한시간만 사랑했다고, 그러니 그 한시간을 이제부터 평생 기억하라고, 그루셴까가 부탁하는 말이라고요!"

그녀는 흐느낌 가득한 목소리로 말을 마쳤다. 창문이 탁 닫혔다.

"음, 음!" 라끼쩐이 웃으면서 웅얼거렸다. "형 미쩬까를 끊어내면서 평생 자기를 기억하라고 하다니. 저런 나쁜 여자 같으니!"

알료샤는 아무 대답도 하지 않았다. 아니, 아무 말도 듣지 못한 듯했다. 그는 라끼쩐 옆에서 빠르게, 몹시 서두르는 듯 걸었다. 깊은 생각에 잠긴 듯 기계적인 걸음걸이였다. 그때 갑자기 무언가가 라끼쩐의 마음을 후벼파 생생한 상처를 손가락으로 헤집는 것 같았다. 알료샤와 그루셴까를 만나게 해준 조금 전만 하더라도 그는 이런 걸 전혀 예기치 못했었다. 생각과 전혀 다른 일이 벌어졌고, 그가 전혀 원하지 않았던 일이 일어난 것이다.

"그 사람, 폴란드인이야. 저 여자의 장교 말이야!" 그가 머뭇거리면서 말문을 열었다. "그 사람 지금은 장교도 아니고, 시베리아 어딘가 중국과의 국경에서 세관 관리로 근무했대. 틀림없이 삐삐 마른 폴란드인일 거야. 사람들 말로는 일자리를 잃었다더군. 이제 그루셴까가 재산을 모았다는 말을 듣고 돌아온 모양이야. 그저 그 뿐이야."

알료샤는 또다시 그의 말을 듣지 못한 것 같았다. 라끼쩐은 참지 못했다.

"그래서, 저 죄 많은 여인을 회개라도 시켰다는 거야?" 그는 알료샤를 못되게 비웃었다. "탕녀를 진리의 길로 되돌렸어? 일곱마리 귀신을 내쫓았어,[11] 어? 그거, 아까 우리가 말한 기적이 어디 있느냐 하면 여기 있네. 기대했던 기적이 일어났어!"

"그만해, 라끼찐." 알료샤는 고통스러운 심정으로 대꾸했다.

"너는 지금 조금 전의 25루블 때문에 나를 '경멸'하는 거지? 진정한 친구를 팔았다고. 하지만 너는 그리스도가 아니고, 나는 유다가 아니잖아."

"아, 라끼찐, 제발. 나는 다 잊었어." 알료샤가 외쳤다. "지금 네가 상기시킨 거지."

그러나 라끼찐은 이미 돌이킬 수 없을 만큼 화가 난 후였다.

"너희 모두 꺼져버려!" 그가 갑자기 울부짖었다. "어쩌다 내가, 제길, 너랑 엮인 거야! 나는 지금부터 너란 놈을 더이상 알고 싶지 않아. 혼자 가. 저쪽이 네가 갈 길이야!"

그는 알료샤를 혼자 어둠 속에 남겨둔 채 다른 길로 몸을 돌렸다. 알료샤는 시내를 나와 수도원으로 가는 들판을 걷기 시작했다.

4. 갈릴리의 가나

알료샤가 소수도원에 도착했을 때는 수도원 시간으로 보았을 때 아주 늦은 시간이었다. 문지기가 특별 통로로 그를 들여보내주었다. 벌써 9시였다. 모든 이에게 뒤숭숭했던 낮이 지난 후 모두 쉬면서 안정을 취하는 시간이었다. 알료샤는 조심스럽게 문을 열고 장상의 관이 놓여 있는 장상의 독수방으로 들어갔다. 관 옆에서 외

---

11 루가의 복음서 8:1-2에서 예수 그리스도가 막달라 마리아에게서 일곱 귀신을 내쫓았다는 이야기를 말한다.

로이 복음서를 낭독하고 있는 빠이시 신부, 그리고 어젯밤의 대화와 오늘의 소동에 지쳐 다른 방의 바닥에 누워 젊은이답게 깊은 잠에 곯아떨어진 소년 수련수사 뽀르피리 말고 독수방에는 아무도 없었다. 빠이시 신부는 알료샤가 들어오는 소리를 들었지만, 그쪽을 쳐다보지도 않았다. 알료샤는 문에서 몸을 돌려 오른쪽 구석으로 가 무릎을 꿇고 기도하기 시작했다. 그의 영혼은 뭔가로 가득차 있었지만 그것은 무엇인지 모호했고, 아무 느낌도 뚜렷이 드러나는 것이 없었다. 오히려 아주 또렷한 느낌 하나가 어떤 고요하고 굴곡 없는 흐름 속에서 다른 하나를 밀어내는 것 같았다. 그러나 마음은 달콤했고, 이상하게도 알료샤는 그게 놀랍지 않았다. 그는 다시 자기 앞에 그 관, 그의 소중한 사자死者를 완전히 덮고 있는 관을 보았지만 그의 영혼에는 아까 아침과 같이 가슴 저리고 눈물나는, 고통스러운 애통함이 없었다. 이제 방에 들어와서 그는 성물 앞에서 하듯 관 앞에 엎드렸지만 그의 생각과 가슴에는 기쁨, 기쁨만이 빛나고 있었다. 독수방 창문은 하나만 열려 있었고, 공기는 신선하고 쌀쌀했다. '그러니까 문을 열기로 결정했다면 냄새가 더 심해졌다는 말인데.' 알료샤는 생각했다. 그러나 얼마 전까지만 해도 그에게 그렇게도 끔찍하고 명예롭지 못하게 여겨졌던 썩는 냄새에 대한 생각도 이제 그의 내면에 비애와 분노를 불러일으키지 않았다. 그는 조용히 기도했지만, 곧 자신이 거의 기계적으로 기도하고 있다고 느꼈다. 생각의 조각들이 그의 마음에 어른거리고 별처럼 타오르다가 다른 생각들로 바뀌면서 곧 꺼졌지만, 뭔가 온전하고 확고하고 마음을 안심시켜주는 것이 그의 마음을 지배하고 있음을 스스로 느꼈다. 잠깐씩 그는 열정적으로 기도하면서 아주 감사하고 사랑하고 싶었다…… 그러나 기도하다가 갑자기 다른 뭔가로 마음을 돌려 생각에 잠기는 바람에 기도도 잊고 어디서 기도를 멈추었는지조차 잊어버렸다. 그는 빠이시 신부가 낭독하는 소리를 들었지만 너무 지친 나머지 조금씩 졸기 시작했다⋯⋯

"사흘째 되던 날 갈릴레아 지방 가나에 혼인 잔치가 있었다."[12] 빠이시 신부가 낭독했다. "그 자리에는 예수의 어머니도 계셨고 예수도 그의 제자들과 함께 초대를 받고 와 계셨다."

'혼례? 무슨 소리야⋯⋯ 혼례라⋯⋯' 알료샤의 머릿속에 생각들이 회오리처럼 휘몰아쳤다. '그녀에게도 행복이 찾아왔어⋯⋯ 잔치에 갔지⋯⋯ 아니야, 칼은 가져가지 않았어. 칼은 가져가지 않았어⋯⋯ 그건 그냥 '슬퍼서 한' 말에 불과해⋯⋯ 그래⋯⋯ 슬퍼서 하는 말은 용서해줘야 해, 반드시. 슬퍼서 하는 말은 영혼을 위로해주지⋯⋯ 그것도 없으면 사람은 슬픔을 견디기가 너무 힘드니까. 라끼찐은 골목으로 갔어. 라끼찐은, 자기가 받은 모욕을 생각하는 한 늘 골목으로 빠지게 될 거야⋯⋯ 그런데 길이 있지⋯⋯ 그 길은 크고 곧고 밝고 반짝이고, 그 끝에는 태양이 있어⋯⋯ 어? 뭘 읽고 있는 거지?'

"그런데 잔치 도중에 포도주가 다 떨어지자 예수의 어머니는 예수께 포도주가 떨어졌다고 알렸다⋯⋯" 하는 구절이 알료샤에게 들려왔다.

'아, 맞아, 내가 여기서 놓쳤네. 놓치고 싶지 않았는데. 나는 이 대목이 좋아. 갈릴리의 가나, 첫번째 기적⋯⋯ 아, 이건 기적이야. 아, 사랑스런 기적! 그리스도는 처음 기적을 베풀며 슬픔이 아니라 사람들의 기쁨에 참여하셔서 사람들이 기뻐하도록 도움을 주셨어⋯⋯' 사람들을 사랑하는 사람은 그들의 기쁨도 사랑한다⋯⋯

---

12 이하 요한복음 2:1-10을 연달아 인용하고 있다.

'돌아가신 장상님께서 늘 하시던 말씀이지. 그분의 가장 중요한 생각이었어…… 기쁨 없이 살 수 없다고 미쨔가 말했지…… 그래, 미쨔…… 진실하고 아름다운 모든 것은 언제나 관대함으로 가득 차 있어. 이것도 그분이 하신 말씀이야……'

"예수께서는 어머니를 보시고 '어머니, 그것이 저에게 무슨 상관이 있다고 그러십니까? 아직 제 때가 오지 않았습니다.' 하고 말씀하셨다. 그러자 예수의 어머니는 하인들에게 '무엇이든지 그가 시키는 대로 하여라.' 하고 일렀다."

'그대로 하라…… 기쁨, 누구든 가난한 사람, 아주 가난한 사람의 기쁨…… 결혼식에 포도주가 모자랐다면 물론 가난한 사람들이었겠지…… 게네사렛 호수와 그 근방에는 당시 상상도 못할 만큼 가장 가난한 자들이 살았다고[13] 역사가들은 쓰고 있어…… 그 자리에 있던 다른 위대한 존재, 성모의 위대한 마음은 그가 위대하고 무서운 위업만을 위해 내려온 것이 아니라, 초라한 결혼식에 그를 상냥하게 초대한 무지몽매하고 정직한 사람들의 소박하고 단순한 즐거움에 그도 참예할 수 있다는 것을 아셨던 거야. '내 때가 아직 이르지 아니하였나이다.' 그분은 조용히 미소 지으며 말씀하셨지.(그분은 틀림없이 온유한 미소를 지으셨을 거야)…… 사실 그분이 가난한 자의 결혼식에서 포도주를 늘려주시려고 이 땅에 내려오신 거겠어? 그런데도 그분은 가셔서 어머니의 부탁대로 하셨어…… 아, 다시 읽으시는구나.'

"……예수께서 하인들에게 '그 항아리마다 모두 물을 가득히 부어라.' 하고 이르셨다. 그들이 여섯 항아리에 물을 가득 채우자 예수께서 '이제는 퍼서 잔치 맡

---

[13] 도스또옙스끼는 아마도 르낭(Joseph Ernest Renan, 1823~92)의 『예수의 생애』(La vie Jésus)를 염두에 둔 듯하다. 이 책은 예수 그리스도의 설교를 들은 많은 가난한 사람들에 대해 언급하고 있다.

은 이에게 갖다 주어라.' 하셨다. 하인들이 잔치 맡은 이에게 갖다 주었더니 물은 어느새 포도주로 변해 있었다. 물을 떠간 그 하인들은 그 술이 어디에서 났는지 알고 있었지만 잔치 맡은 이는 아무것도 모른 채 술맛을 보고 나서 신랑을 불러 '누구든지 좋은 포도주는 먼저 내놓고 손님들이 취한 다음에 덜 좋은 것을 내놓는 법인데 이 좋은 포도주가 아직까지 있으니 웬일이오!' 하고 감탄하였다."

'그런데 이게 뭐지? 이게 뭐야? 왜 방이 넓어지는 거지…… 아, 그래…… 이게 혼례고 결혼이구나…… 그래, 물론이야. 손님도 있고, 젊은 사람도 앉아 있고, 즐거운 군중도 있고, 그리고…… 현명한 연회의 주최자는 어디 있지? 그런데 저 사람은 누구지? 누구? 또다시 방이 움직였다…… 저기 큰 탁자에서 누가 일어나는 거지? 어떻게…… 그분도 여기 계시는 건가? 그분은 관에 누워 계시는데…… 하지만 그분이 여기도 계시는구나…… 일어나서 나를 보고 여기로 오시네…… 주여!'

그렇다. 그분이, 그러니까 얼굴에 잔주름이 가득한 바싹 마른 노인이 기쁨에 차서 조용히 웃으며 그에게로, 그에게로 다가왔다. 관은 이미 사라졌고, 그는 어제 손님들이 모였을 때 그들과 함께 앉았던 차림새 그대로였다. 얼굴은 아주 환하고 눈이 빛나고 있었다. 어떻게 된 일일까. 그러니까 그분 역시 잔치에 계시는구나, 역시 갈릴리 가나의 혼례에 초대받으신 거야……

"사랑하는 자야, 나 역시 초대되어 부름을 받았다." 그의 머리 위에서 조용한 목소리가 울려퍼졌다. "어째서 보이지 않게 여기 숨어 있는 게냐…… 너도 우리에게로 오렴."

그분의 목소리, 조시마 장상의 목소리였다…… 부르고 있다면 그분이 아니고 누구겠는가? 장상은 손을 잡아 알료샤를 일으켰고, 알료샤는 무릎을 펴고 일어났다.

"즐기자꾸나." 몹시 여윈 노인이 말을 이었다. "새 포도주, 새 위대한 기쁨의 포도주를 마시자꾸나. 보아라, 손님이 얼마나 많은지. 저기 신랑도, 신부도, 연회장도 새 포도주 맛을 보는구나. 왜 나한테 놀라는 거냐? 나는 파 한 뿌리를 내주었고, 그래서 여기 있는 거란다. 여기 있는 많은 사람이 파 한 뿌리씩, 작은 파 한 뿌리씩을 내주었다…… 너도, 조용하고 온순한 내 아이야, 너도 오늘 파 한 뿌리를 굶주린 여인에게 주지 않았느냐. 시작해라, 사랑하는 아이야. 네 일을 시작해라, 온유한 아이야! 우리의 태양이 보이느냐? 그분이 보이느냐?"

"두렵습니다…… 감히 보지 못하겠습니다……" 알료샤가 속삭였다.

"그분을 두려워하지 마라. 우리 앞에서 그 위대함으로 두렵고 그 높음으로 무섭지만, 무한히 자비하신 이가 사랑 때문에 우리처럼 되셔서 우리와 함께 즐기시며 손님의 기쁨이 중단되지 않도록 물을 포도주로 변화시키시고, 새로운 손님을 기다리시며 이미 수세기에 걸쳐 끊임없이 새로운 이들을 부르고 계신다. 저기 새 포도주를 가지고 오는구나. 보이느냐, 그릇들을 나르고 있구나……"

알료샤의 가슴이 무언가로 뜨거워지고 무언가가 갑자기 아플 정도로 그를 가득 채우면서 그의 영혼에서 감격의 눈물이 터져나왔다. 그는 팔을 뻗어 소리를 지르다가 깨어났다……

또다시 관, 열린 창과 나직하고 묵직하게 끊어지는 복음서 낭독 소리. 그러나 알료샤는 이미 낭독 소리를 듣고 있지 않았다. 그는 무릎을 꿇은 채 잠들었는데, 이상하게도 지금은 두 발로 서 있었다. 그러고는 갑자기 자리를 박차듯 확고하고 빠른 걸음으로 세 발짝 걸어 관에 바짝 다가갔다. 빠이시 신부를 어깨로 스치기까지 했지만 심지어 그는 그것도 알아채지 못했다. 빠이시 신부는 순간적으로 그를 보려고 복음서에서 눈을 들려고 했지만, 젊은이에게 뭔가 이상한 일이 일어났다는 것을 알아채고는 다시 눈을 돌렸다. 알료샤는 수의를 입고 가슴에는 성상을 들고 가지가 여덟개인 십자가가 새겨진 수도사 모자를 쓴 채, 꼼짝도 하지 않고 관에 몸을 누인 채 얼굴만 드러내놓고 있는 망자를 삼십초 정도 바라보았다. 그는 지금 그의 목소리만 들렸고, 그 목소리는 그의 귀에 아직도 울리고 있었다. 그는 더 귀를 기울이며 소리가 들리기를 기다렸다…… 그러다가 그는 갑자기 몸을 획 돌려 독수방에서 나갔다.

그는 현관 계단에서도 멈추지 않고 재빠르게 아래로 내려갔다. 환희에 가득 찬 그의 영혼은 자유와 공간, 넓은 곳을 갈망했다. 조용히 빛나는 별들로 가득한 천공이 그의 위로 넓고 아득하게 쏟아질 것만 같았다. 하늘의 정점에서 지평선까지 아직 흐릿한 은하수가 두 길로 나뉘어 있었다. 싱그럽고 미동도 없이 고요한 밤이 지상을 감싸고 있었다. 하얀 탑들과 성당의 황금빛 둥근 지붕들이 사파이어빛 하늘에서 빛나고 있었다. 건물 주변의 화단에 핀 화려한 가을꽃은 아침까지 잠들어 있을 것이다. 지상의 고요는 천상의 고요와 하나로 섞이는 듯했고, 지상의 신비는 별들의 신비와 맞닿아 있었다…… 알료샤는 서서 그 광경을 바라보다가 갑자기 다리가 꺾인 사람처럼 땅에 무릎을 꿇고 쓰러졌다.

그는 자신이 어째서 땅을 안았는지, 어째서 견딜 수 없이 땅에 입맞추고 싶었는지, 땅 전체에 입을 맞추고 싶었는지 알 수 없었다. 그렇지만 그는 울먹이다 통곡하며 눈물을 적시고 입을 맞추면서 그 땅을 사랑하기로, 영원히 사랑하기로 미친 듯이 맹세했다. "네 기쁨의 눈물로 땅을 적시고 네 그 눈물을 사랑하라……" 이런 소리가 그의 영혼에 울려퍼졌다. 그는 무엇을 위해 울었던 것일까? 오, 그는 심연으로부터 그에게 빛나며 '광기마저 두려워하지 않는' 그 별들로 인해 환희에 젖어 눈물을 터뜨렸다. 이 모든 무한한 하느님의 세계가 그의 영혼에서 실타래처럼 뭉쳤고, 그의 영혼은 '다른 세계와 접촉하며' 온통 떨려왔다. 그는 모든 이를 용서하고 싶었고, 모든 것에 용서를 구하고 싶었다, '다른 이들도 나로 인해 나에 대해 용서를 구한다'는 말이 그의 영혼에 다시 울려퍼졌다. 그러나 매순간 그는 이 천공처럼 확고하고 흔들림 없는 무언가가 그의 영혼에 들어오는 것을 손으로 만지듯이 분명히 느꼈다. 어떤 사상이 이미 그의 지성을 지배하기 시작했고 이는 평생토록 그리고 영원히 그럴 것이었다. 그는 연약한 소년처럼 땅에 엎어졌다가 미래의 강고한 용사가 되어 일어났고, 그는 그 사실을 환희의 순간에 문득 깨닫고 느꼈다. 알료샤는 이후 평생토록 이 순간을 잊을 수 없었다. "그 순간 누군가가 내 영혼에 찾아왔다." 나중에 그는 자신의 말에 확고한 믿음을 품고 이렇게 말했다.

사흘 뒤 그는 "세상에 거하라"라고 그에게 명한 작고한 장상의 말에 순종하여 수도원을 나왔다.

제8편
미짜

1. 꾸지마 삼소노프

그루셴까가 새로운 삶을 향해 날아가며 마지막 인사를 전해달라고 '명하고', 사랑의 시간을 영원히 기억해달라고 주문한 대상인 드미뜨리 표도로비치는 정작 그 시간에 그녀에게 일어난 일을 전혀 모른 채 이상한 혼란과 분주함에 싸여 있었다. 마지막 이틀 동안 그는 상상할 수 없는 사태에 빠져들어, 나중에 스스로도 이야기했듯이 뇌에 염증이 날 정도였다. 알료샤는 전날 아침 그를 발견할 수 없었고, 형 이반도 그날 선술집에서 그를 만날 수 없었다. 그가 임대하고 있는 작은 아파트의 여주인은 그의 지시에 따라 그의 흔적을 감추어주었다. 그는 나중에 자신이 표현한 대로 '운명과 싸우며 스스로를 구하기 위해' 이틀 동안 그야말로 사방으로 동분서주했으며, 그루셴까에게서 감시의 눈길을 한시도 뗄 수 없어 떠나는 것이 두려웠는데도 불구하고 아주 중대한 한가지 일 때문에 몇시간 동안 도시를 비우기까지 했다. 나중에 이 모든 일이 문서 형태로 아주 상세히 드러났지만, 지금 우리는 그의 운명에 느닷없이 들이닥친 무서운 파국에 앞서 그의 생애에서 끔찍했던 이 이틀 동안의 이야기 중 사실상 가장 필수불가결한 것만 언급하기로 하겠다.

그루셴까는 그와 보낸 그 한시간 동안 그를 진심으로 진실하게 사랑했고 그게 또 사실이었지만, 그와 동시에 그를 때로는 정말 잔혹하고 무자비하게 괴롭혔다. 중요한 건 그가 그녀의 심중을 알아챌 방법이 전혀 없었다는 데 있었다. 애정 공세로든 힘으로든 알아낼 방법이 없었다. 그녀는 결코 굽히지 않았고, 오로지 화만 내며 그를 외면했다는 것만큼은 그도 분명히 이해할 수 있었다. 그는 당시 그녀 자신도 뭔가와 싸우고 있다는 것을, 무척이나 망설이는 가운데 뭔가를 결심해야 함에도 여전히 결심하지 못하고 있다는 것을 상당히 제대로 짐작하고 있었다. 그래서 그녀가 그와 그의 열정을 때로 마냥 증오해야만 했다고 그가 가슴 졸이며 짐작한 건 근거 없는 일도 아니었다. 어쩌면 그게 맞을 텐데, 그래도 그는 그루셴까가 과연 무슨 일로 그렇게나 고민하는지 그걸 알 수 없었다. 사실 그를 괴롭힌 질문은 그에게는 단 두가지 항목으로 요약되었다. '미쨔, 그냐, 아니면 표도르 빠블로비치냐.' 그런데 이때 한가지 분명한 사실을 지적할 필요가 있겠다. 그는 표도르 빠블로비치가 (만일 아직 하지 않았다면) 그루셴까에게 틀림없이 정식으로 청혼할 것이라고 완전히 확신했고, 그 늙은 호색한이 3천 루블로 끝내리라고는 단 한순간도 믿지 않았다. 이것이 그루셴까와 그녀의 성격을 아는 미쨔를 돌게 만들었다. 바로 이런 이유 때문에 그는 때로 그루셴까의 모든 고민과 그녀의 모든 망설임이 그들 중 누구를 선택해야 할지 몰라서, 즉 그들 중 누가 그녀에게 더 유리할지 몰라서 생기는 것이라고 생각할 수 있었던 것이다. 그루셴까의 인생에서 운명적 존재인 '장교'가 곧 돌아온다는 사실, 그녀가 그렇게 흥분하고 두려움에 싸여 기다리던 사람이 도착한다는 사실을 그동안 그는 이상하게도 고려해볼 생각조차 하지 않았었다. 사실 가장 최근에 그루셴까는 그에게 이 일에 대해 어느정도 입을 닫고 있었다. 그러나 그는, 예전에 그녀를 유혹했던 사람이 한달 전에 편지를 보냈다는 소식을 그녀로부터 들어 알고 있었고, 편지의 내용도 일부 알고 있었다. 그 무렵 어느 순간 못된 마음을 먹은 그루셴까가 그에게 편지를 보여주었지만, 그는 그녀도 놀랄 만큼 그 편지에 아무 의미도 부여하지 않았다. 왜 그랬는지 설명하기는 어려울지도 모른다. 어쩌면 이 여자를 두고 친아버지와 벌이는 끔찍한 전쟁과 그 전쟁의 추악함에 짓눌린 나머지, 당시 그보다 더 두렵고 위험한 일을 그 스스로는 상상조차 할 수 없었는지 모른다. 그는, 오년 동안 사라졌다가 갑자기 불쑥 튀어나온 약혼자를, 특히 그 약혼자가 곧 오리라고는 믿지 않았다. 그리고 미쩬까에게 보여준 '장교'의 첫 편지에도 이 새로운 경쟁자의 도착에 대해서는 상당히 불투명하게 쓰여 있었다. 편지는 아주 모호했고, 상당히 과장된 문체로 쓰였으며, 감상으로 가득 차 있었다. 당시 돌아오겠다고 조금은 더 분명하게 언급한 마지막 몇줄을 그루셴까가 그에게 숨겼다는 것은 지적해두어야겠다. 더구나 그 순간에 미쩬까가 나중에 기억하기로, 시베리아에서 온 편지를 보는 그루셴까의 얼굴에는 무심결에 오만한 경멸 비슷한 표정이 어려 있었다. 이후 그루셴까는 이 새로운 경쟁자와 이어진 교류에 대해 미쩬까에게 아무것도 알려주지 않았다. 이렇게 해서 그는 점차 장교에 대해 완전히 잊어버리게까지 되었다. 그는 그저 그쪽에서 무슨 일이 일어난다 할지라도, 또 일이 어떻게 뒤집어진다 할지라도 표도르 빠블로비치와 자신 간에 결정적 충돌이 바로 코앞에 닥쳤고, 다른 무엇보다 그것을 먼저 해결해야 한다고만 생각했다. 그는 얼어붙은 영혼으로 매순간 그루셴까의 결정을 기다렸고, 여전히 그 결정이 급작스럽게, 영감에 끌려 이루어질 것이라고 믿었다. "나를 데려가. 나는 영원히 당신 거야"라고 그녀가 느닷없이 말하면 모든 것이 끝나는 것이었다. 그는 그녀를 낚아채 즉각 세상 끝으로 데려갈 작정이었다. 오, 그 즉시 가능한 한 멀리 데려가서, 세상 끝이 아니라면 어딘가 러시아의 끝으로라도 데려가서 그곳에서 그녀와 결혼하고 아무도 그들에 대해 모르게, 이곳이든 저곳이든 아무데서도 모르게 그녀와 함께 '비밀스럽게'[1] 정착할 작정이었다. 그러면, 오, 그러면 그 즉시 전혀 새로운 삶이 시작되는 것이다! 그는 이 다른, 새로워진, 반드시, 반드시 '고결한' 삶('반드시, 반드시 고결한 삶이어야만 했다')을 매순간 미친 듯이 꿈꾸었다. 그는 부활과 갱생을 갈망했다. 자신의 의지로 빠져든 추잡한 구렁텅이가 그를 몹시도 짓눌렀는데, 그런 경우 수많은 사람이 그러듯이 그도 장소의 변화에 기대를 걸고 있었다. 이사람들만 아니라면, 이런 환경만 아니라면, 이 저주스런 장소에서 도망갈 수만 있다면 모든 것이 회복되고, 새로운 방향으로 나아가게 될 것이다! 바로 이것이 그가 믿고 갈망하는 것이었다!

그러나 이것은 다만 문제가 행복하게 해결되는 첫번째 경우에만 해당하는 것이었다. 다른 해결도 가능했고, 그에 따라 다른 끔찍한 결과도 상상할 수 있었다. 갑자기 그녀가 그에게 말한다. '가버려

---

1 incognito. 라틴어로 '비밀스럽게.'—원주

요. 나는 표도르 빠블로비치와 지금 결정을 보았어. 그와 결혼할 거야. 당신은 필요 없어.' 그러면…… 그때는…… 하지만 미쨔는 그때 가서 무슨 일이 일어날지 몰랐다. 가장 마지막 순간까지도 몰랐다. 이 점에서만큼은 그를 옹호해주어야 한다. 그는 분명한 의도를 가지고 있지 않았고, 범죄를 계획하고 있지도 않았다. 그는 다만 주시하고 감시하며 괴로워할 뿐, 여전히 운명이 첫번째 행복한 결말로 마무리되기만을 대비하고 있었다. 심지어 그는 온갖 다른 생각을 쫓아버리기까지 했다. 그러나 이 지점에서 이미 전혀 다른 고통이 시작되고 있었는데, 한가지 전혀 새롭고 낯선, 그러나 역시 숙명적이고 해결되기 힘든 상황이 마련되어 있었다.

만일 그녀가 그에게 "나는 당신 거야. 나를 데려가"라고 한다면, 그녀를 어떻게 데려갈 것인가? 그럴 만한 수단, 돈이 어디 있는가? 때마침 이즈음 표도르 빠블로비치가 지난 몇년 동안 미끼 삼아서 그에게 주던 수입이 끊겼던 것이다. 물론 그루셴까도 돈이 있었지만, 미쨔는 이 부분에 대해서만큼은 무서운 자존심이 있었다. 그는 자기 힘으로 그녀를 데려가 그녀 돈이 아닌 그의 돈으로 그녀와 함께 새로운 삶을 시작하고 싶었다. 그녀의 돈을 얻는다는 것은 상상할 수조차 없었고, 그 생각만 해도 고통스러울 정도로 혐오감이 느껴져서 괴로웠다. 여기서는 이 사실을 더 장황하게 늘어놓거나 분석하지 않고 다만 그 순간 그의 마음 상태가 그러했다는 점만 언급해두겠다. 도둑질하듯 얻은 까쩨리나 이바노브나의 돈으로 인해 그가 겪은 남모르는 양심의 가책이 간접적으로 영향을 미쳐 이 모든 일이 거의 무의식적으로 일어났는지도 모른다. '한 여자 앞에서 비열한 놈이었는데, 다른 여자 앞에서 또다시 비열한 놈이 되다니.' 나중에 스스로 인정했다시피, 당시 그는 이렇게 생각했다. '만일 그루셴까가 알게 된다면 그녀 자신이 그런 파렴치한 인간은 원치 않을 거야.' 그러니 어디서 그 비용을 구한단 말인가, 어디서 그 숙명적인 돈을 얻는단 말인가? 구하지 못하면 모든 게 엉망이 될 것이다. 모든 게 허사가 될 것이다. '오로지 돈이 없어서라니, 오, 치욕스럽다!'

미리 앞서 얘기하겠다. 돈을 어디서 구할지, 그 돈이 어디 있는지 어쩌면 그는 알고 있었을지 모른다. 이에 관해서는 나중에 모든 것이 밝혀질 테니, 더 자세히 얘기하지는 않겠다. 그러나 바로 여기에 그의 가장 큰 불행이 놓여 있었다. 설사 분명치 못하다 해도 이 말은 한번 하고 가야겠다. 어딘가에 있는 돈을 얻기 위해서는, 즉 그것을 취할 권리를 가지기 위해서는 먼저 까쩨리나 이바노브나에게 3천 루블을 되돌려줄 필요가 있었다. 그러지 않으면 '나는 좀도둑에 비열한 놈이고, 비열한 놈으로서 새로운 삶을 시작하고 싶지는 않아'라고 미쨔는 마음먹었다. 따라서 필요하다면 온 세상을 뒤엎어야 한다고 할지라도, 무슨 일이 있어도 3천 루블을 무엇보다 먼저 까쩨리나 이바노브나에게 돌려줄 작정이었다. 이 작심은 이를테면 그의 생애에서 가장 최근에, 즉 길거리에서 알료샤와 마지막으로 만난 이틀 전 저녁에 그루셴까가 까쩨리나 이바노브나를 모욕한 직후에 결정적으로 굳어졌다. 그러나 알료샤의 입에서 두 사람 이야기를 들은 미쨔는 자신이 파렴치한이라는 것을 깨닫고 '그것이 그녀를 조금이라도 편하게 해준다면' 까쩨리나 이바노브나에게 그 말을 전해달라고 일렀던 것이다. 그날 밤 동생과 헤어진 뒤 그는 거의 미칠 만큼 '누구든 죽여서 돈을 강탈하는 한이 있어도 까쨔에게는 빚을 갚아야겠다'고 느꼈다. '내가 자기를 배신했다고, 자기 돈을 강탈해갔다고, 자기 돈을 가지고 그루셴까와 함께 고결한 삶을 시작하려고 도망갔다고 말할 권리를 까쨔에게 주느니 차라리 그전에 모든 사람 앞에서 사람 죽인 사람, 도둑질한 사람, 살인자에 도둑이 되어 시베리아로 가는 게 나아! 그것만큼은 참을 수 없어!' 미쨔는 정말 때로 이러다가는 뇌에 염증이 걸리고 말겠다고 생각할 정도로 바득바득 이를 갈며 이렇게 말했다. 그러나 아직은 버티고 있었다······

이상한 일이었다. 이렇게 결심한 이상 절망 이외에 더이상은 아무것도 남지 않은 듯 느낄 만도 했다. 갑자기 어디서 돈을 구할 수 있단 말인가? 그 같은 천둥벌거숭이가 말이다. 그런데도 그는 마지막까지도 3천 루블을 얻을 수 있다고, 그 돈이 들어올 거라고, 저절로 하늘에서라도 날아들어올 거라고 계속 기대하고 있었다. 그러나 드미뜨리 표도로비치처럼 평생 쓸 줄만 알고 유산으로 받은 돈을 낭비할 줄만 아는 사람은 돈을 어떻게 벌지에 대해서는 전혀 알지 못하는 경우가 흔하다. 사흘 전에 알료샤와 헤어진 후 그의 머리에는 가장 환상적인 회오리가 일어나 모든 생각을 휘저어놓았다. 이렇게 해서 가장 무모한 짓부터 시도하는 사태가 발생했다. 그렇다, 어쩌면 이런 부류의 사람에게는 바로 이런 상황이 가장 불가능하고 환상적인 시도를 맨처음 해볼 만한 경우로 여겨질 수 있을지 모른다. 그는 느닷없이 그루셴까의 후원자인 상인 삼소노프에게 가서 '계획' 하나를 제안하며 그 계획으로 목표한 액수 전부를 단번에 얻어낼 심산이었다. 그는 상업적인 측면에서 자신의 계획에 조금도 의심을 품지 않았고, 다만 삼소노프 자신이 상업적인 측면만 고려하지 않는다면 그의 행동을 어떻게 볼 것인지에 대해서만 의구심을 품었다. 미쨔는 그 상인과 얼굴만 알았지 친분이 있는 사이가 아니었고, 심지어는 그와 이야기를 나누어본 적도 없었다. 그런데 어째서인지 그는 오래전부터, 만일 그루셴까가 어떻게 해서든 자신의 삶을 정직하게 일구어서 '믿을 만한 사람'과 결혼하려 한다면 그때는, 꺼져가는 심지처럼 숨만 쉬는 이 나이 많은 난봉꾼이 그에 전혀 반대하지 않을 수 있다고 확신하고 있었던 것이다. 반대하지 않을뿐더러 그 자신 그걸 바라고, 그런 기회가 오기만 하면 나서서 도와주기까지 하리라는 확신이 있었던 것이다. 어떤 소문 때문이었는지 아니면 그루셴까의 무슨 말 때문이었는지 몰라도, 그는 노인이 그루셴까를 위해 표도르 빠블로비치보다는 자신을 선호할 거라는 결론 또한 내리고 있었다. 드미뜨리 표도로비치가 노인의 도움을 바라거나, 이를테면 후견인의 손에서 약혼녀를 데려오겠다는 것은 어쩌면 우리 이야기의 많은 독자에게 지나칠 정도로 무례하고 괴팍스러운 발상으로 여겨질지 모르겠다. 다만 나는 그루셴까의 과거가 미쨔에게는 이미 완전히 끝난 일로 여겨졌다는 점을 말해두겠다. 그는 그 과거를 무한한 연민을 품고 바라보았고, 그루셴까가 자기를 사랑하고 자기와 결혼하겠다고 말하기만 하면 즉각 전혀 새로운 그루셴까가 탄생하고, 그녀와 함께 전혀 다른 새로운 드미뜨리 표도로비치, 아무 흠도 없이 선행 하나로만 가득한 새로운 드미뜨리 표도로비치가 태어날 것이라고, 그들은 서로 용서하고 완전히 새로운 삶을 함께 시작할 것이라고 뜨거운 열정을 품고 작정하고 있었던 것이다. 꾸지마 삼소노프로 말할 것 같으면, 그는 그 노인이 그루셴까의 무너진 과거와 인생에서 숙명적인 사람이었으나 그녀가 결단코 사랑한 적은 없으며, 또 더 중요하게는 그 역시 이미 '지나간' 사람으로, 완전히 끝나서 지금은 전혀 존재하지도 않는 듯한 사람으로 간주하고 있었다. 더구나 이 병들고 쇠약한 노인이 그루셴까와 전과 다르게 부녀지간 같은 관

계만 유지하고 있었는데 그것도 오래전부터, 거의 일년 전부터 그랬다는 것을 온 도시 사람들이 알고 있었기 때문에, 미쨔는 지금 그를 사람으로 간주하고 있지도 않았다. 어쨌든 미쨔는 단점은 많아도 아주 순진한 사람이었기 때문에 이 일에서도 순진한 면이 너무 많았던 것이다. 이 순진함의 결과로 그는 나이 든 꾸지마가 죽기 직전에 그루셴까와의 과거에 대해 진심으로 후회의 정을 느끼고 있고, 이제 그녀에게는 후견인이 없으며 이 무해한 노인보다 더 성실한 친구는 없다고 진지하게 확신하고 있었다.

들판에서 알료샤와 대화를 나눈 다음날 밤새 거의 한잠도 자지 못한 미쨔는 아침 10시경에 삼소노프의 집에 나타나 자기가 왔다고 알리라고 명했다. 그 집은 낡고 음울한, 아주 넓은 이층집으로, 보조 건물과 곁채로 이루어져 있었다. 아래층에는 삼소노프의 나이 많은 누나와 결혼하지 않은 딸 하나, 그리고 결혼한 두 아들이 가족과 함께 살고 있었다. 곁채에는 두명의 집사가 자리 잡고 있었는데, 그들 중 하나는 역시 대가족이었다. 자식들도 집사도 자신의 거처에서 비좁게 살고 있었는데, 건물의 이층은 노인 혼자만 차지하고서 그를 돌보는 딸에게도 내주지 않았다. 그 딸은 정해진 시각은 물론이고 그가 시시때때로 부를 때마다 매번 오랜 천식으로 헐떡이면서도 그에게 오르락내리락해야만 했다. 이 위층은 크고 화려한 여러개의 방들로 이루어져 있었다. 방들에는 옛 상인의 풍습대로 투박한 안락의자와 붉은 마호가니 의자들이 벽을 따라 지루하게 늘어놓였고 갓을 씌운 샹들리에 장식에 창과 창 사이 벽에는 거대한 거울들이 달려 있었다. 모든 방은 텅 빈 채 아무도 살고 있지 않았는데, 병든 노인이 구석의 작은 침실, 작은 방 하나에만 움츠리고 지냈기 때문이다. 그곳에서 그를 시중드는 사람은 머리에 수건을 두른 나이 많은 노파 하녀와 현관 하인방에 거하는 '젊은 하인'이었다. 노인은 퉁퉁 부은 발 때문에 거의 걸을 수가 없었고 그저 가끔 가죽 안락의자에서 일어나는 정도였다. 그러면 노파가 그의 팔을 붙잡아 한두번 정도 방 안을 돌게끔 도와주었다. 그는 이 노파에게도 엄격하고 말이 없었다. 하인이 '대위'가 왔다고 알리자, 그는 즉각 거절을 명했다. 그러나 미쨔는 고집을 피워 다시 한번 알려달라고 청했다. 꾸지마 꾸지미치는 하인에게 자세히 물었다. 차림새가 어떤가, 취하지는 않았나, 소란을 피우지는 않는가 물었던 것이다. 그리고 '취한 것은 아닌데 떠날 생각을 하지 않는다'는 답변을 들었다. 노인은 다시 거절하라고 일렀다. 그랬더니, 이 모든 일을 예견하고 이런 경우에 대비하여 종이와 연필을 가져왔던 미쨔는 종잇조각 한구석에 "아그라페나 알렉산드로브나와 긴히 관련된 아주 필수불가결한 일 때문입니다"라고 한줄을 적어 노인에게 보냈다. 노인은 잠시 생각하더니 방문객을 홀로 데려오라고 하인에게 이르고, 작은아들에게 즉시 위층으로 올라오라고 전하라며 노파를 아래층으로 내려보냈다. 이 작은아들은 195센티미터가량의 키에 힘이 무진장 센 사람으로 면도를 하고 독일식 옷차림을 하고 다녔는데(삼소노프 자신은 긴 농민외투에 구레나룻을 기른 모습으로 다녔다), 말없이 즉시 나타났다. 식구들 모두 아버지 앞에서 몸을 떨었다. 아버지가 이 젊은이를 부른 이유는 대위가 두려워서가 아니었다. 그는 상당히 겁 없는 성격이었지만, 만일을 대비해 증인이 있는 게 좋겠다고 생각했던 것이다. 그는 아들과 하인에게 겨드랑이를 부축받으며 마침내 홀로 미끄러져 들어왔다. 그도 충분히 강한 호기심을 어느정도는 느꼈다고 생각해야 할 것이다. 미쨔가 기다리고 있던 홀은 거대하고 음울하여 방의 분

위기가 침울함으로 짓눌렸고, 상하 이단으로 된 창과 바닥을 돋운 회랑, 모조 대리석 벽과 세개의 커다란 샹들리에로 장식되어 있었다. 미쨔는 출입문 옆의 작은 의자에 앉아서 신경질적으로 조바심을 내며 자신의 운명을 기다리고 있었다. 노인이 미쨔의 의자에서 20미터 정도 떨어진 반대편 입구에 나타났을 때, 그는 갑자기 벌떡 일어나 단호하고 전투적인 걸음걸이로 성큼성큼 그를 맞으러 갔다. 미쨔는 단추를 채운 프록코트에 손에는 둥근 모자를 들고 검은색 장갑을 낀 예의 바른 옷차림으로, 그 차림새는 사흘 전에 수도원 장상의 방에서 표도르 빠블로비치와 형제들을 만날 때와 똑같았다. 노인은 무게감 있고 엄숙하게 서서 그를 기다렸고, 미쨔는 자신이 다가가는 사이 그가 자신의 모습 전체를 주시하고 있음을 단숨에 느꼈다. 미쨔를 놀라게 한 것은 꾸지마 꾸지미치의 얼굴이 최근에 몹시 부었다는 점이었다. 그렇지 않아도 두꺼운 그의 아랫입술은 이제 늘어진 둥근 떡처럼 보였다. 말없이 위엄 있게 손님에게 인사한 그는 소파 옆에 있는 안락의자를 그에게 가리켰고, 자신은 아들의 팔에 의지해 앓는 소리를 내며 천천히 미쨔의 맞은편 안락의자에 앉았다. 미쨔는 그의 병적인 안간힘을 보며 즉시 속으로 자기로 인해 근심에 싸인 근엄한 얼굴 앞에 선 자신의 하찮음 때문에 후회와 미묘한 수치심을 느꼈다.

"나리, 나한테 원하시는 게 뭐요?" 자리에 앉은 노인이 마침내 천천히, 또박또박, 엄격하지만 예의 바르게 물었다.

미쨔는 몸을 부르르 떨고 자리에서 일어나려다가 다시 앉았다. 그러고는 즉시 큰 목소리로 빠르게, 신경질적으로 손짓을 해가며 미친 듯이 말하기 시작했다. 사람이 막다른 골목에 이르러 죽게 되니 마지막 출구를 찾는데 그게 성공하지 못하면 당장이라도 물에 뛰어들 기세라는 것이 한눈에 보였다. 삼소노프 노인의 얼굴은 석상처럼 변하지 않고 차가운 표정 그대로였지만, 아마도 그는 이 모든 것을 한순간에 알아차린 것 같았다.

"고결하신 꾸지마 꾸지미치, 아마도 제 아버지 표도르 빠블로비치 까라마조프와 맺은 제 계약 건에 대해 이미 여러번 들으셨을 겁니다. 아버지는 제 친어머니 사후에 제가 받은 유산을 가로채셨습니다…… 온 도시가 벌써 그 얘기를 주절대고 있지요. 왜냐하면 이곳에서는 모두 쓸데없는 말들을 주절대니까요…… 그뿐 아니라 그루셴까로부터도 그 얘기를 들으셨을 겁니다…… 죄송합니다. 아그라페나 알렉산드로브나, 존경하고 제가 많이 존중하는 아그라페나 알렉산드로브나로부터요……" 미쨔는 이렇게 입을 떼었지만, 첫마디부터 말문이 막혔다. 그러나 우리는 그의 말 전체를 문자 그대로 전하지 않고 그 내용만 전달하겠다. 그러니까 그의 말인즉슨, 그, 즉 미쨔가 이미 석달 전에 주청 소재 도시에서 의도를 가지고(그는 여기서 '고의로'라는 말 대신 '의도를 가지고'라는 단어를 사용했다) 변호사, 즉 유명한 변호사 빠벨 빠블로비치 꼬르네쁠로도프와 상담을 한 적이 있다는 것이다. "꾸지마 꾸지미치, 그분 얘기는 들으신 적이 있지요? 이마가 넓고 국가적 지성을 지니신 분이죠…… 그분도 어르신을 아시더군요…… 좋게 평하셨고요." 미쨔는 또 말문이 막혔다. 그러나 말문이 막혀도 그는 멈추지 않고 그 부분을 지나 즉각 다음으로 넘어갔고, 계속해서 앞으로 나아갔다. 이 꼬르네쁠로도프는 사정을 자세하게 물어보고 미쨔가 그에게 제시할 수 있는 모든 자료를 들여다보고는(미쨔는 이 자료에 대해서는 불명확하게, 특히 이 부분에 대해서는 서둘러 말하고 말았다) 어머니의 유산으로 미쨔에게 갔어야 하는 체르마시냐 영지 관련

소송을 제기하고 그것으로 망나니 노인네에게 한방 먹일 수 있다는 것이었다…… "왜냐하면 문이 다 막힌 것이 아니고 어디로 파고 들지 사법제도는 알고 있으니까요"라고 그는 말했다. 한마디로 말해 표도르 빠블로비치로부터 6천 루블, 아니 7천 루블을 뜯어낼 수 있을지도 모르겠다. 왜냐하면 체르마시냐가 2만 5천 루블 이상, 어쩌면 2만 8천 루블, 아니, "3만 루블, 3만 루블, 꾸지마 꾸지미치, 그 정도 가치는 되는데, 생각해보십시오, 제가 그 잔인한 사람 손에서 받은 돈이 1만 7천 루블이 안 된단 말입니다!" 그런데 나, 그러니까 미쨔는 당시 사법제도를 어떻게 다뤄야 할지 몰라서 그 일을 제쳐두고 이곳으로 왔는데, 도리어 소송을 당해 어안이 벙벙해졌다.(여기서 미쨔는 다시 헷갈리더니 말을 획 돌렸다). 그러니 어르신, 가장 고결한 꾸지마 꾸지미치, 그 악당에 대한 제 모든 권리를 취하고 싶지는 않으신지, 저한테 3천 루블만 내주시면 된다…… 어르신께서는 결코 잃는 게 아니다, 그건 제 명예를 걸고서라도 맹세할 수 있다, 그와 정반대로, 3천이 아니라 6천 내지 7천 정도의 돈을 벌 수 있다…… 그리고 중요한 것은 그걸 '오늘이라도' 끝내 주십사 하는 거다. "제가 공증인으로부터 어르신께, 그러니까 뭐냐, 그걸 뭐라 하지…… 한마디로 말해 저는 뭐든 할 겁니다. 요구하시는 자료를 모조리 내드리죠. 다 서명해드리겠습니다…… 지금 우리가 계약을 하면 좋겠습니다. 가능하다면요. 가능하기만 하다면, 오늘 아침에라도요…… 제게 3천 루블을 주셨으면 좋겠습니다…… 이 도시에서 어르신과 겨룰 자본가가 누가 있겠습니까…… 이렇게 저를 구해주십시오…… 한마디로 말해 가장 고결한 일을 위해, 가장 고상한 일을 위해 제 가련한 목숨을 구해주시는 겁니다. 이렇게 말할 수도 있습니다…… 어르신이 아주 잘 아시고 또 아버지처럼 돌보고 계시는 특별한 여인에게 제가 고결한 감정을 품고 있으니까요. 만일 아버지 같은 마음이 아니시라면 제가 여기 오지도 않았을 겁니다. 말하자면, 운명이란 게 괴물 같아서 지금 세 사람의 머리가 한자리에 부딪친 것이지요, 꾸지마 꾸지미치! 이게 현실입니다, 꾸지마 꾸지미치. 이게 현실이에요! 어르신은 진즉에 제외해야 하니까 제 표현대로라면 이마 두개만 남게 되는데, 듣기 불편하실 수도 있겠습니다, 제가 말주변이 없어서. 그러니까 하나는 제 이마고, 다른 하나는 그 악당의 이마지요. 그러니 선택해주십시오. 저입니까, 아니면 그 악당입니까? 지금은 모든 게 어르신 손에 달려 있습니다. 세 사람의 운명과 두 사람의 패가 말입니다…… 죄송합니다. 제가 엉뚱한 곳으로 말을 돌렸군요. 하지만 이해해주십시오…… 만일 이해해주시지 않으면, 오늘이라도 물에 몸을 던지면 그만입니다!"

미쨔는 이 "그만입니다"라는 말로 자신의 황당무계한 말을 맺고는 자리에서 일어나 자신의 어리석은 제안에 돌아올 대답을 기다렸다. 마지막 말을 하면서 그는 문득 모든 게 끝났다는 걸, 그리고 중요하게는 자기가 허튼소리를 너무 늘어놓았다는 것을 절망적일 정도로 깊이 느꼈다. '여기로 올 때는 모든 게 좋은 것같이 여겨졌는데 지금은 모조리 허튼소리 같으니 이상한 일이다!' 그의 절망에 빠진 머릿속에서 이런 생각이 내달렸다. 그가 말하는 동안 내내 노인은 꼼짝도 하지 않고 앉아 얼음 같은 표정과 시선으로 그를 주시했다. 그러나 일분 정도 그를 기다리게 만든 뒤 꾸지마 꾸지미치는 마침내 가장 단호하고 비장한 어조로 말했다.

"죄송하지만, 우리는 그런 일은 하지 않습니다."

미쨔는 문득 다리에서 힘이 풀리는 것을 느꼈다.

"그럼, 저는 이제 어떻게 하지요, 꾸지마 꾸지미치?" 그는 창백하게 웃으면서 중얼거렸다. "저는 이제 망했습니다. 어떻게 생각하십니까?"

"죄송합니다."

미쨔는 여전히 선 채로 그를 뚫어지게 바라보다가 문득 노인의 얼굴에서 흔들리는 기색을 보았다. 그는 몸을 부르르 떨었다.

"나리, 우리는 그런 일을 하기가 어렵습니다." 노인이 천천히 말했다. "소송에, 변호사에, 순전히 재앙뿐이로군요! 만일 원하신다면 사람이 하나 있는데, 그 사람한테나 알아보시지요……"

"맙소사, 그게 누굽니까! 저를 살려주시는군요, 꾸지마 꾸지미치." 미쨔가 갑자기 말을 더듬었다.

"그 사람은 이곳 사람이 아니고, 지금은 여기 살지도 않아요. 그 사람은 농부 출신의 목재상으로 별명이 랴가비라 합니다. 한 일년 전부터 표도르 빠블로비치와 당신의 체르마시냐에 있는 관목숲을 흥정하고 있는데 가격이 맞지 않는다고 합디다. 어쩌면 들으신 적이 있는지도 모르죠. 그 사람이 마침 다시 이곳에 와서 일리인스끼 신부 집에 있다는군요. 볼로비야역에서 12킬로미터 정도 떨어져 있는데, 일리인스끼 마을에 있을 겁니다. 그 사람이 여기 내게 그 문제로, 그러니까 관목숲과 관련해서 편지를 쓰면서 조언을 부탁하더이다. 표도르 빠블로비치 자신이 그 사람을 보고 싶어한다고요. 만일 나리가 표도르 빠블로비치에 앞서 랴가비에게 내게 했던 제안을 한다면, 어쩌면 그 사람이 응할 수도 있겠네요……"

"엄청난 생각이군요!" 미쨔가 환희에 차서 말을 가로챘다. "바로 그 사람이군요. 그 사람 손에 쥐여주면 되는 거군요. 그 사람과 거래하는데 비싸게 팔려고 하니, 그 사람에게 소유권 증서를 넘기라는 거군요, 하하하!"미쨔가 짤막하게 기계적으로 웃음을 터뜨리자 전혀 예상치 못했던 삼소노프가 머리를 부르르 떨었다.

"얼마나 감사한지 모르겠습니다, 꾸지마 꾸지미치."미쨔는 흥분했다.

"천만에요."삼소노프가 고개를 숙였다.

"어르신은 모르시겠지만, 저를 살리셨습니다. 오, 어떤 예감이 저를 어르신께 이끈 거예요…… 그러니까 그 신부에게 가면 되는 거로군요!"

"감사하실 필요 없습니다."

"서둘러 가겠습니다. 건강도 돌보지 못하시게 폐를 끼쳤군요. 영원히 어르신의 은혜를 잊지 않겠습니다. 러시아 사람으로서 하는 말입니다, 꾸지마 꾸지미치, 러시아 사람으로서요!"

"괜찮습니다."

미쨔는 노인의 팔을 잡아 흔들려고 했는데, 그때 뭔가 노인의 눈동자에 사악한 것이 어른거렸다. 미쨔는 즉시 손을 뺐지만, 그런 의심을 하는 스스로를 나무랐다. '피곤해서 그런 걸 거야……'라는 생각이 그의 머리를 스쳤다.

"그 여자를 위해서요! 그 여자를 위해서, 꾸지마 꾸지미치! 이게 그 여자를 위한 거라는 걸 아시지요!"미쨔는 느닷없이 홀 전체가 울리도록 소리를 지르고는 절을 하고 몸을 확 돌려 보폭이 넓게 빠른 걸음으로 뒤도 돌아보지 않고 출입문을 향해 돌진했다. 그는 환희로 온몸을 떨었다. '모든 게 끝났었는데, 수호천사가 구해준 거야.' 그의 머릿속에 이런 생각이 회오리쳤다. '이 노인 같은 사업가가(아주 고결한 노인이야, 태도 또한 얼마나 멋진가!) 길을 가르쳐 주었으니, 그러니…… 그러니 물론 성공할 거야. 당장 날아가야지.

밤까지는 돌아올 거야, 밤에는 돌아올 거야. 하지만 이미 성공한 일이야. 설마 노인이 나를 조롱한 걸까?' 미쨔는 자기 방으로 들어서면서 이렇게 외쳤다. 물론 그의 정신은 다른 걸 상상할 수 없었다. 그러니까 이런 일을 잘 알고 랴가비를(이상한 성이다!) 알고 있는 이의(그런 수완가에게서 나온) 적절한 충고일까, 아니면 노인이 그를 비웃은 걸까! 오호! 후자가 유일하게 올바른 생각이었다. 나중에, 이미 한참 시일이 지나 모든 재앙이 실현된 뒤에 삼소노프 노인 자신이 당시 '대위'를 조롱한 거라고 웃으며 인정했다. 그는 사악하고 냉정하고 조롱하기를 즐기는 사람이었고, 더구나 병적인 혐오감을 지닌 사람이었다. 대위의 열광적인 모습 때문이었는지 아니면 그 '허랑방탕한 낭비광'의 어리석은 확신 때문이었는지, 혹은 이 '제멋대로인 청년'으로 하여금 돈 때문에 그런 황당한 계획을 갖고 그에게 오게 만든 그루셴카로 인한 질투심 때문이었는지, 무엇 때문이었는지 나는 알지 못하지만, 하여간 그의 '계획' 같은 헛소리에 져줄 수 있었음에도 그때 미쨔가 다리에 힘이 풀리는 것을 느끼면서 그의 앞에 서서 다 망했다고 넋이 나가 외치던 그 순간에, 노인은 무한한 증오심을 품고 그를 바라보며 그를 조롱할 계획을 꾸몄던 것이다. 미쨔가 나가자, 꾸지마 꾸지미치는 증오심으로 창백해진 모습으로 아들을 향해 앞으로 저 거지 같은 놈은 코빼기도 보이지 않게 마당으로도 들이지 말라고 명령했다.

　그는 이 위협의 말을 다 마치지 않았지만, 그럼에도 그가 화내는 모습을 자주 보아온 아들조차 두려워서 몸을 떨었다. 한시간이 지나서도 노인은 증오심에 온몸을 떨었고, 저녁에는 병이 나서 '의사'를 부르러 사람을 보냈을 정도였다.

2. 랴가비

그래서 그는 '말을 몰고' 가야 했지만, 말을 구할 돈이 한푼도 없었다. 가진 것이라곤 20꼬뻬이까 은전이 다였고, 그것이 지난 여러 해 동안 살아온 풍족한 삶에서 남은 돈의 전부였던 것이다! 그러나 그의 집에는 이미 오래전에 멈춰버린 낡은 은시계가 있었다. 그는 그 시계를 집어들고 시장 상점에 자리한 유대인 시계수리공에게 가져갔다. '이만큼은 기대도 못했는데!' 환희에 빠진 미쨔는(그는 계속해서 환희에 빠져 있었다) 6루블을 받아들고 집으로 달려왔다. 그는 집주인들에게서 3루블을 빌려 경비를 보탰다. 여주인들은 마지막 남은 돈을 내주고도 기뻐했는데, 그 정도로 그를 사랑했던 것이다. 미쨔는 감격한 상태로, 그 자리에서 그들에게 자신의 운명이 결정되는 순간이 왔다고 밝히며, 숨이 넘어갈 듯 급하게 조금 전 자신이 삼소노프에게 제시한 '계획'과 이후 삼소노프의 결정과 미래에 거는 자신의 희망 등등을 대개 이야기해주었다. 여주인들은 이제까지도 그의 수많은 비밀을 들어 익히 알고 있던 터라, 그를 오만한 나리가 아니라 자기들과 같은 부류로 보고 있었다. 이렇게 9루블을 모은 미쨔는 볼로비야역까지 갈 우편마차를 부르도록 했다. 그러나 이런 식으로 '어떤 사건이 일어나기 전날 미쨔에게는 돈이 한푼도 없었고, 돈을 얻기 위해 시계를 팔고 여주인들에게서 3루블을 빌렸다는 것과 이 모든 일에 증인이 있다'는 사실이 사람들의 뇌리에 또렷이 각인되었다.

나는 이런 사실들을 미리 지적해두는데, 왜 그러는지 그 이유는 나중에 밝혀질 것이다.

볼로비야역으로 달려간 미쨔는 마침내 '이 모든 일'이 마무리되고 풀릴 것이라는 예감에 온통 기쁨으로 빛났지만, 한편으로는 그가 없는 사이 그루셴까가 지금 어떻게 하고 있을까 두려움에 떨고 있었다. 마침 오늘 표도르 빠블로비치에게 가겠다고 결심하면 어떻게 하지? 바로 이런 이유로 그는 그녀에게 아무 말도 하지 않고, 누구든 그가 어디 있는지 물으러 오면 어디로 갔는지 결코 알리지 말라고 여주인들에게 일러두고 떠났던 것이다. "틀림없이, 틀림없이 오늘 저녁 안으로는 돌아올 거야." 그는 마차에서 염려하며 되풀이해 말했다. '랴가비를…… 그 계약을 하게끔…… 이곳으로 데려와야지……' 그는 정신이 아찔해질 정도로 그렇게 꿈꾸었지만, 아, 그의 꿈은 결단코 그의 '계획'대로 실현될 운명이 아니었다.

첫째, 볼로비야역에서 샛길로 새는 바람에 그는 늦어졌다. 마을은 12킬로미터가 아니라 18킬로미터 떨어져 있었다. 둘째, 그는 도착해서 일리인스끼 신부를 볼 수 없는데, 그는 이웃 마을에 가서 집에 없었다. 미쨔가 이미 지칠 대로 지친 말들을 타고 이웃 마을을 향해 떠나 거기서 그를 찾는 사이 시간은 이미 거의 한밤중이 되어버렸다. 소심하고 상냥해 보이는 신부는 랴가비가 그의 집에 머물기는 했지만, 지금은 수호이 부락에 가 있고 거기서도 숲을 거래할 예정이라 숲지기의 오두막에서 묵을 거라고 곧바로 알려주었다. 지금 당장 랴가비에게 데려다주어 '자신을 구해달라'는 미쨔의 간절한 부탁에 신부는 처음에는 망설였지만, 이윽고 아마도 호기심을 느껴서인지 수호이 부락으로 그를 데려다주겠다고 했다. 그러나 안타깝게도, 그는 거기까지는 거리가 대략 1킬로미터 '남짓'이니 '조금만 걸어가자고' 했다. 물론 미쨔는 동의하고 자신의 큰 보폭으로 성큼성큼 걸었고, 가련한 신부는 그의 뒤에서 거의 뛰

다시피 했다. 그는 나이는 많지 않았지만 굉장히 조심스러운 사람이었다. 미쨔는 그에게 자신의 계획을 말하고 랴가비를 어떻게 다룰지 조언해달라고 초조한 어조로 요구하며 가는 길 내내 열정적으로 떠들었다. 신부는 조심스럽게 들었지만 조언은 많이 하지 않았다. 미쨔의 질문에 그는 "에이, 모르겠어요. 몰라요, 제가 어떻게 알겠어요"라는 식으로 모호하게만 대답했다. 미쨔가 유산을 두고 아버지와 맺은 계약에 대해 얘기하자, 신부는 표도르 빠블로비치와 일종의 예속 관계에 있었기 때문에 깜짝 놀랐다. 놀라기는 했지만 그래도 그는 농부 출신의 장사꾼 고르스뜨낀을 왜 랴가비라고 부르는지 알려주었고, 그 사람이 정말로 랴가비이긴 하지만 그렇게 부르면 엄청나게 기분 나빠하니 반드시 고르스뜨낀이라고 불러야 한다고 미쨔에게 분명히 설명해주면서, "그러지 않으면 그와 아무 일도 할 수 없을 겁니다. 들으려고도 하지 않을 거예요"라고 이야기해주었다. 미쨔는 조금 놀라서, 삼소노프가 그를 그렇게 불렀다고 설명했다. 이 얘기를 듣고 신부는 곧장 대화를 얼버무렸다. 그때 그가 한 추측을 드미뜨리 표도로비치에게 말해주었더라면 좋았을지 모르겠다. 만일 삼소노프가 그를 랴가비 같은 농부에게 보냈다면 그건 어째서인지는 몰라도 그를 조롱하기 위한 것이 아니겠는가, 아니면 여기에 뭔가 거북한 것이 있지 않은가 하는 추측 말이다. 그러나 미쨔는 '그런 하찮은 일'에 머뭇거릴 겨를이 없었다. 그는 성큼성큼 서둘러 걸어갔고, 수호이 부락에 도착해서야 그 거리가 1킬로미터도 1.5킬로미터도 아니라 3킬로미터나 된다는 것을 알아차렸다. 그는 거의 분통이 터질 지경이었지만 꾹 참았다. 그들은 오두막으로 들어갔다. 신부가 잘 아는 숲지기가 오두막의 반을 차지하고 앉아 있었고, 현관을 지나 방의 깨끗한 다른 한쪽은 고르스뜨낀이 차지하고 있었다. 그들은 깨끗한 오두막으로 들어가서 양초에 불을 밝혔다. 오두막은 불을 많이 때고 있었다. 소나무 탁자 위에는 불 꺼진 사모바르와 잔이 놓인 쟁반, 다 마신 럼주병, 다 마시지는 않은 12리터짜리 보드까병, 먹다 만 호밀빵 같은 것이 널려 있었다. 손님은 머리 밑에 베개 대신 웃옷을 구겨 베고 나무 침상에 몸을 뻗은 채 누워 거세게 코를 골고 있었다. 미쨔는 망설였다. '물론 깨워야만 해. 아주 중요한 일이라서 이렇게 서둘러 온 거잖아. 그리고 오늘 얼른 돌아가야 해.' 미쨔는 속이 탔지만 신부와 숲지기는 자신들의 의견을 입 밖으로 내지 않고 가만히 서 있었다. 미쨔가 다가가 몸소 그를 깨우기 시작했다. 열심히 깨웠지만 자는 이는 깰 생각을 하지 않았다. '취했구나' 하고 미쨔는 결론을 내렸다. '어떻게 하지, 주여, 어떻게 하지!' 그가 문득 참을 수 없이 조바심이 나서 자는 이의 팔과 다리를 잡아당기고 머리를 흔들고 그를 침상에 일으켜 앉혀보려 했지만, 상당히 오래 애쓴 끝에 그가 얻은 것이라곤 자는 이가 잠꼬대를 웅얼거리며 분명치 않은 발음이긴 해도 심한 욕지거리를 하게 만든 게 전부였다.

"아니, 잠시 기다리시는 게 낫겠습니다." 마침내 신부가 말했다. "상태가 좋지 않아 보이는데요."

"하루 종일 마셨습니다." 숲지기가 장단을 맞추었다.

"맙소사!" 미쨔가 외쳤다. "내가 얼마나 절박한지, 내가 지금 얼마나 절망에 빠졌는지 알기나 합니까."

"아니, 아침까지 기다리시는 게 낫겠습니다." 신부가 말했다.

"아침까지요? 자비를 베푸세요. 그건 안 됩니다." 절망 중에 그는 다시 술 취한 사람을 깨우러 달려들려 했지만, 아무리 애써도 허사라는 걸 깨닫고 곧 멈추었다. 신부는 입을 다물었고, 자다가 깬 숲지기는 침울한 모습이었다.

"현실은 얼마나 무서운 비극을 가져다주는가!" 미쨔가 완전히 절망에 빠져 탄식했다. 그의 얼굴에서 땀이 비 오듯 쏟아졌다. 그 틈을 타서 신부는, 설사 자는 이를 깨우는 데 성공한다 할지라도 그가 취해 있으니 아무 대화도 나눌 수 없고, '나리 일은 중요하니 아침까지 미루는 게 더 확실할' 것이라고 상당히 조리 있게 설명했다. 미쨔는 두 팔을 벌리고 동의했다.

"신부님, 나는 초를 켜놓고 여기 남아 기회를 엿볼 겁니다. 잠에서 깨어나면 그 즉시 시작할 겁니다…… 초값은 지불하지요." 그는 숲지기를 향하고 말했다. "숙박료도요. 드미뜨리 까라마조프라는 이름을 기억하게 될 겁니다. 그런데 신부님, 신부님은 어떻게 하시면 좋을까요? 어디서 주무시지요?"

"아니요, 저는 집에 가겠습니다. 이 사람의 암말을 타고 가면 됩니다." 그는 숲지기를 가리켰다. "안녕히 계십시오. 바라는 일을 이루시기 바랍니다."

그렇게 결정이 났다. 신부는 암말을 타고 떠났다. 그는 마침내 놓여난 것에 기분이 좋았지만 여전히 난감한 듯 머리를 흔들며 생각에 잠긴 채 내일 이 흥미로운 일을 은인인 표도르 빠블로비치에게 미리 알려야 하지 않을까, '그러지 않았다가 그가 누군가로부터 이야기를 듣고 알게 되어 화를 내고 헌금을 끊어버리면 어떻게 하지' 하고 걱정했다. 숲지기는 머리를 긁적이고는 말없이 자기 오두막으로 갔고, 미쨔는 그의 표현대로 기회를 엿보기 위해 나무 침상에 앉았다. 깊은 애수가 무거운 안개처럼 그의 영혼을 휘감았다. 깊고 무서운 애수였다! 그는 앉아서 생각에 잠겼지만 아무것에도 몰두할 수 없었다. 초가 심지에 불똥을 일으키며 타올랐고 귀뚜라미가 울었으며, 불을 땐 방은 견딜 수 없이 더웠다. 문득 그의 눈에 정원과 정원 뒤의 움직임이 보였다. 아버지 집 문이 비밀스럽게 열리고 문 안으로 그루셴까가 들어간다…… 그는 나무 침상에서 벌떡 일어났다.

"비극이다!" 그는 이를 갈면서 이렇게 말하고는 기계적으로 자고 있는 사람에게 다가가 그의 얼굴을 들여다보기 시작했다. 그는 빼빼 마른 아직 나이 들지 않은 농부로, 길쭉한 얼굴에 연한 갈색 곱슬머리, 길고 가는 털의 주홍색 구레나룻이 있고, 무명 셔츠에 검은 조끼에는 은시곗줄이 비어져나와 있었다. 미쨔는 무서운 증오심을 느끼며 그의 생김새를 바라보았는데, 어째서인지 그는 그가 곱슬머리인 게 그렇게도 증오스러웠다. 무엇보다도 미쨔 자신은 그렇게나 많은 것을 희생하고 버려둔 채 미룰 수 없는 일 때문에 지칠 대로 지친 모습으로 그의 위에 서 있는데도 '내 운명이 온통 걸려 있는' 이 건달은 마치 다른 행성에서 온 듯 아무렇지도 않게 코를 골고 있다니, 그는 그것에 견딜 수 없이 화가 났다. '오, 운명의 장난이여!' 미쨔는 이렇게 외치고는 돌연 이성을 잃고 또다시 술 취한 농부를 깨우려고 달려들었다. 그는 일종의 격분 상태에 빠져 그를 깨웠고 쿡쿡 찌르고 흔들고 심지어는 때리기도 했지만, 오분 정도 난동을 피워도 아무것도 얻어내지 못하자 무력한 절망감에 빠져 자기 나무 침상으로 돌아와 털썩 주저앉았다.

"어리석어, 어리석어!" 미쨔가 외쳤다. "그리고…… 모든 게 너무 수치스러워!" 그는 어째서인지 갑자기 이렇게 덧붙였다. 머리가 무섭게 아파왔다. '그냥 버려두고 갈까? 그냥 떠나버릴까?' 그의 머리에 이런 생각이 스쳐지나갔다. '아니야, 아침까지만 있자. 일부러라도 남아 있을 거야. 일부러라도! 그러지 않으면 내가 여기

왜 왔겠어? 타고 갈 것도 없는데 이제 와서 어떻게 떠난다고. 어처구니가 없군!'

그러나 머리는 점점 더 아파왔다. 그는 꼼짝도 하지 않고 앉아서 잠이 드는지도 알아챌 새 없이 그만 앉은 채 잠이 들었다. 아마도 두시간, 아니면 그 이상 잔 것 같았다. 참을 수 없는 두통, 비명을 지를 정도로 참을 수 없는 두통을 느끼며 그는 잠에서 깨어났다. 관자놀이가 쿵쿵 울렸고, 정수리가 아팠다. 잠에서 깬 그는 한참 동안 제대로 정신을 차릴 수도, 자신에게 무슨 일이 일어났는지 이해할 수도 없었다. 마침내 그는 지나치게 불을 땐 방 안에 지독한 유독가스가 차서 어쩌면 죽을 수도 있다는 것을 깨달았다. 취한 농부는 여전히 누워서 코를 골고 있었다. 초는 녹아내려 거의 꺼질 기세였다. 미쨔는 비명을 질렀고, 비틀거리며 현관을 지나 숲지기의 오두막으로 비척비척 뛰어갔다. 숲지기는 곧 깨어나 저쪽 오두막에 유독가스가 찼다는 소리를 듣고 조치를 취하려고 나왔지만, 그 사실을 이상할 정도로 무심하게 받아들여 미쨔는 놀라서 기분이 나쁠 정도였다.

"그런데 그자가 죽었으면, 죽었으면, 그때는…… 그러면 어떻게 하나?" 미쨔는 그의 앞에서 미친 듯이 소리쳤다.

문을 열고, 창문을 열고, 난로의 연통을 열었다. 미쨔는 현관에서 물통을 끌고 와 먼저 자기 머리를 적시고, 나중에는 어떤 천조각을 찾아 물에 적셔 랴가비의 머리에 얹어주었다. 숲지기는 여전히 이 모든 일을 어쩐지 경멸하듯 대했고, 문을 열고는 퉁명스레 "이러면 됐죠" 하고 내뱉었다. 그러고는 미쨔에게 불이 밝혀진 철제 램프를 남겨두고는 자러 가버렸다. 미쨔는 일산화탄소에 중독된 술꾼의 머리를 젖은 수건으로 닦아주며 삼십분 동안 돌보았고, 이제는 진심으로 밤새도록 잠을 자지 않을 작정이었다. 하지만 지친 나머지 잠시 숨을 돌리려고 앉았던 그는 순식간에 눈을 감고 침상에 몸을 쭉 뻗고는 정신없이 죽은 듯이 잠들고 말았다.

그가 깨어난 것은 끔찍할 정도로 늦은 시각이었다. 벌써 아침 9시는 된 듯했다. 태양은 오두막의 두 창을 밝게 비추고 있었다. 어제의 곱슬머리 농부는 벌써 반외투를 입고 침상에 앉아 있었다. 그의 앞에는 새 사모바르와 12리터짜리 보드까병이 놓여 있었다. 어제의 병은 벌써 다 비운 뒤였고, 새 병은 반 이상이 비워져 있었다. 미쨔는 벌떡 일어나 그 저주스런 농부가 또다시 취했고, 아주 많이 취해 돌이킬 수 없다는 것을 순식간에 깨달았다. 그는 눈을 부릅뜨고 잠시 그를 바라보았다. 미쨔는 농부가 그를 말없이 교활하게, 어쩐지 기분 나쁜 평온함으로, 심지어는 경멸 어린 거만함을 품고 바라본다고 느꼈다. 그는 농부에게 달려들었다.

"실례지만, 이보시오…… 나는…… 아마도 저쪽 오두막에서 이곳 숲지기에게 들으셨을 텐데, 나는 당신이 관목숲을 거래하려고 하는 까라마조프 노인의 아들, 육군 중위 드미뜨리 까라마조프요……"

"거짓말!" 농부가 확고하고 침착한 어조로 또박또박 말했다.

"왜 내가 거짓말을 한답니까? 표도르 빠블로비치를 아십니까?"

"나는 당신의 표도르 빠블로비치를 전혀 몰라." 농부가 어쩐지 무겁게 혀를 굴리며 발음했다.

"아버지에게서 관목숲, 관목숲을 사려고 하는 거잖아요. 일어나세요. 정신을 좀 차리세요. 빠벨 일리인스끼 신부가 나를 여기로 데려다주었습니다…… 당신은 삼소노프에게 편지를 썼지요. 그 노인이 나를 당신에게 보낸 겁니다……" 미쨔가 숨을 헐떡였다.

"거—짓말!" 랴가비가 다시 또박또박 말했다.

미쨔의 다리가 얼어붙었다.

"제발, 이건 농담이 아니에요! 너무 취하셨는지도 모르겠네요. 그래도 말을 하고 이해하실 수 있겠지요…… 그렇지 않으면…… 그렇지 않으면, 나는 도무지 뭐가 뭔지 모르겠어요!"

"너는 칠장이야!"

"제발 좀! 나는 까라마조프, 드미뜨리 까라마조프라니까요. 당신께 제안할 게 있습니다…… 유리한 제안이에요…… 아주 유리한 제안…… 바로 그 관목숲 건으로요."

농부는 근엄하게 구레나룻을 쓰다듬었다.

"아니, 너는 연속으로 거래를 하더니 비열한 녀석이 되었어. 너는 비열한 놈이야!"

"분명히 말하지만 실수하시는 겁니다!" 미쨔는 절망으로 손을 쥐어뜯었다. 농부는 여전히 턱수염을 쓰다듬다가 갑자기 교활하게 실눈을 떴다.

"아니, 내게 보여줘봐. 못된 짓을 해도 된다는 법이 있으면 보여주라고. 듣고 있나! 너는 비열한 놈이야. 알았어?"

미쨔는 참담한 마음으로 물러났고, 그가 나중에 표현한 바에 따르자면 문득 '뭔가에 머리를 한방 얻어맞은' 기분이었다. 한순간 그의 머리가 환해지더니 '빛이 비추면서 모든 것을 깨닫게 되었다.' 그는 그래도 똑똑한 자기가 그런 어리석음에 빠져 이런 모험을 하게 되었다는 사실, 그 짓을 거의 이십사시간이나 계속하면서 이 랴가비라는 사람의 시중을 들고 그의 머리에 물수건을 얹어주었다는 사실을 이해할 수 없어 망연자실 서 있었다…… '자, 저 사람은 취했어. 곤드라지게 취했으면서도 한 일주일은 더 마실 거야.

여기서 기대할 게 뭐가 있단 말인가? 그런데 만일 삼소노프가 나를 일부러 여기로 보낸 거라면 어쩌지? 만일 그 여자가…… 오, 맙소사, 내가 무슨 짓을 한 거지!'

농부는 앉아서 그를 바라보며 이따금씩 웃었다. 다른 때 같았으면 미쨔는 격분해서 이 바보를 죽였을지도 모른다. 그러나 지금은 그 자신이 어린아이처럼 약해져 있었다. 그는 조용히 침상으로 다가가 자기 외투를 집어 말없이 입고는 오두막에서 나왔다. 다른 오두막에서 그는 숲지기를 볼 수 없었다. 아무도 없었다. 그는 숙박, 초, 괴롭힘에 대한 값으로 잔돈 50꼬뻬이까를 꺼내 식탁에 올려놓았다. 오두막을 나오며 바라보니 주변에 숲 외에는 다른 아무것도 없었다. 그는 오두막에서 어디로 꺾어야 할지, 오른쪽인지 왼쪽인지도 기억하지 못하면서 어림짐작으로 걷기 시작했다. 어젯밤 신부와 함께 서둘러 오면서 길도 봐두지 않았던 것이다. 그의 마음에는 그 누구를 향한 복수심도, 심지어 삼소노프를 향한 복수심도 없었다. 그는 의기소침해져서 좁은 숲속 길을 멍한 채, '수포로 돌아간 계획'에 사로잡혀 어디로 갈지 전혀 생각도 하지 않고 걸었다. 마주친 어린아이라도 그를 이길 수 있을 정도로 갑자기 그는 육체와 정신에 힘이 빠졌다. 그러나 어찌어찌하여 숲을 빠져나왔다. 돌연 그의 앞에 아득히 넓은 공간, 추수를 마쳐 벌거벗은 들판이 펼쳐졌다. "주변에 온통 절망과 죽음뿐이로구나!" 그는 계속해서 앞으로 나아가며 되풀이해서 중얼거렸다.

지나가던 사람이 그를 구해주었다. 한 마부가 샛길로 어떤 늙은 상인을 태우고 가던 중이었다. 마차가 가까워지자 미쨔가 길을 물었고, 그들 또한 볼로비야로 가는 길이었다. 협상이 잘되어 그들은 미쨔를 태워주었다. 그들은 세시간 후에 도착했다. 볼로비야역에서 미쨔는 즉시 도시로 가는 역마차를 예약했고, 문득 참을 수 없을 만큼 배가 고프다는 것을 깨달았다. 말에 마구를 채우는 동안 오믈렛이 준비되었다. 그는 순식간에 그걸 다 먹어치우고, 큰 빵 한 덩이와 거기 있던 소시지도 다 먹고 보드까 세잔을 마셨다. 원기를 회복하자 힘이 솟아 머리도 다시 맑아졌다. 그는 역마차의 마부를 재촉해 길을 달리면서 오늘 저녁까지 '그 저주스런 돈'을 어떻게 구할지에 대한 새로우면서도 이제는 '결코 변경할 수 없는' 계획을 짰다. "생각을 좀 해봐, 생각을. 하찮은 3천 루블 때문에 사람의 운명이 망가진다니!" 그는 경멸감을 품고 외쳤다. "오늘 해결을 볼 거야!" 그루셴까 일로 노심초사하지만 않았다면, 그녀에게 무슨 일이 일어나지 않았을지 걱정스럽지만 않았다면, 그는 다시 완전히 유쾌해질 수 있었을 것이다. 그러나 그녀에 대한 생각이 끊임없이 비수처럼 그의 머리를 파고들었다. 마침내 도착했을 때, 미쨔는 곧바로 그루셴까에게로 달려갔다.

3. 금광

그것은 그루셴까가 그토록 두려워하며 라끼찐에게 얘기했던 바로 그 미쨔의 방문이었다. 그녀는 당시 '급한 소식'을 기다리고 있었고, 미쨔가 어제도 오늘도 오지 않는 것에 무척 기뻐하며 하느님이 자신이 떠날 때까지 오지 못하게 하셨으면 하고 바라고 있었다. 그런데 그가 느닷없이 들이닥쳤던 것이다. 그후에 일어난 일은 우리도 알고 있다. 그의 손아귀에서 벗어나기 위해 그녀는 '돈을 세느라' 정말 꼭 가야 할 일이 있으니 자기를 꾸지마 삼소노프에게 데려다달라고 그를 설득했고, 미쨔가 즉시 데려다주자 그녀는 그와 꾸지마의 집 대문 앞에서 헤어지면서 그로부터 집에 바래다주러 12시에 데리러 오겠다는 약속을 받아냈다. '꾸지마의 집에 앉아 있을 테니까, 그 얘기는 표도르 빠블로비치에게 가지 않는다는 뜻이야…… 거짓말만 아니라면.' 그는 이렇게 생각을 확대했다. 그러나 그가 보기에 그녀가 거짓말을 하는 것 같지는 않았다. 그는 사랑하는 여인과 헤어지면 곧 그녀에게 무슨 일이 일어나 그를 '배신하고 있다'고 온갖 끔찍한 일을 상상하지만, 그녀가 배신했다는 확신에 완전히 녹초가 되어 다시 그녀에게 돌아와서는 그녀의 얼굴, 웃고 있는 여인의 명랑하고 상냥한 얼굴을 보면 첫눈에 곧바로 생기를 회복하고는 모든 의심이 사라지고 기쁘면서도 수치스런 마음으로 질투한 자신을 비난하는 그런 종류의 질투쟁이였다. 그루셴까를 바래다주고 그는 자신의 집으로 내달렸다. 오, 그는 오늘 반드시 해야 할 일이 아주 많았다! 그러나 최소한 마음만은 가벼웠다. '엇저녁 저쪽에 무슨 일은 없었는지, 그루셴까가 표도르 빠블로비치에게 오지는 않았는지 스메르쟈꼬프에게 얼른 물어봐야겠다, 허참!' 그의 머리에 이런 생각이 번득였다. 이렇게 그는 아직 자기 아파트에 도착하기도 전에 지칠 줄 모르는 마음에 질투심이 또다시 들끓기 시작했다.

질투심! '오셀로는 질투심이 많았던 게 아니라 사람을 너무 믿었던 것이다'라고 뿌시낀이 지적한 적이 있다.[2] 이 말 한마디만으로도 우리는 이 위대한 시인의 지성이 얼마나 비범하고 깊었는지를 알 수 있다. 오셀로는 그의 이상이 파괴되었기에 영혼이 깨지고 그

---

2 뿌시낀이 1830년대에 쓴 「식탁에서의 잡담」에서 한 말이다.

의 세계관 전체가 흐려졌던 것이다. 그러나 오셀로는 몸을 숨기고 정탐하거나 엿보려 들지는 않을 것이다. 그는 사람을 잘 믿었기 때문이다. 오히려 그가 상대의 배신을 눈치챌 수 있도록 온갖 노력을 기울여 생각을 유도하고 부추기고 불을 붙이기만 하면 되었다. 정말 질투심이 많은 사람은 그렇지 않다. 질투심이 많은 사람은 아무런 양심의 가책 없이 상상할 수 없을 만한 치욕과 도덕적 타락에도 익숙해질 수 있다. 이건 그런 사람들이 모두 천박하고 더러운 영혼이라서 그런 게 아니다. 반대로 고상한 마음과 자기희생으로 가득한 순수한 사랑을 지닌 사람도 동시에 식탁 밑에 숨고, 가장 저열한 사람을 매수하고, 정탐과 엿듣기 같은 가장 추악하고 더러운 짓을 할 수 있는 것이다. 오셀로는 결단코 배신과 타협할 수 없었을 것이다. 아무리 그의 영혼이 어린아이의 영혼처럼 선량하고 순수했다고 할지라도, 용서할 수는 있었을지언정 타협할 수는 없었을 것이다. 그러나 진짜로 질투심이 큰 사람은 그렇지 않다. 질투심 강한 사람이 무슨 짓을 할 수 있고 또 무엇과 타협할 수 있는지, 무엇을 용서할 수 있는지는 상상도 하기 어렵다. 질투쟁이들은 오히려 용서도 누구보다 빠른데, 그 점은 모든 여자가 알고 있는 바이다. 질투쟁이는, 예를 들어 그가 본 것이 '마지막'이고 그의 경쟁자가 그 순간 땅끝으로 떠나 사라질 예정이거나, 아니면 그 자신이 어디론가 그 무서운 경쟁자가 더이상 찾아올 수 없는 장소로 그녀를 데려가리라는 확신만 가질 수 있다면, 예를 들면 이미 거의 증명되다시피 한 배신을, 그 자신이 목격한 포옹과 키스마저 (물론 처음에는 무서운 장면을 연출하겠지만) 아주 빠르게 용서할 가능성이 있고 또 그럴 능력도 있다. 물론 그 타협은 잠시 동안만 지속될 터인데, 그 이유는 정말로 경쟁자가 사라져도 내일이면 또다른 새로운 경쟁자를 찾아내 그 새 사람으로 인해 질투심을 느낄 것이기 때문이다. 그렇게 감시해야만 하는 여인을 향한 사랑에 뭐가 있단 말인가, 그렇게나 열심히 경계하고 지켜야 하는 사랑이 무슨 가치가 있을까 하는 생각이 들지 모르겠다. 그러나 진정한 질투쟁이는 이 점을 결코 이해하지 못할 것이고, 한편으로 그들 중에는 고상한 마음을 지닌 사람조차 있을 수 있다. 또한 대단한 점은, 이 고상한 마음을 지닌 사람이 다락에 서서 엿듣고 염탐할 때 그 자신이 자발적으로 발을 들여놓은 치욕을 그 '고결한 마음으로' 잘 알고 있으면서도 적어도 다락에 서 있는 그 순간만큼은 결코 양심의 가책이라고는 느끼지 못한다는 것이다. 미쨔도 그루셴까를 보고 있을 때는 질투심이 사라졌고, 잠시라도 사람을 잘 믿고 고결해져서 심지어는 나쁜 감정을 품은 자신을 경멸하기까지 했다. 그러나 이건 이 여인을 사랑하는 그의 마음에 뭔가 자신이 상정하는 것보다 훨씬 더 고상한 것, 욕정 하나만은 아닌, 그가 알료샤에게 설명했던 '육체의 굴곡'만은 아닌 다른 어떤 것이 있다는 것을 의미했다. 하지만 한편 그루셴까가 사라지자마자, 미쨔는 또다시 그녀에게는 배신의 모든 저열함과 교활함이 있다고 의심하기 시작했다. 이럴 때 그는 양심의 가책이라곤 조금도 느끼지 않았다.

이렇게 해서 그의 마음은 또다시 질투심으로 불타올랐다. 모든 경우를 대비해 서둘러야만 했다. 처음 할 일은 꿔서라도 돈을 조금이라도 구하는 것이었다. 어제의 9루블은 거의 여비로 나갔고, 돈이 전혀 없으면 어디로든 단 한발짝도 움직일 수 없었다. 그러나 그는 조금 전 마차를 타고 올 때 새로운 계획을 세우고 돈을 급하게 어디서 구할지 생각해두었다. 그는 훌륭한 결투용 권총과 탄환을 함께 갖고 있었다. 그가 그걸 아직 저당 잡히지 않았다면 그것은 그가 자신이 지닌 물건 중 이것을 가장 사랑했기 때문이었다. 벌써 오래전에 그는 '수도'라는 선술집에서 한 젊은 관리와 잠시 인사를 나눈 적이 있는데, 상당히 부유한 이 홀아비 관리가 무기를 거의 열정에 가깝게 좋아해서 권총과 연발권총, 단도 들을 사서 자기 집 벽에 걸어놓고 지인들에게 보여주며 자랑한다고, 어떻게 장전하고 어떻게 쏘는지 등 연발권총의 체계를 전문가 수준으로 논한다는 소리를 그 선술집에서 들어 알게 되었다. 미쨔는 오래 생각할 것도 없이 즉시 그에게 달려가 권총들을 담보로 10루블을 빌려달라고 제안했다. 관리는 기뻐하며 그것들을 아예 팔라고 설득했지만 미쨔는 동의하지 않았고, 그래서 관리는 이자는 한푼도 받지 않겠다고 선언하며 그에게 10루블을 내주었다. 그들은 친구가 되어 헤어졌다. 미쨔는 서둘렀다. 스메르쟈꼬프를 한시바삐 불러내기 위해 그는 표도르 빠블로비치의 집 뒤편 자신의 정자로 내달렸다. 그러나 이렇게 해서, 내가 앞으로 말하게 될 어떤 사건이 있기 불과 서너시간 전만 해도 미쨔는 돈 한푼 없어서 자기가 좋아하는 물건을 10루블에 저당잡혔는데 세시간 후에는 그의 손에 느닷없이 수천 루블이 생겼다는 사실이 드러나게 되었다…… 그런데 내가 너무 앞서 나간 것 같다.

　(표도르 빠블로비치의 이웃인) 마리야 꼰드라찌예브나의 집에서 그를 기다린 것은 스메르쟈꼬프가 발병했다는 놀랍고 당혹스러운 소식이었다. 그는 스메르쟈꼬프가 지하창고에서 떨어졌고 그후에 발작을 일으켰으며, 의사가 왕진을 다녀갔고, 표도르 빠블로비치가 걱정하고 있다는 이야기를 들었다. 그리고 동생 이반 표도로비치가 조금 전 아침에 모스끄바로 떠났다는 소식도 호기심 있게 들었다. '틀림없이 나보다 먼저 볼로비야를 통과했을 거야.' 드미

뜨리 표도로비치는 잠시 이런 생각을 하기도 했지만, 스메르쟈꼬프 생각에 끔찍하게 불안했다. '하필이면 왜 지금이람. 누가 망을 보지? 누가 내게 소식을 알려주나?' 그는 어제저녁 뭔가 눈치챈 게 없느냐고 여인들을 잡아먹을 듯이 다그쳤다. 그들은 그가 무엇을 알아내려고 하는지 잘 알았으므로, 아무도 오지 않았고, 이반 표도로비치가 밤에 집에서 묵었으며, '아무 일도 없었다'고 그를 완전히 안심시켜주었다. 미쨔는 생각에 잠겼다. 당연히 오늘도 감시해야 하는데 어디서 하지? 이곳에서 할까, 아니면 삼소노프의 집 옆에서 할까? 그는 여기서든 저기서든 모든 것을 봐가며 감시할 필요가 있다고 결론을 내렸지만 아직은, 아직은…… 문제는 그의 앞의 '계획', 아까 그가 마차에서 세웠던 새롭고 믿을 만한 계획의 실행을 더이상 미룰 수 없다는 것이었다. 미쨔는 여기에 한시간을 바치기로 작정했다. '한시간 동안 모든 걸 해결하고, 다 알아볼 거야. 그러고 나서, 그러고 나서 맨먼저 삼소노프 집으로 가야지. 거기 그루셴까가 있는지 알아보고, 순식간에 이리로 돌아와서 11시까지 이곳에 있는 거야. 그뒤에는 또다시 삼소노프의 집에 가서 그루셴까를 집에 바래다주는 거야.' 그는 이렇게 결정했다.

그는 하숙집으로 달려가서 세수하고 머리를 빗고 옷을 깨끗이 털어 입고는 호흘라꼬바 부인에게 갔다. 맙소사, 그의 '계획'이란 이것이었다. 그는 이 부인에게 3천 루블을 빌릴 작정이었다. 중요한 것은, 어째서인지 별안간 그녀라면 그의 부탁을 거절하지 않으리라는 기묘한 확신이 들었다는 점이다. 그런 확신이 있었다면 왜 그가 먼저 여기로, 그러니까 자기가 속한 사회로 오지 않고 그가 대화를 어떻게 나눠야 할지 알지도 못하는, 낯선 성향의 사람인 삼소노프에게 갔는지가 놀랄 만한 일이다. 그러나 문제는 그가 최근 한달 사이 호홀라꼬바 부인과 거의 절교 상태였고, 이전에도 잘 알지 못했으며, 더구나 그녀 자신도 그를 참을 수 없어한다는 것을 그가 잘 알고 있었다는 점이었다. 이 귀부인은 까쩨리나 이바노브나가 그를 버리고 '사랑스럽고, 기사답게 교육을 잘 받은, 그리고 예의범절도 뛰어난 이반 표도로비치'와 결혼했으면 하고 바라게 되어, 그가 까쩨리나 이바노브나의 약혼자라는 이유만으로도 그를 처음부터 미워하고 있었다. 그녀는 미쨔의 행동거지를 싫어했다. 미쨔는 그녀를 비웃기조차 했는데, 한번은 그녀에 대해 이 귀부인이 '아주 활기차고 넉살이 좋은데다 교양이 없다'고 표현한 적이 있었다. 그런데 조금 전 아침에 마차에서 그에게 한가지 아주 빛나는 생각이 떠올랐던 것이다. '만일 이 여자가 내가 까쩨리나 이바노브나와 결혼하는 것을 싫어한다면, 그 정도로 싫어한다면(그는 그녀가 거의 히스테리에 걸릴 정도라는 것을 알고 있었다), 그 돈으로 내가 까쨔를 버리고 영원히 이곳을 떠날 수 있도록 내게 3천 루블을 주는 걸 왜 거절하겠는가? 이 오만방자한 상류층 귀부인들은 변덕스러워서 뭔가를 원하게 되면 그들 뜻대로 되게끔 아무것도 아끼지 않지 않는가. 더구나 이 여자는 부자다.' 미쨔는 이렇게 판단했다. 계획을 말하자면, 이전과 꼭 마찬가지의 것으로 체르마시냐에 대한 자신의 권리를 넘기겠다는 제안이었는데 어제 삼소노프에게 했듯이 상업적인 목적으로, 그러니까 3천 루블을 투자하면 두배인 거금 6천 루블 내지 7천 루블을 쓸어담을 수 있다고 이 귀부인을 꼬여내는 것이 아니라, 고결하게 그냥 빚보증으로 제시하는 것이었다. 이 새로운 생각을 펼쳐가면서 미쨔는 환희에 이르렀는데, 이건 뭐든 처음 시작해서 급작스럽게 해결을 볼 때 그에게 언제나 일어나는 일이었다. 그는 자신의 새로운 생각에 언제나 열정을 가지고 몰입했던 것이다. 그러나 호흘라꼬바 부인의 집 현관에 들어서자마자, 그는 문득 등골이 오싹해지는 것을 느꼈다. 바로 몇초 사이 그는 이것이 이미 마지막 희망이고 여기서 일을 망치면 더이상 이 세상에 남은 방법이 하나도 없다는 것, 그리고 '3천 루블 때문에 누구든 칼로 베고 훔치는 것 말고는 다른 방법이 없다는 것'을 수학적으로 완전히, 분명하게 깨달았다. 그가 초인종을 울렸을 때는 7시 반이었다.

처음에는 행운이 미소를 짓는 것만 같았다. 그가 왔다는 것을 알리자마자 사람들은 즉시 그를 이상하게 서둘러 맞아들였다. '꼭 나를 기다리고 있었던 것 같군.' 미쨔의 머리에 이런 생각이 스쳤다. 이어 그가 응접실로 안내되어 들어가자마자 여주인이 거의 득달같이 달려들어와 곧바로 그를 기다리고 있었다고 알렸다……

"기다리고 있었어요, 기다리고 있었어요! 저는 당신이 우리 집에 올 거라고는 생각조차 못 했어요. 그건 당신도 동의하실 거예요. 하지만 저는 당신을 기다렸어요. 제 직감에 놀라셔야 해요, 드미뜨리 표도로비치. 저는 아침 내내 당신이 오늘 올 거라고 확신하고 있었거든요."

"이건 정말, 부인, 놀라운 일이군요." 미쨔가 굼뜨게 자리에 앉으며 말했다. "그러나…… 저는 지극히 중대한 일로 찾아왔습니다…… 중차대한 일 중에서도 가장 중요한 일로, 그러니까 제게, 부인, 제게 한가지 중요한 일로 이렇게 서둘러서……"

"알아요, 가장 중대한 일로 오셨지요, 드미뜨리 표도로비치. 그걸 아는 데는 예감도, 기적을 바라는 낡은 믿음도 필요 없어요. 그냥 수학적으로 명확하니까요. 까쩨리나 이바노브나와 그런 일이 있은 후에 당신은 오시지 않을 수 없었던 거지요. 오시지 않을 리가 없었어요. 그럼요, 이건 수학이라니까요."

"삶의 실제적인 현실, 부인, 바로 그겁니다! 그러나 잠시 실례지만, 말씀드리고 싶은……"

"바로 현실이에요, 드미뜨리 표도로비치. 저는 지금 온통 현실주의 편이에요. 기적 때문에 아주 혼이 났으니까요. 조시마 장상님께서 돌아가셨다는 말은 들으셨나요?"

"아니요, 부인, 처음 듣습니다." 미쨔는 조금 놀랐다. 그의 머리에 알료샤의 모습이 스쳐지나갔다.

"오늘 밤에요. 생각해보세요……"

"부인," 미쨔가 말을 가로막았다. "저는 아주 절망적인 상황에 처해 있고, 부인이 저를 도와주시지 않는다면 모든 것이 망할 것이고, 제가 제일 먼저 망할 거라고 생각하고 있습니다. 표현이 너무 극단적인 걸 용서해주십시오. 하지만 저는 거의 미쳐서 공황 상태입니다……"

"알아요, 알아요, 당신이 공황 상태라는 건 모두가 알아요. 당신이 다른 정신일 수가 없지요. 당신이 무슨 말을 하든 저는 이미 다 알고 있어요. 저는 오래전부터 당신의 운명을 머릿속에 상상하며, 드미뜨리 표도로비치, 지켜보고 연구했어요…… 오, 저는 경험 많은 영혼의 의사예요, 드미뜨리 표도로비치. 믿어주세요."

"부인, 부인이 경험 많은 의사시라면 저는 경험 많은 환자겠군요." 미쨔는 마지못해 살가운 척했다. "그렇게 제 운명을 지켜보고 계셨다면, 멸망 중에 있는 제 운명을 도와주실 거란 예감이 듭니다. 그러나 그러기 위해 제가 부인 앞에 감히 제시하기로 마음먹고…… 또 부인에게 기대하고 있는 계획을 설명할 수 있게 해주십시오…… 저는, 부인……"

"설명하지 마세요. 그건 부차적인 일이에요. 도움에 관해서라면, 제가 돕는 게 당신이 처음은 아니에요. 드미뜨리 표도로비치, 당신은 아마 제 사촌자매 벨메소바 얘기를 들으셨을 거예요. 그 남편이 파산했는데, 당신이 아주 잘 표현하신 것처럼 그렇게 쫄딱 망했어요. 그런데 제가 그 아이에게 종마 사육을 권했고, 지금은 아주 번창하고 있답니다. 종마 사육에 대해 좀 아세요, 드미뜨리 표도로비치?"

"조금도 모릅니다, 부인. 오, 부인, 전혀 몰라요!" 미쨔는 참다못해 신경질적으로 소리를 지르고는 자리에서 일어나려고 했다. "제발 부탁드리겠습니다, 부인. 제 말을 들어주세요. 제가 자유롭게 말할 수 있게 이분만 내주세요. 먼저 제가 가져온 계획을, 모든 것을 말할 수 있게 해주십시오. 더구나 저는 한시가 급합니다. 몹시 서둘러 갈 데가 있거든요!" 미쨔는 그녀가 곧 다시 얘기를 시작할 거라고 느끼고 그녀를 멈추고 싶어 기를 쓰며 소리쳤다. "저는 절망에 빠져서 이곳으로 왔습니다…… 부인에게 3천 루블의 돈을 빌려 달라고 청할 정도로 최악의 절망 상태에 빠져 있습니다. 하지만 빌리더라도 확실한, 가장 확실한 담보와, 부인, 가장 확실한 보증으로 빌리려고 합니다. 다만 좀 설명할 수 있도록 해주십시오……"

"그건 다 나중에요, 나중에요!" 호흘라꼬바 부인은 이제 자기 쪽에서 그에게 손을 흔들기 시작했다. "당신이 말하지 않아도 저는 이미 다 알고 있어요. 벌써 그렇다고 얘기했잖아요. 당신은 얼마간의 돈을 얘기했지만 당신에게는 3천 루블이 필요하지요. 그런데 저는 더 드릴 거예요. 훨씬 더 많이 드릴 거예요. 제가 당신을 구할 거예요, 드미뜨리 표도로비치. 하지만 당신은 제 말을 들어야 해요!"

미쨔는 다시 자리에서 벌떡 일어났다.

"부인, 이렇게 선량하시다니요!" 그는 감정이 북받쳐 외쳤다. "세상에, 부인께서 저를 구했습니다. 억지로 죽을 사람, 권총 자살할 사람을 부인이 구하셨어요. 부인…… 영원히 감사드리겠습니다……"

"저는 3천 루블보다 훨씬 더, 무한히 많은 돈을 드릴 거예요." 호흘라꼬바는 빛나는 미소를 지으며, 환희에 찬 미쨔를 바라보고 외쳤다.

"무한히요? 그렇게는 필요 없습니다. 제게는 이 숙명적인 3천 루블만 필요합니다. 제 쪽에서 무한히 감사드리며 그 금액에 대한 보증을 말씀드리려 왔습니다. 계획을 말씀드리려고요……"

"됐어요, 드미뜨리 표도로비치. 말했으면 그걸로 끝난 거예요." 호흘라꼬바 부인이 후원자의 순결한 기쁨을 품고 그의 말을 막았다. "저는 당신을 구하기로 약속했고, 구할 거예요. 벨메소바를 구했듯이 당신을 구할 거예요. 금광에 대해 어떻게 생각하세요, 드미뜨리 표도로비치?"

"금광에 대해서요, 부인! 그건 한번도 생각해본 적이 없는데요."

"하지만 저는 당신을 위해서 생각해봤어요! 생각하고 또 생각해봤지요! 이럴 목적으로 한달 내내 당신을 지켜본 거예요. 당신이 지나갈 때마다 백번이고 당신을 보면서 혼잣말을 여러번 했죠. 광맥을 찾는 데 필요한 에너지가 넘치는 분이라고요. 나는 당신의 걸음걸이까지 연구하고 결론을 내렸어요. 이분은 수많은 광맥을 찾을 사람이라고요."

"걸음걸이를 보고서요, 부인?" 미쨔가 미소를 지었다.

"그게 어때서요. 걸음걸이를 보고서요. 걸음걸이를 보고 그 사람 성격을 알 수 있다는 걸 정말 부인하시는 거예요, 드미뜨리 표도로비치? 자연과학도 그렇다고 확증하고 있어요. 오, 저는 이제 현실주의자예요, 드미뜨리 표도로비치. 저는 오늘부터, 저를 그렇게도 혼란스럽게 만든 수도원에서의 모든 사건 이후로 완전히 현실주의자가 되었고 실질적인 활동에 뛰어들고 싶어요. 저는 치유되었어요. 충분해요! 뚜르게네프가 말했듯이요.[3]"

"오, 부인, 부인께서 그렇게 관대하게도 빌려주겠다고 하신 그 3천 루블 말입니다……"

"그 돈을 갖게 되실 거예요, 드미뜨리 표도로비치." 호흘라꼬바 부인이 즉각 그 말을 가로챘다. "3천 루블은 당신 주머니에 있는 거나 마찬가지예요. 3천 루블이 아니라 300만 루블이요, 드미뜨리 표도로비치. 가장 짧은 시간 안에요! 제가 당신의 사명을 말해드리죠. 당신은 금광을 찾아서 백만장자가 되어 돌아온 뒤 일꾼이 되어 선행을 향해 나아가도록 우리를 이끄세요. 과연 모든 걸 유대인들에게 맡겨야 할까요? 당신이 건물과 여러 사업체를 세우세요. 가난한 사람들을 돌봐주고, 그러면 또 그 사람들이 당신을 축복할 거예요. 지금은 철도의 세기잖아요. 드미뜨리 표도로비치, 당신은 유명해져서 지금 그렇게도 인물을 필요로 하는 재무부에 필수불가결한 사람이 될 거예요. 우리 루블화의 가치 하락으로 제가 잠을 잘 수가 없네요, 드미뜨리 표도로비치. 그쪽으로는 제가 아는 게 적지만……"

"부인, 부인!" 드미뜨리 표도로비치는 약간 불안한 예감이 들어 다시 말을 막았다. "저는 상당히, 상당히, 어쩌면 부인의 마지막 충고에 따라, 부인의 지혜로운 충고에 따라, 부인, 어쩌면 그곳으

---

3 뚜르게네프의 소설 「충분해. 죽은 예술가의 수기 중 일부」를 일컫는다. 도스또옙스끼는 소설 『악령』(*Бесы*)에서 이 작품을 패러디했다고 한다.

로…… 그 광맥으로 갈지도 모르겠지만…… 그 얘기는 다시 한번 하러 오겠습니다…… 아니, 여러번요…… 하지만 지금은 부인께서 그렇게 흔쾌히 주시기로 한 3천 루블을…… 오, 그게 저를 해방해 줄 겁니다. 만일 오늘 가능하다면…… 그러니까, 아실지 모르지만 저는 지금 시간이 조금도, 전혀 없습니다……"

"됐어요, 드미뜨리 표도로비치, 됐어요!" 호흘라꼬바 부인이 고집스럽게 말을 가로막았다. "질문 드릴게요. 당신은 광맥을 찾아 갈 건가요, 아닌가요. 확실히 결정하셨는지 아닌지, 그것만 수학적으로 명쾌하게 대답해주세요."

"가겠습니다, 부인, 나중에요…… 원하시는 곳으로 가겠습니다, 부인…… 하지만 지금은……"

"기다리세요!" 호흘라꼬바 부인은 이렇게 외치고는 벌떡 일어나 서랍이 여럿 달린 멋진 사무용 책상으로 달려가더니 뭔가를 찾아서 몹시 서두르며 서랍을 하나씩 열기 시작했다.

'3천 루블이다!' 미쨔는 정신이 아찔해지는 것을 느끼며 생각했다. '아무 서류도, 계약도 없이 지금 당장…… 오, 이 얼마나 신사적인가! 정말 훌륭한 여자다, 말만 저렇게 많지 않다면……'

"찾았다!" 호흘라꼬바 부인이 기쁨에 차서 미쨔에게 돌아오며 외쳤다. "자, 이게 제가 찾은 거예요!"

그건 때로 목에 거는 십자가와 함께 거는 종류의 끈이 달린 작은 은제 성상이었다.

"이건 끼예프에서 온 거예요, 드미뜨리 표도로비치," 그녀가 경건하게 말을 이었다. "순교자 바르바라⁴의 유해에서 나온 거예요.

4 전설에 따르면 바르바라는 그리스도교로 개종했다는 이유로 아버지에 의해 탑에 갇혔다가 살해당했다고 한다. 아버지는 이틀 후 번개에 맞아 사망한다.

제가 이걸 당신 목에 걸어주고, 새로운 삶과 새로운 위업을 위해 당신을 축복하도록 해주세요."

그녀는 정말로 그의 목에 성상을 걸어주고 제자리에 놓이게 하려 애썼다. 미쨔는 아주 당황했지만 그녀를 도와 고개를 숙여서 마침내 넥타이와 셔츠 깃 사이로 성상을 집어넣어 가슴에 늘어뜨렸다.

"자, 이제 당신은 가실 수 있어요!" 호흘라꼬바 부인이 승리에 찬 모습으로 다시 자리에 앉으며 말했다.

"부인, 저는 감동했습니다…… 어떻게 감사드려야 할지조차 모르겠네요…… 이런 감정에 대해서요. 하지만…… 지금 제게 한시가 얼마나 소중한지 아신다면! 제가 부인의 관대함에 기대하는 금액은…… 오, 부인, 부인께서 제게 그렇게 선한 마음을 갖고 계시고 그렇게 관대하시다면," 미쨔가 문득 흥분해서 외쳤다. "제가 말씀드릴 수 있게 해주세요. 하지만 부인께서는 이미 오래전에 알고 계시지요…… 제가 이곳에서 한 여자를 사랑하고 있다는 것을요…… 저는 까쨔를 배신했습니다…… 까쩨리나 이바노브나를요. 저는 말하고 싶습니다. 오, 저는 까쨔 앞에서 비인간적이고 명예도 모르는 놈이지만, 이곳에 있는 다른 여자를…… 한 여자를, 부인, 어쩌면 부인께서 이미 모든 걸 알고 계시기 때문에 경멸할지도 모르는 여인을 사랑합니다. 그러나 저는 그 여인을 절대로 단념할 수 없습니다, 절대로. 그래서 지금 3천 루블이……"

"다 그만두세요, 드미뜨리 표도로비치!" 가장 단호한 목소리로 호흘라꼬바 부인이 그의 말을 가로막았다. "특히 여자들을 버리세요. 당신의 목표는 금광을 찾는 거고, 여자들은 거기로 끌고 갈 이유가 없어요. 나중에 부와 명성을 얻어 돌아오면 최상류사회에서 마음의 짝을 찾게 될 거예요. 지식 있고 편견 없는 현대적인 여성일 거예요. 그때쯤이면 이제 막 제기되기 시작한 여성 문제도 무르익어 신여성이 나타날 거예요……"

"부인, 그건 아니지요, 그건 아니에요……" 드미뜨리 표도로비치는 손을 맞잡으며 애걸하듯 했다.

"바로 그거예요, 드미뜨리 표도로비치. 당신에게 필요하고 당신도 모르게 갈망하는 건 바로 그거라고요. 저는 오늘의 여성 문제에 큰 관심을 가지고 있어요, 드미뜨리 표도로비치. 여성의 발전과 가장 가까운 미래에 여성이 정치적 역할을 하는 것, 이게 바로 제 이상이랍니다. 제 딸도, 드미뜨리 표도로비치, 이런 면에서는 저를 잘 모른답니다. 저는 이것에 관해 작가 셰드린에게 편지를 썼어요.[5] 그 작가가 제게 얼마나, 얼마나 여성의 소명에 대해 가르쳐주었는지 저는 작년에 익명으로 두줄짜리 편지를 보냈답니다. '나의 작가님, 당신을 안고 키스합니다. 현대 여성을 위해 계속해주세요.' 그리고 이렇게 서명했어요. '어머니가'라고요. 저는 '현대의 어머니가'라고 서명하고 싶어 망설였지만, 그냥 어머니라고 하기로 했지요. 그게 도덕적으로 더 아름다울 테지만, 드미뜨리 표도로비치, '현대'라는 단어가 『현대인』이라는 잡지[6]를 연상시킬 수 있고, 최근의 검

---

5 도스또옙스끼는 1860년대부터 작가 살띠꼬프셰드린(Михаил Е. Салтыков-Щедрин, 1826~89)과 논쟁을 벌인다. 살띠꼬프셰드린은 『까라마조프 형제들』의 이 대목에서 자신의 이름이 아이러니하게 언급된 것에 대한 응답으로 1879년 잡지 『조국 수기』에 세번에 걸쳐 도스또옙스끼에 대한 반박문을 싣는다.
6 뿌시낀이 1836년에 창간한 잡지 『현대인』은 뿌시낀 사후 1840~60년대에 진보적·혁명적 사상의 확산기 역할을 했다. 셰드린은 이 잡지에 깊이 관여하고 한동안 편집자로 일했다. 도스또옙스끼는 형과 함께 창간한 잡지 『시간』(1861~63)과 『시대』(1864~65)에서 잡지 『현대인』과 격렬한 사상논쟁을 벌인다.

열과 관련된 쓰디쓴 기억을 불러일으키니까요…… 아, 맙소사, 무슨 일이세요?"

"부인," 마침내 미쨔는 무력한 애원의 포즈로 그녀 앞에서 두 손을 모으고 벌떡 일어났다. "저를 울게 만드시는군요, 부인. 그렇게 관대하게 마음먹은…… 걸 미루실 작정이라면……"

"우세요, 드미뜨리 표도로비치, 좀 우세요! 그건 멋진 감정이에요…… 당신 앞에 그런 길이 놓여 있는 거예요! 눈물이 당신의 마음을 가볍게 해줄 거예요. 나중에 돌아오면 기뻐하게 되실 거예요. 함께 기뻐하러 시베리아에서 제게로 일부러 달려오게 되실 거예요……"

"하지만 저도 말 좀 할 수 있게 해주십시오." 미쨔가 갑자기 울부짖었다. "마지막으로 애원합니다. 말해주세요, 제가 오늘 부인 손에서 약속한 금액을 받을 수 있는 겁니까? 만일 아니라면 그 돈을 받으러 제가 언제 와야 할까요?"

"무슨 돈요, 드미뜨리 표도로비치?"

"부인이 약속하신 3천 루블요…… 부인이 관대하게 약속하신 돈 말이에요……"

"3천요? 루블인가요? 오, 아니에요, 저한테는 3천 루블이 없어요." 호흘라꼬바 부인이 거의 평온한 듯한 놀라움을 표하며 말했다. 미쨔는 아연실색했다……

"무슨 말씀이신지…… 방금…… 말씀하시기를…… 부인께서는 그 돈이 제 주머니에 있는 것이나 마찬가지라고까지 말씀하셨잖아요."

"오, 아니에요. 제 말을 잘못 이해하신 거예요, 드미뜨리 표도로비치. 만일 그렇다면 저를 잘못 이해하신 거예요. 저는 광산을 말한 거예요…… 사실 저는 더 많이, 3천 루블보다 무한히 더 많은 걸 약속했어요. 지금 모든 걸 다시 떠올려보자면, 저는 오로지 광산만 염두에 두고 말씀드렸어요."

"돈은요? 3천 루블은요?" 드미뜨리 표도로비치가 허망하게 탄성을 질렀다.

"오, 돈을 염두에 두셨다면, 저한텐 돈이 없어요. 저는 지금 돈이 전혀 없어요, 드미뜨리 표도로비치. 때마침 지금 제 관리인과 싸우고 있어서 최근에는 미우소프에게 500루블을 빌렸답니다. 아니요, 아니요, 저는 돈이 없어요. 아시겠지만, 드미뜨리 표도로비치, 설사 제게 돈이 있다 할지라도 당신한테는 드리지 않았을 거예요. 첫째, 저는 아무에게도 돈을 빌려주지 않는답니다. 돈을 빌려주면 결국 싸우게 되니까요. 하지만 당신, 당신에게는 특히나 더 주지 않을 거예요. 당신을 사랑하니까, 그래서 주지 않을 거예요. 당신을 구하기 위해서 주지 않을 거예요. 왜냐하면 당신에게 필요한 건 단 하나, 광산, 광산, 광산뿐이니까요!"

"오, 제기랄!" 미쨔가 갑자기 포효하며 온 힘을 다해 탁자를 주먹으로 내리쳤다.

"어머나!" 호흘라꼬바 부인이 놀라서 비명을 지르며 거실의 다른 쪽 끝으로 도망쳤다.

미쨔는 침을 뱉고 빠른 걸음으로 방과 집을 나와서 거리의 어둠 속으로 걸어들어갔다! 그는 이틀 전 저녁에 마지막으로 알료샤를 만났을 때 어둠에 잠긴 길에서 알료샤 앞에서 두드렸던 가슴팍을, 바로 같은 자리를 치며 미친 듯이 걸었다. 가슴의 그 자리를 친다는 것이 무엇을 의미하는지, 그것으로 그가 무슨 얘기를 하고 싶어 했는지는 아직 비밀이다. 그 비밀을 아는 사람은 이 세상에 아무도 없었고 그는 심지어 알료샤에게조차 알리지 않았는데, 그 비밀에는 그에게 치욕보다 더한 것, 즉 파멸과 자살이 숨겨져 있었다. 까쩨리나 이바노브나에게 갚기 위해, 그래서 그가 짊어지고 있는, 그의 양심을 그렇게도 짓누르는 치욕을 가슴에서, 즉 '가슴의 바로 그 자리'에서 걷어낼 3천 루블을 얻을 수 없다면, 그렇게 될 수밖에 없다고 그는 생각하고 있었다. 독자들은 나중에 이 모든 것에 대한 설명을 들을 수 있을 테지만, 이제 마지막 희망이 사라지자 이 사람, 육체적으로 그렇게도 강인한 이 사람은 호흘라꼬바의 집에서 몇걸음 지나지 않아 갑자기 어린아이처럼 눈물을 비 오듯 흘리기 시작했다. 그는 망연자실한 채 걸으며 눈물을 주먹으로 닦아냈다. 그렇게 광장으로 나선 그는 문득 온몸으로 뭔가에 부딪힌 것을 느꼈다. 그가 거의 넘어뜨릴 뻔한 어떤 작은 노파의 쇳소리가 울려퍼졌다.

"맙소사, 죽을 뻔했네! 어째서 보지도 않고 걷는 거야, 난폭한 놈!"

"아니, 당신이군요?" 미쨔는 어둠 속에서 노파를 알아보고 소리쳤다. 그녀는 꾸지마 삼소노프의 집에서 일하는, 어제 미쨔가 주의 깊게 봐두었던 바로 그 늙은 하녀였다.

"아니, 이게 누구시랍니까, 나리?" 노파는 목소리를 딴판으로 해서 말했다. "어두워서 못 알아뵀네요."

"꾸지마 꾸지미치 댁에서 살지요? 그분 댁에서 일하고 있지요?"

"맞아요, 나리. 이제 막 쁘로호리치께 달려갔다 오는 중이에요…… 어쩌다가 나리를 알아보지 못했담?"

"그런데 댁에 지금 아그라페나 알렉산드로브나가 있는지 말해주세요." 미쨔는 견딜 수 없이 조바심을 내며 물었다. "조금 전에 제가 바래다줬잖아요."

198

"왔었죠, 나리, 왔었어요. 잠시 앉았다가는 나갔어요."

"뭐라고요? 갔다고요?" 미쨔가 외쳤다. "언제 나갔나요?"

"금방 나갔죠. 우리 집에는 잠시만 있었어요. 꾸지마 꾸지미치에게 얘기를 하나 해서 노인을 웃기고는 달려나갔어요."

"거짓말이야, 이 저주받을 여자 같으니라구!" 미쨔가 울부짖었다.

"어머나!" 노파가 외쳤지만, 미쨔는 그새 자취도 없이 사라졌다. 그는 온 힘을 다해 모로조바의 집으로 뛰어갔다. 그때는 그루셴까가 모끄로예로 막 떠나던 무렵으로 그녀가 떠난 지 채 십오분도 지나지 않았을 때였다. 페냐는 '대위'가 갑자기 뛰어들어왔을 때 할머니인 요리사 마뜨료나와 함께 부엌에 앉아 있었다. 페냐는 그를 보고는 있는 힘껏 비명을 질렀다.

"소리는 왜 질러?" 미쨔가 울부짖었다. "그 여자 어디 있어?" 무서워서 얼어붙은 페냐가 한마디 대답도 하기 전에 그는 느닷없이 그녀 앞에 엎드렸다.

"페냐, 제발 그리스도를 위해 말해줘. 어디 있어?"

"나리, 아무것도 몰라요. 드미뜨리 표도로비치 나리, 아무것도 몰라요. 죽인다고 해도 몰라요." 페냐가 하느님을 걸고 맹세했다. "나리가 조금 전에 모시고 나가셨잖아요……"

"그 여자는 다시 돌아왔어!"

"나리, 돌아오시지 않았어요. 맹세해요. 오시지 않았어요!"

"거짓말." 미쨔가 외쳤다. "네가 놀라는 것 하나만 봐도 그 여자가 어디 있는지 알겠다!"

그는 바깥으로 뛰쳐나갔다. 놀란 페냐는 큰일이 벌어지지 않아 기뻤지만, 그가 시간이 없어서 그랬지 그렇지 않았다면 무사하지 못했으리라는 것을 아주 잘 알고 있었다. 그러나 뛰쳐나가면서 그는 한가지 아주 예기치 못한 행동으로 페냐와 마뜨료나 둘 다를 놀라게 했다. 탁자에는 구리 절구가 놓여 있었고 그 안에는 공이, 기껏해야 길이 18센티미터 남짓의 크지 않은 공이가 놓여 있었다. 미쨔는 밖으로 뛰어나가면서 한손으로는 문을 벌써 열면서 다른 손으로는 절구에서 그 공이를 순식간에 낚아채 자기 옆 호주머니에 넣고는 사라졌다.

"오, 맙소사, 누굴 죽이려나봐!" 페냐가 양손을 부딪쳤다.

4. 어둠 속에서

그는 어디로 달려간 걸까? 뻔한 일이다. '그 여자가 표도르 빠블로비치의 집이 아니라면 어디로 갔단 말인가? 삼소노프의 집에서 곧장 아버지 집으로 달려간 거야. 이제는 모든 게 명백하다. 모든 음모, 모든 기만이 이제는 분명해졌어……' 이런 생각들이 그의 머릿속에서 회오리처럼 맴돌았다. 그는 마리야 꼰드라찌예브나의 마당을 지나지 않았다. '거기로는 갈 필요 없어. 전혀 그럴 필요 없어…… 조금도 낌새를 보이면 안 돼…… 금방 이르고 배신할 거야…… 마리야 꼰드라찌예브나도 음모에 가담한 게 틀림없어. 스메르쟈꼬프도 역시 마찬가지야. 모두 매수된 거야!' 그의 머리에는 또다른 생각이 떠올랐다. 그는 골목을 통해 표도르 빠블로비치의 집을 멀리 돌아 드미뜨롭스까야 거리를 지나서는 다리를 건너 곧바로 이웃 채소밭 울타리로 한쪽이 막혀 있는 집 뒤쪽의 사람이 살지 않는 텅 빈 외딴 골목으로 들어갔다. 그 골목의 다른 쪽은 표도

르 빠블로비치의 정원을 빙 둘러싼 단단하고 높은 담이 있었다. 그
는 그곳에 자리를 잡았는데, 그곳은 그가 잘 아는 전설에 따르자면
리자베따 스메르쟈샤야가 언젠가 담을 넘었다는 바로 그 자리였
다. '그 여자가 담을 넘을 수 있었다면,' 어쩌다가 이런 생각이 그의
머리에 어른거렸는지 모르겠다. '나라고 왜 못 넘겠어?' 그리고 그
는 정말로 펄쩍 뛰어올라 순식간에 한손으로 담장 위쪽을 솜씨 좋
게 붙잡고는 단번에 담장 위에 올라탔다. 그곳 정원 가까이에 목욕
탕이 있었고, 담장에서는 집의 불 켜진 창들도 잘 보였다. '그렇군,
노인의 침실에도 불이 켜져 있군. 여자가 저기 있는 거야!' 그는 담
장에서 정원으로 뛰어내렸다. 그는 그리고리가 아프다는 것을 알
고 있었고 어쩌면 스메르쟈꼬프도 정말 아플지 모르니 아무도 그
의 기척을 알아챌 사람이 없다는 걸 알면서도 본능적으로 몸을 숨
기고 자리에 얼어붙은 채 주위에 귀를 기울였다. 그러나 주변에는
온통 죽음 같은 정적이 흘렀고, 마치 일부러인 듯 완전히 적막하여
바람 한점 없었다.

'고요만이 속삭이누나.'[7] 어쩐지 그의 머리에 이런 시구가 떠올
랐다. '내가 담 넘는 소리를 누가 들었으면 안 되는데. 아무도 못 들
은 것 같다.' 잠시 서 있다가 그는 조용히 정원을 따라 잔디 위를 걸
었다. 나무와 관목을 지나 한발짝씩 숨죽이며, 자신의 발자국 소리
에 귀를 기울이며 한참을 걸은 그는 오분쯤 뒤에 불이 밝혀진 창에
다다랐다. 그는 창 바로 밑에 몇그루의 크고 작은 접골목 덤불이
무성하고 까마귀밥나무들이 있다는 게 기억났다. 정면의 왼편으
로 집에서 정원으로 나가는 문은 닫혀 있었는데, 그는 지나가면서

---

7 뿌시낀의 서사시 『루슬란과 류드밀라』(*Руслан и Людмила*)에서 나온 구절이다.

일부러 그것을 주의 깊게 살펴보았다. 마침내 관목 덤불에 이른 그는 그 나무 뒤에 숨었다. 그는 숨도 쉬지 않았다. '지금은 기다려야 해.' 그는 생각했다. '만일 저들이 내 발자국 소리를 들었고 지금도 엿듣고 있다면 오해라고 생각하게 만들어야 하는데…… 기침이나 재채기가 나지 말아야 할 텐데……'

그는 이분 정도 기다렸는데, 심장이 쿵쾅거리고 뛰면서 순간순간 숨이 막힐 지경이었다. '안 돼, 심장 박동이 가라앉질 않는군.' 그는 생각했다. '더 기다릴 수는 없어.' 그는 관목 뒤 그늘에 서 있었다. 관목의 앞부분은 창에서 나오는 빛을 받아 환했다. '까마귀밥나무, 과실나무, 이 얼마나 아름다운가!' 그는 이유도 모른 채 이렇게 속삭였다. 그는 조용히 들리지 않게 살금살금 뛰어 창으로 다가가 까치발을 했다. 표도르 빠블로비치의 침실 전체가 손바닥처럼 그의 앞에 펼쳐져 있었다. 붉은 병풍으로 가운데를 나눈 크지 않은 방이었다. 표도르 빠블로비치는 그 병풍을 '중국식' 병풍이라고 불렀다. '중국식이군.' 미쨔의 머리에서 이런 속삭임이 들렸다. '저 병풍 뒤에 그루셴까가 있어.' 그는 표도르 빠블로비치를 주시했다. 그는 미쨔가 집에서 단 한번도 본 적 없는, 새로 산 줄무늬 비단 가운을 술이 달린 띠로 동여매어 입고 있었다. 가운의 깃 아래로 깨끗한 비단 속옷과 금단추가 달린 얇은 네덜란드산 셔츠가 보였다. 머리에는 알료샤가 봤던 그 붉은 띠를 두르고 있었다. '잠옷으로 갈아입었군.' 미쨔는 생각했다. 표도르 빠블로비치는 창 가까이에 서서 얼핏 보기에는 생각에 잠긴 듯했다. 그러다가 문득 고개를 들고 조금 귀를 기울였는데, 아무 소리도 듣지 못하자 탁자로 다가가 유리병에서 꼬냑 반잔을 따라 들이켰다. 그러고는 온 가슴으로 한숨을 내쉬고 다시 멍하니 섰다가 격벽에 걸린 거울에 다가가 오른손으로 이마에 묶은 붉은 끈을 약간 올리고 아직 가시지 않은 멍과 딱지를 살펴보았다. '아버지는 혼자 있구나.' 미쨔가 생각했다. '모든 정황으로 미루어보아 혼자야.' 표도르 빠블로비치는 거울에서 물러나 문득 창으로 몸을 돌려 밖을 내다보았다. 미쨔는 순간적으로 그늘로 물러났다.

'여자는 방 병풍 뒤에 있을지도 몰라. 어쩌면 벌써 잠들었는지도 모르지.' 이런 생각이 그의 심장을 찔렀다. 표도르 빠블로비치는 창에서 물러났다. '저건 창밖으로 여자가 왔는지 살펴본 거야. 그렇다면 여자는 오지 않은 거군. 아니면 뭐 하러 어둠 속을 내다보겠어?' 미쨔는 즉시 바짝 다가가 다시 창 안을 들여다보기 시작했다. 노인은 침울해 보이는 모습으로 이미 작은 탁자 앞에 앉아 있었다. 그는 팔꿈치를 세워 오른손바닥에 뺨을 기대고 있었다. 미쨔는 집어삼킬 듯이 그 모습을 바라보았다.

'혼자야, 혼자!' 그는 다시 되뇌었다. '만일 여자가 있다면, 아버지 표정이 달랐을 거야.' 이상한 일이었다. 그의 심장에 별안간 그녀가 거기 없다는 데서 오는 어떤 터무니없고 기이한 불만이 들끓기 시작했다. '그 여자가 여기 없어서가 아니라,' 그는 깊이 생각하고는 스스로에게 즉각 대답했다. '여기 그 여자가 있는지 없는지 도무지 알 수 없어서 이런 거야.' 미쨔는 나중에 그 순간 그의 이성이 유난히도 명료했고, 가장 마지막 세세한 부분까지 염두에 두고 사소한 부분까지 포착했던 것을 떠올렸다. 그러나 그의 마음에는 울적함, 즉 무언가 알 수 없고 결정을 내릴 수 없다는 데서 오는 울적함이 터무니없는 속도로 자라났다. '그런데 그 여자는 여기 있는 걸까, 없는 걸까?' 그의 마음에서 이런 생각이 사납게 들끓었다. 그리고 마침내 그는 결단을 내리고 팔을 뻗어 조용히 창틀을 두드렸다. 그는 노인과 스메르쟈꼬프 사이에 약속된 대로 처음 두번은 조금 조용히, 나중에 세번은 더 빠르게 똑똑똑 두드렸다. 이것은 '그루셴까가 왔다'는 걸 뜻하는 신호였다. 노인은 몸을 부르르 떨고 고개를 들고는 재빨리 일어나 창으로 달려왔다. 미쨔는 그늘로 몸을 숨겼다. 표도르 빠블로비치는 창을 열고 머리 전체를 앞으로 쑥 내밀었다.

"그루셴까, 너냐? 네가 온 거냐?" 그는 반쯤 속삭이며 떨리는 목소리로 말했다. "어디 있느냐, 아가, 천사야, 어디 있느냐?" 그는 무섭게 흥분해서 숨을 헐떡였다.

'혼자야!' 미쨔가 결론을 내렸다.

"대체 어디 있느냐?" 노인이 다시 외치며 머리를 더 많이 내밀고는 왼쪽 오른쪽 사방을 둘러보더니 어깨까지 몸을 내밀었다. "이리 와라. 작은 선물을 준비해놓았다. 오려무나, 보여줄게!"

'저건 3천 루블이 든 봉투 얘기를 하는 거야.' 미쨔의 머리에 이런 생각이 어른거렸다.

"어디 있느냐? 문 옆에 있는 거냐? 지금 문을 여마……"

노인은 정원으로 나가는 문이 있는 오른쪽을 엿보며 어둠 속을 내다보려 애쓰느라 몸이 거의 창밖으로 빠져나올 지경이었다. 몇 초 뒤면 그는 그루셴까의 대답을 채 듣지도 않고 문을 열기 위해 나올 게 틀림없었다. 미쨔는 옆에서 지켜보며 꼼짝도 하지 않았다. 그에게 너무도 혐오스러운 노인의 옆모습, 축 늘어진 울대뼈, 달콤한 기대로 웃음 짓는 매부리코, 그의 입술, 이 모든 것이 방 왼쪽에서 비스듬히 비추는 램프 불빛에 선명히 드러났다. 무섭고 광포한 증오가 미쨔의 심장에서 갑자기 들끓기 시작했다. '바로 저 사람이다. 그의 경쟁자, 그를 괴롭히는 사람, 그의 삶을 괴롭히는 사람 말이다!' 지극히 갑작스럽고 원한에 사무친, 미친 듯한 증오가 밀려들었다. 나흘 전 정자에서 알료샤와 얘기하다가 '어떻게 아버지를 죽일 거라고 말할 수 있어?'라는 알료샤의 질문에 대답하면서 미리 예견한 듯 선언했던 바로 그 증오심이었다.

"나는 모르겠어, 모르겠어." 그는 당시 이렇게 말했다. "어쩌면 안 죽일지도 모르고, 죽일 수도 있어. 나는 바로 그 순간의 아버지 얼굴 때문에 문득 증오스러워질까봐 두렵다! 나는 아버지의 울대뼈, 코, 눈, 염치를 모르는 조롱을 증오해. 한 인간으로서 혐오를 느낀다고. 바로 그게 두려워. 나는 그걸 견딜 수 없을 거야……"

한 인간으로서의 혐오가 참을 수 없을 정도로 자라났다. 미쨔는 이미 제정신이 아닌 채로 주머니에서 갑자기 구리공이를 꺼내들었다……

……………………………………………………………………………

"하느님이 그때 나를 지켜주셨어"라고 나중에 미쨔가 자기 입으로 말한 대로, 바로 그 순간 몸져누웠던 그리고리 바실리예비치가 침상에서 깨어났다. 그날 저녁때쯤 그는 스메르쟈꼬프가 이반 표도로비치에게 이야기한 유명한 치료법을 자기 몸에 시행했다. 그는 아내의 도움을 받아 무슨 비밀스런 짙은 즙을 탄 보드까를 온몸에 문질렀고, 아내가 남은 것 위에 '어떤 기도'를 속삭이자, 그걸 다 마시고 잠자리에 들었다. 마르파 이그나찌예브나 역시 그걸 조금 맛보았는데, 술을 못 마시는 여자라서 남편 옆에서 죽은 듯이 곯아떨어졌다. 그런데 전혀 예기치 않게 그리고리는 한밤중에 잠에서 깨어났고, 한순간 멍하니 있다가 곧 다시 허리에 타는 듯한 통증을 느꼈음에도 침대에서 일어났다. 그후 그는 뭔가를 다시 곰곰이 생각해보고는 일어나 급하게 옷을 입었다. 어쩌면 '이렇게 위험한 시기에' 그가 자는 바람에 집을 지키는 사람이 없다는 데 양심의 가책을 느꼈는지도 모른다. 뇌전증으로 쓰러진 스메르쟈꼬프는 다른 작은 방에 꼼짝도 못하고 누워 있었다. 마르파 이그나찌예브나도 꼼짝도 하지 않았다. '마누라도 힘이 빠졌군.' 그리고리 바실리예비치는 그녀를 보며 이렇게 생각하고 끙끙거리며 현관으로 나갔다. 물론 그는 다닐 힘도 없고 허리와 오른쪽 다리에 못 견딜 만큼 통증이 있어서 현관 계단에서만 살펴보려고 했다. 그런데 마침 정원으로 난 쪽문이 저녁부터 잠겨 있지 않았다는 게 문득 기억났다. 그는 한번 만든 질서와 오랜 세월의 습관을 매우 꼼꼼하고 정확하게 그대로 지키는 사람이었다. 아파서 절룩거리고 몸을 비틀면서도 그는 계단을 내려가 정원 쪽으로 갔다. 생각했던 대로 쪽문은 활짝 열려 있었다. 그는 기계적으로 정원으로 나갔다. 무언가 보았는지, 무슨 소리를 들었는지는 모르겠지만 그는 왼쪽을 살피다가 주인집 창문이 열려 있는데 창문에서 내다보는 사람은 아무도 없이 창가가 텅 빈 것을 확인했다. '어째서 열려 있는 거지, 지금은 여름도 아닌데!' 그리고리가 이렇게 생각하는 순간 그의 바로 눈앞 정원에서 뭔가가 어른거렸다. 마흔발자국 앞 어둠 속에서 사람 같은 것이 달려가는 듯 어떤 그림자가 아주 빠른 속도로 움직이고 있었다. "맙소사!" 그리고리는 이렇게 말하며 혼비백산하여 허리의 통증도 잊고 달리는 사람을 가로질러 몸을 날렸다. 그가 달리는 사람보다 분명 정원이 더 낯익었는지 지름길을 택할 수 있었다. 그 사람은 목욕탕 쪽으로 방향을 잡고 그 뒤로 달려가 담장으로 돌진했다…… 그리고리는 그를 시야에서 놓치지 않고 뒤쫓아 정신없이 달렸다. 그는 도망자가 담장을 이미 넘고 있는 순간 때마침 담장에 도착했다. 그리고리는 정신없이 비명을 지르며 몸을 날려 양손으로 그의 다리를 부여잡았다.

바로 그랬다. 예감은 그를 속이지 않았다. 그는 그를 알아보았다. 그건 그였다, '악당 부친 살해자!'였다.

"애비 죽인 놈!" 노인은 사방에 대고 소리쳤지만, 이 말만 외칠 수 있었다. 그는 갑자기 번개를 맞은 사람처럼 고꾸라졌다. 미쨔는 다시 정원으로 뛰어내려와 쓰러진 사람 위로 몸을 굽혔다. 미쨔의 손에는 구리공이가 쥐여 있었고, 그는 기계적으로 그걸 풀밭에 내던졌다. 공이는 풀밭이 아니라 그리고리에게서 두발자국 떨어진 오솔길 가장 잘 보이는 곳에 떨어졌다. 그는 몇초 동안 그의 앞에 누워 있는 사람을 살펴보았다. 노인의 머리는 온통 피투성이였다. 미쨔는 손을 뻗어 그의 머리를 더듬었다. 나중에 그는, 그 순간 자기가 노인의 두개골을 부순 건지 아니면 그냥 정수리를 공이로 '쳐서 기절시켰는지' 그걸 끔찍하도록 '분명히 확인하고' 싶었다고 또렷이 기억했다. 그러나 피는 무섭게 흐르고 또 흘러 순식간에 미쨔의 떨리는 손가락을 핏줄기로 뜨겁게 적셨다. 그는 호흘라꼬바의 집으로 가면서 챙겨넣었던 자신의 하얀 새 손수건을 꺼내어 노인의 머리에 얹고서 노인의 이마와 얼굴에서 피를 닦아내려고 부질없이 애썼던 것을 기억했다. 그러나 손수건도 삽시간에 온통 피범벅이 되었다. '맙소사, 내가 무슨 일을 벌인 거지?' 미쨔는 문득 정신을 차렸다. "이미 머리가 깨졌다 한들 지금 그걸 어떻게 확인할 수 있겠어…… 이젠 어찌됐든 다 마찬가지가 아닌가!" 그는 갑자기 절망적이 되어 이렇게 덧붙였다. "죽였으면 죽인 거지…… 노인이 걸려든 거야. 그렇게 누워 계시게!" 그는 크게 내뱉고는 갑자기 몸을 던져 담장을 넘어 골목으로 내달렸다. 피로 범벅이 된 손수건은 그의 오른손 주먹에 쥐고 있었고, 그는 달리다가 그걸 프록코트

뒷주머니에 쑤셔넣었다. 그는 머리를 쥐어뜯으며 달렸고, 시내 거리를 지나던 몇몇 사람이 어둠 속에서 그와 마주치고서 나중에 그날 밤 미친 듯이 달려가는 사람을 보았다고 기억해냈다. 그는 다시 모로조바의 집으로 달려갔다. 아까 그가 나간 즉시 페냐는 제일 나이 많은 경비원 나자르 이바노비치에게 달려가 "오늘도 내일도, 더이상은 대위를 들여보내지 말아주세요"라고 그리스도의 이름을 걸고 애걸복걸 간청했었다. 나자르 이바노비치는 그간의 얘기를 듣고 그러겠다고 했지만, 공교롭게도 귀부인이 갑자기 그를 불러대는 바람에 위층으로 올라가다가, 얼마 전 시골에서 올라온 스무살 남짓한 청년인 자신의 조카와 마주쳐 그에게 잠시 마당을 지키라고 명하고는 대위에 대해 일러주는 것을 까먹고 말았다. 대문까지 달려온 미쨔는 문을 두드렸다. 청년은 단숨에 그를 알아보았다. 미쨔가 청년에게 차를 대접한 게 이미 한두번이 아니었기 때문이다. 그는 즉각 작은 문을 열어 그를 들여보내주었고, 즐겁게 미소를 지으며 얼른 "아그라페나 알렉산드로브나는 지금 집에 계시지 않습니다" 하고 알려주었다.

"아가씨는 어디 있는 거지, 쁘로호르?" 미쨔가 문득 멈춰섰다.

"조금 전, 한두시간 전에 찌모페이와 함께 모끄로예로 떠나셨는데요."

"무슨 일로?" 미쨔가 외쳤다.

"그건 저도 모릅니다요. 거기서 어떤 장교분이 부르면서 말을 보냈다던데요……"

미쨔는 그를 버려두고 미친 사람처럼 페냐가 있는 집으로 들어갔다.

5. 갑작스러운 결정

페냐는 할머니와 함께 부엌에 앉아 둘 다 잘 채비를 하고 있었다. 나자르 이바노비치를 믿고 그들은 안에서 문을 잠그지 않고 있었다. 미쨔는 뛰어들어가 페냐에게 달려들어 그녀의 멱살을 부여잡았다.

"당장 말해. 여자 어디 있어? 지금 모끄로예에 누구랑 있는 거야?" 그가 미쳐 날뛰며 울부짖었다.

두 여자는 비명을 질렀다.

"아휴, 말할게요. 아휴, 드미뜨리 표도로비치 나리, 당장 모든 걸 말할게요. 아무것도 감추지 않을게요." 죽을 만큼 놀란 페냐가 빠른 말투로 외쳤다. "마님은 모끄로예의 장교에게 가셨어요."

"무슨 장교?" 미쨔가 소리를 질렀다.

"예전 장교요. 바로 그분, 오년 전에 함께 지내다 버리고 떠난 예전 장교 말이에요." 페냐는 여전히 빠른 말투로 갈라진 목소리를 냈다.

드미뜨리 표도로비치는 그녀의 목을 죄고 있던 손을 풀었다. 그는 그녀 앞에 죽은 사람처럼 창백한 모습으로 아무 말도 하지 못하고 서 있었지만, 한눈에 보기에도 그가 모든 것을 단박에 이해했다는 것을, 말의 절반만 듣고도 모든 것을 마지막 한마디까지 대번에 다 이해했고, 다 짐작했다는 것을 알 수 있었다. 물론 그 순간 가련한 페냐는 그가 이해했는지 안 했는지 그걸 살필 여유가 없었다. 그녀는 그가 뛰어들어왔을 때처럼 그렇게 궤짝 위에 앉은 채, 그때도 온몸을 떨면서 자신을 보호하고 싶다는 듯이 두 팔을 앞으로 내민 채 그 모습 그대로 얼어붙어 있었다. 그녀는 꼼짝도 하지 않고 놀라서 커진 동공으로 그를 뚫어지게 바라보았다. 그런데 마침 그의 양손은 피로 얼룩져 있었다. 달려오는 길에 그는 틀림없이 얼굴의 땀을 닦느라 손으로 이마를 문지른 모양으로, 그의 이마와 오른뺨에도 붉은 핏자국들이 묻어 있었다. 페냐는 이제 히스테리를 일으킬 참이었고, 늙은 요리사는 벌떡 일어나 거의 넋이 나간 듯이 미친 사람처럼 그를 바라보았다. 드미뜨리 표도로비치는 잠시 서 있다가 돌연 기계적으로 페냐 옆의 의자에 주저앉았다.

그는 뭔가를 생각해내려고 앉은 게 아니라, 놀라서 소금기둥이 되어버린 것만 같았다. 그러나 모든 게 대낮처럼 분명했다. 그 장교, 그는 그에 대해 알고 있었다. 모든 걸 아주 잘 알고 있었다. 그것도 그루셴까 자신을 통해 알고 있었고, 한달 전에 편지를 보냈다는 것도 알고 있었다. 그런데 한달 동안, 한달 내내 이 일은 새로운 사람이 도착할 때까지 그에게 깊은 비밀로 남아 있었기에 그는 그를 생각조차 하지 못했던 것이다! 하지만 어떻게 그가 그에 대해 생각지 못했단 말인가! 어째서 그는 그때 그 장교를 그렇게 까맣게 잊을 수 있었을까. 어떻게 그에 대해 안 즉시 잊을 수 있었을까. 바로 그것이 그의 앞에 무슨 괴물처럼 놓인 질문이었다. 그는 이 괴물을 정말로 놀라서, 아연실색하여 온몸에 소름이 돋은 채 곰곰이 되씹어 생각했다.

그러나 그는 불현듯 얌전하고 사랑스러운 아이처럼, 마치 방금 상대방을 놀라게 하고 모욕하고 괴롭혔다는 것을 완전히 잊은 듯이 조용하고 온유하게 페냐와 이야기를 나누기 시작했다. 그는 그의 처지에 비추어볼 때 대단히 놀라울 정도로 정확하게 페냐에게 이것저것 물었다. 페냐는 피 묻은 그의 손을 두렵게 바라보기는 했지만, 역시 놀랄 만큼 기꺼이 매 질문마다 마치 그에게 모든 '진정한 진실'을 급하게 털어놓는 양 얼른얼른 대답했다. 그녀는 그를 괴롭힐 마음이 전혀 없이 온 마음과 온 힘을 다해 그를 도와주고 싶어하는 것처럼 차츰 심지어는 일종의 기쁨마저 느끼며 모든 것을 자세히 털어놓았다. 그녀는 오늘 있었던 일을 마지막 세세한 부분까지, 라끼찐과 알료샤가 방문한 것과 그녀 페냐가 마님이 나갈 때 망을 봤고, 마님이 창밖으로 미쩬까에게 안부를 전해달라고 알료샤에게 외친 일까지, '자기가 그를 잠시나마 사랑했다는 걸 영원히 기억해달라'고 외쳤던 일까지 모조리 그에게 이야기했다. 안부 인사 이야기를 듣고 미쨔는 문득 미소를 지었고, 그의 창백한 얼굴에 홍조가 피어올랐다. 페냐는 그 순간 이미 자신의 호기심에는 전혀 두려움조차 느끼지 않으면서 그에게 말했다.

"손이 왜 그러세요, 드미뜨리 표도로비치. 온통 피투성이예요!"

"맞아." 미쨔가 무의식적으로 대답하고는 멍하니 자기 손을 바라보다가 곧 그 손도, 페냐의 질문도 잊어버렸다. 그는 다시 침묵에 빠져들었다. 그가 방 안으로 뛰어든 지 벌써 이십분이 지났다. 조금 전의 놀라움은 지나갔지만, 이미 어떤 꺾을 수 없는 새로운 각오가 그를 완전히 사로잡은 것 같았다. 그는 불현듯 자리에서 일어나 생각에 잠긴 모습으로 미소를 지었다.

"나리, 어쩌다 이렇게 되신 거예요?" 페냐가 다시 그의 두 손을 가리키며 말했다. 그녀는 슬픔에 잠긴 그에게 가장 가까운 존재라도 되는 양 안타까운 마음으로 물어보았다.

미쨔는 다시 자기 손을 바라보았다.

"이건 피야, 페냐." 그는 그녀를 이상한 표정으로 바라보며 말했다. "이건 사람의 피야. 주여, 어째서 이 피를 흘린 걸까! 하지만…… 페냐…… 여기에 담장 하나가(그는 수수께끼를 내는 것처럼 그녀를 바라보았다), 높은 담장, 보기에 무서운 담장 하나가 있어. 하지만…… 내일 '태양이 떠오르는' 새벽이 되면, 미쩬까는 그 담장을 뛰어넘을 거야…… 이해 못 하겠지, 페냐, 무슨 담장인지. 그래도 괜찮아…… 어쨌거나 내일이면 다 들어 알게 될 테니까…… 이제 잘 있어! 방해하지 않고 간다. 나는 떠날 줄 아니까. 잘 살아, 나의 기쁨…… 나를 잠깐이나마 사랑했으니, 그렇게 영원히 미쩬까 까라마조프를 기억해줘. 그 여자는 나를 줄곧 미쩬까라고 불렀어. 기억하나?"

그는 이렇게 말하며 갑자기 부엌에서 나갔다. 페냐는 조금 전 그가 뛰어들어와 자기에게 달려들었던 것만큼이나 그가 나간 것에 놀랐다.

정확히 십분이 지나 드미뜨리 표도로비치는 조금 전 자기가 권총을 맡긴 젊은 관리 뾰뜨르 일리치 뻬르호찐의 집에 들어섰다. 벌써 8시 반이었고, 뾰뜨르 일리치는 집에서 느긋하게 차를 마신 뒤 당구를 치러 선술집 '수도'로 가기 위해 이제 막 외투를 다시 입은 참이었다. 미쨔는 출구에서 그를 붙잡았다. 그는 미쨔를, 피로 얼룩진 그의 얼굴을 보고 소리를 질렀다.

"맙소사! 무슨 일이십니까?"

"그게," 미쨔는 빠르게 말했다. "권총을 찾으러 왔습니다. 돈을 가져왔어요. 감사합니다. 서둘러 갈 데가 있어서요, 뾰뜨르 일리치. 어서 주시기 바랍니다."

뾰뜨르 일리치는 점점 더 놀라지 않을 수 없었다. 그 순간 그는 미쨔의 손에 들린 돈다발을 보았는데, 중요한 것은 그가 어느 누구도 그렇게 할 수 없는, 그렇게 하고 다닐 수는 없는 모습으로 돈다발을 들고 들어왔기 때문이다. 그는 지폐를 전부 오른손에 들고 마치 모두에게 보여주기라도 하듯 팔을 앞으로 쭉 내밀고 있었다. 미짜를 현관에서 맞이한 관리의 시중드는 소년은 그가 손에 돈다발을 들고 현관에 들어왔고, 거리에서도 계속해서 오른손에 돈을 들고 앞으로 내민 채 다녔을 거라고 나중에 얘기했다. 지폐는 모두 무지갯빛의 100루블짜리들이었고, 그는 그걸 피로 물든 손가락으로 쥐고 있었다. 뾰뜨르 일리치는 나중에 그 일에 흥미를 보인 사람들이 제일 늦게 한 질문, 돈이 얼마나 되었느냐는 질문에, 당시 눈대중으로는 알기 어려웠지만 어쩌면 2천 루블, 아니면 3천 루블은 되었다고, 돈다발이 크고 '두툼했다'고 단언했다. 드미뜨리 표도로비치 자신은 '전혀 제정신이 아니었지만 취해 있지는 않았고 정확히는 무슨 황홀경에 빠진 듯 아주 멍한 상태였다고, 하지만 그와 동시에 뭔가에 집중한 듯 뭔가를 생각하고 기억해내려 했지만 그럴 수 없었고, 몹시 서두르고 있어서 대답을 짧고 아주 이상하게 했는데, 순간순간 전혀 슬픈 게 아니라 즐거운 것 같았다'고 역시 나중에 증언했다.

"무슨 일이십니까? 지금 무슨 일이 있었던 겁니까?" 뾰뜨르 일리치는 손님을 멍하니 바라보며 다시 한번 외쳤다. "어쩌다가 그렇게 피로 범벅이 되신 겁니까? 넘어지셨나요? 좀 보세요!"

그는 드미뜨리 표도로비치의 팔꿈치를 잡아 거울 앞에 세웠다. 미짜는 자신의 피투성이 얼굴을 보고는 몸을 부르르 떨고서 화난 듯이 얼굴을 찌푸렸다.

"에이, 제길! 빌어먹을!" 그는 분통을 터뜨리며 중얼거리고는 재빨리 지폐들을 오른손에서 왼손으로 옮겨쥐고 떨리는 손으로 주머니에서 손수건을 꺼냈다. 그러나 그 손수건도 온통 피투성이였다.(그 수건으로 그는 그리고리의 머리와 얼굴을 닦았던 것이다.) 하얀 곳이라고는 한군데도 없었고, 피가 마르기 시작해서라기보다는 덩어리로 뭉쳐진 채 굳어서 손수건은 잘 펴지지도 않았다. 미쨔는 화를 내며 그걸 바닥에 패대기쳤다.

"에이, 제길! 집에 무슨 걸레 같은 건 없나요…… 닦을 게 좀 필요한데……"

"그럼 그냥 묻은 거군요, 다친 게 아니라? 그렇다면 씻으시는 게 낫겠습니다," 뾰뜨르 일리치가 대답했다. "여기 세숫대야가 있으니 갖다드리지요."

"세숫대야요? 그거 좋군요…… 그런데 이걸 어디다 둬야 할까요?" 어쩐지 그는 아주 이상스런 당혹감에 휩싸여 뾰뜨르 일리치를 의문 가득한 눈길로 바라보며 100루블짜리 지폐다발을 보여주었다. 마치 자신의 돈을 어디다 두어야 할지 결정해줘야 한다는 것 같은 표정이었다.

"주머니에 넣든지 아니면 여기 책상에 놓으세요. 없어지지 않을 테니……"

"주머니요? 그렇지, 주머니요. 그거 좋군요…… 아니요, 아실지 모르겠지만, 다 쓸데없는 짓이에요!" 그는 갑자기 멍한 상태에서 깨어난 듯 소리를 질렀다. "보세요, 먼저 그 일을 마칩시다. 권총 말이에요. 그걸 제게 주세요. 여기 당신 돈이 있습니다…… 왜냐하면 아주, 아주 필요해서 그럽니다…… 시간이, 시간이 전혀 없어요……"

그러고는 돈다발에서 위에 있는 100루블짜리 지폐를 집어 관리에게 내밀었다.

"제게 거스름돈이 없을 텐데요." 그가 지적했다. "잔돈은 없습니까?"

"없는데요." 미쨔가 다시 돈다발을 보고는 자기 말에 확신이 없는 듯 손가락으로 위에 있는 두세장의 지폐를 살펴보았다. "아니요, 다 똑같은 것들뿐입니다." 그는 덧붙여 말하고는 다시 묻는 듯한 눈초리로 뾰뜨르 일리치를 쳐다보았다.

"어디서 그렇게 큰돈이 났습니까?" 그가 물었다. "기다리세요, 쁠로뜨니꼬프에 내 하인 아이를 보내겠습니다. 거기는 문을 늦게 닫으니 돈을 바꿔주지 않을까 싶네요. 어이, 미샤!" 그는 현관을 향해 외쳤다.

"쁠로뜨니꼬프 상점요. 정말 훌륭한 생각입니다!" 무슨 생각이 떠올랐는지 미쨔도 외쳤다. "미샤," 그는 들어오는 소년에게 몸을 돌렸다. "알겠니, 쁠로뜨니꼬프에 가서 드미뜨리 표도로비치가 인사를 전한다고, 곧 직접 간다고 하더라고 전해라…… 그리고 내 말을 들어보렴, 내가 갈 때까지 샴페인 세다스를 준비해두라고, 모끄로예에 갔을 때처럼 그렇게 꾸리라고 말이다…… 그때는 제가 그 집에서 네다스를 가져갔죠." 그가 돌연 뾰뜨르 일리치에게 말했다. "그쪽 사람들이 알 거다. 걱정하지 마라, 미샤." 그는 다시 소년에게 몸을 돌렸다. "그리고 스트라스부르 파이, 훈제연어, 베이컨, 철갑상어알, 예전처럼 그 집에 있는 건 전부, 모조리 100루블, 아니 120루블어치를 준비하라고 전해라. 그리고 단것도 잊지 말라고. 사탕, 배, 수박 두세통, 아니면 네통. 아니야, 수박은 한통으로 충분하고 초콜릿, 알사탕, 과일 드롭스, 캐러멜도, 하여간 내가 모끄로예에 갈 때 썼던 것들 모조리, 샴페인도 한 300루블 정도 했나…… 하여간 이번에도 그때와 똑같이 그렇게 싸라고 해라. 기억해라, 미샤. 네가 미샤면…… 저 녀석이 미샤입니까?" 그는 다시 뾰뜨르 일리치에게 말했다.

"잠깐만요." 뾰뜨르 일리치가 걱정스러운 듯이 그의 말을 들으며 살피다가 그의 말을 막았다. "직접 가서 말씀하시는 게 낫겠습니다. 안 그러면 저애가 잘못 전할 거예요."

"잘못 전하겠죠. 그래요, 잘못 전할 겁니다! 어이, 미샤, 심부름을 해주면 네게 뽀뽀하려고 했다만…… 잘못 전하지 않으면 10루블을 주마. 어서 달려가…… 중요한 건 샴페인이야. 꼭 내놓으라고 해. 꼬냑도, 적포도주와 백포도주도, 그때 그대로 말이다…… 그때 뭐가 있었는지는 그 사람이 이미 알고 있다."

"제 말을 들으세요!" 뾰뜨르 일리치가 참다못해 그의 말을 가로막았다. "저애는 그냥 달려가 돈을 바꾸고 문을 닫지 말라고만 하라고 하시죠. 그리고 직접 가서 말씀하세요…… 지폐를 주세요. 어서 뛰어가, 미샤. 하나 둘, 하나 둘." 뾰뜨르 일리치는 일부러 미샤를 빨리 내쫓는 것 같았다. 왜냐하면 미샤는 그의 피로 얼룩진 얼굴과 돈다발을 쥔 피범벅의 떨리는 손을 휘둥그레진 눈으로 보며 놀라움과 두려움에 입을 벌린 채 손님 앞에 서 있을 뿐, 미쨔가 그에게 명령한 것을 조금밖에 이해하지 못했기 때문이다.

"자, 이제 씻으러 갑시다." 뾰뜨르 일리치가 엄격하게 말했다. "돈은 탁자에 놓거나 주머니에 넣으세요…… 그렇게 하시고, 갑시다. 외투를 벗으세요."

그는 그가 프록코트를 벗는 것을 돕다가 갑자기 다시 소리쳤다.

"이것 보세요, 프록코트도 피투성이군요!"

"이건…… 프록코트는 괜찮습니다. 그냥 소매에만 조금 묻었어요…… 여기 손수건이 들었던 자리만 그렇군요. 주머니에서 번진 겁니다. 페냐 방에 있을 때 손수건을 깔고 앉았는데 거기서 피가

216

묻은 겁니다." 놀랄 만큼 허물없는 태도로 미쨔가 즉시 해명했다. 뾰뜨르 일리치는 얼굴을 찌푸리고 그 말을 들었다.

"틀림없이 누군가 시비를 걸어서 싸우신 거로군요." 그가 중얼거렸다.

물로 씻기 시작했다. 뾰뜨르 일리치는 주전자를 들고 물을 부어주었다. 미쨔는 서두르느라 제대로 비누칠을 하지 못했다.(나중에 뾰뜨르 일리치가 기억한 바에 따르면 그는 손을 떨고 있었다.) 뾰뜨르 일리치는 즉시 비누칠을 더 하고 더 닦으라고 명했다. 그는 그 순간 미쨔보다 우위에 선 것 같았고, 가면 갈수록 더욱 그랬다. 마침 말해두자면 이 젊은이는 겁이 많지 않은 사람이었다.

"보세요, 손톱 밑을 안 닦았잖아요. 자, 이제 얼굴을 닦으세요. 여기요, 관자놀이와 귀 옆에요…… 그 셔츠를 입고 가실 건가요? 이러고 어딜 가시는데요? 보세요, 오른손 소맷부리 뒤집힌 부분도 온통 피투성이군요……"

"네, 피투성입니다." 미쨔가 셔츠의 소맷부리를 보며 말했다.

"셔츠를 갈아입으세요."

"시간이 없어요. 자, 보세요. 나는 바로 이렇게……" 미쨔는 벌써 얼굴을 수건으로 닦고 프록코트를 입으면서 예의 신뢰감을 드러내며 말을 이었다. "이렇게 소맷부리를 접을 겁니다. 그러면 프록코트 밑으로 보이지 않겠지요. 보세요!"

"이제 어디서 시비가 붙었는지 말씀해보세요. 누구와 싸우신 겁니까? 그때처럼 또 선술집에서 그러신 거 아니에요? 그때처럼 대위와 그러신 거 아니에요? 대위를 때리고 끌고 다니고 하셨잖아요." 뾰뜨르 일리치가 비난하듯이 상기시켰다. "누구를 또 때리셨어요? 아니면 죽이기라도 하셨습니까?"

"무슨 헛소리를!" 미쨔가 말했다.

"헛소리라뇨?"

"아닙니다," 미쨔는 이렇게 말하고 갑자기 웃었다. "방금 광장에서 작은 노파 하나를 때려눕혔어요."

"때려눕혔다고요? 노파를요?"

"노인을요!" 미쨔가 웃으면서 뾰뜨르 일리치의 얼굴을 똑바로 쳐다보며 마치 귀먹은 사람에게 하듯 소리쳤다.

"에이, 젠장, 노인이든 노파든…… 누굴 죽이기라도 하신 겁니까?"

"화해했어요, 맞붙어 싸웠는데, 화해했어요. 그 자리에서. 친구로 헤어졌지요. 그 바보 같은 이가…… 그 사람이 나를 용서했어요…… 이제 아마 용서했을 겁니다…… 그가 일어섰다면 용서하지 않았을지도 모르죠," 미쨔가 문득 눈을 찡긋했다. "다만, 아시겠습니까, 제길, 들어보세요, 뾰뜨르 일리치. 제길, 됐어요! 이 순간에는 그 얘기는 하고 싶지 않아요!" 미쨔가 단호하게 말을 잘랐다.

"당신이 온갖 사람들하고 엮이니까 하는 말이지요…… 그때 그 이등대위하고도 사소한 일을 가지고 그러셨잖아요…… 주먹다짐을 하고는 이제는 또 잔칫상을 벌이러 어디론가 돌진한다니, 그게 당신 성격이란 말입니다. 샴페인 세 다스라니, 그 많은 걸 어디다 쓰려고요?"

"브라보! 이제 권총을 주십시오. 맙소사, 시간이 없군. 당신과 더 얘기하고 싶지만, 귀여운 양반, 시간이 없어요. 그리고 게다가 전혀 그럴 필요도 없고요. 말하기엔 늦었거든요. 아하! 돈이 어디 있지? 그걸 어디 뒀지?" 그는 이렇게 소리치고 주머니마다 손을 넣어보았다.

"탁자에 두셨잖아요…… 직접…… 저기 있네요. 잊으셨어요? 당신에게 돈은 꼭 쓰레기나 물과 매한가지군요. 자, 여기 권총이 있습니다. 이상하기도 하네요. 조금 전 5시경에는 권총을 담보 삼아 10루블을 빌리더니만 이제는 수천 루블이 있으니. 2천입니까, 3천입니까?"

"3천입니다!" 미쨔가 돈을 바지 옆주머니에 넣으며 웃었다.

"그렇게 넣었다가는 잃어버리십니다. 금광이라도 찾으신 건가요?"

"광산요? 금광이라니요!" 미쨔가 온 힘을 다해 외치고는 숨이 넘어가게 웃었다. "뻬르호찐, 광산에 가시게요? 당신이 가겠다면 어느 귀부인이 그 자리에서 3천 루블을 아낌없이 내줄 겁니다. 나한테도 미끼를 던졌어요, 그 부인은 그렇게나 광산을 좋아해요! 호흘라꼬바를 아십니까?"

"모릅니다. 하지만 얘기는 들어봤고 뵌 적도 했지요. 그분이 3천 루블을 주신 겁니까? 그렇게 아낌없이 내주신 겁니까?"

"내일 태양이 뜨면, 영원히 젊은 포이보스[8]가 날아오면, 하느님의 영광을 찬양하며[9] 내일 그분, 호흘라꼬바 부인에게 가서 직접 물어보세요. 그분이 내게 3천 루블을 내줬는지 아닌지 직접 알아보세요."

"두분 사이에 무슨 일이 있었는지는 모르지만…… 그렇게 확실히 말씀하시는 걸 보면 정말 주셨나보네요…… 그런데 돈을 받자 시베리아로 가는 대신 삼두마차를 타고 내달리시는군요…… 그래, 정말 지금 어디로 가시는 겁니까, 예?"

----

8 포이보스는 고대 그리스의 태양의 신 아폴론을 일컫는 이름들 중 하나다.
9 루가의 복음서 2:20.

"모끄로예요."

"모끄로예라고요? 이 밤중에요?"

"모든 걸 가졌던 마스뜨류끄,[10] 지금은 천둥벌거숭이!" 미쨔가 갑자기 이렇게 내뱉었다.

"천둥벌거숭이라뇨? 수천 루블이 있는데 아무것도 없다니요?"

"난 수천 루블을 얘기하는 게 아니에요. 돈은 악마한테나 가라지! 나는 여자들의 심성을 말하는 겁니다.

> 여자의 심성은 경박하고,
> 변덕스럽고 부도덕해.[11]

나는 오디세우스의 말에 동의해요. 이건 그가 한 말이죠."

"무슨 말인지 이해를 못 하겠습니다!"

"내가 취했나요?"

"취하지 않았으니 더 나쁘죠."

"나는 마음이 취했습니다, 뾰뜨르 일리치, 마음이 취했어요. 그리고 그걸로 충분합니다. 충분해요……"

"이게 무슨 짓입니까. 권총을 장전하시는 겁니까?"

"권총을 장전합니다."

미쨔는 정말로 권총이 든 상자를 열고 화약통을 연 다음 꼼꼼하게 화약을 부어 장전했다. 그리고 총알을 끼우기 전에 두 손가락으로 그걸 앞에 놓인 촛불 위로 들어올렸다.

---

10 역사 이야기를 담은 민요 「마스뜨류끄 쩸류꼬비치」에서 나온 구절이다. 이 노래에서 마스뜨류끄는 잠든 사이 옷과 소지품을 모두 도둑맞는다.

11 쮜쩨프의 시 「추도식(실러에서)」에서 인용한 것이다.

"총알을 왜 그렇게 보십니까?" 뾰뜨르 일리치가 걱정스런 호기심을 품고 그의 행동을 살폈다.

"그냥요. 상상해보는 겁니다. 만일 이 총알을 자기 뇌에 쑤셔박을 생각이라면, 권총을 장전하면서 그걸 볼까, 보지 않을까?"

"왜 그걸 보겠습니까?"

"내 뇌에 들어올 거라면 그게 어떻게 생긴 건지 보는 게 흥미로울 텐데…… 하지만 헛소리요, 헛소리. 자, 이제 다 끝났소." 그는 총알을 끼우고 삼조각들을 다져 꽉 맞춘 다음 덧붙였다. "뾰뜨르 일리치, 사랑스런 사람, 헛소리예요, 다 헛소리. 이게 얼마나 헛소리인지 안다면! 이제 종잇조각 좀 주시오."

"여기 종이가 있습니다."

"아니, 쓸 수 있는 매끈하고 깨끗한 종이 말이오. 바로 이런 거요." 그리고 미쨔는 탁자에서 펜을 집어 빠르게 두줄을 쓴 뒤 종이를 네번 접어 조끼 주머니에 넣었다. 권총들은 상자에 넣고 열쇠로 잠근 뒤 상자를 손에 들었다. 그러고는 뾰뜨르 일리치를 보더니 생각에 잠긴 채 길게 미소를 지었다.

"이제 갑시다." 그가 말했다.

"어디로 갑니까? 아니, 잠시만요…… 이거, 총알을 당신 뇌에 박고 싶다는 건 아니겠지요……" 뾰뜨르 일리치가 걱정스럽게 말했다.

"총알은 다 헛소리요! 나는 살고 싶소. 나는 삶을 사랑해! 이걸 알아줘요. 나는 금발의 포이보스와 그의 뜨거운 빛을 사랑해…… 친애하는 뾰뜨르 일리치, 물러나줄 수 있겠나?"

"물러나주다니요?"

"길을 내준다고. 사랑스런 존재에게, 증오스런 존재에게 길을 내준다고. 증오스러운 것도 사랑스러운 것이 되도록, 바로 그게 길을 내주는 거요! 그리고 그들에게 말하는 거지요. 하느님이 함께하시기를, 가거라. 내 곁을 지나가라. 나는……"

"당신은요?"

"됐고, 갑시다."

"맙소사," 뾰뜨르 일리치가 그를 바라보았다. "누구한테든 얘기해서 당신을 그곳으로 못 가게 하렵니다. 왜 지금 모끄로예로 가시는 겁니까?"

"거기 여자가 있어, 여자가. 이제 됐지, 뾰뜨르 일리치, 이걸로 끝!"

"제 말 좀 들어보세요. 거칠기는 해도 어쩐지 당신은 늘 제 맘에 들었습니다…… 그래서 걱정스럽군요."

"고맙군, 형제. 자네 말대로 나는 거칠지. 짐승이야, 짐승! 그거 하나만큼은 확실하네! 짐승이야! 맞다, 미샤. 저애를 잊었군."

미샤가 잔돈으로 바꾼 돈뭉치를 들고 황급히 들어와 '쁠로뜨니꼬프 상점에 모두가 와서' 술과 생선, 차 들을 싣는데 이제 곧 준비를 마칠 것이라고 보고했다. 미쨔는 10루블을 집어 뾰뜨르 일리치에게 주고, 또 10루블을 미샤에게 던져주었다.

"부디 그러지 마십시오!" 뾰뜨르 일리치가 소리쳤다. "우리 집에서는 안 됩니다. 버릇만 나빠집니다. 돈을 집어넣으세요, 여기 넣으세요. 왜 쓸데없이 낭비를 하십니까? 내일이면 필요해져서 저한테 10루블을 빌리러 오실 거잖습니까. 그런데 어째서 옆주머니에 넣으시는 겁니까? 아휴, 그러다가 잃어버립니다!"

"이보게, 친구, 모끄로예로 같이 가겠소?"

"내가 거길 왜 갑니까?"

"이보게, 원하면 지금 병마개를 뽑아 인생을 위해 함께 마시자고! 나는 마시고 싶네. 다른 누구보다 자네와 마시고 싶어. 자네하고는 한번도 마신 적이 없지, 그렇지?"

"그럽시다. 선술집에서는 가능하죠, 갑시다, 나도 지금 거기로 갈 테니."

"선술집에 갈 시간은 없고. 쁠로뜨니꼬프 상점 뒷방에서 마십시다. 원한다면 수수께끼를 하나 내고 싶은데."

"내보게."

미쨔는 조끼에서 종이를 꺼내 펴서 보여주었다. 분명하고 큰 글씨로 이렇게 씌어 있었다.

'평생토록 자신을 벌하리라. 내 평생을 징벌하리라!'

"정말, 누구한테든 말해야겠군. 지금 가서 말해야겠어." 글을 읽고 뾰뜨르 일리치가 말했다.

"그럴 새 없어, 사랑하는 양반, 가서 마십시다. 진격!"

쁠로뜨니꼬프 상점은 뾰뜨르 일리치의 집에서 한집 건너 거리 끝에 있었다. 그곳은 우리 도시에 있는 가장 큰 식료품 가게로 부자 상인들이 운영하고 있었고 가게는 꽤나 괜찮았다. 수도의 어느 가게에서나 볼 수 있는 식료품들이 다 있었다. '옐리세예프 형제들이 생산한' 포도주, 과일, 시가, 차, 설탕, 커피 등등이 모두 말이다. 언제나 세명의 점원이 앉아 있었고, 두명의 배달부 소년이 뛰어다니고 있었다. 비록 우리 지역은 가난해지고 지주들이 떠나고 상업도 가라앉았지만, 식료품 가게는 이전처럼 번창했고 심지어는 매년 더 좋아졌다. 이런 물건을 찾는 구매자는 끊이지 않았던 것이다. 상점에서는 미쨔를 초조하게 기다리고 있었다. 그들은 그가 서너 달 전에 지금과 꼭 마찬가지로 갖가지 물품과 포도주 몇백 루블어치를 순전히 현금으로 사서 가져갔던 것을(물론 외상으로는 그에게 아무것도 내주지 않았을 것이다) 기억하고 있었고, 지금과 마찬가지로 그때도 그의 손에 무지갯빛 지폐다발이 들려 있었고, 흥정도 하지 않고 깊이 생각지도 않고 또 그 돈으로 얼마의 물건과 포도주 등을 살 수 있는지 살펴볼 생각조차 하지 않고 함부로 탕진했다는 것을 기억하고 있었다. 당시 그가 그루셴까와 함께 모끄로예로 달아나서 '하룻밤과 그다음날까지 꼬박 앉아서 그날로 3천 루블을 모조리 탕진하고 어머니 몸에서 날 때 모습 그대로 땡전 한푼 없이 술판에서 돌아왔다'는 소문이 도시에 파다했었다. 당시 그는 한무리의 집시를 데려다 놀았는데(마침 우리 도시 부근에서 머물고 있었다) 취한 그의 주머니에서 이틀 동안 셀 수 없이 돈을 뽑아냈고, 비싼 포도주를 헤아릴 수 없이 마셔댔었다. 사람들은 미쨔가 모끄로예에서 거친 농부들에게 샴페인을 마시게 하고, 시골 처녀와 아낙 들에게 사탕과 스트라스부르식 파이를 먹였다고 그를 비웃으며 수군거렸다. 우리 도시, 특히 선술집에서는 이 모든 '객기'의 대가로 미쨔가 그루셴까로부터 얻은 것이라곤 '그녀는 자기 발에 키스하게 해주었을 뿐 그 이상은 아무것도 허용하지 않았다'고 그가 솔직하게 공개적으로 인정한 것을 두고 조롱했었다.(물론 그 앞에서 대놓고 웃지는 않았다. 대놓고 그를 비웃는 건 좀 위험했기 때문이다.)

미쨔와 뾰뜨르 일리치가 상점에 가까워져서 보니, 입구 옆에는 세마리의 말과 양탄자가 깔린 마차에 종과 북을 달고 마부 안드레이가 미쨔를 기다리고 있었다. 상점에서는 마부 한명과 물품을 거의 완전히 '꾸리고' 미쨔를 정신없게 만들어 마차에 앉히려고 그가 나타나기만을 학수고대하고 있었다. 뾰뜨르 일리치는 놀랐다.

"어디서 이렇게 빨리 삼두마차를 구했소?" 그가 미짜에게 물었다.

"자네에게 갈 때 이 사람, 안드레이를 만나 곧장 여기 상점으로 오라고 명했지. 낭비할 시간이 없어! 지난번에는 찌모페이랑 갔는데, 지금은 쳇, 쳇, 쳇, 찌모페이가 나보다 먼저 매력적인 여자와 떠나버렸지. 안드레이, 많이 늦겠나?"

"우리보다 한시간 먼저 도착할 겁니다. 그 정도도 아닐 수 있어요. 고작해야 한시간일 겁니다!" 안드레이가 얼른 대답했다. "제가 찌모페이 마구도 갖추어주었으니 어찌 갈지 않다. 우리처럼은 못 갈 겁니다, 드미뜨리 표도로비치. 우리랑은 비교도 안 되지요. 한시간보다 더 앞서 가지는 못할 겁니다." 아직 나이 많지 않은, 붉은 머리에 바싹 마른 청년 안드레이가 반외투를 입고 왼손에 농부 외투를 쥔 채 열정적으로 말을 가로챘다.

"한시간 정도로 따라잡으면 보드까값으로 50루블을 주마."

"한시간 정도라면 보증합니다, 드미뜨리 표도로비치. 삼십분까지는 아니지만 한시간이라면 됩니다!"

미짜는 이리저리 일을 처리하며 분주하게 움직였지만, 어쩐지 마구잡이로 두서없이 말하면서 명령을 내리고 있었다. 말을 시작하고는 끝말을 잊기도 했다. 뾰뜨르 일리치는 끼어들어 도울 필요가 있겠다는 생각이 들었다.

"그때처럼 정확하게 400루블로 해, 400루블보다 적으면 안 돼," 미짜가 명령했다. "샴페인 네다스, 한병이라도 모자라면 안 돼."

"뭣 때문에 그렇게 많이, 뭐에 쓰려고? 잠깐!" 뾰뜨르 일리치가 호통을 쳤다. "이 상자는 뭐야? 뭐가 들었지? 이게 과연 400루블어치인가?"

분주하게 일하던 점원들이 듣기 좋은 말로 이 첫 상자에는 샴페인 반다스만 들었고, 안주와 사탕, 과일드롭스 등 여러가지 중에서 '당장 필요한 온갖 물건'이 들어 있다고 설명했다. 그러나 중요한 '필요 물품들'은 그때처럼 곧 따로 실어 특별한 마차에, 역시 삼두마차에 실어서 보낼 것이고, 시간 맞춰서, '드미뜨리 표도로비치가 그곳에 도착한 지 한시간도 안 되어서 도착할' 거라고 했다.

"한시간 이상은 안 돼, 한시간 이상은. 과일드롭스와 캐러멜을 가능한 한 많이 싣게. 거기 아가씨들이 좋아하거든." 미쨔가 열정적으로 고집했다.

"캐러멜은 그렇다고 치고. 샴페인이 네다스나 왜 필요하지? 한 다스로 충분해." 뾰뜨르 일리치는 거의 화가 날 지경이었다. 그는 흥정을 시작해서 계산서를 요구했고 마음을 가라앉히려 들지 않았다. 그러나 그는 고작 100루블을 깎았을 뿐이다. 물건 전부에 300루블 이상은 부르지 않기로 하고 끝냈던 것이다.

"맘대로 하세요!" 뾰뜨르는 생각을 바꾼 듯 외쳤다. "나하고 무슨 상관이람? 거저 얻은 돈이니 맘대로 버리세요!"

"이리로, 살림꾼 양반, 이리로 오게, 화내지 말고." 미쨔가 상점 뒷방으로 그를 끌었다. "이제 술을 내올 테니 우리 조금 마시자고. 에이, 뾰뜨르 일리치, 자네는 좋은 사람이니 같이 갑시다. 나는 자네 같은 사람이 좋아."

미쨔는 아주 더러운 식탁보가 깔린 작은 탁자 앞에 놓인, 나무를 엮어 만든 작은 의자에 앉았다. 뾰뜨르 일리치가 그의 맞은편에 자리를 잡자 눈 깜짝할 사이에 샴페인이 등장했다. 주인이 나리들께서 굴을, 그것도 '방금 들어온 최상급 굴'을 드시지 않겠느냐고 물어왔다.

"굴은 악마한테나 주라지, 나는 안 먹을 거야, 아무것도 필요 없어." 뾰뜨르 일리치는 거의 악에 받쳐 거칠게 대답했다.

"굴 먹을 시간은 없어." 미쨔가 지적했다. "그리고 식욕도 없고. 알겠나, 친구." 그는 문득 진심을 담아 말했다. "나는 한번도 이런 무질서를 좋아해본 적이 없어."

"누가 이걸 좋아하겠나! 농부를 먹일 샴페인 세다스라니. 정말 폭발할 일이지."

"그 얘기가 아니야. 나는 더 높은 질서를 말하는 거야. 나한테는 질서가 없어, 더 높은 질서가…… 하지만…… 다 끝났어. 슬퍼해봐야 소용없지. 늦었어. 전부 악마한테나 가라고 해! 내 삶은 온통 무질서야, 질서를 잡아야 해. 내가 말장난을 하고 있나?"

"말장난이 아니라 헛소리를 하고 있어."

세상에서 가장 높은 분께 영광을,
내 속의 가장 높은 분께 영광을!

이 시는 언젠가 내 영혼에서 튀어나온 건데, 시가 아니라 눈물이야…… 내가 지었지…… 하지만 이등대위의 수염을 잡아당길 때 지은 건 아니야……"

"왜 갑자기 그 사람 이야기를 하나?"

"왜 갑자기 그 사람 얘기를 하느냐고? 별거 아냐! 모든 게 끝나고, 모든 게 다 똑같아지는 중이지. 한줄만 쓰면, 이게 결말이야."

"나는 사실 자네 권총이 계속 신경 쓰여."

"권총도 다 별거 아냐! 마셔, 상상하지 말고. 나는 삶을 사랑해. 지나치게 사랑해, 너무 지나치게 사랑해서 역겨워. 이제 됐어! 친구, 삶을 위해, 삶을 위해 마시자, 삶을 위해 건배하자고! 내가 왜 나한테 만족하는지 아나? 나는 비열하지만 나 자신한테 만족해. 내가 비열하다는 것 때문에 나도 괴로워. 하지만 그런 내게 만족한다고. 나는 이 세상을 사랑해, 지금은 하느님과 그가 만든 세상을 사랑할 준비가 되어 있어, 그러나…… 기어다니지 못하게, 다른 사람의 생명을 망치지 못하게 추악한 벌레 한마리는 없애야만 해…… 삶을 위해 마시자고, 친구! 삶보다 더 값진 게 뭐가 있겠나! 아무것도 없어, 아무것도! 삶을 위해, 여왕 중의 여왕을 위해!"

"삶을 위해 마시자, 그래, 자, 네 여왕을 위해 마시자." 그들은 한 잔씩 마셨다. 미쨔는 흥분해 있었지만 산만했고, 어쩐지 슬픈 모습이었다. 꼭 어떤 감당할 수 없는 무거운 근심이 그의 어깨에 놓인 것만 같았다.

"미샤…… 자네의 미샤가 들어왔나? 미샤, 친구, 미샤, 이리로 와, 내 잔을 받아 마셔, 내일의 황금빛 포이보스를 위해……"

"저애한테는 왜 주나!" 뾰뜨르 일리치가 화를 내며 소리쳤다.

"내버려둬. 그냥 내가 주고 싶어서 그래."

"에이!"

미샤는 잔을 비우고는 절하고 뛰어나갔다.

"저 녀석은 오랫동안 이 일을 기억하게 될 거야." 미쨔가 말했다. "나는 여자가 좋아, 여자가! 여자가 뭐지? 지상의 여왕이야! 나는 슬퍼, 슬퍼, 뾰뜨르 일리치, 햄릿을 기억하나? '나는 너무나 슬프다, 너무나 슬프다, 호레이쇼…… 아, 가련한 요릭!'[12] 나는 어쩌면 요릭인지도 몰라. 지금 나는 바로 그 요릭이고, 나중에는 해골이 되

<hr>

12 셰익스피어의 비극 『햄릿』 5막 1장을 염두에 둔 구절이다.

겠지."

뾰뜨르 일리치는 들으면서 말이 없었고, 미쨔도 입을 닫았다.

"자네 상점에 저건 무슨 개인가?" 그는 문득 멍한 얼굴로 구석에 있는 까만 눈동자의 튼실한 삽살개를 보고 점원에게 물었다.

"우리 상점 여주인 바르바라 알렉세예브나의 삽살개입니다." 점원이 말했다. "얼마 전에 직접 데려오셨는데 잊고서 저희 상점에 두고 가버리셨네요. 돌려보내야지요."

"나도 연대에서…… 똑같은 개를 봤는데……" 미쨔가 생각에 잠겨 말했다. "다만 그 개는 뒷다리가 부러져 있었어…… 뾰뜨르 일리치, 참, 내가 한가지 묻고 싶은데, 자네는 평생에 단 한번이라도 무언가 훔쳐본 적이 있나, 없나?

"그건 또 무슨 질문이 그런가?"

"아니, 그냥. 누군가의 주머니에서, 다른 사람 것을 말이야. 나는 국고를 말하는 게 아냐, 국고의 것이야 누구나 가져가지. 물론 자네도 그럴 테고……"

"악마한테나 가버려."

"나는 다른 사람 걸 말하는 거야. 주머니, 지갑에서 직접 말이야, 어떤가?"

"한번은 어머니 지갑에서 20꼬뻬이까 은전 하나를 훔쳤지. 아홉 살 때였어. 조용히 잡아 손에 쥐었어."

"그래서 어떻게 됐나?"

"아무 일도 없었어. 사흘 동안 가지고 있다가 부끄러워져서 고백하고 돌려드렸지."

"그래서 어떻게 됐어?"

"당연히 매를 맞았지. 그런데 왜 그러는 거야? 무얼 훔쳤나?"

"훔쳤어." 미쨔는 교활하게 눈을 찡긋거렸다.

"무얼 훔쳤는데?" 뾰뜨르 일리치가 호기심을 보였다.

"어머니 지갑에서 20꼬뻬이까 은전 하나를. 아홉살 때였어. 사흘 후에 내드렸지." 이렇게 말하고 미쨔는 갑자기 자리에서 일어났다.

"드미뜨리 표도로비치, 얼른 출발하셔야 하지 않을까요?" 안드레이가 상점 문 옆에 서서 소리쳤다.

"준비됐나? 가세!" 미쨔는 깜짝 놀랐다. "마지막으로 한마디만 더……[13] 안드레이 길 떠나는 데 보드까 한잔 주게! 보드까 말고 꼬냑도, 럼주도! (권총이 든) 이 상자는 내 자리 아래 놓고. 잘 있게, 뾰뜨르 일리치. 나를 나쁘게 생각지는 말게."

"내일은 돌아오나?"

"반드시."

"계산을 지금 할깝쇼?"

"그래, 계산! 물론 그래야지!"

그는 다시 주머니에서 지폐다발을 꺼내 세장의 무지갯빛 지폐를 집어 매대에 던지고 서둘러 상점에서 나갔다. 모두가 그의 뒤를 따라나와 고개를 조아리며 인사말과 축복의 말을 하며 그를 배웅했다. 안드레이는 이제 막 꼬냑을 마시고 '캬' 소리를 내고는 마부석에 뛰어올랐다. 그러나 미쨔가 막 앉으려고 할 때, 그의 앞에 정말 난데없이 뻬냐가 나타났다. 그녀는 헐떡거리며 비명을 지르면서 그의 앞에 두 손을 모으고 발치에 엎드렸다.

"나리, 드미뜨리 표도로비치, 친절하신 나리, 마님을 죽이지 마세요! 제가 다 말씀드렸잖아요! 그분도 죽이지 마세요. 그분은 예

---

13 뿌시낀의 희곡 『보리스 고두노프』(*Борис Годунов*)의 한구절이다.

전부터 마님 사람이었어요! 이제 아그라페나 알렉산드로브나와 결혼하려고 시베리아에서 돌아왔어요…… 나리, 드미뜨리 표도로비치, 다른 사람의 생명을 해치지 마세요!"

"쯧쯧쯧, 이건 또 뭐람! 거기 가서 무슨 짓을 할지 뻔하군!" 뾰뜨르 일리치가 혼잣말을 중얼거렸다. "이제 다 이해가 가는군, 어떻게 모를 수가 있겠어. 드미뜨리 표도로비치, 사람이 되고 싶으면, 내게 권총을 주게," 그는 미쨔에게 크게 소리쳤다. "내 말 듣고 있나, 드미뜨리!"

"총이라고? 잠깐만, 친구, 그것들은 가다가 웅덩이에 던져버릴 거야," 미쨔가 대답했다. "페냐, 일어나, 내 앞에 엎드리지 마. 미쨔는 아무도 죽이지 않을 거야, 이 어리석은 사람은 앞으로 누구도 죽이지 않을 거야. 그럴 거야, 페냐." 그는 이미 자기 자리에 앉은 채로 소리쳤다. "아까는 너를 모욕했지, 나를 용서해줘. 불쌍히 여겨줘, 비열한 인간을 용서해줘…… 하지만 용서하지 않아도 상관 없어! 왜냐하면 이제는 아무 상관도 없으니까! 가자, 안드레이, 어서 달려!"

안드레이는 마차를 움직였다. 종이 울리기 시작했다.

"잘 있어, 뾰뜨르 일리치! 자네에게 마지막 눈물을 남기네!"

'취하지도 않았는데 무슨 허튼소리를 하는 건지!' 뾰뜨르 일리치는 눈으로 그를 좇으며 생각했다. 그는 미쨔를 속여 바가지를 씌울 거라고 예상하고 나머지 식료품과 포도주를 수레에 제대로 싣는지 보려고 남아 있을 생각이었지만, 돌연 스스로에게 화가 치밀어 침을 뱉고는 당구를 치러 선술집으로 갔다.

"바보야, 좋은 사람이긴 하지만……" 그는 길을 가며 혼잣말로 중얼거렸다. "그루셴까의 '예전' 장교에 대해서는 들어본 적이 있지. 쳇, 도착했다면, 그건…… 에이, 그 권총! 제길, 내가 그 사람 삼촌이라도 되나? 그러라고 해! 게다가, 실은 아무 일도 없을 거야. 고래고래 소리나 지르고 말겠지. 술을 잔뜩 퍼마시고, 주먹질을 하고, 주먹질하다가는 화해하겠지. 진짜로 무슨 일을 저지르기야 하겠어? '사라지겠다'든지 '자신을 처단하겠다'는 말은 뭔지. 아무 일도 없을 거야! 선술집에서 취해 수천번이나 그런 소릴 했으니까. 그런데 지금은 취하지 않았잖아. '정신이 취했다'고! 비열한 녀석들은 그런 말 하길 좋아하지! 내가 삼촌이라도 되나? 싸우지 않았을 리 없어, 낯짝이 온통 피투성이였으니. 누구랑 싸운 거지? 술집에서 알아봐야겠다. 손수건도 피투성이였는데…… 후, 제길, 우리 집 바닥에 있을 텐데…… 될 대로 되라지!"

그는 아주 언짢은 상태로 선술집에 도착해서 곧장 당구를 치기 시작했다. 내기는 그를 즐겁게 해주었다. 한판을 더 치고 난 그는 문득 상대방 중 한 사람에게 드미뜨리 까라마조프에게 다시 돈이 3천 루블 정도 생겼다고, 그가 다시 모끄로예로 그루셴까와 술판을 벌이러 가는 것을 직접 봤다고 말했다. 이 말은 뜻밖에도 청중의 호기심을 불러일으켰다. 그들 모두 진지하게, 어쩐지 이상할 정도로 심각하게 말문을 열었다. 심지어는 당구도 중단되었다.

"3천 루블이라고? 어디서 3천 루블을 얻은 걸까?"

사람들은 계속해서 묻기 시작했다. 모두 호홀라꼬바 얘기를 수상쩍게 생각했다.

"노인에게서 훔친 거 아냐?"

"3천 루블이라! 뭔가 찜찜해."

"아버지를 죽일 거라고 큰 소리로 허풍을 떨고 다녔잖아, 여기 있는 모든 사람이 들었는데. 바로 3천 루블이라고 말했어……"

232

뾰뜨르 일리치는 그 말을 듣고 사람들의 질문에 무뚝뚝하게, 말을 아끼면서 대답했다. 이곳에 왔을 때는 미쨔의 얼굴과 손에 묻은 피에 대해 얘기하려고 했었지만, 한마디도 하지 않았다. 세번째 내기당구가 시작되고 미쨔에 대한 얘기는 잦아들었다. 그러나 세번째 판을 마치자 뾰뜨르 일리치는 더이상 치고 싶지 않아서 당구채를 놓고 저녁을 먹으려던 것도 그만두고 선술집에서 나왔다. 광장으로 나온 그는 의혹에 휩싸였고, 심지어는 자기 자신에게조차 놀랐다. 그는 지금 자신이 무슨 일이 일어나지나 않았는지 알아보기 위해 표도르 빠블로비치의 집에 가고 싶어한다는 것을 문득 깨달았다. '쓸데없는 일 때문에 남의 집 사람들을 다 깨워 스캔들을 일으키려고 드는군. 제길, 내가 삼촌이라도 되는 거야, 뭐야?'

몹시 꺼림칙한 기분으로 곧장 집으로 가다가 그는 갑자기 페냐 생각이 났다. '에이, 제길, 조금 전에 그 여자에게 물어볼걸,' 그는 불만에 차서 생각했다. '모든 걸 알 수 있었을 텐데.' 그러자 갑자기 그의 속에서 그녀와 얘기해서 더 알아내고 싶다는 참을 수 없이 강렬한 욕망이 불타올라서 그는 반쯤 가다가 몸을 돌려 그루셴까가 세들어 살고 있는 모로조바의 집을 향해 가기 시작했다. 대문에 다가간 그는 문을 두드렸다. 밤의 고요 속에서 울리는 노크 소리에 그는 정신이 번쩍 들면서 화가 치밀었다. 더구나 아무도 대답하는 사람이 없었다. 이 집 사람들은 모두 자고 있었다. '이렇게 일을 벌이는구나!' 그는 이미 마음에 어떤 고통을 느끼며 이렇게 생각하고는 결국 자리를 뜨는 대신 갑자기 온 힘을 다해 다시 문을 두드리고야 말았다. 온 동네에 시끄러운 소리가 울려퍼졌다. "아무 대답이 없군, 나올 때까지 두드리자, 끝까지 두드리고 말 테다!" 그는 소리가 날 때마다 광포할 정도로 자신에게 성을 내면서, 점점 더 세계 대문을 두드리면서 이렇게 중얼거렸다.

6. 내가 직접 간다!

드미뜨리 표도로비치는 길을 달렸다. 모끄로예는 20킬로미터 조금 넘게 가야 했지만, 안드레이의 삼두마차는 한시간 십오분 후면 도착할 수 있게끔 달리고 있었다. 빨리 달리니 미쨔는 원기가 돋는 것 같았다. 공기는 신선하고 차가웠으며, 깨끗한 하늘에는 커다란 별들이 반짝이고 있었다. 어쩌면 때는 바로 그날 밤, 알료샤가 땅에 엎드려 '미친 듯이 영원토록 대지를 사랑하겠노라'고 맹세한 바로 그 시각이었는지도 모른다. 그러나 미쨔의 마음은 혼란스럽고 뒤숭숭했다. 그리고 많은 것이 지금 그의 마음을 괴롭히고 있었지만, 그 순간 그의 온 존재는 그녀만을 향해, 그의 여왕, 그가 마지막으로 얼굴이라도 보려고 달려가는 그녀만을 향해 강렬하게 돌진하고 있었다. 여기서 한가지만 말해두겠다. 그의 마음에는 추호의 의심도 없었다. 만일 내가, 이 질투쟁이가 새 사람, 땅에서 솟아난 새 경쟁자, 그 '장교'에게 조금도 질투를 느끼지 않았다고 말한다면, 여러분은 내 말을 믿지 않을지 모른다. 그런 사람이 나타난다면 그게 누구든 즉시 질투심을 느끼고 어쩌면 그의 무서운 손을 다시 한번 피로 물들일지도 모르는데, 그는 이 사람, 그녀의 '첫 사람'에 대해서만큼은 삼두마차를 타고 가면서도 질투 어린 증오심은 물론 적대감조차 느끼지 못했다. 사실 그는 아직 그를 본 적이 없기도 했다. '두말할 필요 없이 이건, 이건 그녀에게 권리가 있는 거고 그에게도 권리가 있는 거야. 그녀가 오년 동안이나 잊지 못한 첫사랑이야. 그러니 그 오년 동안 그만을 사랑했다는 말인데 나는, 나는 왜 끼어든 거지? 내가 여기 왜 또, 무슨 일로 끼어드는 거냐고? 옆으로 비켜서 있어, 미쨔. 길을 내주라고! 그런데 나는 지금 무슨 짓을 하고 있는 거지? 설사 그 사람이 나타나지 않았더라도, 그러니까 그 장교가 없었더라도 다 끝났을 거야. 어쨌거나 모든 게 끝났을 거야⋯⋯'

생각할 여유가 있었다면 아마도 그는 대략 이런 말들로 자신의 심정을 서술했을 것이다. 그러나 그때 그는 생각할 여유가 없었다. 현재 그의 결심은 아무 판단을 거치지 않고 한순간에 생겨나 곧바로 느껴졌고, 조금 전 페냐에게서 첫마디를 듣자마자 느껴지면서 이런 결과를 낳았던 것이다. 어쨌든 이 모든 것을 결심했음에도 그의 마음은 혼란스럽고 고통스러울 정도로 뒤죽박죽이었다. 너무 많은 일이 그의 뒤에 버티고 서서 그를 괴롭혔다. 그는 그 결심이 순간순간 이상하게 느껴지곤 했다. 이미 그는 종이에 펜으로 '자신을 처단하고 징벌한다'라고 자신에게 내린 판결문을 쓰지 않았던가. 그렇게 준비된 종이도 준비된 모습 그대로 그의 주머니에 있다. 권총도 이미 장전되어 있다. 그는 내일 '금빛 머릿결의 포이보스'의 빛을 어찌 맞이할지 결심까지 하지 않았는가. 그런데 한편으로 그는 자기가 뒤에 두고 온 이전以前의 것, 그를 괴롭히는 것을 청산할 수 없다는 것을 괴로울 정도로 느꼈고, 이 생각이 그의 영혼을 절망적으로 파고들었다. 길을 가던 어느 때 그는 안드레이를 버리고 마차에서 뛰어내려 날이 밝기를 기다릴 것도 없이 장전된 총을 꺼내어 갑자기 모든 것을 끝내버리고 싶은 순간이 있었다. 그러나 그 순간은 작은 불꽃처럼 스러졌다. 삼두마차는 '공간을 집어삼키며' 앞으로 내달렸고, 목적지에 가까워짐에 따라 또다시 그녀 생각, 그녀 한 사람에 대한 생각만이 그의 영혼을 더욱 강하게 사로잡아 그의 마음에서 나머지 무서운 환영들을 몰아냈다. 오, 그는 약간 멀리서라도 그녀를 보고 싶었다! '그녀는 지금 그와 함께 있다. 그와, 예전부터 사랑했던 사람과 지금 어떻게 있는지 잠시 보기만 하고 말자. 내게 필요한 건 그게 전부다.' 그의 운명에서 이 여인을 향한 숙명적인 사랑만큼 그렇게 큰 사랑이 그의 마음에 솟구친 적은 없었다. 그것은 그가 아직 한번도 겪어보지 못한 새로운 감정, 그 자신도 전혀 예기치 못한 감정, 애걸할 정도로, 그러니까 그녀 앞에서 녹아내릴 정도로 부드러운 그런 감정이었다. '녹아버릴 거야.' 그는 신경질적인 환희의 발작 속에서 문득 이렇게 속삭였다.

거의 한시간을 달렸다. 미쨔는 말이 없었고, 안드레이는 말하기 좋아하는 사내였지만 말하기를 두려워하기라도 하듯 역시 아직 한마디도 하지 않고 열심히 자신의 '준마들', 즉 밤색 말, 비쩍 마른 말, 날렵한 말 세마리를 힘차게 몰았다. 갑자기 미쨔가 무서울 정도로 불안해하며 소리를 질렀다.

"안드레이! 만일 저쪽에서 자고 있으면 어떻게 하지?"

이제까지 생각도 해보지 않았는데 갑자기 이런 생각이 그의 머리에 떠올랐다.

"벌써 잠자리에 들었다고 생각해야겠죠, 드미뜨리 표도로비치."

미쨔는 병적으로 얼굴을 찌푸렸다. 사실 그는…… 이런 감정들을 품고…… 달려가는데 그들이 자고 있다면…… 그녀도 지금 어쩌면 자고 있을지 모른다…… 나쁜 감정이 그의 마음속에서 일어났다.

"어서 몰아, 안드레이, 어서. 안드레이, 더 빨리!" 그가 정신없이 소리를 지르기 시작했다.

"어쩌면 아직 잠자리에 들지 않았을지도 몰라요," 안드레이가 잠시 입을 다물었다가 이렇게 판정했다. "거기 사람이 많이 모여 있다고 찌모페이가 말했거든요……"

"역에?"

"역이 아니라 뽈라스뚜노프 여인숙이에요, 그러니까 개인 여인숙이에요."

"알아. 그런데 사람들이 많다니, 무슨 일로 많다는 거야? 누가 그렇게 많은데?" 미쨔가 예기치 않은 소식에 몹시 놀라 외쳤다.

"찌모페이 말로는 모두 나리님들이랍니다. 도시에서 오신 두분, 누군지는 모르겠고요. 찌모페이가 한 말입니다. 이곳 출신 나리 두분, 또 다른 데서 온 것 같은 두분, 그리고 어쩌면 또 누가 있을지도 모르지요. 제가 제대로 물어보진 않았습니다. 카드놀이를 시작했다고 하더라고요."

"카드놀이를?"

"그러니 카드놀이를 시작했으면 자지 않을지도 모르지요. 생각해야 하니까요, 지금 11시가 다 됐거나 그보다 늦지는 않은 걸 생각하면 말이지요."

"달려, 안드레이, 어서 달려!" 미쨔가 다시 신경질적으로 소리를 질렀다.

"어떻게 할지, 나리, 좀 여쭤겠습니다." 안드레이는 입을 다물었다가 다시 말문을 열었다. "다만 나리를 화나게 할까봐 두렵습니다, 나리."

"무슨 일인데?"

"조금 전 뻬도시야 마르꼬브나[4]가 나리 발 앞에 엎드려 마님과 또 누구를 죽이지 말아달라고 애원했잖아요…… 그런데 나리, 제가 나리를 그곳으로 모셔가고 있단 말입니다요…… 죄송하지만, 나리, 그냥 제 양심상, 제가 어쩌면 어리석은 소리를 하고 있는지도 모르지만요."

"자네는 마부가 맞지, 그렇지?" 그가 머리끝까지 화가 나서 물었다.

"마부지요……"

"그럼 자네는 알겠지, 길을 내줘야 한다는 걸. 마부가 뭔가. 사람을 칠지언정 아무에게도 길을 비켜주지 않잖아. '물렀거라, 내가 간다!'잖아. 아니, 이봐, 마부, 사람을 치지 말게! 사람을 치면 안 되지, 사람 생명을 다치면 안 되지. 만일 목숨을 빼앗았다면 자신을 징벌해야지…… 망쳤다면, 누군가의 생명을 빼앗았으면, 스스로를 벌하고 사라져야지."

이 모든 말이 완전히 히스테리에 빠진 듯한 미쨔의 입에서 터져나왔다. 안드레이는 나리에게 놀라기는 했지만, 그래도 대화를 이어갔다.

"맞습니다요, 나리. 드미뜨리 표도로비치, 나리 말씀이 맞아요. 사람을 치면 안 되지요, 괴롭혀서도 안 되고. 다른 생물도 마찬가지고요. 모든 생물이 창조된 것이니까요, 이 말들도요. 어떤 사람은 무턱대고 망가뜨리지요, 심지어 우리 마부들도 말입니다…… 그걸 말릴 사람이 없으니 그저 앞으로 몰아대기만 하는 겁니다."

"지옥으로?" 미쨔가 갑자기 말을 가로채고 느닷없이 짧은 웃음을 터뜨렸다. "안드레이, 이 순진한 사람아." 그는 다시 마부의 어깨를 세게 부여잡았다. "말해봐, 드미뜨리 표도로비치 까라마조프

---

14 그루셴까의 하녀 페냐의 이름과 부칭.

가 지옥에 가겠나, 안 가겠나? 자네가 보기에 어때?"

"모르지요, 나리. 나리에게 달렸지요, 나리는 우리 도시에서……
그런데 나리, 하느님의 아들이 십자가에 못 박혀 돌아가셨을 때, 그
분이 십자가에서 곧바로 지옥으로 내려가 고통받고 있던 모든 죄
인을 해방하셨잖아요.[15] 그래서 이제 거기 올 죄인은 더이상 아무도
없다고 생각해서 지옥이 신음했답니다. 주님이 그때 지옥에 말씀
하셨지요. '한탄하지 마라, 지옥아. 지금부터 네게 온갖 고관대작,
지배자, 중요한 재판관, 부자 들이 올 테니까. 너는 수세기 동안 그
랬던 것처럼 내가 다시 올 때까지 가득 차게 될 것이다.' 이건 정말
이에요. 정말 이런 얘기가 있습니다……"

"민간전설이군, 멋지다! 왼쪽 말을 더 조여, 안드레이!"

"그러니 나리, 누군가는 지옥에 가게 되어 있습죠." 안드레이가
왼쪽 말을 조였다. "나리, 나리는 우리 보기에 어린아이나 마찬가
지세요…… 그렇게 우리는 나리를 귀하게 여깁니다…… 나리는 성
을 잘 내시지만, 순수하셔서 하느님이 용서하실 거예요."

"자네, 안드레이, 자네도 나를 용서하겠나?"

"제가 용서할 게 뭐가 있나요, 나리는 제게 아무 짓도 하지 않으
셨는데요."

"아니야, 모든 사람을 대신해서, 모든 이를 대신해서 자네가, 여
기서 지금, 이 대로변에서 자네가 모든 이를 대신해 나를 용서해주
겠나? 말해보게, 민초!"

"어유, 나리! 나리를 모시기가 두렵습니다요. 하시는 말씀이 이
상하셔서요……"

---

15 예수 그리스도가 십자가에 못 박혀 죽은 뒤 지옥으로 내려간 이야기는 수많은
외경과 전설에 전해지고 있다.

그러나 미쨔는 그의 말을 듣지 못했다. 그는 미친 듯이 기도하며 거칠게 혼잣말로 중얼거렸다.

"주여, 불의함에 빠진 나를 받아주시고 심판하지 마소서. 심판하지 말고 그냥 지나가소서…… 나 자신이 스스로에게 벌을 주었으니 심판하지 마소서. 주님을 사랑하오니, 주여, 심판하지 마소서! 뻔뻔하지만, 주님을 사랑하옵니다. 지옥으로 보내셔도 거기서도 주님을 사랑하며 영원토록 사랑한다고 외치겠습니다…… 하지만 여기서는…… 끝까지 사랑할 수 있게 하소서. 이제 뜨거운 불에 들어가기 전 다섯시간 동안만이라도 사랑할 수 있게 하소서…… 내 영혼의 여왕을 사랑합니다. 사랑하고, 사랑하지 않을 수 없습니다. 주님도 나를 다 봐서 아시지요. 달려가 그 여자 발 앞에 엎드릴 겁니다. '나를 두고 떠난 네가 옳았어'라고 말입니다…… '잘 가라, 네 희생자는 그만 잊고 다시는 스스로를 괴롭히지 마!'라고요"

"모끄로예에 다 왔습니다!" 안드레이가 채찍으로 앞을 가리키며 외쳤다. 밤의 창백한 어둠 사이로 거대한 공간 위에 펼쳐진 건축물의 단단한 덩어리들이 돌연 거뭇한 모습을 드러냈다. 모끄로예 마을은 2천명 정도의 농노들이 살고 있었지만 이 시각 모든 이가 잠들어 있었고, 어딘가 어둠 속에서 아주 드물게 불빛이 어른거리고 있었다.

"어서 몰아, 어서, 안드레이. 가자!" 미쨔는 열병에라도 걸린 듯이 외쳤다.

"아직 자지 않고 있어요!" 안드레이가 마을 어귀에 서 있는 뿔라스뚜노프 여인숙을 채찍으로 가리키며 다시 말했다. 그 집의 거리 쪽으로 난 여섯개 창문은 선명하게 불을 밝히고 있었다.

"자지 않는구나!" 미쨔가 기쁜 마음으로 그 말을 받았다. "종을 울려, 안드레이. 빨리 달려. 종을 울리며 요란하게 달려. 누가 왔는지 모두가 알도록! 내가 간다! 내가 직접 간다!" 미쨔가 미친 듯이 외쳤다.

안드레이는 지친 세마리 말을 전속력으로 몰아 정말로 요란한 소리를 내며 높은 현관 계단 앞으로 달려간 뒤 김을 뿜으며 반쯤 숨이 막혀 죽을 것 같은 말들을 세웠다. 미쨔는 마차에서 내렸고, 마침 잠을 자러 들어가던 여관 주인은 누가 이렇게 요란스럽게 들어오는지 궁금해하며 현관 계단에서 내다보았다.

"뜨리폰 보리시치, 자넨가?"

주인이 허리를 굽혀 자세히 보더니 쏜살같이 계단을 내려와 비굴한 반가움을 품고 손님에게 달려왔다.

"나리, 드미뜨리 표도로비치! 나리를 다시 뵙게 되다니요."

이 뜨리폰 보리시치는 중키에 약간 통통한 얼굴을 한 단단하고 건강한 사내로, 겉보기에는 엄격하고 타협할 줄 모르는 사람 같지만(특히 모끄로예의 농민들을 대할 때 그랬다), 이득이 될 것을 감지하면 가장 비굴한 표정으로 표정을 재빨리 바꿀 수 있는 재주를 가지고 있었다. 그는 러시아식으로 비스듬한 깃의 셔츠와 반외투를 입고 다녔으며, 돈도 상당히 많았지만 끊임없이 더 높은 지위를 꿈꾸는 사람이었다. 그 마을의 반 이상 되는 농민들이 그의 손아귀에 있었고, 그는 모두를 틀어쥐고 싶어했다. 그는 지주들로부터 땅을 임대하거나 자신이 직접 땅을 샀고, 농민들은 빚을 갚기 위해 그 땅을 경작했는데 그들은 그 의무에서 결코 벗어날 수 없었다. 그는 상처喪妻했고 다 자란 딸 넷을 두고 있었다. 딸 하나는 벌써 남편을 잃고 그의 집에서 그의 손자인 어린아이 둘과 살면서 하녀처럼 일했다. 그저 평범한 농민처럼 보이는 다른 딸은 오랫동안 서기로 일한 어느 관리와 결혼했는데, 여관방들 중 어느 방 벽에 걸린 가족사진들 중에서 제복을 입고 공무원 견장을 단 이 관리의 작은 사진을 볼 수 있었다. 밑의 두 딸은 성당 축일이 되면 뒤에 천을 덧대 17센티미터 정도 되는 긴 치맛자락을 붙이고 유행에 맞춰 지은 푸른색 혹은 녹색 드레스를 입고 어디론가 친구 집에 놀러 가곤 했지만, 그다음날이 되면 다른 날들과 마찬가지로 아침 해가 뜨기 전에 일어나 손에 자작나무 빗자루를 들고 창고들을 쓸고 오수汚水를 바깥으로 나르고 손님들이 버린 쓰레기를 치웠다. 이미 수천 루블을 벌었음에도 불구하고 뜨리폰 보리시치는 술잔치를 벌이는 손님의 지갑에서 돈을 뜯어내는 걸 무척 좋아했고, 한달 전쯤에 그루셴까와 드미뜨리 표도로비치가 잔치를 벌였을 때는 하루 낮과 밤 사이에 그에게서 모두 300루블, 못해도 200루블 이상은 벌었다고 기억하고 있었기 때문에, 미쨔가 그의 현관에 다가왔을 때 또 한번 이득이 될 거라고 감지하고는 쏜살같이 내려와 기쁜 마음으로 그를 맞이했다.

"나리, 드미뜨리 표도로비치, 어서 오십시오!"

"잠깐, 뜨리폰 보리시치." 미쨔가 말했다. "무엇보다 제일 중요한 것은, 그 사람 어디 있나?"

"아그라페나 알렉산드로브나요?" 주인은 그 말을 즉각 알아듣고 미쨔의 얼굴을 빤히 바라보았다. "네, 아가씨도 여기…… 계십니다……"

"누구와, 누구와 함께 있나?"

"타지 손님들입니다…… 말하는 걸로 봐서 한 사람은 관리인데 폴란드 사람이 분명하고, 그 사람이 아가씨를 데려오라고 여기서 말을 보냈습니다. 다른 사람은 그분과 함께 온 친구인지 동행인지,

하여간 그걸 누가 알겠습니까만, 평복을 입었습니다……"

"어떤가, 거나하게 마시고 있나? 부자들인가?"

"거나하긴 뭐가 거나합니까! 별로 큰 잔치판을 벌인 건 아닙니다, 드미뜨리 표도로비치."

"크지 않다고? 그럼 다른 사람은?"

"도시에서 온 신사 두분인데…… 체르니에서 돌아오는 길에 여기서 내처 머물고 있습니다. 한 사람은 젊은 사람이고 미우소프씨 친척임에 틀림없는데, 성함을 잊었네요…… 다른 사람은 나리도 아시는 분일 텐데요, 지주 막시모프로 순례길에 나리들이 모였던 그 수도원에 들렀다고 하던데요. 미우소프씨의 젊은 친척과 함께 이리저리 다니는 것 같습니다……"

"그게 다인가?"

"그게 다입니다."

"잠깐, 조용히, 뜨리폰 보리시치. 이제 제일 중요한 걸 말해보게. 아씨, 아씨는 어떤가?"

"예, 조금 전에 도착해서 그분들과 앉아 계십니다."

"명랑한가? 웃고 있는가?"

"아니요, 그다지 많이 웃으시는 것 같지는 않습니다…… 심지어는 아주 지루하게 앉아 계세요. 젊은 분 머리카락을 빗어주셨습니다."

"그 폴란드인 장교 말인가?"

"그 사람이 뭐가 젊습니까. 그리고 장교도 전혀 아니에요. 아닙니다, 나리, 그 사람이 아니라 미우소프씨의 조카, 젊은 분 말이에요…… 이름을 그만 잊어버렸네요."

"깔가노프 말인가?"

"바로 깔가노프씨입니다……"

"좋아, 내가 직접 알아보겠어. 카드놀이를 하는가?"

"했습니다만 이제 그만두셨습니다. 차를 드셨는데, 관리가 과일 주를 주문했습니다."

"잠깐, 뜨리폰 보리시치, 잠시만 기다리게. 이보게, 내가 직접 알아보겠네. 이제 제일 중요한 걸 대답해주게. 집시는 없나?"

"요즘 집시 소리는 전혀 들리지 않습니다, 드미뜨리 표도로비치. 관청에서 내쫓아버렸습죠. 하지만 유대인들이 로즈제스뜨벤스까야에 있습니다. 성탄절에 심벌즈와 바이올린을 켜지요. 그 사람들을 원하시면 지금 사람을 보내면 여기로 올 겁니다."

"보내게, 반드시 보내게!" 미쨔가 소리를 질렀다. "마을 처녀들도 그때처럼 불러모아주게. 특히 마리야는 꼭, 스쩨빠니다도, 아리나도. 합창에 200루블을 주지!"

"그 돈이면 마을 전체를 깨워 불러드리죠, 다들 지금 잠자리에 들었어요. 그런데 드미뜨리 표도로비치 나리, 이곳 농민들에게 그런 친절을 베푸시다니요. 처녀들한테도요. 그런 천박하고 속된 이들에게 그런 값을 내시다니요! 우리 마을 농민이 웬 시가를 피우겠습니까? 그런데 그걸 그 사람들에게 주셨지요. 농민들은 고약한 냄새만 피웁니다. 그 도둑들은 말입니다. 처녀들도 모두 하나같이 이가 들끓어요. 제 딸들을 깨워 공짜로 대령합지요, 그렇게 엄청난 돈을 주실 필요도 없고요. 지금 자고 있으면 등을 발로 차 깨워서라도 나리를 위해 노래를 부르라고 합지요. 얼마 전엔 농민들에게까지 샴페인을 그렇게도 먹이셨지요, 에이!"

뜨리폰 보리시치는 괜스레 미쨔를 안타까워하는 것이었다. 그때는 그 스스로가 샴페인 반다스를 숨기고, 상 밑에서 100루블짜리 지폐를 집어 자기 손아귀에 움켜쥐었었다. 그러고는 그런 채로 그 지폐를 자기 손아귀에서 놓지 않았었던 것이다.

"뜨리폰 보리시치, 그때 내가 쓴 돈이 1천 루블 정도가 아니었네. 기억하나?"

"물 쓰듯 쓰셨지요, 나리. 어떻게 나리를 기억하지 못하겠습니까. 십중팔구 3천 루블 정도는 우리 집에서 쓰셨지요."

"자, 이번에도 그만한 돈을 갖고 왔네. 알겠나?"

그는 자신의 돈다발을 꺼내 주인 코앞에 들어올렸다.

"이제 잘 듣고 기억해두게. 한시간 후면 포도주가 올 거야. 안주와 과자와 사탕이 오면, 모두 즉각 위로 올려보내도록. 안드레이가 가지고 있는 이 상자들도 역시 지금 위로 가져다 열고, 즉시 샴페인을 나누어주게…… 중요한 건 아가씨들이야. 아가씨, 마리야는 반드시 데려오게."

그는 마차로 몸을 돌려 좌석 아래에서 권총이 든 상자를 끄집어냈다.

"계산, 안드레이, 받게! 자 여기 삼두마차 비용으로 15루블, 여기 보드까값…… 잘 준비해주고 나를 사랑해준 데 대해 50루블…… 까라마조프 나리를 기억해주게!"

"두렵습니다, 나리……" 안드레이가 망설였다. "수고비로는 5루블이면 되니 그 이상은 받지 않겠습니다. 뜨리폰 보리시치가 증인입니다. 그리고 제가 한 어리석은 말을 용서하세요……"

"뭐가 두려워." 눈으로 그를 훑었다. "그렇다면 제길, 맘대로 해!" 그는 그에게 5루블을 던지면서 외쳤다. "이제 뜨미폰 보리시치, 나를 조용히 안내해주게. 그 사람들이 알아채지 못하게 우선 내가 그 사람들 전부를 볼 수 있게 해주게. 어디 있나, 푸른 방에 있나?"

뜨리폰 보리시치는 미심쩍은 눈초리로 미쨔를 봤지만, 곧 그가 요구한 것을 순순히 실행했다. 그는 조심스럽게 현관방으로 그를 안내하고, 손님들이 앉아 있는 방과 나란히 있는 첫번째 큰방으로 먼저 들어가 거기에서 초를 꺼내왔다. 그런 다음 미쨔를 조용히 데리고 들어가 초를 어둠 속 구석에 놓았다. 그곳에서 미쨔는 사람들 눈에 띄지 않게 자유롭게 대화를 나누는 사람들을 지켜볼 수 있었다. 그러나 미쨔는 오랫동안 보지 않았다. 아니, 볼 수 없었다. 그녀를 보자마자 심장이 고동치고 눈이 흐릿해졌던 것이다. 그녀는 식탁 옆 안락의자에 앉아 있었고, 그녀와 나란히 있는 소파에는 잘생기고 아주 젊은 깔가노프가 앉아 있었다. 그루셴까는 그의 손을 붙잡고 웃고 있는 것 같았지만, 정작 깔가노프는 그녀를 쳐다보지도 않고 그녀의 맞은편 의자 너머에 앉은 막시모프에게 불만스러운 듯 뭔가를 큰 소리로 말하고 있었다. 막시모프는 무엇 때문인지 아주 크게 웃고 있었다. '그 사람'은 소파에 앉아 있었고, 소파 옆 벽에 붙은 의자에는 어떤 낯선 이가 앉아 있었다. 소파에 널브러져 앉아 있는 사람은 파이프 담배를 피우고 있었는데 약간 뚱뚱하고 넓적한 얼굴에 분명 키도 크지 않은 듯 보였으며, 미쨔는 언뜻 그가 뭔가에 잔뜩 화가 난 것 같다고 느꼈다. 그의 친구인 다른 낯선 사람은 미쨔가 보기에 어딘가 지나치게 키가 커 보였다. 그러나 더이상은 자세히 분간할 수 없었다. 그는 숨이 막혔다. 그는 몇분을 버티지 못하고 상자를 서랍장 위에 놓은 뒤 몸이 오싹하고 정신이 아찔해지는 것을 느끼며 곧장 푸른 방에서 담소를 나누는 사람들 곁으로 향했다.

"어머나!" 그루셴까가 제일 먼저 그를 알아보고 놀라서 비명을 질렀다.

7. 맞설 수 없는 옛 애인

미쨔는 빠르고 큰 보폭으로 식탁 가까이로 바짝 다가갔다.

"여러분," 그는 거의 외치다시피 큰 목소리로, 그러나 한마디 한 마디 할 때마다 더듬거리면서 말문을 열었다. "저는…… 저는, 아 무것도 아닙니다! 두려워하지 마세요." 그는 소리 높여 말했다. "저 는, 아무것도 아니에요. 괜찮습니다." 그는 갑자기 몸을 돌려 안락 의자에서 깔가노프 쪽으로 몸을 기울여 그의 팔에 꼭 매달려 있는 그루셴까를 향했다. "내가…… 나도 왔어. 아침까지 있을게. 여러 분, 저는 지나가던 여행객인데…… 아침까지 여러분과 함께해도 되겠습니까? 아침까지만, 마지막으로 바로 이 방에서요?"

그는 파이프 담배를 피우며 안락의자에 앉아 있는 다소 뚱뚱한 사람을 향해 이렇게 말을 마쳤다. 그는 거만하게 입술에서 파이프 를 떼고는 엄숙하게 말했다.

"빠네,[16] 우리는 여기서 사적인 모임 중입니다. 다른 방도 있을 텐 데요."

"아니, 이거 드미뜨리 표도로비치 아닙니까? 여기까지 무슨 일 로요?" 깔가노프가 갑자기 그에 응대했다. "여기 우리와 함께 앉으 세요. 안녕하셨습니까!"

"안녕하십니까, 귀하신 분…… 값을 매길 수 없이 귀하신 분! 저 는 언제나 선생을 존경해왔습니다……" 미쨔가 기쁨에 겨워 즉시 식탁 너머로 팔을 쭉 뻗으며 쏜살같이 응답했다. "아야, 너무 꽉 잡

---

16 пане. '신사'라는 뜻의 폴란드어로 남자를 부르는 호격이다.

으셨어요! 손가락이 부러질 뻔했습니다." 깔가노프가 웃음을 터뜨렸다.

"저 사람은 언제나 저렇게 손을 꽉 잡아요. 언제나 그래요!" 그루셴까가 미쨔의 모습을 보고는 문득 그가 소란을 피우지 않으리라는 것을 확신한 듯, 그러나 무서운 호기심과 여전한 불안감을 품고 그를 뚫어지게 바라보며 조심스럽게 미소를 짓고서 명랑하게 말을 붙였다. 그의 속에는 뭔가 그녀를 극단적으로 놀라게 하는 것이 있었고, 그녀는 정말 그가 그 순간에 그렇게 들어와서 말을 걸거라고는 전혀 예기치 못했던 것이다.

"안녕하십니까요?" 지주 막시모프도 왼쪽에서 달콤한 어조로 응대했다. 미쨔는 그의 말을 덥석 붙잡아 외쳤다.

"안녕하십니까? 여기 계시는군요. 얼마나 기쁜지. 여기 계시다니요! 여러분, 여러분, 저는……" 그는 파이프를 문 신사를 이곳의 주요 인물로 생각한 듯 다시 그를 향해 말했다. "저는 날다시피 달려왔습니다…… 저는 마지막날, 제 마지막 시간을 이 방에서, 바로 이 방에서 보내고 싶어 왔습니다…… 제가 숭배하는…… 제 여왕이 있는 이곳에서요! 용서하십시오, 신사분들." 그는 극도로 흥분해서 소리쳤다. "저는 달려오면서 맹세했습니다…… 오, 두려워하지 마라, 내 마지막 밤이다! 하고요. 함께 마십시다, 신사분들. 평화를 위해! 이제 포도주를 내올 겁니다…… 저는 이걸 가져왔습니다." 그는 무엇 때문인지 느닷없이 지폐다발을 끄집어냈다. "허락해주십시오, 신사분들! 저는 지난번과 같이 음악을, 왁자지껄 천둥번개 치듯 떠드는 소리를 원합니다…… 그러나 벌레, 쓸모없는 벌레는 땅을 기어다니다 없어질 겁니다! 내 마지막 밤에 내 기쁨의 날을 축하할 겁니다!"

그는 거의 숨을 헐떡였다. 그는 많은 말을, 정말 많은 말을 하고 싶었지만 튀어나오는 것은 이상한 절규뿐이었다. 폴란드인은 꼼짝 않고 그와 그의 돈다발을 바라보다가 그루셴까에게로 눈길을 주었는데 분명 당혹스러운 듯했다.

"만약 내 요왕[17]이 허락한다면……" 그가 말하려 했다.

"요왕이라니, 그게 무슨 소리예요? 여왕을 말하는 거예요?" 갑자기 그루셴까가 말을 가로막았다. "당신들을 보니 정말 우습네요. 모두 무슨 소릴 하는 건지. 앉아요, 미쨔. 당신은 무슨 말을 하는 거예요? 놀라게 하지 마요, 제발. 놀라게 하지 않을 거지? 그렇죠? 그렇게 해준다면 정말 기쁘겠어요……"

"내가, 내가 놀라게 한다고?" 미쨔가 갑자기 양손을 위로 쳐들면서 외쳤다. "오, 그냥 내버려둬, 나를 그냥 내버려두라고. 방해하지 않을 테니!" 그러더니 그는 갑자기 모든 이가, 그리고 물론 자신도 전혀 예기치 못하게 의자에 몸을 날리더니 반대편 벽 쪽으로 머리를 돌리고 의자 등받이를 마치 끌어안듯이 양손으로 꽉 붙들고 눈물을 흘렸다.

"자, 자, 당신 왜 그래요!" 그루셴까가 비난하듯 탄성을 질렀다. "저 사람은 꼭 저렇게 갑자기 내게 와서 말하곤 하는데, 나는 도무지 무슨 말인지 이해할 수 없을 때가 있어요. 저번에도 이렇게 울음을 터뜨리더니 지금 또 이러네요, 얼마나 창피한지! 왜 우는 거야? 또 무슨 일이 있었어요?" 그녀는 갑자기 수수께끼처럼 이렇게 덧붙이며 어쩐지 흥분해서 단어 하나하나에 힘을 주어가며 말했다.

"나는…… 나는 울지 않아…… 안녕하십니까!" 그는 순식간에

---

17 원문에는 '여왕'을 뜻하는 '꼬롤레바'(королева)'가 '끄룰레바'(крулева)로 표기되어 있다. 폴란드 억양을 도스또옙스끼가 모사한 것으로 보인다.

의자에서 몸을 돌려 웃기 시작했는데, 경직되고 툭툭 끊어지는 평소의 웃음이 아니라 길게 늘어지고 신경질적으로 떨리며 가라앉은 웃음이었다.

"봐요, 또 시작했어…… 자, 기분을 풀어요, 기분을!" 그루셴까가 그를 달랬다. "당신이 와서 나는 너무 기뻐요. 너무 기뻐, 미쨔. 내 말 들어요? 내가 기쁘다는 말을? 나는 이 사람이 우리와 여기 자리를 함께했으면 좋겠어요." 그녀는 마치 모든 이에게 하는 것처럼 명령조로 말했지만 실은 소파에 앉은 사람을 향해서 하는 말이었다. "그랬으면 해요, 그랬으면! 만일 저 사람이 나가면 나도 나갈래요. 그리 알아요!" 그녀는 이글거리는 눈빛으로 덧붙였다.

"내 여왕이 하는 말은 곧 법이지!" 폴란드인이 그루셴까의 손에 우아하게 키스하고는 말했다. "이곳에 우리와 합석하시지요!" 그가 미쨔에게 상냥하게 말했다. 미쨔는 또다시 일장연설을 늘어놓을 셈으로 벌떡 일어섰지만, 실제로는 전혀 다른 말이 나와버렸다.

"마십시다, 여러분!" 그는 연설하는 대신 이렇게 말을 뚝 그쳤다. 모두들 웃음을 터뜨렸다.

"맙소사! 나는 이 사람이 또다시 말을 늘어놓으려는 줄 알았어요." 그루셴까가 신경질적으로 외쳤다. "미쨔, 내 말 듣고 있어?" 그녀는 고집스럽게 덧붙였다. "다시는 벌떡 일어서지 마. 하지만 샴페인을 가져왔다니, 그건 정말 좋네. 나도 마실 테야, 과일주는 참을 수 없어. 당신이 여기 온 게 무엇보다 좋아. 그렇지 않았으면 정말 지루해서 견딜 수 없었을 거야…… 당신, 또 술판을 벌이러 온 거야? 돈은 주머니에 숨겨요! 어디서 그렇게 많은 돈이 생긴 거야?"

모두의, 특히 폴란드인들의 주목을 받으며 손에 여전히 지폐를 뭉텅이로 쥐고 있던 미쨔는 당황해서 재빨리 그것들을 주머니에 넣었다. 그는 얼굴을 붉혔다. 바로 그 순간 주인이 마개를 딴 샴페인병과 잔들을 쟁반에 받쳐 가져왔다. 미쨔는 병을 잡았으나 순간 당황해서 그걸로 무엇을 어떻게 해야 할지 잊은 눈치였다. 깔가노프가 그에게서 병을 받아 그를 대신해 샴페인을 따랐다.

"한 병 더, 더 가져와!" 미쨔가 주인에게 외치고는, 자기가 그렇게도 엄숙하게 우정을 위해 마시자고 청했던 폴란드인과는 잔도 마주치지 않고, 아무도 기다리지 않고 잔을 비웠다. 그의 얼굴이 갑자기 완전히 변해버렸다. 처음에 짓고 들어왔던 엄숙하고 비극적인 표정 대신에 어딘가 어린아이 같은 표정이 떠올랐던 것이다. 그는 문득 온순해지고 기가 꺾인 듯했다. 그는 잘못을 저질러 내쫓겼다가 다시 귀염을 받고 집으로 들여진 강아지가 짓는 감사의 표정을 하고 자주 초조하게 히히거리며 모든 이를 수줍게 기쁜 마음으로 바라보았다. 그는 마치 모든 것을 잊은 듯 어린아이 같은 미소를 짓고 환희에 차 모든 사람을 둘러보았다. 그는 끊임없이 웃으며 그루셴까를 바라보았고, 자기 의자를 그녀의 안락의자에 바짝 당겨 붙였다. 두 폴란드인도 조금씩 훔쳐보았지만 아직은 그들에 대해 잘 알 수 없었다. 소파에 앉아 있던 신사는 당당한 태도와 폴란드 억양, 무엇보다 파이프 담배로 그를 놀라게 했다. '저게 뭐람. 파이프를 피우는 것도 좋군.' 미쨔는 생각했다. 거의 마흔이 다 된 폴란드인의 약간 부석부석한 얼굴과 무척이나 작은 코, 그 밑으로 아주 가늘고 뾰족하고 새까맣고 뻔뻔스러워 보이는 두 가닥의 수염은 미쨔의 마음에 아직 전혀 의문을 불러일으키지 않았다. 심지어 아주 볼품없는 시베리아제 가발과 멍청하게 앞으로 빗어넘긴 머리도 특별히 미쨔를 놀라게 하지 않았다. '그러니까 가발은 저렇게 써야 하나보군.' 그는 더없이 행복하게 지켜보기를 계속했다. 벽 옆의 소파에 앉은, 폴란드인보다 더 젊은 다른 신사는 일행을 건방지고 거친 시선으로 바라보며 오가는 이야기들을 말없이 경멸감을 품고 듣고 있었는데, 미쨔는 다만 소파에 앉은 폴란드인과 비교해서 끔찍하게도 비율이 맞지 않는 그의 아주 큰 키에만 놀랐을 뿐이다. '두 다리로 일어서기만 하면 190센티미터는 되겠군.' 미쨔의 머리에는 이런 생각만 얼핏 지나갔다. 아마도 이 키 큰 신사는 소파에 앉은 신사의 친구이자 충복인 듯 마치 '경호원' 같았고, 그러니 파이프를 문 신사가 그 신사를 지휘하고 있을 거라는 생각이 그의 마음을 스치고 지나갔다. 그러나 이런 모든 것도 미쨔에게는 아주 좋고 이견의 여지가 없는 것으로 여겨졌다. 작은 강아지 안에서 모든 경쟁심이 얼어붙었던 것이다. 그루셴까의 모습과 그녀가 한 말의 수수께끼 같은 뉘앙스도 그는 아직 전혀 이해할 수 없었다. 격하게 고동치는 심장으로 그가 이해한 것은 오직 그녀가 자신에게 상냥하고, 그녀가 자신을 '이해하고 있으며' 자신을 옆에 앉게 해 주었다는 사실뿐이었다. 그는 그녀가 잔에서 포도주를 홀짝 마시는 것을 보고 감격해서 정신을 잃을 지경이었다. 그러나 모두의 침묵이 문득 그를 놀라게 한 것 같았다. 그는 뭔가를 기다리는 눈동자로 모두를 둘러보기 시작했다. '그런데 왜 우리는 여기 앉아만 있는 건가요? 왜 아무것도 시작하지 않지요, 여러분?' 그의 시선은 드러내놓고 이렇게 말하는 것 같았다.

"저기 저분이 계속 거짓말을 하는 바람에 여기 있는 우리 모두가 웃고 있었습니다." 깔가노프가 그의 생각을 정확히 알아챈 듯 막시모프를 가리키며 불현듯 말문을 열었다.

미쨔는 깔가노프를 뚫어지게 쳐다보다가 곧 막시모프를 보았다.

"거짓말을 하고 있다고요?" 그는 곧 뭔가를 아주 기뻐하며 특유의 짤막하고 무미건조한 웃음을 터뜨렸다. "하하!"

"예, 생각해보세요. 저 사람은 20년대에 우리 기병대 전체가 폴란드 여자들에게 장가를 들었다는 식으로 주장하고 있으니 말입니다. 하지만 그건 정말 끔찍한 헛소리 아닙니까?"

"폴란드 여자들에게요?" 미쨔는 이미 완전히 환희에 빠져 다시 말을 받았다.

깔가노프는 미쨔가 그루셴까에게 품은 연정을 아주 잘 알고 있었기 때문에 폴란드 사람에 대한 것도 짐작은 하고 있었지만, 그의 마음을 사로잡은 것은 그 일이 아니었다. 무엇보다 그의 관심을 끈 것은 막시모프였다. 그는 우연히 막시모프와 함께 이곳에 도착했다가 이곳 여인숙 마당에서 난생처음으로 폴란드 사람을 보았다. 그루셴까와는 이전부터 아는 사이였고, 심지어 누군가와 함께 그녀의 집에 간 적도 있었다. 그때 그는 그녀가 마음에 들지 않았었다. 그러나 지금 그녀는 그를 아주 상냥하게 바라보고 있었다. 미쨔가 오기 전까지는 그를 심지어 쓰다듬기까지 했는데, 그는 왠지 무덤덤했다. 그는 스무살 남짓 된 젊은 청년으로 멋을 부려 차려입었고, 아주 사랑스런 흰 얼굴에 아름답고 풍성한 갈색 머리칼을 지니고 있었다. 그러나 이 하얀 얼굴에 매력적인 밝은 하늘색 눈동자는 똑똑하고 때로 나이에 걸맞지 않게 깊은 표정을 짓곤 했다. 젊은이는 때때로 아주 아이처럼 말하고 바라보았지만, 스스로 그걸 의식하면서도 전혀 부끄러워하지 않았다. 그는 언제나 상냥했지만 대체로 아주 남달랐고 심지어는 변덕스러웠다. 가끔 그의 얼굴 표정에는 뭔가 확고부동한 고집스러운 것이 어른거렸다. 그는 상대방을 보고 상대방의 말을 들으면서도 뭔가 자신만의 것을 완강하게 꿈꾸는 것 같았다. 그는 침체되고 맥이 빠져 있다가도 때로는 갑자기 아주 별것 아닌 이유로 흥분하곤 했다.

"생각해보세요, 저는 이분을 벌써 나흘째 데리고 다닙니다." 그는 약간 느릿하게, 단어를 길게 끌듯이 말했지만, 우쭐대는 기색이라고는 전혀 없이 아주 자연스럽게 말을 이었다. "기억하시지요, 형님의 동생분이 그때 마차에서 저분을 떠밀어서 저분이 넘어졌을 때부터였습니다. 그때 저는 저분에게 상당히 관심이 생겼고, 저분을 시골로 데려왔지요. 그런데 지금은 계속 거짓말만 늘어놓으니 함께 있기가 부끄러울 정도입니다. 저분을 도로 데려다주어야겠어요⋯⋯."

"그 신사분들은 폴란드 아가씨를 볼 일이 없으니 그런 일은 있을 수도 없습니다." 파이프를 문 폴란드인이 막시모프에게 지적했다.

파이프를 문 폴란드인은 적어도 생각했던 것보다는 훨씬 훌륭하게 러시아어를 제대로 구사할 줄 알았다. 그러나 러시아어 단어들을 사용할 때는 그것을 폴란드식으로 바꿔 별나게 발음했다.

"저 역시도 폴란드 아가씨와 결혼했는데요." 막시모프가 대꾸하며 히히거렸다.

"그럼 당신도 기병대에서 복무하셨나요? 기병대 얘기를 하셨잖아요. 기병이셨습니까?" 깔가노프가 물고 늘어졌다.

"그럴 리가. 물론 아니지. 이 사람이 정말 기병이었겠어? 하하!" 탐욕스럽게 이야기를 듣던 미쨔가 말문을 연 사람들 한 사람 한 사람에게 호기심 가득한 시선을 재빨리 돌리며 소리쳤다. 각자에게서 무슨 말을 듣기를 기대했는지는 하느님만이 아실 일이다.

"아닙니다. 보세요." 막시모프가 그에게로 몸을 돌렸다. "저는…… 폴란드 여인들…… 예쁜 여인들이…… 우리 경기병과 어떻게 마주르까를 추었는지…… 마주르까를 추고는 어떻게 곧바로 그의 무릎에 고양이처럼…… 하얀 고양이처럼… 뛰어올랐는지를 얘기하는 겁니다…… 폴란드 부모는 그걸 보면 금방 허락을 합죠…… 허락해요…… 그러면 경기병은 다음날 가서 청혼을 하는 겁니다…… 그래요, 그러면 청혼하는 겁니다, 히히!" 막시모프가 말을 마치고는 히히거렸다.

"신사가 건달이네!" 의자에 앉은 키 큰 폴란드인이 갑자기 불평조로 말하고는 다리를 꼬았다. 그의 두껍고 더러운 밑창을 댄, 기름이 번들거리는 거대한 장화만이 미쨔의 눈에 띄었다. 게다가 대체로 두 신사는 상당히 꾀죄죄한 차림새였다.

"참 나, 건달이라니! 어째서 욕을 하는 거예요?" 그루셴까가 갑자기 화를 냈다.

"아그리뻬나,[18] 신사가 폴란드 시골에서 본 건 매춘부지 상류층 여자가 아니오." 파이프를 문 폴란드인이 그루셴까에게 한마디했다.

"분명합니다!"[19] 의자에 앉은 키 큰 신사가 경멸조로 잘라 말했다.

"또 그러네! 저분이 말하도록 좀 내버려두세요! 사람이 말하는데 왜 방해하는 거예요?" 그루셴까가 거칠게 말했다.

"방해하는 게 아니오, 부인." 가발을 쓴 폴란드인이 그루셴까를 빤히 쳐다보며 의미심장하게 말하고는 거만하게 입을 다물고 다시 파이프를 빨았다.

....
18 아그라폐나를 폴란드식으로 발음한 것이다. 도스또옙스끼는 러시아어의 폴란드식 발음을 모사해 쓰고 있다.
19 여기서도 도스또옙스끼는 러시아어의 폴란드식 발음을 모사하고 있다.

"아니, 아니요, 저분은 옳은 말을 하고 있는 겁니다." 도무지 왜 그러는지는 하느님만 아시겠지만, 깔가노프가 다시 흥분해서 말했다. "저분은 폴란드에 가본 적도 없는데 폴란드에 대해 무슨 말을 할 수 있겠습니까? 폴란드에서 결혼한 건 아니잖아요, 그렇지 않습니까?"

"맞습니다, 스몰렌스끄주에서 했죠. 다만, 예전에 어떤 경기병이 그 여자를, 제 미래 아내를 그 폴란드인 어머니와 이모²⁰까지 데리고 나왔죠. 또 다 큰 아들이 있는 친척 여자도 한명 더 데리고요. 정말로 폴란드에서, 진짜 바로 그 폴란드에서 왔는데…… 제게 양보했습니다. 그는 우리 군의 소위였는데, 아주 훌륭한 젊은이였어요. 처음에는 자기가 결혼하고 싶어했는데 그 여자가 다리를 저는 걸 보고는 결혼하지 않은 거예요……"

"그럼, 다리 저는 여자와 결혼한 겁니까?" 깔가노프가 외쳤다.

"다리 저는 여자와 결혼했죠. 그 사람 둘이 그때 나를 약간 속여서 숨겼거든요. 나는 그 여자가 폴짝폴짝 뛴다고 생각했습니다…… 계속 폴짝폴짝 뛰어다니기에 나는 그게 그 여자가 좋아서 그러는 거라고 생각했죠……"

"당신한테 시집간다고 기뻐서요?" 깔가노프가 어린아이처럼 울리는 목소리로 크게 말했다.

"예, 기뻐서요. 그런데 전혀 다른 이유 때문에 그런 거였지요. 나중에 우리가 결혼했을 때, 여자가 예식을 마친 바로 그날 저녁에다 고백하며 아주 감동적으로 용서를 구했습니다. 어릴 적 어느날 웅덩이를 뛰어넘다가 다리를 다쳤다고요. 헤헤!"

깔가노프는 너무도 어린아이 같은 웃음을 터뜨리며 거의 소파 위로 쓰러지다시피 했다. 그루셴까도 폭소를 터뜨렸다. 미쨔는 행복의 절정에 이르렀다.

"아세요, 아세요? 이분은 지금 사실을 말하고 있는 거예요. 지금 거짓말을 하는 게 아니에요!" 깔가노프가 미쨔를 향해 외쳤다. "그리고 이분은 두번 결혼했어요. 이건 첫번째 아내 얘기랍니다. 두번째 아내는 말이죠, 도망가서 아직도 살아 있어요. 그거 아세요?"

"정말로요?" 미쨔는 얼굴에 특히나 놀란 표정을 지으며 막시모프를 향해 재빨리 몸을 돌렸다.

"예, 도망갔습죠. 그런 불쾌한 일을 겪었답니다." 막시모프가 겸손하게 인정했다. "어떤 므시외와 함께요. 중요한 건, 그 여자가 제일 먼저 한 일이 제 시골 토지를 자기 소유로 이전했다는 겁니다. 교육을 받은 사람이면 스스로 먹을 걸 찾을 수 있어야 한다고들 하죠. 그 여자는 그걸 그런 식으로 이해한 겁니다. 어떤 존경받는 주교는 언젠가 제게, 자네 부인 하나는 절름발이요 다른 하나는 다리가 너무도 가볍구나라고 말하기도 했죠. 헤헤!"

"들어보세요, 들어보세요!" 깔가노프가 흥분해서 말했다. "만일 이분이 거짓말을 하고 있다면, 거짓말을 자주 하거든요, 오로지 모든 사람을 만족시키고 싶은 마음 하나 때문에 저러는 겁니다. 비열한 짓은 아니지 않습니까? 비열하지는 않은 거죠? 아세요, 저는 가끔은 이분이 좋습니다. 이분은 아주 비열하지만, 있는 그대로 비열한 거거든요. 그렇죠? 어떻게 생각하세요? 다른 사람은 이득을 얻기 위해, 뭐든 얻으려고 비열한 짓을 하지만, 이분은 그냥 천성이 그래서 그런 거니까요…… 상상해보세요. 이분은 고골이 『죽은 혼』[2]을 쓸 때 자기를 염두에 두고 작품을 썼다고 주장합니다.(어제 오는 길 내내 논쟁을 벌였지요.) 기억하시지요? 그 작품에 막시모프라는 지주가 나오는데, 노즈드료프한테 채찍을 맞고 그를 재판에 회부하지요. 그러니까 '그가 취한 상태에서 지주 막시모프에게 채찍을 때려 개인적인 모욕을 가했다는 이유'로요. 자, 기억나십니까? 그러니 상상해보세요. 이분은 자기가 바로 그 사람이고, 자기가 맞았다고 주장합니다! 그게 가능한 일입니까? 치치꼬프는 더 늦게, 20년대 초반에 돌아다녔으니 시기가 전혀 안 맞잖아요. 그때 이분을 때릴 수 있었을까요? 그럴 수 없잖아요. 그렇지 않습니까?"

무슨 이유로 그렇게 흥분했는지 짐작하기 힘들었지만, 깔가노프는 진심으로 흥분해 있었다. 미쨔는 열의를 다해 온 마음으로 그의 관심에 응했다.

"정말 채찍으로 맞았다면야 그럴 수도 있죠!" 그가 껄껄대며 외쳤다.

"채찍으로 맞았다기보다는, 그냥." 막시모프가 갑자기 끼어들었다.

"뭐가 그냥이란 말인가요? 맞았습니까, 안 맞았습니까?"

"몇시지요(끄뚜라 고드지나, 빠네)?²²" 파이프를 문 폴란드인이 의자에 앉은 키 큰 폴란드인에게 지루하다는 표정으로 물었다. 그는 대답 대신 어깨를 으쓱했다. 두 사람 모두 시계가 없었다.

---

21 1842년에 고골이 발표한 미완의 장편소설. 막시모프는 등장인물 가운데 하나다. 주인공 치치꼬프가 서류상으로 살아 있으나 실제로는 죽은 농노를 사서 사기를 치기 위해 러시아 전역을 돌아다니다가 러시아 중부 도시에서 '죽은 혼'이나 다름없는 지주들과 조우하는 이야기를 담고 있다.

22 원문에는 러시아 문자로 폴란드어 발음이 적혀 있고 괄호 안에 뜻풀이가 되어 있다. 이하 이 책에서는 가독성을 위해 순서를 바꾸어 뜻풀이 뒤에 러시아식 폴란드어 발음을 한글로 표기했다.

"왜 말도 못하게 해요? 다른 사람들도 말 좀 하게 해줘요. 자기들이 지루하다고 다른 사람들도 말하지 말라니……" 그루셴까가 따지듯이 다시 소리를 질렀는데, 분명 일부러인 듯했다. 미쨔의 머릿속에 처음으로 뭔가가 떠올랐다. 이번에는 폴란드인이 분명 화난 듯이 대답했다.

"나는 반대한 적 없소. 나는 아무 말도 하지 않았소(빠니, 야 니쯔 네 무벤 쁘로찌프, 니쯔 네 뽀베쥴렘)."

"그럼 됐어요. 당신, 말해봐요." 그루셴까가 막시모프에게 큰 소리로 말했다. "어째서 모두들 입을 다물고 있나요?"

"말할 게 뭐가 있나요, 다 어리석은 일들인데." 막시모프가 즉각 눈에 보이게 만족감을 드러내며 조금은 거드름을 피우면서 말을 받았다. "고골의 모든 게 알레고리로만 되어 있잖습니까. 성姓들도 다 알레고리니까요. 노즈드료프는 노즈드료프가 아니라 노소프[23]이고, 꿉시니꼬프는 전혀 다르지요. 그는 시끄보르네프니까요. 하지만 페나르지는 실제로 페나르지[24]인데, 다만 이딸리아 사람이 아니라 러시아 사람으로 실은 뻬뜨로프입지요. 마드무아젤 페나르지는 정말 예뻐요. 미끈한 다리에 스타킹을 신고 반짝이가 달린 짧은 치마를 입고 빙글빙글 돌면, 네시간이 아니라 사분만 돌아도 모두 홀딱 넘어가지요……"

"그래서 자네를 때렸다는 거야, 아니라는 거야?" 깔가노프가 고함을 질렀다.

---

23 모두 고골의 『죽은 혼』(*Мёртвые души*)에 나오는 인물이다. 노즈드료프의 어근은 '노즈드랴'(ноздря)로 '콧구멍'이라는 뜻이며 '노스'(нос)는 '코'라는 뜻이다. 막시모프가 『죽은 혼』의 등장인물 이름과 러시아어 단어들을 이용해 말장난을 하고 있다.

24 페나르지는 1820년대에 생존한 마법사로 『죽은 혼』 5장에서 언급된다.

"뻬롱을 위해서 그랬습죠." 막시모프가 대답했다.

"뻬롱을 위해서라니?" 미쨔가 외쳤다.

"유명한 프랑스 작가, 뻬롱 말입죠. 우리는 당시 큰 모임에서, 제가 말한 시장 선술집에서 함께 포도주를 마셨습니다. 사람들이 저를 초대했는데, 제가 제일 먼저 경구를 말했습니다. '자네, 부알로, 그 무슨 우스꽝스러운 차림새인가.' 부알로는 가면무도회에 갈 거라고 대답하지요.[25] 그러니까 목욕탕에 간다는 말입니다, 헤헤. 그런데 사람들이 자기들한테 하는 말로 받아들이더라고요. 그래서 제가 얼른, 교육받은 사람이라면 모두 잘 아는 다른 신랄한 경구를 읊었습니다.

> 그대가 사포라면, 나는 파온이다, 따질 것 없어,[26]
> 그러나 슬프게도
> 그대는 바다로 가는 길을 모르는구나.

사람들은 기분이 더 나빠져서 그 경구 때문에 저를 점잖지 못하게 욕하기 시작했고, 저는 상황을 만회해보려고 그때 뻬롱에 대한 상당히 수준 높은 일화를 얘기해주었다가 불행한 일만 당했습지요. 사람들이 그를 프랑스 아까데미에 받아들이지 않아서, 복수하려는 마음에 그는 자신의 묘비명을 이렇게 새겼다는 일화입니다.

---

25 러시아 시인 끄릴로프(Иван А. Крылов, 1769~1844)의 시 「시론의 번역에 부쳐」의 한구절이다.

26 러시아 낭만주의 시인 바쮸시꼬프(Константин Н. Батюшков, 1787~1855)의 시 「신(新) 사포에게 바치는 마드리갈」의 첫 시행을 약간 변형했다.

여기 아무도 아닌,

심지어 학술원 회원도 아닌 삐롱이 묻히다

(Ci-gît Piron qui ne fut rien

Pas même académicien).[27]

그러자 사람들이 저를 붙잡아 채찍을 치더군요."

"이런, 어떻게 그런 일이, 그런 일이 있나?"

"제가 교양이 높다는 이유지요. 사람이 사람을 치는 이유가 뭐 이거뿐이겠습니까." 막시모프가 부드러운 설교조로 결론을 맺었다.

"에이, 그만, 죄다 불쾌한 얘기뿐이네. 난 또 재미있을 것 같아서 듣고 싶었던 건데요." 그루셴까가 느닷없이 말을 끊었다. 미쨔가 퍼뜩 놀라며 즉시 웃기를 멈추었다. 키 큰 폴란드인은 자리에서 일어나 수준에 맞는 사람이 없어 지루해하는 사람의 오만한 태도로 뒷짐을 지고 방 한구석에서 다른 구석으로 왔다 갔다 하기 시작했다.

"맙소사, 서성이기 시작했네!" 그루셴까가 경멸 어린 표정으로 그를 바라보았다. 미쨔는 걱정스러웠는데, 더구나 의자에 앉은 폴란드인이 화난 표정으로 그를 보는 걸 눈치챘다.

"신사 여러분," 미쨔가 소리쳤다. "같이 마십시다, 선생! 다른 선생도 같이요. 마십시다, 신사 여러분!" 그는 순식간에 세개의 잔을 모아놓고 샴페인을 따랐다.

"폴란드를 위하여, 여러분. 여러분의 폴란드를 위하여, 폴란드 지역을 위하여 마십시다!" 미쨔가 외쳤다.

----

27 프랑스 시인 알렉시 삐롱이 아까데미 회원으로 선출되지 못한 후 쓴 시 「나의 묘비명」이다.

"그 말 반갑군요, 신사 양반. 마십시다(바르조 미 또 밀로, 빠네, 비쩨엠)." 소파에 앉은 폴란드인이 거만하고 우호적으로 말하고 잔을 들었다.

"다른 선생, 성함이 어떻게 되시는지, 어이, 고귀한 선생, 잔을 드시오!" 미쨔가 부산을 떨었다.

"브루블렙스끼입니다." 소파에 앉은 폴란드인이 옆에서 말해주었다. 브루블렙스끼는 좌우로 몸을 흔들며 탁자로 다가와 선 채로 잔을 들었다.

"폴란드를 위하여, 여러분, 만세!" 미쨔가 잔을 들면서 외쳤다.

세 사람 모두 마셨다. 미쨔는 즉시 병을 들고 또 세잔을 채웠다.

"이제 러시아를 위하여. 여러분, 형제처럼 지냅시다!"

"우리한테도 따라줘." 그루셴까가 말했다. "러시아를 위해 마시고 싶어요."

"저도요." 깔가노프가 말했다.

"에, 저도요…… 러시아를 위해, 늙은 할머니 러시아를 위해."[28] 막시모프가 히히거렸다.

"모두, 모두 그럽시다!" 미쨔가 외쳤다. "주인장, 술 더 가져오게!"

미쨔가 가져온 병 중에서 나머지 세병을 모두 가져왔다. 미쨔는 술을 따랐다.

"러시아를 위하여, 만세!" 그는 다시 목청을 돋웠다. 폴란드인들을 뺀 모두가 마셨고, 그루셴까는 단번에 잔을 비웠다. 폴란드인들은 자기 잔에 손을 대지 않았다.

----

28 러시아 소설가 곤차로프(Иван А. Гончаров, 1812~91)의 소설 『절벽』(Обрыв)의 마지막 줄을 암시한다.

"어쩐 일이십니까, 여러분?" 미쨔가 외쳤다. "어떻게 그럴 수가 있죠?"

브루블렙스끼는 잔을 들어올리며 날카로운 목소리로 말했다.

"1772년 이전의 러시아를 위하여!"[29]

"그거 정말 좋네(오또 바르조 삐끄네)!" 다른 폴란드인이 외쳤고, 둘 다 단번에 잔을 비웠다.

"정말 멍청이로군, 당신들!" 미쨔에게서 불쑥 이런 말이 터져나왔다.

"당신!" 두 폴란드인이 미쨔에게 싸움닭처럼 달려들며 위협적으로 외쳤다. 특히 브루블렙스끼가 격분했다.

"자기 나라를 사랑하지도 못한단 말이오(알레 네 모즈노 네 메쯔 슬라보시찌 도 스바예보 끄라유)?"

"입 다물어요! 싸우지 말아요! 싸움 벌이지 말라고요!" 그루셴까가 명령조로 외치고는 발을 굴렀다. 그녀는 얼굴이 달아올랐고 눈동자가 반짝였다. 조금 전 마신 술 때문이었다. 미쨔는 무섭도록 놀랐다.

"여러분, 용서하시오! 내 잘못이오. 앞으로는 안 그러겠소이다. 브루블렙스끼, 브루블렙스끼, 앞으로는 안 그러겠소."

"당신만이라도 가만히 있어요, 앉아요, 이 어리석은 사람 같으니!" 그루셴까가 불만에 가득 차 독살스럽게 말했다.

모두가 앉았고, 모두 침묵하며 서로를 바라보았다.

"여러분, 모든 게 제 탓입니다!" 미쨔가 그루셴까의 고함 소리에서 아무것도 깨닫지 못하고 또다시 말문을 열었다. "자, 우리 왜 이

---

29 1772년 제1차 폴란드 분할로 폴란드땅은 러시아와 오스트리아, 프로이센에 넘어갔다.

렇게 앉아만 있는 겁니까? 자, 즐거워지게, 다시 즐거워지도록……
뭔가를 해야 하지 않을까요?"

"아아, 정말 끔찍하게 즐겁지 않네요." 깔가노프가 느릿느릿 웅얼거렸다.

"좀 전처럼 반끄 게임을 할까요?" 막시모프가 헤헤거렸다.

"반끄?[30] 훌륭해!" 미쨔가 그 말을 받았다. "만일 폴란드분들께서……"

"뿌지노, 빠네!" 소파에 앉은 폴란드인이 내키지 않는다는 듯이 반응했다.

"맞아." 브루블렙스끼가 맞장구를 쳤다.

"뿌지노? 뿌지노가 무슨 뜻이에요?" 그루셴까가 물었다.

"늦었다는 말이죠. 여러분, 늦었어요. 늦은 시간이에요." 소파에 앉은 폴란드인이 설명했다.

"다 늦었다네. 다 안 된다네!" 그루셴까가 불만에 차서 거의 비명을 지르다시피 했다. "자기들이 지루하게 앉아 있으니 다른 사람들도 지루하게 있으라는 식이야. 당신 앞에서는, 미쨔, 이렇게 계속 입을 다물고 있지만 나한테는 얼마나 성을 냈는데……"

"내 사랑!" 소파에 앉은 폴란드인이 외쳤다. "나한테 호의를 보여주지 않으니 슬픈 거요(쪼 무비시, 또 센 스따네, 비젠 넬라스겐 이 에스뗌 스무뜨니). 시작합시다(에스뗌 고뚜프), 빠네." 그는 미쨔를 향해 말을 마쳤다.

"시작합시다, 빠네." 미쨔가 주머니에서 지폐뭉치를 꺼내 그중 200루블을 탁자에 놓으며 말을 받았다.

---

30 카드놀이의 일종.

"자네한테 크게 잃어줄게, 빤. 카드를 집어. 반끄를 열라고!"

"카드는 주인 것을 가져다 씁시다, 빠네." 작은 폴란드인이 고집을 부리며 진지하게 말했다.

"그게 가장 좋은 방법이지(또 나이렙시 스뽀수프)." 브루블렙스끼가 맞장구를 쳤다.

"주인 것을? 좋아, 알았어. 주인 것을 가져오지. 좋을 대로 하세요, 여러분(빠노베)! 카드를 가져오게!" 미쨔가 주인에게 명령했다.

주인은 포장도 뜯지 않은 카드를 가져오면서 미쨔에게, 아가씨들이 모였고 심벌즈를 든 유대인들도 아마 곧 올 텐데, 물건들을 실은 삼두마차는 아직 도착하지 않았다고 알렸다. 미쨔는 식탁에서 벌떡 일어나 곧장 조치를 취하기 위해 옆방으로 달려갔다. 그러나 온 아가씨들은 전부 다 해서 세명뿐이었고, 마리야는 아직 오지 않았다. 그러니 그 자신도 어떻게 해야 할지, 어째서 달려나왔는지 알 수가 없었다. 그는 다만 상자에서 봉봉과자와 알사탕, 우유 캐러멜을 아가씨들에게 나누어주라고 명했을 뿐이다. "그래, 안드레이에게 보드까를, 안드레이에게 보드까를 주게!" 그는 서둘러 지시했다. "내가 안드레이를 기분 나쁘게 했거든!" 이때 갑자기 그를 뒤따라 달려나온 막시모프가 그를 건드렸다.

"내게 5루블을 주세요." 그가 미쨔에게 속삭였다. "나도 반끄에 돈을 걸고 싶은데요, 헤헤!"

"좋았어, 훌륭해요! 10루블을 가져가세요. 자, 여기!" 그는 다시 주머니에서 지폐다발을 다 꺼내 10루블을 찾았다. "지면 또 와요. 또 와……"

"좋습니다요!" 막시모프는 기쁘게 속삭이고는 홀로 달려갔다.

미쨔도 곧 돌아와 기다리게 해서 미안하다고 사과했다. 폴란드인들은 벌써 자리에 앉아 놀이를 시작했다. 그들의 눈빛은 훨씬 친절하고 상냥해졌다. 소파에 앉은 폴란드인은 새 파이프를 피우며 패를 돌릴 준비를 했다. 그의 얼굴에는 일종의 승리감이 감돌고 있었다.

"자리를 잡으시죠, 여러분(나 메이짜, 빠노베)!" 브루블렙스끼가 선포했다.

"아니요, 나는 더이상 치지 않겠습니다." 깔가노프가 대답했다. "조금 전에도 50루블을 잃었는데요."

"빤이 운이 안 좋았죠. 다시 운이 좋아질지 모릅니다." 소파에 앉은 폴란드인이 그를 향해 말했다.

"반끄에 얼마를? 판돈은요?" 미쨔가 흥분했다.

"100루블 내지 200루블, 거실 수 있는 만큼 거시면 됩니다."

"100만!" 미쨔가 큰 소리로 웃었다.

"대위, 뽀드비소쯔끼라는 사람 얘기를 들어본 적 있습니까?"

"뽀드비소쯔끼라뇨?"

"바르샤바에서는 반끄 게임에 아무나 돈을 걸 수 있습니다. 뽀드비소쯔끼가 와서는 금화 1천을 보고 돈을 걸었죠. 물주가 말했어요. '뽀드비소쯔끼씨, 금을 거시겠습니까, 아니면 당신 말을 거시겠습니까?' '내 명예(고노르)를 걸지요'라고 뽀드비소쯔끼가 말했습니다. '그게 더 낫군요' 하고 물주가 패를 돌렸습니다. 그런데 뽀드비소쯔끼는 금화 1천 루블을 땁니다. '잠시만요.' 물주가 말하고는 상자에서 100만 루블을 꺼내줍니다. '가져가십시오. 이게 당신 몫입니다(오또 예스쩨 뜨보이 라후네끄)!' 100만 루블짜리 판이었던 거죠. '이런 줄은 몰랐군요'라고 뽀드비소쯔끼가 말했습니다.

'뽀드비소쯔끼씨,' 물주가 말했죠. '당신은 명예를 걸었고, 우리도 명예를 걸었습니다.' 그 말에 뽀드비소쯔끼는 100만 루블을 가져갔습니다."

"거짓말이에요." 깔가노프가 말했다.

"점잖은 사람들 모임에서는 그렇게 말하지 않습니다(브 실랴헤 뜨노이 꼼파니 따끄 무비치 네쁘리지스또이), 깔가노프씨."

"그러니까 폴란드 도박꾼이 당신에게 100만 루블을 준다는 말이군!" 미쨔가 이렇게 외치고는 곧바로 정신을 차렸다. "용서하세요. 내가 잘못했군요. 또 실수했어요. 100만 루블을 내준다, 명예(고노르), 폴란드의 명예를 건다는 말이군요! 내 폴란드어가 어떤가요, 하하! 여기 10루블을 잭에 겁니다."

"저는 1루블을 퀸에, 짙은 주홍의 어여쁜 폴란드 여인네한테, 헤헤!" 막시모프가 자기 퀸을 내밀고는, 히히 웃으면서 마치 모든 사람에게서 감추고 싶기라도 한 듯 탁자 쪽으로 바짝 몸을 당겨 재빨리 탁자 밑에서 성호를 그었다. 미쨔가 이겼다. 막시모프의 1루블도 이겼다.

"똑같이 걸겠습니다."

"저는 또 1루블을 겁니다. 저는 전재산을 다 거는 거예요. 작지만 다 거는 겁니다." 막시모프가 1루블 땄다는 데 아주 기뻐하며 감격한 듯 중얼거렸다.

"잃었다!" 미쨔가 외쳤다. "7에 두배를."

그는 또 잃었다.

"그만두세요." 깔가노프가 느닷없이 말했다.

"두배로, 두배로." 미쨔는 돈을 두배로 걸었고, 두배로 걸 때마다 모두 잃었다. 그런데 1루블을 건 막시모프는 계속 이겼다.

"두배로!" 미쨔가 격분해서 외쳤다.

"200루블을 잃었는데요. 그런데 또 200루블을 거시렵니까?" 소파에 앉은 폴란드인이 알려주었다.

"뭐, 200루블을 잃었다고? 그럼 또 200루블! 200루블 전부를 두 배에 건다!" 미쨔는 주머니에서 돈을 끄집어내어 퀸에게 200루블을 던지려고 했다. 그런데 그때 깔가노프가 퀸을 손으로 가렸다.

"이제 충분합니다!" 그가 울리는 목소리로 외쳤다.

"무슨 짓입니까?" 미쨔가 그를 노려봤다.

"됐습니다. 내가 원하지 않습니다! 더이상 도박은 하지 마세요."

"왜요?"

"그냥요. 침을 뱉고 떠나세요. 그게 이유입니다. 더이상 도박은 못 하게 할 겁니다."

미쨔는 놀라서 그를 바라봤다.

"그만둬, 미쨔. 어쩌면 저 사람이 진실을 말하고 있는지도 몰라. 그러지 않아도 너무 많이 잃었잖아." 그루셴까도 이상한 어조로 말했다. 두 폴란드 사람은 몹시 기분 나쁜 표정으로 자리에서 일어났다.

"농담하고 있나(짜르뚜예시), 빠네?" 키 작은 폴란드인이 깔가노프를 엄격하게 바라보며 말했다.

"어떻게 감히 그런 말을 하십니까(야끄 센 뽀바자시 또 로비치, 빠네)!" 브루블렙스끼가 깔가노프에게 고함을 질렀다.

"감히, 감히 소리 지르지 마요!" 그루셴까가 소리 질렀다. "에이, 우쭐대는 칠면조들 같으니라고."

미쨔는 그들 모두를 번갈아 보았다. 그러나 그루셴까의 얼굴에 있는 뭔가가 그를 놀라게 했고, 바로 그 순간 어떤 새로운 생각이 그의 머리에 떠올랐다. 이상하고 새로운 생각이었다!

"아그리삐나!" 언짢아서 온통 얼굴이 새빨개진 키 작은 폴란드인이 말하려 했지만, 바로 그때 미쨔가 갑자기 그에게 다가가 그의 어깨를 쳤다.

"고귀한 분, 두마디만 하겠습니다."

"무슨 일이십니까(체고 흐체시, 빠네)?"

"저쪽 방으로, 저쪽으로 가서 두마디 좋은 얘기, 아주 좋은 얘기를 해드리겠습니다. 만족하실 겁니다."

키 작은 폴란드인은 놀라서 경계하는 듯이 미쨔를 바라보았다. 그러나 그는 반드시 브루블렙스끼와 함께 가야 한다는 조건으로 곧 동의했다.

"경호원인가? 저분도 오라 하죠. 저분도 있어야 합니다. 아니, 꼭 있어야 합니다!" 미쨔가 외쳤다. "갑시다, 빠노베!"

"어디로 가는 거예요?" 그루셴까가 불안해하며 물었다.

"금방 돌아올 거야." 미쨔가 대답했다. 어떤 용기, 예기치 못했던 활기가 그의 얼굴에서 빛났다. 그가 이 방에 들어왔던 한시간 전과는 전혀 다른 얼굴이었다. 그는 폴란드인들을 오른쪽으로, 그러니까 아가씨 합창단이 모여 있고 상이 차려진 방이 아니라 궤짝과 여행가방, 무명천을 씌운 베개가 산더미처럼 쌓인 커다란 침대 두개가 있는 침실로 데려갔다. 제일 구석의 널빤지로 만든 작은 탁자 위에서 초가 타고 있었다. 폴란드인과 미쨔는 그 탁자를 사이에 두고 얼굴을 마주보고 앉았고, 몸집이 장대한 브루블렙스끼는 그들옆에 뒷짐을 지고 섰다. 폴란드인들이 엄숙한 얼굴로, 눈에 띄게 호기심을 보이며 바라보았다.

"무슨 일이십니까(쳄 모겐 슬루지찌 빠누)?" 키 작은 폴란드인이 웅얼거렸다.

"여러 말 할 것도 없이, 자, 여기, 여기 돈이 있습니다," 그는 자신의 지폐다발을 꺼냈다. "3천 루블을 원한다면, 이걸 받고서 어디든 원하는 곳으로 가버려."

폴란드인은 미심쩍은 듯 눈을 동그랗게 뜨고 미쨔의 얼굴을 빨려들 듯이 바라보았다.

"3천 루블이오(뜨르찌 띠센치, 빠네)?" 그는 브루블렙스끼와 시선을 교환했다.

"3천 루블, 여러분, 3천 루블(뜨르찌, 빠노베, 뜨르찌)! 내 말 들어, 빠네. 보아하니 당신 현명한 사람이잖아. 3천 루블을 가지고 꺼지라고. 브루블렙스끼를 데리고 꺼져. 내 말 알겠나? 지금 당장 이 문밖으로 영원히 나가버리라고. 저기 뭐가 있나? 외투? 털외투? 내가 가져다주지. 당장 삼두마차를 준비해줄게. 잘 가게, 친구들! 응?"

미쨔는 확신에 차서 대답을 기다렸다. 그는 의심하지 않았다. 뭔가 극도로 단호한 빛이 폴란드인의 얼굴에 어른거렸다.

"돈은요, 빠네?"

"돈은 이렇게 하지, 빠네. 500루블은 마부 사례로 당장 주고 2,500루블은 내일 시내에 가서 주지. 명예를 걸고 맹세하는데, 돈은 줄 거고, 땅에서라도 파낼 거야!" 미쨔가 외쳤다.

폴란드인들은 다시 서로 눈짓을 했다. 폴란드인의 표정이 나쁜 쪽으로 변했다.

"700을, 500이 아니라, 지금 당장 700루블을 손에 쥐여주지!" 미쨔가 뭔가 안 좋은 낌새를 채고는 액수를 늘렸다. "왜 그러나, 빤? 못 믿겠나? 3천 루블 전부를 지금 당장 줄 수는 없어. 지금 주면 당신은 내일 바로 그루셴까에게로 돌아올 테니…… 지금 당장은 나도 3천 루블을 다 가지고 있지 않아. 시내의 집에 있다고." 미쨔는 용기를 잃고 한마디 할 때마다 기가 죽으면서 웅얼거렸다. "맙소사, 있다니까, 숨겨놓았다고……"

그 순간 특별한 자존심이 키 작은 폴란드인의 얼굴에서 빛났다.

"또다른 요구사항은 없나(치 네 뽀세부예시 이쇼 체고)?" 그가 비꼬면서 물었다. "수치야! 치욕이야!(쁘페! 아, 쁘페!)" 그는 침을 뱉었다. 브루블렙스끼도 침을 뱉었다.

"당신, 빠네," 미쨔가 모든 게 끝났다는 것을 깨닫고 절망해서 말했다. "그루셴까한테서 더 많이 뜯어낼 수 있을 거 같아 침을 뱉는 건가? 둘 다 거세한 수탉들이군!"

"말로 다 못 할 만큼 치욕스럽군(예스쩸 도 지베고 도뜨끄넨뜨님)!" 키 작은 폴란드인이 새우처럼 얼굴이 새빨개져서는 무섭게 화를 내며 아무 말도 듣고 싶지 않다는 듯이 방에서 나갔다. 그 뒤를 이어 브루블렙스끼도 몸을 흔들며 방을 나갔고, 당황해서 얼이 빠진 미쨔도 그들을 뒤따라 나갔다. 그는 그루셴까가 두려웠고, 폴란드인이 당장 소리를 지를까봐 두려웠다. 그리고 실제로 그렇게 되었다. 폴란드인은 홀로 들어가서 과장된 몸짓을 하며 그루셴까 앞에 섰다.

"말로 다 못 할 만큼 치욕스럽군(빠니 아그리삐나, 예스쩸 도 지베고 도뜨끄넨뜨님)!" 그가 이렇게 외친 순간, 그루셴까는 '가장 아픈 부분'을 찔린 듯 '마지막 남은 인내심'을 잃어버린 것 같았다.

"러시아어로, 러시아어로 해. 단 한마디도 폴란드어는 하지 말라고!" 그녀가 그에게 소리 질렀다. "예전에는 러시아어로 했잖아. 5년 사이에 잊어버리기라도 한 거야?" 그녀는 화가 나서 얼굴이 온통 붉어졌다.

"빠니 아그리삐나……"

"나는 아그라삐나야. 나는 그루셴까라고. 러시아어로 해. 안 그러면 듣지도 않을 테니!" 폴란드인은 자존심 때문에 헐떡였지만, 서투른 러시아어로 빠르고 거만하게 말했다.

"빠니 아그라삐나, 나는 옛일을 잊으려고, 오늘 이전에 있었던 일을 잊고 또 과거를 용서하려고 여기 왔소……"

"용서한다고? 당신이 나를 용서하러 왔다고?" 그루셴까가 그의 말을 막고 자리에서 펄쩍 뛰어일어났다.

"정확히 그렇소(따끄 예스찌), 빠니. 나는 속 좁은 사람이 아니고, 마음이 넓은 사람이오. 그러나 나는 당신의 정부情夫들을 보고 놀랐소(빌렘 즈지뵤니). 빤 미쨔가 저쪽 방에서 내가 떠나면 3천 루블을 주겠다고 했소. 나는 저 사람 얼굴에 침을 뱉었소."

"뭐라고? 저 사람이 나 때문에 당신에게 돈을 주겠다고?" 그루셴까가 히스테리를 부리며 외쳤다. "사실이야, 미쨔? 감히 어떻게 그래? 내가 사고파는 여자란 말이야?"

"빠네, 빠네," 미쨔가 울부짖었다. "이 여자는 순결해. 빛나고 있잖아. 나는 한번도 이 여자의 정부였던 적이 없어! 그건 네가 거짓말을 하는 거야……"

"어떻게 감히 당신이 이 사람 앞에서 나를 변호할 수 있어?" 그루셴까가 고함을 질렀다. "내가 순결을 지킨 건 도덕 때문도 아니고, 꾸지마를 두려워했기 때문도 아니야. 이 사람 앞에서 자존심을 지키려고, 만났을 때 이 사람에게 비열한 놈이라고 말할 권리를 지니려고 그랬던 거야. 정말로 저이가 당신 돈을 받겠다고 한 거야?"

"맞아, 받으려 했어. 받으려 했다고." 미쨔가 외쳤다. "다만 3천 루블 전부를 한꺼번에 원했지만, 난 선금으로 700루블만 주려고 했지."

"이제 이해가 되네. 나한테 돈이 있다는 말을 듣고 결혼하러 온 거로군!"

"아그리삐나," 폴란드인이 외쳤다. "나는 기사이자 폴란드 신사지, 불한당이 아니오! 나는 당신을 아내로 맞으러 왔는데, 내가 이전에 알았던 여인이 아니라 전혀 새로운 여인을 보고 있소. 제멋대로 굴면서 수치를 모르는 여인 말이오."

"어디서 왔건 거기로 돌아가! 당장 쫓아내, 당장 쫓아내!" 그루셴까가 격노해서 외쳤다. "바보, 내가 바보였어. 오년 동안이나 스스로를 괴롭히다니! 저 사람 때문에 내가 나를 괴롭힌 게 아냐. 나는 악에 받쳐서 나를 괴롭힌 거야! 저 사람도 지금 같지 않았어! 정말 저 사람이 저랬던 거야? 저 사람은 마치 그 아버지 같잖아! 당신, 그 가발은 어디서 구한 거야? 그때 그 사람은 솔개였는데, 이 사람은 수오리네! 그 사람은 웃으면서 내게 노래를 불러주었는데…… 나는, 나는 오년 동안이나 눈물 흘렸는데. 나는 저주받은 바보야. 저열하고 뻔뻔스런 바보!"

그녀는 의자에 쓰러져 손바닥으로 얼굴을 가렸다. 그 순간 갑자기 왼쪽 옆방에 모여 있던 모끄로예 아가씨들의 합창이 울려퍼졌다. 신나는 춤곡이었다.

"이게 소돔이지 뭐야!" 브루블렙스끼가 난데없이 으르렁댔다. "주인장, 이 뻔뻔스런 자들을 내쫓게!"

한참 전부터 벌써 호기심이 동해 방 안을 엿보고 있던 주인은 외침 소리를 듣고 손님들 사이에 싸움이 일어났다는 것을 알아채고는 금세 방에 모습을 나타냈다.

"왜 소리를 지르며 목청을 돋우는 거야?" 그는 이해할 수 없을 만큼 무례한 태도로 브루블렙스끼를 향해 말했다.

"짐승!" 폴란드인 브루블렙스끼가 소리치듯 말했다.

"짐승이라고? 지금 무슨 카드로 게임을 했지? 내가 너한테 카드 한벌을 갖다줬는데 네가 내 카드를 숨겼잖아! 가짜 카드로 도박을 했잖아! 가짜 카드로 도박한 걸로 너를 시베리아로 보내버릴 수도 있어. 알아? 카드가 몽땅 가짜란 말이야……" 그러고서 그는 소파로 다가가 등받이와 좌석 쿠션 사이에 손가락을 넣어 거기서 포장을 뜯지 않은 카드 한벌을 꺼냈다.

"바로 이게 내 카드지, 포장도 뜯지 않은!" 그는 그것을 들어올려 주변 사람들에게 보였다. "나는 저 사람이 내 카드를 이 틈에 집어넣고 자기 걸로 바꾸는 걸 저기서 봤습니다. 당신은 사기꾼이지 신사가 아니야!"

"나는 저 사람이 두번이나 카드 패를 속이는 걸 봤어요." 깔가노프가 소리쳤다.

"아, 얼마나 부끄러운 짓이야. 얼마나 부끄러운 짓이야!" 그루셴까가 손뼉을 치고 소리치며 너무도 수치스러워 얼굴을 붉혔다.

"내가 이럴 줄 알았어." 미쨔가 소리쳤다. 그러나 완전히 당황하고 화가 머리끝까지 난 브루블렙스끼가 그루셴까를 향해 주먹으로 위협하면서 소리를 지르는 바람에 그는 할 말을 다 마칠 수 없었다.

"못된 창녀 같으니!" 그러나 그는 말을 끝맺지 못했다. 미쨔가 달려들어 두 손으로 그의 멱살을 잡아 허공에 들어올리고는 순식간에 홀에서 방금 두 사람을 데려갔던 오른쪽 방으로 가버렸던 것이다.

"그놈을 방바닥에 패대기치고 왔소!" 그는 곧바로 돌아와서는 흥분해서 숨을 헐떡이며 알렸다. "몸부림쳐도 저기서 다시는 나오지 못할걸, 사기꾼!" 그는 문 한쪽을 잠그고 다른 한쪽은 활짝 열고서 키 작은 폴란드인에게 외쳤다.

"친애하는 신사 양반, 저기로 가지 않으시겠습니까? 이쪽으로 (쁘세쁘라샴)!"

"나리, 미뜨리 표도로비치," 뜨리폰 보리소비치가 알렸다. "저 사람들에게 잃은 돈을 되찾으세요! 어쨌든 도둑질해서 가져간 돈이잖습니까."

"나는 내 50루블을 돌려받지 않겠습니다." 깔가노프가 느닷없이 대답했다.

"나도 내 돈을 원하지 않아요." 미쨔가 외쳤다. "절대로 돌려받지 않을 겁니다. 위로 삼아 가지라고 해요."

"멋져요, 미쨔! 훌륭해요, 미쨔!" 그루셴까가 외쳤는데, 그 외침에는 악에 받친 기색이 역력했다. 노여움으로 얼굴이 흙빛이 된 키 작은 폴란드인은 위엄을 조금도 잃지 않고 문 쪽으로 가다가 문득 멈춰서는 그루셴까를 향해 말했다.

"나와 함께 가고 싶다면, 갑시다. 원하지 않는다면, 잘 있으시오 (빠니, 예쩰리 흐체시 이스치 짜 므노유, 이지미, 예슬리 네 비바이 즈다로바)!"

중요한 것은 분노와 자존심 때문에 씨근거리며 그가 문으로 갔다는 것이다. 그는 의지가 강한 사람이었다. 그래서 이 모든 일이 벌어진 뒤에도 빠니가 그를 따라갈 거라는 희망을 잃지 않았다. 그 정도로 그는 자신을 높이 평가하고 있었다. 미쨔는 그의 뒤에 대고 문을 쾅 닫았다.

"열쇠로 문을 잠가서 저 사람들을 가두세요." 깔가노프가 말했다. 그러나 자물쇠 소리는 그들 쪽에서 울렸다. 그들 스스로 문을 잠근 것이다.

"잘됐어!" 그루셴까가 독살스럽고 무자비하게 또다시 외쳤다. "잘됐어! 꼴좋다!"

8. 헛소리

떠들썩한 술잔치가, 성대한 연회가 시작되었다. 제일 먼저 그루셴까가 술을 가져오라고 외쳤다. "마시고 싶어. 완전히 취해서 전처럼 실컷 마시고 싶어. 기억나, 미쨔? 기억하지, 우리가 여기서 가까워졌던 때처럼 말이야!" 미쨔 자신도 마치 환각에 빠진 것처럼 '자신의 행복'을 예감했다. 그러나 그루셴까는 끊임없이 그를 자기 곁에서 쫓아냈다. "가서 즐겨. 저 사람들에게 춤을 추라고, 모두 즐겁게 지내라고 말해. '집도 춤추고 벽난로도 춤추던' 그때처럼." 그녀는 계속해서 소리를 질렀다. 그녀는 무섭게 흥분해 있었다. 미쨔는 시킨 대로 처리하러 뛰어갔다. 합창단은 옆방에 모여 있었다. 이제까지 그들이 앉아 있던 방은 아주 비좁은데다 무명 커튼으로 공간이 둘로 나뉘어 있었다. 그 커튼 뒤에는 또 깃털이불과 마찬가지로 무명을 씌운 베개가 산더미처럼 쌓인 거대한 침대가 놓여 있었다. 사실 이 집은 '깨끗한' 방 네칸 모두 여기저기 침대들이 놓여 있었다. 그루셴까는 바로 문 옆에 자리를 잡았고, 미쨔는 그녀에게 의자를 가져다주었다. '그때,' 그들이 처음 술자리를 벌인 날에도 그녀는 지금과 똑같이 그 자리에서 합창과 춤을 보았던 것이다. 그때 모였던 아가씨들도 다시 모였다. 바이올린과 치터[31]를 든 유대인 들도 도착했고, 마침내는 그렇게도 기다리던 포도주와 안주를 실은 수레가 삼두마차에 실려 도착했다. 미쨔는 동분서주했다. 이들과 아무 상관 없는 아낙과 농민 들이 벌써 잠이 들었다가는 깨어나한 달 전처럼 보기 드문 대접을 받으리라고 기대하며 방으로 몰려들었다. 미쨔는 인사를 하고 아는 사람과 포옹하고 얼굴을 기억해내며 병을 따서 닥치는 대로 그들에게 따라주었다. 샴페인에 누구보다 눈독을 들인 것은 아가씨들이었고, 농민들은 럼주와 꼬냑, 특히 뜨거운 펀치를 더 좋아했다. 미쨔는 아가씨들 모두에게 돌아가도록 초콜릿을 끓이고, 들어온 모든 사람에게 차와 펀치가 모자라지 않도록 세개의 사모바르를 밤새 끓이라고 지시했다. 한마디로말해 뭔가 어처구니없는 난장판이 벌어졌지만, 미쨔는 물고기가물을 만난 듯했고, 상황이 어처구니없어지면 그럴수록 더욱 활기를 띠어갔다. 농민이 그에게 돈을 요구할라치면, 그는 즉시 돈다발을 꺼내어 세보지도 않고 오른쪽 왼쪽으로 돈을 내주었을 것이다.아마도 그래서 주인인 뜨리폰 보리시치가 미쨔를 보호하려고 거의 떠나지 않고 그의 주변을 맴돌았을 것이다. 그는 이날 밤은 누워 잘 생각을 아예 버린 듯 술도 아주 조금만 마시며(다 해봐야 펀치 한잔뿐이었다) 자기 딴에는 예리한 눈으로 미쨔의 이익을 챙겨주었다. 필요한 순간에 그는 상냥하면서도 비굴한 태도로 그를 설득해 말렸고, '그전처럼' '시가와 라인 포도주', 그리고 맙소사, 돈을 농민들에게 나누어주지 못하게 막았으며, 처녀들이 리큐어를마시고 사탕을 먹는 데 아주 분개했다. "이가 득실거리는 녀석들입

<hr>

31 zither. 손가락과 픽으로 줄을 뜯는 목이 없는 현악기.

니다, 미뜨리 표도로비치." 그가 말했다. "체면이 뭔지 알게 하려면 무릎으로 저 녀석들을 쿡 차줘야 합니다. 그런 녀석들입니다!" 미쨔는 다시 한번 안드레이 생각이 나서 그에게 펀치를 보내라고 명했다. "내가 조금 전에 그 사람을 기분 나쁘게 했어." 그는 마음이 약해져서 부드러운 목소리로 되풀이했다. 깔가노프는 술을 마시고 싶지 않았고 처녀들의 합창도 처음에는 썩 마음에 들지 않았지만 샴페인을 두잔 마신 뒤에는 몹시도 기분이 좋아져서 방 안을 왔다 갔다 하며 웃으면서 모든 것과 모두를, 그러니까 노래도 음악도 칭송해마지 않았다. 술에 취해 더없이 행복감에 취한 막시모프는 그를 떠나지 않았다. 역시 취기가 돌기 시작한 그루셴까도 미쨔에게 깔가노프를 가리켰다. "얼마나 사랑스럽고, 얼마나 훌륭한 소년이야!" 미쨔도 환희에 차서 깔가노프와 막시모프에게 입을 맞추러 달려갔다. 오, 그는 많은 것을 예감했다. 그녀는 아직 아무 말도 하지 않고 가끔 그에게 상냥하고 뜨거운 시선만 보내고 있었고 게다가 분명 일부러 말하기를 주저하는 것 같았다. 마침내 그녀는 갑자기 그의 손을 뜨겁게 잡아 강하게 자기 쪽으로 끌어당겼다. 그때도 그녀 자신은 문 옆 의자에 앉아 있었다.

"어떻게, 자기, 아까는 어떻게 그런 식으로 들어온 거야, 응? 어떻게 들어온 거야! 내가 얼마나 놀랐는지 알아? 어떻게 자기는 나를 그 사람에게 양보하려고 했어, 응? 정말로 그러려고 했던 거야?"

"자기 행복을 망치고 싶지 않았어!" 미쨔는 행복에 겨워 그녀에게 속삭였다. 그러나 그녀에게는 그의 대답이 필요치 않았다.

"자, 가봐…… 즐겨요." 그녀는 그를 다시 밀어냈다. "울지 말고. 다시 부를 테니까."

그러면 그는 달려나갔고, 그녀는 그가 어디로 가든 시선으로 그를 좇으며 다시 노래를 듣고 춤을 보았지만 십오분 있다가는 다시 그를 불렀고, 그러면 그가 다시 달려왔다.

"자, 이제 옆에 앉아서 어제 내가 여기 왔다는 소리를 언제 어떻게 들었는지 얘기해줘. 누구한테서 제일 먼저 들은 거야?"

그러자 미쨔는 모든 걸 얘기했다. 그는 아무렇게나 두서없이, 연결도 되지 않게 열정적으로 얘기했는데 이상하게도 그사이 자주 별안간 눈살을 찌푸리거나 말을 끊기도 했다. "왜 눈살을 찌푸리는 거야?" 그녀가 물었다.

"아무 일도 아냐…… 아픈 사람 하나를 거기 두고 왔어. 건강이 나아야 할 텐데. 나을 거라는 것만 안다면 내 십년을 내줄 수도 있을 텐데!"

"자, 아픈 사람이라면 내버려둬. 정말로 내일 권총으로 자살하려고 했어? 이 어리석은 사람, 왜 그랬어? 나는 자기처럼 그렇게 무분별한 사람이 좋아." 그녀는 약간 무거워진 혀로 그에게 중얼거렸다. "자기는 나를 위해선 뭐든 할 수 있어? 그래? 자기, 바보같이 내일 총으로 자살하려고 하다니! 아니야, 잠깐 기다려. 어쩌면 내일 자기에게 뭔가 한가지를 말해줄지도 몰라…… 오늘이 아니라, 내일 해줄 거야…… 자기는 오늘 해줬으면 좋겠어? 아니야, 나는 오늘은 싫어…… 자, 가봐. 가, 이제. 가서 놀아."

그러나 한번은 그녀가 혼란에 빠진 듯 걱정스레 그를 불렀다.

"왜 슬퍼하는 거야? 자기가 슬퍼하는 게 보이는데…… 아니야, 나한테는 보이는데……" 그녀는 그의 눈을 예리하게 들여다보며 덧붙였다. "아무리 자기가 저기서 농민들과 입을 맞추고 소리를 질러도, 나한테는 보여. 아니, 자기야, 즐겨. 나는 즐거워. 자기도 즐겨…… 나는 여기 있는 누군가를 사랑해. 그게 누굴까? 아, 저기 좀 봐. 우리 꼬맹이가 잠들었네. 술에 취했네, 귀여운 사람."

그녀가 말한 것은 깔가노프였다. 그는 정말로 술에 취해 소파에 앉아 깜빡 잠이 들었다. 그러나 그가 잠이 든 것은 취해서만은 아니고, 어째서인지 문득 슬퍼졌거나, 그가 말했듯이 '따분해져서' 그랬던 것이다. 술잔치가 계속되면서 점점 더 아주 음란하고 방탕한 쪽으로 넘어간 처녀들의 노래도 끝에 가서는 그를 몹시 기분 상하게 만들었다. 그들의 춤도 마찬가지였다. 두 처녀는 곰으로 변장했는데, 손에 막대기를 든 씩씩한 아가씨 스쩨빠니다는 대장 노릇을 하며 그들에게 '보여주라고' 명했다. "더 즐겁게, 마리야." 그녀가 외쳤다. "안 그러면 맞을 줄 알아!" 마침내 곰들은 빼곡히 모여든 아낙과 농민 무리가 크게 웃어젖히는 가운데 아주 보기 민망한 모습으로 벌렁 나자빠졌다. "그래, 그렇게 놀라고 해. 그래야지." 그루셴까가 행복한 얼굴을 하고 가르치듯 말했다. "즐길 기회가 왔는데 저 사람들이 왜 즐기면 안 되는 거야?" 깔가노프는 뭔가에 더러운 거라도 묻은 듯한 표정으로 그 광경을 바라보았다. "다 지저분한 짓거리야. 이게 민중성이라는 거지." 그가 자리를 뜨면서 지적했다. "여름밤 내내 태양을 지키며 봄놀이를 하다니."[32] 그러나 특히 그가 못마땅해한 것은 지주가 지나가면서 처녀들을 유혹하는 내용을 담은 가사의 '신식' 노래로, 활달한 춤곡 가락이었다.

---

32 러시아에서 봄을 알리는 축제인 마슬레니짜부터 시작해 일련의 봄의 축제는 오랜 이교신앙들과 깊이 관련되어 있으며 '바쿠스 축제'의 성격을 띠었다. 모끄로예에서 8월 말에 벌어진 놀이와 춤은 그 공공연한 난잡함으로 보아 이 봄의 축제들과 관련이 있다.

지주가 처녀들을 유혹하네,
처녀들이 사랑해줄까, 아닐까?[33]

그러나 처녀들은 지주를 사랑해서는 안 될 것 같았다.

주인이 나를 아프게 때리니
나는 그를 사랑하지 않을 거야.

나중에 접시('쩝시'라고 발음했다)가 지나가다가 그도 역시 유혹했다.

접시가 처녀들을 유혹하네.
처녀들이 나를 사랑해줄까, 아닐까?

그러나 접시도 사랑할 수 없다.

접시는 도둑질할 거고,
나는 슬퍼할 거야.

그리고 또 처녀들을 유혹하는 많은 사람들이 지나갔고, 심지어는 병사도 지나갔다.

---

33 이 노래에 대해 도스또옙스끼는 어느 기자에게 "합창으로 불린 이 노래는 실제로 내가 듣고 기록한 것으로 실제 농민이 창작한 가장 최신 사례입니다"라고 쓰고 있다.

병사가 아가씨들을 유혹하네,
처녀들이 나를 사랑해줄까, 아닐까?

그러나 처녀들은 병사도 경멸하며 거절했다.

병사가 배낭을 메고 가면,
나는 그 뒤를 따를까……

이어서 아주 노골적으로 가장 상스런 가사가 뒤따랐고, 듣고 있던 청중의 열광을 불러일으켰다. 마침내 상인을 언급하는 가사로 끝을 맺었다.

상인이 아가씨들을 유혹하네,
처녀들이 사랑해줄까? 아닐까?

처녀들은 아주 사랑해주는 것으로 판명이 났다. 그러니까

상인들은 장사를 하고,
나는 여왕처럼 군림할 거니까.

깔가노프는 심지어 울화통을 터뜨렸다.

"이건 완전히 옛날 노래군." 그가 큰 소리로 말했다. "누가 저런 걸 지어준 거야! 철도 직원이나 유대인이 지나가는 게 빠졌군. 그들이라면 아가씨들을 다 정복했을 텐데." 그는 거의 화를 내다시피 곧바로 따분하다고 선언하고는 소파에 앉아 갑자기 졸기 시작했

다. 그의 잘생긴 얼굴이 약간 창백해지면서 소파의 쿠션 위로 기대 었혔다.

"좀 봐, 얼마나 잘생겼는지." 그루셴까가 미쨔를 그에게로 이끌며 말했다. "내가 조금 전에 이 사람 머리를 빗겨주었거든. 머리카락이 꼭 아마같이 풍성해……"

그녀는 감동해서 허리를 굽혀 그의 이마에 입을 맞추었다. 깔가노프는 잠깐 눈을 뜨고 그녀를 보고는 몸을 일으켜 아주 걱정스러운 표정으로 막시모프는 어디 있느냐고 물었다.

"저 사람한테 누가 필요한지 봐." 그루셴까가 웃음을 터뜨렸다. "나하고도 잠시 앉아 있어줘. 미쨔, 막시모프 좀 데려와."

막시모프는 아직 처녀들 곁에 붙어선 채 가끔씩 리큐어를 자기 잔에 따르러 달려갔다 오곤 했다. 초콜릿을 두잔이나 마신 뒤였다. 그의 얼굴은 붉게 변했고, 코는 자줏빛을 띠었으며, 눈은 달콤하게 촉촉이 젖어 있었다. 그는 달려오더니 지금 곡조에 맞추어 '나막신 춤'[34]을 추고 싶다고 알렸다.

"제가 어렸을 때부터 이 고상한 춤을 배웠습죠……"

"가, 저 사람과 가요, 미쨔. 나는 여기서 저 사람 춤추는 걸 구경할게."

"아니요, 나도, 나도 보러 가죠." 깔가노프는 이렇게 외치는 바람에 순진하게도 그루셴까의 청을 거절한 셈이 되었다. 그래서 모두들 구경하러 나갔다. 막시모프는 정말 자기 나름대로 춤을 잘 추었지만, 미쨔 말고는 아무한테서도 특별히 환호를 불러일으키지 못했다. 춤이라고 해야 다리를 양옆으로 비틀어 펄쩍펄쩍 뛰면서 구

---

34 sabotiére. 프랑스 민속춤.

두 밑창을 위로 하는 게 전부였다. 막시모프는 한번 뛸 때마다 구두 밑창을 손바닥으로 쳤다. 깔가노프는 그 춤이 전혀 마음에 들지 않았지만, 미쨔는 춤꾼에게 입을 맞추기까지 했다.

"고맙네. 지쳤겠군. 왜 여기만 보는 건가? 사탕을 들겠나, 응? 시가도 피우고 싶겠지?"

"시가 좋네요."

"술은 어떤가?"

"여기 리큐어를 좀…… 초콜릿 사탕은 없나요?"

"자, 여기 상 위에 잔뜩 있으니 고르기만 하게, 사랑스런 친구."

"아니요, 바닐라가 든 것만…… 늙은이들을 위한 걸로 말이죠…… 헤헤!"

"아니, 친구, 그런 특별한 건 없네."

"들어보세요!" 노인은 미쨔의 귀 옆으로 바짝 몸을 굽혔다. "저기 그 마리유시까[35] 말입니다, 헤헤, 그애를 제게, 가능하다면, 그애와 알고 지내고 싶어서 말입니다. 그 선량하심으로……"

"이런, 뭘 원하는 건가! 아니, 친구, 거짓말이겠지."

"저는 아무한테도 나쁜 짓을 하지 않습니다요." 막시모프가 기가 꺾여 속삭였다.

"자, 좋아, 좋아, 친구. 그냥 여기서 노래하고 춤이나 추자고. 하지만 제길! 기다리게…… 아직은 먹고 마시고 즐기라고. 돈이 필요한 건가?"

"그럼 나중에라도 말입죠!" 막시모프가 미소를 지었다.

"좋아, 좋아……"

---

35 여자이름 마리야의 애칭.

미쨔는 머리에 열이 올랐다. 그는 현관을 지나 건물 전체를 둘러 마당 안쪽으로 난 이층 목조 회랑으로 나갔다. 차가운 공기에 그는 다시 살 것 같았다. 그는 구석 어둠 속에 혼자 서 있다가 갑자기 양손으로 머리를 움켜쥐었다. 흩어졌던 생각들이 문득 합쳐지고 감각들이 하나로 뭉쳐 모든 것에 빛을 비춰주었다. 무시무시하고 끔찍한 빛이었다! '자살한다면, 지금이 아니면 언제 할 수 있을까?' 그의 머리에 이런 생각이 스치고 지나갔다. '가서 권총을 여기로 가져와서 이곳, 바로 이 더럽고 어두운 구석에서 끝내버리는 거야.' 그는 일분 정도 결정을 내리지 못하고 서 있었다. 이곳으로 달려올 때 그의 뒤에는 치욕이, 이미 그가 행한, 그가 저지른 도둑질이, 그리고 그 피, 피가 놓여 있었다! 그러나 그때가 더 쉬웠다, 오, 더 쉬웠다! 그때는 모든 것이 끝난 뒤였다. 그는 그녀를 잃었고, 양보했고, 그녀는 그에게 죽은 사람이었다. 사라져버렸었다. 오, 그때는 그 자신에게 선고를 내리기가 더 쉬웠다. 적어도 피할 수 없고, 필수불가결한 것으로 여겨졌었다. 그러니 세상에 남아 있을 필요가 뭐가 있었겠는가? 그런데 지금은! 지금이 그때와 과연 같단 말인가? 지금은 최소한 하나의 망령, 그 괴물과는 끝이 났다. 그녀의 '옛' 남자, 이론의 여지 없는 그녀의 숙명의 남자는 흔적도 없이 사라졌다. 무서운 망령이 갑자기 아주 작고 아주 우스꽝스러운 무언가로 변한 것이다. 그를 자기 손으로 직접 침실로 데려가 문을 잠가버렸다. 그 망령은 다시는 돌아오지 않을 것이다. 그녀는 수치스러워하고 있고, 이제 그는 그녀의 눈에서 그녀가 누구를 사랑하는지 분명히 보고 있다. 오, 그냥 이렇게 살 수만 있다면…… 그런데 이렇게 살 수는 없다. 그럴 수 없다. 오, 이 무슨 저주란 말인가! '주여, 담장 옆에 쓰러진 사람을 살려주소서! 이 무서운 잔을 내게서 거두어주소서!³⁶ 주여, 나 같은 죄인을 위해서도 기적을 행하지 않으셨습니까! 만일, 만일 그 노인이 살아 있다면 어쩔 것인가? 오, 그러면 다른 파렴치한 행동의 치욕을 전부 씻을 것이다. 훔친 돈을 돌려줄 것이다. 땅을 파서라도 그 돈을 구할 것이다…… 치욕은 내 마음에만 영원히 남을 뿐 그 흔적조차 남지 않게 될 것이다! 하지만 아니야, 아니야. 오, 이건 불가능한 비겁한 꿈이야! 오, 이 무슨 저주란 말인가!'

그러나 여전한 어둠 가운데서도 어떤 환한 희망의 빛이 그를 비춘 것 같았다. 그는 발작적으로 자리를 떠서 방으로, 그녀를 향해, 그의 영원한 여왕인 그녀를 향해 달려갔다! '치욕의 고통 속에 있다 할지라도 단 한시간의 그녀의 사랑이, 단 일분간의 그녀의 사랑이 나머지 생 전체만 한 가치가 정말 없단 말인가?' 이 기괴한 질문이 그의 마음을 사로잡았다. '저 여자에게, 오로지 저 여자에게 가자. 저 여자를 보고, 저 여자의 말을 듣고, 아무 생각도 하지 말자, 모든 걸 잊어버리자, 오늘 밤만이라도, 한시간만이라도, 한순간만이라도!' 그는 아직 회랑에서 현관으로 들어서기 직전에 주인 뜨리폰 보리시치와 마주쳤다. 그는 어쩐지 음울하고 걱정에 휩싸여 있는 것 같았다. 아마도 그를 찾으러 나온 듯했다.

"무슨 일인가, 보리시치? 나를 찾았는가?"

"아닙니다요. 나리가 아니고요." 주인은 갑자기 당황한 것 같았다. "나리를 찾을 일이 뭐가 있겠습니까? 그런데 나리…… 어디 계셨습니까요?"

"왜 이리 시무룩한가? 화라도 난 건가? 잠깐만 기다리게. 곧 자

───────────────
36 마르코의 복음서 14:36 등. 예수 그리스도가 체포되어 십자가형을 받기 전에 밤새 기도하며 한 말이다.

러 갈 수 있을 테니…… 몇시지?"

"곧 3시가 될 겁니다. 어쩌면 3시가 넘었는지도 모르지요."

"이제 끝내세, 끝내."

"천만에요, 괜찮습니다요. 얼마든지 원하는 대로 하십시오……"

'무슨 일이지?' 미쨔는 언뜻 이렇게 생각하고는 아가씨들이 춤추고 있는 방으로 뛰어들어갔다. 그러나 그곳에 그녀는 없었다. 푸른색 방에도 없었다. 깔가노프만 혼자 소파 위에서 졸고 있었다. 미쨔는 커튼 뒤를 들여다보았다. 그곳에 그녀가 있었다. 그녀는 구석 궤짝에 앉아 옆에 놓인 침대에 팔과 머리를 기댄 채 온 힘을 다해 숨죽여 아무도 듣지 못하게끔 소리를 낮추어 구슬프게 울고 있었다. 미쨔를 본 그녀는 손짓해 그를 자신에게로 불렀고, 그가 달려오자 그의 손을 꼭 쥐었다.

"미쨔, 미쨔, 나는 그 사람을 사랑했어요!" 그녀가 그에게 속삭였다. "그 사람을 사랑했어요. 오년 내내, 계속해서, 그동안 계속! 나는 그 사람을 사랑했던 걸까, 아니면 내 증오를 사랑했던 걸까? 아니야, 그 사람을 사랑했던 거야! 오, 그 사람을! 내가 그 사람이 아니라, 내 증오만 사랑했다고 하면 거짓말을 하는 거야! 미쨔, 그때 나는 고작 열일곱살밖에 안 되었고, 그 사람은 그때 나에게 아주 친절했고, 아주 명랑하게 내게 노래를 불러주곤 했어…… 아니, 나처럼 바보 같은 여자아이한테만 그렇게 보였던 거겠지…… 그런데 맙소사, 지금 그 사람은 그때 그 사람이 아니야. 전혀 그 사람이 아니야…… 심지어 얼굴도 그 사람이 아니야. 전혀 아니야…… 얼굴로도 그 사람을 알아볼 수 없어. 나는 찌모페이와 함께 여기로 오면서 계속, 오면서 내내 생각했어…… '그 사람을 어떻게 만나지? 무슨 말을 하지? 서로를 어떻게 쳐다보지?' 하면서 마음 졸였는데 그 사람은 내게 대야로 구정물을 끼얹어버렸어…… 꼭 선생님처럼 말하는 거야, 온통 교훈적이고 근엄한 말들만. 그렇게 거만하게 나를 맞아서 할 말을 잃게 만들었어. 말 한마디 할 수 없게 하더라고. 처음에 나는 그 사람이 자기의 그 길쭉한 폴란드 사람의 눈치를 보느라 그런가보다 했어. 앉아서 그 사람들을 보면서 생각했지. 어째서 나는 이 사람과 이제는 아무 말도 나눌 수 없는 거지, 하고. 알아? 그 사람 부인이 그 사람을 망가뜨린 거야. 그때 나를 버리고 결혼한 그 여자 때문에…… 그 여자가 거기서 그 사람을 바꿔버린 거야. 미쨔, 얼마나 수치스러운 일이야! 오, 나는 부끄러워, 미쨔, 수치스러워. 오, 내 평생이 다 수치스러워! 저주스러워, 오년의 세월이 저주스러워, 그 오년이 전부!" 그녀는 다시 눈물을 흘렸지만, 미쨔의 손을 놓지 않고 꼭 잡고 있었다.

"미쨔, 내 사랑, 잠깐, 가지 마. 자기한테 한마디만 더 하고 싶어." 그녀는 이렇게 속삭이고는 갑자기 그를 향해 얼굴을 들었다. "들어봐, 자기, 내가 누굴 사랑하는지 자기가 내게 말해봐. 나는 지금 한 사람만 사랑해. 그 사람이 누굴까? 이제 내게 말해봐." 눈물을 흘려 퉁퉁 부은 그녀의 얼굴은 미소로 빛났고, 어둠 속에서 눈동자가 반짝였다. "조금 전에 매 한마리가 들어왔는데 내 심장이 멎는 것 같았어. '이 바보야, 바로 저 사람이 네가 사랑하는 사람이잖아.' 내 심장이 금방 이렇게 속삭이는 거야. '저이는 무엇을 두려워하는 거지?' 이렇게 생각했어. 자기는 겁을 집어먹고, 잔뜩 겁을 집어먹고는 아무 말도 하지 못했잖아. 저이는 저 사람들을 두려워하는 게 아니야. 나는 생각했지. 자기가 누구를 두려워할 리 있겠어? 저이가 두려워하는 것은 바로 나야. 나뿐이야, 하고 나는 생각했어. 페냐가 바보 같은 자기에게 말했을 테니까. 내가 알료샤한테 미쩬까를 잠시 사랑했고 이제…… 다른 사람을 사랑하러 간다고 창에서 외쳤던 걸 말이야. 미쨔, 미쨔, 이 바보가 어떻게 자기 말고 다른 사람을 사랑할 수 있다고 생각했던 걸까! 미안해, 미쨔! 나를 용서해줄 거야? 아니야? 나를 사랑해? 나를 사랑해?"

그녀는 자리에서 일어나 양팔로 그의 어깨를 감싸안았다. 미쨔는 환희에 가득 차 말없이 그녀의 얼굴과 눈동자, 그녀의 미소를 바라보다가 갑자기 그녀를 세차게 껴안고 키스했다.

"내가 괴롭힌 걸 용서해주는 거야? 나는 갖은 화풀이로 당신을, 자기를 괴롭혔어…… 그 노인네도 화풀이 삼아 정신 나가게 만들었던 거야…… 자기가 한번은 우리 집에서 술 마시다가 잔을 깼던 일 기억나? 그게 떠올라서 나도 오늘 잔을 깼어. '내 비열한 심장'을 위해 마셨지. 미쨔, 멋쟁이, 왜 내게 키스해주지 않는 거야? 한번 키스하더니 떨어져서 나를 바라보며 듣고만 있네…… 내 말은 들어 뭐하게! 키스해줘, 더 세게, 그렇게. 사랑해줘, 그렇게 사랑해줘! 이제 자기의 노예가 될게. 평생 노예가 될게! 달콤한 노예가 되어줄 거야! 키스해줘! 나를 때리고, 괴롭혀. 내게 무슨 짓이든 해…… 오, 정말 나 같은 여자는 당신한테 괴롭힘을 당해야 해…… 잠깐만! 기다려, 나중에. 이렇게는 싫어……" 그녀는 갑자기 그를 밀어냈다. "떨어져, 미찌까. 이제 포도주를 실컷 마시러 갈 거야. 취하고 싶어. 이제 취해서 춤추러 갈 거야. 그러고 싶어, 그러고 싶어!"

그녀는 그의 품에서 떨어져 커튼 밖으로 나갔다. 미쨔는 취한 사람처럼 그녀의 뒤를 쫓았다. '그러라고 해. 이제 무슨 일이 벌어지든 그러라고 해. 이 한순간을 위해 전세계를 내놓겠어.' 그의 머리에 이런 생각이 스쳤다. 그루셴까는 정말로 샴페인 한잔을 단숨에 들이켜고는 순식간에 취해버렸다. 그녀는 행복한 미소를 짓고 아까 앉았던 안락의자에 앉았다. 두 뺨이 달아올랐고, 입술도 타올랐으며, 반짝이던 눈동자는 흐리멍덩해져서 정열적인 시선으로 사람을 유혹했다. 깔가노프마저 뭔가에 심장이 철렁했는지 그녀에게 다가갔다.

"조금 전에 자기가 잘 때 내가 자기에게 입맞춘 거 알았어?" 그녀가 그에게 웅얼거렸다. "난 지금 취했어. 맞아…… 자기는 안 취했어? 그런데 미쨔는 왜 안 마신대? 미쨔, 자기, 왜 안 마시는 거야? 나는 마셨어. 그런데 자기는 마시지 않네……"

"취했어! 너무 취했어…… 자기한테 취했어. 이제는 술을 마셔서 취하고 싶군." 그는 다시 한잔 마셨다. 그런데 그 자신 이상하게 여긴 것은 바로 이 마지막 한잔 때문에 취해버린 것 같다는 것이었다. 그도 기억하기를 그때까지는 정신이 멀쩡했는데, 갑자기 취해버린 것이다. 그 순간부터 마치 헛것을 보는 듯 모든 것이 그의 주변에서 빙빙 돌기 시작했다. 그는 걸어다니며 웃고 모든 사람과 대화를 나누었지만, 그 모습은 넋을 잃은 것 같았다. 단 한가지의 움직이지 않는, 꿈쩍 않고 타는 듯한 감정이 끊임없이 느껴졌는데, '마치 뜨거운 석탄이 가슴에서 타고 있는 것 같았다'[37]고 그는 나중에 회상했다. 그는 그녀에게 다가가 그녀 옆에 앉아 그녀를 바라보며 그녀의 말을 들었다…… 그녀는 엄청나게 말이 많아져서 모든 사람을 자기에게로 불렀다. 그녀는 문득 합창하던 무리에서 한 아가씨를 손짓해 불렀고, 그 아가씨가 다가오자 입을 맞춰준 뒤 보내기도 하고 때때로 손으로 성호를 그어주기도 했다. 아가씨는 일분만 더 있으면 울음을 터뜨릴 것 같았다. 그녀를 아주 즐겁게 해준

---

37 뿌시낀의 시 「선지자」의 유명한 구절을 변형한 것이다.

사람은 '노인네'였는데, 이것은 그녀가 막시모프를 부를 때 쓰는 말이었다. 그는 끊임없이 그녀의 손가락 마디마디에 입을 맞추러 달려왔고, 끝날 즈음엔 아주 옛날 가락에 맞춰 노래를 부르며 한판 춤을 추었다. 그는 특히 후렴부에서 열정적으로 춤을 추었다.

> 암퇴지가 꿀꿀, 꿀꿀
> 암송아지가 음매, 음매
> 암오리가 꽥 꽥 꽥 꽥
> 암거위가 꽉 꽉 꽉 꽉
>
> 암탉이 헛간마다 다니며
> 꼬꼬댁 꼬꼬댁 말을 했다네,
> 아이, 아이, 말을 했다네!

"저 사람에게 뭘 좀 줘요, 미쨔." 그루셴까가 말했다. "저 사람에게 뭐라도 줘요. 가련한 사람이잖아. 아, 가난하고 상처받은 사람들! 알아, 미쨔, 나는 수도원으로 갈 거야. 아니, 정말로 언젠가는 갈 거야. 오늘 알료샤가 평생 잊지 못할 말을 했어…… 그래…… 하지만 오늘은 춤을 추자. 내일 수도원에 가더라도 오늘은 한판 놀아보자. 나는 장난을 치고 싶어, 선량한 사람들, 그러면 어때. 하느님도 용서하실 거야. 만약 내가 신이라면, 사람들 모두를 용서할 거야. '사랑스런 내 죄인들아, 오늘부터 모두를 용서하노라.' 그리고 나는 용서를 구하러 갈 거야. '선량한 사람들이여, 이 어리석은 여자를 용서하시오'라고. 나는 짐승이라고. 기도하고 싶어. 나는 파한 뿌리를 주었어. 나처럼 악한 여자도 기도하고 싶다고! 미쨔, 사람들이 춤추게 내버려둬. 방해하지 마. 세상에 있는 사람들은 한 사람도 예외 없이 좋은 사람들이야. 이 세상은 좋아. 우리는 추악하지만, 이 세상은 좋아. 우리는 추악하고, 좋아. 추악하고도 좋아…… 아니, 말해봐요, 내가 물어볼 테니. 모두 이리로 와 봐요, 내가 물을게. 자, 내게 무슨 대답을 하느냐 하면, 나는 왜 이렇게 좋은 사람인 거죠? 나는 좋은 여자예요. 아주 좋은 여자요…… 자, 그러니, 왜 내가 좋은 여자인 거죠?" 그루셴까는 점점 더 취해서 이렇게 웅얼대다가 마침내는 이제 자기가 직접 춤을 추고 싶다고 선언했다. 그녀는 안락의자에서 일어났지만 비틀거렸다. "미쨔, 내게 더이상 포도주를 주지 마요. 제발 주지 마. 포도주는 마음에 평안을 주지 않아. 온통 빙빙 돌아. 난로도, 모두 빙글거려. 춤을 추고 싶어. 다들 내가 춤을 어떻게 추는지 보라고 해…… 내가 얼마나 춤을 멋지게 추는지……"

그녀는 정말 그러려고 했다. 그녀는 주머니에서 하얀 아마 손수건을 꺼내 춤을 출 때 흔들려고 오른손으로 그 끝을 잡았다. 미쨔는 분주히 돌아다니며 시중을 들었고, 아가씨들은 숨죽인 채 첫 동작을 하면 춤곡을 합창하려고 준비하고 있었다. 막시모프는 그루셴까가 직접 춤추고 싶어하는 걸 알아채고는 환호성을 지르며 그녀 앞에서 팔짝팔짝 뛰어대면서 노래를 불렀다.

가느다란 다리, 날씬한 허리,
구부러진 긴 꼬리.[38]

---

38 러시아 민요 가사에 포함된 수수께끼이다.

그러나 그루셴까는 손수건을 흔들어 그를 쫓았다.

"쉬, 쉬! 미쨔, 왜 다들 오지 않는 거지? 모두 와서 보라고 해······ 저기 갇혀 있는 사람들도 불러요······ 왜 저 사람들을 가둔 거야? 내가 춤을 출 테니, 내 춤추는 모습을 와서 보라고 해요······"

미쨔는 취해서 몸을 흔들며 닫힌 문으로 다가가 주먹으로 문을 두드리기 시작했다.

"어이, 거기······ 뽀드비소쯔끼들아! 나와, 그루셴까가 춤출 거라고 당신들을 부르신다."

"불한당 같은 놈!" 폴란드인들 중 한 사람이 소리쳐 대답했다.

"넌 어떻고! 이 불한당보다 못한 놈! 그게 바로 너야."

"폴란드를 그만 좀 조롱하시죠." 깔가노프가 취해 몸을 가누지 못하면서 가르치듯 지적했다.

"입 다물어, 꼬맹이! 내가 불한당이라고 했다고 해서 폴란드 전체가 그렇다는 건 아니잖아······ 불한당 하나가 폴란드 전체는 아니니까. 조용, 착한 꼬맹이, 사탕이나 먹으라고."

"아, 뭐 저런 사람들이 다 있어! 정말 사람 같지도 않군. 어째서 화해하기를 싫어하는 거야?" 그루셴까는 이렇게 말하고 춤추러 나갔다. 합창이 울려퍼졌다. 「아, 너 현관, 내 현관아」를 부르기 시작했다. 그루셴까는 고개를 젖히고 입술을 반쯤 벌린 채 미소를 지으며 수건을 흔들려고 했다. 그러다 문득 그 자리에서 몹시 비틀거리더니 방 한가운데서 어쩔 줄 모르고 서버렸다.

"힘이 없어······" 그녀는 기진맥진한 목소리로 내뱉었다. "미안해요, 힘이 없어. 못 추겠어······ 용서하세요."

그녀는 합창단에 고개를 숙여 인사하고, 이어 사방에 차례대로 절했다. "잘못했어요······ 용서해요······"

"술에 취하셨어, 아씨. 술에 취했어, 착한 아씨가." 목소리들이 울렸다.

"너무 많이 마셨어요." 막시모프가 키득거리며 아가씨들에게 설명했다.

"미쨔, 나를 데려다줘…… 나를 붙잡아, 미쨔." 힘이 빠진 그루셴까가 말했다. 미쨔는 그녀에게 달려가 그녀의 팔을 잡고 자신의 이 귀한 포획물과 함께 커튼 뒤로 달려갔다. '이제 나도 가야지.' 깔가노프는 이렇게 생각하고 푸른색 방을 나와 등 뒤로 문 두 짝을 닫았다. 그러나 홀의 술잔치는 여전히, 전보다 더 요란스럽게 울리며 계속되었다. 미쨔는 그루셴까를 침대에 눕히고 그녀의 입술에 키스를 퍼부었다.

"나를 건드리지 마." 그녀는 애원하는 목소리로 그에게 중얼거렸다. "건드리지 마, 아직은 자기 사람이 아니야…… 자기 여자라고 말하긴 했지만, 나를 건드리지 마…… 좀 봐줘…… 저 사람들이 있는 데서는, 저 사람들 옆에서는 안 돼. 그 사람이 있잖아. 여기서는 추악해……"

"당신 말을 따를게! 그런 생각도 하지 않을게…… 당신을 숭배해!" 미쨔가 중얼거렸다. "그래, 여기서는 추악해. 오, 천박한 일이지." 그러고서 그는 그녀를 품에서 놓지 않은 채 침대 옆 마루에 무릎을 꿇었다.

"나는 자기가 거칠지만 고결한 사람이라는 걸 알아." 그루셴까가 무거운 혀로 말했다. "이건 떳떳해야 해. 그래야 앞으로도 떳떳하지…… 우리가 떳떳하게, 그리고 또 우리가 좋은 사람이 되게. 짐승이 아니라 좋은 사람이…… 나를 데리고 가. 멀리 데리고 가줘. 듣고 있지? 나는 여기가 싫어. 멀리 갔으면 좋겠어, 멀리……"

"오, 그래그래, 반드시 그럴게!" 미쨔가 그녀를 품에 꼭 안았다. "당신을 데려갈게. 멀리 떠나자… 오, 그 피가 어찌 됐는지만 알 수 있다면 지금 평생이라도 일년과 맞바꿀 텐데!"

"무슨 피?" 그루셴까가 의아해서 물었다.

"아무 일도 아니야!" 미쨔가 이를 악물고 말했다. "그루샤, 자기는 떳떳하기를 바라지만, 나는 도둑이야. 나는 까쩨까[39]의 돈을 훔쳤어…… 치욕이야, 치욕!"

"까쩨까 돈을? 그 아가씨한테서? 아니야, 자기는 훔치지 않았어. 돌려줘, 내가 줄게…… 왜 소리를 질러? 이제 내 것은 모두 자기 거야. 돈이 우리한테 뭐야? 우리는 어차피 다 탕진할 텐데…… 다 써버리지 않고는 못 배기잖아. 우리는 함께 땅을 파러 가는 게 낫겠어. 나는 바로 이 손으로 땅을 파고 싶어. 노동을 해야 해. 듣고 있어? 알료샤가 그렇게 명했어. 나는 자기의 정부가 되지 않을 거야. 나는 자기한테 충실할 거야. 자기의 노예가 될 거야. 자기를 위해 일할 거야. 우리 그 아가씨한테 가서 둘이 같이 엎드려 용서해달라고 빌자. 그리고 떠나자. 용서하지 않더라도 그냥 떠나자. 자기는 그 아가씨에게 돈을 돌려주고, 나를 사랑해줘…… 그 여자를 사랑하면 안 돼. 앞으로 절대 그 여자를 사랑하지 마. 자기가 그 여자를 사랑하면, 내가 그 여자 목을 졸라버릴 거야…… 그 여자 두 눈을 바늘로 찔러버릴 거야……"

"자기를 사랑해, 자기 하나만을. 시베리아에서도 사랑할 거야……"

"어째서 시베리아야? 어쨌든 원한다면 시베리아라도 상관없

---
39 여자이름 까쩨리나의 애칭.

어…… 일하자…… 시베리아에는 눈이 있지. 나는 눈 위를 달리는 게 좋아…… 종도 달았으면…… 들려? 종이 울리고 있어…… 이 종소리가 어디서 나는 거지? 누군가가 오는데…… 자, 봐, 이제 울리는 게 멈췄네."

그녀는 힘없이 눈을 감고 갑자기 잠깐 스르르 잠이 든 것 같았다. 정말로 어딘가 멀리서 종이 울리다가 갑작스레 그쳤다. 미쨔는 그녀의 가슴 쪽으로 머리를 기울였다. 그는 종소리가 울리다 멈춘 것을 알아채지 못했고, 돌연 노래도 멈추고, 노래와 취해서 떠드는 소리 대신에 죽음과도 같은 정적이 집 전체를 사로잡은 것도 알아채지 못했다. 그루셴까가 눈을 떴다.

"이게 무슨 일이지? 내가 잤나? 맞아…… 종소리…… 내가 잠이 들어 꿈을 꾸었네. 마치 내가 눈 위를 달리는 것 같았어…… 종소리가 울리고, 나는 깜빡 졸았어. 사랑하는 사람과 함께, 자기와 함께 달리는 것 같았어. 멀리, 멀리…… 자기를 안고 키스하면서 자기한테 매달렸는데, 추운 것 같았어. 눈이 반짝이고…… 알아? 밤에 눈이 하얗게 빛나고, 달이 내려다보고, 나는 꼭 이 땅에 있는 것 같지가 않았어…… 그러다 깼는데 사랑하는 사람이 옆에 있으니, 얼마나 좋아……"

"옆에 있지." 미쨔는 그녀의 옷과 가슴, 손에 입을 맞추며 중얼거렸다. 문득 그는 뭔가 이상한 느낌이 들었다. 그녀가 앞을 똑바로 보고 있는데, 그가 아니라, 그의 얼굴이 아니라 그의 얼굴 위쪽을 이상할 정도로 꼼짝 않고 뚫어져라 보는 것 같았기 때문이다. 그녀의 얼굴에 문득 경악에 가까운 놀란 표정이 떠올랐다.

"미쨔, 저기서 우리 쪽을 보고 있는 저 사람들이 누구지?" 그녀가 문득 속삭였다. 미쨔가 몸을 돌려 보니 정말로 누군가가 커튼을 열고 그들을 들여다보고 있는 것 같았다. 그리고 그건 한 사람만이 아닌 것 같았다. 그는 벌떡 일어나 쳐다보고 있는 사람을 향해 재빨리 다가갔다.

"이리로, 이쪽으로 오시지요." 누군가가 크지 않지만 단호하고 고집스러운 어조로 그에게 말했다.

미쨔는 커튼 밖으로 나와 꼼짝도 못하고 섰다. 방 안에 사람들이 가득 차 있었는데, 얼마 전까지 있던 그 사람들이 아니라 전혀 다른 사람들이었다. 순식간에 오한이 그의 등골을 타고 흘렀고, 그는 몸을 부르르 떨었다. 그는 그들을 한눈에 알아보았다. 외투를 입고 모표가 달린 모자를 쓴 키 크고 비대한 노인은 경찰서장 미하일 마까리치였다. '결핵에 걸린 것처럼' 단정한 멋쟁이, '언제나 깔끔하게 닦은 장화를' 신은 사람은 검사보였다. '저 사람은 400루블짜리 시계가 있다고 보여줬었는데.' 그리고 저 안경을 낀 젊디젊은 작은 사람은…… 미쨔는 그의 이름만 기억하지 못할 뿐 그도 안다. 본적이 있다. 저 사람은 수사관, 예심판사로 '법률학교'[40]를 나온 지 얼마 안 된 사람이다. 이 사람은 또 군郡의 경찰행정 단위의 경찰간부 마브리끼 마브리끼치인데, 이 사람도 그가 알고 안면이 있는 사람이다. 저 완장을 찬 사람들, 저 사람들은 어쩐 일이지? 그리고 또 두 사람, 농민들이네…… 그리고 저기 문에는 깔가노프하고 뜨리폰 보리시치하고……

"여러분…… 어쩐 일이십니까, 여러분?" 미쨔가 말하려다 말고 문득 정신이 나간 듯, 제정신이 아닌 듯 목청을 다해 큰 소리로 외쳤다.

---

40 황립 법률학교는 1835년에 세습귀족 자제들을 위해 설립된 학교다.

"이제 알-겠-습-니-다!"

안경을 낀 젊은이가 얼른 앞으로 나와 미쨔에게 다가와서는 위엄 있지만 약간은 서두르는 듯한 기색으로 말문을 열었다.

"귀하께 일이 있어서…… 한마디로 말해…… 여기로, 바로 여기, 소파로 와주시기를 부탁드립니다…… 반드시 귀하의 설명이 필요한 긴급한 일이 있습니다."

"노인이군요!" 미쨔가 놀라서 외쳤다. "노인과 노인의 피! 알-겠-습니다!"

그는 다리가 잘린 사람처럼 쓰러지듯 옆에 있던 의자에 주저앉았다.

"알겠다고? 물론 알겠지! 아비를 죽인 놈, 짐승, 네 늙은 아버지의 피가 네 뒤에서 울부짖는다!" 노인 경찰서장이 미쨔를 향해 다가서며 갑자기 으르렁거렸다. 그는 자제심을 잃고 얼굴을 벌겋게 붉힌 채 온몸을 떨었다.

"하지만 이러시면 안 되지요!" 자그만 젊은이가 외쳤다. "미하일 마까리치, 미하일 마까리치! 이러시면 안 됩니다, 안 됩니다! 저 혼자 말하게 좀 허락해주십시오…… 전 서장님께서 이렇게 행동하실 줄은 상상도 못 했습니다."

"하지만 이건 있을 수 없는 일이야, 여러분, 있을 수 없는 일!" 경찰서장이 외쳤다. "저 사람을 보게. 한밤중에 취해서는, 저 음란한 여자와 함께, 아버지의 피를 흘려놓고서…… 있을 수 없는 일이야! 있을 수 없는 일!"

"제발 좀 부탁드립니다, 미하일 마까리치. 지금은 감정을 좀 추슬러주십시오." 검사의 친구가 빠른 말씨로 노인에게 속삭이려 했다.

그러나 키 작은 예심판사는 그가 말을 마치기를 기다려주지 않았다. 그는 미쨔를 향해 위엄 있고 단호하게 큰 소리로 말했다.

"퇴역중위 까라마조프, 귀하가 오늘 밤 귀하의 부친 표도르 빠블로비치 까라마조프를 살해했다는 혐의를 받고 있음을 알려드립니다……"

그가 무슨 말인가를 더 하고 검사도 무어라고 거든 것 같은데, 미쨔는 그 말을 들으면서도 무슨 말인지 이해할 수 없었다. 그는 기이한 시선으로 그들 모두를 바라보았다……

제9편
예심

1. 관리 뻬르호찐이 출세의 길에 접어들다

우리는 뾰뜨르 일리치 뻬르호찐을 상인의 처인 모로조바 집의 굳게 닫힌 대문을 온 힘을 다해 두드리는 모습으로 남겨두었는데, 그는 당연히도 마침내는 문을 열게 하는 데 성공했다. 페냐는 두시간쯤 전에 너무 놀라 아직도 흥분과 '상념' 때문에 자리에 누울 생각도 하지 못하고 있다가, 미친 듯이 대문을 두드리는 소리를 듣고는 거의 히스테리에 빠질 정도로 다시 놀라버렸다. 드미뜨리 표도로비치 말고는 아무도 그렇게 '난폭하게' 문을 두드릴 사람이 없다고 생각한 그녀는 (그가 떠난 것을 자기 눈으로 확인했음에도 불구하고) 그가 다시 문을 두드린다고 생각했다. 그녀는 문 두드리는 소리에 잠에서 깨어 벌써 대문으로 나간 경비에게 달려가 아무도 들이지 말아달라고 애원하려고 했다. 그러나 경비는 문을 두드

린 사람에게 누구냐고 묻고, 그가 누구이고 아주 중대한 일로 페도
시야 마르꼬브나를 보기 원한다는 말을 듣고는 마침내 그에게 문
을 열어주기로 결정했다. 페도시야 마르꼬브나는 부엌으로 들어
갔는데, 아무래도 '의심쩍어서' 경비도 들어오게 해달라고 뾰뜨르
일리치에게 간청했다. 뾰뜨르 일리치는 그녀를 심문하여 순식간
에 가장 중요한 사항을 파악할 수 있었다. 즉 드미뜨리 표도로비치
가 그루셴까를 찾으러 나갈 때 절구에서 공이를 낚아챘는데, 돌아
왔을 때는 이미 공이가 없었고 손은 피투성이였다는 것이다. "그때
도 피가 떨어지고 있었어요. 손에서 뚝뚝 떨어졌어요, 많이 떨어졌
어요!" 페냐는 불안한 상태에서 이렇게 외쳤는데, 이 끔찍한 사실
을 상상해냈음에 틀림없었다. 그러나 뚝뚝 흐르지는 않았어도 피
에 젖은 손을 뾰뜨르 일리치도 보았고, 그 자신이 그걸 닦는 걸 도
와주기까지 했었다. 문제는 두 손이 금방 말랐는지가 아니라 드미
뜨리 표도로비치가 공이를 들고 어디로 갔는지, 즉 표도르 빠블로
비치에게 간 것은 아닌지, 그리고 무엇을 근거로 그렇게 확실하게
결론을 내릴 수 있는지였다. 뾰뜨르 일리치는 이 점을 세세히 파헤
쳤고, 그 결과 확실한 것은 아무것도 알아낼 수 없었음에도 드미뜨
리 표도로비치가 아버지의 집 말고는 다른 갈 만한 데가 없고, 그
러므로 그곳에서 틀림없이 무슨 일인가 벌어졌으리라는 확신에 도
달하게 되었다. "그분이 돌아왔을 때요," 페냐가 흥분해서 덧붙였
다. "제가 그분에게 모든 걸 털어놓은 뒤 그분에게 물어보았죠. '드
미뜨리 표도로비치 나리, 두 손에 피가 가득하네요'라고요." 그러
자 그는 그녀에게 그 피는 사람의 피고, 자기가 이제 막 사람을 죽
였다고 대답한 것 같았다고 했다. "그렇게 실토했어요. 제게 모든
걸 고백했다고요. 그러고는 미친 듯이 밖으로 뛰쳐나갔어요. 저는

앉아서 생각했죠. 저분이 지금 어디로 저렇게 미친 듯이 달려가는 걸까? 모끄로예로 가서 거기서 마님을 죽이겠구나, 하고요. 그래서 달려나가 마님을 죽이지 말아달라고 애원하려고 그분 아파트로 갔는데, 뻴로뜨니꼬프 상점에서 보니 그분이 벌써 떠나려고 하는 참이고 손에는 피가 안 보이는 거예요."(페냐는 그걸 눈여겨보고 기억해두었다.) 페냐의 할머니인 노파는 할 수 있는 한 손녀의 모든 증언을 확인해주었다. 뾰뜨르 일리치는 들어갈 때보다 더욱 흥분하고 걱정에 휩싸인 채 그 집을 나섰다.

지금 무엇보다 먼저 즉각적으로 해야 마땅한 일은 표도르 빠블로비치의 집으로 가서 무슨 일이 일어나지는 않았는지, 만일 일어났다면 과연 무슨 일인지를 알아보고 의심할 여지 없이 확신할 수 있으면 경찰서장을 찾아가는 것이라고 뾰뜨르 일리치는 마음을 다잡았다. 그러나 밤이 깊었고, 표도르 빠블로비치의 대문은 견고한데 그 문을 다시 두드려야 하고, 그는 표도르 빠블로비치와 가깝게 아는 사이도 아니니, 문을 두드려서 열어준다 해도 그곳에서 아무일도 일어나지 않았다면 빈정거리기 좋아하는 표도르 빠블로비치가 다음날 당장 잘 알지도 못하는 뻬르호찐이라는 관리가 한밤중에 자기 집에 쳐들어와서는 누군가 그를 죽이지는 않았는지 알아내려고 하더라는 얘기를 동네방네 떠들고 다닐 것이 뻔했다. 그러면 스캔들이 일어나는 것이다! 뾰뜨르 일리치는 세상에서 스캔들을 그 무엇보다 두려워했다. 하지만 그를 사로잡은 감정이 너무 강해서 그는 독하게 발을 구르고 자신을 욕한 다음 즉각 새로운 여정에 나섰는데, 그는 이미 표도르 빠블로비치가 아니라 호흘라꼬바 부인에게로 달려갔다. 조금 전 늦은 시각에 드미뜨리 표도로비치에게 3천 루블을 주었느냐는 질문에 그녀가 아니라고 답하면 표도르 빠블로비치에게 들르지 말고 곧바로 경찰서장에게 가고, 만약 그 반대라면 모든 걸 내일까지 미루고 집으로 돌아가자고 생각했던 것이다. 물론 거의 11시 가까운 한밤중에 정황상 놀라운 질문을 던지기 위해 젊은이가 전혀 알지 못하는 사교계 귀부인의 집에 들어가 어쩌면 그녀를 침대에서 일으켜야 할지도 모를 그런 결정을 내린 것은, 표도르 빠블로비치에게 가는 것보다 스캔들을 불러일으킬 가능성이 훨씬 더 많았다. 그러나 가장 정확하고 침착한 사람이 지금과 같은 경우 가끔 이런 식의 결정을 내린다. 뾰뜨르 일리치는 그 순간에는 이미 침착한 사람이 아니었다! 점차로 그를 지배한 이길 수 없는 불안이 마침내는 그의 속에서 고통에까지 이르러 그를 의지에 반해 행동하도록 이끌었다고 훗날 그는 평생토록 회상하곤 했다. 물론 그는 그 부인에게 가는 길 내내 자신을 욕했지만, "갈 거야. 끝까지 가볼 거야!"라는 말을 이를 갈면서 열번이나 되뇌고는 자신의 의도를 실행에 옮겼다. 그는 정말로 끝까지 갔던 것이다.

그가 호흘라꼬바의 집에 들어갔을 때는 정확히 11시였다. 그는 상당히 수월하게 마당까지 들어갔는데, 마님께서 벌써 주무시는지 아니면 아직 눕지 않으셨는지를 묻는 질문에 문지기는 그 시간에 보통은 누워 계신다는 말밖에 정확히 답변하지 못했다. "저기, 위로 가서 얘기해보세요. 나리를 만나주실 만하면 만나실 테고, 아니면 만나지 않으시겠죠." 뾰뜨르 일리치는 위로 올라갔지만, 그곳에서는 더 어려웠다. 하인은 여쭙는 게 내키지 않아 마침내 하녀를 불러냈다. 뾰뜨르 일리치는 공손하지만 완강하게, 이 지방 관리인 뻬르호찐이 특별한 일이 있어 찾아왔다고 마님께 꼭 여쭤달라고 부탁했다. 만일 그렇게 중요한 일이 아니라면 감히 올 생각도 하지 못했을 거라고, "꼭, 꼭 이 말을 전해주게"라고 그는 하녀에게 부탁했다. 하녀는 나갔다. 그는 현관에 남아 기다렸다. 호흘라꼬바 부인은 아직 잠들지 않았지만 이미 침실에 들어온 뒤였다. 그녀는 조금 전 미쨔의 방문으로 인해 마음이 어지러웠고, 이런 경우 으레 그렇듯 그날 밤은 편두통을 피할 수가 없겠거니 예감하고 있었다. 그녀는 하녀의 보고를 듣고 놀랐고, 또 이런 시각에 잘 알지도 못하는 '이곳 관리'가 갑자기 방문했다는 사실에 여자로서 무척이나 호기심이 동했지만, 화를 내면서 거절하라고 명령을 내렸다. 그러나 뾰뜨르 일리치는 노새처럼 버텼고, 거절의 말을 듣고도 극도로 고집을 부리며 다시 한번 여쭙고 그가 "극히 중대한 용무로 왔는데, 어쩌면 부인께서 그를 지금 맞아들이지 않은 걸 나중에 후회하실지 모른다"는 말을 "자기가 말한 대로" 꼭 전해달라고 부탁했다. "나는 그때 꼭 절벽에서 뛰어내리는 사람 같았어." 나중에 그 스스로도 이렇게 말하곤 했다. 하녀는 놀란 얼굴로 그를 쳐다보고 다시 한번 아뢰러 갔다. 호흘라꼬바 부인은 놀라서 잠시 생각하더니 그의 차림새가 어떠하냐고 물었고, "아주 품위 있게 옷을 입었고 젊고 또 아주 공손하다"는 답변을 들었다. 괄호 안에 넣어 살짝 말해둘 것은 뾰뜨르 일리치가 상당히 잘생긴 젊은이였고, 그 자신도 그걸 잘 알고 있었다는 점이다. 호흘라꼬바 부인은 나가보기로 결심했다. 호흘라꼬바는 이미 집 안에서 입는 가운 차림에 슬리퍼를 신고 어깨에 검은 숄을 걸치고 있었다. 그녀는 '관리'에게 조금 전 미쨔를 맞았던 거실로 들어오도록 청했다. 여주인은 엄격하고 의문을 가득 품은 표정으로 손님에게 나와서는 앉으라고 청하지도 않고 곧바로 질문부터 시작했다. "무슨 일이세요?"

"부인, 우리 모두가 아는 드미뜨리 표도로비치 까라마조프의 일로 귀찮게 해드리게 되었습니다." 뻬르호찐은 이렇게 말문을 열었는데, 이 이름을 대자마자 갑자기 여주인의 얼굴에서 극도로 분노한 표정이 떠올랐다. 그녀는 거의 비명을 지르다시피 격렬하게 그의 말을 막았다.

"그 끔찍한 사람 때문에 얼마나 오래, 얼마나 오래 나를 괴롭힐 건가요들?" 그녀는 분한 마음이 하늘까지 북받친 듯 소리쳤다. "어떻게 감히, 귀관, 어떻게 이런 시각에 당신이 잘 알지도 못하는 부인을 집에까지 와서 괴롭힐 결심을…… 바로 여기, 바로 이 거실에서 고작해야 세시간 전에 나를 죽이러 와서는 발을 구르며 점잖은 집 어느 누구도 상상할 수 없는 그따위, 그따위 모습으로 나간 사람에 대해 말하려고 나타날 작정을 하다니. 알아두세요, 귀관, 나는 당신을 고소할 겁니다. 가만두지 않겠어요. 지금 당장 나가세요…… 나는 엄마예요, 나는 당장…… 나는…… 난……"

"죽인다고요! 그 사람이 부인도 죽이려고 했습니까?"

"아니, 그러면 그 사람이 누구를 벌써 죽인 건가요?" 호흘라꼬바 부인이 쏜살같이 물었다.

"삼십초만, 부인, 제 말을 들어주십시오. 단 두마디로 전부 설명드리겠습니다." 뻬르호찐이 단호하게 대답했다. "오늘 오후 5시에 까라마조프는 친구 사이에 하듯 제게 10루블을 빌렸고, 그렇기 때문에 저는 그 사람에게 돈이 없다는 것을 확실히 알고 있었습니다. 그런데 오늘 9시에 그 사람이 손에 100루블짜리 지폐다발을 대략 2천 혹은 3천 루블 정도나 들고 제 방에 나타났습니다. 손과 얼굴은 온통 피투성이였고, 사람 자체가 거의 미친 것만 같았습니다. 어디서 그렇게 많은 돈이 났느냐고 묻자 그 사람은 부인에게서 방금 얻었다고, 부인께서 금광에 갈 수 있도록 3천 루블의 돈을 빌려주었다고 분명하게 대답했습니다.”

호흘라꼬바 부인의 얼굴에 별안간 심상찮은 병적인 흥분의 표정이 떠올랐다.

“맙소사! 그 사람이 늙은 자기 아버지를 죽인 거예요!” 그녀는 손뼉을 치고는 소리를 질렀다. “나는 그 사람에게 돈을 전혀, 조금도 주지 않았어요! 오, 어서 가세요, 어서! 더이상 한마디도 하지 마세요! 노인을 구하세요. 그 사람 아버지에게 가세요, 어서!”

“잠깐만요, 부인. 그러니까 부인께서는 그 사람에게 돈을 주지 않으셨군요? 그 사람에게 돈을 조금도 주지 않으셨다고 분명히 기억하고 계신 거죠?”

“주지 않았어요. 주지 않았고말고요! 그 사람이 내 제안을 제대로 평가할 줄 모르기에 내가 그 사람을 거절했어요. 그 사람은 완전히 광분한 채 나가면서 발을 굴렀다고요. 그 사람이 내게 달려들어서 내가 뒤로 펄쩍 물러났다니까요…… 아무것도 숨길 마음이 없는 사람에게 하듯 이제 당신에게 말하지만, 그 사람은 내게 침을 뱉었다고요, 상상할 수 있으세요? 그런데 우리가 왜 서 있는 거지요? 아이 참, 앉으세요…… 죄송해요, 나는…… 아니, 어서 가시는 게 낫겠어요. 어서 가서 불쌍한 노인을 끔찍한 죽음에서 구하셔야 해요!”

“하지만 만일 그 사람이 아버지를 벌써 죽였다면요?”

“아, 맙소사, 정말 그랬다면! 그렇다면 이제 우리는 뭘 해야 하지요? 어떻게 생각하세요? 이제 뭘 해야 하죠?”

그러는 사이 그녀는 뾰뜨르 일리치를 자리에 앉히고 자신도 그의 맞은편에 앉았다. 뾰뜨르 일리치는 간략하지만 충분히 명료하게 일의 정황을, 적어도 오늘 그가 목격했던 정황의 일부를 그녀에게 설명하고, 방금 페냐를 찾아갔던 일을 얘기해주고 공이에 대한 얘기도 알렸다. 이 모든 자세한 이야기에 그러지 않아도 흥분했던 귀부인은 극도로 충격을 받아 비명을 지르며 두 손으로 눈을 가렸다……

"상상을 좀 해보세요, 나는 이걸 다 예감했었다고요! 나는 이런 능력을 타고났다니까요. 내가 상상하는 모든 일이 일어나는 거예요. 나는 몇번이고 그 끔찍한 사람을 볼 때마다 늘 생각했어요. 저 사람은 나를 죽이고야 말 사람이야, 하고요. 그런데 그런 일이 일어난 거예요…… 그러니까 지금 그가 죽인 것이 내가 아니라 그 아버지라면, 그건 아마도 나를 지키신 분명한 하느님의 손길이 있었기 때문이에요. 더구나 내가 이곳, 바로 이 자리에서 그 사람 목에 위대한 수난자 바르바라의 유해에서 나온 성상 목걸이를 걸어주었기 때문에 나를 죽이는 게 부끄러웠던 거예요…… 내가 그 순간 죽음에 얼마나 가까웠는지. 나는 거의 죽음에 바짝 다가갔던 거예요, 그 사람이 내게 목을 내밀었다니까요! 아시겠어요, 뾰뜨르 일리치(죄송해요, 성함이 뾰뜨르 일리치라고 하셨던 것 같은데요)…… 그런데 나는 기적을 믿지 않아요. 하지만 그 성상과 함께 분명 기적이 내게 일어났어요. 내게는 이게 충격적이에요. 이제는 다시금 무엇이든 믿게 되네요. 조시마 장상님 이야기 들으셨어요? 그런데 지금 내가 무슨 말을 하고 있는지도 모르겠네요…… 상상이 가세요, 그 사람은 목에 성상을 걸고도 나한테 침을 뱉었어요…… 물론, 침만 뱉었지 죽이지는 않았지요…… 그러고는 거기로 달려갔군요! 하지만 이제 우리는 어디로, 이제 우리는 어디로 가야 할까요? 어떻게 생각하세요?"

뾰뜨르 일리치는 일어나서 이제 곧장 경찰서장에게 가서 그에게 모든 걸 이야기하겠다고, 그러면 서장 자신이 모든 걸 알아서 할 것이라고 선언했다.

"아, 그분은 멋진, 정말 멋진 분이에요. 나는 미하일 마까로비치를 잘 알아요. 반드시, 꼭 그분에게 가셔야 해요. 뾰뜨르 일리치, 당신은 정말 기민한 분이시군요! 이 모든 걸 얼마나 잘 생각하시는지. 내가 당신 입장이라면 그렇게 잘 생각해내지 못했을 거예요!"

"사실 저 또한 경찰서장을 잘 알고 있거든요." 뾰뜨르 일리치는 여전히 선 채로 어떻게든 빨리 이 극성스러운 부인에게서 벗어나야겠다는 간절한 소망을 품고 말했다. 도무지 부인은 작별인사를 하고 그를 보내줄 생각을 하지 않았다.

"그게 그러니까, 아시겠죠?" 그녀가 웅얼거렸다. "저쪽에서 뭘 보고 알게 되었는지 꼭 내게 와서 말해주세요…… 무슨 일이 드러났는지…… 어떤 결정이 그에게 내려졌는지, 어떤 선고를 내릴 건지도요. 말해주세요, 우리나라에는 사형이 없나요? 반드시 와주세요. 밤 3시라도, 4시라도, 아니 4시 반이라도 오세요…… 만약 내가 일어나지 않으면 나를 깨우라고, 흔들어서라도 깨우라고 명하세요…… 오, 맙소사, 나는 심지어 잠도 이루지 못할 거예요. 그런데 내가 직접 당신과 함께 가는 건 어떨까요?"

"아-아닙니다. 하지만 만일의 경우를 대비해서 드미뜨리 표도로비치에게 돈을 준 적이 없다고 지금 한 세줄 정도 손수 글을 써주신다면, 그게 쓸모없지는…… 않을 것 같습니다…… 만일의 경우를 대비해서요……"

"틀림없이 그렇겠지요!" 호흘라꼬바 부인이 신이 나서 자기 책상으로 펄쩍 뛰어갔다. "아시겠어요, 당신은 나를 놀라게 하시네요. 그 기민함과 일을 처리하는 능력으로 나를 감동시키시네요…… 이곳에서 근무하시죠? 이곳에서 근무하신다는 소리를 들으니 얼마나 기분이 좋은지요……"

이런 말을 하며 그녀는 재빨리 종이 반장에 걸쳐 큰 글씨로 다음과 같이 써내려갔다.

나는 불행한 드미뜨리 표도로비치 까라마조프에게(왜냐하면 그는 지금 불행하니까요) 3천 루블을 내 평생 단 한번도, 그리고 오늘 빌려준 적이 없고, 다른 돈 역시 절대로, 절대로 빌려준 적이 없습니다! 이 점을 세상에 있는 모든 신성한 것에 대고 맹세합니다.

호흘라꼬바

"자, 여기 쪽지가 있어요!" 그녀는 재빨리 뾰뜨르 일리치에게 몸을 돌렸다. "어서 가서 구하세요. 이건 당신에게 대단한 업적이에요."

그러면서 그녀는 그에게 성호를 세번 그어주었다. 그녀는 그를 배웅하러 현관까지 달려나왔다.

"당신에게 얼마나 감사하는지요! 당신이 처음으로 나를 방문해준 것에 내가 얼마나 감사하는지 모르실 거예요. 어떻게 우리는 서로 만나지 못했던 걸까요? 앞으로 우리 집에서 당신을 맞을 수 있다면 정말 영광이겠어요. 이곳에서 근무하신다니 얼마나 기분 좋은지…… 이렇게 정확하고 또 이렇게 기지 넘치시니…… 하지만 사람들은 당신을 제대로 평가해야 해요. 마침내는 당신을 이해해야 한다고요. 그리고 내가 당신을 위해 할 수 있는 모든 일을…… 믿으세요…… 오, 나는 젊은이들을 정말로 좋아해요! 나는 젊은이들과 사랑에 빠졌어요. 젊은이들은 고통받는 지금의 우리 러시아 전체의 기반이고 러시아의 모든 희망이에요…… 오, 가세요, 가세요!"

　그러나 뾰뜨르 일리치는 벌써 밖으로 나간 터였다. 그러지 않았다면 그녀가 그를 그렇게 금방 놓아주지 않았을 것이다. 하지만 호흘라꼬바 부인은 그에게 상당히 좋은 인상을 주었다. 심지어 이렇게 추악한 일에 말려들었다는 그의 불안감을 조금은 누그러뜨려주었다. 알다시피 취향이란 지극히 다양한 것이니까 말이다. '부인은 나이도 그렇게 많이 들지 않으셨네'라고 그는 기분 좋게 생각했다. '오히려 그 딸인 줄 착각하겠어.'

　호흘라꼬바 부인 자신에 대해 말하자면, 그녀는 그야말로 이 젊은이에게 푹 빠져버렸다. '요즘 시대에 그 젊은이는 어찌나 능력 있고 얼마나 꼼꼼한지. 더구나 태도와 외모는 또 어떻고. 요즘 젊은이는 아무것도 할 줄 모른다고들 하지만, 자, 여기 다른 예가 있잖아'라는 등등. 그렇게 그녀는 '끔찍한 사건'마저 잊어버렸다가, 침대에 누웠을 때에야 자기가 '죽음에 얼마나 가까웠는지'를 불현듯 다시 상기하고는 "아, 끔찍해, 끔찍해!"하고 중얼거렸다. 그러나 그녀는 곧 아주 깊고 달콤한 잠에 빠져들었다. 이제 막 내가 묘사한, 젊은 관리와 아직 전혀 늙지 않은 부인의 우스꽝스러운 만남이 나중에 이 정확하고 꼼꼼한 젊은이의 인생 경력에 디딤돌이 되지 않았더라면 내가 이 사소하고 부차적인 일을 이렇게 자세히 언급하지는 않았을 것이다. 우리 소도시 사람들은 아직까지도 경탄하며 그의 일을 상기하곤 하는데, 이에 대해서는 까라마조프 형제들에 대한 우리의 긴 이야기가 끝날 즈음 어쩌면 따로 한마디 더 하게 될지도 모르겠다.

2. 소동

퇴역중령으로 7등문관이 된 우리 도시의 경찰서장 미하일 마까로비치 마까로프는 사람 좋은 홀아비였다. 우리 마을에 온 지는 다해봤자 삼년밖에 되지 않았지만, 중요한 건 그가 '사람들을 화합시킬 줄 아는' 능력으로 모든 사람의 공감을 얻어냈다는 점이다. 그의 집에는 손님이 끊이지 않았는데, 그 자신도 손님들 없이는 견디지 못할 성싶었다. 그의 집에는 매일 누구든 두명, 아니 한명이라도 반드시 손님으로 식사를 했고, 손님이 없으면 그는 식탁에 앉지도 않았다. 온갖 구실을 대서, 심지어는 가끔은 전혀 뜻밖의 구실을 들어 사람들을 초대해 상을 차리곤 했다. 나오는 음식이 세련되지는 않았지만 그 대신 아주 풍성했으며, 물만두는 특히 맛이 일품이었고, 포도주는 질로 명성이 자자하지는 않았지만 역시 양으로 승부를 걸었다. 입구쪽 방에는 아주 품격 있는 소품들과 나란히 당구대가 놓여 있었다. 모두 알다시피 홀아비 집에 있는 모든 당구대의 필수 장식품인 영국산 경주마 그림이 끼워진 검은 액자들이 벽마다 걸려 있었다. 저녁마다 한 테이블에서라도 사람들은 카드놀이를 했다. 우리 도시의 최상류 인사들마저 부인과 딸과 함께 춤을 추러 이 집에 상당히 자주 모였다. 미하일 마까로비치는 아내를 여의었지만, 진즉 오래전에 남편을 잃고 그 자신 두 처녀, 즉 미하일 마까로비치의 손녀들의 엄마가 된 딸을 집에 거느리고 가족적으로 살고 있었다. 처녀들은 이미 성인으로, 교육을 다 마쳤으며 외모도 나쁘지 않고 기질도 명랑했다. 모두가 그들이 결혼할 때 지참금으로 가져갈 만한 것이 전혀 없다는 것을 알았음에도, 그들은 우리의 젊은이들을 그 할아버지의 집으로 끌어모았던 것이다. 미하일 마까로비치는 업무상 특별히 뛰어나지 않았지만 자신이 맡은 일은 다른 사람 못잖게 잘 수행했다. 노골적으로 말하자면, 그는 교육을 충분히 받지 못했고, 자기 행정력의 범위를 분명히 이해하지 못하는 무신경한 사람이었다. 현재 통치체계의 다른 개혁에 대해 그는 그 의미를 완전히 이해하지 못했을 뿐 아니라 그것들을 어떤 때는 눈에 띌 만큼 심하게 잘못 이해했는데, 이는 그가 특별히 어디가 모자라서라기보다는 그냥 기질상의 부주의함 때문이기도 하고 파고들 만한 여유가 없었던 탓이기도 했다. "여러분, 내 영혼은 군인의 것이지 문관의 것이 아니에요." 그는 자신에 대해 이렇게 표현했다. 심지어 그는 농노개혁의 명확한 근거에 대해서도 아직까지 확실하고 분명하게 이해하지 못했고, 그 자신 지주임에도 이를테면 해마다 경험을 쌓음으로써 지식을 확장해나가며 그것에 대해 알아가는 중이었다. 뾰뜨르 일리치는 그날 저녁 미하일 마까로비치의 집에서, 정확히 누구일지는 모르지만 하여간 손님들 중 누군가는 반드시 만나게 되리라는 것을 알고 있었다. 그런데 때마침 그 순간 그의 집에는 검사와 우리 젬스뜨보[1]의 의사, 즉 뻬쩨르부르끄 의학아카데미를 우수한 성적으로 졸업한 뒤 이제 막 우리 도시에 온 젊은이 바르빈스끼가 보초를 서듯 앉아 있었다. 검사, 그러니까 검사보지만 우리 도시에서는 모두 검사라고 부르는 이뽈리뜨 끼릴로비치는 우리 도시에서 특별한 사람이었다. 그는 겨우 서른

---

[1] 1864년부터 1917년 10월혁명 전까지 존속했던 군·도 단위 지방자치기구. 지역에 부동산을 소유한 상인·귀족의 의결기관이다. 한해의 일정 기간 동안 모여 대표자와 두명의 의원을 선출, 도지사와 지방행정을 감시하고 지역의료 및 자선병원, 학교, 다리 등의 건설 관련 세금과 의무에 관한 결정을 내린다.

다섯살밖에 안 된 많지 않은 나이로 체질적으로 폐병이 심했고, 아이를 낳지 못하는 상당히 뚱뚱한 부인과 결혼했으며, 자존심 강하고 신경질적이지만 견실한 지성과 선량한 마음씨를 지닌 사람이었다. 그의 성품의 모든 문제점은 그가 자신의 진정한 장점보다 자신을 더 높게 평가하는 데 있는 듯했다. 이게 바로 그가 늘 불안해 보이는 이유였다. 게다가 그의 내면에는 예를 들어 심리적 통찰력, 즉 인간 영혼에 대한 특별한 지식, 범죄자와 그 범죄를 알아보는 특별한 재능을 갖고자 하는, 얼마간의 고도의 예술적 욕망마저 있었다. 그런 의미에서 그는 자신이 직무에서 약간은 홀대받고 따돌림당한다고 여겼고, 언제나 저쪽 상부가 자신을 올바로 평가할 줄 모른다고, 그리고 자신에게는 적이 있다고 믿었다. 그는 우울해질 때면 범죄사건 전담 변호사로 빠지겠다고 으름장을 놓곤 했다. 까라마조프 집안의 예기치 못한 부친살해 사건은 그의 전존재를 뒤흔들어 놓은 것 같았다. "러시아 전체에 떠들썩해질 사건이다." 그러나 이런 얘기는 내가 너무 앞질러 나간 것이다.

옆방에는 고작 두달 전에 뻬쩨르부르그에서 우리 마을로 이사 온 젊은 예심판사[2] 니꼴라이 빠르페노비치 넬류도프가 귀부인들과 함께 앉아 있었다. 나중에 우리 마을에서는 '범죄'가 일어난 바로 그날 이 모든 인물이 행정권력자의 집에 마치 일부러인 듯 함께 모여 있었다는 말들을 하며 놀라워했다. 그러나 사실 일은 훨씬 단순하고 지극히 자연스럽게 이루어진 것이었다. 전날 이뽈리뜨 끼릴로비치는 부인의 치통 때문에 그 신음 소리로부터 어디든 멀리 달

---

2 러시아에서 예심판사는 재판정의 요청에 따라 검사의 추천, 감독하에 경찰의 도움을 받거나 혹은 독자적으로 범죄 사건의 사전수사를 진행하는 법정공무원이다.

아나야만 했다. 의사는 저녁에 카드놀이를 해야 직성이 풀리는 사람이었다. 니꼴라이 빠르페노비치 넬류도프는 심지어 사흘 전부터 이날 저녁만큼은 미하일 마까로비치의 집에 가 있기로 작정하고 있었다. 그는 미하일 마까로비치의 맏딸 올가 미하일로브나의 비밀을 가지고 그녀를 놀라게 할 속셈이었다. 즉, 오늘이 그녀의 생일인데 도시 사람들을 무도회로 부르지 않으려고 그녀가 일부러 우리 사교계 사람들에게 생일을 감추려 했다는 것을 자신이 알고 있다, 또한 자신은 그녀의 나이를 알고 있는데 그녀는 나이가 드러날까봐 두려워하는 것 같다, 이제 자기가 그녀의 비밀을 알았으니 내일은 모든 사람에게 알릴 것이다 하는 등등의 말로 놀려줄 생각이었다. 젊디젊고 사랑스런 이 사람은 이런 면에서 무척 장난이 심해서 우리 귀부인들은 그를 장난꾸러기라고 불렀으며, 그는 그러는 것이 아주 마음에 드는 듯했다. 그런데 그는 최상류층의 좋은 집안 출신으로 교육을 잘 받았고 훌륭한 감성을 지닌 사람이었고, 향락주의자였지만 상당히 순진하고 언제나 예의가 발랐다. 겉모습으로 그는 키가 작고 약하고 가냘픈 체형이었다. 그의 가느다랗고 창백한 손가락에는 언제나 몇개의 큼지막한 반지들이 반짝이고 있었다. 자신의 의무를 수행할 때 그는 자신의 사명과 의무를 신성하게 여기는 듯 엄청나게 무게를 잡았다. 특히 그는 소시민 출신 살인자와 다른 악인들을 심문할 때 그들을 당혹하게 만들 줄 알았고, 그래서 그들 마음속에 그에 대한 존경은 아니더라도 확실히 다소 놀라움을 불러일으키곤 했다.

경찰서장 집에 들어갔을 때 뾰뜨르 일리치는 아연실색했다. 그는 문득 이 사람들이 이미 모든 것을 알고 있다는 것을 눈치챘던 것이다. 사실 모두들 카드를 집어던지고 서서 이런저런 이야기를 하고 있었다. 심지어 니꼴라이 빠르페노비치마저 아가씨들을 버려 두고 와서는 가장 전투적이고 맹렬한 기세를 떨치고 있었다. 뾰뜨르 일리치를 맞이한 것은 노인 표도르 빠블로비치가 그날 밤 자기 집에서 진짜로 살해되었고 강도를 당했다는 소식이었다. 그 소식은 다음과 같은 방식으로 이제 막 알려진 참이었다.

담장 옆에 쓰러졌던 그리고리의 아내인 마르파 이그나찌예브나는 아침까지 그대로 잘 수 있을 정도로 깊이 곯아떨어져 침대에 누워 있다가, 웬일인지 잠에서 깨어났다. 그걸 부추긴 것은 옆방에 의식 없이 누워 있던 스메르쟈꼬프가 뇌전증을 일으키며 내는 울부짖음 소리였다. 그의 발작은 이 울부짖음으로 시작되었는데, 이것은 번번이, 평생토록 마르파 이그나찌예브나를 놀라게 하여 그녀에게 병적인 영향을 미쳤다. 그녀는 그 소리에 결코 익숙해질 수 없었다. 그녀는 잠결에 벌떡 일어나 거의 의식도 없이 스메르쟈꼬프의 좁은 방으로 달려갔다. 그러나 그곳은 어두웠고, 환자가 무섭게 컥컥거리며 몸부림치는 소리만 들릴 뿐이었다. 그러자 마르파 이그나찌예브나는 비명을 지르며 남편을 부르려 하다가 문득 일어날 때 그리고리가 침대에 없었던 것 같다는 생각이 들었다. 그녀는 침대로 달려가 다시 더듬어보았지만, 침대는 정말로 비어 있었다. 그러면 그가 나갔다는 말인데, 어디로 나간 것일까? 그녀는 현관으로 달려가 거기서 조심스럽게 그를 불러보았다. 물론 답은 듣지 못했지만, 한밤중의 고요 가운데서 그녀는 어딘가 저 멀리 정원에서 신음 비슷한 소리를 들었다. 그녀는 귀를 기울였다. 신음이 다시 반복되었고, 그 소리는 정말로 정원에서 들리는 게 분명했다. '맙소사, 꼭 리자베따 스메르쟈샤야 때 같아!' 그녀의 혼란스런 머리에 이런 생각이 스치고 지나갔다. 그녀는 조심스럽게 계단을 내려와 정원으로 난 쪽문이 열린 것을 확인했다. '아마 우리 양반이 저기 있나봐.' 그녀가 이렇게 생각하며 쪽문으로 다가갔을 때 갑자기 그리고리가 그녀를 부르며 외치는 소리가 똑똑히 들렸다. "마르파, 마르파!" 약하게 신음하는 무서운 목소리였다. "주여, 우리를 재앙에서 보호하소서!" 마르파 이그나찌예브나는 이렇게 속삭이며 부르는 쪽으로 달려가 그곳에서 그리고리를 발견했다. 담장 옆, 그가 상처를 입은 장소가 아니라 담장에서 스무걸음 정도 떨어진 지점이었다. 나중에 드러나기로, 그는 정신을 차리고 기기 시작해 아마도 몇번이나 의식을 잃고 실신하면서 오랫동안 긴 모양이었다. 그녀는 이내 그가 온통 피투성이인 것을 알아채고는 곧바로 있는 힘을 다해 비명을 지르기 시작했다. 그리고리는 끊어지는 목소리로 조용히 웅얼거렸다. "죽였어…… 아버지를 죽였어…… 왜 소리를 지르는 거야…… 바보…… 뛰어, 사람을 불러……" 그러나 마르파 이그나찌예브나는 진정할 수 없어 계속 비명을 지르다가, 문득 주인집 창이 열려 있고 창에서 불빛이 비치는 것을 보고는 그쪽으로 달려가 표도르 빠블로비치를 부르기 시작했다. 그러나 창 안을 들여다본 그녀는 무서운 광경을 목격했다. 주인은 마루에 벌렁 누워움직임이 없었다. 밝은 가운과 하얀 셔츠 가슴께는 피범벅이었다. 식탁 위 촛불이 피와 표도르 빠블로비치의 움직임 없는 죽은 얼굴을 비추고 있었다. 그때 이미 공포의 최고조에 달한 마르파 이그나찌예브나는 창에서 벗어나 정원을 뛰쳐나가 대문 자물쇠를 열고 부랴부랴 이웃 마리야 꼰드라찌예브나의 집 뒤뜰로 내달렸다. 그때 두 이웃, 어머니와 딸은 이미 잠들어 있었지만, 덧문을 미친 듯이 점점 더 세게 두드리는 소리와 마르파 이그나찌예브나의 비명에 깨어 일어나 창으로 뛰어왔다. 마르파 이그나찌예브나는 횡설

수설 쳇소리에 가까운 비명을 질렀지만 어쨌든 중요한 이야기를 전달하고 도움을 청했다. 마침 그날 밤 그들 집에는 순례 중인 포마가 묵고 있었다. 그들은 곧장 그를 일으켜 셋이 함께 범죄현장으로 달려갔다. 가는 길에 마리야 꼰드라찌예브나는 조금 전 8시 정도에 온 동네가 떠나갈 정도로 무시무시하게 찢어질 듯한 비명이 들렸던 것이 기억났다. 그건 물론 이미 담장에 앉아 있던 드미뜨리 표도로비치의 발을 두 팔로 부여잡고 그리고리가 "애비 죽인 놈!"이라고 외칠 때 낸 바로 그 소리였다. "누군가가 혼자 울부짖더니 금세 멈췄어요"라고 마리야 꼰드라찌예브나는 달려가면서 증언했다. 그리고리가 누워 있는 곳에 도착해서 두 여인은 포마의 도움을 받아 그를 곁채로 옮겼다. 그들은 불을 켜고, 스메르쟈꼬프가 여전히 진정되지 않은 채 눈을 뒤집고 입에 거품을 물고는 그의 좁은 방에서 몸부림치고 있는 것을 보았다. 식초를 탄 물로 그리고리의 머리를 닦자, 그는 그 물 덕분에 다시 정신을 차리고는 곧바로 물었다. "주인님은 무사하시냐, 아니냐?" 그래서 두 여인과 포마가 그에게로 가보았는데, 정원으로 들어서면서 그제야 창뿐 아니라 집에서 정원으로 난 문이 활짝 열려 있는 것을 보았다. 그 문은 주인 자신이 벌써 일주일째 매일 저녁만 되면 굳게 걸어잠근 채 그리고리조차 어떤 구실로도 두드리지 못하게 한 문이었다. 그 문이 열려 있는 것을 보자 그들 모두, 두 여인과 포마는 곧바로 '나중에 뭔일을 당하려고' 하는 마음에 곧장 주인에게 가기가 두려웠다. 그들이 돌아오자, 그리고리는 곧장 경찰서로 가라고 명령을 내렸다. 그래서 마리야 꼰드라찌예브나가 달려가 경찰서장 집에 있던 모든 사람을 발칵 뒤집어놓았던 것이다. 그녀는 뾰뜨르 일리치보다 고작 오분을 앞질러 도착했기 때문에, 그는 이미 자신의 추측과 결론만 가지고 나타난 게 아니라 명백한 증인으로서 누가 범인인지에 대한 모두의 추론을 확증해줄 더 풍성한 이야기를 가지고 나타난 셈이 되었다.(그러나 그는 마음 깊이, 가장 마지막 순간까지도 여전히 그것을 믿기를 거부했다.)

사람들은 신속하게 움직이기로 결정했다. 지역 파출소장의 조수에게는 네 명의 중립적 입회인[3]을 모으라는 임무가 맡겨졌고, 규정에 따라 표도르 빠블로비치의 집에 들어가 현장검증을 벌였는데, 여기서 그 규정에 대해서는 일일이 다 밝히지 않겠다. 새로 온 다혈질의 젬스뜨보 소속 의사는 경찰서장과 검사, 그리고 예심판사에게 간청한 끝에 동행할 수 있었다. 나는 여기서는 짤막하게 일어난 일을 지적하는 것으로 그치겠다. 표도르 빠블로비치는 머리가 부서진 채 완전히 살해당한 모습이었다. 하지만 무엇으로 그렇게 되었을까? 필시 나중에 그리고리에게 부상을 입힌 바로 그 무기였을 것이다. 때마침 가능한 의료적 도움을 받고서 어떻게 다쳤는지를 약하고 때때로 끊어지지만 그래도 상당히 조리 있는 말솜씨로 전달한 그리고리 덕분에 흉기도 찾아냈다. 그들은 등불을 들고 담장 옆을 뒤져 정원에 난 작은 길 바로 위에 아무렇게나 버려진 구리공이를 발견했다. 표도르 빠블로비치가 누워 있던 방에서는 특별히 흐트러진 흔적은 보이지 않았지만, 그의 침대 옆 병풍 뒤 바닥에는 사무용 크기의 크고 두꺼운 종이봉투가 떨어져 있었다. 그 위에는 '만일 온다면 나의 천사 그루셴까에게 바치는 3천 루블의 선물'이라고 적혀 있었다. 그 아래는 아마도 표도르 빠블로비치 자신이 써놓았을 '내 귀여운 병아리에게'라는 말이 덧붙여 적혀

---

[3] 경찰의 취조와 수사 기간 동안 중립적 증인으로 활동하도록 경찰에 의해 선임되는 시민을 말한다.

있었다. 봉투에는 세개의 커다란 붉은 봉인이 찍혀 있었지만 봉투는 이미 뜯겨서 텅 빈 채 돈은 사라지고 없었다. 봉투를 묶었던 얇은 리본도 바닥에서 발견되었다. 그런데 뾰뜨르 일리치의 증언 중 하나가 검사와 예심판사에게 몹시도 강렬한 인상을 불러일으켰다. 그것은 바로 드미뜨리 표도로비치가 새벽녘에는 반드시 자살하고야 말리라는, 그 자신이 뾰뜨르 일리치에게 그렇게 말했고 그가 보는 앞에서 권총을 장전하고 유서를 써서 주머니에 넣었다는 등의 증언이었다. 그의 말을 아직 믿고 싶지 않았던 뾰뜨르 일리치가 자살을 막기 위해 누구한테든 가서 다 말할 거라고 하자, 미쨔 자신이 히쭉 웃으며 "그러지 못할걸"이라고 답하더라는 것이다. 사정이 이러하니, 범죄자가 정말로 권총으로 자살할 생각을 하기 전에 그를 체포하려면 그곳, 모끄로예로 얼른 가야만 했다. "분명하군, 분명해!" 검사가 극도로 흥분해서 되뇌었다. "그런 망나니들은 꼭 그러고야 말지. 내일 자살할 테니 죽기 전에 술판을 벌인다는 거로군." 그가 선술집에서 포도주와 물건을 샀다는 얘기는 검사를 더욱 후끈 달아오르게 했다. "여러분, 그 사람, 상인 올수피예프를 죽이고 1,500루블을 훔친 뒤 곧바로 가서 머리를 곱슬곱슬하게 말고 돈을 제대로 감추지도 않은 채 역시 손에 쥐고 여자들에게 갔던 청년을 기억하시죠."[4] 그러나 표도르 빠블로비치의 집 수색과 수사, 그리고 서류 작성 같은 여러 절차를 밟느라 시간이 지체되었다. 모든 일이 시간을 필요로 했고, 그래서 그들은 자신들이 모끄로예로 떠나기 두시간 전쯤에 지역경찰관 마브리끼 마브리끼예비치 시메르쪼프를 먼저 보냈다. 그가 전날 아침에 마침 봉급을 받으러 시내

---

4 1879년 1월 신문에 보도된 자이쩨프 사건을 말한다.

에 들어와 있었던 것이다. 마브리끼 마브리끼예비치에게는 모끄로 예에 도착하거든 아무 소란도 떨지 말고 수사진이 도착하기 전까지 '범죄자'를 잘 감시하고 증인이 될 만한 사람과 순경[5]을 대기시켜놓으라는 등의 지시가 내려졌다. 마브리끼 마브리끼예비치는 남들이 눈치채지 못하게 그대로 조치를 취했고, 다만 나이 든 자신의 지인 뜨리폰 보리소비치 한 사람에게만 이 비밀스런 일의 전모를 알려주었다. 그 시각은 미쨔가 어둠 속 회랑에서 그를 찾던 주인 뜨리폰 보리소비치를 만나 그의 얼굴과 말에서 뭔가 변화를 눈치챈 바로 그 시각이었다. 그러므로 미쨔도, 어느 누구도 감시당하고 있다는 것을 알아채지 못했다. 권총이 든 그의 상자는 이미 오래전에 뜨리폰 보리소비치가 빼내 외딴 장소에 숨겨놓았다. 새벽 4시경 동틀 무렵에야 수사진, 즉 경찰서장, 검사, 예심판사 등이 두대의 마차와 두대의 삼두마차를 타고 그곳에 도착했다. 의사는 아침까지 피살자 시신을 부검할 임무를 띠고 표도르 빠블로비치의 집에 남았다. 그러나 특히 그의 흥미를 끈 것은 병든 하인 스메르쟈꼬프의 상태였다. "이틀 동안 끊임없이 되풀이되는 그렇게 지속적이고 심한 뇌전증 발작은 보기가 드문데, 이건 연구 대상이야." 그는 떠나려는 동료들을 붙잡고 흥분해서 말했고, 그들은 웃으면서 그의 발견을 축하해주었다. 이때 의사가 아주 단호한 어조로 스메르쟈꼬프가 아침까지 살지 못할 것이라고 덧붙여 말한 것을 검사와 예심판사는 분명히 기억했다.

이제 길지만 꼭 필요할 듯한 설명을 다 했으니, 앞의 편에서 멈추었던 순간으로 돌아가보자.

---

5 제일 말단 경찰로 시골 마을에서는 집회에서 선출한다.

3. 시련을 통과하는 영혼.[6] 첫번째 시련

그리하여 미쨔는 자리에 앉아 불안한 시선으로 사람들이 자신에게 무슨 말을 하는 건지 이해하지 못한 채 그 자리에 있는 사람들을 바라보았다. 마침내 그는 일어나 팔을 쳐들고 큰 소리로 외쳤다.

"나는 죄가 없어! 이 피에 대해서는 죄가 없어! 내 아버지의 피에 대해서는 죄가 없어! 죽이고 싶었지만, 죄가 없어요! 내가 아니야!"

그러나 그가 이렇게 소리를 지르자마자 커튼 뒤에서 그루셴카가 뛰쳐나와 경찰서장 앞에 곧바로 무릎을 꿇고 엎드렸다.

"제가, 제가, 이 저주받을 제가 잘못했어요!" 그녀는 영혼을 찢을 듯한 통곡을 터뜨리며 온통 눈물에 젖어 모든 이에게 손을 뻗으며 외쳤다. "저 때문에 이 사람이 죽인 거예요! 제가 이 사람을 너무 괴롭혀서 이렇게까지 만든 거예요! 제가 악에 받쳐서 돌아가신 불쌍한 노인을 괴롭혀서 이렇게까지 된 거예요! 제가 죄인이에요. 제가 누구보다 큰 죄인이에요. 제가 제일 죄가 많아요!"

"그래, 자네 잘못일세! 자네가 제일 큰 죄인이야! 정신 나간 자네가, 타락한 자네가, 자네가 제일 큰 죄인이야." 경찰서장이 손으로 그녀를 위협하며 고함쳤지만, 곧 사람들이 재빨리 단호하게 그

---

6 러시아정교회의 신앙에 따르면 인간의 영혼은 죽은 뒤 지상을 떠나 공중에서 악한 영들과 만나며, 악한 영들은 그 영혼의 죄를 폭로하고 지옥으로 데려가려고 한다. 그러한 시련을 스무번 거쳐야 하며, 의인의 영혼만이 그 시련을 피할 수 있다고 한다.

를 진정시켰다. 검사는 심지어 그를 팔로 껴안기까지 했다.

"이러면 완전히 엉망이 될 겁니다, 미하일 마까로비치." 그는 외쳤다. "확실히 수사를 방해하시는 거예요…… 일을 망치고 계세요……" 그는 거의 숨을 헐떡이기 시작했다.

"조치를, 조치를, 조치를 취해야 합니다!" 니꼴라이 빠르페노비치도 무섭게 흥분했다. "그러지 않으면 아무것도 할 수 없어요!"

"우리를 같이 재판해주세요!" 그루셴까가 여전히 무릎을 꿇고 흥분해서 계속 외쳤다. "우리를 함께 처형해주세요. 이제는 사형대라도 그와 함께 가겠어요."

"그루샤, 내 생명, 내 피, 내 소중한 사람!" 미쨔도 그녀 옆에 무릎을 꿇고 앉아 그녀를 세차게 포옹했다. "이 사람 말을 믿지 마세요." 그가 외쳤다. "이 여자는 아무 죄도 없어요, 어떤 피에 대해서도, 그 무엇에도."

그는 몇 사람이 자신을 그녀 옆에서 억지로 떼어내어 갑자기 그녀를 데려갔고, 정신을 차렸을 때는 어느새 의자에 앉아 있었다고 나중에 회상했다. 그의 옆과 뒤에 배지를 단 사람들이 서 있었다. 예심판사 니꼴라이 빠르페노비치는 그의 맞은편 탁자 소파에 앉아 탁자에 놓인 컵의 물을 몇 모금 마시라고 그에게 계속 권했다. "이게 기운을 차리게 해줄 겁니다. 진정이 되실 거예요. 두려워 마세요, 걱정하지 마십시오." 그는 대단히 공손하게 덧붙였다. 미쨔는 그의 커다란 반지에 문득 호기심이 갔던 것을 기억했다. 하나는 자수정 반지였고, 다른 하나는 화려한 광채를 내뿜는 투명하고 샛노란 반지였다. 그는 나중에도 오랫동안 그 반지들이 무서운 심문을 받는 내내 상황에 전혀 어울리지 않는 물건으로 그의 시선을 몹시 사로잡아서 그로부터 눈을 떼지 못했고, 그것을 잊을 수도 없었다

322

고 기억했다. 미쨔의 왼쪽 옆, 막시모프가 연회 초반에 앉았던 자리에는 지금 검사가 앉아 있었고, 미쨔의 오른쪽, 그때 그루셴까가 있던 자리에는 사냥꾼 복장 같은 온통 낡아빠진 재킷을 입은, 얼굴이 발그레한 젊은이가 앉아 있었는데, 그의 앞에는 잉크와 종이가 놓여 있었다. 알고 보니 그 사람은 예심판사가 데려온 서기였다. 경찰서장은 방의 다른 끝, 깔가노프 옆의 창가에 서 있었고, 깔가노프는 그 창 옆에 앉아 있었다.

"물을 드십시오!" 예심판사가 열번씩이나 부드럽게 말했다.

"마셨습니다, 여러분, 마셨습니다…… 그러나…… 어쩌겠습니까, 여러분. 짓밟으세요. 처형시키세요. 운명을 결정해주세요!" 미쨔가 무섭도록 부릅뜬 눈을 꼼짝도 않고 예심판사를 바라보며 외쳤다.

"그러니까, 표도르 빠블로비치, 아버지의 죽음에 대해서 무죄라고 확실히 주장하시는 겁니까?" 예심판사가 부드럽지만 집요하게 물었다.

"죄가 없습니다! 다른 피, 다른 노인의 피에는 죄가 있지만 내 아버지에 대해서는 아니에요. 눈물이 납니다! 죽였어요. 노인을 죽였어요. 죽이고 넘어뜨렸어요…… 하지만 그 무서운 피 때문에 죄짓지 않은 다른 피에 책임을 져야 한다는 건 끔찍한 일입니다…… 끔찍한 기소입니다, 여러분. 마른하늘에 날벼락입니다! 누가 아버지를 죽였을까요? 누가요? 내가 아니라면 누가 죽일 수 있었을까요? 신기한 일입니다. 말도 안 되는 일이에요. 가당치 않은 일이에요!"

"예, 그러니까 누가 죽일 수 있었을까요……" 예심판사가 말하려 했으나, 검사 이뽈리뜨 끼릴로비치(검사보지만 우리도 간단히 검사라고 부르겠다)가 예심판사와 서로 눈짓을 한 뒤 미쨔에게 말했다.

"하인인 노인 그리고리에 대해서는 걱정하지 않아도 됩니다. 알아두세요. 그 노인은 살아 있고 의식을 회복했습니다. 노인과 당신의 지금 증언에 따르자면 당신이 노인에게 부상을 입힌 건데, 심각한 부상에도 불구하고 최소한 의사의 소견에 따르자면 노인은 틀림없이 생명에는 별 지장이 없을 거라고 합니다."

"살았다고요? 그렇다면 그 노인이 살았군요!" 미쨔는 손뼉을 치고 울부짖었다. 그의 얼굴이 온통 환하게 빛났다. "주여, 이 죄 많은 악한인 내 기도를 들어주시고 행하신 위대한 기적에 감사드립니다! 예, 예, 이건 내 기도를 들으신 거예요. 밤새도록 기도했습니다!" 그는 세번 성호를 그었다. 그는 거의 숨이 막힐 지경이었다.

"그런데 바로 그 그리고리로부터 저희는 당신에 관한 상당히 의미심장한 증언을 얻었단 말이죠, 그러니……" 검사는 계속하려고 했지만, 미쨔가 난데없이 의자에서 일어났다.

"잠깐만요, 여러분, 제발 단 일분만요. 그 사람에게 다녀오겠습니다……"

"실례지만! 지금은 절대로 안 됩니다!" 니꼴라이 빠르페노비치는 거의 쇳소리를 내다시피 하고는 역시 두 발로 벌떡 일어섰다. 가슴에 배지를 단 사람들이 그를 붙잡았지만, 미쨔 자신이 의자에 앉았다……

"여러분, 유감이군요! 저는 아주 잠깐 그루쎈까에게 다녀오려고 한 건데요…… 밤새도록 내 심장을 갉아먹었던 피가 씻겼고 사라졌다고, 나는 이미 살인자가 아니라고 그루쎈까에게 알리고 싶었습니다! 여러분, 그 여자는 내 약혼녀입니다!" 그는 돌연 감격해서 경배하듯이 모든 이를 둘러보며 말했다. "오, 감사합니다, 여러분!

오, 여러분은 한순간에 저를 소생시키셨습니다. 부활시키셨어요! 그 노인은 저를 안아 키운 분입니다, 여러분, 그 노인은 모든 사람이 세살배기인 저를 버렸을 때 통에 넣어 씻겨주고, 저를 친아버지처럼 대해주셨습니다!"

"그러니까 당신은……" 예심판사가 말문을 열려고 했다.

"잠시만…… 여러분, 또 잠시만 기다려주세요." 미쨔가 팔꿈치를 탁자에 괴고 손바닥으로 얼굴을 가린 채 말을 끊었다. "조금만 생각할 수 있게 해주십시오. 숨을 돌릴 수 있게 해주세요, 여러분. 이 모든 게 끔찍하게 충격적이네요, 끔찍하게. 사람이 동네북은 아니잖습니까, 여러분!"

"물을 좀더……" 니꼴라이 빠르페노비치가 중얼거렸다.

미쨔는 얼굴에서 손을 치우고 웃음을 터뜨렸다. 그의 시선은 생기가 넘쳤고, 그는 한순간에 변한 것 같았다. 그의 어조도 변했다. 그건 또다시 이 모든 사람, 이전의 모든 지인과 동등한 사람, 아직 아무 일도 일어나지 않았던 어제 그들이 어딘가 사교모임에서 만났더라면 볼 수 있었을 바로 그런 사람의 모습이었다. 그런데 미쨔는 우리 도시에 도착한 뒤 처음에는 경찰서장의 집에서 환대를 받았지만 가장 최근 몇달 동안은 그쪽에서 그를 거의 방문하지 않았고, 경찰서장은 예컨대 거리 같은 데서 그와 만나면 얼굴을 심하게 찡그리고 그야말로 예의상 고개를 숙일 뿐인 것을 미쨔도 알아차렸다는 것을 지적해야겠다. 검사와는 더 서먹하게 알고 지내는 사이였지만, 그는 자신이 왜 그러는지조차 알지 못하면서도 신경질적이고 별난 귀부인인 검사 부인을 가장 존경 어린 마음으로 방문했고, 그녀도 어쩐지 아주 최근까지도 관심을 보이며 그를 언제나 상냥하게 맞아들였다. 그는 예심판사와는 미처 인사를 트지 못했지만 역시 만난 적이 있었고 심지어 한두번 정도는 이야기를 나눈 적도 있었는데, 두번 다 여성에 관한 것이었다.

"니꼴라이 빠르페니치, 제가 보기에 당신은 최고로 능숙한 예심판사이십니다." 미쨔가 돌연 명랑하게 웃음을 터뜨렸다. "하지만 이제 제가 당신을 도와드리지요. 오, 여러분, 저는 다시 살아났습니다…… 제게 강요하지 마십시오. 그냥 곧바로 말씀드릴 테니까요. 더구나 솔직히 말씀드리자면 저는 약간 취했습니다. 아마도 당신을, 니꼴라이 빠르페니치, 제 친척 미우소프 댁에서 뵐 영광…… 영광을 가졌던 듯싶은데요…… 여러분, 여러분, 저를 동등하게 대해 달라고 요구하지는 않겠습니다. 여러분 앞에 제가 지금 어떤 사람으로 앉아 있는지는 저도 아니까요. 저를…… 만일 그리고리가 저에 대해 한 증언을 생각한다면…… 오, 물론, 저를, 저를 무섭게 의심할 수 있지요! 무서운 일입니다, 무서운 일! 저도 압니다! 하지만 여러분, 저는 본론에 들어갈 준비가 되어 있습니다. 이제 우리 이걸 한순간에 끝냅시다, 왜냐하면, 들어보세요, 들어보세요, 여러분, 제게 죄가 없다는 걸 제가 아는 만큼, 물론 이 모든 게 한순간에 끝나겠지요! 그렇지요? 그렇겠지요?"

미쨔는 신경질적이고 격정적으로 그리고 결정적으로, 자기 말을 듣고 있는 사람들을 자신의 가장 좋은 친구로 생각한다는 듯이 빠른 말투로 많은 말을 쏟아냈다.

"그럼, 우리는 기소 내용을 당신이 전적으로 부인하고 있다고 기록하겠습니다." 니꼴라이 빠르페노비치가 위압적으로 말하고는 서기에게 몸을 돌려 그에게 무엇을 기록해야 할지 속삭이듯 받아쓰게 했다.

"기록한다고요? 그걸 기록하시려는 겁니까? 그럼 기록하십시오. 동의합니다. 완전히 동의해드리지요, 여러분…… 다만, 보세요…… 잠깐만, 잠깐만, 이렇게 기록하세요. '난폭함에 죄가 있다. 가련한 노인에게 가한 심각한 구타에도 죄가 있다.' 그리고 어딘가 제 마음 깊숙이는 죄가 있죠. 하지만 이건 기록할 필요 없습니다." 그는 갑자기 서기에게로 몸을 돌렸다. "그건 제 개인적인 삶이니 여러분, 여러분하고는 상관없습니다. 그건 마음 깊은 곳의 문제입니다…… 하지만 늙은 제 아버지의 살인에는 죄가 없습니다! 그건 망측한 생각입니다! 제가 증명하죠. 순식간에 확신하게 되실 겁니다. 웃으실 거예요, 여러분. 의심했던 것에 웃게 되실 겁니다!"

"진정하십시오, 드미뜨리 표도로비치," 예심판사는 분명 자신의 평온함으로 흥분한 사람을 압도하기를 바라는 듯이 주의를 주었다. "심문을 계속하기 전에, 만일 당신이 동의하기만 한다면, 당신이 고인이 된 표도르 빠블로비치를 사랑하지 않았고 그와 끊임없이 다툼 가운데 있었다는 사실을 당신의 입으로 확인하고 싶습니다…… 최소한 십오분 전에 여기서 노인을 죽이고 싶었다고 말씀하신 것 같은데요. '죽이지 않았지만, 죽이고 싶었다'고 외치셨지요."

"제가 그렇게 소리쳤다고요? 아, 그럴 수도 있습니다, 여러분! 예, 불행하게도 저는 아버지를 죽이고 싶었습니다. 여러번 그러고 싶었지요…… 불행하게도, 불행하게도요!"

"그러고 싶었군요. 도대체 어떤 이유로 당신의 부친을 증오하게 되었는지 설명해주시겠습니까?"

"설명할 게 뭐 있습니까, 여러분." 미쨔가 눈을 내리깔고 어깨를 으쓱했다. "나는 내 감정을 감추지 않았으니, 그걸 온 도시가 다 알았고 선술집의 모든 사람이 알았습니다. 얼마 전에 수도원에서, 조시마 장상의 독수방에서도 선포했죠…… 그날 저녁에 아버지를 때리고 거의 죽일 뻔했습니다. 그리고 저는 모두가 보는 앞에서 다시 와서 죽이고 말겠다고 맹세했습니다…… 오, 증인이 천명은 됩니다! 한달 내내 그렇게 외치고 다녔고, 모두가 증인입니다! 사실이 눈앞에 있고, 사실이 그렇게 말하고 고함을 치죠. 그러나 감정, 여러분, 감정, 그건 다른 겁니다. 여러분, 보세요." 미쨔는 얼굴을 찡그렸다. "감정에 대해서는 물을 권리가 없는 것 같습니다. 여러분은 그럴 권한이 있고 저도 그걸 이해합니다만 이건 제 일, 제 내면의 일, 가장 내적인 일입니다. 그러나…… 이전에 제 감정을 숨기지 않았기 때문에…… 예를 들면, 선술집에서 상대가 누구든 아무에게나 말했기 때문에…… 지금도 그걸 비밀로 하고 싶지는 않습니다. 여러분, 보세요, 저는 이 일과 관련해 저를 의심할 만한 무서운 정황증거들이 있다는 것을 이해합니다. 아버지를 죽이겠다고 모든 이에게 말하고 다녔죠, 그런데 갑자기 아버지가 살해를 당한 겁니다. 그런 경우 어떻게 제가 아닐 수 있겠습니까? 하하! 여러분을 용서합니다, 여러분. 완전히 용서합니다. 그런 경우 만일 제가 아니라면 누가 죽일 수 있을까 싶어서 저 자신도 소름이 돋을 정도로 놀랐는데요. 그렇지 않습니까? 만일 제가 아니라면 누가, 누가 그런 짓을 하겠습니까? 여러분," 그가 돌연 고함을 질렀다. "저도 알고 싶습니다. 심지어 여러분에게 답변을 요구합니다, 여러분, 아버지가 어디서 살해당했습니까? 어떻게 살해당했나요? 무엇으로 어떻게? 제게 말씀해보세요," 그는 검사와 예심판사를 번갈아 보며 물었다.

"우리는 부친께서 머리가 깨진 채로 서재 바닥에 바로 누워 쓰러져 있는 것을 발견했습니다." 검사가 말했다.

"무서운 일입니다, 여러분!" 미쨔가 갑자기 몸을 떨더니 탁자에 팔을 괴고 오른손으로 얼굴을 가렸다.

"계속 진행하겠습니다." 니꼴라이 빠르페노비치가 말을 끊었다. "그러니까 당시 무슨 일로 그런 증오의 감정을 느끼셨나요? 당신은 공개적으로 질투심이라고 선언하셨던 것 같은데요?"

"예, 질투심이죠. 하지만 질투심 하나만은 아닙니다."

"돈으로 인한 다툼인가요?"

"그렇죠, 돈 때문이기도 합니다."

"다툼은 당신이 유산으로 받지 못한 3천 루블 때문이었던 것 같은데요."

"3천 루블은 무슨! 더 많습니다. 더 많아요." 미쨔가 고함쳤다. "6천 이상이고, 1만 이상일 수도 있어요. 저는 모두에게 말했습니다. 모두에게 소리쳤죠! 하지만 결심했습니다. 그렇게 두자, 3천 루블에 타협하자고요. 저는 3천 루블이 절실히 필요했습니다…… 아버지가 베개 밑에 그루셴까를 위해 준비해둔 것으로 알고 있는 3천 루블이 든 봉투를 저는 단연코 제게서 훔친 것이라 생각했고요. 그래서 여러분, 제 것으로, 제 소유물이나 매한가지라고 생각했습니다……"

검사는 의미심장하게 예심판사와 눈짓을 주고받았고, 은밀히 그에게 눈을 찡긋했다.

"이 얘기는 다시 하게 될 겁니다." 예심판사가 곧바로 말했다. "지금 바로 이 점들을 특별히 기록하도록 허락해주십시오. 당신이 봉투 안에 있던 돈을 자기 소유물로 간주했다고요."

"쓰십시오, 여러분. 저는 이게 또 한번 저를 겨냥한 정황증거라는 것을 압니다. 하지만 저는 이 증거가 두렵지 않아서 저 자신에게 불리한 말을 하고 있습니다. 들어보세요, 불리한 말을 하는 제 얘기를요! 보세요, 여러분. 여러분은 저를 있는 그대로가 아니라 전혀 다른 사람으로 생각하시는 것 같습니다." 그는 문득 침울하고 슬픈 기색으로 덧붙여 말했다. "여러분과 이야기하는 사람은 고결한 사람, 최고로 고결한 사람입니다, 중요한 점은, 이 점을 놓치지 마십시오, 추악한 일의 끝없는 나락에 떨어졌지만 언제나 가장 고결한 존재였고 또 그런 채로 남은 사람이라는 겁니다. 마음속 저 깊숙이는 그런 존재라는 겁니다. 그러니까 한마디로 말해, 어떻게 표현해야 할지 모르겠군요…… 고결함을 갈망했고, 그러니까 다시 말하자면, 저는 고결함을 추구하는 수행자였기에 평생 괴로웠습니다. 디오게네스가 그랬던 것처럼[7] 등불을 들고 고결함을 추구했습니다. 그런데 평생 우리 모든 사람과 마찬가지로 오로지 추악한 일만 했지요, 여러분…… 그러니까 말이죠, 제가 실언을 했군요, 모두가 아니라 저 한 사람, 저 혼자만, 혼자만 그랬다는 겁니다! 여러분, 머리가 아프군요." 그가 괴로운지 눈살을 찌푸렸다. "아시겠습니까, 여러분. 저는 아버지의 외모가 마음에 들지 않았습니다. 어딘가 파렴치한 얼굴에, 자화자찬에, 모든 성스러운 것에 대한 모독에, 조롱과 불신앙, 추악합니다. 추악해요! 하지만 이제 아버지가 죽은 마당에 저는 달리 생각합니다."

"어떻게 달리 생각하시나요?"

"달리 생각하는 게 아니라, 아버지를 그렇게도 미워했던 게 안타깝습니다."

---

7 Diogenes(B.C. 412?~B.C. 323?). 고대 그리스 견유학파 철학자로 전설에 따르면 백주대낮에 등불을 들고 다녔으며, 왜 그러고 다니느냐는 질문에 "사람을 찾고 있다"라고 답했다고 전해진다.

"후회의 감정을 느끼십니까?"

"아니요, 후회라기보다는, 그 말은 적지 마십시오. 저 자신도 선량한 사람이 아닌데, 여러분, 저 자신도 그렇게 아름답지 못하면서, 아버지를 추악하다고 생각할 권리가 제게는 없다는 그런 말입니다! 이건 기록하세요."

이렇게 말한 뒤 미쨔는 갑자기 몹시도 슬픈 기색이었다. 그는 이미 아까 예심판사의 질문에 답변하면서부터 점점 더 음울해졌다. 그리고 그 순간에 또다시 전혀 예상치 못한 사건이 갑자기 터져버렸다. 문제는, 사람들이 좀 전에 그루셴까를 데리고 나갔지만 그다지 멀리 데려간 게 아니어서 심문이 진행되는 푸른 방에서 겨우 세 번째 옆방으로 데려갔다는 것이었다. 그 방은 밤에 사람들이 춤을 추고 산더미처럼 큰 술자리가 펼쳐졌던 큰방 뒤에 있는 창 하나짜리 작은방이었다. 그녀는 그곳에 앉아 있었고, 막시모프 한 사람만이 크게 놀라 지독할 정도로 겁쟁이가 되어 그녀 옆에서 구원을 찾기라도 하듯 그녀에게 꼭 달라붙어 함께 있었다. 그들의 방문 옆에는 가슴에 배지를 단 남자가 한명 서 있었다. 그루셴까는 울다가 영혼에 슬픔이 극도로 치밀어오르자, 돌연 자리에서 일어나 손뼉을 치고는 큰 소리로 "비통해라, 비통해!"라고 울부짖으며 방에서 튀어나가 그를 향해, 자신의 미쨔를 향해 느닷없이 달려갔고, 그 바람에 아무도 그녀를 붙잡지 못했다. 미쨔는 그녀의 울부짖음을 듣고는 온몸을 부르르 떨더니 자리에서 벌떡 일어나 울부짖으며 쏜살같이 몸을 던져 마치 이성을 잃은 듯이 그녀를 맞으러 달려나갔다. 그들은 서로를 보았지만, 사람들은 그들이 만나는 것을 허락하지 않았다. 사람들이 그의 팔을 꽉 붙잡았고, 그는 몸부림치며 그 손에서 빠져나가려고 해서 그를 제어하는 데 서너 사람이 달려들어야 했다. 그녀도 붙잡혔고, 그는 사람들이 그녀를 데려갈 때 그녀가 비명을 지르며 자신에게로 손을 뻗은 모습을 보았다. 이런 소동이 끝나자 그는 다시 예전 자리, 탁자 앞 예심판사 맞은편에 앉아 정신을 차리고 그를 향해 소리를 질렀다.

"그 여자에게 무슨 짓을 한 겁니까? 왜 그 여자를 괴롭히는 겁니까? 그 여자는 죄가 없어요. 죄가 없습니다!"

검사와 예심판사가 그의 마음을 가라앉혔다. 그렇게 몇분, 대략 십분 정도가 흘렀다. 마침내 잠시 자리를 떴던 미하일 마까로비치가 서둘러 방으로 들어와 흥분한 모습으로 검사에게 큰 목소리로 말했다.

"여자는 멀리 다른 곳, 아래층으로 데려갔습니다. 여러분, 이 불행한 사람에게 제가 한마디만 해도 될까요? 모두가 있는 자리에서요, 여러분!"

"그렇게 하십시오, 미하일 마까로비치." 예심판사가 대답했다. "이런 경우 반대할 이유가 전혀 없습니다."

"드미뜨리 표도로비치, 들어보게, 이 사람아." 미하일 마까로비치가 미짜를 향해 말문을 열었고, 그의 온통 흥분한 얼굴은 불행한 사람을 향한, 거의 아버지나 품을 듯한 뜨거운 동정심을 드러냈다. "내가 자네의 아그라페나 알렉산드로브나를 내 손으로 아래로 데려가 주인장 딸들 손에 맡겼네. 노인 막시모프가 그곳에서 그 아가씨와 떨어지지 않고 있다네. 내가 그 아가씨를 설득했어. 내 말 듣고 있나? 자네는 무죄를 입증해야 하니 방해하지 말라고, 자네에게 근심을 불러일으키지 말라고 설득하고 안심시키고 일러두었네. 그렇지 않으면 자네가 당황해서 자신에게 불리하게 잘못 증언할 수도 있다고, 알겠나? 자, 한마디로 말해 할 말을 다 했고, 아가씨도 이해했네. 아가씨는, 이보게, 영리한 여자야, 착하고. 그 아가씨는 무릎을 꿇고 노인인 내 손에 입을 맞추면서 자네를 위해 부탁했네. 그 아가씨가 자기 걱정은 하지 말라고 자네한테 전해달라고 나를 여기로 보냈네. 그러니 내가 가서 자네가 평안하고 그 아가씨에 대해 안심하고 있다고 전할 필요가 있겠지, 이 사람아. 그러니 안심하고, 이런 상황을 좀 이해하게. 내가 그 아가씨 앞에서 잘못을 저질렀네. 그 아가씨는 그리스도교인의 영혼을 지녔어. 여러분, 그렇습니다. 그 아가씨는 온순한 영혼으로, 아무 죄도 없습니다. 그러니 아가씨에게 어떻게 전할까, 드미뜨리 표도로비치? 얌전히 앉아 있을 텐가, 아닌가?"

선량한 노인은 쓸데없는 말을 많이 했지만 그루셴까의 슬픔이, 인간적인 슬픔이 그의 선량한 마음을 파고들어 눈에는 눈물마저 그렁그렁했다. 미쨔는 자리에서 일어나 그에게 몸을 던졌다.

"용서하십시오, 여러분. 미안해요. 오, 정말 미안합니다!" 그가 외쳤다. "서장님은 천사, 천사의 영혼을 지니셨습니다, 미하일 마까로비치. 그 사람 일에 감사드립니다! 안심할 겁니다. 그럴 겁니다. 명랑하게 있을 겁니다. 그 사람에게 지극히 선량한 마음으로 전해주세요. 제가 명랑하다고, 명랑하다고요. 그 사람과 함께 서장님 같은 수호천사가 있는 걸 알고 지금 웃고 있다고요. 이제 모든 걸 끝내고 자유를 얻자마자 곧장 그 사람을 보러 갈 테니 기다리라고요! 여러분," 그는 돌연 검사와 예심판사에게 몸을 돌렸다. "이제 여러분에게 제 영혼을 더 열어 보이겠습니다…… 다 실토하겠습니다. 우리는 순식간에 해치울 겁니다. 기분 좋게 끝낼 거예요. 끝날 때 즈음에는 모두가 웃게 될 겁니다, 그렇죠? 하지만 여러분, 저 여자는 내 영혼의 여왕입니다! 오, 제가 한마디만 하게 허락해주십시오. 이건 여러분에게 밝힐 겁니다…… 저는 제가 가장 고결한 분들과 함께 있다는 걸 압니다. 저 여자는 빛이고, 제 영혼의 성물聖物입니다. 만일 여러분이 알아주시기만 한다면! 저 여자의 비명을 들으셨지요. '당신과 함께라면 사형장까지도 갈 거예요!' 제가 해준 게 뭐가 있다고 천둥벌거숭이 가난뱅이인 저한테 그런 사랑을 준답니까. 제가 그 사랑을 받을 가치가 있는 사람일까요. 창피스런 얼굴을 한 졸렬하고 수치스런 놈인데요. 그런 제게 함께 감방까지 가겠다는 그런 사랑을 주다니요. 저를 위해 여러분 발 앞에 엎드렸잖아요, 그렇게 자존심 강하고 아무 죄 없는 여자가! 어떻게 그녀를 숭배하지 않을 수 있을까요, 통곡하지 않을 수 있을까요, 지금처럼 그녀에게 달려가지 않을 수 있을까요? 오, 여러분, 용서하세요! 그러나 이제는, 이제는 안심이 됩니다!"

그러고서 그는 자리에 앉아 양손으로 얼굴을 가리고 오열을 터뜨렸다. 그러나 그것은 이미 행복한 눈물이었다. 그는 금세 정신을 차렸다. 노인 경찰서장은 아주 만족했고 법률가들도 그런 듯이 보였다. 그들은 심문이 새로운 단계로 접어들 거라고 느꼈던 것이다. 경찰서장을 보낸 뒤 미짜는 그야말로 명랑해졌다.

"자, 여러분, 이제 저는 여러분 것입니다. 완전히 여러분 것입니다. 그리고…… 만일 이 모든 사소한 일들만 아니라면 우리는 지금이라도 합의할 수 있을 겁니다. 또 제가 사소한 얘기를 하고 있네요. 저는 여러분 겁니다, 여러분. 하지만 맹세컨대 상호간에 신뢰가 필요합니다. 여러분이 저를, 그리고 제가 여러분을 신뢰해야지요. 그렇지 않으면 결코 끝나지 않을 겁니다. 여러분을 위해 하는 말입니다. 자, 자, 본론으로 들어가죠, 본론으로요. 중요한 건, 제 영혼을 그렇게 파헤치지 마시라는 겁니다. 쓸데없는 걸로 찢어놓지 마세요. 딱 하나, 사건과 사실만 물으세요. 곧 여러분을 만족시켜드리겠습니다. 사소한 것은 악마한테나 주어버리고요!"

미쨔는 이렇게 외쳤다. 심문이 다시 시작되었다.

4. 두번째 시련

"당신의 각오로 우리를 고무시켰다고는 생각지 마십시오, 드미뜨리 표도로비치……" 니꼴라이 빠르페노비치가 상기된 얼굴로 말문을 열었고, 조금 전 안경을 벗은, 심한 근시에 통방울처럼 큰 회색빛 그의 눈에서는 만족감이 빛났다. "방금 상호간의 신뢰에 대해 참 잘 지적하셨습니다. 만일 피의자가 정말로 자신을 변론하기를 원하고, 그러기를 기대하고 또 그럴 수 있다면, 이처럼 중대한 사안에서 신뢰 없이 되는 일은 그 어떠한 경우에도 없으니까요. 우리측에서 보자면 우리는 우리가 할 수 있는 모든 것을 이용할 것입니다. 당신도 우리가 어떻게 일하는지 지금 보셨으니까요. 동의하십니까, 이뽈리뜨 끼릴로비치?" 그가 별안간 검사에게 말을 걸었다.

"오, 의심할 여지 없죠." 검사는 니꼴라이 빠르페노비치의 격정에 비하면 상대적으로 약간 메마른 어조로 수긍했다.

여기서 최종적으로 지적할 것은 우리 도시에 새로 온 니꼴라이 빠르페노비치가 이곳에서 자기 업무를 처음 시작했을 때부터 우리 이뽈리뜨 끼릴로비치에게 특별한 존경심을 느꼈고 거의 그와 한마음이었다는 점이다. 그는 '직무에서 홀대받은' 이뽈리뜨 끼릴로비치의 심리학적이고 수사학적인 특별한 재능을 무조건 믿고 또 그가 홀대받았다고 완전히 믿는 유일한 사람이었다. 그는 이뽈리뜨 끼릴로비치가 뻬쩨르부르끄에 있을 때부터 그에 대해 듣고 있었다. 한편 젊디젊은 니꼴라이 빠르페노비치 역시 우리의 '직무에서 홀대받은' 검사가 진심으로 아끼는 유일한 사람이 되었다. 이곳으로 오는 길에 그들은 당면한 사건에 대해 무언가를 합의하고 약속할 수 있었는데, 이제 탁자 앞에서 니꼴라이 빠르페노비치의 명민한 머리는 나이 든 동료의 말 한마디, 시선 하나, 눈짓 한번으로도 그의 얼굴 표정과 암시하는 바를 모두 파악하고 이해하고 있었다.

"여러분, 제가 스스로 말할 수 있게 좀 해주시고, 쓸데없는 말로 가로막지 말아주십시오. 눈 깜짝할 사이에 다 설명하겠습니다." 미쨔가 벌컥 화를 냈다.

"좋습니다. 감사합니다. 하지만 당신 말을 듣기 전에 제게 한가지 확인해주시면 좋겠습니다. 우리에게 아주 흥미로운 점인데요, 어제 당신이 5시경에 친구 뾰뜨르 일리치 뻬르호찐에게 권총을 저당잡히고 담보로 빌린 10루블에 대한 것입니다."

"저당잡혔지요, 여러분. 10루블에 저당을 잡혔습니다. 그래서 어떻다는 겁니까? 그게 다입니다. 여행을 갔다가 시내로 돌아오자마자 빌렸습니다."

"여행에서 돌아오셨습니까? 도시를 벗어나셨다고요?"

"예, 다녀왔습니다. 왕복 40킬로미터 정도 다녀왔습니다. 그걸 모르셨습니까?"

검사와 니꼴라이 빠르페노비치는 서로 눈짓을 주고받았다.

"전혀요. 어제 일을 아침부터 체계적으로 이야기해주시면 어떨까요? 예를 들면, 어째서 도시를 떠나셨는지, 언제 떠났다가 언제 돌아왔는지…… 모든 사실을 알 수 있게 말입니다……"

"처음부터 그렇게 물어보시지 그러셨습니까?" 미쨔가 큰 소리로 웃음을 터뜨렸다. "그걸 원하신다면 어제가 아니라 사흘 전 아침부터 시작해야 합니다. 그럼 제가 어디로 어떻게 왜 갔는지 이해하게 되실 겁니다. 여러분, 저는 사흘 전에 이 지방의 상인 삼소노프에게 가서 가장 확실한 담보를 잡히고 3천 루블을 빌리러 갔었습니다. 시급히 필요해졌거든요, 여러분. 갑자기 꼭 필요해져서요……"

"말을 가로막아 죄송합니다만," 검사가 정중하게 끼어들었다. "왜 그렇게 갑자기 돈이 필요해지셨습니까? 바로 그 금액이, 그러니까 3천 루블의 돈이요?"

"에이, 여러분, 사소한 건 무시합시다. 어떻게, 언제, 왜, 어째서 다른 금액이 아닌 그 금액의 돈이냐 같은 쓸데없는 것들 말입니다…… 그런 식으로는 책 세 권으로도 다 쓰지 못해요. 에필로그까지 필요할 겁니다!"

미쨔는 모든 진실을 말하기 원하며 가장 좋은 의도로 가득한 사람이 지닐 수 있는 선량함과 초조함이 섞인 친밀한 태도로 이렇게 말했다.

"여러분," 그는 문득 뭔가를 알아차린 듯이 말했다. "제가 거만하다고 불쾌하게 여기지 말아주십시오. 다시 부탁하지만, 제가 여러분에게 완전한 존경심을 품고 있고, 사건의 현재 상황을 이해하고 있다는 것을 다시 한번 믿어주십시오. 제가 취했다고 생각지 말아주십시오. 저는 이제 술이 깼습니다. 그리고 취했어도 전혀 방해되지 않을 겁니다. 저는 이런 사람이니까요.

술이 깨어 똑똑해지니 바보가 되었도다.

실컷 마시고 바보가 되니 영리해졌도다.

하하! 하지만 아직 모든 걸 해명하지도 않았는데 여러분 앞에서 이렇게 말장난하는 것이 점잖지 못하다는 걸 알고 있습니다, 여러분. 제가 품위를 지킬 수 있게 허락해주십시오. 저는 지금 이 차이를 잘 이해합니다. 저는 여전히 여러분 앞에 범죄자로 앉아 있고 여러분은 저를 감시할 의무를 지고 있으니 저와 여러분은 전혀 대등한 위치가 아니라는 걸 알고 있어요. 그리고 그리고리의 머리를 깬 일로 여러분이 저를 쓰다듬지도 않으시겠지요. 사실 노인의 머리를 깨고서 벌을 받지 않는다는 건 있을 수 없는 일이죠. 그의 일로 저를 재판에 부쳐 감방에 반년, 아니 일년 정도 처넣으시겠지요. 잘은 모르지만, 어떻게 판결을 내리실까요? 권리상실은 설마 없겠지요? 권리상실은요, 검사님? 그렇습니다, 여러분. 저는 그 차이를 잘 이해하고 있습니다…… 하지만 어디서 그렇게 했느냐, 어떻게 그렇게 했느냐, 언제 그랬느냐, 무엇으로 그랬느냐 같은 그런 질문들로는 하느님도 혼란에 빠뜨릴 수 있다는 데 여러분도 동의해주시겠지요. 그런 식이면 저도 혼란에 빠질 테고, 여러분은 털끝만한 잘못도 기록하시겠죠, 그렇게 되면 어떻게 될까요? 제대로 나오는 건 아무것도 없을 겁니다. 그리고 끝으로, 제가 기왕 이렇게 허튼소리를 늘어놓았으니 할 말은 다 하겠습니다. 최고의 교육을 받고 가장 고결하신 여러분은 저를 용납해주시겠지요. 저는 이런 부탁으로 말을 마치겠습니다. 여러분, 그 낡은 심문 방식을 좀 버리세요. 아시겠습니까, 처음에 뭔가 보잘것없는 것, 하찮은 것부터 시작하는 방식 말입니다. 그러니까 어떻게 일어났느냐, 무엇을 먹었느냐, 어떻게 침을 뱉었느냐 같은 질문들 말입니다. '범죄자의 주의

력을 마비시킨 후' 느닷없이 충격적인 질문으로 그를 불시에 덮치는 식 말입니다. '누구를 죽였느냐? 누구를 강도질했느냐?' 하하! 이게 바로 여러분의 낡은 수법이지요. 그게 여러분의 방침이고 거기에 여러분의 교활한 수법의 기초가 있습니다! 하지만 그런 교활함으로 농민들은 마비시킬 수 있어도 저는 아닙니다. 저는 그 수법을 알고 있죠. 저 자신이 관청에 근무를 했으니까요. 하하하! 화내지 마십시오, 여러분. 제 불손함을 용서해주시겠죠?" 그는 놀라울 정도의 선량함을 품고 그들을 바라보며 외쳤다. "미찌까 까라마조프가 말하기를, 그러므로 양해할 수 있다. 그러므로 영리한 사람은 용서받을 수 없지만 미찌까는 용서받을 수 있다, 그겁니다. 하하!"

니꼴라이 빠르페노비치 역시 그의 말을 듣고 웃었다. 검사는 웃지 않았지만, 눈을 떼지 않고 그의 사소한 말 한마디, 사소한 동작 하나, 그의 얼굴에서 작은 선의 흔들림까지도 놓치지 않겠다는 듯이 미쨔를 예리하게 쳐다보았다.

"하지만 우리는 처음에 당신과 시작할 때……" 니꼴라이 빠르페노비치는 계속해서 웃으며 응수했다. "아침에 어떻게 일어났느냐, 무엇을 먹었느냐 같은 질문으로 혼란을 주지 않았습니다. 오히려 아주 본질적인 질문부터 시작했는데요."

"그렇군요, 알겠습니다. 그 점을 높이 평가해드리죠. 나아가서 저를 진정한 선량함, 가장 고결한 영혼이란 말을 들어 합당할 정도의 무한한 선량함으로 대해주시는 점을 높이 평가합니다. 여기 모인 우리 세 사람은 고결한 사람들이니 계속해서 이렇게 귀족의 명예로 묶인 교육받은 사교계 사람들끼리의 상호신뢰를 바탕으로 하도록 합시다. 어쨌거나 제 생애의 이 순간에 여러분을 제 가장 좋은 친구로 생각하는 걸 허용해주십시오. 제 명예가 가장 추락한 이 순간에 말입니다! 그게 여러분 기분을 상하게 해드리지는 않겠지요? 기분 나쁘지는 않으시지요?"

"정반대입니다. 그렇게 멋지게 표현하시다니요, 드미뜨리 표도로비치." 니꼴라이 빠르페노비치가 점잖게 호의를 품고 그의 말에 동의했다.

"사소한 일들, 그 모든 형식주의적인 사소한 것은 다 떨쳐버리고요." 미쨔가 신이 나서 외쳤다. "그러지 않으면 도대체 어떤 결과가 나올지 아무도 모르니까요. 그렇지 않습니까?"

"당신의 지혜로운 조언을 충실히 따르겠습니다." 검사가 돌연 미쨔에게 몸을 돌리며 끼어들었다. "하지만 제 질문에 답변하는 걸 거절하지는 마십시오. 저희는 어째서 당신이 그 금액, 바로 3천 루블을 필요로 했는지 반드시 알아야 합니다."

"왜 필요했느냐고요? 자, 이런저런 이유 때문이지요…… 빚을 갚아야 했습니다."

"누구한테요?"

"그 질문에 답하는 것은 분명히 거부합니다, 여러분. 아시겠습니까, 말할 수 없어서가 아니라 감히 그럴 수 없어서, 아니, 그러기가 두려워서입니다. 왜냐하면 그 모든 게 쓸데없이 사소한데다 완전히 시시한 일이니까요. 그러니 말하지 않겠습니다. 이것은 제 원칙입니다. 이건 제 사생활이고 저는 제 사생활에 누군가가 침범하는 걸 용납하지 않을 겁니다. 이것이 바로 제 원칙입니다. 두분의 질문은 이 일과 상관없어요. 그리고 이 일과 상관없는 모든 것이 제 사생활입니다! 빚을 갚고 싶었습니다. 명예의 빚을 갚고 싶었지만, 그게 누군지는 말하지 않겠습니다."

"이걸 기록하게 허락해주십시오." 검사가 말했다.

"그렇게 하십시오. 그렇게 기록하세요. 말하지 않을 거라고, 절대로 말하지 않을 거라고 했다고요. 쓰세요, 여러분. 그걸 말하는 걸 심지어는 불명예스럽게 여긴다고요. 기록하느라 참 많은 시간을 쓰시는군요!"

"선생." 검사가 특별히 엄격하고 대단히 위엄 있게 말했다. "당신이 당신에게 제기하는 질문에 답하지 않을 완전한 권리를 지니고 있고, 당신이 이런저런 이유로 대답을 회피해도 반대로 우리가 억지로 답변을 끌어낼 권리를 갖고 있지 않다는 것을 모르고 계신다면, 다시 한번 주의를 돌려 상기시켜드리겠습니다. 이건 당신 자신이 판단할 일입니다. 그러나 지금과 같은 상황에서 당신이 이런저런 진술을 거부함으로써 스스로에게 얼마나 불이익을 초래할 수 있는지 그 정도를 알리고 설명하는 것 역시 저희 임무입니다. 그러니 계속하십시오."

"여러분, 저는 전혀 화내고 있는 게 아닙니다…… 저는……" 미쨔가 그 위엄에 약간 당황해서 중얼거리듯 말했다. "보십시오, 여러분, 제가 그때 찾아갔던 사람은 삼소노프입니다……"

우리는 물론 독자가 이미 다 알고 있는 일을 진술한 그의 얘기를 자세히 적지는 않을 것이다. 말하는 사람은 아주 사소한 것까지 전부를, 되도록 빨리 얘기하고 싶어 조급해했다. 그러나 진술이 진행됨에 따라 기록을 하다보니 그의 이야기를 간간이 멈추게 할 필요가 있었다. 드미뜨리 표도로비치는 그에 항의했지만 따랐고, 화를 냈지만 아직까지는 호의적이었다. 사실 그는 때로 소리를 지르기는 했다. "여러분, 이건 하느님도 화나게 하는 짓입니다." 혹은 "여러분, 여러분은 공연히 나를 자극하고 있다는 것을 아십니까?" 그러나 이렇게 외치면서도 그는 여전히 자신의 우정 어린 솔직한 태도를 바꾸지는 않았다. 그렇게 그는 삼소노프가 자신을 사흘 전에 어떻게 '속였는지' 이야기했다.(그는 그때 이미 자기가 속았다는 것을 완전히 깨닫고 있었다.) 여비를 얻기 위해 6루블을 받고 시계를 팔았다는 얘기는 예심판사와 검사가 전혀 모르던 것이었고 그 즉시 모두의 대단한 관심을 불러일으켰는데, 미쨔는 이에 한량없는 분노를 느꼈다. 그들은 이 사실을 전날 밤 그에게 단 한푼의 돈도 없었다는 사실을 확증해줄 두번째 증거로서 자세히 기록할 필요가 있겠다고 판단했다. 미쨔는 차츰 침울해지기 시작했다. 이어서 그는 랴가비를 찾아간 것과 유독가스가 찬 오두막에서 밤을 보낸 일 등을 묘사한 후 시내로 돌아온 데까지 이야기하고는, 아무도 특별히 청하지 않았는데도 자신이 그루셴까로 인해 느낀 질투 어린 고통을 자세히 묘사했다. 그들은 말없이 그의 말을 들었고, 그가 오래전에 표도르 빠블로비치의 '뒷마당' 쪽 마리야 꼰드라찌예브나의 집에 그루셴까를 감시하기 위한 장소를 마련해놓았고 스메르쟈꼬프가 그에게 정보를 준 정황을 특히나 깊이 파고들었다. 그들은 이 점을 아주 주목해서 기록했다. 그는 자신의 질투심을 열렬하게 목소리 높여 토로했고, 자신의 가장 내밀한 감정을, 뭐라고 해야 할까, '치욕스런 구경거리가 되도록 모든 이 앞에' 내놓는 것을 속으로는 수치스럽게 여기면서도 정직하게 밝히기 위해 그 수치심을 억누르고 있는 듯이 보였다. 이야기하는 동안 그를 뚫을 듯이 바라보는 예심판사와 검사의 냉담하고 엄격한 시선은 마침내 그를 몹시도 당혹시켰다. '불과 며칠 전만 하더라도 여자에 대해 어리석은 농담을 함께 지껄이던 저 애송이 니꼴라이 빠르페노비치와 저 병든 검사는 내가 하는 이야기를 들을 자격이 없다.' 이런 슬픈 생각이 그의 마음에 어른거렸다. '치욕이야!' '참자, 진정하자, 입을 다물자'[8]라는 시로 그는 자신의 생각을 매듭지었고, 계속 이야기를 진행하자고 마음을 다져먹었다. 호흘라꼬바에 대한 이야기에 이르자 그는 다시 아주 명랑해져서, 사건과는 어울리지 않는 이 부인과 있었던 얼마 전의 특별한 일화를 이야기하려고 했다. 그러나 예심판사가 그를 중단시키고 '좀더 본질적인 이야기'로 넘어가자고 정중하게 부탁했다. 마침내 그가 자신의 절망을 묘사하고 호흘라꼬바의 집에서 나오면서 '누구든 아무나 베고 3천 루블을 얻었으면 좋겠다'고 생각했던 순간을 이야기하자, 그들은 그를 다시 중단시키고 '베고 싶어했다'라는 말을 기록했다. 미쨔는 말없이 기록하게 내버려두었다. 마침내 진술은 그루셴까가 한밤중까지 삼소노프 옆에 앉아 있을 거라고 해서 그녀를 데려다주자마자 그녀가 그를 속이고 즉시 그 노인의 집에서 나왔다는 사실을 그가 알게 된 지점까지 이르렀다. "만일 그때, 여러분, 내가 페냐를 죽이지 않았다면 그건 단지 시간이 없었기 때문입니다." 이야기의 이 지점에서 그가 불쑥 말했다. 그들은 이 말도 꼼꼼히 기록했다. 미쨔는 침울하게 기다렸다가 그가 아버지의 정원으로 어떻게 달려갔는지를 이야기하려 했다. 그런데 갑자기 예심판사가 그를 멈추게 하더니 그의 옆 소파 위에 놓여 있던 자신의 커다란 서류가방을 열어 거기서 구리공이를 꺼냈다.

"이 물건이 낮이 익으십니까?" 그가 미쨔에게 그것을 보여주었다.

"아, 네!" 그가 침울하게 미소 지었다. "어떻게 모르겠습니까! 좀 봅시다…… 아, 제길, 필요 없어요!"

---

8 쮸쩨프의 시 「침묵!」의 시구에서 나온 표현이다.

"이걸 언급하는 걸 잊으셨네요." 예심판사가 지적했다.

"제길! 그 얘기가 진행에 필요했으면 얘기했겠죠. 어떻게 생각하십니까? 그냥 제 기억에서 사라졌을 뿐이에요."

"저것으로 어떻게 무장했는지 상세히 이야기해주시죠."

"좋습니다. 그렇게 하죠, 여러분."

그리고 미쨔는 어떻게 공이를 들고 달려나갔는지 이야기했다.

"이런 무기로 무장했을 때는 무슨 목적이 있으셨나요?"

"무슨 목적이요? 아무 목적도요! 그냥 손에 쥐고 나갔습니다."

"목적이 없었다면 왜요?"

미쨔는 부아가 치밀었다. 그는 '애송이'를 뚫어지게 바라보고는 침울하고 심술궂게 미소를 지었다. 문제는 그가 지금 '이런 사람들'에게 그렇게 진실한 마음으로 심경을 토로하듯 자신의 질투심에 대해 이야기한다는 것이 점점 수치스럽게 여겨졌다는 것이다.

"공이 같은 건 무시합시다!" 그가 불쑥 말했다.

"그래도요."

"그럼 개들이 달려들까봐 그랬다고 치죠. 어두우니까…… 만일의 경우를 대비해서 그랬습니다."

"어둠을 그렇게 두려워하신다면, 이전에도 밤에 마당을 나설 때 뭐든 무기를 가져가셨나요?"

"에이, 제길, 퉤! 여러분, 당신들과는 정말 무슨 말을 할 수가 없군요!" 미쨔는 화가 머리끝까지 나서 이렇게 외치고는 서기에게 몸을 돌려 독기로 온통 얼굴을 붉힌 채 목소리에 격렬한 노기를 띠고서 재빨리 말했다.

"지금 기록하게…… 지금…… '내 아버지…… 표도르 빠블로비치를 죽이러 가기 위해 공이를 집었다고…… 머리를 내리치려고!'

자, 이제 만족하십니까, 여러분? 이제 원하는 걸 얻으셨습니까?"
그가 예심판사와 검사를 뚫어지게 쳐다보며 도전적으로 말했다.

"우리는 당신이 우리에게 분노해서, 또 우리가 한 질문, 즉 사소한 것으로 보이지만 실제로는 대단히 본질적인 질문에 불만을 품어서 그렇게 진술했다는 것을 아주 잘 알고 있습니다." 검사가 그의 말에 메마른 투로 응수했다.

"예, 그렇습니다, 여러분! 그래요, 공이를 집었습니다…… 자, 그런 경우 사람들은 무슨 이유가 있어 손에 뭐든 집어들까요? 왜 그랬는지 저도 모르겠습니다…… 집어들고 달렸어요. 그게 다입니다. 수치스럽군요. 여러분, 이 얘기는 이제 그만이오(passons). 그러지 않으면 맹세컨대 이야기를 그만둘 겁니다!"

그는 탁자에 팔을 괴고 손으로 머리를 받쳤다. 옆으로 돌아앉아 속에서 치미는 나쁜 감정들을 누르며 그는 벽을 쳐다보았다. 사실 그는 자리에서 일어나 '설사 사형장으로 데려간다고 할지라도' 더 이상은 한마디도 하지 않겠다고 진심으로 말하고 싶었다.

"보세요, 여러분." 그가 어렵사리 자신을 누르며 돌연 말했다. "보세요. 여러분 말을 듣지요. 한가지가 떠오릅니다…… 저는 가끔 한가지 꿈을 꿉니다…… 한가지 꿈을, 저는 그 꿈을 자주 꿉니다. 반복되지요. 누군가가 제 뒤를 쫓는 꿈인데, 제가 아주 두려워하는 누군가가 어둠 속에서 저를 쫓아옵니다. 밤에 저를 쫓아오는데, 저는 그를 피해 어디론가, 문 뒤나 장롱 뒤로 숨어요. 비겁하게도 숨습니다. 중요한 건, 그 사람이 제가 어디에 숨었는지 아주 잘 알면서도 저를 더 괴롭힐 속셈으로, 제가 두려워하는 걸 더 즐길 속셈으로 제가 어디 앉아 있는지 일부러 모르는 척하는 것 같다는 겁니다…… 여러분은 지금 바로 그 짓을 하고 있습니다! 그와 비슷한 짓을요!"

"그런 꿈을 꾸십니까?" 검사가 물었다.

"예, 그런 꿈을 꿉니다…… 그것도 기록하고 싶으신가요?" 미쨔가 일그러진 미소를 지었다.

"아니요, 기록은 하지 않습니다만, 흥미로운 꿈을 꾸시는군요."

"지금은 꿈이 아닙니다! 현실에서 일어나는 일이지요, 여러분. 진짜 삶의 현실에서요! 나는 늑대고 여러분은 사냥꾼이니, 자, 늑대를 사냥하십시오."

"공연히 그런 비유를 하십니다……" 니꼴라이 빠르페노비치가 무척 부드럽게 말을 꺼냈다.

"공연한 게 아닙니다, 여러분. 공연한 게 아니에요!" 미쨔는 열을 냈지만, 아마도 갑작스런 분노의 폭발로 마음이 좀 누그러졌는지 말을 하면 할수록 그는 다시 너그러워지기 시작했다. "여러분은 심문으로 괴롭힘을 당하는 범죄인 혹은 피고, 그러나 고결한 사람의 말, 영혼의 가장 고결한 충동에서 나오는 말을(감히 이렇게 외치렵니다!) 믿지 않을지도 모릅니다. 안 됩니다! 이걸 믿지 않으면 안 됩니다…… 여러분은 그럴 권리조차 없어요…… 그러나

침묵하라, 심장이여,
참으라, 순종하라, 침묵하라!

자, 어떻게, 계속할까요?" 그가 침통하게 말을 맺었다.

"그러실까요? 그러시지요." 니꼴라이 빠르페노비치가 대답했다.

5. 세번째 시련

미쨔는 음울하게 말문을 열긴 했지만 전달하고자 하는 얘기에서 단 하나라도 잊거나 빼먹지 않으려고 더욱 노력하는 듯 보였다. 그는 자기가 담장 너머 아버지의 정원에 어떻게 들어갔는지, 창까지 어떻게 갔는지, 마침내 창 밑에 이른 것까지 모두 이야기했다. 명료하고 정확하게 새기듯이 그는 아버지의 집에 그루셴까가 있을지 없을지를 너무도 알아내고 싶었던 순간에 정원에서 그를 흥분시켰던 감정들을 전했다. 그러나 이상했다. 검사도, 예심판사도 이번에는 어째서인지 지독할 정도로 무심하게 그의 말을 들었고, 무미건조하게 그를 보면서 질문도 훨씬 적게 했다. 미쨔는 그들의 얼굴을 보고 아무런 결론도 내릴 수 없었다. '화가 나서 기분이 상했군.' 그는 생각했다. '제길!' 마침내 그가 아버지가 창문을 열게끔 그루셴까가 왔다는 신호를 보내기로 결심했다고 얘기했는데도, 검사와 예심판사는 신호라는 단어가 어떤 의미를 지니는지 전혀 알지 못하는 듯 그에 전혀 주의를 기울이지 않아, 미쨔마저 그들의 태도를 눈치챌 정도였다. 마침내 창밖으로 얼굴을 내민 아버지를 보고 증오심이 들끓어 주머니에서 공이를 꺼낸 순간까지 도달했을 때, 그는 마치 고의인 듯 말을 멈추었다. 그는 앉아서 벽을 보았고, 그들도 그렇게 그에게 시선을 못 박고 있음을 깨달았다.

"자," 예심판사가 말했다. "무기를 집어들었고…… 그후에는 무슨 일이 일어났나요?"

"그후에요? 그후에 죽였죠…… 그의 정수리를 붙잡고 그의 두개골을 쪼갰습니다…… 그렇다는 거죠, 여러분의 견해에 따르자면,

그렇다는 거죠!" 그는 갑자기 두 눈을 반짝였다. 가라앉았던 분노가 그의 영혼에서 엄청난 힘으로 불끈 솟아올랐다.

"우리 견해에 따르자면,이라고요," 니꼴라이 빠르페노비치가 되풀이했다. "그럼, 당신의 견해에 따르면 어떤가요?"

미쨔는 눈을 내리깔고 오랫동안 침묵했다.

"저의 견해에 따르자면, 여러분, 저의 견해에 따르면 이렇습니다." 그가 조용히 말했다. "누군가가 저를 위해 눈물을 흘렸는지, 우리 어머니가 하느님께 간구하셨는지, 밝은 천사가 그 순간 제게 입을 맞추었는지는 모르지만, 악마가 졌습니다. 저는 창에서 물러나 담장으로 달렸습니다…… 아버지는 놀라서 그때 처음으로 저를 알아보고 소리를 지르고는 창에서 물러났습니다. 아주 잘 기억하고 있습니다. 저는 정원을 지나 담장으로 갔고…… 거기서 제가 이미 담장에 올라앉았을 때 그리고리가 저를 봤습니다……"

이때 마침내 그는 청중을 향해 눈을 들었다. 그들은 전혀 동요하지 않고 주의를 기울여 그를 바라보는 것 같았다. 분노의 전율이 미쨔의 영혼을 스쳐지났다.

"정말로, 여러분, 여러분은 이 순간 저를 조롱하시는군요!" 그가 느닷없이 말을 끊었다.

"왜 그런 결론을 내리시는 겁니까?" 니꼴라이 빠르페노비치가 말했다.

"단 한마디도 믿지 않으니 그럽니다! 저도 지금 가장 중요한 지점에 이르렀다는 것을 알고 있습니다. 노인은 지금 머리가 부서진 채로 저기 쓰러져 있고, 나는 어떻게 죽이고 싶었는지, 공이를 어떻게 집어들었는지를 비극적으로 묘사한 뒤 갑자기 창에게 도망갔다고 하니…… 서사시예요! 시요! 영리한 사람이 말만 듣고 믿을 수 있나요! 하하! 여러분은 조롱하기 좋아하는 분들입니다!"

그는 의자에서 온몸을 틀었고 의자는 삐걱 소리를 냈다.

"당신은 알아채지 못하셨습니까?" 미쨔의 흥분에는 아랑곳하지 않는 듯 검사가 갑자기 말문을 열었다. "창가에서 언제 도망갔는지 기억하십니까? 곁채의 다른 끝에 있는 정원으로 난 문이 열려 있었습니까, 아닙니까?"

"아니요, 열려 있지 않았습니다."

"열려 있지 않았습니까?"

"오히려 닫혀 있었습니다. 그렇다면 누가 그 문을 열 수 있었을까요? 자, 문이요, 잠깐만요!" 그는 문득 정신을 차린 듯 몸을 부르르 떨다시피 했다. "정말로 문이 열려 있었답니까?"

"열려 있었습니다."

"여러분이 직접 그 문을 열지 않았다면, 누가 그걸 열 수 있었을까요?" 미쨔는 돌연 소스라치게 놀랐다.

"문은 열린 채였고, 당신의 부친을 죽인 살인범은 의심할 여지 없이 그 문으로 들어와 살인을 저지르고 그 문으로 나갔겠지요." 검사가 말을 끊듯이 또박또박 천천히 발음했다. "우리는 아주 분명히 알고 있습니다. 살인은 분명 방 안에서 일어났지, 창 너머로는 아닙니다. 진행된 조사와 사체가 놓인 위치와 모든 것으로 미루어보았을 때, 그건 아주 확실합니다. 그 정황에는 전혀 의문의 여지가 없습니다."

미쨔는 무섭게 놀랐다.

"그건 정말 불가능합니다, 여러분!" 그는 완전히 놀라서 외쳤다. "저는…… 저는 들어가지 않았습니다…… 확실히, 분명하게 말씀 드리는데, 문은 제가 정원에 있고 정원에서 도망갈 동안 내내 닫혀 있었습니다. 저는 창 밑에만 있었고, 창을 통해서만 아버지를 보았습니다, 그게 다입니다. 전부예요…… 마지막 순간까지 기억합니다. 설사 기억나지 않는다 하더라도 그래도 압니다. 왜냐하면 신호는 저와 스메르쟈꼬프, 그리고 고인이 된 사람, 아버지만 알고 있었습니다. 아버지는 신호 없이는 세상 누구에게도 문을 열어주지 않았을 겁니다!"

"신호요? 그건 어떤 신호입니까?" 검사는 거의 히스테리에 가까운 탐욕스런 호기심을 품고 말했고, 그의 절제된 태도는 순식간에 다 사라졌다. 그는 그가 아직까지 모르고 있던 중요한 사실을 감지했고, 미쨔가 모든 것을 완전히 밝히려 하지 않을까봐 곧 크나큰 두려움을 느꼈다.

"여러분도 몰랐군요!" 미쨔가 조롱하듯 독살스럽게 미소를 지으며 그에게 눈을 찡긋했다. "만일 제가 말하지 않으면 어떻게 하죠? 그때는 누구에게 알아내실 겁니까? 그 신호에 대해서는 고인과 저, 그리고 스메르쟈꼬프만 알고 있었습니다. 그게 다예요. 그리고 또 하늘이 알았죠. 하늘이 여러분에게 말해줄 겁니다. 진기한 사실, 그걸로 뭘 꾸밀 수 있는지 아무도 모르죠, 하하! 안심하십시오, 여러분, 말씀드리죠. 어리석은 생각일랑 하지 마세요. 여러분은 제가 어떤 사람인지 모르십니다! 여러분은 자신을 고발하고 자신에게 불리한 진술을 하는 피고와 얘기하고 계신 겁니다! 예, 저는 명예의 기사지만, 여러분은 아닙니다!"

검사는 불쾌감을 꾹 참고 새로운 사실을 알고 싶어 견딜 수 없는 마음에 몸을 떨 뿐이었다. 미쨔는 정확하고 자세하게 표도르 빠블로비치가 스메르쟈꼬프를 위해 고안한 신호들을 모조리 진술했고, 각각의 창을 두드리는 신호가 무슨 뜻인지 설명했다. 니꼴라이 빠르페노비치의 질문, 즉 미쨔가 노인의 창문을 두드렸을 때 '그루셴 까가 왔다'는 의미의 신호대로 두드렸느냐는 질문에는, 그 신호대 로 식탁을 두드려 보이면서 정확히 '그루셴까가 왔다'는 의미의 신 호를 두드렸다고 대답했다.

"그랬단 말입니다. 그러니 이제 맘대로 얘기를 지어내보시죠!" 미쨔가 말을 맺고는 경멸스러운 듯 그들로부터 몸을 돌렸다.

"그럼 그 신호에 대해 알고 있는 사람은 돌아가신 당신 부친과 당신, 그리고 스메르쟈꼬프뿐이라는 거군요? 더이상은 아무도 모 르고요?" 니꼴라이 빠르페노비치가 재차 확인했다.

"예, 하인 스메르쟈꼬프와 또 하늘만이 아시죠. 하늘에 대해서도 쓰세요. 그걸 기록하는 건 낭비가 아닐 겁니다. 여러분 자신에게도 하느님은 필요할 테니까요."

물론 그들은 기록했고, 기록하던 중에 검사는 아주 갑작스럽게 새로운 생각이 떠올랐는지 이렇게 말했다.

"만일 그 신호를 스메르쟈꼬프도 알았고, 부친의 죽음에 대한 혐 의를 당신이 철저하게 부인하신다면, 약속된 신호대로 창을 두드 려 부친으로 하여금 문을 열도록 한 뒤…… 범죄를 저지른 사람은 스메르쟈꼬프가 아닐까요?"

미쨔는 가소롭기 짝이 없다는 듯 무서울 정도로 증오심 가득한 시선을 하고 그를 바라보았다. 그가 오랫동안 말없이 그를 쏘아보 자 검사는 눈을 깜빡거렸다.

"또 여우사냥을 하셨군요!" 미쨔가 마침내 말을 쏟아냈다. "악당 을 난처하게 만드셨어요, 하하! 저는 당신을 꿰뚫어보고 있습니다, 검사님! 제가 지금 당장 벌떡 일어나 당신이 제게 암시한 것을 붙 잡고 목청을 다해 '아아, 그건 스메르쟈꼬프입니다. 바로 그가 살인자예요!'라고 소리칠 거라고 생각하셨죠. 그렇게 생각하셨다고 인정하세요. 인정하세요. 그러면 계속하죠."

그러나 검사는 인정하지 않았다. 그는 말없이 기다렸다.

"실수하셨습니다. 저는 스메르쟈꼬프라고 소리치지 않을 겁니다!" 미쨔가 말했다.

"그 사람을 전혀 의심해보지 않으셨습니까?"

"당신은 의심하십니까?"

"그 사람도 의심했지요."

미쨔가 시선을 바닥에 고정했다.

"농담은 옆으로 치우세요." 미쨔가 침울한 어조로 말했다. "들어보세요. 맨 처음부터, 제가 조금 전 이 커튼 뒤에서 당신들에게 달려나온 거의 그때부터 제 머릿속에는 '스메르쟈꼬프다!'라는 생각이 어른거렸습니다. 여기 탁자 앞에 앉아 그 피에 대해 나는 죄가 없다고 외치는 동안 저 자신은 줄곧 '그건 스메르쟈꼬프다!'라고 생각하고 있었단 말입니다. 스메르쟈꼬프가 머리에서 떠나지 않았습니다. 결국 지금도 갑자기 똑같은 생각이 들었습니다. '스메르쟈꼬프다'라고요. 그런데 그건 한순간이었고, 그 즉시 그 생각과 나란히 '아니야, 그건 스메르쟈꼬프가 아니야!'라는 생각이 드는 겁니다. 그건 그 녀석이 한 짓이 아닙니다, 여러분!"

"그렇다면 당신은 의심하지 않으시는 건데, 그럼 다른 어떤 인물이 있을 수 있나요?" 니꼴라이 빠르페노비치가 조심스럽게 물으려 했다.

"모르겠습니다, 누군지, 아니면 다른 인물, 하늘이 손을 댄 건지, 사탄의 짓인지. 그러나…… 스메르쟈꼬프는 아닙니다!" 미쨔가 단호하게 잘라 말했다.

"어째서 그렇게 확고하고 완강하게 그 사람이 아니라고 주장하십니까?"

"그냥 그런 확신이 듭니다. 느낌이 그래요. 왜냐하면 스메르쟈꼬프는 천성이 아주 저열한 사람인데다 겁쟁이에요. 그냥 겁쟁이가 아니라 세상에 두 발로 걸어다니는 모든 겁쟁이들의 총체입니다. 녀석은 암탉에게서 태어났어요. 저와 얘기할 때마다 제가 자기를 죽일까봐 벌벌 떨지요. 저는 손도 쳐들지 않았는데요. 제 발 위에 엎어져 자기를 '놀라게 하지 말아달라'고 말 그대로 애걸하면서 제 장화를 핥았습니다. 들으셨습니까? '놀라게 하지 말아달라고', 이게 도대체 무슨 소립니까? 저는 호의를 베풀었어요. 그 녀석은 뇌전증 걸린 암탉이고, 여덟살 꼬마한테도 맞고 다닐 만큼 머리가 나쁜 위인입니다. 그게 사람인가요? 스메르쟈꼬프는 아닙니다, 여러분. 더구나 녀석은 돈을 좋아하지 않아요. 제가 주는 선물도 받은 적이 없습니다…… 더구나 그 녀석이 무슨 이유로 노인을 죽이겠습니까? 어쩌면 녀석은 아버지의 아들, 사생아일 수도 있는데요, 여러분은 그걸 알고 계십니까?"

"우리도 그 얘기를 들었습니다. 하지만 당신도 부친의 아들인데, 자기 입으로 모두에게 아버지를 죽이고 싶다고 말씀하셨잖아요."

"무슨 뜻으로 하는 소린지 알겠군요! 당신은 야비하고 비난받아 마땅한 소리를 하는군요! 저는 무섭지 않아요! 오, 여러분, 제가 눈을 똑바로 뜨고 이런 말을 하는 게 어쩌면 당신들 보기엔 저열해 보일지 모르죠! 이런 말을 내 입으로 하니 저열하다는 거겠죠. 죽이고 싶었을 뿐 아니라 죽일 수도 있었고, 더구나 거의 죽일 뻔했다고 자발적으로 자기를 끌어들이니 말입니다! 하지만 아버지를 죽이지 않았습니다. 제 수호천사가 저를 구했습니다. 여러분은 그걸 생각지 못하셨습니다…… 그래서 여러분은 비열합니다, 비열해요! 왜냐하면 저는 죽이지 않았으니까요. 죽이지 않았습니다, 죽이지 않았습니다! 들어주세요, 검사님, 죽이지 않았습니다!"

그는 숨이 막힐 지경이었다. 심문을 받는 동안 내내 그는 단 한 번도 그렇게 흥분한 적이 없었다.

"그런데 그 녀석이 여러분에게 무슨 말을 하던가요, 여러분, 스메르쟈꼬프가요?" 그가 잠시 침묵했다가 돌연 물었다. "그걸 물어 봐도 될까요?"

"우리에게 뭐든 물어보셔도 됩니다." 검사는 냉정하고 엄격한 얼굴로 대답했다. "거듭 말하지만, 우리에게는 사건의 사실적 측면에 관한 것은 뭐든 어떤 질문에도 모두 답변해드려야 할 의무가 있습니다. 물어보신 하인 스메르쟈꼬프는 우리가 갔을 때 침대에서 정신을 잃고 누워 있는 모습으로 발견되었습니다. 극심한, 아마도 열번 정도 연거푸 반복되었을 뇌전증 발작 상태에 있었습니다. 우리와 함께 있던 의사는 환자를 진찰한 뒤 어쩌면 아침도 넘기지 못할 거라고 말했습니다."

"그렇다면 이 경우 아버지를 죽인 건 악마로군요!" 그 순간까지 스스로에게 '스메르쟈꼬프일까, 아닐까?' 내내 자문자답했던 것처럼 미쨔의 입에서 이런 말이 튀어나왔다.

"그 문제에 대해서는 나중에 생각해봅시다." 니꼴라이 빠르페노비치가 결정을 내렸다. "진술을 계속하지 않으시렵니까?"

미쨔는 잠시 쉬게 해달라고 부탁했다. 사람들은 정중하게 그의 요청을 들어주었다. 잠시 쉬고 나서 그는 계속했다. 그러나 힘들어 하는 모양새였다. 그는 기진맥진하고 모욕감을 느끼고 도덕적으로도 충격을 받은 듯했다. 더구나 검사도 이번에는 꼭 일부러 그러는 것처럼 끊임없이 '사소한 것'에 트집을 잡았다. 미쨔가 담장에 걸터앉아 그의 왼쪽다리를 붙잡고 늘어진 그리고리를 공이로 내리친 장면을 묘사하자마자, 검사는 그의 말을 멈추게 하고 담장 위에 어떻게 앉아 있었는지 더 자세히 묘사해달라고 부탁했다. 미쨔는 놀랐다.

"그냥 앉아 있었어요, 담장을 타고, 한 다리는 저쪽에 한 다리는 이쪽에……"

"공이는요?"

"공이는 손에 있었지요."

"주머니에 있었던 것이 아니고요? 그걸 그렇게 자세히 기억하십니까? 그렇다면 팔을 세차게 휘둘렀나요?"

"틀림없이 세게 휘둘렀을 겁니다. 그건 왜요?"

"그때 담장에 앉아 있던 것처럼 그렇게 의자에 앉아서 어떻게 어디로, 어떤 방향으로 팔을 휘둘렀는지 명료하게 알 수 있도록 우리에게 보여주실 수 있겠습니까?"

"지금 저를 놀리시는 겁니까?" 미쨔가 거만하게 심문자를 바라보면서 물었지만, 심문자는 눈 하나 깜빡이지 않았다. 미쨔는 발작적으로 몸을 돌리고 의자 위에 말을 타듯 앉아 팔을 휘둘렀다.

"바로 이렇게 내리쳤습니다! 이렇게 죽였습니다! 또 뭐가 더 필요한데요?"

"감사합니다. 이제 무엇 때문에 아래로 뛰어내렸는지, 무슨 목적으로 그랬는지, 무얼 염두에 두셨는지 수고스럽지만 설명해주시겠습니까?"

"제길…… 부상당한 사람에게로 뛰어내렸죠…… 왜 그랬는지는 모릅니다!"

"그렇게 흥분했는데도요? 도망치는 중인데도요?"

"예, 흥분해서 도망치면서도요."

"노인을 돕고 싶었습니까?"

"무슨 도움요…… 예, 어쩌면 도우려고 그랬는지도 모르죠. 기억 나지 않습니다."

"자기 행동이 기억나지 않는다고요? 그러니까 제정신이 아니었다는 말씀인가요?"

"오, 아니요, 정신은 멀쩡했어요. 다 기억납니다. 세세한 것까지도요. 살피려고 뛰어내려 수건으로 노인의 피를 닦았습니다."

"우리는 그 수건을 봤습니다. 해친 사람을 살릴 수 있을 거라고 기대하셨나요?"

"그걸 기대했는지 아닌지 모르겠습니다. 그냥 확인하고 싶었어요, 죽었는지 살았는지."

"아, 확인하고 싶으셨군요? 그래서 어떻게 되었나요?"

"의사가 아니니 확인할 수 없더군요. 죽였다고 생각하고 달아났죠, 그런데 노인이 살아난 겁니다."

"멋지군요." 검사가 결론을 맺었다. "감사합니다. 제게 필요한 게 바로 이거였습니다. 계속하시지요."

아하, 미쨔는 동정심 때문에 담장에서 뛰어내려서는 죽은 자 위에 서서 심지어 애처로워하면서 "노인이 걸려든 거야. 그러니 어쩔 수 없어! 그렇게 누워 계시게"라는 말을 내뱉었던 것이 기억났지만, 그 말을 할 생각은 머리에 떠오르지 않았다. 검사는 한가지 결론만 도출했다. 그 순간에 그렇게 흥분한 상태에서 이 사람은 그의 범죄의 유일한 증인이 죽었는지 살았는지 확인하기 위해 담장에서 뛰어내렸으며, 그러니 그런 순간에조차 이 사람이 가진 힘과 결단력, 냉철함, 용의주도함이 얼마나 대단한가…… 등등을. 검사는 만족했다. '병적인 사람을 '사소한 것들'로 자극해서 말실수를 하게 했군.'

미쨔는 고통스럽게 말을 이었다. 그러나 곧 다시, 이번에는 니꼴라이 빠르페노비치가 그를 가로막았다.

"그렇게 피범벅이 된 손으로, 나중에 알려진 바로는 얼굴도 피범벅이었다는데, 당신은 어떻게 그런 모습으로 하녀인 페도시야 마르꼬바에게 달려갈 수 있었나요?"

"예, 그때는 제가 피투성이라는 걸 전혀 알아채지 못했습니다." 미쨔가 대답했다.

"그건 있을 수 있는 일입니다, 그럴 수 있습니다." 검사와 니꼴라이 빠르페노비치는 서로 눈짓을 했다.

"바로 그렇습니다. 알아채지 못했지요. 정말 말씀 잘하셨어요, 검사님." 미쨔도 즉시 그의 말에 수긍했다. 그후 이야기는 '행복한 이들에게서 물러나 그들을 가게 해주자'고 했던 그의 갑작스러운 결심에 이르렀다. 그는 이미 얼마 전처럼 다시 자신의 마음을 토로하고 '자기 영혼의 여왕'에 대해 감히 이야기할 결심을 하지 못했다. 그는 '빈대처럼 그에게 들러붙어 있는' 이 차가운 사람들 앞에서 역겨움을 느꼈다. 그래서 반복되는 질문에 간단하고 날카롭게 대답했다.

"그래서 자살하기로 결심했죠. 살아 있을 필요가 뭐가 있겠는가, 하는 의문이 절로 들더군요. 이론의 여지가 없는 그녀의 옛 남자, 그녀를 모욕했던 그가 오년이 지나서 합법적인 결혼으로 그 모욕을 갚으려고 사랑을 품고 달려왔다는 겁니다. 그러니 저로서는 모든 게 끝났다는 것을 깨달았습니다…… 하지만 내 뒤에는 치욕이,

그 피, 그리고리의 피가 있는 겁니다…… 살 이유가 어디 있겠습니까? 그래서 저당잡힌 권총을 찾으러 갔습니다. 장전한 뒤 새벽녘에 머리에 총알을 박으려고요."

"그런데 밤에는 한바탕 잔치를 벌였군요?"

"밤에는 한바탕 잔치를 벌였죠. 에이, 제길, 여러분, 어서 끝냅시다. 저는 담장을 넘어 여기 어딘가 멀지 않은 곳에서 권총 자살을 하고 싶었고, 아침 5시경이면 스스로를 처리했을 겁니다. 주머니에 유서도 준비했죠. 총을 장전했을 때 뻬르호찐의 집에서 작성했습니다. 이게 그 유서입니다. 읽어보세요. 여러분을 위해 제가 얘기하고 있는 건 아니니까요!" 그는 조끼주머니에서 종이를 꺼내 탁자 위에 올려놓았다. 심문자들은 호기심을 품고 그 유서를 읽은 뒤 관례대로 그것을 조서에 첨부했다.

"뻬르호찐씨 댁에 들어갈 때도 여전히 손을 닦을 생각을 하지 않으셨나요? 의심받을 것이 걱정되지 않던가요?"

"무슨 의심이오? 의심하려면 하라죠. 그러든 말든 상관없이 저는 여기로 달려와 5시에는 권총 자살을 했을 테고, 그럼 여러분은 속수무책이었을 겁니다. 아버지 사건만 아니었다면 여러분은 아무것도 몰랐을 테고 여기로 오지도 않았겠죠. 오, 이건 악마가 한 짓입니다, 악마가 죽였어요. 악마로 인해 여러분이 이렇게 빨리 모든 걸 알게 된 겁니다! 아니면 어떻게 이곳으로 이렇게 빨리 올 수 있었겠습니까? 놀라운 일이죠. 환상적이에요!"

"뻬르호찐씨는 당신이 왔을 때 손에…… 피투성이 손에…… 돈을 들고 있었다고…… 큰 금액의 돈을…… 100루블짜리 돈다발을 들고 있었다고 우리에게 말해주었습니다. 그걸 그의 시중드는 소년도 보았다고요."

"그렇습니다. 그랬던 걸로 기억합니다."

"여기서 한가지 의문이 떠오르는데요. 우리에게 알려주시겠습니까?" 니꼴라이 빠르페노비치가 아주 부드럽게 말문을 열었다. "당신이 집에 들르지 않았다는 것을 감안할 때, 그렇게 많은 돈이 갑자기 어디서 생겼나요?"

검사는 그렇게 노골적인 질문을 던진 데 약간 눈살을 찌푸렸지만 니꼴라이 빠르페노비치의 말을 가로막지는 않았다.

"예, 집에 들르지 않았습니다." 미쨔는 겉보기에는 아주 평온하게, 그러나 눈을 내리깔고 대답했다.

"그렇다면 거듭 질문을 드리겠습니다." 니꼴라이 빠르페노비치는 서서히 조이듯 말을 이었다. "어디서 그런 큰돈을 한꺼번에 얻을 수 있었습니까? 당신 스스로 인정하다시피 그날 5시만 하더라도……"

"10루블이 없어서 뻬르호찐에게 총을 저당잡힌 후 3천 루블을 빌리러 호흘라꼬바 부인에게 갔지만 부인은 빌려주지 않았고 등등…… 온갖 일이 있었지요." 미쨔가 단호하게 말을 잘랐다. "예, 그렇습니다, 여러분. 돈이 없었죠. 그런데 갑자기 수천 루블이 나타났다는 거죠, 예? 아시겠어요, 여러분? 두분 다 돈이 어디서 났는지 말하지 않을까봐 겁을 집어먹고 있군요. 바로 그대로입니다. 전 말하지 않겠습니다. 여러분, 맞춰보세요. 알아맞히지 못할 겁니다." 미쨔가 매우 단호하게 또박또박 말했다. 심문자들은 잠시 침묵했다.

"이해해주십시오, 까라마조프씨. 우리에게는 이것을 아는 게 아주 중요합니다." 니꼴라이 빠르페노비치가 조용하고 온유한 어조로 말했다.

"이해합니다. 하지만 말하지 않을 겁니다."

검사도 개입해서 다시 한번 주의를 주었다. 심문받는 사람이 물론 자신에게 가장 유리하다고 판단하면 질문에 답하지 않을 수 있지만, 피의자가 침묵함으로써 자신에게 어떤 손해를 초래할 수 있을지를 염두에 둔다면, 더구나 질문이 담고 있는 사안의 중요성을 고려할 때……

"기타 등등, 여러분, 기타 등등! 그런 장광설은 이전에도 충분히 들었습니다!" 미쨔가 다시 말을 가로챘다. "저도 사안이 얼마나 중요한지, 어디가 가장 본질적인 지점인지 알고 있습니다. 하지만 말하지 않겠습니다."

"우리한테야 상관없죠. 우리 일이 아니라 당신 일이니까요. 자신에게 화를 자초하고 있는 겁니다." 니꼴라이 빠르페노비치가 신경질적으로 지적했다.

"보세요, 여러분, 농담은 그만둡시다." 미쨔가 고함치고는 두 사람을 날카롭게 쳐다보았다. "저는 처음부터 이 지점에서 우리 입장이 서로 대립하리라고 예감하고 있었습니다. 조금 전 처음 진술을 시작했을 때는 모든 것이 먼 안개 속을 떠다니고 있었고 저도 아주 단순했기에 '우리 사이의 상호신뢰'를 제안하는 것으로 말문을 열었습니다. 그런 신뢰란 우리가 이 저주스런 장벽에 도달할 수밖에 없으니 불가능했다는 것을 이제 알겠습니다! 자, 여기까지 왔습니다! 더이상은 안 돼요. 다 끝났습니다! 하지만 여러분을 탓하지는 않습니다. 제 말을 믿을 수 없을 테지만, 그건 이해합니다!"

그는 음울하게 입을 다물었다.

"이렇게 해주실 수는 없을까요? 그러니까, 가장 중요한 문제에 침묵하겠다는 결심을 깨지 않으면서 동시에 진행 중인 진술에서 당신에게 가장 위험한 지점에 와서 당신을 침묵하게 만드는 강한 동기가 무엇인지 조금이라도 우리에게 암시해주실 수는 없겠습니까?"

미쨔는 무언가 생각에 잠긴 듯 어쩐지 슬프게 미소를 지었다.

"저는 여러분이 생각하시는 것보다 훨씬 선량합니다, 여러분. 왜인지 알려드리지요. 여러분이 이 얘기를 들을 만한 가치가 있는 분들은 아니지만, 암시해드리죠. 제가 입을 다문 이유는, 여러분, 이것이 지금 제게 치욕이기 때문입니다. 설사 제가 아버지를 죽이고 강도질했다 해도 그 살인과도, 강탈과도 비교할 수 없을 정도의 치욕이 그 돈이 어디서 났느냐는 질문의 답변에 내포되어 있습니다. 그래서 말씀드릴 수 없습니다. 수치심 때문에 할 수 없어요. 어떻게, 여러분, 그걸 기록하고 싶으신가요?"

"예, 우리는 기록할 겁니다." 니꼴라이 빠르페노비치가 중얼거렸다.

"그건 기록하지 마시지요. '치욕'에 대한 건 말입니다. 저는 선량한 마음에서 여러분에게 진술한 건데, 진술하지 않을 수도 있었지만, 말하자면 여러분에게 선물을 한 건데, 손톱만 한 허물도 잡아 기록하는군요. 그럼, 쓰세요. 쓰고 싶은 것을 쓰세요." 그는 경멸하듯, 혐오스러운 듯 결론을 내렸다. "저는 여러분이 두렵지 않습니다…… 여러분 앞에서 당당합니다."

"그 치욕이라는 것이 어떤 종류의 것인지 말씀해주실 수 있습니까?" 니꼴라이 빠르페노비치가 중얼거렸다.

검사가 심각한 표정으로 얼굴을 찡그렸다.

"아뇨, 아뇨, 끝입니다(c'est fini). 애쓰지 마세요. 더이상 스스로를 더럽힐 이유가 없어요. 이미 여러분을 위해 망가질 만큼 망가졌는데요. 여러분은 그만한 가치가 없습니다, 여러분도, 그 누구도요…… 충분합니다, 여러분, 이제 끝내겠습니다."

그는 아주 단호하게 말했다. 니꼴라이 빠르페노비치는 더는 강요하지 않았지만, 이뽈리뜨 끼릴로비치의 시선에서 그가 아직 희망을 버리지 않았다는 것을 단박에 알아챘다.

"최소한, 뻬르호찐씨 집으로 들어갈 때 당신 손에 얼마만큼의 금액이 있었는지, 정확히 몇루블이 있었는지 정도는 알려주실 수 있겠습니까?"

"그것도 밝힐 수 없습니다."

"당신은 뻬르호찐씨에게 마치 호흘라꼬바 부인에게 3천 루블을 받은 것처럼 말씀하신 것 같던데요?"

"어쩌면 그렇게 말했을 수도 있지요. 이걸로 충분합니다, 여러분. 얼마인지 말하지 않겠습니다."

"그렇다면 수고스러우시겠지만 어떻게 여기로 오셨는지, 여기로 와서 무슨 일을 하셨는지 얘기해주십시오."

"오, 그건 여기 있던 사람들에게 물어보세요. 하지만 뭐, 그러죠. 제가 얘기해드리죠."

그는 그 이야기를 했지만, 우리는 그 이야기를 다시 전하지 않으련다. 그는 무미건조하게 서둘러 이야기했다. 그는 자신이 겪은 사랑의 환희에 대해서는 전혀 말하지 않았다. 그러나 '새로운 사실들로 인해' 자살하겠다던 결심은 사라졌다고 밝혔다. 그는 자세히 세부적인 내용에 들어가지 않고 그 동기를 설명하지 않으면서 이야기를 진행했다. 그리고 심문자들도 이번에는 그를 그다지 괴롭히지 않았다. 그들에게도 지금 그 부분이 중요하지 않다는 것이 명백했던 것이다.

"우리는 모든 것을 확인할 것이고 증인들을 심문할 때 다시 이 일을 다룰 겁니다. 물론 그 심문은 당신이 있는 자리에서 할 겁니다." 니꼴라이 빠르페노비치는 심문을 마쳤다. "이제 당신이 가지고 있는 모든 소지품을 여기 탁자 위에 올려주시기를 부탁드립니다, 특히 가지고 있는 돈 전부를 꺼내주십시오."

"돈을요, 여러분? 그럼요, 잘 알겠습니다. 심지어는 어떻게 그것을 먼저 궁금해하지 않으셨는지 놀랍기까지 하군요. 하기야 저는 아무데도 나갈 생각도 없이 여기 보는 앞에 앉아 있으니까요. 자, 여기 제 돈이 있습니다. 세어보세요. 모두 가져가십시오."

그는 주머니에 있는 모든 것을, 잔돈까지 꺼냈고, 조끼 옆주머니에서 10꼬뻬이까짜리 은화 두닢도 꺼냈다. 세어보니 836루블 40꼬뻬이까였다.

"이게 다입니까?" 예심판사가 물었다.

"다입니다."

"당신이 이제 막 진술할 때 하신 말씀에 따르자면 쁠로뜨니꼬프 상점에서 300루블을 썼고, 뻬르호찐에게 10루블을 주었고, 마부에게 20루블을 주었고, 여기서 200루블을 잃었고, 또 그다음에는……"

니꼴라이 빠르페노비치는 돈을 하나하나 셌다. 미쨔는 기꺼이 도와주었다. 그들은 꼬뻬이까까지 기억해 계산에 넣었다. 니꼴라이 빠르페노비치는 대충 합계를 냈다.

"이 800루블을 더하면 그러니까 당신이 처음 가지고 있었던 돈은 1,500루블 정도였나요?"

"그렇군요." 미쨔가 말을 잘랐다.

"그런데 어째서 다들 돈이 훨씬 더 많았다고 계속 주장할까요?"

"그렇게 주장하라죠."

"당신도 그렇게 주장하셨잖아요."

"저도 그렇게 주장했죠."

"아직 심문하지 못한 인물들의 증언으로 확인해보겠습니다. 당신 돈에 대해서는 걱정하지 마십시오, 이 돈은 마땅한 곳에 간직했다가…… 시작된 모든 일이 끝나면 당신에게 돌려드릴 겁니다…… 그러니까 당신이 이 돈에 논의의 여지 없이 권리가 있다는 게 증명된다면 말입니다. 자, 이제는……"

니꼴라이 빠르페노비치는 돌연 일어나 미쨔에게 '당신의 옷과 다른 모든 것을' '부득이' 자세하고 꼼꼼하게 살펴볼 '의무가 있다'고 단호하게 밝혔다.

"그럼, 여러분이 원하신다면 주머니를 전부 뒤집어 보이겠습니다."

그는 정말로 주머니들을 뒤집으려고 했다.

"옷을 벗으셔야만 할 겁니다."

"뭐라고요? 옷을 벗으라고요? 휴, 제길, 그렇게 뒤지는군요! 안 하면 안 됩니까?"

"절대로 안 됩니다, 드미뜨리 표도로비치. 옷을 벗어주시겠습니까?"

"원하시는 대로." 미쨔는 침울하게 복종했다. "다만 여기서는 말고, 커튼 뒤에서요. 누가 검사할 겁니까?"

"물론, 커튼 뒤에서 하십시오." 니꼴라이 빠르페노비치는 동의의 표시로 고개를 끄덕였다. 그의 얼굴에는 특별한 엄숙함마저 감돌았다.

6. 검사가 미쨔를 낚아채다

미쨔에게는 전혀 예기치 못한 어떤 놀라운 일이 벌어졌다. 그는 이전에는, 불과 일분 전까지만 해도 아무도 자신, 즉 미쨔 까라마조프를 이런 식으로 다룰 수 있다고는 생각해본 적이 없었다! 무엇보다 거기에는 뭔가 굴욕적인 면이, 그들 쪽에서는 '거만하고, 그에게는 경멸적인' 면이 있었다. 프록코트를 벗으라는 것 정도는 괜찮았다. 그러나 그들은 더 벗을 것을 요청했다. 아니, 요청했다기보다는 사실상 명령했다. 그는 그것을 잘 이해했다. 자존심과 경멸감 때문에 그는 그 말에 말없이 전적으로 복종했다. 커튼 뒤로는 니꼴라이 빠르페노비치 말고도 검사가 들어왔고 또 몇명의 남자들이 입회했다. '물론, 완력을 쓸 일이 있을까 해서 왔겠지.' 미쨔는 생각했다. '아니면 또다른 뭐가 있을지도 모르지.'

"아니, 정말로 셔츠까지 벗으라는 겁니까?" 그가 날카롭게 물었지만 니꼴라이 빠르페노비치는 답하지 않았다. 그는 검사와 함께 프록코트, 바지, 조끼, 모자를 살피느라 몸을 굽히고 있었고, 그들 둘 다 검사에 아주 흥미를 느끼는 것이 한눈에 보였다. '전혀 격식을 차리지 않는군.' 미쨔의 머리에 이런 생각이 스쳐지나갔다. '심지어는 최소한의 예의마저도 지키지 않는구나.'

"제가 지금 두번째 묻고 있지 않습니까. 셔츠를 벗을까요, 벗지 말까요?" 그가 다시 한번 더 날카롭게, 분개하며 물었다.

"걱정 마십시오. 우리가 알려드릴 테니까요." 니꼴라이 빠르페노비치가 뭔가 상관이나 되는 듯 대답했다. 적어도 미쨔에게는 그렇게 느껴졌다.

그사이 예심판사와 검사 사이에는 반쯤 속삭이는 목소리로 바쁘게 협의가 진행되고 있었다. 프록코트 위, 특히 왼쪽 등판에서 이미 바싹 말라 굳었지만 아직 색이 많이 바래지 않은 큰 핏자국이 발견되었다. 바지도 마찬가지였다. 그밖에도 니꼴라이 빠르페노비치는 입회인들이 보는 가운데 분명 뭔가를 찾기 위해 — 물론, 그것은 돈이었다 — 옷깃과 소맷부리와 프록코트와 바지의 모든 솔기를 손수 손가락으로 꼼꼼히 훑으면서 뒤졌다. 무엇보다 그들은 그가 옷에 돈을 숨긴 뒤 꿰매넣었을 수 있고 그럴 만한 사람이라는 의심을 미쨔에게 감추지 않았다. '이건 정말 도둑놈 취급이지 장교 대접이 아니군.' 그는 속으로 투덜거렸다. 그리고 그들은 그가 있는 앞에서도 이상할 정도로 노골적으로 자신들의 의견을 주고받았다. 예를 들면, 역시 커튼 뒤에 들어와 수선을 떨며 돕던 서기가 사람들이 손으로 더듬어 조사하던 모자에 니꼴라이 빠르페노비치의 관심을 돌렸다. "서기 그리젠까를 기억하세요." 서기가 지적했다. "여름에 온 관청 직원의 봉급을 타러 다녀와서는 취하는 바람에 다 잃어버렸다고 보고했는데, 그걸 어디서 발견했지요? 바로 이 모자 테두리에서였지요. 100루블짜리 지폐들이 빨대처럼 말려서 모자 테두리 안에 꿰매져 있었어요." 그리젠까 사건은 예심판사도 검사도 잘 기억하고 있었기 때문에 사람들은 미쨔의 모자를 따로 보관했다가 나중에 모든 것을 다시 진지하게 살펴보기로 했고, 옷가지도 모두 다시 진지하게 살펴볼 필요가 있겠다고 결론을 내렸다.

"잠시만요," 니꼴라이 빠르페노비치는 안으로 걷어올린 미쨔의 셔츠 오른팔 소맷부리가 온통 피투성이인 것을 발견하고 갑자기 외쳤다. "잠시만요, 이 피는 어떻게 된 거지요?"

"피군요." 미쨔가 짧게 대꾸했다.

"그러니까 이건 무슨 피고…… 소매는 왜 안으로 접혀 있는 건가요?"

미쨔는 그리고리와 씨름할 때 소맷부리에 피를 묻혔고, 뻬르호찐의 집에서 손을 닦을 때 소매를 안으로 걷어올렸다고 말했다.

"당신의 셔츠도 가져가야겠습니다, 이건 아주 중요합니다…… 물적 증거로요." 미쨔는 얼굴을 붉히고 분통을 터뜨렸다.

"저더러 어쩌라는 겁니까? 이렇게 벗은 채로 있으라는 겁니까?" 그가 소리쳤다.

"걱정하지 마십시오…… 우리가 어떻게든 할 테니, 수고스러우시겠지만 양말도 벗어주십시오."

"농담하시는 건가요? 정말 꼭 그래야 합니까?" 미쨔가 눈을 번뜩였다.

"우리가 지금 농담할 계제가 아니지요." 니꼴라이 빠르페노비치가 엄중하게 반박했다.

"그렇다면, 꼭 그래야 한다면…… 제가……" 미쨔가 중얼거리고는 침대에 앉아 양말을 벗기 시작했다. 그는 참을 수 없이 당혹스러웠다. 모두들 옷을 입고 있는데 자기만 벗은 상태라는 것이 이상했다. 옷을 벗은 그는 그들 앞에서 어쩐지 죄를 지은 느낌이었고, 중요하게는 그들 모두보다 자신이 정말로 열등해졌고, 지금 그들이 그를 경멸할 충분한 권리를 지니고 있다는 데 스스로 거의 동의하다시피 되었다는 점이었다. '모두가 옷을 벗고 있다면 이렇게 수치스럽진 않았을 텐데. 나 혼자만 옷을 벗고 있고 모두가 그걸 보다니, 치욕이야!' 그의 머리에 자꾸만 이런 생각이 어른거렸다. '악몽을 꾸는 것 같군. 꿈속에서나 이런 치욕을 이따금 겪곤 했지.' 그러나 양말 벗는 것이 그에게는 고통스럽게까지 여겨졌다. 양말은 아주 더러웠고 속옷 아랫도리 역시 그랬는데, 지금 모두가 그걸 보고 있는 것이었다. 무엇보다 그는 자신의 발을 좋아하지 않았고, 어째서인지 평생 두 발에 달린 자신의 커다란 발가락들을 기형적이라고 생각해왔다. 특히 아래로 굽은 평평하고 못생긴 오른쪽 발톱이 그랬는데, 이제 모두가 그것을 보게 될 터였다. 그는 참을 수 없는 수치심 때문에 이제는 일부러 더 거칠게 굴기 시작했다. 그는 자기 손으로 셔츠를 거칠게 벗어던졌다.

"여러분이 창피하지 않으시다면 어디를 또 뒤질까요? 필요치 않으세요?"

"아니요, 아직은 괜찮습니다."

"어떻게? 이렇게 벗은 채로 있을까요?" 그가 씩씩대며 덧붙여 물었다.

"예, 일단은 그러셔야겠네요…… 불편하시겠지만, 아직은 여기 앉아 침대에 담요를 두르고 계십시오. 제가…… 제가 옷을 정리하죠."

모든 물건을 입회인에게 보여주고 조사가 이루어졌다. 마침내 니꼴라이 빠르페노비치가 나가고 옷가지도 그의 뒤를 따라 가져갔다. 이뽈리뜨 끼릴로비치 역시 나갔다. 미쨔와 남은 사람은 농민들뿐이었고, 그들은 그에게서 눈을 떼지 않고 말없이 서 있었다. 미쨔는 추워졌기 때문에 담요를 뒤집어썼다. 그의 벗은 발은 담요 밖으로 튀어나와 있었고, 그는 담요를 덮어 발을 가리려 했지만 아무리 해도 그럴 수가 없었다. 웬일인지 니꼴라이 빠르페노비치는 오랫동안, '고문처럼 느껴질 정도로 오랫동안' '나를 개새끼로 여기는군'이라고 생각할 정도로 오랫동안 돌아오지 않았고, 미쨔는 이를 갈았다. '그 거지 같은 검사도 틀림없이 날 경멸해서 나가버렸겠지. 벗은 사람을 보는 게 혐오스러웠던 거야.' 미쨔는 그래도 그의 옷을 어디선가 조사하고 다시 가져올 것이라고 생각했다. 그러나 니꼴라이 빠르페노비치가 전혀 다른 옷을 농민의 손에 들려 돌아오자, 그의 분노는 걷잡을 수 없었다.

"자, 여기 옷이 있습니다." 그는 자신이 다녀온 결과에 아주 만족한 듯이 태평하게 말했다. "이건 깔가노프씨가 이런 특수한 상황을 맞아 자신의 것을 희생해주신 겁니다. 마찬가지로 깨끗한 셔츠도 주셨습니다. 다행스럽게도 이 모든 것이 그의 가방에 들어 있었지요. 속옷 아랫도리와 양말은 당신 것을 입으셔도 됩니다."

미쨔는 무섭게 화를 냈다.

"다른 사람 옷은 필요 없어!" 그는 위협적으로 외치기 시작했다. "내 옷을 달란 말이야!"

"그럴 수는 없습니다."

"내 옷을 줘. 깔가노프는 지옥에나 가라고 해, 그 옷도, 그놈도!"

사람들은 오랫동안 그를 설득했다. 그래서 어쨌든 그를 진정시켰다. 피로 범벅이 된 그의 옷은 '물적 증거들 수집에 포함시켜야' 하고…… '사건이 어떻게 끝날지 모르기 때문'에 그들은 이미 그에게 그 옷을 입도록 할 권리마저 지니고 있지 않다고 그를 설득했다. 아무튼 미쨔도 마침내 그 말을 이해하게 되었다. 그는 침울하게 입을 다물고 얼른 옷을 입었다. 다만 그는 옷을 입으면서 그 옷이 전의 자기 옷보다 화려하다고 해서 '이런 이득을 보고 싶지는 않다'고 한마디 했다. 그밖에 "비참할 정도로 옷의 품이 좁다. 내가 이런 옷을 입고…… 당신들 즐거우라고…… 완두콩색 옷을 입고 광대놀음이라도 해야 한단 말인가"라고도 했다.

사람들은 그가 과장하고 있고, 깔가노프씨가 당신보다 키가 크기는 하지만 약간일 뿐이며 바지도 약간 길 뿐이라고 그를 다시 설득했다. 그러나 프록코트는 정말로 어깨가 좁은 게 보였다.

"제기랄, 단추도 잠그기 어렵군." 미짜가 다시 으르렁거렸다. "제발 지금 당장 깔가노프에게 가서 그 사람 옷을 청한 것은 내가 아니고, 당신들이 나를 광대처럼 치장시켰다고 전해주시오."

"그분은 사정을 잘 알고 안타깝게 생각하고 있습니다…… 자기 옷에 대해서가 아니라 이 모든 상황을 안타깝게 생각하신다는 말씀입니다……" 니꼴라이 빠르페노비치가 웅얼거렸다.

"그 사람의 안타까움 따위는 상관없어! 자, 이제 어디로 갈까요? 아니면 계속 여기 앉아 있을까요?"

'그 순간'에 그들은 다시 함께 나가달라고 그에게 부탁했다. 미짜는 독기 어린 얼굴을 찌푸리고 아무도 보려 하지 않으며 밖으로 나갔다. 남의 옷을 입은 그는 농민들과 뜨리폰 보리소비치 앞에서 아주 망신을 당했다고 느꼈다. 어째서인지 뜨리폰 보리소비치의 얼굴이 문들 사이에서 어른거리다가 사라졌던 것이다. '남의 옷 얻어입은 사람을 구경하러 왔군.' 미짜는 생각했다. 그는 자신이 아까 앉았던 의자에 앉았다. 그의 머릿속에 뭔가 악몽 같고 얼떨떨한 느낌이 어른거렸고, 그는 자신이 제정신이 아닌 것 같았다.

"자, 이제 어쩌실 건데요? 저를 채찍으로 치시겠군요. 그것 말고는 더이상 아무것도 남은 게 없으니까요." 그는 검사를 향해 으르렁댔다. 니꼴라이 빠르페노비치와는 이야기할 가치도 없다는 듯이 그쪽으로는 아예 몸을 돌리려 하지 않았다. '내 양말을 그렇게나 뚫어지게 쳐다보고는, 비열한 녀석, 그걸 뒤집어보라고까지 명령했어. 내 옷가지가 얼마나 더러운지 모두에게 보여주려고 일부러 그런 거지!'

"이제 증인 심문에 들어가야겠군요!" 니꼴라이 빠르페노비치가 드미뜨리 표도로비치의 질문에 답하듯이 이렇게 말했다.

"그렇죠." 검사가 뭔가를 마음에 품은 듯 생각에 잠겨 말했다.

"우리는, 드미뜨리 표도로비치, 당신에게 유리하도록 할 수 있는 일은 다 했습니다." 니꼴라이 빠르페노비치가 말을 이었다. "그러나 당신 쪽에서 당신이 갖고 있던 돈에 대해 해명하길 철저히 거부하시니, 지금 우리는……"

"당신 반지는 뭐로 만든 거죠?" 미쨔는 갑자기 어떤 상념에서 벗어나기라도 한 듯 손가락으로 니꼴라이 빠르페노비치의 오른손을 장식한 세개의 큰 반지들 중 하나를 가리키며 그의 말을 막았다.

"반지요?" 니꼴라이 빠르페노비치가 놀라서 다시 물었다.

"예, 바로 그거요…… 가운뎃손가락의 줄무늬가 있는 반지요. 어떤 보석이지요?" 미쨔가 고집을 부리는 아이처럼 왠지 초조하게 물었다.

"이건 연수정입니다." 니꼴라이 빠르페노비치가 미소를 지었다. "보고 싶으시면 빼드리지요……"

"아니요, 아니요, 빼지 마십시오!" 미쨔가 갑자기 정신이 든 듯 자기 자신에게 화를 내며 미친 듯이 소리쳤다. "빼지 마세요. 필요 없습니다…… 제길…… 여러분, 여러분은 제 영혼에 더러운 짓을 했어요! 정말로 여러분은 제가 아버지를 죽였다면 여러분에게 감추고 속이고 거짓말하고 숨길 거라고 생각하시는 겁니까? 아니요, 드미뜨리 까라마조프는 그런 사람이 아닙니다. 이 사람은 그런 걸 견디지 못할 겁니다. 만일 제가 죄를 지었다면 맹세컨대, 여러분이 여기 올 때까지도, 처음에 계획했던 대로 태양이 뜨기를 기다리지도 못했을 겁니다. 일출을 기다리지도 못하고 그전에 나 자신을 죽

였을 겁니다! 저는 지금 그걸 자신에게서 느끼고 있어요. 제가 이
십 년 동안 배우지 못한 것을 이 저주받은 날에 깨달은 것 같습니
다! 오늘 밤, 지금 이 순간 여러분과 함께 앉아 있는 것이 과연 가능
했을까요? 가능하기는 했을까요? 그러니까 제가 이렇게 말하고 이
렇게 움직이면서 이렇게 여러분과 세상을 보는 것이 가능했을까
요? 제가 정말로 부친 살해범이라면 말입니다. 심지어 그리고리를
우연히 죽였다는 생각만으로도 밤새 괴로웠는데요. 그건 두려움
때문이 아니었어요! 오, 여러분이 저를 벌할 거라는 공포 때문만은
아니었습니다! 치욕 때문이었습니다! 그런데 여러분은 제가 여러
분처럼 비웃기 좋아하는 사람들에게, 아무것도 보지 못하고 아무
것도 믿지 않는 사람들에게, 눈먼 두더지들과 비웃기 좋아하는 사
람들에게, 설령 여러분이 혐의에서 저를 자유롭게 해준다 할지라
도, 또다른 새로운 제 비열한 짓을, 또다른 새로운 치욕을 열어 보
이고 얘기해주기를 바라십니까? 차라리 감방으로 가겠습니다! 아
버지의 집 문을 열고 그 문으로 들어간 사람, 그 사람이 아버지를
죽이고 그 사람이 강도짓을 했습니다. 그 사람이 누구인지는 저도
알 수 없고 그래서 괴롭지만, 그게 드미뜨리 까라마조프는 아닙니
다. 그건 알아주세요. 이게 제가 여러분에게 할 수 있는 말 전부입
니다. 이제 됐어요. 더이상 저를 귀찮게 하지 마세요…… 저를 유형
보내고, 징벌하세요. 하지만 저를 더이상 자극하지 마십시오. 저는
입을 다물겠습니다. 여러분의 증인들을 부르세요!"

미쨔는 앞으로는 무슨 일이 있어도 침묵하겠다고 결심한 듯 느
닷없이 독백을 쏟아냈다. 검사는 그동안 계속해서 그를 주시했고,
그가 입을 다물자마자 가장 냉정하고 가장 평온한 모습으로 가장
평범한 얘기를 꺼내듯이 돌연 말했다.

"당신이 방금 언급한 그 열린 문에 관해 말하자면, 때마침 우리는 한가지 지극히 흥미롭고 또 우리에게나 당신에게나 최고로 중요한 증언을 알려야겠습니다. 그것은 당신에게 부상당한 노인 그리고리 바실리예프의 증언입니다. 그 노인은 정신을 차린 후 우리의 심문에 분명하고도 일관되게 증언하기를, 현관 계단으로 나와 정원에서 무슨 소음이 들리기에 열려 있던 쪽문을 통해 정원에 들어갈 작정을 했고, 정원에 들어갔을 때, 당신이 이미 우리에게 말씀하셨듯이 어둠 속에서 당신이 아버지를 봤던 그 열린 창에서 도망가는 당신을 먼저 알아보았답니다. 그, 즉 그리고리는 왼쪽으로 시선을 돌려 정말로 창이 열려 있는 것을 보고는, 그와 동시에 자기쪽에 훨씬 가까운 데 있는 문이 활짝 열려 있는 것을 보았다고 증언했습니다. 당신이 정원에 있는 동안 내내 잠겨 있었다고 말씀하신 바로 그 문 말입니다. 당신이 그 문에서 도망쳐나온 게 틀림없다고 바실리예프 자신이 확고하게 결론을 내리며 증언했다는 것을 숨기지 않겠습니다. 물론 처음에 당신을 보았을 때는 당신이 정원 한가운데서 담장 쪽으로 도망가던 중이라 다소 거리가 멀어서, 노인은 당신이 도망가는 것을 직접 자기 눈으로 보지는 못했습니다만……"

미쨔는 아직 말이 끝나지도 않았는데 의자에서 벌떡 일어났다.

"헛소리예요!" 그는 갑자기 정신없이 울부짖었다. "새빨간 거짓말이에요! 그때 문은 닫혀 있었기 때문에 그리고리는 문이 열려 있는 걸 보았을 리 없어요…… 노인이 거짓말을 하는 겁니다!"

"직무상 그리고리의 증언이 확실했다는 것을 거듭 말씀드려야겠습니다. 그리고리는 전혀 흔들림이 없었습니다. 그 증언에 확고합니다. 우리는 몇번이고 노인에게 다시 물었습니다."

"그렇습니다. 저도 몇번이고 다시 물어보았습니다!" 니꼴라이 빠르페노비치도 열을 내며 확인해주었다.

"사실이 아니에요, 아닙니다! 이건 저를 모함하는 것이거나, 정신 나간 사람이 본 환영입니다." 미쨔는 계속해서 소리쳤다. "그냥 헛소리를 하고 있는 겁니다. 부상 때문에 피를 쏟아 헛것을 본 겁니다. 정신이 들자 환각을 본 거지요…… 노인이 헛소리를 한 겁니다."

"그렇군요. 하지만 그리고리가 문이 열린 것을 본 것은 부상에서 깨어났을 때가 아니라, 곁채에서 정원으로 들어서기 바로 직전이었습니다."

"그러니 거짓말이에요, 거짓말. 그럴 수가 없어요! 그건 노인이 악의로 저를 모함하는 겁니다…… 노인은 볼 수 없었습니다…… 저는 문을 통해 도망치지 않았습니다." 미쨔가 헐떡였다.

검사는 니꼴라이 빠르페노비치 쪽으로 몸을 돌리고 의미심장하게 말했다.

"보여주십시오."

"이 물건이 당신에게 증거가 되겠습니까?" 니꼴라이 빠르페노비치가 돌연 사무용 규격의 두껍고 큰 봉투를 탁자에 내놓았다. 봉투 위에는 아직 세개의 봉인이 그대로 남아 있었지만 안은 비어 있었고, 봉투 한쪽이 뜯겨 있었다. 미쨔는 그 봉투를 뚫어지게 바라보았다.

"이건…… 이건, 그러니까 아버지의 봉투로군요." 그가 중얼거렸다. "3천 루블이 들어 있던 바로 그 봉투로군요…… 만일 '귀여운 암탉에게'라고 쓰여 있는 게 보인다면요…… 자, 여기 3천 루블." 그가 소리쳤다. "3천 루블, 보이십니까?"

"그럼요, 보입니다. 하지만 우리는 그 속에서 돈을 찾을 수 없었습니다. 봉투는 이미 텅 빈 채로 커튼 뒤 침대 옆 바닥에 뒹굴고 있었습니다."

몇초 동안 미쨔는 충격을 받은 듯이 서 있었다.

"여러분, 이건 스메르쟈꼬프의 짓입니다!" 그가 별안간 온 힘을 다해 외쳤다. "이건 녀석이 죽인 겁니다. 녀석이 훔친 거예요! 노인이 어디에 봉투를 숨겼는지 아는 사람은 녀석 하나밖에 없습니다…… 이건 그 녀석 짓이에요. 이제 분명해졌군요!"

"그렇지만 당신도 봉투에 대해, 그리고 그게 베개 밑에 있었다는 것을 알고 있었잖습니까?"

"결단코 몰랐습니다. 저는 한번도 이걸 본 적이 없어요. 지금 처음 봅니다. 이전에는 스메르쟈꼬프한테서 들었을 뿐입니다…… 노인의 방 어디에 숨겼는지는 녀석 혼자만 알았지, 저는 몰랐습니다." 미쨔는 거의 숨이 막힐 지경이었다.

"하지만 당신 자신도 조금 전에 봉투가 돌아가신 아버지 베개 밑에 있었다고 우리에게 말씀하셨잖아요. 당신은 베개 밑에 있었다고 말씀하셨으니까, 그 말은 어디에 있었는지 아셨다는 말이 됩니다."

"우리는 그렇게 기록했는데요!" 니꼴라이 빠르페노비치가 다시 한번 확인하며 말했다.

"헛소리예요. 말도 안 되는 소리! 저는 베개 밑에 있다는 걸 전혀 몰랐습니다. 그래요, 어쩌면 전혀 베개 밑에 있지 않았을 수도 있죠…… 저는 베개 밑에 있다고 되는대로 말한 겁니다…… 스메르쟈꼬프는 뭐라고 하던가요? 녀석에게 그게 어디 있었는지 물어보았나요? 스메르쟈꼬프가 뭐라고 하던가요? 그게 중요합니다……

저는 일부러 저에게 불리한 말을 한 겁니다…… 생각지도 않고 그게 베개 밑에 있었다고 여러분에게 거짓말을 한 거예요. 그런데 당신들은 지금…… 좀 알아주세요. 입에서 튀어나오는 대로 그냥 거짓말을 하게 되기도 하잖습니까. 스메르쟈꼬프 한 사람만 알았습니다. 스메르쟈꼬프 한 사람만요. 녀석 외에는 아무도 몰랐어요! 녀석은 그게 어디 있는지 저한테도 말하지 않았어요! 이건 그놈이 한 짓입니다. 그놈이 한 짓이에요. 의심할 여지 없이 그놈이 죽인 겁니다. 이제는 저도 대낮처럼 분명하게 알겠습니다.” 미쨔는 흥분해서 두서없는 말을 반복하며 점점 더 흥분하고 점점 더 격렬해져서는 점점 더 큰 소리로 고함을 질렀다. “제 말을 좀 듣고 녀석을 어서, 어서 체포하세요…… 제가 달아날 때, 바로 그놈이 죽인 겁니다. 그리고리가 정신을 잃고 누워 있을 때, 바로 그때 죽인 겁니다. 이제 분명하네요…… 녀석이 신호를 보냈고, 아버지가 문을 연 겁니다…… 신호를 알고 있는 건 녀석 하나뿐이었고, 신호가 없으면 아버지는 아무에게도 문을 열어주지 않았을 테니까요……”

“하지만 당신은 또 상황을 잊고 계시는데요.” 검사가 여전히 절제하면서도 이미 승리감을 느끼는 태도로 지적했다. “아직 당신이 정원에 있을 때, 당신이 있을 때 이미 문이 열려 있었다면 신호를 보낼 필요도 없었겠죠……”

“문, 문.” 미쨔는 중얼거리면서 말없이 검사를 뚫어지게 쳐다보다가 다시 힘없이 의자에 앉았다. 모두가 침묵했다.

“그래요, 문! 그건 환각이에요! 하느님도 내 편이 아니군!” 그는 아무런 생각도 없이 멍하니 자기 앞을 보면서 소리쳤다.

“그래요, 보세요.” 검사가 의미심장하게 말했다. “이제 스스로 판단해보십시오, 드미뜨리 표도로비치. 한편으로는 문이 열려 있었고 당신이 그 문으로 도망쳤다는 증거가 당신과 우리를 짓누르고 있습니다. 다른 한편으로는 갑자기 당신 손에 들어온 돈의 출처에 대한 당신의 이해할 수 없이 고집스럽고 완강하기까지 한 침묵이 있습니다. 그 돈이 생기기 세시간 전까지만 해도 당신은 10루블이라도 빌리기 위해 권총을 잡혔다고 스스로 진술하셨는데도 말입니다. 이 모든 것을 고려해서 스스로 판단해보십시오. 우리가 뭘 믿고 어디에 근거해야겠습니까? 우리를 당신 영혼의 고결한 열정을 믿지 못하는 '차가운 냉소주의자에 빈정거리기 좋아하는 사람들'이라고 비난하지 마십시오…… 역으로 우리 상황도 잘 생각해보세요……."

미짜는 상상할 수 없는 흥분 상태에 빠져서 얼굴이 창백해졌다.

"좋습니다!" 그가 돌연 외쳤다. "제 비밀을 밝히지요. 어디서 돈이 났는지 밝히지요! 나중에 당신들도, 저 자신도 비난하지 않도록 제 수치를 밝히겠습니다……."

"믿어주십시오, 드미뜨리 표도로비치." 니꼴라이 빠르페노비치는 감동한 듯 기쁨 어린 목소리로 그의 말을 받았다. "바로 지금 이 순간 당신이 진심으로 완전히 자백한 모든 것이 나중에 당신의 운명을 무한히 가볍게 해주는 데 영향을 미칠 겁니다, 심지어는 그밖에도……."

그러나 검사가 탁자 밑으로 그를 슬쩍 찔렀고, 그는 제때에 말을 멈추었다. 미짜는 사실 그의 말을 듣고 있지도 않았다.

7. 미쨔의 크나큰 비밀, 모두가 야유하다

"여러분," 그는 여전히 흥분 상태에서 말문을 열었다. "그 돈은…… 제가 분명히 고백하는데…… 그 돈은 제 돈입니다……"

검사와 예심판사의 얼굴은 얼이 빠진 것 같았다. 그들의 기대와는 전혀 다른 말이었던 것이다.

"어떻게 당신 거라는 말입니까?" 니꼴라이 빠르페노비치가 말을 더듬었다. "당신 스스로 자백한 바에 따르면 그날 낮 5시까지만 해도……"

"에이, 그날 5시와 제 자백 따위는 악마에게나 줘버려요. 그게 문제가 아니란 말입니다! 그 돈은 제 돈이었어요. 제 돈, 그러니까 도둑질한 제 돈이라고요…… 제 돈이 아니라, 그러니까 도둑질한, 제가 도둑질한 돈이라고요. 1,500루블이었고, 그 돈은 제가 가지고 있던 겁니다, 제가 계속 가지고 있던 거예요……"

"그럼, 그 돈을 어디서 꺼낸 겁니까?"

"여러분, 목에서 꺼냈습니다. 목에서, 바로 이 목에서요…… 그 돈은 여기 제 목에 있었습니다. 천조각에 꿰매서 목에 걸고 다녔습니다. 벌써 오래되었어요. 제가 그걸, 수치와 치욕을 매달고 다닌 지 벌써 한달이 되었습니다."

"그걸 누구에게서…… 가로채셨습니까?"

"'훔쳤느냐'고 말씀하시고 싶은 겁니까? 이제는 직설적으로 얘기하세요. 예, 저는 그 돈을 도둑질한 거나 다름없다고 생각합니다. 원하신다면, 정말로 '가로챘다'고 해두죠. 제 식으로 하면 훔친 거고요. 그리고 어제저녁에 완전히 훔치고 말았습니다."

"어제저녁이라고요? 하지만 그 돈을…… 구한 지 한달이 되었다고 방금 말씀하셨는데요."

"예, 그러나 아버지 지갑에서 훔친 게 아닙니다. 아버지가 아니에요. 걱정 마세요. 아버지가 아니라 여자한테서 훔친 거니까요. 말 좀 하게 내버려두세요. 말을 끊지 마시고요. 이거 정말 힘들군요. 보세요, 한달 전에 제 약혼녀였던 까쩨리나 이바노브나 베르홉쩨바가 저를 불렀습니다…… 그 사람을 아시나요?"

"네, 물론 알지요."

"여러분이 아실 줄 알았습니다. 정말 가장 고결한 영혼이지요. 고결한 사람 중에서도 가장 고결한 사람요. 하지만 벌써 오래전부터 저를 증오했습니다. 오래전, 오래전부터요…… 제가 그럴 만한 짓을 했지요. 그럴 만한 짓을요. 그러니 저를 증오하지요!"

"까쩨리나 이바노브나가요?" 예심판사가 놀라서 재차 물었다. 검사 역시 눈이 휘둥그레졌다.

"오, 그 이름을 함부로 입에 담지 마세요! 그 사람을 끌어내다니…… 저는 파렴치한 인간입니다. 그래요, 그 사람이 저를 증오한다는 걸 알고 있었습니다…… 오래전부터요…… 아주 처음부터, 그녀가 제 아파트에 처음 왔을 때부터요…… 하지만 이제 됐습니다. 충분해요. 여러분은 이 얘기를 알 자격이 없어요. 그럴 필요도 전혀 없고요…… 다만 그녀가 저를 한달 전에 불러서 모스끄바에 있는 자기 언니와 한 여자 친척에게 부쳐달라고 제게 3천루블을 주었습니다.(마치 자기는 부칠 수 없다는 듯이요!) 그런데 저는…… 그게 바로 제 인생에서 숙명적인 순간이었습니다. 저는…… 그러니까 한마디로 말해 저는 이제 막 다른 여자를, 바로 그 여자를, 지금의 여자를 사랑하게 된 순간이었으니까요. 그 사람은 여기 지금 여러분 손에, 저 아래에 앉아 있습니다. 그루셴까 말이에요…… 저는 그 사람을 데리고 이곳 모끄로예로 와서 이틀 동안 그 저주스러운 3천 루블의 절반을, 그러니까 1,500루블을 탕진하고, 나머지 반은 간직했습니다. 그 1,500루블을 제가 부적주머니 대신 목에 걸고 다녔던 겁니다. 바로 어제 그 봉인을 뜯고 탕진했지요. 남은 돈 800루블이 지금 여러분 손에 있는 겁니다, 니꼴라이 빠르페노비치. 그건 어제 1,500루블에서 남은 돈이에요."

"잠깐만요, 어떻게 그럴 수 있나요? 당신은 한달 전에 여기서 1,500루블이 아니라, 3천 루블을 탕진했습니다. 모두 아는 사실이지요."

"누가 그걸 안다는 겁니까? 누가 셌답니까? 제가 누구더러 세라고 줬답니까?"

"잠시만, 당신 자신이 그때 정확히 3천 루블을 탕진했다고 모든 사람에게 말하고 다니셨잖아요."

"사실입니다. 그렇게 말했죠, 온 도시에 말하고 다녔죠. 그래서 온 도시가 그렇게 말했고 모두가 그렇게 생각했지요. 그리고 이곳 모끄로예에서도 모두가 그게 3천 루블이었다고 생각했어요. 다만 저는 3천이 아니라 1,500루블을 썼고, 나머지 1,500루블은 부적주머니에 넣어 꿰매두었습니다. 일이 그렇게 된 겁니다, 여러분. 그렇게 해서 어제의 그 돈이 나온 겁니다……"

"이건 거의 믿을 수 없는 얘기군요……" 니꼴라이 빠르페노비치가 중얼거렸다.

"한가지 묻지요." 마침내 검사가 입을 열었다. "이런 사정을 전에 누군가에게 얘기한 적이 있으신가요? 그러니까 1,500루블이 한달 전에 당신 손에 남았다는 것을요?"

"아무에게도 이야기하지 않았습니다."

"이상하군요. 정말로 아무에게도 말하지 않으셨나요?"

"전혀, 아무한테도요. 아무에게도, 아무한테도요."

"하지만 왜 침묵하셨나요? 무엇 때문에 그런 비밀을 간직하신 거죠? 더 정확히 설명드리죠. 당신은 우리에게 마침내 당신 비밀을, 당신의 말에 따르면 아주 '치욕적인' 비밀을 밝혔습니다. 그럼에도 본질적으로는, 그러니까 물론 상대적인 얘기지만, 그 행동, 다른 사람의 3천 루블을 횡령한 것, 그것도 의심할 여지 없이 일시적으로만 횡령한 것은, 적어도 제가 보기에는 극도로 경솔한 짓일 뿐 그다지 치욕스러운 행동은 아닙니다. 더구나 당신의 성격을 염두에 둔다면 말입니다…… 자, 그게 최고로 창피한 행동이라는 데 동의한다고 쳐도, 그건 창피한 행동이지 치욕스러운 행동은 아니지요…… 즉, 제가 말하고자 하는 것은 당신이 탕진한 3천 루블이 베르홉쩨바양의 돈이라는 것을 당신이 고백하지 않아도 그 한달 동안 이미 많은 사람이 알고 있고 있었다는 겁니다. 저 자신도 그에 대해 떠도는 얘기를 들었으니까요…… 예를 들면, 미하일 마까로비치도 들었습니다. 그러니 결국 그건 이미 그냥 떠도는 얘기가 아니라 도시 전체에 떠도는 험담이었지요. 더구나 당신 자신도, 만일 제가 잘못 알고 있는 것이 아니라면 누군가에게 그것을 고백했다는 증거가 있습니다…… 그러므로 당신이 지금까지, 그러니까 당신 말에 따르자면 방금 전까지 따로 챙긴 1,500루블을 특별히 비밀에 부쳤다는 것이, 그리고 그 비밀에 그런 절망을 연결시켰다는 것이 저를 놀라게 합니다…… 그 정도 비밀이 고백하기에 그렇게나 힘든 고통이었다는 것도 믿을 수 없고요…… 당신은 고백하느니 차라리 감방에 가는 게 낫겠다고 소리치기까지 하지 않았습니까."

검사는 입을 다물었다. 그는 격하게 흥분했다. 그는 자신의 불만, 심지어 적대감까지 숨기지 않았고 예의 바르게 말하는 것 따위에는 관심도 없이 이제까지 쌓인 것을 두서없이 마구잡이로 쏟아냈다.

　"치욕은 1,500루블에 있는 것이 아니라, 내가 3천 루블에서 1,500루블을 떼어놓았다는 데 있습니다." 미쨔가 확고하게 말했다.

　"그게 무슨 말씀이신가요?" 검사가 짜증스럽다는 듯 미소를 지었다. "뭐가 치욕스럽다는 건가요? 뭐가 창피하다는, 아니, 원하신다면 치욕스럽다는 건가요? 당신이 3천 루블에서 반을 마음대로 쓸 요량으로 떼어놓은 것이요? 더 중요한 것은 3천 루블을 당신이 횡령했다는 거지, 그걸 어떻게 썼느냐가 아닙니다. 그래서, 당신은 어째서 그렇게 돈을 쓰셨나요, 그러니까 절반을 떼어놓고요? 무엇을 위해, 무슨 목적으로 그러셨나요? 그걸 우리에게 설명하실 수 있습니까?"

　"오, 여러분, 바로 그 목적에 모든 것이 있는 겁니다!" 미쨔가 외쳤다. "비열해서, 그래서 계산속으로 떼어놓은 겁니다. 이 경우 계산속이 곧 비열함인 거지요…… 그 비열함은 한달 내내 지속되었습니다!"

　"이해할 수 없군요."

　"나는 오히려 당신이 놀랍군요. 하지만 다시 한번 설명해드리죠. 어쩌면 정말로 이해하기 어려운 건지도 모르니까요. 보세요, 제 말을 잘 들어보세요. 저는 제 명예를 믿고 맡겨진 그 3천 루블을 횡령하고 그것으로 술을 진탕 마셔 모두 탕진한 뒤 아침에 그 사람에게 나타나 말합니다. '까쨔, 내 잘못이오. 당신의 3천 루블을 몽땅 탕진했소.' 어떻습니까? 좋은가요? 아니요, 좋지 않지요. 이건 파렴치하고 비겁한 거죠. 이건 짐승이에요. 짐승만큼이나 자신을 제

어할 수 없는 사람인 겁니다. 그렇지 않습니까? 그렇지 않나요? 하지만 아무튼 도둑은 아니지요? 직접적 의미에서 도둑은 아닌 거지요? 직접적 의미에서는요. 동의하시죠! 탕진했지만, 도둑질은 하지 않은 겁니다! 이제 두번째, 더 잇속을 챙길 수 있는 경우로, 저를 잘 따라오세요. 그러지 않으면 제가 또 뒤죽박죽으로 만들어놓을 테니까요. 어쩐지 머리가 어지럽군요. 그래서, 두번째 경우를 말하자면, 저는 여기서 3천 루블 중에서 1,500루블만, 즉 반만 탕진합니다. 다음날 그 사람에게 가서 그 반을 내놓는 거죠. '까쨔, 이 철면피, 경박한 비열한에게서 이 절반을 받아줘요. 왜냐하면 나머지 반은 탕진했고, 이 반마저 탕진할 테니까, 내가 죄에서 벗어나도록 제발 받아줘,' 자, 이런 경우는 어떤가요? 뭐라 해도 괜찮습니다. 짐승에 비열한 놈이지만 도둑은 아닙니다. 확실히 도둑은 아니지요, 도둑이었다면 아마도 반을 돌려주지 않고 그것도 자기 것으로 만들었을 테니까요. 내가 서둘러 반을 가져온 것을 보고 그녀는 나머지도 가져오리라고, 즉 탕진한 돈도 가져올 거라고 생각하겠지요. 저 사람은 평생 그 돈을 얻으려고 일하고 구하는 즉시 돌려줄 거라고 그녀가 생각한다는 거지요. 그러니 저는 파렴치한이긴 해도 도둑은 아닙니다. 여러분이 원하는 것처럼 도둑은 아니란 말입니다. 도둑은 아니에요!"

"약간의 차이가 있다고 치죠." 검사는 차갑게 미소를 지었다. "그러나 어쨌든 거기서 어떤 치명적인 차이를 본다는 것은 이상하군요."

"예, 치명적인 차이를 봅니다! 모든 사람이 파렴치할 수 있습니다. 맞습니다, 네, 모든 사람이 파렴치한일 수는 있지만, 모든 사람이 도둑이 될 수는 없습니다. 최고로 파렴치한 인간만이 그럴 수 있지요. 제가 그 섬세한 차이를 잘 설명할 수는 없지만…… 다만 도둑은 비열한보다 더 비열하다는 것이 제 확신입니다. 들어보세요. 저는 한달 내내 그 돈을 몸에 지니고 다녔습니다. 다음날이면 이걸 돌려줄 마음을 먹을 수 있고, 그러면 저는 이미 파렴치한이 아니겠지요. 그런데 용단을 내리지 못하는 겁니다. 매일 결심은 하는데, 매일 '어서 결단을 내려라, 이 비열한아'라고 재촉은 하는데 한달 내내 마음을 먹지 못하는 겁니다! 자, 어떻습니까? 이게 잘하는 건가요? 당신 생각에는 이게 좋은가요?"

"그다지 잘하는 일은 아니라고 쳐도, 그 점은 아주 잘 이해할 수 있고 그에 대해서만큼은 논쟁하지 않겠습니다." 검사가 시큰둥하게 대답했다. "그 섬세함이나 차이를 구분하는 온갖 시도는 당분간 좀 치워두고, 괜찮으시다면 다시 용건으로 돌아가도록 하죠. 문제는, 우리가 '어째서 처음부터 3천 루블을 그렇게 나누었는지, 즉 어째서 절반은 탕진하고 다른 절반은 감추었는지' 물었지만 당신이 아직 설명하지 않으셨다는 겁니다. 그러니까 숨겨둔 진짜 이유가 무엇이고, 따로 떼어놓은 그 1,500루블을 무엇에 사용하려고 했던 겁니까? 저는 대답을 들어야겠습니다, 드미뜨리 표도로비치."

"아, 예, 정말 그렇군요!" 미쨔가 자기 이마를 치고는 외쳤다. "죄송합니다. 제가 중요한 것은 설명하지 않고 여러분을 괴롭히고 있군요, 설명했다면 금방 이해하셨을 텐데요. 왜냐하면 바로 그 목적, 그 목적에 치욕이 있는 거니까요! 알다시피 그 노인, 즉 고인故人은 아그라페나 알렉산드로브나를 꾀어내려고 했고, 질투심 때문에 저는 당시에 그 여자가 저와 아버지 사이에서 흔들리고 있다고 생각했습니다. 그러면서 매일 이렇게 생각했지요. 만일 그 여자가 결정을 내린다면, 만일 그 여자가 저를 괴롭히는 데 지쳐서 갑자기 제게 '그 사람이 아니라 당신을 사랑해. 나를 세상 끝으로 데려다줘' 라고 말한다면 어쩌나 하고요. 제게는 20꼬뻬이까 은화 두닢밖에 없는데 무슨 돈으로 데려갈 것이며, 그렇게 되면 어떻게 한단 말입니까. 모든 게 사라져버리는 거죠. 저는 그때 그 여자를 잘 몰랐고 잘 이해하지 못했습니다. 저는 그 여자에게 돈이 필요하다고, 그 여자는 제 가난을 용서하지 못할 것이라고 생각했습니다. 그래서 저는 교활하게도 3천 루블에서 절반을 떼어 센 뒤 태연하게 바늘로 꿰맸습니다. 저는 그렇게 간교하게. 계산을 하며 술에 취하기 전에 꿰매고, 다 꿰맨 후에는 나머지 반으로 술을 마시러 간 겁니다! 아니, 이건 비열한 짓이죠! 이제 이해가 되십니까?"

검사는 큰 소리로 웃었고, 예심판사도 그랬다.

"제 생각에는 그렇게 절제하고 다 탕진하지 않은 것은 심지어 현명하고 도덕적인 것 같은데요." 니꼴라이 빠르페노비치가 히히 웃었다. "뭐가 그렇게 큰일이라는 말씀이신지?"

"훔쳤다는 것, 바로 그게 문제인 거죠! 오, 맙소사, 이렇게나 이해를 못하시다니 놀랍군요! 가슴에 꿰맨 1,500루블을 지니고 다니는 동안 내내 저는 매일 매시간 스스로에게 말했습니다. '너는 도둑놈이야! 너는 도둑놈이야!' 그로 인해 저는 그 한달 내내 난폭하게 굴었고, 그래서 선술집에서 싸웠고, 스스로를 도둑놈이라고 느꼈기 때문에 아버지를 때렸습니다! 저는 심지어 동생 알료샤에게조차 1,500루블에 대해 말할 용기를 내지 못했고 감히 말하지 못했습니다. 그 정도로 스스로를 비열한에 도둑놈이라고 느꼈지요! 하지만 한편으로 그 돈을 지니고 다니는 동안 매일 매시간 스스로에게 말했습니다. '아니야, 드미뜨리 표도로비치, 너는 어쩌면 아직 도둑이 아닌지도 몰라.' 왜? 왜냐하면 너는 내일이라도 1,500루블을 들고 까쨔에게 갈 수 있으니까. 저는 바로 어제야 페냐에게 들 렀다가 뻬르호찐에게 가면서 부적주머니를 뜯기로 결심했는데, 그 전까지는 전혀 그럴 마음이 없었습니다. 부적주머니를 뜯자마자 바로 그 순간, 저는 결정적으로 돌이킬 수 없이 도둑이, 도둑이자 평생 파렴치한 사람이 된 겁니다. 왜냐고요? 왜냐하면 부적주머니 를 가지고 까쨔에게 가서 '나는 파렴치한이지만 도둑은 아니오!' 라고 말하려는 공상을 했었거든요. 이제 알아들으시겠습니까? 알 아들으시겠죠!"

"왜 바로 어제저녁에 그러기로 결심하신 거지요?" 니꼴라이 빠 르페노비치가 말을 끊었다.

"왜냐고요? 그걸 묻다니 우습군요. 왜냐하면 어제 새벽 5시에, 이곳에서 새벽에 스스로 목숨을 끊을 결심을 했거든요. '매한가지 아닌가. 비열한으로 죽든 고결한 사람으로 죽든!' 하고 생각했죠. 그런데 그게 아닌 것으로, 매한가지가 아닌 것으로 판명되었습니 다! 믿으실지 모르겠지만, 여러분, 그날 밤 무엇보다 제가 괴로웠 던 것은 제가 노인의 하인을 죽여서도, 시베리아 유형이 저를 위협 해서도 아니었습니다. 게다가 그때는 어떤 순간이었나요? 제 사랑 이 결실을 맺었을 때, 하늘이 제게 다시 열린 순간이었습니다! 오, 그것도 괴로웠죠. 그러나 그만큼은 아니었습니다. 그래도 그 정도 는 아니었어요. 제가 마침내 가슴에서 그 저주스러운 돈을 뜯어내 서 그것을 탕진했다는 의식만큼 저주스럽지는 않았습니다. 그러니 까 저는 이제 완전히 도둑인 겁니다! 오, 여러분, 여러분에게 피 끓 는 심정으로 거듭 말씀드립니다. 저는 오늘 밤 정말 많은 것을 깨 달았습니다! 저는 비열한으로 살 수 없을 뿐 아니라 비열한으로 죽 을 수도 없다는 것을 알았습니다…… 아니요, 여러분, 명예롭게 죽어야 합니다!"

미쨔는 창백했다. 그의 얼굴은 지쳐 보였고, 극도로 흥분했음에도 아주 기진맥진한 모습이었다.

"당신이 조금씩 이해가 되는군요, 드미뜨리 표도로비치." 검사는 부드럽게, 동정하듯이 말끝을 늘였다. "하지만 그 모든 것은 제가 보기에는, 당신이 어떻게 생각하시든 간에, 신경이 곤두서서 그러시는 겁니다. 병적인 과민함 때문이지요. 바로 그겁니다. 예를 들면, 거의 한달 동안이나 그렇게 당해온 큰 고통에서 벗어나기 위해서라면 왜 당신은 1,500루블을 그걸 맡긴 아가씨에게 돌려주지 않으셨습니까? 당신이 말씀하시듯이 그렇게나 끔찍했던 당신의 당시 상황을 고려해볼 때, 머릿속에 자연스럽게 떠오르는 방법을 어째서 시도해보지 않으셨나요? 어째서 그 아가씨에게 당신의 실수를 고결하게 고백한 후에 당신에게 필요한 만큼의 돈을 부탁하지 않으셨나요? 그러면 그 아가씨는 너그러운 마음으로 곤경에 빠진 당신을 보고 결코 당신의 부탁을 거절하지 않았을 텐데요. 특히 증서를 쓰거나, 아니면 당신이 상인 삼소노프와 호흘라꼬바 부인에게 제안한 담보를 제시하셨더라면 말입니다. 당신은 지금까지 그 담보가 유효하다고 보십니까?"

미쨔는 순식간에 얼굴이 붉어졌다.

"저를 진짜 그 정도로 파렴치한으로 보시는 겁니까? 진담이라면 있을 수 없는 일이군요." 그렇게 그는 검사의 눈을 똑바로 쳐다보며 그에게서 그런 말을 들었다는 사실을 믿을 수 없다는 듯이 분개해서 말했다.

"확실히 말씀드리지만 저는 진담입니다…… 어째서 진담이 아니라고 생각하시는 거죠?" 검사는 또 그대로 놀라워했다.

"오, 그랬으면 제가 얼마나 비열해졌겠습니까! 여러분, 여러분이 저를 괴롭히고 있다는 걸 모르십니까! 좋습니다. 여러분에게 모두 말씀드리죠. 좋아요, 이제 제가 얼마나 악마 같은 놈인지 다 고백하겠습니다. 하지만 인간의 여러 뒤얽힌 감정들이 어느 정도까지 비열함에 이를 수 있는지 여러분은 부끄럽고 또 놀라워하게 되실 겁니다. 아시겠습니까, 저도 이미 그 뒤얽힌 감정을, 당신이 방금 말씀하신 바로 그 감정을 가졌었습니다, 검사님! 예, 여러분, 그 저주스러운 달에 저는 벌써 그 생각을 했고, 거의 까쨔에게 갈 뻔했습니다, 그 정도로 비열했습니다! 그러나 그 사람에게 가서 제 배신을 알리고 제 배신을 위해, 배신을 실현하기 위해, 배신을 위한 앞으로의 지출을 위해 그 사람 까쨔에게 돈을 구하는 겁니다, 들으셨습니까, 구한다고요! 곧바로 그 사람을 떠나 다른 여자, 그 사람의 경쟁자이자 그 사람을 증오하고 모욕하는 여자와 함께 도망가려고요. 맙소사, 정신이 나갔군요, 검사님!"

"정신이 나간 건 아니지만 물론, 흥분해서 제대로 생각을 못했네요…… 여성의 질투심이라는 것에 대해서는…… 만일 당신이 주장하듯이 여기에 실제로 질투심이 개입할 수 있다면요…… 하지만 여기에 그런 종류의 것은 전혀 없었을 텐데요." 검사가 미소를 지었다.

"하지만 그건 정말 추악했을 겁니다." 미쨔가 난폭하게 주먹으로 탁자를 내리쳤다. "너무 역한 냄새가 나서 어떻게 해야 할지 모르겠습니다! 아시겠습니까, 그 사람은 제게 그 돈을 주었을지 모릅니다. 주었을 겁니다. 아마도 주었을 거예요. 저에게 복수하려고 주었을 거예요, 복수를 즐기려고 주었을 겁니다. 제게 느끼는 경멸감 때문에 주었을 겁니다, 왜냐하면 그 여인도 지옥 같은 영혼을 가지고 있고, 무서운 분노를 품었으니까요! 저는 돈을 받았을 겁니다. 오, 받았을 거예요. 받고서는 평생토록…… 오, 하느님! 용서하십시오, 여러분. 저는 이 생각을 벌써 오래전부터, 바로 한밤중에 라가비와 함께 부산을 떨었던 사흘 전부터 하고 있었습니다. 그뒤로도 어제, 네, 어제도요. 어제도 하루 종일 그 생각을 했죠. 저는 기억합니다. 바로 그 일이 일어나기 전까지도요……"

"어떤 일 말인가요?" 니꼴라이 빠르페노비치가 호기심을 가지고 끼어들려 했으나, 미쨔는 그의 말을 알아듣지 못했다.

"저는 여러분에게 무서운 고백을 했습니다." 그는 음울하게 결론을 내렸다. "이 고백을 인정해주십시오, 여러분. 그럴 만하지 않아도, 인정할 만한 게 없어서 인정하지 않더라도 제대로 평가는 해주십시오, 만일 그것도 아니라면, 만일 여러분 마음에 별 감흥이 일지 않는다면, 그건 여러분이 저를 전혀 존중하지 않는다는 얘기입니다, 여러분, 이게 제가 여러분에게 하고 싶은 말입니다. 저는 여러분 같은 사람들에게 고백했다는 것이 수치스러워 죽을 지경입니다! 오, 저는 자살하고 싶어요! 저는 여러분이 저를 믿지 않는다는 것을 압니다. 알아요! 어떻게, 여러분은 이것도 기록하고 싶으신가요?" 그는 경악하며 소리쳤다.

"지금 당신이 하신 말씀은," 니꼴라이 빠르페노비치가 놀라서 그를 바라보았다. "그러니까 당신은 마지막 순간까지도 여전히 그 돈을 빌려달라고 부탁하려 베르홉쩨바양에게 갈 생각이셨다는 거군요…… 당신께 단언하는데, 이건 우리에게 아주 중요한 진술입니다, 드미뜨리 표도로비치. 즉 이 모든 경우에…… 특히 당신을 위해서는, 특히 당신을 위해서 중대한 진술입니다."

"자비를 베푸십시오, 여러분." 미쨔가 손뼉을 쳤다. "이것만이라도 적지 마세요. 부끄러운 줄 아세요! 저는, 그러니까, 제 영혼을 여러분 앞에서 반으로 갈라 보여드렸는데 여러분은 그걸 이용해서 양쪽으로 갈린 상처를 손가락으로 후벼 파시는군요…… 오, 주여!"

그는 절망에 빠져 두 손으로 얼굴을 가렸다.

"걱정하지 마십시오, 드미뜨리 표도로비치." 검사가 결론을 내렸다. "지금 기록한 모든 것을 나중에 직접 들어보시고, 동의하지 않는 부분은 당신 의견에 따라 우리가 고칠 겁니다. 이제 한가지 질문을 세번째 반복하겠는데요, 정말로 아무도, 그러니까 전혀 그 누구도 부적주머니에 꿰맨 돈 이야기를 당신에게서 들은 사람이 없습니까? 제가 이 말을 하는 것은 그게 거의 불가능한 일이라는 생각이 들어서입니다."

"아무도요. 어느 누구도요. 제가 말씀드렸잖습니까. 아니면, 아무것도 이해하지 못하신 겁니까? 저를 내버려두세요."

"좋습니다. 이 일은 해명되어야 하고, 또 앞으로 그럴 시간도 많으니까요, 지금은 이걸 한번 생각해보시죠. 우리에게는 당신 스스로 당신이 탕진한 3천 루블에 대해 사방에 큰 소리로 떠벌리고 다녔다는 증언들이 수십개나 있습니다. 3천 루블이지 1,500루블이 아닙니다. 그리고 이번에도, 어제도 돈을 가지고 나타나셨을 때 많은 사람들 앞에서 또다시 3천 루블을 가져왔노라고 이야기하지 않았습니까……"

"수십명이 아니라 수백명의 증언이 여러분 손에 있겠지요. 이백명의 증언이 있고, 이백명의 사람들이 들었을 겁니다. 아니, 수천명이 들었을 거예요!" 미쨔가 외쳤다.

"네, 보세요, 모두가, 모두가 그렇게 증언합니다. 그런데 그 **모두**

라는 단어가 뭔가 의미를 갖는 게 아니겠습니까?"

"전혀 그렇지 않습니다. 제가 거짓말한 겁니다. 저를 뒤따라 모두들 거짓말을 하게 된 겁니다."

"그렇다면 왜 그때 당신 말마따나 '허튼소리'를 해야 했던 겁니까?"

"알게 뭡니까? 자랑하려고 그랬겠죠…… 그냥…… 그렇게 많은 돈을 탕진했다, 뭐…… 어쩌면 그 꿰맨 돈을 잊으려고 그랬을 수도 있죠…… 예, 바로 그것 때문이었습니다…… 제길…… 이 질문을 몇번이나 하시는 겁니까? 제가 거짓말을 했습니다. 물론, 한번 거짓말을 하고 나니 바로잡고 싶지 않았습니다. 사람이 가끔 무엇 때문에 거짓말을 하겠습니까?"

"그건 한마디로 결론 내리기 아주 힘들지요, 드미뜨리 표도로비치. 사람이 무엇 때문에 거짓말을 하는지는요." 검사가 고압적으로 말했다. "하지만 당신이 말하는 당신 목의 부적주머니라는 것이 크기가 컸습니까? 말씀해주시지요."

"아니요, 크지 않았습니다."

"예를 들면 어느 정도 크기였습니까?"

"100루블짜리 지폐를 반으로 접어넣을 수 있을 만큼, 그 정도 크기죠."

"그 부적주머니 조각을 우리에게 보여주시면 좋겠습니다. 그게 어딘가 당신에게 있을 텐데요."

"에이, 제길…… 이 무슨 바보 같은 짓인지…… 그게 어디 있는지 저도 모릅니다."

"하지만 잠시만요, 그걸 언제 어디서 목에서 푸셨습니까? 스스로도 말씀하셨다시피 집에 들르지도 않으셨잖아요?"

"폐냐를 만나고 나와서 뻬르호쩬의 집으로 갈 때요. 길을 가다가 목에서 끊어 돈을 꺼냈습니다."

"어둠 속에서요?"

"빛이 왜 필요합니까? 한 손가락으로 순식간에 그렇게 했죠."

"가위도 없이 거리에서요?"

"광장이었던 것 같습니다. 가위가 왜 필요합니까? 낡은 천이어서 금방 찢어졌어요."

"그러고서 그걸 어디다 두셨습니까?"

"그 자리에 버렸지요."

"어디요?"

"광장이오, 광장 말입니다! 광장 어디인지 알게 뭡니까? 그걸 왜 아셔야 하는 겁니까?"

"그건 대단히 중요한 문제입니다, 드미뜨리 표도로비치. 이 물적 증거는 당신에게 유리합니다. 어떻게 그걸 이해하지 못하시지요? 한달 전에 그걸 꿰매는 걸 누가 도와주었습니까?"

"아무도 도와주지 않았습니다. 제가 직접 했습니다."

"당신은 바느질을 할 줄 아십니까?"

"병사는 바느질을 할 줄 알아야 하고, 이런 건 바느질을 잘하고 말고 할 필요도 없는 겁니다."

"어디서 재료를, 그러니까 바느질할 낡은 천을 구하신 건가요?"

"여러분, 지금 놀리시는 겁니까?"

"절대로 아닙니다. 저희는 지금 당신을 놀릴 기분이 아닙니다, 드미뜨리 표도로비치."

"어디서 낡은 천을 구했는지는 기억나지 않습니다. 어디선가 구했겠죠."

"어떻게 그걸 기억하지 못하실 수가 있나요?"

"예, 맹세코 기억나지 않습니다. 어쩌면 무슨 속옷에서 찢었을 수도 있지요."

"거참 흥미롭군요. 당신이 천조각을 뜯어낸 물건이, 어쩌면 셔츠일지도 모르지만, 내일 당신 아파트에서 발견될 수도 있겠네요. 그 천조각은 어떤 천이었나요? 아마인가요, 삼베인가요?"

"그걸 어떻게 알겠습니까. 잠깐만요…… 어쩌면 어디서 뜯어낸 게 아닐 수도 있습니다. 그건 흰 옥양목이었는데…… 주인집 여자의 두건으로 꿰맸던 것 같습니다."

"안주인의 두건 말입니까?"

"예, 제가 그 여자에게서 슬쩍 가져온 것 같습니다."

"아니, 슬쩍 가져오다니요?"

"그러니까, 정말로 기억나는 건 낡은 부인용 두건 하나를 어쩌다 가져왔다는 겁니다. 어쩌면 만년필을 닦으려고 했던 것 같습니다. 아무에게도 말하지 않고 조용히 가져왔는데, 아무짝에도 쓸모없는 낡은 천조각이라 방에 뒹굴고 있었고, 그때 바로 그 1,500루블을 거기에 넣어 꿰맸던 거지요…… 바로 그 천조각으로 꿰맨 것 같습니다. 수천번 빤 낡은 옥양목입니다."

"그걸 확실히 기억하십니까?"

"확실한지는 모르겠습니다. 부인용 두건이었던 것 같습니다. 아무려면 어떻습니까!"

"그렇다면 최소한 당신 집 안주인은 그 물건이 없어졌다는 걸 기억할 수 있겠군요."

"전혀 아닙니다. 그 여자도 알아채지 못했습니다. 낡은 천이라고 말했잖아요, 넝마요, 전혀 가치가 없는."

"바늘은 어디서 났습니까, 실은요?"

"이제 그만하겠습니다. 더이상 하고 싶지 않습니다. 충분해요!"
마침내 미쨔가 화를 냈다.

"광장의 어느 장소에 그…… 부적주머니를 버렸는지 완전히 잊어버렸다고 하시니, 다시 생각해도 이상하군요."

"내일 광장을 깨끗이 쓸라고 명하세요. 어쩌면 찾아내실 수도 있겠죠." 미쨔가 미소를 지었다. "충분합니다, 여러분. 충분해요."그가 녹초가 된 목소리로 결론을 내렸다. "분명히 알겠네요, 여러분이 제 말을 믿지 않는다는 것을! 눈곱만큼도요! 제 잘못이지 여러분 잘못이 아닙니다. 쓸데없이 나설 필요가 없었어요. 어째서, 어째서 제 비밀을 고백해 스스로를 욕되게 했을까요! 여러분에게는 웃음거리겠죠. 여러분 눈을 보면 압니다. 검사님, 당신은 저를 믿지 않아요! 가능하다면 속으로 노래라도 부르시죠…… 저주를 받아라, 이 고문자들 같으니!"

그는 고개를 숙이고 양손에 얼굴을 파묻었다. 검사와 예심판사는 입을 다물었다. 잠시 후 그는 머리를 들고 어쩐지 아무 생각 없는 듯 그들을 바라보았다. 그의 얼굴은 이미 마음에 맺힌, 이미 돌이킬 수 없는 절망감을 드러냈고, 그는 웬일인지 조용히 침묵하며 앉아서 마치 자신을 잊은 것 같았다. 하지만 일은 마쳐야 했다. 그러므로 미룰 것 없이 증인들의 심문으로 넘어가야만 했다. 어느새 아침 8시가 다 되었다. 촛불은 꺼진 지 이미 오래였다. 심문하는 동안 내내 방을 들락날락하던 미하일 마까로비치와 깔가노프는 이때 둘 다 밖에 나가 있었다. 검사와 예심판사 역시 몹시 피로한 기색이었다. 도래한 아침은 음산했고, 하늘은 온통 구름으로 뒤덮여 비가 퍼붓고 있었다. 미쨔는 아무 생각 없이 창밖을 바라보았다.

"창밖을 좀 내다봐도 될까요?" 그가 문득 니꼴라이 빠르페노비치에게 물었다.

"오, 얼마든지 원하시는 대로요." 그가 대답했다.

미쨔는 일어나서 창으로 다가갔다. 빗방울이 초록빛 도는 작은 창유리를 때렸다. 창 바로 밑으로 더러운 길이 보였고, 저 멀리 비안개 속에서 거무스레 초라하고 보잘것없는 오두막들이 비로 인해 훨씬 더 거무죽죽하고 초라해 보였다. 미쨔는 '금빛 곱슬머리의 포이보스', 그리고 자신이 그의 첫 빛을 받으며 자살하려 했던 것이 기억났다. '자, 이런 아침이었다면 좋았을 텐데.' 그는 문득 미소를 짓고 팔을 위에서 아래로 크게 내젓고는 '고문자들'을 향해 몸을 돌렸다.

"여러분!" 그가 외쳤다. "제가 망했다는 걸 이제 알겠습니다. 그런데 그녀는 어디 있습니까? 제발 부탁이니, 그녀에 대해 말해주세요. 정말 그녀도 저와 함께 망하는 겁니까? 그녀는 죄가 없어요, 그녀가 어제 '모든 게 내 잘못이야'라고 소리친 건 제정신이 아니어서 그랬던 겁니다. 그녀는 아무 잘못도, 정말 아무 잘못도 없습니다! 저는 밤새도록 여러분과 앉아 있으면서 그 때문에 비통했습니다…… 제게 말씀해주시면 안 되겠습니까, 그럴 수 없나요? 그녀에게 무슨 짓을 하실 겁니까?"

"그 문제라면 조금도 걱정하지 마십시오, 드미뜨리 표도로비치." 검사는 눈에 띄게 서두르는 기색으로 즉시 대답했다. "당신이 그렇게도 관심을 갖고 계신 여성분을 조금이라도 괴롭혀야 할 중요한 근거를 저희는 아직 전혀 갖고 있지 않습니다. 앞으로 수사가 진척되는 과정에도 역시 그러기를 기대합니다…… 오히려 그런 점에서는 우리 쪽에서 할 수 있는 모든 일을 다 하겠습니다. 아무 걱정 하지 마십시오."

"여러분, 감사합니다. 그러실 줄 알았습니다. 누가 뭐라 해도 여러분은 정직하고 공정한 분들이니까요. 제 마음의 짐을 덜어주셨습니다…… 자, 이제 무엇을 할까요? 저는 준비가 되었습니다."

"네, 그럼 좀 서둘러야겠습니다. 증인 심문으로 속히 넘어가야 합니다. 이 모든 건 반드시 당신이 있는 앞에서 이루어져야 합니다. 그러므로……"

"우선 차를 한잔하지 않으시겠습니까?" 니꼴라이 빠르페노비치가 말을 가로막았다. "차 마실 만큼의 일은 한 것 같은데요!"

(미하일 마까로비치가 아마도 '차를 마시러' 간 것을 보니) 아래층에 차가 준비되어 있다면 한잔 정도 마시고 난 후 '계속하고' '또 계속하는 것도' 괜찮겠다는 결론들이 내려진 듯했다. 진짜 차와 '간식'은 시간이 좀더 여유로울 때로 미루었다. 실제로 아래층에 차가 준비되어 있었고, 서둘러 그것을 위층으로 가져왔다. 미쨔는 니꼴라이 빠르페노비치가 친절하게 권하는 잔을 처음에는 거절했지만, 나중에는 그 스스로 청해서 게걸스럽게 마셨다. 대체로 그는 놀랄 만큼 지친 기색이 역력했다. 용사처럼 강한 그의 체력을 고려해보면 하룻밤 술판을 벌이고 또 아무리 강한 충격을 받았다 할지라도 그게 뭐 대수이겠는가. 그러나 그 자신은 간신히 앉아 있다고 느꼈고, 시간이 흐름에 따라 눈앞에서 온갖 물건들이 어른거리며 빙글빙글 돌기 시작했다. '조금만 더 있으면 헛소리를 하게 되겠군.' 그는 속으로 생각했다.

8. 증인들의 증언, 아이들

증인 심문이 시작되었다. 그러나 나는 이제까지처럼 그렇게 자세히 이 이야기를 계속하지 않으련다. 니꼴라이 빠르페노비치가 불려나온 증인들 각자에게 양심에 따라 사실대로 진술해야 하며 나중에 선서한 후에는 그 진술을 반복해야 할 것임을 두루 고지했다는 것은 생략하기로 하겠다. 그리고 마침내 증인들이 자신의 진술서에 서명하기를 요구받았다는 등의 이야기도 생략하겠다. 한가지 짚고 넘어갈 것은, 심문하는 이들이 관심을 집중한 가장 중요한 점은 주로 3천 루블에 대한 질문이었다는 것이다. 즉 처음에, 그러니까 드미뜨리 표도로비치가 한달 전 이곳 모끄로예에서 벌인 첫술잔치에서 쓴 돈이 3천 루블이었는지 아니면 1,500루블이었는지, 그리고 어제 드미뜨리 표도로비치의 두번째 술잔치에서 쓰인 돈이 3천 루블이었는지 아니면 1,500루블이었는지에 대한 것이었다. 오호, 모든 증언은 하나같이 미쨔에게 불리해서 그에게 도움이 되는 것이 한가지도 없었다. 어떤 증언은 그의 증언을 뒤집을 놀랍고도 새로운 사실들을 담고 있기도 했다. 처음으로 심문받은 사람은 뜨리폰 보리시치였다. 그는 일말의 두려움도 없이, 아니 오히려 피의자에게 엄중하고 준엄한 분노를 품고 심문관들 앞에 섰고, 지극히 진실하고 자부심 있는 태도를 갖추고 있었다. 말수를 절제하면서 질문을 기다렸다가 심사숙고해 정확하게 대답했다. 한달 전에 3천 루블 이하로 썼을 리 만무하며, 여기 있는 모든 농민이 '미뜨리 표도리치' 자신으로부터 3천 루블이라는 소리를 들었을 거라고 주저 없이 확실하게 증언했다. "집시여자들한테 뿌린 돈만 해도 얼만

데요. 그 여자들한테만 해도 1천 루블 정도는 갔을 겁니다."

"어쩌면 500루블도 안 될걸." 그 말에 미쨔가 침울하게 지적했다. "그때 세어보진 않았지, 취했으니까. 안타깝군……"

이때 미쨔는 커튼을 등진 채 비껴 앉아 음울한 표정으로 들으며 '에이, 마음대로 증언해라. 이젠 아무 상관없다!'라고 말하는 듯 슬프고 지친 기색이 역력했다.

"그 여자들한테 1천 루블 이상이었습니다, 미뜨리 표도로비치." 뜨리폰 보리소비치가 단호하게 그의 말을 부인했다. "쓸데없이 돈을 뿌렸고, 그 사람들은 뿌리는 족족 주워갔지요. 그들 족속은 도둑에 사기꾼에 말도둑입니다. 그들을 마을에서 내쫓았는데, 안 그랬으면 그들이 직접 나리한테서 얼마를 뜯었는지 얘기했을 거예요. 제 눈으로 나리 손에 그때 있던 돈을 봤는데요. 세어보지는 못했지만, 사실 말이지 나리께서 제게 주질 않으셨으니까요, 하지만 똑똑히 봤고 기억하기로는 1,500루블보다는 훨씬 많았습니다…… 1,500루블이 뭐랍니까! 우리는 돈을 많이 봐왔기 때문에 금방 알아봅니다……"

어제의 금액에 대해서는, 뜨리폰 보리소비치는 드미뜨리 표도로비치가 말에서 내리자마자 3천 루블을 가져왔다고 그에게 직접 외쳤다고 곧바로 증언했다.

"그랬나? 정말인가, 뜨리폰 보리소비치?" 미쨔가 반박하려고 했다. "3천 루블을 가져왔다고 내가 그렇게나 분명하게 외쳤단 말인가?"

"그렇게 말씀하셨습니다, 미뜨리 표도로비치. 안드레이가 있을

---

9 드미뜨리 표도로비치의 약칭.

때 말씀하셨어요. 저기 안드레이가 아직 가지 않았으니 이리 부르십시오. 저기 합창단이 자고 있는 홀에 있습니다. 여기에 6천 루블을 뿌리신다고 그때 외치셨잖아요. 그러니까 이전에 쓴 것까지 해서요. 그렇게 이해했습니다. 스쩨빤도, 세묜도 들었고, 뾰뜨르 포미치 깔가노프도 당신과 함께 나란히 서 있었으니 그 사람들도 기억하고 있을 겁니다……"

뜨리폰 보리소비치가 가리킨 모든 남자들, 스쩨빤과 세묜, 마부 안드레이, 뾰뜨르 포미치 깔가노프를 심문했다. 농민들과 마부는 뜨리폰 보리시치의 진술을 주저 없이 확인해주었다. 더구나 안드레이의 진술에서 그가 미쨔와 오는 중에 나눈 대화 "그러니까 제가, 드미뜨리 표도로비치, 어디로 가는 겁니까? 천국입니까, 지옥입니까? 저세상에서 저를 용서할까요, 안 할까요?"는 조서에 특별히 기록되었다. '심리학자' 이뽈리뜨 끼릴로비치는 수수께끼 같은 미소를 짓고 모든 말을 듣더니 '드미뜨리 표도로비치가 어디로 가게 될 것이냐'에 대한 진술도 '기록에 포함시킬 것'을 권고하며 일을 마쳤다.

깔가노프는 심문받을 때 내키지 않는다는 듯 침울하고 까탈스러운 얼굴로 들어왔고, 검사와 니꼴라이 빠르페노비치와 오래전부터 매일 보는 사이인데도 마치 난생처음 보는 사람인 것처럼 대화를 나누었다. 그는 "이 일을 전혀 모르고 또 알고 싶지 않다"는 말로 말문을 열었다. 그러나 6천 루블에 대해서는 그도 들은 것으로 드러났고, 그는 그 순간 옆에 있었다고 인정했다. 그가 보기에 미쨔의 손에는 "얼마나 되는지 알 수 없을 정도의" 돈이 있었다. 폴란드인들이 카드놀이를 할 때 속임수를 썼다는 데 대해서도 그렇다고 확인했다. 또한 반복되는 질문에 대해, 폴란드인들을 쫓아낸 후 미짜와 아그라페나 알렉산드로브나의 관계가 회복되었고, 그녀 자신이 그를 사랑한다고 말했다고 설명했다. 아그라페나 알렉산드로브나에 대해서는 마치 그녀가 최상류층 귀부인이기라도 한 듯이 절제하며 존경심을 품고 얘기했고, 단 한번도 그녀를 '그루셴까'라고 부르지 않았다. 이 청년이 증언에 대해 특히 혐오감을 품고 있었음에도 이뽈리뜨 끼릴로비치는 그를 오랫동안 심문했고, 그에게서 그날 밤 일어난 일, 미쨔의 '사랑'에 대해 자세히 알게 되었다. 미쨔는 한번도 깔가노프의 말을 제지하지 않았다. 마침내 청년은 놓여났고, 그는 숨길 수 없는 분노를 표하며 자리를 떴다.

폴란드인들도 심문을 받았다. 그들은 자려고 자기들 방에 누웠지만 밤새도록 잠들지 못했고, 당국이 도착하자 틀림없이 불려갈 것을 알고는 서둘러 옷을 갖춰입었다. 그들은 약간은 두려운 듯했으나 그래도 당당하게 나타났다. 중심인물, 키가 작은 빤은 은퇴한 12등관리로 시베리아에서 수의사로 일한 것으로 밝혀졌으며, 성은 빤 무샬로비치였다. 빤 브루블렙스끼는 개업 덴티스트, 러시아식으로 치과의사였다. 그들 둘 다 방에 들어오자마자, 질문은 니꼴라이 빠르페노비치가 하는데도, 대답을 할 때는 누가 누구인지를 몰라서 옆에 서 있던 미하일 마까로비치를 주요 관리이자 이곳을 관장하는 인물이라고 파악하여 말끝마다 그를 '빤 대령님'이라고 부르며 그에게 대답을 했다. 미하일 마까로비치 자신이 몇번이나 권고한 뒤에야 그들은 니꼴라이 빠르페노비치에게만 답변해야 한다는 것을 깨달았다. 그들은 외국어 억양을 빼고는 러시아어도 대단히 정확하게 할 줄 아는 것으로 드러났다. 그루셴까에게 보인 자신의 이전과 현재의 태도에 대해 빤 무샬로비치가 열을 올려 거만하게 진술하려 하자, 미쨔는 곧바로 이성을 잃고 자기가 있는 앞에서

400

'비열한'이 말을 하지 못하게 하라고 외쳤다. 빤 무샬로비치는 즉시 '비열한'이라는 단어에 주의를 환기시키며 조서에 기록해줄 것을 청했다. 미쨔는 격노해서 펄펄 뛰었다.

"비열한, 비열한! 이것도 적으세요. 이것도 써넣으세요. 기록을 해도 나는 비열한이라고 계속 외칠 겁니다!" 그가 소리쳤다.

니꼴라이 빠르페노비치는 기록에 넣었지만, 이 유쾌하지 못한 사안에서 충분히 칭찬할 만한 실무 능력과 처리 수완을 보여주었다. 그는 미쨔에게 엄중히 경고한 후 곧바로 이 일의 로맨스와 관련한 이후의 모든 심문을 중단하고 서둘러 본질적인 문제로 넘어갔다. 본질적인 문제에 있어 폴란드인들의 증언에는 예심판사들의 호기심을 비상하게 자극하는 대목이 있었다. 그것은 바로 미쨔가 저쪽 방에서 무샬로비치를 매수하려 하면서 그에게 포기하는 조건으로 3천 루블을 주겠다고 제안했다는 증언이었다. 그는 손에 700 루블을 들고 있었고 나머지 2,300루블은 '내일 아침에 시내에서' 주겠다고, 더구나 이곳 모끄로예에는 아직 그에게 그만한 돈이 없다고, 돈은 시내에 있다고 맹세했다는 것이다. 미쨔는 격분해서 내일쯤 시내에 가서 돈을 주겠다고 말한 적이 없다고 지적했지만, 빤 브루블렙스끼가 그 증언을 확인해주자 미쨔 자신도 잠시 생각해보더니, 폴란드인들이 말한 것처럼 틀림없이 그랬을 것이라고, 자신은 당시 흥분해 있었으니까 정말로 그렇게 말했을 수도 있다고 침울하게 동의했다. 검사는 그 증언을 물고 늘어졌다. 미쨔의 손에 들어간 3천 루블의 절반 혹은 그 일부가 정말로 시내 아니면 이곳 모끄로예 어딘가에 숨겨져 있을 수 있다는 게 분명해졌다. (이어 곧바로 그런 결론을 내렸다.) 그러므로 수사에서 아주 까다로운 정황, 즉 미쨔의 수중에서 800루블만 발견되었다는 정황, 지금까지 상당히 하찮지만 그럼에도 여전히 미쨔에게 약간은 유리한 증거였던 유일한 정황이 해명되었던 것이다. 이제 그에게 유리했던 유일한 증거가 파기되었다. 그 자신 수중에 전부 합해봐야 1,500루블밖에 없었다고 주장하면서도 빤에게 명예를 걸고 돈을 주겠다고 맹세했으니 내일 빤에게 줄 나머지 2,300루블은 어디서 구할 작정이었느냐는 검사의 질문에 미쨔는, '폴란드인들'에게 돈이 아니라 체르마시냐 영지에 대한 자신의 권리, 즉 삼소노프와 호흘라꼬바에게 자신이 제안했던 권리 관련 정식 문서를 주려 했다고 확실하게 대답했다. 검사는 그 '계획의 순진함'에 미소를 짓기까지 했다.

"당신은 2,300루블의 현금 대신 '권리증'을 받는 데 그가 동의할 거라고 생각하셨습니까?"

"틀림없이 동의했을 겁니다." 미쨔가 흥분해서 잘라 말했다. "유감이지만, 그러면 그 권리증으로 2천 루블이 아니라 4천, 아니 심지어 6천 루블까지도 움켜쥘 수 있었을 겁니다! 저자는 즉각 자기 변호사들, 폴란드인들과 유대인들을 끌어모아, 3천 루블이 뭡니까, 체르마시냐 전체를 노인에게서 빼앗았을 겁니다."

물론 빤 무샬로비치의 진술은 조서에 최대한 상세하게 기록되었다. 이 대목에서 폴란드인들은 놓여났다. 속임수 카드와 관련된 얘기는 거의 언급되지 않았다. 니꼴라이 빠르페노비치는 그러잖아도 그들을 아주 고맙게 생각했으므로 쓸데없는 일로 그들을 괴롭히고 싶지 않았다. 더구나 모든 게 취한 상태에서 카드놀이를 하다가 일어난 사소한 싸움이지 그 이상도 그 이하도 아니라고 생각했던 것이다. 그날 밤 벌어진 술판과 추태가 그뿐이었겠는가…… 그렇게 해서 돈 200루블은 폴란드인들의 호주머니에 남게 되었다.

그후 노인 막시모프를 불렀다. 그는 우물쭈물하며 나타나 종종

걸음으로 다가왔고, 몹시 슬프고 당황한 기색이 역력했다. 그는 내내 아래층에서 그루셴까 옆에 말없이 꼭 붙어앉아서 '그녀를 보고 흐느껴 울면서 두 눈을 푸른 바둑판무늬 수건으로 훔치고' 있었다고 나중에 미하일 마까로비치가 말했다. 그래서 그녀가 그를 진정시키고 위로했다는 것이다. 노인은 곧바로 잘못했다고, 드미뜨리 표도로비치한테서 '가난하여 10루블을 빌렸다고', 돌려줄 참이었다고, 잘못했다고 고백했다…… 니꼴라이 빠르페노비치가 대놓고 묻기를, 그에게 돈을 빌릴 때 그 누구보다도 가까이에서 드미뜨리 표도로비치의 손에 있는 돈을 보았을 테니 그의 수중에 돈이 얼마나 있었는지 알았느냐고 하자 막시모프는 더없이 단호하게 '2만 루블'이었다고 대답했다.

"당신은 이전에 언제든 2만 루블을 본 적이 있습니까?" 니꼴라이 빠르페노비치가 미소를 지으면서 물었다.

"아무렴요, 봤습죠. 다만 2만 루블이 아니라 7천 루블이었는데, 제 아내가 제 조그만 촌락을 저당잡혔을 때였습죠. 저더러 멀리서만 보라면서 제 앞에서 자랑했습니다요. 온통 무지갯빛의 아주 두툼한 돈다발이었습니다. 드미뜨리 표도로비치가 가지고 있던 돈도 모두 무지갯빛이었습죠……"

그도 곧 풀려났다. 마침내 순서가 그루셴까에게 이르렀다. 심문자들은 분명 그녀의 등장이 드미뜨리 표도로비치에게 미칠 영향을 걱정하는 듯했다. 그래서 니꼴라이 빠르페노비치는 그에게 몇마디 주의사항을 권고하며 중얼거렸고, 미쨔는 그 대답으로 '소동은 일으키지 않을 것'임을 상대방에게 알리는 의미로 말없이 고개를 끄덕였다. 그루셴까를 데리고 들어온 사람은 미하일 마까로비치였다. 그녀는 신중하고 침울한 표정으로 들어와 겉보기에는 평온한 모습으로 조용히 지정된 의자, 니꼴라이 빠르페노비치의 맞은편에 앉았다. 그녀는 매우 창백했고, 추운지 자신의 멋진 검은색 숄을 꼭 여미고 있었다. 사실 그때 이미 그녀는 가볍고 간헐적인 오한이 들었는데 그것은 그녀가 그날 밤부터 감당해야 했던 긴 병마의 시작이었다. 그녀의 신중한 표정, 곧고 진지한 시선, 차분한 행동거지는 모든 이에게 상당히 좋은 인상을 불러일으켰다. 니꼴라이 빠르페노비치는 대번에 다소간 '매료되기'까지 했다. 그는 그녀가 얼마나 '멋진 여자'인지를 이때 깨달았다고 나중에 스스로 어디선가 인정했다. 이전에도 그녀를 보기는 했지만 언제나 어딘가 '시골 매춘부' 비슷하게 여겼던 것이다. "그녀의 행동거지는 최상류사회에서 볼 수 있는 것과 똑같았습니다"라고 그는 어느 귀부인들 모임에서 감탄하며 불쑥 말하기도 했다. 그러나 귀부인들은 몹시 분개하며 그의 말을 들었고, 그로 인해 이내 그를 '장난꾸러기'라고 불렀다. 그리고 그는 그 별명에 아주 만족했다. 방으로 들어서며 그루셴까는 불안해하면서 자기를 바라보는 미쨔를 힐끗 보는 것 같았지만, 그 순간 그녀의 모습은 그를 안심시켰다. 서두의 필수불가결한 질문들과 훈계 후에 니꼴라이 빠르페노비치는, 말을 조금 더듬기는 했지만 대단히 예의 바른 태도를 유지하며 그녀에게 물었다. "퇴역 중위 드미뜨리 표도로비치 까라마조프와는 어떤 관계였습니까?" 이 질문에 그녀는 조용하고 단호하게 대답했다.

"지난달에 그를 집으로 들인 이래 저 사람은 제 지인이었습니다."

이후 호기심 가득한 질문들에 그녀는 아주 솔직하고 직접적으로, 그가 '조금씩' 그녀의 마음에 들긴 했지만 그를 사랑한 것은 아니었고, 그 '노인'에게 했듯이 '추악한 악감정' 때문에 그를 유혹했다고, 미쨔가 자기로 인해 표도르 빠블로비치와 다른 사람에게 질투심을 느끼는 것을 보고 장난을 쳤다고 진술했다. 또한 표도르 빠블로비치에게 갈 마음은 추호도 없었고 그를 놀린 것에 불과했다고 했다. "이번 달 내내 두 사람에게 전혀 마음이 없었어요. 저는 다른 사람, 제게 잘못을 저지른 사람을 기다리고 있었어요…… 다만 제 생각에는," 그녀가 말을 맺었다. "이런 일을 궁금해하실 필요는 없을 텐데요. 이건 제 개인의 특수한 사정이니 여러분에게 대답할 건 없겠네요."

그러자 니꼴라이 빠르페노비치는 즉시 조치를 취했다. 그는 '로맨스' 관련 사안들에 대해 더이상 고집하지 않고 곧바로 진지한 사안, 그러니까 가장 중요한 3천 루블에 대한 질문으로 넘어갔다. 그루셴까는 한달 전 모끄로예에서 정말로 3천 루블의 돈이 탕진되었다고, 자신이 직접 세어보지는 않았지만 드미뜨리 표도로비치에게서 직접 3천 루블이라는 말을 들었다고 증언했다.

"단둘이 있을 때 그 말을 했나요, 아니면 누구와 함께 있을 때였나요, 혹은 당신이 있는 자리에서 다른 사람과 얘기하는 걸 들으셨나요?" 검사가 즉시 물었다.

그 질문에 그루셴까는 사람들이 있는 데서도 들었고, 다른 사람들과 얘기하는 것도 들었고, 단둘이 있을 때 그에게서 직접 듣기도 했다고 대답했다.

"그에게서 직접 들은 건 한번이었습니까, 아니면 여러번 들었습니까?" 검사가 다시 물었고, 그루셴까는 여러번 들었다고 밝혔다.

이뽈리뜨 끼릴로비치는 그 증언에 만족했다. 계속되는 질문에서 그루셴까가 돈이 어디서 났는지 알고 있었다는 것, 즉 드미뜨리 표도로비치가 그 돈을 까쩨리나 이바노브나로부터 가져왔음을 알고 있었다는 사실이 드러났다.

"한달 전에 탕진한 돈이 3천 루블이 아니라 그보다 적었다는 것을, 드미뜨리 표도로비치가 그중 절반을 자기가 쓰려고 남겨두었다는 얘기를 들은 적이 있으십니까?"

"아니요, 그런 말은 결코 들은 적이 없어요." 그루셴까가 진술했다.

이후 심지어 그와 정반대로 미쨔가 한달 내내 수중에 동전 한닢 없다고 자주 말했다는 사실이 드러났다. "그는 아버지로부터 계속 돈을 받기만을 기다리고 있었어요." 그루셴까가 결론을 맺었다.

"당신이 있을 때…… 혹은 스치는 말로, 아니면 홧김에라도," 니꼴라이 빠르페노비치가 돌발적인 질문을 던졌다. "자기 부친의 목숨을 해치겠다는 말을 들으신 적이 있습니까?"

"아, 말한 적이 있어요!" 그루셴까가 탄식했다.

"한번이었습니까, 여러번이었습니까?"

"몇번이나 언급했어요. 언제나 홧김에 그랬어요."

"이 사람이 그걸 실행하리라고 믿었습니까?"

"아니요, 한번도 믿은 적 없어요." 그녀가 단호하게 대답했다. "그의 고결함에 기대를 걸었어요."

"여러분, 제발," 미쨔가 갑자기 소리를 질렀다. "여러분 앞에서 아그라페나 알렉산드로브나에게 딱 한마디만 하게 해주십시오."

"말씀하십시오." 니꼴라이 빠르페노비치가 허락했다.

"아그라페나 알렉산드로브나," 미쨔가 의자에서 일어났다. "나와 하느님을 믿어. 어제 살해당한 아버지의 피에 대해 나는 죄가 없어."

이렇게 말하고 미쨔는 다시 자리에 앉았다. 그루셴까는 일어나 성상을 향해 성호를 그었다.

"주여, 영광 받으소서!" 그녀는 뜨겁고 간절한 목소리로 이렇게 말하고는 그대로 자리에 앉지 않고 니꼴라이 빠르페노비치를 향해 덧붙였다. "이 사람이 지금 말한 것 그대로 믿어주세요! 이이를 알아요. 실언할 때도 많지만 그건 농담이거나 괜한 고집으로 그러는 거지 양심에 거리끼는 거라면 절대로 거짓말할 사람이 아닙니다. 곧이곧대로 사실만을 말하죠. 그러니 그 말을 믿어주세요!"

"고마워, 아그라페나 알렉산드로브나. 나를 지지해주는군." 미쨔가 떨리는 목소리로 응답했다.

어제의 돈에 대한 질문에 그녀는 그게 얼마였는지는 모르겠지만 어제 사람들에게 여러번 3천 루블을 가져왔다고 말하는 소리를 들었다고 진술했다. 돈을 어디서 구했는지에 대해서는, 까쩨리나 이바노브나에게서 '훔쳤다'는 말을 그녀 한 사람에게만 했고, 그녀가 그건 훔친 게 아니니 내일 돈을 돌려주면 된다고 그에게 답했다고 말했다. 검사의 집요한 질문, 까쩨리나 이바노브나에게서 훔쳤다는 돈이 어떤 돈이냐, 어제의 돈이냐, 아니면 한달 전에 여기서 탕진한 3천 루블이냐는 질문에 그녀는 한달 전의 돈에 대해 그렇게 말했다고, 자기는 그렇게 이해했다고 답했다.

마침내 그루셴까도 놓여났고, 이때 니꼴라이 빠르페노비치는 당장이라도 시내로 돌아가도 된다고, 만일 자기 쪽에서 뭐든 도움이 될 수 있다면, 예를 들어 말이라든가 안내자를 원한다면 자기 쪽에서…… 등등을 그녀에게 열성적으로 제안했다.

"대단히 감사합니다." 그루셴까가 그에게 고개 숙여 인사했다. "저는 그 노인 양반, 그 지주분과 함께 떠날 거예요, 그분을 바래다드릴 겁니다. 만일 허락하신다면 여러분이 여기서 드미뜨리 표도로비치의 일을 결정지으실 때까지 기다리겠습니다."

그녀가 나갔다. 미쨔는 차분했고 심지어 상당히 고무된 기색이었지만, 그것도 잠시뿐이었다. 가면 갈수록 일종의 이상한 육체적 무력감이 그를 더 심하게 짓눌러왔다. 그의 눈은 피로감 때문에 자꾸 감겨왔다. 마침내 증인 심문이 종결되었다. 사람들은 조서의 마지막 검토에 들어갔다. 미쨔는 자기 의자에서 일어나 구석 커튼 쪽으로 옮겨가서 양탄자를 씌운 주인의 큰 궤짝 위에 누워 잠시 잠이 들었다. 그는 그 시간과 장소에 전혀 어울리지 않는 이상한 꿈을 꾸었다. 그는 예전에, 아주 오래전에 복무한 적이 있는 초원 어딘가로 가는 길이었다. 안개 자욱한 진창길로 한 농민이 그를 수레에 태우고 간다. 미쨔는 추운 느낌이다. 11월 초로, 크고 젖은 눈발이 쏟아져 땅으로 떨어지며 곧바로 녹는다. 농민은 활기차게 팔을 휘두르며 그를 태워 데려가고 있다. 황갈색 수염이 아주 긴 농민은 노인은 아니지만 쉰살 정도는 되어 보이고, 농사꾼 외투를 입고 있다. 멀지 않은 곳에 마을이 있는데, 검디검은 오두막들이 보이고, 오두막의 절반은 불에 검게 탄 통나무들만이 비쭉 튀어나와 있다. 마을 어귀 길에는 아낙들이, 수많은 아낙들이 줄지어 서 있는데, 하나같이 비쩍 말랐고 술에 취했는지 낯빛이 갈색이다. 특히 저쪽에 피골이 상접하고 키가 큰 여인이 한명 있는데, 나이는 마흔살 정도거나 어쩌면 고작 스무살 정도 돼 보이기도 한다. 얼굴이 길고 비쩍 마른 그녀의 팔에 아기가 안겨 울고 있는 것으로 보아 분명 젖가슴이 바싹 말라 젖 한방울 나오지 않는 듯하다. 아이는 울부짖으며 주먹을 꼭 쥔 채 맨손을 뻗고 있는데, 추워서 그런지 주먹이 푸르스름하다.

"왜 울고 있는가? 무엇 때문에 울고들 있는가?" 미쨔가 그들 옆을 재빨리 지나치며 묻는다.

"새끼가," 마부가 그에게 대답한다. "새끼가 울고 있어요." 마부가 자기 식으로, 농민의 말투로 대답하는 것을 듣고 미쨔는 놀란다. '아기'가 아니라 '새끼'라고 하는 것이다. 그는 농민이 '새끼'라고 하는 것이 마음에 든다. 더 불쌍하게 여겨진다.

"그러니까 어째서 우는가?" 미쨔는 어리석은 사람처럼 집요하게 묻는다. "어째서 맨손을 내놓고 아기를 포대기로 싸지 않는가?"

"새끼가 몸이 꽁꽁 얼었는데 옷도 얼어서 몸을 덥혀주지 못해요."

"그게 왜 그런 거야? 왜?" 어리석은 사람처럼 미쨔는 계속 물러서지 않는다.

"가난한 사람들, 화재를 당해서 빵도 없굽쇼, 불에 탄 마을 때문에 구걸하고 있습죠."

"아니, 아니." 미쨔는 여전히 이해를 못 하는 듯하다. "말해봐. 왜 저 화재를 당한 어머니들이 서 있는가? 가난한 사람들이, 저 가련한 새끼들이 말이야. 왜 초원도 헐벗었는가? 왜 저 사람들은 서로를 안지 않지? 왜 서로 입맞추지 않지? 왜 기쁜 노래를 부르지 않지? 왜 검은 재앙으로 저렇게 검어졌지? 왜 새끼들을 먹이지 않지?"

그는 속으로 자신이 미친 듯이 막무가내로 묻고 있지만, 반드시 그렇게 묻고 싶고 또 그렇게 물어야만 한다고 느낀다. 그리고 그는 또 그의 마음에 이제까지 한번도 없었던 연민이 피어오름을, 울고 싶음을, 더이상 새끼들이 울지 않게끔, 비쩍 말라 검어진 엄마들이 울지 않게끔, 이 순간부터 그 누구도 눈물 흘리지 않게끔, 무슨 일이 있어도 미루지 않고 당장, 당장 까라마조프답게 급하게 그렇게 되게끔 무슨 짓이든 하고 싶다고 느낀다.

"나도 당신과 함께야. 이제 당신을 떠나지 않아. 평생 당신과 함께 갈 거야." 그루셴까의 사랑스럽고 다정한 목소리가 그의 옆에서 울린다. 그러자 그의 심장이 온통 뜨거워지며 어떤 빛을 향해 달려나간다. 그는 살고 싶고, 살고 싶다. 또 어떤 길을 향해, 새롭게 부르는 빛을 향해 가고 또 가고 싶다. 어서, 어서, 지금 당장!

"뭐지? 어디로지?" 그는 마치 기절했다가 정신이 번쩍 든 듯 눈을 뜨고 궤짝에 앉아 혼자서 환하게 미소를 지으며 외쳤다. 니꼴라이 빠르페노비치가 그를 내려다보며 서서 그에게 조서 내용을 듣고 거기에 서명하라고 청하고 있었다. 미쨔는 자기가 한시간이나 그 이상 잤다는 것을 깨달았지만, 니꼴라이 빠르페노비치의 말은 듣고 있지 않았다. 문득 그를 놀라게 한 것은 그가 힘없이 궤짝에 기댈 때는 없던 베개가 머리 아래에 놓여 있다는 점이었다.

"누가 이 베개를 제 머리 아래 놓아주었죠? 이렇게 친절하신 분은 누구신가요?" 그는 마치 하느님이 그에게 그런 선행을 베푸신 듯 감사와 감격으로 울먹이는 목소리로 외쳤다. 그 선량한 사람은 나중까지도 밝혀지지 않았다. 누구든 증인 가운데 한 사람이었을 수도 있고, 아니면 니꼴라이 빠르페노비치의 서기가 동정심에 베개를 받쳐주라고 지시를 내렸을 수도 있다. 그러나 그의 영혼은 동요되어 온통 눈물범벅이었다. 그는 탁자로 다가가 무엇이든 원하는 대로 서명하겠노라고 선언했다.

"저는 좋은 꿈을 꾸었습니다, 여러분." 그는 어쩐지 새롭고 기쁨으로 환히 빛나는 얼굴에 다소 이상한 어조로 말했다.

9. 미쨔, 끌려가다

조서에 서명한 후 니꼴라이 빠르페노비치는 피의자를 향해 몇 년 며칠에 이곳 지방법원 예심판사들이 이러저러한 이를(즉 미쨔를) 피의자 자격으로 이러저러한 죄목에 대해 심문한 뒤(모든 죄목이 상세하게 기록되었다), 피의자가 그에게 걸린 범죄 사실에 대해 죄가 있다고 인정하지 않지만 그를 변호할 만한 아무런 사항도 제시하지 않았으며, 반면 (이러저러한) 증인들과 (이러저러한) 정황들은 그에게 죄가 있다고 명확히 증거하므로 형법의 이러저러한 조항 등등에 의거하여 다음과 같이 조치한다는 '결정문'을 기세 좋게 읽어주었다. 그것은 이러저러한 피의자(미쨔)가 수사와 재판을 피할 방법을 차단하기 위해 그를 이러저러한 구치소에 감금하고, 이에 대해 피의자에게 고지하며, 이 결정문 사본을 검사보에게 고지한다는 등의 내용이었다. 한마디로 말해 그들은 그가 이 순간부터 유치인留置人이며 그를 대단히 불쾌한 한 장소에 가두기 위해 곧 시내로 호송할 것이라고 알려준 것이다. 미쨔는 주의 깊게 듣고는 어깨만 으쓱했다.

"어쩌겠습니까, 여러분. 저는 여러분을 탓하지 않습니다. 각오하고 있습니다…… 여러분에게 이 방법밖에 없다는 걸 잘 알고 있습니다."

니꼴라이 빠르페노비치는 마침 그곳에 와 있던 군 경찰서장 마브리끼 마브리끼예비치가 곧 그를 호송할 것이라고 알렸다……

"잠깐만요." 미쨔가 갑자기 그 말을 가로막고 누를 수 없는 어떤 감정에 싸여 방 안에 있는 모든 사람을 향해 발언했다. "여러분, 우리는 모두 잔인합니다. 우리 모두 살인마이고, 우리는 모든 사람, 젖먹이와 그 어머니를 울게 만들지요. 그러나 모든 사람 중에서 제가 가장 추악한 악인입니다! 이제 그렇게 결론을 내리죠. 그렇다고 쳐요! 평생토록 저는 매일 가슴을 치면서 개심하겠다고 약속했지만 매일 여전히 똑같이 추악한 짓들을 저질렀습니다. 이제 저 같은 사람에게 몽둥이가, 운명의 타격이 필요하다는 것을 압니다, 저 같은 사람을 올가미 지워 외부의 힘으로 굴복시키려면요. 제 힘으로는 결단코, 절대로 제대로 살지 못했을 겁니다! 하지만 마침내 벼락이 내리쳤군요. 기소당하고 모든 민중 앞에서 당할 치욕의 고통을 받아들이고, 고통받기 원하며, 고통을 통해 정화되고자 합니다! 어쩌면 정화될 수 있겠지요, 여러분, 그렇죠? 하지만 마지막으로 한마디만 들어주십시오. 저는 아버지의 피에 대해서만큼은 무고합니다! 아버지를 죽였다는 이유가 아니라, 아버지를 죽이고 싶었고 또 어쩌면 정말로 죽였을지도 모른다는 이유 때문이라면 형벌을 받아들이겠습니다…… 하지만 저는 여전히 여러분과 겨룰 생각이며, 이것을 여러분에게 알려드립니다. 저는 여러분과 최후까지 싸울 것이고, 그때는 하느님이 모든 걸 결정하실 겁니다! 안녕히 계십시오, 여러분. 제가 심문받을 때 여러분에게 소리를 질렀다고 화내지 마십시오. 오, 저는 그때까지도 너무나 어리석었습니다…… 잠시 후면 저는 유치인의 몸이 될 테니 이제 저 드미뜨리 까라마조프는 자유인으로서 마지막으로 여러분에게 악수를 청합니다. 여러분과 작별인사를 하며 세상 사람들과 작별인사를 하겠습니다!"

그는 목소리를 떨며 정말로 팔을 뻗었지만, 누구보다도 그에게 가까이 있던 니꼴라이 빠르페노비치는 거의 발작적인 몸짓으로 갑자기 손을 뒤로 감추었다. 미쨔는 순식간에 그걸 알아차리고 몸을 떨었다. 그는 뻗었던 팔을 곧 늘어뜨렸다.

"수사는 아직 마무리되지 않았습니다." 니꼴라이 빠르페노비치가 약간 당황해서 우물거렸다. "수사는 시내에서 계속될 겁니다. 물론 제 편에서는 당신의 행운을 간절히 바랄 겁니다…… 무죄가 인정되기를요…… 실은 저는 늘 당신을, 드미뜨리 표도로비치, 말하자면 죄인이라기보다는…… 불행한 사람이라 생각하는 편입니다…… 이곳에 있는 우리 모두가 당신을, 감히 용기를 내어 모든 사람을 대신해 표현하자면, 당신을 기본적으로 고결한 젊은이지만 안타깝게도 약간은 지나칠 정도로 어떤 열정에 사로잡힌 사람이라고 생각합니다……"

니꼴라이 빠르페노비치의 작은 체구는 말이 끝날 무렵 잔뜩 위엄을 표하고 있었다. 그러나 미쨔의 머리에는 이제 이 '소년'이 그의 손을 잡아 다른 구석으로 데려가서 거기서 그들이 얼마 전 '아가씨들'에 대해 나누었던 대화를 다시 꺼낼 것 같은 생각이 순간적으로 어른거렸다. 그러나 사형장으로 끌려가는 범죄자조차 사건과는 전혀 관련 없는 엉뚱한 생각들을 때로 얼마나 많이 하는가.

"여러분, 여러분은 선량하고 인도적이십니다, 그녀를 볼 수 있을까요? 마지막으로 작별인사를 할 수 있을까요?" 미쨔가 물었다.

"물론이지요. 하지만 보는 자리에서…… 한마디로 말해 우리가 있는 자리에서가 아니면 안 되겠습니다……"

"그러십시오. 입회하십시오!"

그루셴까를 데려왔지만, 작별인사는 짧았고 나눈 말도 적어서 니꼴라이 빠르페노비치는 다소 불만족스러웠다. 그루셴까는 미쨔에게 몸을 깊숙이 숙여 인사했다.

"나는 당신 거라고 말했으니, 앞으로도 당신 거야. 당신과 함께 영원히, 당신을 어디로 보내든지 함께 갈 거야. 안녕, 죄 없이 스스로를 파멸시킨 사람!"

그녀의 입술이 떨렸고, 눈에서는 눈물이 쏟아졌다.

"당신을 사랑한 걸 용서해, 그루샤. 내 사랑이 당신을 파멸시킨 걸 용서해!"

미쨔는 또 뭔가를 말하고 싶었지만 돌연 말을 끊고 밖으로 나갔다. 그에게서 눈을 떼지 않던 사람들이 즉시 그의 주변을 에워쌌다. 아래층, 그가 어제 그렇게나 요란한 소리를 내며 안드레예프의 삼두마차를 타고 들어왔던 현관 옆에는 이미 두대의 마차가 채비를 마치고 서 있었다. 다부지고 건장하지만 부석한 얼굴을 한 마브리끼 마브리끼예비치는 갑작스럽게 일어난 무슨 소동 때문인지 어쩐지 흥분해서 화를 내며 소리를 지르고 있었다. 그는 웬일인지 너무나 엄중하게 마차에 타라고 미쨔에게 청했다. '예전에 내가 선술집에서 술을 먹일 때는 전혀 다른 얼굴이었는데.' 미쨔는 마차에 타면서 생각했다. 뜨리폰 보리소비치도 현관에서 아래로 내려왔다. 대문 옆으로 사람들, 농민, 아낙, 마부 들이 몰려들어 모두 미쨔를 쳐다보고 있었다.

"안녕히 계십시오, 하느님의 사람들이여!" 미쨔가 갑자기 마차에서 그들에게 외쳤다.

"우리를 용서하세요." 두어 사람의 목소리가 울렸다.

"자네도 잘 있게, 뜨리폰 보리시치!"

그러나 뜨리폰 보리시치는 돌아보지도 않았다. 아마도 아주 바쁜 모양이었다. 그 역시 소리를 지르며 분주하게 움직이고 있었다. 마브리끼 마브리끼예비치를 수행하는 두명의 순사들이 타야 할 두번째 마차는 아직 채비를 마치지 못했던 것이다. 두번째 삼두마차를 준비하던 농민이 겉옷을 입으면서 그가 아니라 아낌이 갈 차례라고 완강하게 반발했다. 그러나 아낌은 거기 없었다. 그를 찾으러 사람들이 뛰어나갔고, 농민은 기다려달라고 고집을 부리며 애걸했다.

"우리나라 민중은, 마브리끼 마브리끼예비치, 전혀 염치라곤 몰라요!" 뜨리폰 보리시치가 외쳤다. "아낌이 네게 사흘 전에 돈 25꼬뻬이까를 주었고 너는 그걸로 술을 마셔놓고는 이제 와서 소리를 지르는구나. 당신이 우리 이 비열한 민중을 선량하게 대하시는데 놀랄 따름입니다, 마브리끼 마브리끼예비치. 이것 하나만 말씀드리죠!"

"두번째 삼두마차가 왜 필요한가?" 미쨔가 끼어들었다. "한 마차에 타고 가지, 마브리끼 마브리끼치. 내가 저항하지 않을 테고 자네한테서 도망가지도 않을 텐데 호송대가 왜 필요한가?"

"제발, 이 양반아, 내게 얘기를 제대로 하시오. 아직 익숙지 않은 모양인데, 나는 당신한테 자네로 불리거나 하대받을 사람이 아니오. 그런 충고는 다른 기회에 하시죠……" 마브리끼 마브리끼예비치가 분풀이할 데를 찾아서 기쁘다는 듯 갑자기 거칠게 말을 잘랐다.

미쨔는 입을 다물었다. 그는 얼굴이 시뻘게졌다. 한순간이 지나자 그는 문득 몹시 추위를 느꼈다. 비는 멈췄지만 흐린 하늘에는 구름이 잔뜩 끼었고, 세찬 바람이 곧바로 얼굴을 때렸다. '내가 오한이 들었나.' 미쨔는 어깨를 움츠리며 생각했다. 마침내 마브리끼 마브리끼예비치도 마차 안으로 들어와 털썩 자리를 넓게 차지하고 앉으며 모르는 척 미쨔를 구석으로 몰았다. 사실 그는 자신에게 맡겨진 임무가 몹시 마음에 들지 않아 기분이 좋지 않았다.

"잘 있게, 뜨리폰 보리시치!" 미쨔가 다시 소리쳤는데, 이번에는 좋은 마음이 아니라 악에 받쳐 마지못해 지른 소리라고 스스로 느껐다. 그러나 뜨리폰 보리시치는 오만하게 뒷짐을 지고 서서 미쨔를 정면으로 바라보며 차갑고 화난 표정을 지었을 뿐 아무 대답도 하지 않았다.

"안녕히 가세요, 드미뜨리 표도로비치, 안녕히 가세요!" 갑자기 어디선가 튀어나온 깔가노프의 목소리가 울려퍼졌다. 그는 마차 쪽으로 달려와 미쨔에게 팔을 뻗었다. 모자도 쓰지 않은 채였다. 미쨔는 그의 손을 잡고 악수할 수 있었다.

"잘 있게나, 자네는 좋은 사람이야. 자네의 관대한 마음은 잊지 않겠네." 그가 뜨겁게 외쳤다. 그러나 마차는 움직이기 시작했고, 두 손은 떨어졌다. 종이 울리며 미쨔를 데려갔다.

깔가노프는 현관으로 달려가 구석에 앉아 고개를 숙이고는 두 손으로 얼굴을 가린 채 울음을 터뜨렸고, 오래도록 그렇게 눈물을 흘렸다. 꼭 어린 소년, 스무살도 되지 않은 젊은이 같았다. 오, 그는 미쨔의 무고함을 거의 완전히 믿고 있었다! "무슨 사람들이 이렇담. 이러고서야 어떻게 사람이라 할 수 있단 말인가!" 그는 쓰라리게 낙담한 채 거의 절망에 빠져 두서없이 외쳤다. 그 순간 그는 세상에 살고 싶지 않았다. "살아야 할 가치가 있을까, 있을까!" 슬픔에 빠진 청년이 절규했다.

(3권으로 이어집니다)

고전의 새로운 기준, 창비세계문학

오늘날 우리는 인간의 존엄과 개성이 매몰되어가는 시대를 살고 있다. 물질만능과 승자독식을 강요하는 자본주의가 전지구적으로 확산되면서 현대사회는 더 황폐해지고 삶의 질은 크게 훼손되었다. 경제성장만이 최고의 선으로 인정되고 상업주의에 물든 문화소비가 삶을 지배할수록 문학은 점점 더 변방으로 밀려나고 있다. 삶의 본질을 성찰하는 문학의 자리가 위축되는 세계에서는 가진 자와 못 가진 자 할 것 없이 모두가 불행할 수밖에 없다.

이 시대야말로 인간답게 산다는 것의 의미가 무엇인지 근본적인 화두를 다시 던지고 사유의 모험을 떠나야 할 때다. 우리는 그 여정에 반드시 필요한 벗과 스승이 다름 아닌 세계문학의 고전이라는 점을 강조한다. 고전에는 다양한 전통과 문화를 쌓아올린 공동체의 경험이 녹아들어 있고, 세계와 존재에 대한 탁월한 개인들의 치열한 탐색이 기록되어 있으며, 새로운 세상을 꿈꾸는 아름다운 도전과 눈물이 아로새겨 있기 때문이다. 이 무궁무진한 상상력의 보고이자 살아 있는 문화유산을 되새길 때만 개인의 일상에서 참다운 인간적 가치를 실현하고 근대적 삶의 의미와 한계를 성찰하는 지혜를 얻을 수 있을 것이다.

'창비세계문학'은 이러한 문제의식에서 출발한다. 세계문학의 참의미를 되새겨 '지금 여기'의 관점으로 우리의 정전을 재구성해야 할 필요성이 그 어느 때보다 절실하다. '정전'이란 본디 고정된 목록으로 존재하는 것이 아니라 그때그때 주어진 처소에서 새롭게 재구성됨으로써 생명을 이어가는 것이다. 우리는 먼저 전세계 문학들의 다양성과 차이를 존중하면서 국가와 민족, 언어의 경계를 넘어 보편적 가치에 기여할 수 있는 가능성에 주목하고자 한다. 근대를 깊이 성찰한 서양문학뿐 아니라 아시아와 라틴아메리카, 중동과 아프리카 등 비서구권 문학의 성취를 발굴하고 재평가하는 것 역시 세계문학의 지형도를 다시 그리려는 창비의 필수적인 작업이 될 것이다.

여러 전집들이 나와 있는 세계문학 시장에서 '창비세계문학'은 세계문학 독서의 새로운 기준이 되고자 한다. 참신하고 폭넓으면서도 엄정한 기획, 원작의 의도와 문체를 살려내는 적확하고 충실한 번역, 그리고 완성도 높은 책의 품질이 그 기초이다. 독서시장을 왜곡하는 값싼 유행과 상업주의에 맞서 문학정신을 굳건히 세우며, 안팎의 조언과 비판에 귀 기울이고 독자들과 꾸준히 소통하면서 진정 이 시대가 요구하는 세계문학이 무엇인지 되묻고 갱신해 나갈 것이다.

　1966년 계간 『창작과비평』을 창간한 이래 한국문학을 풍성하게 하고 민족문학과 세계문학 담론을 주도해온 창비가 오직 좋은 책으로 독자와 함께해왔듯, '창비세계문학' 역시 그러한 항심을 지켜나갈 것이다. '창비세계문학'이 다른 시공간에서 우리와 닮은 삶을 만나게 해주고, 가보지 못한 길을 걷게 하며, 그 길 끝에서 새로운 길을 열어주기를 소망한다. 또한 무한경쟁에 내몰린 젊은이와 청소년 들에게 삶의 소중함과 기쁨을 일깨워주기를 바란다. 목록을 쌓아갈수록 '창비세계문학'이 독자들의 사랑으로 무르익고 그 감동이 세대를 넘나들며 이어진다면 더없는 보람이겠다.

2012년 가을
창비세계문학 기획위원회
김현균 서은혜 석영중 이욱연 임홍배 정혜용 한기욱

창비세계문학 86

까라마조프 형제들 2

초판 1쇄 발행/2021년 6월 15일

지은이/표도르 미하일로비치 도스또옙스끼
옮긴이/홍대화
펴낸이/강일우
책임편집/정편집실·오규원
조판/전은옥
펴낸곳/(주)창비
등록/1986년 8월 5일 제85호
주소/10881 경기도 파주시 회동길 184
전화/031-955-3333
팩시밀리/영업 031-955-3399 편집 031-955-3400
홈페이지/www.changbi.com
전자우편/lit@changbi.com

한국어판 ⓒ (주)창비 2021
ISBN 978-89-364-6485-1 03890